Jakob Bosshart

Ein Rufer in der Wüste

Roman

Jakob Bosshart: Ein Rufer in der Wüste. Roman

Erstdruck: 1921

Neuausgabe
Herausgegeben von Karl-Maria Guth
Berlin 2017

Umschlaggestaltung von Thomas Schultz-Overhage unter Verwendung des Bildes: Stefan Dimitrescu, Portrait eines Bauern, um 1920

Gesetzt aus der Minion Pro, 11 pt

Verlag: Henricus - Edition Deutsche Klassik GmbH
Mörchinger Str. 33, 14169 Berlin, info@henricus-verlag.de
Druck: Libri Plureos GmbH, Friedensallee 273, 22763 Hamburg

ISBN 978-3-7437-0340-7

Bibliografische Information der Deutschen Nationalbibliothek

Die Deutsche Nationalbibliothek verzeichnet diese Publikation in der Deutschen Nationalbibliografie; detaillierte bibliografische Daten sind im Internet über www.dnb.de abrufbar.

Inhalt

Erster Teil 5
  1. An der Schwelle des Lebens 5
  2. Auf dem Golsterhof 14
  3. Der Wegweiser 25
  4. Im blauen Kittel 32
  5. Onkel Melchior 40
  6. Zwei Kinder gehen aufs Eis 49
  7. Staatsbürger 59
  8. Und alles, was er blies, das war verlor'n 67
  9. In der Sommerfreude 71
  10. Auf einem Grab wächst Unkraut 84
Zweiter Teil 98
  1. Non serviam 98
  2. Ein Festtag 105
  3. Ein Unkluger wirbt um die Braut 113
  4. Ein Kluger geht auf die Freite 121
  5. Ein Novembersturm 129
  6. Skiheil 138
  7. Der Schweizerspiegel 149
  8. Ein Waffengang 158
  9. Die Wende 162
  10. Einkehr 175
Dritter Teil 181
  1. Haus Avera 181
  2. Imma 190
  3. Der Geist in der Nacht 206
  4. Das Hundertseelenhaus 212
  5. Proletarier 217
  6. Der Klub der Narren 222
  7. Die Tragödie eines Kindes 235
  8. Arkascha und Tatjana 245

9. Arbeiterfeiertag	250
10. Scheidung	255
11. Dortchen	260
12. Der Bauernklub	267
13. Das Krankenhaus	272
14. In der Wüste	279
15. Begegnungen	286
16. Der Schlag	291
Schluß	298

Erster Teil

1. An der Schwelle des Lebens

Dichter Rauch strich durch den kleinen Saal und durchwob ihn mit bläulichem Licht. An drei langen Tischen, die zu einem Hufeisen zusammengerückt waren, saßen etwa vierzig junge Leute mit geröteten Gesichtern vor Biergläsern. Sie tranken sich geräuschvoll zu und klappten nach vollbrachtem Zug knallend mit den Deckeln der Gläser. Fast alle hatten Zigaretten im Mund und bliesen die Rauchballen selbstbewußt gegen die Decke oder dem Nachbar ins Gesicht.

Die Jünglinge feierten ihren Abgang vom Gymnasium. Die Professoren hatten sich entfernt, als der Uhrzeiger über die Zwölf hinausgeglitten war, und nachdem sie mit weiser Rücksichtnahme auf den Magen und den folgenden Tag die übliche Mehlsuppe in sich hineingelöffelt hatten. Eben war der ›Mops‹, der Spaßhafteste von ihnen, durch die Türe verschwunden. Er hatte trotz seiner sechzig Jahre die Biergemeinde mit etwas übertriebenem Jugendfeuer geleitet und vor dem Weggehen die Präsidialwürde dem Primus der Klasse, Karl Simmler, überbunden. In einer Ecke fing man an zu summen: »Wir wünschen eine Antrittsrede ...« und bald grölte das ganze Hufeisen die paar dürftigen Worte und Noten durcheinander. Karl Simmler rutschte hilflos auf seinem Stuhl hin und her. Was war zu machen? Er hatte sich ja nicht vorbereitet. Sein Maturitätsaufsatz fuhr ihm wie eine Erlösung durch den Sinn, der konnte helfen. Er schoß von seinem Stuhle auf und posaunte: »Das Leben ist der Güter höchstes nicht ...«

»So geh' hin und kauf' einen Strick!« rief ihm eine näselnde Stimme zu. Allgemeines Gelächter. Der Primus wurde schon fassungslos. Wut erfaßte ihn gegen die Lacher, denen er sich weit überlegen fühlte. Er setzte wieder an: »Das Leben ist der Güter höchstes nicht ...«

»Verkauft man's beim Meter oder Liter?« näselte es ihm wieder entgegen.

»Schiller will sagen ...«

»Wir wollen dich hören, nicht Schiller!«

Nun gab er es auf: »Ich mache den Unsinn nicht mit«, schrie er und suchte mit den Augen den, der ihn lächerlich gemacht hatte. Er warf einen verächtlichen Blick auf sein Opfer oder seinen Richter und schleuderte ihm kurz zu: »Ich trete das Präsidium an Oswald Wäspi, vulgo Immergrün, ab.«

Auf der innern Seite des Hufeisens regte sich etwas Spatzenartiges, flatterte nach vorn und setzte in leichtem Flug über den Tisch an den Präsidialsitz. Karl Simmler hatte kaum Zeit, auf die Seite zu hüpfen. Immergrün sperrte nun seinen Spatzenschnabel weit auf: »Kommilitonen, ich werde euch die Ehre erweisen, über euch zu reden. Ihr erwartet von mir gewiß keine Verbindlichkeiten, ich will euch Aufrichtigkeiten auftischen! Wer seid ihr? Der Rektor hat in seiner Abschiedsrede gesagt, ihr seiet die Zukunft unseres Volkes. Das ging euch natürlich wie Süßöl ein, was? Armes Land, wenn ihr wirklich seine Zukunft seid ...«

Man unterbrach ihn. Er griff nach dem Schläger, der vor ihm lag, und hieb dröhnend und drohend auf den Tisch. »Silentium!« Die Vierzig fügten sich der Wucht dieses Hiebes und dem Biergesetz, und Immergrün fuhr fort: »Ihr seid eine possierliche Gesellschaft! Ihr kommt euch unbändig gescheid vor, aber ich wette, es wird auch nicht einer von euch je einen eigenen Gedanken in die Welt sprechen. Ihr seid jetzt Idealisten oder meint es zu sein, aber in zehn Jahren werdet ihr euch soviel Philistertum angemästet oder angeheiratet haben, daß man mit euch die größte Lederhandlung errichten könnte. Nur still gehalten! Ihr seid jetzt Individualisten oder gar Persönlichkeiten! hm, hm! In zehn Jahren werdet ihr aussehen, als hätte euch der Spengler aus dem ihm eigenen Edelmetall herausgestanzt.«

Entrüstungsrufe und Beifallsgelächter wogten durcheinander. Immergrün schwamm nun in seinem Wortstrom: »Versteht mich recht! Ein paar Schablonen müßte der wackere Klempner schon aufbringen. Ich will euch einteilen! Ihr wißt oder wißt es auch nicht, wie es in einem Weinfaß aussieht. Zu oberst liegt eine ganz dünne Decke oder Schicht, ich glaube, man nennt sie Blume, Vortrefflich! Ha! Sieht man näher zu, so sind es Pilze, Schmarotzer, die natürlich nur deshalb zuoberst schwimmen, weil sie – so gewichtig sind. Darunter liegt die Hauptmasse, das wirklich Brauchbare und Geschätzte, das, was einen Preis hat, aber es soll, wie böse Zungen behaupten, gepanscht sein und zuweilen sogar faulig werden. Zu unterst endlich liegt die Hefe, ein ganz unedler, gemeiner Bodensatz. Doch halt! Man treibt daraus einen Geist, der feuert, wo er hinkommt, wird der Bodensatz aufgewühlt oder wühlt er sich selber auf, was vorkommen soll, so geht alles, was darüber ist, in die Wirrnis und Trübe. Und nun die Anwendung! Die Oberschicht wird unter euch am blauesten und blumigsten durch Georg von Homberg dargestellt. Seine Vorfahren waren wahrscheinlich Besitzer von niedlichen Raubritterburgen oder haben bei irgendeiner Gelegenheit dem Vaterland einen Strick gedreht und dafür von einem Krönchen den Freibrief erhalten ...«

In das Gelächter, das losbrach, knirschte das Wort »Schuft!« Immergrün achtete nicht darauf und näselte vergnüglich weiter: »was haben wir von unserem Ritter Georg zu erhoffen? Der Höhepunkt seiner Entwicklung – dieses Wort in Anführungszeichen – wird sein, daß er eine reiche und wenn möglich auch eine vornehme Heirat macht, vorher wird er ein wenig auf den Universitäten herumlottern und im Winter in Pontresina einen englischen Sportanzug an seinem höchstpersönlichen Kleiderständer zur Schau tragen. Ihr liebt diesen Ton nicht? wohlan, so lassen wir unsere Weinblume und wenden wir uns der Mittelschicht zu. Da ist noch größere Vorsicht geboten! Denn bei ihr thrönelt die Macht und das Ansehen, sie verleiht unserem Landesfaß wert und Gewicht. Fabrikanten, Kaufleute, Professoren, Ärzte, Juristen, Juristen schockweise, schwimmen darin, wahre Idealgestalten gibt's in dieser Flüssigkeit. Ich kenne ein echt schweizerisches Exemplar dieser Art, der Mann ist von Beruf Fabrikant, daneben Stadtrat, Kantonsrat, Nationalrat, eidgenössischer Oberst, sitzt im Verwaltungsrat von soundso viel Bahnen und Banken, könnte jeden Augenblick Regierungsrat werden, wenn er nur wollte, er ist eine Zierde der Klopffechterzunft zum ›Weberbaum‹, Ehrenmitglied des kantonalen Turnvereins, des städtischen Leierbundes, vielleicht auch Ehrenpräsident des Hebammenvereins ...«

Während Immergrün so sprach, wendeten sich alle Blicke auf einen dunkelhaarigen Jüngling, dessen etwas blasses Gesicht immer röter wurde, bis es ganz mit Purpur übergossen war. Der Primus Karl Simmler, der froh war, daß sich die freche Zunge Immergrüns an einem andern wetzte, rief, was durchaus überflüssig war: »Das geht auf dich, Reinhart Stapfer!«

Der Angeredete erhob sich langsam und stemmte die vor Erregung leicht zitternden Hände auf den Tisch: »Der Mond wird nicht kleiner und bleicher, wenn ihn ein gewisses Tier ankläfft.«

Immergrün war nicht empfindlich. »So tragisch nimmst du den Scherz?« lachte er zu Reinhart hinüber. »Ich schone mich selber ja auch nicht. Ich versetze mich in die Hefe. Mein Vater ist Schulabwart, ihr wißt's! Damit kann man sich keinen Pfauenschwanz anhängen. Er gehört zum arbeitenden Volk, zu denen, die das Joch auf dem Nacken tragen. Aber ich geb' euch mein Ehrenwort, daß ich, sein Sohn, nicht in der Hefe verfaulen werde! Ihr habt mich sieben Jahre lang über die Achsel angesehen, hättet ihr meine Zunge nicht wie ein Schwert gefürchtet, ihr hättet mir die Haut über die Ohren gezogen. Einmal wird die Stunde schlagen, da ich euch aufs Haupt spucke. Ich bin fürs alte Testament!« Er stieß das drohend durch die Nase und reckte seine kleine Gestalt, als gelte es jetzt schon den Kameraden den versprochenen Segen zu spenden. Man fühlte, daß er seinen geheimsten Gedanken ausgesprochen hatte. Gleich besann er sich und fuhr lachend fort: »Fast hätte ich mich vermessen, mich als vornehmste Karte auszuspielen. Ich übersah aber unsere beiden Bauernsprossen. Sie würde ich heute auf den Ehrenplatz verweisen, wenn sie in ihren verfluchten Holzpfeifen etwas besseren Knaster verbrennten und nicht dasäßen, als wären sie aus Holz geschnitzt. Aber das ist es gerade. Die Bauern sind die Dauben an unserem Landesfaß, sie sind zu unterst und zu oberst und man muß sie gelten lassen, wie sie sind. Und nun will ich zum Schluß meine Gedanken etwas in die Höhe richten. Unser lieber Primus wollte vom Wert des Lebens reden. Wollte! Man merkte, wo er mit seinen ureigensten Gedanken – hm! hm! – hinauswollte. Das Leben sollte um irgendeines Götzen willen heruntergezerrt werden. Ich aber sage: das ist entweder Unverstand oder Heuchelei. Wer nicht auf beiden Augen blind ist, sieht ein, daß das Leben der Güter höchstes ist, fraglos. Es erhält freilich seinen Preis erst durch den Zweck, und dieser Zweck ist die Herrschaft. Ja, ja, glotzt nur! Zum Herrschen ist der Mensch in die Natur, in die Welt gestellt. Überlegt's euch. Andere Gedanken werden euch ja in nächster Zeit, der schönen Mauleselzeit, nicht quälen. Damit habe ich mein Programm aufgedeckt. Wir wollen in zwanzig Jahren wieder darüber reden. Jetzt aber soll uns Stapfer enthüllen, was er vom Leben hält, Stapfer, unser Philoso-o-oph!«

Er setzte sich und sah herausfordernd zu Reinhart Stapfer hinüber. Der regte sich aber nicht. »Wollt ihr ihm die Rede erlassen?« fragte Immergrün in die Runde.

»Natürlich nicht!« rief der Chor der vom Alkohol leicht umnebelten Zecher. Man drängte Reinhart, bis er sich erhob.

»Ich wollte, ich wäre meiner Sache so sicher wie Oswald Wäspi«, begann er. »Vor fünf, sechs Jahren war ich es vielleicht, da war mir das Leben eine Selbstverständlichkeit wie Sonnenschein und Nachtdunkel. Jetzt kommt es mir wie ein Geheimnis, ein Mysterium vor. Ich habe es in den letzten Jahren immer weniger begriffen. Meine Hoffnung ist jetzt die Hochschule. Soll ich euch meinen jetzigen Zustand schildern? Mir ist zumute wie einem Blinden vor der Operation, die ihm das Augenlicht geben soll. Er sitzt im Dunkeln, aber er fühlt, daß sich etwas Bedeutsames um ihn vorbereitet. Er weiß es: ihn überflutet das, was man Licht nennt, und Farbe und Glanz und Heiterkeit. Es muß etwas Hohes, Herrliches, Freudvolles sein, eine Speise der Seele und ein Trunk des Verlangens. Ein Riß durch einen Vorhang, ein Blick in alle Weiten und Tiefen, in die Sterne, den Mond und die Sonne. Jedes Rätsel wird gelöst, hinter jeder Frage steht die Antwort, hinter jedem ›Warum‹ das ›Deshalb‹. Er ahnt es: im ganzen und im einzelnen wird alles anders ausfallen, als er es sich vorstellte, aber herrlich, herrlich wird es immer sein.«

Reinhart setzte sich, sichtlich verlegen, er schämte sich, ein Stück seines Innern, seiner Geistesform verraten zu haben. Immergrün rief ihm zu: »Wünsch' Glück zu der Operation! Ich suchte mir eine Ärztin!« Man lachte. Immergrün ließ wieder seinen Schläger dröhnen: »Nun wollen wir noch hören, was unsere Weinblume vom Leben denkt. Georg von Homberg soll reden!«

Georg hatte, seit er von Immergrün angegriffen worden war, häufiger das Glas angesetzt, als er es vertrug, und stotterte nun mit seiner trunkenen Zunge kläglich und ohne sich zu erheben: »Es ist mir jetzt nicht ums – – Reden, es ist mir eher ums – – Speien. Kommen Sie nur in meine Nähe, Herr Wäspi.«

Unbändiges Gegröle löste die kurze Rede ab. Immergrün suchte sich nochmals Gehör zu verschaffen: »Sagt da ein angehender Student noch ›speien‹ wie in der Kinderstube!« Niemand hörte auf ihn. Georg von Homberg lallte über den Tisch Reinhart zu: »Bring' mich nach Hause!« Reinhart schob ihn unbemerkt aus dem Saal.

Die beiden schritten langsam die einsame Straße hinab, dem untern Teil der Stadt zu. Herbstnebel strich kühl vom See herauf und spann sein Netz um die Straßenlaternen, die in ihrem Dunstkreis zu frösteln schienen. Georg war nun zum Singen aufgelegt und gab seinen Gedanken in allen ihm möglichen Höhenlagen Ausdruck: »Er ist ein Saukerl, er ist ein Saukerl!« Reinhart hatte den Arm um ihn gelegt und brachte ihn mit Anstrengung vorwärts. Auf der Brücke, die die Flußmündung überspannte, drängte sich Georg zum Geländer und neigte sich hinaus. Dabei fiel ihm der Hut ins Wasser und wurde rasch unter der Brücke weggeschwemmt. »Spring ihm nach«, bat Georg Reinhart, und als dieser für das Ansinnen nur ein lustiges Lachen hatte, wurde er unsagbar traurig und klagte: »Er ist nagelneu, Pariser Fabrikat, was wird der Vater sagen?«

In diesem Augenblicke erschallte hinter ihnen Immergrüns spöttische Stimme: »Will das Rößlein nicht mehr, Ritter Georg? *A propos!* Vorhin hörte ich ein seltsames Schluchzen. Solltest du vielleicht ge-spie-en haben? Nimm dich in acht! Siehst du dort drüben nichts im Nebel? Ein Polizist ist's! Und nun gute Heimfahrt dem Ritter Georg und seinem Roßknecht!« Georg fing wieder zu singen an: »Er ist ein Saukerl.« Immergrün schritt eilig weiter, und seine gedrungene Spatzengestalt schien im Nebel unheimlich zu wachsen. Reinhart hörte, wie er dem Polizisten zurief: »Dort drüben stehen zwei Trunkenbolde, nehmen Sie sich ihrer gütigst an!«

Reinhart umfaßte Georgs Arm und zog den Widerstrebenden mit sich.

Georg von Homberg wohnte in einem alten, einfachen Patrizierhause, an einer stillen, vom Verkehr fast unberührten Gasse. Durch ein kunstvoll geschmiedetes Tor trat man in einen Garten von mäßigem Umfang, unter die Kronen einer Blutbuche und einiger Weimutskiefern, hinter denen sich das Haus vornehm versteckt hielt. An der Haustüre angelangt, stand Georg still und stöberte in seinen Taschen. »Der Teufel hat die Hand im Spiel! Ich habe den Hausschlüssel vergessen«, klagte er, »ich muß läuten, und dann wird der Alte erwachen. Da ist er schon!« Man hörte einen Schlüssel sich im Schloß schüchtern drehen, und dann öffnete sich die Türe mit einem ächzenden Knarren, das in der stillen Nacht wie ein Kelterbaum dröhnte. Georg, den bei dem Hall die Kraft vollständig verließ, sank auf den obersten Tritt der Vortreppe nieder, entschlossen, das Ungemach über sich ergehen zu lassen. Eine Kerze wurde von einer schlanken Hand durch die Türöffnung geschoben und darüber guckte ein Mädchenkopf behutsam ins Freie, vom Lichtglanz übersprüht. Das blonde Haar glänzte wie eine Krone aus schwerem Gold.

»Was ist dir, Georg?« rief das Mädchen mit gedämpfter Stimme, und als es Reinhart erblickte: »Was ist ihm? Sind Sie ein Arzt?«

Reinhart lächelte nicht einmal über den Irrtum, er schaute nach den hellen Augen des Mädchens, die in großer Angst zitterten, und sagte halblaut: »Ich bin Georgs Kamerad, Reinhart Stapfer. Es fehlt ihm weiter nichts.«

»Ist er betrunken? Du mein Gott! Wenn's nur der Vater und die Tante nicht merken!« Sie stand in einem gelben Gummimantel auf dem Treppenabsatz und beugte sich überschlank wie ein Schilfrohr über Georg.

»Steh auf und komm ins Haus, Brüderlein! Zum Glück sah ich, daß du den Schlüssel vergessen hattest und habe gewartet.«

Reinhart versuchte, seinem Kameraden auf die Füße zu helfen. Umsonst. Da brach aus dem Mädchen ein helles, schelmisches Lachen hervor. Georg nahm es krumm und begann zu schimpfen.

»Red' nicht so laut«, flüsterte die Schwester, obgleich sie selber ein schlechtes Beispiel gegeben hatte, »der Vater hört's!« Georg raffte seine Stimme zusammen: »Das ist mir egal. Ich hab' heute die Ehre des Hauses verteidigt. Gelt, Stapfer? Aber der Immergrün ist ein Saukerl! Der hat keine Ehre!« Er stand jetzt auf den Füßen und wies auf die Schwester: »Das da ist die Jutta, ein Nichtsnutz! Sie hat mir neulich Zigaretten stibitzt.«

»Glauben Sie's nicht, Herr Stapfer!« rief das Mädchen, ganz rot geworden.

Im Hausflur vernahm man schlürfende Schritte. Das Mädchen erbleichte: »Der Vater!« Georg versuchte sich mannhaft zu stellen.

Ein hagerer Herr mit weißem Backenbart und sonst glattrasiertem Gesicht stelzte auf die Schwelle, band sich die Schnur des Schlafrockes fester und musterte Georg, der sich gleich keck zu verteidigen begann: »Da bin ich, Vater. Ich habe die Ehre unseres Hauses verteidigt, der Immergrün, du weißt, der Schweinekerl, hat sie versauen wollen.«

»Drück' dich anständig aus!« tadelte der Vater, ohne die Stimme zu erheben.

»Ich habe den Stapfer da mitgenommen, damit er dir sagen kann, wie ich die Ehre ...«

»Schon gut«, unterbrach ihn der Vater mit vollkommener Ruhe und Würde. »Geh zu Bett, wir reden morgen wieder.«

»Sind sie der Sohn des Obersten Stapfer?« Reinhart bejahte es. Über das Gesicht des Alten ging ein seltsames, nervöses Zucken. »Sie haben Georg nach Hause gebracht. Ich bin Ihnen zu Dank verpflichtet. Schlafen Sie wohl!«

»Bin ich auch berauscht?« fragte sich Reinhart, als er davonschritt. »Ich habe vier Glas getrunken in der langen Zeit, soviel erträgt ein Mensch doch?« Er näherte sich einer Laterne und unternahm es, hart an der Kante des Randsteines zu gehen. Trat er über den Rand hinaus, so wollte er das als Beweis seiner Trunkenheit ansehen. Aber die Füße gingen sicher, ihm war, er hätte auf einer Säbelschneide gehen können. Nur die Brust war trunken.

»Wie sie gewachsen ist«, lachte er nach langem brütendem Schreiten seltsam vor sich hin. »Wie lange ist's nun her? Im Frühling waren es drei Jahre.« Daß sie so gewachsen war, schien ihm ein ungeheures Glück und Wunder.

Es war auf einem Kinderball gewesen, beim Frühlingsfest. Sie war als kleine Rokokodame verkleidet gewesen. Wie aus Porzellan gekünstelt sah sie aus, alle bewunderten sie. Sie zum Tanz zu bitten, hatte Reinhart nicht gewagt, sie hielt sich immer an ihren Bruder Georg und ihre vornehmen Vettern Konrad und Hans Eschenbach. Seither war sie sein Traum. Er hatte sie nie mehr gesehen, er wußte aber von Georg, den er manchmal unauffällig ausforschte, daß sie vor kurzem aus dem Welschland heimgekehrt war. »Wer hat so lange Wimpern?« fuhr er in seinem Sinnen fort, »dunkel, und doch ist sie blond.« Und wieder mußte er lachen. Lange und planlos trug er sein Erstaunen durch die leeren Gassen. Fern, wie ein gedämpfter Ruf aus dem Nebel, schlug eine Turmuhr an und gleich dröhnten über Reinhart zwei wuchtige Schläge, als hätte die Glocke oben nur auf das Zeichen aus dem Nebel gewartet. »Zwei Uhr!« sagte er sich, »so spät bin ich noch nie nach Hause gegangen, wir sind eben jetzt frei, frei, frei!« Er dehnte die Brust. Aber gleich wurde er nachdenklich: »Frei, und der erste Gebrauch, den wir von unserer Freiheit machten, war, uns zu betrinken. Aber sonst hätte ich sie ja nicht gesehen!« Er hätte tanzen mögen und schritt rasch seinem Vaterhause zu, das in einem großen Garten am See lag. In einem Fenster war noch Licht. »Die Mutter ist noch wach«, dachte er, halb erfreut, halb mißmutig. Er trat in ihr Zimmer. Sie warf einen raschen Blick auf ihn und schien mit seiner Haltung nicht unzufrieden zu sein. »Wir sind beide spät«, versuchte Reinhart zu scherzen, »du hast doch nicht auf mich gewartet?«

»Doch, aber das hat nichts zu sagen, wir können ja einmal lang genug schlafen.« Dann rasch den Ton wechselnd: »Es ist ein Brief vom Vater da, er kommt erst morgen abend. Er läßt dir sagen, du sollest nach dem Golsterhof gehen und nach dem Großvater sehen. Setz' dich doch, es ist mir ums Plaudern. Ich habe es wie die Katzen: je später die Nacht, desto wacher werde ich.« Sie legte die Brille, die sie trug, weg.

»Es ist heut ein Einschnitt«, begann sie, »ich werde hier auf meinem Stuhl sitzen bleiben, du wirst deinen Weg gehen und, wer weiß, wie weit wir schon in ein paar Jahren auseinander sind. Auch Küngold wird mich bald verlassen, ist ein Mädchen achtzehn, so beginnen ihm Flügel zu wachsen. Dann werde ich ganz einsam sein.« – »Sprich nicht so!« rief Reinhart beklommen.

»Ich klage natürlich nicht«, fuhr sie weiter, »mein Los ist das aller Mütter, wir haben's wie die Bäume, wir treiben Laub, aber eines Tages weht es uns der Wind weg. Doch ich wollte nicht von mir, sondern von dir reden, wohin wird dich der Wind treiben? Du wirst es nicht leicht haben. Ich weiß nicht, wie ich es dir sagen soll. Du hast ein Vorbild in unserem Hause, wie bequem wäre es für uns alle, wenn du ihm einfach nachwachsen könntest. Aber das darfst du und kannst du nicht! Du bist kein Stapfer, du bist ein Landert, wie ich eine Landert bin. Bei ihm siehst du nie einen Schritt oder einen Blick ins Leere, da ist immer ein Ziel und ein Zweck, bei uns geht mancher Blick nebenaus ins Blaue oder Ziellose. Er hat das Auge nach außen, wir nach innen. Er besitzt die Kraft, nach allen Seiten richtig auszugreifen, und überall stellt er seinen Mann. So weit reicht deine Spanne nicht. Beschränke dich auf eins und, wenn ich dir raten darf, laß dieses eine nicht die Politik sein.«

Sie hielt inne, sie war wie verlegen geworden, als hätte sie zuviel oder etwas Unrechtes gesagt. Reinhart entgegnete rasch: »Aber es muß sie doch jemand machen, die verfluchte Politik!« Er sprach das nicht, weil ihn eine innere Neigung zur Politik gestoßen hätte, sondern weil er meinte, einen Schild über den Vater halten zu müssen, wie schon einmal in dieser Nacht.

»Du verstehst mich falsch«, entgegnete die Mutter. »wenn dein Vater Politik treibt, so tut er es, weil er nicht anders kann, weil die Politik sein Fahrwasser, sein Strom ist. Aber du! Wie unglücklich würdest du in diesem Wasser herumpatschen! Wie ärgerst du dich, wenn er in den Zeitungen verunglimpft wird! Was tut er? Er lacht darüber und bleibt aufrecht und gesund.«

Reinhart schwieg. Sie fuhr nach einer Weile weiter: »Das ganze Leben hängt von dem weg ab, auf den wir im entscheidenden Augenblick den Fuß setzen.« Und dann fast wie aus einem Traum gesprochen: »Die Söhne müssen von den Vätern weg. Nun geh und schlaf über dem, was ich dir gesagt habe.«

Reinhart küßte sie und ging. Als er die Türe hinter sich zuzog, sah er, wie sie ihm vorgebeugt nachschaute und, als sie bei ihrer Kurzsichtigkeit meinte, er sei verschwunden, wie gebrochen in sich zusammensank. »Warum muß das so sein?« stöhnte er in sich hinein. Aber bald wurde das Bild der Mutter durch das Juttas auf die Seite geschoben. Die ganze

Nacht wurde Reinhart durchwühlt wie ein Brachfeld, das von der Pflugschar aufgerissen und unter Schmerzen für ein neues Leben und eine künftige Ernte bereitet wird.

2. Auf dem Golsterhof

Die Sonne hatte den Nebel schon fast aus der Luft gewischt, als Reinhart aus einem unruhigen, von endlosen Träumen gerüttelten Schlaf aufwachte. Er hörte seine Schwester im Garten hantieren und trat zu ihr hinaus. Sie scheuerte mit einem Rechen welkes Laub aus den Wegen und sah ihn erst nicht. Ihm fuhr das Gespräch der Mutter durch den Sinn und er fragte sich: »Ist sie eine Stapfer oder eine Landert? Außen eine Stapfer, innen eine Landert«, gab er sich zur Antwort. Sie war fast so hoch gewachsen wie er, hatte blühende Wangen und Lippen, und auf den ersten Blick schien die Seele ihres Wesens Heiterkeit zu sein. Aber ihre dunkeln, fast schwarzen Augen waren ernst und versonnen. Sie hörte Reinharts Schritt. »Da bist du, du Nachtschwärmer!« scherzte sie. »Ich habe bis Mitternacht auf dich gewartet, ich wollte sehen, ob dir die Treppe breit genug sei.«

»Ich kenne eine Schwester, die hat länger ausgeharrt.«

»Ei, wer ist denn noch musterhafter als ich?«

Er zögerte einen Augenblick und rückte dann heraus: »Ich habe Georg Homberg nach Hause begleitet, da hat uns eine seiner Schwestern aufgeschlossen.«

»Minna?«

»Nein, Jutta. Kennst du sie?«

»Wie man den Mond kennt. Sie ging nicht in die Stadtschulen, die waren doch für sie nicht vornehm genug. In Lausanne geruhte sie, ein paarmal das Wort an mich zu richten.«

»Sei nicht so boshaft!«

»Aha!« lachte sie, »du willst dir einen Nasenstüber holen.«

»Keine Sorge! Übrigens soll die Ältere mit dem Pfarrer Schalcher verlobt sein. Der ist auch keine Weinblume, wie sich Oswald Wäspi gestern ausdrückte.«

»Oh, der ist viel mehr, der ist der Abgott aller vornehmen Jungfern, der heiratsfähigen und überständigen!«

Beide lachten. Reinhart schüttelte der Schwester die Hand und machte sich davon.

Es war ein traumhafter Herbsttag, die Luft voll blauen Dunstes, der den grellen Glanz der Sonne band und Himmel und Erde durch einen Seidenschleier schauen ließ. An Gras und Blatt hatten sich über Nacht schwere Tropfen gehängt, und das Spinnweb an den Sträuchern sah aus wie aus Perlenschnüren geflochten. Die letzten Schwalben schaukelten lautlos dahin, auf den Äckern gruben Bauern die Kartoffeln aus und Knaben verbrannten unter Jauchzen die Stauden. Die rauchenden Feuer glichen aus der Ferne heidnischen Dankopfern.

Reinhart verließ die Landstraße, die an der Berglehne langsam der Höhe zustrebte, und schlug einen steilen Pfad ein, der zuerst durch Buchen, dann durch niedere Föhren und Eiben zum Kamm führte. Er stieg bald rasch, bald langsam, wie ihn die Gedanken an Jutta jagten oder anhielten. Zuweilen seufzten die Worte der Mutter in sein Glückssinnen, und ihr still getragenes Leiden ging wie ein Schatten neben ihm her. »Genügt es denn nicht, gut zu sein, um auf dieser Erde glücklich zu werden? Oder gibt es nur deshalb Gute, damit jemand da sei, der saumtiergeduldig das Schwere für andere schleppe?«

Oben, auf dem Grat, wandte sich Reinhart zurück und schaute hinab auf die Stadt und den See, die, aus der Höhe betrachtet, immer noch in einem leichten Nebel schwammen; er schaute hinaus auf das herbstliche Land voll glühender Kirsch- und schwer behangener Apfelbäume, hinüber nach den Schneebergen, die sich in der allgemeinen Bläue fast verloren und unwirkliche Phantasiegebilde zu sein schienen. Eine Sehnsucht erfaßte ihn, all das, was vor ihm und unter ihm lag, zu durchstreifen, zu berühren, zu umfassen, ihm ›du‹ zu sagen. »Ich stehe an der Schwelle des Wunders, ihr seid es selber und in eurer Heiterkeit das dunkle Geheimnis, hinter das man kommen muß. Man kann doch nicht leben, wie das Tier im Wald oder auf der Weide. Irgendwie müssen mir die Schuppen von den Augen fallen. Wie wäre es sonst auszuhalten?« Er schritt weiter. »Ich will den Rätseln nachjagen wie ein Hund dem Wild, in das letzte Nest seiner Höhle will ich den Fuchs verfolgen und ihn herauszerren.«

Er beabsichtigte Geschichte und Philosophie zu studieren, da mußte er doch dem Weltwesen und dem Leben auf die Schliche kommen, da mußten doch dichter aufgehen, wenn auch nicht das große, letzte, von dem man behauptet, daß unser Auge es nicht ertragen würde. Er hatte ein grenzenloses Vertrauen in die menschliche Vernunft und in die Wissenschaft.

Jutta schritt durch seine Gedanken, das Weib, wie eine Lichtgestalt, und hinterher ein langer Zug Ahnungen und Wünsche und Gaukelbilder einer unerfahrenen, unwissenden, neugierigen jungen Seele.

Er war mehr als eine halbe Stunde auf dem Grat gewandert, als er angerufen wurde: »Ist's erlaubt mitzugehen, junger Herr? Wir scheinen den gleichen Weg zu haben.« Der so fragte, lag bäuchlings im Gras, stützte den Kopf auf die aufgestemmten Arme, wie man etwa tut, wenn man liegend die Weite wie einen Quell in sich aufsaugen will. Er erhob sich langsam und trat auf Reinhart zu. Er stak in ziemlich mißlichen Kleidern und machte durchaus den Eindruck eines Landstreichers, bis auf den schwarzen, sorgsam gepflegten Bart.

Die beiden gingen eine Strecke wortlos nebeneinander, Reinhart etwas ärgerlich, weil er in seiner köstlichen Feststimmung gestört worden war.

»Wohin des Wegs?« fragte endlich der Schönbärtige.

»Nach dem Golsterhof«, erwiderte Reinhart zerstreut.

»Kenne ich, den Golsterhof, s' ist der schönste Sitz im ganzen Amt.«

Da Reinhart nicht weiter auf den Gegenstand einging, stockte das Gespräch wieder, bis der Landstreicher, der unterdessen wohl seine Überlegungen gemacht hatte, die Frage aufwarf: »Sind Sie etwa der Sohn Ferdinands, ich meine, des Obersten oder des Nationalrats, ich weiß nicht, wie man schicklicher sagt?«

»Kennen Sie ihn?« forschte Reinhart, etwas überrascht.

Der andere stand still, umfaßte mit einer fürstlichen Gebärde seines rechten Armes das Land, das an den Berg angelehnt gegen Süden in langen Wellen hinflutete, und behauptete mit dem Tonfall eines Herrschers: »Das kenne ich alles wie meine Hand, und alles kennt mich im ganzen Amt, will sagen, man meint mich zu kennen, ... ha! Ich bin nämlich der Mauderli, das heißt, man nennt mich so, aber vom Vater hab' ich einen andern Namen geerbt, per se.«

»Was sind Sie, was treiben Sie?« fragte Reinhart, um die Prahlerei etwas hinabzuschrauben.

»Die einen sagen, ich sei ein Tagedieb, die andern, ich sei ein Landstreicher und die wohlgesinnten, ich sei ein verbummelter Student. Sie haben alle in ihrer Weise recht. Ihnen, dem Sohn Ferdinands, will ich richtig sagen, was ich tue. Ich suche nämlich Ihn.« Er deutete nach oben.

Reinhart stand still. Er verspürte Lust, dem Großsprecher ins Gesicht zu lachen.

Mauderli ließ sich nicht beirren. »Das tönt vielleicht wie eine Lästerung, aber es ist nicht mehr gelogen, als wenn ein Bauer sagt, er pflanze Brot, und doch nur Kartoffeln steckt. Immer hab' ich auf eine Art Gott gesucht, drei Semester auf der Hochschule, dort war er gar nicht zu Hause, dann im Wein, da meinte ich manchmal, ich hätte ihn am Zipfel, ach, man weiß ja, wie es sich damit verhält. Dann an einem Bach, im Buchenwald, im Gras unter Blumen, im warmen Sonnenschein, und dann wieder im Wein oder Most. Und einmal bei der Heilsarmee. Und wissen Sie, wo ich ihn in den letzten vierzehn Tagen suchte? Im Gefängnis, meiner Seel', dort unten im Bezirksgefängnis. Sie haben einen neuen Landjäger bekommen, der kennt den Mauderli nicht. Und weil der Mauderli in seiner Schwäche eben seinen Gott im Most gesucht hatte, gab es einen übeln Auftritt und vierzehn Tage Gewahrsam, per se. Das war heilsam, und hätte es nach etwas länger gedauert, wer weiß, ob ich Ihn nicht aufgespürt hätte.«

»Sie sind ein seltsamer Kauz«, lachte Reinhart.

»Nicht so seltsam. Jeder sucht etwas, und von tausend stellen es neunhundertneunundneunzig oder auch einer mehr töricht an. Zu den vielen gehöre auch ich. was suchen denn Sie? Und auf welchem Wege?«

Reinhart war etwas überrumpelt. »Ich fange da an, wo auch Sie einst angefangen haben, ich beziehe nächstens die Fakultät.«

»Die theologische?«

»Nein, die philosophische.«

»Nun, Gott sei Dank, da kann es noch erträglich werden. Aber ohne Enttäuschung wird es auch dort nicht ablaufen. Es kommt nur *ein* Schulmeister aus des Herrgotts Hand, und der heißt ›Leben‹. Alle andern sind Stümper.«

»Aber man studiert doch gerade um des Lebens willen.«

»Man würde richtiger sagen: um des Sterbens willen. Aber wir wollen hier abbrechen, sonst könnte ich traurig werden. Es muß jeder sein eigenes Garn abhaspeln. Per se.«

Die beiden setzten sich wieder in Bewegung. Mauderli hatte zuerst wieder das Bedürfnis zu reden. »Also nach dem Golsterhof gehen Sie? Es ist dort nicht alles, wie es früher war. Die Alten werden bald scheiden, verzeihen Sie, daß ich so unbekümmert davon rede, aber ich bin gar nicht unbekümmert. Sind das zwei Leute! Der Abraham ist wie aus dem

Testament geholt, und die Annabab wie aus dem Himmel. Haben Sie ihr schon bei der Arbeit zugesehen? Mir ist immer, sie arbeite, wie man beten soll. So möchte auch ich arbeiten können, aber ich bin ja nur ein Lumpenhund. Wären doch die Jungen wie die Alten! Wie heißt es: Wo euer Schatz ist, da wird auch euer Herz sein.«

»War man hart mit Ihnen?«

»Ich klage nie. Ein Mauderli soll nie klagen. Doch da geht mein Weg rechter Hand. Ich habe mein Mittagessen beim Schuppisser im Tannhof bestellt, sechs Gänge, Nachtisch und Champagner. Grüßen Sie mir den Abraham und die Annabab. Und nichts für ungut, unsereiner schwatzt eben, wenn er dazu kommt.«

Er schwenkte ab und Reinhart sah ihm im Weitergehen verwundert nach. Der hatte also auch einmal an der Schwelle gestanden, voller Neugier und Wissensdrang, von den großen Geheimnissen und Rätseln gelockt, ratlos, voll innerer Unruhe und doch wieder voll Zuversicht und Hoffnung. Und nun? Eine heimliche Angst erfaßte Reinhart. Wenn auch er einmal so strandete und von allen seinen Zukunftsträumen nichts sichtbar bliebe als ein glänzender Bart?

Eine Stunde später stieg er zum Golsterhof hinab, der sich geruhsam und herbstgesegnet in der Sonne dehnte: das hochgieblige Dach des Wohnhauses, die breite Scheune voller Behäbigkeit, die Kirschbäume feurig rot, die Wipfel der Birnbäume wie Wein, die Apfelbäume unter der Last der Früchte purpurn oder gelb. Es war ein festlicher Empfang. Die Großmutter Annabab sah Reinhart von weitem kommen, trat vors Haus und faßte seine Rechte in ihre alten abgearbeiteten Hände, und in ihrem »Gottwillkommen« klang ihr Herz. Bei ihr stand schon Reinharts Bäschen Estherlein. Sie glänzte ihn mit ihren dunkeln, leuchtenden Augen an und harrte auf den Augenblick, da auch sie ihre Hand in die seine schmiegen konnte. Sie versteckte sich halb hinter der Großmutter, denn sie schämte sich immer ihrer verwachsenen Gestalt, sie hatte ein Höckerchen, das sie fast zur Zwergin machte, und sich, wie sie meinte, immer zwischen sie und die andern Menschen einschob. Als sich Reinhart zu ihr wandte und sein Blick ihre Mißform umfaßte, glänzte ihm ein anderes Mädchenbild durch den Sinn, und er empfand ein brennendes Mitleid mit ihr. Sie fühlte es gar wohl, und wenn Reinhart für sie den rechten Menschenblick gehabt hätte, würde ihm nicht entgangen sein, wie der freudig warme Glanz ihrer Augen sich plötzlich kühlte. Aus dem Garten kam Adelheid, Estherleins ältere Schwester, herbei, gemessen, selbstsicher, aber mit natürlicher Freundlichkeit. Sie ging, im Gegensatz zu Estherlein, in einem wohlgeratenen, starken Leib umher und erweckte den Eindruck, man könnte auf ihre Schultern ein ganzes Bauernhaus stellen.

Reinhart erkundigte sich nach dem Großvater. »Da steht er am Fenster«, entgegnete Annabab gedämpft.

Reinhart blickte zu der langen Fensterreihe empor und schaute in das große, glattrasierte Gesicht seines Großvaters, der ihm zunickte.

»Gehen wir zu ihm hinauf«, flüsterte die Großmutter, »es geht ihm nicht zum Besten.« Adelheid schob die Türe mit dem schweren Klopfer auf, Annabab führte Reinhart, als wäre er immer noch ein Knäblein, an der Hand ins Haus, Estherlein folgte ein paar Schritte hinterdrein, zaudernd, wie müde, den Blick vorwurfsvoll auf den schlank gewachsenen Stadtvetter gerichtet.

Der Großvater empfing Reinhart oben an der Treppe in dem breiten Gang und übernahm nun die Führung in die Stube. Er wies ihm den Ehrensitz neben sich am obern Tischende an, und nun begann zwischen Großvater und Enkel das Fragen und Auskunftgeben, her und hin, während Annabab und Adelheid in der Küche verschwanden und Estherlein den Tisch deckte und auf einen guten Blick hoffte.

»Wo ist der Oheim Hans Rudolf?« fragte Reinhart. Über das Gesicht des Großvaters glitt es dunkel. »Er ist in Geschäften in die Stadt gefahren, ich weiß nicht, ob er vor Abend nach Hause kommt. Bist du seinem Gefährt nicht begegnet?«

»Ich kam nicht auf der Landstraße.«

»Ja, es ist kurzweiliger über den Berggrat. Der weitere Weg ist nicht immer der längere.«

Ein Knabe von etwa vierzehn Jahren trat ein, warf den Schultornister geräuschvoll auf den Tisch und begrüßte Reinhart. »Haben Sie die Maturität bestanden, Herr Vetter?« war sein zweites Wort.

»Was fällt dir ein, mich zu siezen, Walter?« lachte ihm Reinhart ins Gesicht.

»Ja, ja, wenn man jetzt vierzehn Jahre alt ist, weiß man nicht mehr, wie man sich stellen soll«, meinte der Großvater tonlos. »Er hat es nun richtig durchgesetzt, daß er studieren darf.«

»Und der Hof?« fuhr Reinhart besorgt drein.

»Das ist es eben«, seufzte der Alte.

»Hat Onkel Ferdinand nicht auch studiert?« fragte Walter mit triumphierender Miene. »Hätte er jetzt eine große Fabrik und wäre er Oberst und Nationalrat, wenn er jung seinen Kopf nicht durch die Wand gestoßen hätte?«

»Der eine kommt auf den Bock und der andere unter die Felgen«, tönte es ihm eindringlich von den Lippen des Großvaters entgegen. Walter wollte die Mahnung nicht verstehen und ließ sich von Reinhart erklären, was er studieren wolle.

»Kann man damit Geld machen?« fragte er mit gekrausten Lippen.

Der Großvater und Reinhart zwinkerten sich zu, und beide mußten lächeln, der eine traurig, der andere belustigt. Der Alte sagte: »Ich glaube, die Buben lernen heutzutage kein anderes Wort mehr als ›Geld‹. Man fragt nicht mehr: Kann mir die Arbeit ein Stück Herz werden, sondern: macht man Geld damit? ›macht‹ man!«

»Natürlich«, rief Walter selbstbewußt, »man ist nicht mehr so dumm.« Er merkte, daß sein Wort unschicklich war und steckte das Gesicht in ein Buch.

Adelheid brachte die Suppe herein und hinter ihr erschien eine halb städtisch gekleidete Frau. Sie begrüßte Reinhart mit überschwenglicher Freundlichkeit, so daß er gar nicht zum Worte kam. Es war Hans Rudolfs zweite Frau, von ihm Aga, von den andern aber nach dem Kalender Agathe genannt. Früher hatte sie ihr hübsches Frätzchen in eine Spinnerei getragen, jetzt spielte sie sich als Herrin auf. Reinhart hatte sie erst ein paarmal gesehen, denn sie war kaum drei Jahre auf dem Hofe. Sie fragte ihn, ob man in der Stadt schon die Wintermode trage, und war fast beleidigt, daß er darüber keine Auskunft geben konnte. Sie hätte ihn am Ohrläppchen gezupft, wenn er sich ihrer Hand nicht rasch entzogen hätte.

Nach dem Essen streckte sich der Großvater auf dem Ruhebett zum Mittagsschlaf aus. Die andern verließen die Stube. Die Großmutter ging mit Reinhart in den Baumgarten, wo Obst aufzulesen war. »Wie findest du ihn?« fragte sie besorgt. Reinhart konnte nicht antworten, er hatte auf den ersten Blick gesehen, daß der Großvater dem Tod verfallen war. »Es ist nicht nur das Alter«, fuhr Annabab fort, »es drückt ihn anderes noch mehr. Es ist traurig, wenn einem das Leben die größten Sorgen auf das Ende aufspart. Höre ihm geduldig zu, wenn er davon anfängt, es tut ihm wohl, wieder einmal abzuladen.« Sie machte sich an ihre Arbeit und Reinhart sah ihr nachdenklich zu. Ihr Anblick war ihm eine Erbauung, und die Worte Mauderlis fielen ihm ein. »Er hat recht, es ist eine seltsame Andacht in ihrer Arbeit, es ist wirklich ein Gebet, wenn sie sich bückt, gerade als würde sie dem Baum oder der Erde oder sonst wem für jeden Apfel und jede Birne Dank sagen.«

Adelheid und Estherlein gesellten sich zu ihr. Estherlein arbeitete fast wie die Großmutter, nur daß sie bei ihrer Behindertheit etwas rührend Unbeholfenes an sich hatte, während das Tun der Großmutter schlicht und selbstverständlich war. Adelheid stieg beherzt auf die Leiter, schüttelte die Äste mit kräftigem Arm, so daß die Mostbirnen mit Getöse herabprasselten. wie ein Mann stand sie in der Baumkrone. »Die ist eine Stapfer«, dachte Reinhart und stieg, um nicht hinter ihr zurückzubleiben, auch auf den Baum. Auch Agathe schwänzelte heran. Sie hielt eine Häkelarbeit in der Hand und setzte sich vornehm auf einen mit Birnen gefüllten Sack.

Nach einer Weile humpelte der Großvater aus dem Haus, warf einen Blick auf seine Leute und setzte sich auf die Bank neben dem Bienenhäuschen. Reinhart stieg vom Baum herab und trat zu ihm hin. Der Großvater rückte ein bißchen auf die Seite und lud ihn ein, Platz zu nehmen. Es wollte sich nicht gleich ein Gesprächsstoff finden. Der Alte sann unschlüssig in die Weite. Reinharts Blick fiel auf das leere Hundehäuschen, und er fragte: »Wo ist der Hund, der Bello?«

Der Großvater machte mit der Hand eine Gebärde ins Leere: »Die Alten verlassen den Golsterhof.« Und dann wie mit einem Ruck: »Was hältst du von unserem Walter? Studierst du auch nur, um Geld zu machen?«

»Ich weiß, daß ich mit meinem Studium kein Vermögen ergattern werde«, gestand Reinhart lachend.

»Ich bin ein alter ungeschulter Mann und sollte in diesen Dingen nicht mitreden. Aber wie du's auffassest, freut mich. Ich weiß nicht, was in den letzten zehn, fünfzehn Jahren in die Menschen gefahren ist. Mein Sohn Hans Rudolf war früher ein Bauer, wie eine Axt in einer rechten Hand eine Axt ist, von früh bis spät am Hieb. Und jetzt? Er wägelt jede Woche ein- oder zweimal in die Stadt, er besitzt dort drei Mietshäuser, er spekuliere, sagt er, und könne damit an einem guten Tag mehr Geld verdienen als auf der Scholle in einem Jahr. Immer das Geld! Das verstehe ich nicht, aber da drin höre ich etwas, das sagt: Dergleichen kann kein Segen sein. Es zieht Hans Rudolf nach der Stadt, und seine Frau hetzt ihn dazu. Was ist ihr der Hof? Ich glaube, wenn ich gegangen bin, verkauft man ihn den Juden. Ich habe noch auf Walter gehofft ...«

Er hüstelte trocken und setzte dann wieder an: »Die Annabab und ich, wir haben auch zu unserer Sache gesehen und den Rappen geachtet, aber wir ließen den Rappen nicht zu unserm Herrgott werden, und wenn ein Bettler kam und in Herrgottsnamen anhielt oder auch sonst, so haben wir ihm nicht den Handrücken gezeigt, weil wir fürchten mußten, mit einem Stückchen Geld oder einer Schüssel Suppe unsern Herrgott aus dem Hause zu geben. Oh, ich habe eine Freude gehabt an diesem Hof! Wie ein König kam ich mir manchmal vor. Ich glaube, dafür werde ich jetzt in meinen letzten Tagen gebüßt. Mach' ein paar Schritte mit mir!«

Er erhob sich und führte Reinhart um das Bienenhaus herum auf einen freien Wiesplatz. Er wollte stramm ausschreiten wie in den guten Jahren, er wehrte sich mannhaft gegen Schwäche und Tod. »Sieh dir das alles an! Die alten Bäume rühren von meinem Vater und Großvater her, die mittleren, die sich jetzt fast zu Tode tragen, pflanzte ich, als ich etwa war wie du, die jungen setzte ich in späteren Jahren allein oder mit Hans Rudolf. Sie werden noch ein paar Menschenalter lang tragen, wenn ich schon drunten bin, und mir ist, so lange noch einer von ihnen treibt und blüht, sei auch ich nicht ganz vom Hof abgelöst. Und weiter die Wiesen! Sahst du je saftigere? Freilich muß man sie im Frühjahr sehen, wenn sie blühen, oder im Brachmonat, wenn sie zum Schnitt reif sind. Und dann die Äcker! Die neue Saat liegt schon in ihnen, das ist etwas für sich, darüber soll man nicht viel reden. Und dort unten der Wald; drin stehen Tannen, zwei Männer müssen die Finger an den Armen strecken, wenn sie sie umfassen wollen, und dazwischen stehen ein paar Eichen, die haben schon zugeschaut, als Zwingli an ihnen vorbei in den Tod ging.« Er schwieg und sann und schaute. Sein Blick schweifte gegen die Schneeberge. Der Föhn hatte seit dem Morgen den Dunst von ihnen weggehaucht und sie standen nun herrlich, zum Greifen nahe da, Spitze an Spitze, Firn an Firn, Hang an Hang.

»Die dort gehören auch dazu«, fuhr der Großvater fort, »mir ist, auch sie seien mein. Wenn es sich manchmal über mir zusammenzog, hab' ich zu ihnen hinübergeschaut und gedacht: wie oft hat es schon um sie gestürmt und geblitzt und gewettert, und sie halten immer noch den Kopf hoch wie am sechsten Tag. Das hat mir wieder Mut gemacht. Es geht Kraft von ihnen aus, und es freut mich, daß sie mir einst auch auf mein Grab scheinen werden.«

Er drehte sich zu Reinhart: »Und das alles soll uns verloren gehen? Die Stapfer sollen wegwandern, heimatlos werden, ja, ich sag' es, heimatlos! Fremde sollen sich ins Nest setzen, die nichts von denen wissen, die die Bäume gepflanzt und die Scheune gebaut haben! Das macht mir das Letzte schwer. Hör', du hast auch noch ein Bauernherz, wenn du auch in der Stadt aufgewachsen bist, verlaß du den Golsterhof nicht, übernimm ihn einmal, tu's mir zulieb.« Seine Stimme zitterte, seine Augen leuchteten. Reinhart stand ratlos vor ihm. wie ihm antworten, wie ihn nicht kränken? »Ich verstehe nichts von der Landwirtschaft«, stammelte er.

»Du wirst sie lernen, wenn nur das Herz will, das Herz lernt leichter als der Kopf, es lernt alles, wenn es will.« Er sah Reinhart in die Augen und las die Antwort drinnen. Er seufzte und sank noch mehr in sich zusammen. »Du hast recht, ich kann von dir dein Leben nicht verlangen. Komm in die Stube, es wird kühl.« Traurig stiegen der Absterbende und der Werdende miteinander ins Haus und stießen mit fünfjährigem Birnensaft miteinander an.

Beim Aufbruch sah der Großvater Reinhart in die Augen und sagte bedeutsam: »Behüt dich Gott treulich.« Reinhart eilte in den Baumgarten und verabschiedete sich hastig von den andern. Das Herz saß ihm wie Blei in der Brust. Als er Estherchen die Hand drückte, fiel ihm ihr fragender, vorwurfsvoller Blick auf, aber die Trennung vom Großvater hatte ihn so tief gepackt, daß er den andern nichts mehr abzugeben hatte. Das arme Mädchen schlich ganz klein und bucklig davon. Der gleichaltrige Stadtvetter, der so oft die Ferientage im Golsterhof verlebt hatte, war ihr das Ideal der Gradgewachsenheit geworden, und sie hatte, ohne selbstsüchtige Pläne, ohne Hoffnung, nur mit dem Anspruch auf einen freundlichen Blick, ihr gutes Herz an ihn gehängt. Heute hatte er sie verletzt und sie ihr Höckerelend doppelt häßlich empfinden lassen.

Die Annabab hatte die Schürze abgelegt und ließ es sich nicht nehmen, Reinhart eine Strecke zu begleiten. »Sag' doch deinem Vater, er solle bald herüber kommen. Der Großvater klagt ihn zwar an, daß er das Beispiel zum Abzug vom Golsterhof gegeben habe, aber er ist doch sein Stolz. Und dann könnte Ferdinand mit Hans Rudolf reden, er ist noch der einzige, auf den er hört.«

Nach einer Pause fragte sie: »weißt du etwas von Melchior?«

»Er kommt nie zu uns, er weicht uns aus, ich weiß nicht einmal, wo er haust.«

Sie seufzte: »Seit fünfundzwanzig Jahren haben wir ihn nicht mehr gesehen, den eigenen Sohn, und er wohnt kaum drei Stunden weit. Muß das so sein?«

Die alte Frau wischte sich die Augen und ließ Reinhart allein ziehen. Er schlug die Landstraße ein und schritt wie gehetzt bergan. Traurige Gedanken jagten hinter ihm her. Er hatte bis zu diesem Tag den Golsterhof als eine Glücksstätte angesehen, als seine eigentliche, sonnige Heimat. Und nun? welcher Wandel! Und er selber hatte den Kummer vermehrt, zwei Menschen weh getan, die ihm nie etwas anderes als Liebe erwiesen hatten.

Oben vor dem Bergwirtshaus stand Hans Rudolfs Gefährt. Reinhart überlegte, ob er eintreten und den Oheim begrüßen sollte. Er schritt vorüber.

Es hatte schon eingedunkelt, als er daheim ankam. Es herrschte eine stürmische Stimmung im Haus, die Mutter hatte sich sorgfältig angezogen und legte frische Herrenwäsche und Kleider zurecht, Küngold sah bald im Eßzimmer, bald in der Küche nach, die beiden Dienstmädchen schossen aufgeregt her und hin, irgendwo klirrten Scherben. Die Haustüre ging auf. Sporenklirren blitzte die Treppe herauf, Ferdinand stand in der Stube, grüßte Frau, Tochter und Sohn rasch der Reihe nach, warf Säbel und Käppi auf das Sofa und entledigte sich der Handschuhe. Eine unbändige Kraft, die sich nach allem ausstreckte, schien ins Zimmer gerollt zu sein. »Ich komme nur schnell, um das Militärgewand abzustrupfen«, sagte er, »ich muß in eine Sitzung des Parteivorstands und esse im Wirtshaus. Morgen ist Sonntag, da holen wir's nach. Seid ihr alle wohl? Nun, gottlob, das ist die Hauptsache! Warst du auf dem Golsterhof? Wie geht es dort? Armer Vater! Gib mir doch die Zivilkleider heraus, Ulrike! Es eilt! Du hast das schon besorgt? Immer getan, ehe gewünscht. A propos, ist die Matura gut abgelaufen, Reinhart? Nun, ich hab's nicht anders erwartet! Wir müssen morgen miteinander plaudern. Sagen wir um elf oder halb zwölf, und zwar im Bureau. Ich habe auch Herrn Geierling dorthin bestellt. Also abgemacht!«

Er stieg in sein Schlafzimmer hinauf und verließ eine Viertelstunde nachher das Haus so ungestüm, wie er es betreten hatte.

3. Der Wegweiser

Am Sonntag morgen wälzte sich der Herbstnebel ruhig und schwer über See und Stadt. Reinhart machte ein paar unruhige Gänge durch den Garten und stand dann am See still, der ihm seine Wellen müde und kaum hörbar gegen die Füße trieb. Er war gequält. Die Unterredung mit dem Vater ängstigte ihn zum voraus. Er kam sich ihm gegenüber ganz unbewehrt vor. ›Reifezeugnis‹, fuhr es ihm durch den Sinn, und er mußte lachen. Mit einem dunkeln Entschluß ging er dem Innern der Stadt zu. Er hoffte auf eine Begegnung. Als er von einer Hauptstraße in eine Gasse einbog, die stracks in eine Kirche hineinführte, sah er eine gedrungene Spatzengestalt im Nebel auftauchen. Er wollte ihr ausweichen, aber Immergrün hatte ihn schon bemerkt und rief ihn an: »Hast du Ritter Georglein glücklich zur Bettstatt gebracht?«

Reinhart suchte ihn abzuschütteln, aber Oswald Wäspi gehörte nicht zu denen, die man mit einem kühlen Hauch von sich bläst. Er faßte Reinhart unter den Arm und zog ihn plaudernd mit sich fort. Auf dem nahen Kirchturm begannen die Glocken zu werben. »Aha, wir sind in die Kirchgänger geraten«, näselte Immergrün, »die laufen alle dem Modepfarrer zu. Der versteht es, den Mäusen zu pfeifen! Er muß ein seltsames Gefühl haben, wenn er allen Zentnergeldsäcken der Stadt die Leviten lesen darf. Man sagt, er habe jeden Sonntag dreihundert Millionen unter seiner Kanzel.«

»Er soll es auf Georgs Schwester abgesehen haben?« forschte Reinhart den Alleswisser aus.

»Stadtgespräch! Er scheint sich etwas Vornehmheit antrauen zu wollen, sein Vater ist nämlich Schirmhändler an der Nelkengasse.«

Eine hagere, leicht vornübergebeugte Gestalt in langem Gehrock und mit hohem Zylinderhut kam etwas steif daher. Reinhart zog den Hut. Der Alte erwiderte den Gruß mit äußerlicher Freundlichkeit und ging in andächtiger Sammlung vorüber, als hätte ihn der Gottesdienst schon ganz gefangen genommen.

»Aha, der alte Homberg läuft dem Rattenfänger in die Falle«, lachte Immergrün. »Ich komme mit dir da hinein, du wolltest doch auch … du Marder, oder wie soll ich dich im Tierbuch einreihen?«

Sie traten in die Kirche und nahmen auf der Empore Platz. Das Schiff war ganz gefüllt, Frauen und Fräulein wogen vor. Reinhart ließ seine

Blicke forschend durch die Reihen gehen, ohne zu finden, was er suchte. Die Orgel sang etwas Feierliches durch die hohen Gewölbe und schloß mit einer jauchzenden Folge von Akkorden. Sie schien die Generalfreude in die Welt posaunen zu wollen. Der Gemeindegesang begann. Immergrün, der hinter Reinhart stand, fand sich darin nicht zurecht, er ging bald einen Takt mit dem Tenor, bald ein paar Noten mit dem Baß und sang zuletzt den Sopran eine Oktave zu tief mit. Bei den obern Tönen quiekte seine Stimme, denn sie hatte die Vermännlichung seltsamerweise noch nicht ganz vollzogen. Der Modepfarrer war unterdessen auf die Kanzel gestiegen und stand wie eine schwarze Bildsäule unbeweglich über seiner Gemeinde, den Blick leicht nach oben gewandt. Reinharts Auge wurde weniger von seinem Blick als von seinem Bart angezogen, der in blonder Fülle wie ein wohlgepflegter Garten sein Gesicht umfaßte. Er erinnerte Reinhart an Mauderli. Der Pfarrer begann zu reden, zuerst ganz leis, um jedes Geräusch in dem weiten Raume zu bannen, dann lauter und voller, bis er einen ganzen Strom von Wohllaut über die Gemeinde ausgoß. Aller Augen hingen an ihm, aller Ohren fingen wie Trichter seinen Redestrom auf. Er hatte als Text das Wort gewählt: »Über des Himmels Gestalt könnet ihr urteilen, könnet ihr denn nicht auch über die Zeichen dieser Zeit urteilen?« Reinhart horchte auf. Hatte nicht oft schon sein eigenes Suchen den Zeichen dieser Zeit gegolten? Er glaubte in der Geschichte den Geist früherer Zeitalter etwas betastet zu haben, der Gegenwart aber stand er kindlich ratlos gegenüber wie dem Leben überhaupt. Was bewegte jetzt die Menschheit? Unter welchen Mächten oder Herrschaften stand und diente oder fronte sie? Er hatte, in einem politischen Haus aufgewachsen, schon vieles darüber gehört, aber nichts so tief begriffen, daß es in ihm zu einer starken Überzeugung geworden wäre. Sollte ihm nun das Licht von der Kanzel kommen? Zu seiner Enttäuschung lenkte der Pfarrer nach einer kurzen Einleitung, die der Fahrt auf einem weiten Strome glich, sein Schifflein in einen engen Kanal, in dem er mit jedem Ruderschlag das flache Ufer oder den Boden berührte. Das Hauptzeichen der Zeit war ihm die Mißachtung, in der die Kirche nicht nur bei der arbeitenden Klasse, sondern sogar bei denen stand, die Kraft ihrer Stellung »Vorbild und Fackel« sein sollten. Reinhart folgte ihm bald nur noch mit halbem Ohr. Soviel wußte er: jede Zeit hatte ihre Not und ihren echten und unechten Glanz, und darnach mußte sie beurteilt werden. Sah nicht der Großvater im Golsterhof all das deutlicher als der gelehrte Pfarrer?

Reinhart ließ den Blick wieder über die gedrängt besetzten Bankreihen gleiten. Da entdeckte er *sie* endlich. Sie saß zwischen ihrer Schwester Minna und einer älteren Dame, in der er die Tante vermutete. Sie war in bescheidenes Schwarz gekleidet und trug ein herrenhuterisch strenges, geschmackloses Hütlein. Darum hatte er sie nicht gleich entdeckt. Er hatte sich etwas Leuchtendes, Strahlendes gedacht Während die Schwester und die Tante keinen Blick von dem Pfarrer wendeten, schien Jutta lächelnd vor sich hin oder in sich hineinzuschauen. Nach dem Schlußgesang jonglierte Immergrün Reinhart rasch auf die Gasse hinaus und hielt ihn dort mit der Kunst eines Diplomaten fest, um so unauffälliger die jungen Kirchgängerinnen mustern zu können, die mit gemessenem Anstand heraustraten.

»Er war heut etwas steifleinen«, näselte er Reinhart zu. »Vor vierzehn Tagen hat er das Wort verzupft: ›Wer mich aufnimmt, der nimmt den auf, der mich gesandt hat.‹ Das war possierlich, der alte Homberg wird ihn schon verstanden haben.«

»Ei, du warst vor vierzehn Tagen auch hier?« spöttelte Reinhart, der plötzlich begriff, daß ihr Zusammentreffen vor der Kirche kein zufälliges gewesen war.

»Warum nicht?« lachte Immergrün, »ich gehe angeln, wo ein Teich ist, grad wie du«.

Reinhart errötete. War es, weil Wäspis Bemerkung ihn getroffen hatte, oder weil eben drei Damen, zwei junge und eine ältere, aus dem Portal der Kirche hervortraten? Er machte sich von Immergrün los, er wollte Jutta in seiner Gegenwart nicht grüßen und so dem Spötter sein tiefstes Geheimnis an die boshafte Zunge liefern. An der Straßenecke wandte er sich flüchtig zurück und meinte, Jutta habe ihn angesehen und gelächelt, wie während der Predigt. Er zog verwirrt seinen Hut und trollte davon. Er war noch ein großer Junge.

Als er ins Bureau seines Vaters eintrat, fand er ihn in Gesellschaft eines geschniegelten Herrn von kaum dreißig Jahren. Ferdinand erhob sich: »Die Herren kennen sich wohl noch nicht? Herr Helmut Geierling, unser kaufmännischer Direktor; mein Sohn Reinhart«.

Man verbeugte sich, auf der einen Seite geschmeidig, weltmännisch, auf der andern linkisch und befangen. Reinhart merkte, daß von dem blonden, kaiserlich nach oben gesträubten Schnurrbärtchen des Fremden ein feiner Duft ausging. Nachdem man sich gesetzt hatte, nahm das

Gespräch zwischen den Herren Stapfer und Geierling seinen Fortgang. Reinhart blieb unbeteiligt.

»Ihre Befürchtung ist durchaus begründet, Herr Oberst, die kleinen Betriebe werden einen immer schwereren Stand haben. Ja, ich gehe noch weiter: sie werden bald die Beine strecken müssen, mit Notwendigkeit. Der Kapitalismus, das allmächtige Tier, umfaßt alles, erstickt alles, was rückständig ist, die rückständige Gesellschaft, den rückständigen Arbeitsbetrieb. Es gibt also nur ein Mittel der Rettung: Mächtig zu sein, alles zu zermalmen, was sich einem in den Weg stellt. Das hat man zuerst jenseits des Ozeans begriffen, aber wir im Reich haben die drüben ins zweite Treffen gestellt, ganz einfach, weil wir methodischer sind. Wer das Musterland kapitalistischer Entwicklung kennen lernen will, der braucht nicht mehr nach Amerika oder England zu reisen, er findet es zwischen Rhein und Elbe«.

Es entstand eine kleine Pause. Reinhart benutzte sie: »Es scheint, daß ich etwas zu früh eingetreten bin, Vater, ich komme später.« Er erhob sich. Die beiden andern maßen ihn etwas erstaunt, und Ferdinand ging ihn hart an: »Wir beraten uns über die Geschäftslage unseres Hauses, das sollte dir nicht langweilig sein«.

»Ich verstehe doch nichts davon«.

»Umso schlimmer«, wies ihn der Vater zurecht. Dann zu Herrn Geierling: »Also um halb eins in der ›Seewarte‹«.

»Es wird mir eine sehr große Ehre sein«, erwiderte Geierling. Er verneigte sich tief gegen Ferdinand, kühl und mehr beiläufig gegen Reinhart und schwebte elastisch hinaus.

Ferdinand ging mit zusammengepreßten Lippen ein paarmal im Bureau auf und ab und lud dann Reinhart mit sichtlich erzwungener Feierlichkeit ein, sich wieder zu setzen. Er hielt ihm eine Zigarrenschachtel hin. Reinhart lehnte ab: »Danke, ich rauche Zigaretten.«

Der Vater verzog den Mund: »Zigaretten? Das ist für das junge Weibsvolk oder weibische Männer. Da, greif zu!« Reinhart gehorchte. Dem Vater gegenüber gab es nichts anderes als Gehorsam, und gar, wenn er in Donnerlaune war. Ferdinand warf das brennende Streichhölzchen in eine rotfleckige Muschel und ging entschlossen, wie es seine Gewohnheit war, auf sein Ziel los. »Du hast jetzt die Mittelschule hinter dir, und vor dir das Leben, denjenigen Teil des Lebens, meine ich, in dem man sich ›machen‹ muß, den Menschen, den Charakter, die Stellung. Vielleicht ist es dir nicht unerwünscht, von mir ein paar Ratschläge zu hören. Du willst Geschichte und Philosophie studieren, das heißt, Stubenstaub. Diese Fächer entsprechen vielleicht deinen Neigungen, die dich am Eingreifen in die Wirklichkeit vorbeiführen möchten. Aber es gibt Menschen, die nur im Kampf gegen ihre Neigungen und ihre Natur etwas Tüchtiges werden. Wer schwach ist, muß anrennen, immer wieder anrennen. Ich habe absichtlich noch nicht mit dir über diese Dinge gesprochen, ich wollte dich in deinem Schulgange nicht stören. Jetzt aber ist die Sache nicht mehr aufzuschieben. Der junge Mensch von heute wird in ein ungeheures, grausames Getriebe hineingestoßen, und wer sich nicht wehren kann, wird zerquetscht, einfach! Geschichte! Halb Dichtung, halb Wahrheit, und Philosophie, ganz Dichtung! Sag doch, du wollest Dichter werden!«

»Aber es gibt doch Lehren der Geschichte«, warf Reinhart ein.

»Vergangenes wiederholt sich nicht, drum sind die sogenannten Lehren der Geschichte hohler Schall. Man betrachtet die Geschichte nur als Lebensaufgabe, wenn man die Kraft nicht besitzt, an der Gegenwart zu bauen. Und erst die Philosophie! Ich habe diese Jugendkrankheit auch durchgemacht. Gib einem Kind einen Anker-Baukasten und du hast einen Philosophen vor dir.«

»Vater!«

»Ach ja, ich weiß, in deinem Alter will man den Dingen in die Eingeweide gucken, das rätselhafte Etwas ergründen, das die große Maschinerie in Schwung hält, dem Leben, das einen zugleich lockt und ängstigt, auf den Rücken springen. Man setzt seine Hoffnung auf die Theorie und merkt erst, wenn man seine beste Zeit damit vertrödelt hat, daß sie der größte Hanswurst und Taschenspieler der Welt ist. Glaube mir, um die Welt, das Leben und sich selber zu begreifen, gibt es nur *ein* erprobtes Mittel: die Tätigkeit, was, nebenbei bemerkt, nichts Neues ist.«

Reinhart war ganz überrannt. Etwas in ihm erhob sich jäh gegen die vorgetragenen Äußerungen, aber er patschte noch zu tief im Trüben und seine Achtung vor der Überlegenheit des Vaters bildete einen so mächtigen Baustein seines Gewissens, daß er nicht gleich den Gegenhieb fand. Er schaute mit krampfhaft verzerrtem Gesicht in die bläulichen Bänder, die die eben durchbrechende Sonne in den Tabakrauch des Zimmers wob, und seine Hand zupfte am Hemdkragen. Er war wie ein Fisch auf dem Trockenen.

Der Vater schien auf Einwände zu warten und suchte mit seinem dunkeln, sprühenden Auge des Sohnes zaghaften Blick an sich zu zwingen. Reinhart fühlte, daß ihm die Antwort nicht erlassen würde und stieß endlich hervor: »Man muß das werden, wozu man berufen ist, man hat ein Recht auf sein eigenes Leben.«

Ferdinand Stapfers Gesicht war vom Militärdienst tief gebräunt, bis auf den oberen Teil der Stirne, der vom Käppi geschützt gewesen war. Reinhart sah, wie sich dieser Streifen rasch rötete, und erwartete einen heftigen Ausbruch. Aber der Vater machte einen Ruck, wie einer der sein Pferd mitten im Lauf anhält, und versuchte es nochmals mit Vernunftgründen: »Man ist ein Kind seiner Zeit, und wer es nicht ist, muß es werden, sonst bleibt am Ende nichts als eine große Null. Die Welt ist seit einem Menschenalter praktisch geworden. Leider! Ich gebe es zu. Wo sind die großen Philosophen und Dichter geblieben? Die Zukunft gehört der Technik, der Physik, der Chemie. Um es kurz zu machen: du gehst einstweilen nicht auf die Hochschule, sondern in unser Geschäft, studierst alle Teile des Betriebes so gründlich, daß dir später kein Angestellter oder Kunde ein X für ein U machen kann. In einem Jahr wirst du bei deiner Begabung und Schulung durch sein, und nachher studierst du ... Chemie.«

Reinhart sprang in die Höhe. Der Vater schien es gar nicht zu beachten. »Ich muß leider meine Kraft zu sehr zersplittern, daher kommt es, daß wir in den letzten Jahren nicht sonderlich gut gewirtschaftet haben. Die Fabrik ist der Konkurrenz nicht mehr gewachsen, sie muß umgestaltet werden. Darum habe ich Herrn Geierling angestellt, ich rechne aber vor allem auf dich. Wir geben, um nur eins anzuführen, den Färbereien jedes Jahr ein Heidengeld, das wir selber verdienen könnten. Hast du ausstudiert, so richten wir eine eigene Färberei ein, das wird dann dein besonderes Reich sein. Ich verlange selbstverständlich nicht, daß du mir jetzt voll Begeisterung um den Hals rennst, es ist dir alles etwas jäh gekommen. Einst wirst du mir danken. Und wie gesagt, ich rechne fest auf dich.« Das letzte Wort klang scharf wie ein militärischer Befehl, den Ferdinand beim Manöver vom Sattel herab schleuderte. Er fuhr dabei mit der rechten Hand über seinen leicht ergrauten Schnurrbart, den er sich zu einer rauhen Bürste hatte stutzen lassen und der seinem ganzen Gesicht etwas Borstiges, keinen Widerspruch Duldendes verlieh. Reinhart rang nach einer Abwehr und fand keine. Der Vater empfand etwas wie Mitleid mit der Hilflosigkeit seines Sohnes, vermischt mit Unwillen und vielleicht Geringschätzung. Er hatte sich auf ein härteres Gefecht gefaßt gemacht. »Es tut mir leid, daß ich dich so anfassen mußte«, sagte er in begütigendem Tone und wollte Reinharts Hand fassen. Der aber barg seine Rechte hinter dem Rücken und lohte endlich seine heiße Qual hervor: »Ich soll vergewaltigt werden! Dir sind Garn und Tuch und Farben und Geld und Wechsel die Hauptsache, ich kann das alles nicht ernst nehmen!«

Ferdinand wich einen Schritt zurück, »Was du da aufzähltest, sind Wirklichkeiten. Weh denen, die Wirklichkeiten nicht ernst nehmen können. Man nennt sie Narren. Nun erst sehe ich ein, daß ich dich handlich zu führen habe, und müssen wir auch Feuer aneinander schlagen. Ich paktiere nicht! Verstehst du? Komm, es wird Essenszeit.«

Wortlos traten sie auf die Straße hinaus, und bald fand sich jeder allein, keiner wußte, an welcher Straßenecke er sich vom andern geschieden hatte.

Reinhart eilte so schnell nach der »Seewarte«, als ihn die Sohlen trugen. Er wollte bei der Mutter Rat suchen, aber er fand sie im Empfangszimmer in Gesellschaft des Herrn Geierling. Auch Küngold war zugegen. Sie hatte sich sehr schön gemacht und folgte mit munteren Augen den Worten des redegewandten eleganten Gastes. Bald erschien auch der Vater. Eine Gewitterwolke brütete ihm um den Kopf. Während des Essens war er gegen seine Gewohnheit zurückhaltend und überließ das Steuerruder Herrn Geierling, der bei bester Stimmung schien, gegen die Damen den liebenswürdigen Gesellschafter und gegen Ferdinand den geriebenen Geschäftsfuchs spielte. Die Mutter suchte mit ihren kurzsichtigen besorgten Augen den Dorn, den der Vater dem Sohn oder der Sohn dem Vater ins Fleisch getrieben hatte, während Küngold auf die Gespräche ihres Tischnachbarn freimütig einging und seine Komplimente mit lustiger Schalkheit parierte.

Als der schwarze Kaffee aufgetragen wurde, waren Ferdinand und Geierling bei der Politik angelangt und überprüften den Glaubenssatz: Ohne Macht kein Reichtum. Geierling schilderte, wie der deutsche Handel unter dem Schutz des Reichsschildes in den überseeischen Ländern ein gewaltiges Wurzelnetz trieb, Ferdinand verfocht die Ansicht, wenn die Staaten sich als Großkaufleute fühlten, müßten früher oder später schwere Zusammenstöße entstehen. Geierling widersprach ihm wenig, ja, es schien, als ob ihn eine solche Entwicklung zweckmäßig und unabänderlich dünke.

Plötzlich, man begriff kaum, wie es durch ein Nichts hatte kommen können, waren Ferdinand und Reinhart aneinander geraten. Das Gewitter, das sich um des Vaters Haupt zusammengebraut hatte, entlud sich auf einmal mit wilder Heftigkeit. Der Sohn hielt sich rückwärts an der Stuhllehne fest und fing die Blicke und Worte des Vaters, die wie Blitz und Donner auf ihn herunterfuhren, mit offenem Gesicht auf. Der Prall war nur kurz. Lautlose Stille herrschte auf einmal in dem Zimmer, die Mutter bebte und war dem Weinen nahe, Küngold verstand nicht das Geringste und heftete den Blick auf den Bruder mit der ängstlichen Frage: »Was hast du nur angestellt?« Herr Geierling führte die Tasse zum Munde und schlürfte langsam und scheinbar geistesabwesend den Rest der Tasse.

Eine Stunde später saßen sich Reinhart und die Mutter allein gegenüber, in gleicher Gesinnung und gleicher Qual. Sie suchten einen Ausgang und fanden keinen, über dem nicht der Jochgalgen Ferdinands stand.

4. Im blauen Kittel

Ein großer Saal, mit betäubendem Schall und süßlichem Ölgeruch gefüllt. Braune Riemen glitten fiebrig surrend über kreisende Rollen. Von irgendwo her, aus der Tiefe, drang ein dumpfes Dröhnen, unter dem alles leise zitterte, die Luft, der Boden, die Wände, die Muskeln. Fäden liefen still und willenlos dahin, nebeneinander, ineinander, durcheinander, wie Lebensläufe, schwarze und weiße paarten sich, grüne und blaue. Schifflein schnellten gleich Bogen zwischendurch, aufgereizt, befehlerisch. was sich von hinten her, gezogen, geschlagen, gebunden, heranbewegte, fand vorn auf einer Walze Ruhe und Vergessen. Menschen standen an dem Getriebe, Männer, Frauen, Mädchen, ernst, schweigsam, hart, selber ein Teil der Maschine, und griffen wie Automaten dahin, dorthin. Unter ihnen Reinhart in blauem Kittel. Er hatte eine Woche lang dem Vater Widerstand geleistet, sich an ihm zerrieben und würde noch nicht gewichen sein, wenn die Mutter nicht in der scharfen Luft, die durch das Haus stürmte, ganz elend geworden wäre. Ferdinand war, nachdem er seinen Willen durchgestiert hatte, die Güte selber. Er stellte Reinhart sein Reitpferd zur Verfügung, legte ihm ein paar blaue Scheine zur Anschaffung von Reitstiefeln und Büchern auf den Tisch, zusammen mit einem Kistchen Zigarren. Jetzt war er für einige Wochen nach Lugano verreist, wo eine eidgenössische Kommission, deren Vorsitzender er war, tagte. Das Haus zur ›Seewarte‹ hatte bei seiner Abreise einen tiefen Atemzug getan.

Reinharts Lehrmeister an der Maschine war David Holzer, der Nämliche, der sechs Jahre lang mit ihm die Volksschule besucht hatte. Sie hatten in der gleichen Bank gesessen, sich gerauft und vertragen, miteinander gespielt und gezankt, wie es guter Schulkameraden zu Land und Stadt Gepflogenheit ist. Da die Holzer aus der gleichen Gegend stammten wie die Stapfer, durfte Reinhart David und seine Schwester Paula so oft nach Hause bringen, als er wollte, bis der alte Holzer, der auf Ferdinand neidisch war, eines Tages im Rausch dazwischen fuhr und dem Verkehr der Kinder Grenzpfähle setzte. Dann liefen ihre Wege auseinander, Reinharts führte durchs Gymnasium, Davids durch die Sekundarschule und in die Lehre. Diese machte er in der Stapferschen Tuchweberei durch, so hatte es der alte Holzer in einer nüchternen Stunde für vorteilhaft gefunden.

Das Zusammentreffen Reinharts und Davids nach fast siebenjähriger Trennung vergrößerte die Entfremdung, statt sie aufzuheben. Reinhart reichte dem ehemaligen Kameraden frei die Hand und scherzte: »Von zweien hat es nicht immer der weiter gebracht, von dem man es annimmt. Sei mir kein gar zu strenger Lehrmeister.« David faßte zaghaft die dargestreckte Hand und stieß trocken durch die Zähne: »Ich stehe Ihnen zu Diensten.«

»Ach, sag' doch du!«

»Das paßt sich jetzt nicht mehr, und überhaupt ...« gab David zurück.

Nun erst fiel Reinhart auf, wie stark David sich verändert hatte. Er war breitschulterig, untersetzt, die Augen lagen finster und prüfend in ihren tiefen Gruben, Oberlippe und Kinn verdunkelte der erste schwarze Flaum, von der einstigen Lustigkeit kein Zwinkern mehr.

Die beiden standen nun wochenlang in sachlicher Abgemessenheit nebeneinander an der Maschine. Man sprach nur, was sein mußte. Zuweilen stieg Herr Geierling aus dem Bureau herauf, machte mit scheinbar leeren Augen einen Gang durch den Saal und blieb regelmäßig bei Reinhart stehen. David hatte dann immer viel mit Händen und Augen zu schaffen und für Geierling keinen Blick übrig, ja, er schien es darauf abzusehen, dem Unterdirektor stets den Rücken zuzuwenden. Geierling, der Augen auf der ganzen Haut hatte und mit Instinkten ausgerüstet war wie ein Polyp mit Armen, entging diese Abneigung nicht, und er beantwortete sie mit herausfordernder Geringschätzung.

»Hüten Sie sich vor dem Feuerspan dort!« sagte er einmal, mit dem Kinn auf David zeigend. »Käme man mit Rot aus, so brauchten wir gar keine Färberei.«

Es mußte seltsamerweise eine Betriebsstörung kommen, um den Bann zwischen Reinhart und David zu brechen. Ein Rad zersprang, und der Webstuhl der beiden kam zum Stehen. Wie ein Sterbender zuckte er aus. Reinhart sah dem Verenden neugierig zu und mußte schließlich herauslachen. David maß ihn erstaunt. »Ich glaube, Sie sind der erste Fabrikherr, der lacht, wenn eine Maschine streikt«, sagte er.

»Haben Sie geglaubt, ich liebe dieses Ungetüm?«

Wieder warf David einen neugierigen Blick auf ihn und brachte dann seinen Stachel langsam und grimmig hervor: »Ich, ich hasse es.«

»Sie bedienen es doch gewissenhaft, wie keiner im Saal.«

»Man tut seine Pflicht!« Und dann etwas verächtlich: »Man ist ja dafür auch bezahlt.«

»Wenn es so um Sie steht, müssen Sie von der Maschine loskommen, warum haben sie nicht etwas Anderes ergriffen?«

»Tut man, was man will? Mit fünfzehn Jahren?«

Reinhart fuhr wie gestochen zusammen. Tat er, was er wollte, mit zwanzig?

»Den vierten Teil meines Lebens habe ich diesem Satan geknechtet«, fuhr David fort. »Wie manchmal schon ist das wahnsinnige Schifflein mir an der Nase vorbeigesaust? Immer im gleichen Schnurr, jetzt hin, jetzt her, und jedesmal hat der Webstuhl mit seinem langen Hammer dazwischen geschlagen, mit immer gleichem Schwung und Ton, mir auf die Ohren, gegen die Stirne, an die Schläfen. Und was tu ich dabei? Wozu habe ich Gehirnschmalz? Ich wurde vorgestern zwanzig, wenn ich denke, daß ich noch fünfzig Jahre an der Maschine stehen soll ...«

Zwei Arbeiter kamen, um den Schaden zu flicken, und erklärten, der Stuhl werde vor Fabrikschluß nicht wieder lebendig.

»Gehn wir hinaus«, schlug Reinhart vor, und als David zögerte: »Ich nehm's auf mich.«

Sie traten auf die Straße hinaus und schritten langsam der Stadt zu. Es fing schon an zu dämmern und die ersten Straßenlaternen flackerten da und dort in dem naßkalten Dämmerschatten auf.

»Wohnt ihr noch an der Schützengasse?« erkundigte sich Reinhart.

»Ich bin nicht mehr bei den Alten.«

»Wie das?«

»Es ist immer die gleiche Schweinerei, die Alten wollen die Kinder ausbeuten und ihren Lohn versaufen. Dann geht man eben! Es ist alles herrlich eingerichtet! Die Reichen saugen die Armen aus und die Eltern die Kinder. Gibt es nicht ein Tier mit Namen Vampir?«

»Und Ihre Schwester, die Paula?«

David erwiderte mit hörbar erzwungener Gleichgültigkeit: »Sie ist auch fort. Aber wir gehen beide noch zuweilen heim, gegen Ende des Monats, Sie verstehen, wenn's dort trocken ist. Paula ist in einem Warenhaus. Gute Luft!« Das sprach er mit dumpfer, bissiger Stimme, die aber heiter klingen sollte.

»Sie war einst ein lustiges Ding!«

David lachte: »Ja, ja, weiß schon. Sie sind nun lange vorbei, jene Kindereien! Man ahnt nicht, wie weit man schon auseinander ist, wenn man noch kurze Hosen und kurze Röcke trägt.«

Reinhart schwieg zu dieser Philosophie eines Zwanzigjährigen. Paula war seine erste morgenrote Rose gewesen. Im Garten der »Seewarte« war sie aufgelodert. Paula trug damals ein rotes Röcklein, er erinnerte sich genau daran. Noch stand das Eibengebüsch, hinter dem sich ihre Kinderlippen zum ersten Mal betupften, scheu, wie ein Windhauch einen anderen anrührt, und dann zum zweiten Mal, acht Tage später. Damals war David wie ein Bolz zwischen sie gefahren. Er hatte zwar geschwiegen, weil er gern von Küngold die gleiche Gunst erbettelt hätte, aber der Schleier des Geheimnisses war zerrissen. Das war nun sieben Jahre her, wie Reinhart schnell für sich berechnete, und es war ihm, es nahe sich seinen Lippen wieder etwas Korallenrotes, erst weich und dann bestimmter werdend, und durchdringe ihn mit ahnungsvoller Süße. Sie hatten sich nachher nichts zu sagen vermocht, sie sahen sich nur mit weit gesperrten Augen voll verständnisloser Verwunderung an, als wollten sie sich mit den Augenlidern verschlingen. Nach der Entdeckung füllte sich Reinharts Brust mit namenloser Scham, Paulas Augen mit Tränen, sie wollte in den See springen.

Schweigend gingen Reinhart und David eine endlose Straße entlang. Ein forscher Wind trieb ihnen Schlackerschnee ins Gesicht. Ein Hut schwirrte durch die Luft, prallte gegen einen Laternenpfahl, rollte auf dem Pflaster tückisch davon und wirbelte zuletzt in eine Türnische. Ein alter Mann hastete ihm fluchend nach. David stand vor eben jener Haustüre still und hob den Filz auf. »Er hat zu mir gewollt«, lachte er dem Alten zu, »da hause nämlich ich.« Die letzten Worte waren auch an Reinhart gerichtet.

»Kann ich bei Ihnen unterstehen, bis das Schlimmste vorüber ist?« fragte Reinhart, der neugierig war, einen Blick in die Häuslichkeit seines Jugendgenossen zu werfen. David schien unentschlossen, schließlich schob er aber doch die Haustüre auf. »Sie dürfen keinen Prunksaal erwarten«, lachte er trocken, wie es seine Art war. Sie stiegen fünf schmale Treppen empor. Das Geländer war klebrig und schien die Hand festhalten zu wollen. Nur im Erdgeschoß brannte ein mageres Lämpchen, die Mieter der andern Stockwerke sparten das Öl. David schloß, eine Dachkammer auf und machte mit flinkem Griffe Licht. Mit einem einzigen Blick war das Zimmerchen auszumessen. Ein Bett, ein Tisch, zwei Stühle, ein Kasten, ein gußeiserner Ofen, bildeten fast den ganzen Inhalt. Auf dem Tisch und auf einem Brett an der Wand lagen oder standen Bücher und Zeitungen, ein mächtiges Tintenfaß thronte prahlerisch auf dem Tisch vor einer Schreibmappe.

»Das sieht ja fast aus wie eine Studierbude«, meinte Reinhart und warf einen Blick auf die Titel der Bücher. Namen wie Marx, Engels, Büchner, Lange, Bebel, Sombart traten ihm entgegen. Er griff nach dem Buch von Lange: »Das lesen Sie?«

»Ich weiß, was Sie meinen«, entgegnete David knurrig. »Ich verstehe freilich nicht alles, aber ich werde das Buch lesen und wieder lesen, bis mir alles Tag ist. Einstweilen schnappe ich dies und das auf, und, was die Hauptsache ist, ich mache mir meine eigenen Gedanken.«

»Das soll Sie von der Maschine befreien?«

»Das soll's.«

»Wenn ich Ihnen helfen kann ...« sagte Reinhart.

David schwieg und blickte in die Flamme der Lampe, die sich in seinen dunkeln Augen heftig spiegelte.

»Ich bin zwar auch kein Gelehrter«, fuhr Reinhart fort, »auch ich suche.«

»Was?« forschte David, ohne seinen Blick aus der Flamme zu ziehen.

»Es ist schwer zu sagen. Ich suche über den Nebel zu kommen, in dem wir stecken. Ich meine, man sollte doch wissen, wieso und wozu man da ist. Ich habe noch keinen rechten Bescheid gefunden.«

Nun wandte David sich ihm gerade zu: »Da bin ich besser dran! Macht, das ist das Ziel, Einfluß, Herrschaft. Was will Ihr Vater mit all seiner

Geschäftigkeit? Was wollen Sie selber mit Ihren Schulen und jetzt an der Maschine? Meinen Sie, das merke unsereiner nicht?«

Reinhart war von der Übereinstimmung mit Immergrüns Theorie betroffen. »Aber können denn alle herrschen?« hielt er David entgegen.

»So stelle ich die Frage nicht! Ich denke an mich und meine Klasse, die andern ... na!«

»Da darf man Sie nicht zum Allerweltsherrgott machen«, lächelte Reinhart. David machte eine spöttische Grimasse und begann seine Pfeife zu stopfen.

Es klopfte an die Türe, und ein Mädchenkopf schob sich herein. Bei Reinharts Anblick fuhr ein Schatten von Verlegenheit über das schmale, blasse Gesicht des Mädchens, und der dünnlippige Mund brachte stotternd hervor: »Kann ich Euch etwas besorgen, Holzer? Ich gehe aus.«

»Nein, Emma«, brummte David, indem er die Pfeife in einen Mundwinkel schob. Seine Lippen schlossen sich hart um das Rohr. Der Mädchenkopf verschwand lautlos.

»Kein übles Gesichtchen«, meinte Reinhart.

»Denken Sie sich nichts Unsauberes«, blies David neben seinem Pfeifenrohr hervor.

»Gibt es für Sie denn kein harmloses Wort mehr?«

David grübelte mit seinem Blick in Reinharts Augen und sagte dann: »War Ihr Wort harmlos, so war es nicht sehr gescheit. Sehen Sie, was vorhin unter der Türe grinste, ist die Versuchung. Unterläge ich ihr, so käme ich nie von der Maschine los. Das ist der Fluch unserer Klasse: wir werden zu früh von der Familie ausgestoßen, zu einer Zeit, da wir noch ein Herz aus Butter oder Teig haben, und dann ... dann geschieht es eben und man hat für das ganze Leben das Bleigewicht an den Füßen. Aber ich laß mich nicht in's Garn ziehen, lieber ...« Das war hart ausgestoßen. Er brach ab, er hatte mehr gesagt, als er wollte, und knöpfte sich den Kittel von oben bis unten zu. Um Reinhart sein Gesicht zu entziehen, kniete er vor den Ofen hin, um Feuer anzufachen.

»Wollen Sie noch arbeiten heute Nacht?«

»Ich gehe nie vor Mitternacht zu Bett«, erwiderte David mit sichtlichem Stolz. »Bei Tag schufte ich, weil ich muß, bei Nacht arbeite ich, weil ich will. Doch jetzt ist Essenszeit. Ich kann Sie leider nicht einladen«, lachte er.

»Wo essen Sie?«

»Wo unsereiner ißt! In der Pinte, wo sonst? Das Wirtshaus ist doch unsere Heimat.« Das klang traurig und grimmig zugleich.

Draußen war die Welt weiß geworden, den nassen Schnee hatte trockener abgelöst, es war empfindlich kalt. Die Straße war belebt, die Arbeiter hasteten nach Hause oder in die Wirtshäuser. In der Nähe sandte ein Klavier seine Locktöne auf die Straße hinaus, grob, hart, wie von Schmiedehämmern aus dem Amboß geklopft, wenn sich die Türe der Kneipe öffnete, gedämpft und wie verschattet, wenn sie geschlossen war.

»'n Abend, Holzer«, tönte es neben David unter einem schweren Schlapphut hervor. David wandte sich zurück. »Aha. Sie! 'n Abend, Stapfer.«

»Ein Stapfer, ein Verwandter?« fragte Reinhart, von einer Ahnung durchzuckt.

»Ein Verbannter«, lachte David spöttisch.

»Mein Onkel Melchior?«

»Wird schon sein.«

Reinhart spähte nach dem schweren Hute, er war aber in der Nacht untergetaucht, um eine Ecke oder in einer Türspalte verschwunden, vom Arbeiterviertel verschluckt. Reinhart und David gingen rasch etwa hundert Schritte zurück, umsonst.

»Wo wohnt er?«

»Weiß ich's?«

Reinhart begann die Frage der Großmutter zu drücken. »Ich muß ihn finden!« rief er.

»Das ist leicht«, ließ sich David zögernd aus einem Mundwinkel vernehmen. »Er kommt jeden Sonntag Abend zu meinem Alten, die beiden sind eben alte Schulkameraden, wie – wir!« Wieder ließ er sein spöttisches Lachen hören.

»Ich muß ihm vom Großvater Bericht geben.«

»Wir können ja einmal zusammen hingehen.«

Vor einer Wirtstüre stand David still, »Hier ist mein Tischlein deck dich, wie wir einst bei Lehrer Güttinger lernten. Gute Nacht!«

Reinhart sah ihm nach, bis er seine breite, gedrungene Gestalt durch die Tür geschoben hatte. »Wie der seiner Sache sicher ist«, dachte der junge Stapfer im Weitergehen. »Er fühlt sich mir überlegen. Ist er es nicht? Vom Leben weiß er jedenfalls mehr als ich. Und wie er sich seinem Vater entwunden hat!« Ein Stachel zuckte in Reinharts Brust und stocherte eine noch frische Wunde wieder blutig. Er schritt sinnend davon und schaute in die Schneeflocken, die geisterhaft um die Laternen tanzten, blasse Seelen, vom Wind gefaßt und gewirbelt, ohne sichtbares Ziel, getragen und fallen gelassen, je nachdem, jetzt in der Luft, im nächsten Augenblick im Schmutz, und in der Luft wie auf dem Boden von frostiger Gleichgültigkeit wie von einem Fluch getroffen. Ein unsinniger Gedanke stieg in Reinhart auf. »Warum ist keine Welt möglich, die steigt, steigt, steigt, statt zu fallen wie in der Wirklichkeit?« Er sah zwei Gesichte nebeneinander, in dem einen ein ewiges Streben zur Nähe, zum Licht, in dem andern ein Fallen in Abgrund und Finsternis. Als er das Wort »fallen« dachte, zuckte ihm der Name Paulas wie ein Nadelstich durch den Sinn. Weshalb hatte David so gezwungen heiter von ihr berichtet? Er sah seine Kindheit vor sich und eine schmutzige Faust, die sie in Fetzen riß.

In der Nacht zerwühlte ihn ein Traum. Er stand in der Fabrik im großen Waschraum. Auf einem schweren Karren wurde rohe Wolle hereingefahren, der einzigen Wäscherin zu, die da war. Sie stand am Waschtrog, vom Dampf leicht verhüllt. Reinhart wollte ihr die Wolle in den Trog werfen, sie aber wehrte ihm: sie müsse heute ihr eigenes Gewand waschen, das gehe allem vor. Es war ein grünes Kleid mit gelben Aufschlägen. Sie riß es sich vom Leib und stand nun in einem roten Kinderröcklein da, dessen Anblick Reinhart einen freudigen Stoß gab. Die Wäscherin tauchte das grüne Kleid in den Trog ein und zog es wieder heraus. »Es nützt nichts«, klagte sie, indem sie es betrachtete, »die Flecken sind im Stoff.« Sie zog sich das grüne Gewand wieder über das Kinderröcklein an und wandte das Gesicht ganz ab. Reinhart sah nun die Flecken auch und begriff, daß sie wirklich nicht mehr auszulaugen waren. Er bückte sich über den Karren und griff aufs Geratewohl etwas heraus. Die Wäscherin wandte sich traurig halb zurück und flüsterte, als gälte es das größte Geheimnis: »Das braucht man nicht zu waschen, Reiner, das ist doch ein Gummimantel, der nimmt keinen Schmutz an.« Auf einmal fing sie laut zu weinen an und stürzte sich in den Trog, wie um sich zu baden oder zu ertränken. Reinhart fuhr erschreckt aus dem Schlafe auf. »Wie kommt Juttas Gummimantel in die Fabrik, und seit wann ist Paula im Geschäft?« fragte er sich im Halbtraume. »Oh, wie verrückt!«

5. Onkel Melchior

Reinhart und David hatten sich auf acht Uhr verabredet. Sie schritten über den Fluß einem der ältesten Viertel der Stadt zu. Eine kalte, trockene Winterluft wehte ihnen aus der Gasse entgegen. Zwei Betrunkene torkelten Arm in Arm vor ihnen her und grölten: »Oh, Susanna, wie ist das Leben doch so schön!« Aus den Wirtschaften, die so nahe beieinander standen, daß die Ausdünstung der einen sich mit dem Atem der andern mischte, klang Musik, Gesang und Gejohle. Eine kreischende Frauenstimme übertönte alle Bässe der Männer. Die Gasse gab sich ihrer Sonntagabendstimmung hin.

David schwenkte in ein enges Seitengäßchen ein und schob Reinhart durch eine niedere Haustüre in einen ziemlich geräumigen, aber muffigen Flur. Man merkte gleich, daß man sich in einem heruntergekommenen Hause befand, das vielleicht noch vor hundert Jahren Handwerkers- und Bürgersleute beherbergt hatte, nun aber einem Spekulanten gehörte, der sein Fett aus der Armut sog.

Im zweiten Stock traten die beiden in eine geräumige, aber so niedrige Stube, daß Reinhart, der hoch gewachsen war, mit dem Scheitel fast die Decke berührte. Hinter dem Tisch in der Ecke, hemdärmlig, ohne Kragen, die stämmigen Beine auf der Bank ausgestreckt, saß ein Mann mit weißem Schnauz- und Kinnbart, Davids Vater. Der Alte, über die Herkunft des Besuches verständigt, rollte bedrohlich die Augen, schob jedoch Reinhart zum Zeichen des Willkommens sein Glas hin. Reinhart, um ihn nicht zu beleidigen, trank einen Schluck. In einer andern Ecke, am Kachelofen, saß Davids Mutter, die noch größer und umfänglicher war, als ihr Mann, sie hatte auf einem Tischchen Karten ausgebreitet, aus denen sie zwei Mädchen die Zukunft kündete. Sie war zu dick und träge zum Arbeiten und nahm, teils um etwas zu verdienen, teils um Klatschgesellschaft zu haben, stellenlose oder gefallene Dienstmädchen bei sich auf. Reinhart schenkte sie, in ihre Karten vertieft, keine Beachtung, oder tat so. David begrüßte seine Eltern kurz und ohne ihnen die Hand zu reichen. Schon hatte er sich zu einem etwa vierzehnjährigen Kind herabgebückt, das auf einem Schemel schlenkerte und mit einer Puppe spielte, einem großen, kunstvollen Gebilde, das sich in dieser Umgebung fast fürstlich ausnahm. »Das ist nun also Liselein«, klärte

David Reinhart auf, »ein Rauschkind, wie ersichtlich ist, und gerade deshalb muß man es lieb haben.«

Der alte Holzer zuckte auf, knurrte etwas Unverständliches in den Schnurrbart und stürzte zornig den Inhalt seines Glases hinunter, seine Frau schlug eine Karte mit der feisten Hand klatschend auf den Tisch, sodaß Reinhart schließen mußte, sie werde von ihrer Kunst doch nicht völlig beansprucht.

Liselein hatte sich vom Schemel erhoben und durchsuchte Davids Rocktaschen. Der Bruder beteuerte, diesmal nicht ein einziges Brosämchen mitgebracht zu haben, und als das Kind endlich eine Tüte mit Zuckerwerk hervorzog, stellte er sich höchlich verwundert: wie einem nur dergleichen in die Taschen fliegen könne. Liselein hüpfte in der Stube herum, wobei es sich zeigte, daß es nicht nur um ihren Kopf, sondern auch um ihre Füße nicht aufs Beste bestellt war. Übrigens bot das auffallend klein gebliebene Kind durchaus keinen bemitleidenswerten Anblick, sein Gesichtchen war auf Heiterkeit gestimmt und schien sich weit leichter zum Lachen als zur Traurigkeit verziehen zu können.

Reinhart hatte sich dem alten Holzer gegenüber an den Tisch gesetzt.

»So, so, man ist also der junge Stapfer«, schnauzte ihn der Graubart an. »was macht der Vater? Will er immer noch höher hinaus? Ja, ja, es gibt Leute, denen der Stiefelknecht jedes Jahr einmal kalbt! Wenn man denkt, daß wir einst in derselben Schulstube hockten!« Er steckte die Nase ins Glas und polterte dann mit einem Faustschlag auf den Tisch los: »Man sollte die ganze Welt wie eine Kröte zusammenquetschen! Die einen können fressen und saufen, so viel sie wollen, und die andern müssen an ihren schwieligen Tatzen saugen, wenn's einmal losgeht, nehm ich die schwerste Axt!«

»Wenn du gerade keinen Rausch hast«, warf ihm David trocken hin.

Der Zorn des Alten prallte nun einen Augenblick gegen den Sohn: »Wenn du nicht schweigst, zerschlag ich dir den Schädel zu Habermus!« Aufs neue donnerte die Faust auf den Tisch. Der Polterer wandte sich nun wieder an Reinhart: »Seid Ihr auch so ein geratenes Früchtlein, wie der junge Herr da? Läuft seinen Alten davon, sobald er erzogen und geschult ist! Man könnte vor Hunger verserbeln, er würde sich eine Partion Kutteln oder Nieren und eine Flasche Roten bestellen! Warum ist man übrigens zu uns gekommen, junger Mann?«

Reinhart gab ihm Auskunft. Der Alte gebärdete sich, als wollte er ihn mit Blicken versengen. »Ja, der Melcher, der ist der beste vom Golsterhof!

Aber freilich, die andern leben in Hussa und kümmern sich keinen Pfifferling um ihn!«

»Er will sich nicht helfen lassen, wir wissen ja nicht einmal, wo er wohnt. Nicht einmal im Adreßbuch ist er zu finden. Er verbirgt sich mit viel List.«

»Warum versteckt sich die Maus vor der Katz? Werdet ihn übrigens lang gesucht haben! Ha!«

Reinhart fühlte sich betroffen und errötete. Der Alte sah es und lachte boshaft: »Meint man, ich kenne die Golstervögel nicht? Ich bin in der Miesmatt aufgewachsen, das ist, denk ich, zehn Minuten vom Golster weg!« wieder donnerte der Tisch.

»Lärm doch nicht so, du Wüster!« tönte es vom Ofen her, »ich glaube, es hat geklopft.« Jetzt erst merkte Reinhart, daß der dicke Leib der Holzerin nur ein dünnes, miauendes Stimmchen hervorzubringen vermochte. Die Türe ging auf, ein Männlein mit etwas gebückter Haltung stand in der Stube, ließ unter einem breiten Hut hervor den Blick über die Anwesenden gleiten und zuletzt fragend auf Reinhart haltmachen. Der alte Holzer rief lachend: »Darfst schon die Augen aufsperren, Melcher! Das ist auch ein Golstervogel. Und was für einer!« Melchior machte Miene, sich wieder zur Tür hinauszustehlen, aber Reinhart stand schon vor ihm und streckte ihm die Hand entgegen. Man setzte sich um den Tisch. Melchior war verlegen und zupfte an seinem Bart, der ihm wie ein braunes Tuch unter dem Kinn durchlief.

»Er hat die tiefen guten Augen der Großmutter«, überlegte Reinhart.

»Nun? habt Ihr Euch nichts vorzusingen, Ihr Golstervögel?« dröhnte Holzer, dem das Wort Golstervogel Behagen zu machen schien.

»Ich begleite Sie nachher«, sagte Reinhart zu Melchior, »oder darf ich sagen ›dich‹?«

»Sie dürfen schon so sagen.«

»Nein, so ist's nicht gemeint«, entschuldigte sich Reinhart.

»Gut, so sagen wir beide du und dich und dein. Aber ich bin eben nur ein dummer Handlanger.«

»Ist das nichts Rechtes?« wetterte der Holzer los. »Wer schafft's? Ich denke, wir! Wir haben die Nerven, wir haben die Fäuste, wir haben alles, nur das verfluchte Geld haben wir nicht.« Betäubend schrie der Tisch unter seiner Faust.

»Schwatz doch nicht immer von diesen Sachen«, wies ihn David zurecht, »verstehst ja doch nichts davon!« Der Alte antwortete mit einem furchtbaren Gepolter über die Frechheit, den Hochmut und die Undankbarkeit der Jugend. Sein Gesicht glühte wie eine Esse.

Liselein hatte sich bei dem Streit an Melchior herangeschmiegt und richtete ihre vor Angst zitternden Augen auf David. Ihr bangte wohl, er könnte vom Vater mißhandelt werden, wie sie manchmal. Melchior ging die Angst des Kindes zu Herzen, er suchte es von dem häßlichen Gezänk ab- und auf die Puppe hinzulenken, die es in der Erregung Reinhart hingestreckt hatte, damit er sie halte oder schütze. Melchior begann zu fabulieren: »Es war einmal eine Prinzessin, die hatte gelbes Haar.« Er schilderte nur, was ihm eben unter den Augen war. »Gelbes Haar hatte sie und blaue Augen und eine wunderschöne Puppe, auch mit gelbem Haar und dunkelblauen Augen, und war mit einem feuerroten Röcklein angetan. Und wenn die Puppe lag, hatte sie die Augen geschlossen, und wenn die Puppe stand, hatte sie die Augen offen. Die Prinzessin aber ließ die Puppe manchmal fallen, und das tat ihr weh.«

Liselein verstand den Zusammenhang und mußte lachen.

Aber der gute Onkel Melchior wußte nun nicht mehr weiter, und da der Streit nebenan immer heftiger tobte, drehten sich Liseleins Augen wieder nach dem Bruder. Nun griff Reinhart ein: »Und die Puppe hatte zwei Füße, die schauten nicht nach vorn, wie bei der Prinzessin, sondern seitwärts, der eine nach rechts, der andere nach links.«

»Ja, schau nur!« bestätigte Liselein in freudig aufglühender Erkenntnis.

»Und da geschah es einmal, daß die Prinzessin, auf ihre Puppe nicht acht gab. Sie hatte sie in eine Ecke geworfen und dort lag sie und schlief mit den Augen. Die Füße aber schliefen nicht, und der rechte sagte zum linken: ›Man hat uns in den Winkel geworfen, das tut weh, ich geh!‹ Und der linke sagte zum rechten: ›So geh auch ich!‹ Und sie gingen davon, wie sie gerichtet waren, der eine nach rechts und der andere nach links, und kamen immer weiter auseinander. Und als die Puppe erwachte, hatte sie keine Beine mehr und war sehr verlegen. Sie streckte die Arme aus, daß sie die Beine suchten, aber die Arme konnten die Beine nicht erlangen. Da sagte die Puppe zu den Armen: ›Lauft den Füßen nach und bringt mir sie heim.‹ Nun gingen die Arme auch davon. Auf den Händen gingen sie, schau, so. Sie liefen rasch und holten die Beine ein. ›Kommt zurück‹, sagten sie zu ihnen, ›der Kopf hat es befohlen.‹ Die Beine aber sagten: ›Wir wollen nicht zurückkommen, denn man hat uns in den Winkel geworfen.‹ Darauf erwiderten die Arme: ›Man hat auch uns wehe getan, wir gehen auch nicht mehr heim.‹ Und so blieb es, die Puppe hatte keine Beine und keine Füße mehr, nichts war übrig geblieben als der große hilflose Kopf. So geht es etwa mit den Puppen in einer bösen Stube.«

Liselein sah Reinhart unverwandt an, sichtlich bestrebt, sein Geplauder zu fassen. Melchior lächelte auf das Kind herab und sprach zu Reinhart: »Das hast du gut gemacht, junger Vetter, fahr noch ein bischen weiter, bis die beiden da fertig sind mit ihrem Orgellied. Mir ist fast, du habest von Politik gesprochen.«

»Nein, nein, Onkel, aber fortfahren will ich freilich, denn jede Geschichte hat doch auch eine Anwendung für die Großen. Ich habe vor einigen Wochen eine Frau gesehen, der sind auch einmal zwei Füße und zwei Hände davongelaufen und nicht wieder zurückgekehrt. Brauche ich zu sagen, daß sie sehr traurig ist?«

Melchior fuhr auf seinen Stuhl zurück und war ganz blaß geworden. Er sah Reinhart mit großen Augen an, wie es Liselein getan hatte. Endlich sagte er halblaut: »Sprich hier nicht mehr davon, du Fino!«

Schweigsam saßen nun die beiden einander gegenüber. Auf einmal legte sich der Lärm in der Stube. Reinhart sah auf. Alle Blicke hatten die gleiche Richtung angenommen, der Türe zu. Dort stand ein Mädchen oder Fräulein, wie von einem Modegeschäft ausgerüstet. Ein Marder war nachlässig über ihre Schulter geworfen. Ihre Augen lagen zweifelnd auf Reinhart und eine leichte Röte stieg ihr langsam vom Hals in die Wangen.

»Geschehen Zeichen und Wunder?« rief sie, »ist das nicht der Herr Stapfer, oder Reini, wie wir als Kinder sagten?«

Reinhart erhob sich, sie schritt ihm rasch entgegen und ihre Hände lagen ein paar Augenblicke ineinander, die ihrige krampfhaft gespannt, die seinige halb widerstrebend, halb hingegeben.

Die Türe wurde heftig ins Schloß geworfen: David war, ohne sich zu verabschieden, gegangen, wie eine Fürstin stand Paula in der rohen Umgebung. Alles nahm sich in dem Glanz, den sie ausstrahlte, noch kümmerlicher, heruntergekommener aus.

»Du kommst spät, Fräulein«, miaute die Mutter mit einem nachdrücklichen Ton auf Fräulein, der Stolz, Wohlgefallen, mütterliche Eitelkeit ausdrückte. Die beiden Dienstmädchen machten sich ganz klein und tuschelten der Mutter ihre Bewunderung über den schönen Pelz zu. Der alte Holzer warf über den Glasrand Reinhart einen Blick zu, der etwa sagen sollte: »Darf sie sich sehen lassen oder nicht?« Aber gleich schien ihm etwas anderes in dem breiten Kopf zu bohren, und indem er das

Glas kräftig niedersetzte, stieß er hervor: »Himmel Saker!« Melchior rückte etwas beiseite und Paula nahm neben Reinhart Platz. Sie zwang Lippen und Wangen zur Heiterkeit, in ihren Augen aber lag eine forschende Unruhe. Sie erkundigte sich nach Küngold, nach der Mutter Ulrike und dem Garten, und schien betrübt, daß den Hund Pummi unter der Straßenbahn ein tragisches Ende erreicht hatte.

»Sie haben sich herausgemacht, seit ich Sie zum letzten Mal sah«, brachte Reinhart ungeschickt hervor, und dachte weniger an ihren Kleiderstaat als an ihre Gestalt, die ihm wie eine Rose im schönsten Augenblick der Entfaltung vorkam, wo jedes Mehr und Länger nur Abbruch sein kann.

Die Unruhe, die erst nur in Paulas Augen gelegen hatte, erfaßte bei Reinharts Worten auch ihren Mund und verzerrte ihn leicht. Die Lippen waren dem Zittern nahe und wurden mühsam straff gespannt, wodurch sie hart wie Klingen wurden: »Haben Sie geglaubt, ich würde eine Fabriklerin werden, vielleicht im Geschäft Stapfer?« griff sie Reinhart an. Der alte Holzer donnerte ihr Beifall. »Oder glaubten Sie, ich wollte dahin kommen, wo jetzt meine Alten sind? In ewiger Verlegenheit, in … Nein, Reinhart, – ich darf doch so sagen? – nein, ich will vorwärts, heraus, ich will etwas vom Leben haben, einen schönen Rock, einen schönen Hut, wenn mir das Freude macht, ich will etwas vorstellen und brauche keinem etwas nachzufragen.«

»Keinem und keiner!« miaute die Holzerin zustimmend.

Paula schwieg. Die letzten Worte hatten wie eine Verteidigung geklungen. Man merkte, daß es in ihr tobte, und daß sie einem Pfeil, der abgeschossen werden konnte, zum vornherein die Spitze abbrechen wollte. Reinhart wich ihrem Blick, der auf der Lauer lag, aus, und fand nur das eine, matte Wort: »Ich meine, wir alle suchen das Glück in der falschen Windrichtung.«

Sie flackerte auf: »Fragen Sie David, er wird Ihnen sagen, worauf es ankommt.«

»Ich kenne seinen Lockpfiff«, erwiderte Reinhart, »Macht, Herrschaft!«

Der alte Holzer schnappte diese Worte auf und rief: »Ja, ja, so ist's, Herrschaft! Aber nicht die Herrschaft oder die Herrschaften, die im Auto im Land herumsurren! Die Herrschaft, Herr Stapfer Sohn!« Er wies ihm seine ungeschlachten rissigen Fäuste.

»Laß uns in Ruhe«, schalt ihn Paula, worauf sich der Alte wieder Melchior zuwandte, dem er das Bauernleben verächtlich zu machen suchte. »Was haben wir drüben gesoffen, Melchior? Most und aber Most! Da ist denn das etwas Anderes! Das spürt man in den Adern, vom andern hat man nichts als blöde Därme bekommen!« Er leerte ein ganzes Glas auf einen Zug. Seine Augen glotzten wie Glaskugeln.

»Und die Wegwartenbrühe, die man Kaffee nannte!« miaute es vom Ofen her.

»Das Most laß ich mir nicht schelten«, warf Melchior ein. Er sagte, wie es auf dem Golsterhof Brauch war, das Most. »Zweijähriges Birnenmost, das ist etwas Anderes, als dein gepanschter Italiener da.«

Dieser Widerspruch reizte den Betrunkenen aufs äußerste. Aber statt seinen Zorn gegen Melchior zu speien, schrie er Reinhart an: »Nun ist's genug ... mit dem Getue ... über den Tisch weg! Himmel Saker! Wir sind ein armes Pack, aber wir sind ein ehrliches Pack!« Er wollte aufstehen, sank jedoch in seine Ecke zurück und wurde durch diesen Mißerfolg noch grantiger. Es war, er müsse vor Wut zerspritzen.

Reinhart erhob sich. Paula schob der Mutter flüchtig etwas unter die Karten und ging hinaus. Reinhart und Melchior folgten ihr. Auf der Gasse schritten die Drei eine Strecke schweigsam nebeneinander her. »Mein Weg geht da«, erklärte Paula und verabschiedete sich rasch. Reinharts Hand hielt sie wieder einen Augenblick in ihren heißen Fingern fest.

»Du mußt das nicht krumm nehmen, Vettermann, ich meine das, was der Holzer gesagt hat«, begann Melchior, als Paulas Schritte verhallt waren. »Er war von Kindsbeinen an ein Schimpfer. Das geht ihm nach. Aber im Grunde ist er ein ehrlicher Kerl. Und wenn er säuft, so hat das seinen Grund. Es ist uns Bauern in der Stadt nämlich nicht wohl, junger Vetter, wir müssen immer an unsere Jugend und Hofheimat denken und – vergleichen. Ich gebe das offen zu, der Holzer aber ist zu eigensinnig dazu und schimpft über das, was er nicht vergessen kann. Mir kann er nichts vormachen. Wenn er einmal die Augen zutut, so wird sein Letztes die Miesmatt sein.«

»Warum kehrst du nicht ins Golster zurück, Onkel?« forderte ihn Reinhart heraus. »Man wartet darauf!«

»Du warst also neulich drüben? Was machen die Mutter und der Vater und Hans Rudolf?«

Reinhart berichtete und redete Melchior zu, fast wie ein Alter einem Jungen. Melchior schwieg lange. Sie gingen den Fluß entlang aufwärts und gelangten in die zu dieser Stunde menschenleeren Anlagen am See.

Da, in dem stillen Atem des Sees und der ernsten Andacht der entblätterten Bäume entschloß sich Melchior zu reden.

»Dir kann ich es sagen, denn du bist auch einer, der leidet. Ich brauche dich nicht darnach zu fragen, ich weiß es doch. Als Ferdinands Sohn mußt du leiden. Ich weiß, daß er es recht meint und ein gutes Leibstück in der Brust hat, aber er ist zu allmächtig und erdrückt alles um sich. Er war der mittlere von uns dreien, aber er hätte nicht nur mich, sondern auch Hans Rudolf in den Boden gedrückt, wenn er nicht gegangen wäre, wir nannten ihn nur den »Großen«, obschon Hans Rudolf der Älteste und auch Größte war. Ich habe mehr zu ihm aufgeschaut, als zum Kirchturm, und als er dann in der Stadt war und vorwärts kam, wie von acht Rossen gerissen, kam es auch über mich. Auf dem Hof mußte ich werken wie ein Knecht, denn der Vater Abraham ließ nichts Halbbatziges zu. Ich meinte, ich brauchte nur in die Stadt zu ziehen, so hätte ich jeden Werktag dreiviertels Sonntag, und alle vierzehn Tage einen Sack voll Fünflivres. Bei Nacht und Nebel stahl ich mich davon. Ich fand Arbeit als Taglöhner. Aber wie ich am Abend in meine Dachkammer kam, da war schon etwas da und wartete auf mich und quälte mich dann bis zum Morgen: Der Hof. Einmal hielt ich's nicht mehr aus. Ich floh aus der Kammer, durch die Stadt und die Nacht, der Landstraße nach, über den Berg. Es war im Brachmonat. Der Hof schlief, vor der Scheune standen zwei hohe Fuder Heu. Ich besann mich lange. Endlich klopfte ich an. Du kennst den alten Klopfhammer an der Haustüre. Es fuhr wie ein Donnerschlag durch den langen Gang. Oben ging ein Fenster auf. was dann geschah, ist weniger schön zu erzählen, als die Heimkehr des verlorenen Sohnes. Da wurde kein Kalb geschlachtet. Ich höre meiner Lebtag die Worte, die der Vater mir hart auf den Kopf warf. Er war so gut und konnte so streng sein. Ich verstehe ihn jetzt. Er war die Rechtlichkeit selber und mußte mich für einen Lotterbuben halten. Und daß ich ihm einen Schimpf angetan, und das ganze Amt meinetwegen über den Golsterhof seine Witze herumbot, mußte ihn erbittert haben. Auch mochte er meinen, ich sei windelweich und für jedes Joch dankbar. Kurz, ich ging wieder, und tat oben auf dem Berg den Schwur, daß ich erst wieder heimkehren werde, wenn ich ein gemachter Mann sei.«

Traurig fuhr Melchior nach einer Weile fort: »Ich hab' bis zu diesem Tage nicht wiederkehren können. Das Glück blieb dort, im Golsterhof.«

»Aber wie war es denn mit dem Schwur?« sagte Reinhart bewegt, »war das so, wie soll ich sagen, so bindend?«

»Jeder Schwur ist bindend, junger Vetter. Dem geht nichts ab! Wie manchmal hat mich der Versucher auf die Gabel genommen. Aber ich bin ihm immer noch entwischt. Und doch schweife ich um den Hof wie ein ruhloser Geist um den Friedhof. Weißt du, was ich an schönen Frühjahrs- und Sommersonntagen narre? Ich stehe um drei Uhr auf und gehe oben dem Berggrat nach bis zu einer Lücke im Wald, wo man auf den Hof hinuntersieht. Dort sitze ich stundenlang und schneide mir wohl auch eine Maienpfeife. Das ist mein Gottesdienst. Ich bin auch schon in Mondnächten den Weg gegangen. So muß man den Hof sehen. Ich kann es dir nicht beschreiben, du mußt es selber einmal versuchen. Man meint, man erlebe das Paradies. Ich habe in jüngeren Jahren manchmal geweint wie ein Kleines, aber das ist nun vorbei. Alte Leute sind wie alte Bäume, es ist kein Saft mehr drin zum Überfließen. Der Hans Rudolf scheint auch vom Hof weg zu wollen. Der Holzer hat es mir berichtet. Warn' ihn, wenn du ihn siehst, warn' ihn! Es ist hier bei der Arbeit keine Freude. Was ist mir das Werkzeug, das ich in den Händen habe? Könnte ich nur wieder einmal ein Gerät vom Hof anfassen, ein eigenes, das auch mich kennt, und wäre es die dreckigste Mistgabel! Nun weißt du es, und wenn du einmal die Großmutter siehst, so sag' es ihr. Oder nein, sag' es ihr nicht, sie verstände es nicht und es würde ihr das Herz noch schwerer machen.«

Die beiden schritten langsam der Stadt zu. Bei der ersten Brücke sagte Melchior kurz: »So, ich gehe nun gradaus und du über den Fluß. Schlafe wohl. Und sag's nicht weiter! Versprich mir, sag's nicht weiter.«

»Darf ich dich nicht besuchen?« fragte Reinhart, der sich seltsam von dem wunderlichen Onkel angezogen fühlte.

Melchior war nicht gleich mit der Antwort bereit. Schließlich entschied er: »Ich wohne an der Drehergasse Nummer 7. Damit sollst du aber nicht in der Verwandtschaft hausieren, verstehst du?«

Reinhart schlenderte über die Brücke. In der Mitte stand er still und spähte nach Melchior, der am Kai ab und zu im Schein der Laternen auftauchte, ein unsicherer, leicht verwehter Schatten. Aber Reinhart umgab ihn mit dem heiteren Schimmer des Golsterhofes. Dann dachte er an Paula, an ihren Marderpelz und an den seltsamen Zug, der ihren Mund verzerrt hatte, vor sieben Jahren hatte er diese Lippen geküßt. So kindlich rein waren sie damals, wie taufrische Rosenblätter! Die Sehnsucht nach anderen Lippen, an deren Reinheit er glaubte wie an die der Sterne, erfaßte ihn, und seine Seele quälte sich, um einen Weg zu ihnen zu ersinnen. Als er in sein Zimmer kam, hatte er gerötete Hände, er hatte sie an den scharfen Verzierungen des Hombergschen Gartentores, vor dem er lange gestanden, wund gedrückt.

6. Zwei Kinder gehen aufs Eis

Die Tage entglitten langsam in die trübe Winterluft, Wochenlang überdeckte Nebelgewölk das Land. Reinhart diente tagsüber mißmutig an der Maschine, nachts vergrub er sich in seine Bücher oder in ein Phantasiebild, das Jutta sein sollte. Zuweilen besuchte ihn Geierling, der sich in der Fabrik längst unentbehrlich gemacht hatte und seit einiger Zeit häufig in der ›Seewarte‹ vorsprach. Ferdinand war oft wochenlang abwesend und schätzte sich glücklich, in ›seinem‹ Herrn Geierling einen zuverlässigen Geschäftsführer gefunden zu haben. Auch Küngold fand an dem gewandten Wesen und dem unterhaltsam durch alle Länder und Verhältnisse zickzackenden Geplauder des jungen Mannes Gefallen, während ihn die Mutter Ulrike mit Zurückhaltung beobachtete. Er war ihr zu geschmeidig, ihre Vorliebe galt, in mütterlicher Einseitigkeit, dem stillen, starrgelenkigen Wesen ihres Sohnes.

Mit Reinhart sprach Geierling fast nur über Geschäfte. Er hatte fast geometrische Vorstellungen von dem Zusammenspiel der Lebensfäden und dem Wesen der Menschen! Wenn man ihn hörte, war die ganze Welt in einen gewaltigen Geschäftsbetrieb verknäuelt, in eine ungeheure Maschinenhalle gepfercht, wo ein Mechanismus gegen den andern stand und es nur darauf ankam, dem größeren, stärkeren, vollkommeneren anzugehören oder ihn gar zu meistern. Geierling wußte das mit anschaulichen Worten darzustellen, und man fühlte, wie stolz er war, dieses Getriebe ganz zu durchschauen und darin etwas Ansehnliches vorzustellen. Reinharts zwanzig Jahre träumten sich die Welt anders, und so gab es Stunden, wo er Geierling mit unverhohlenem Haß begegnete, was hatte ein Mensch wie er in dieser Geierlingschen Maschinerie zu schaffen?

So viel wie ein Kind im Raubtierkäfig.

Ende Januar lichtete sich der Höhennebel, eine klare Kälte ergoß sich glitzernd über Land und Stadt und legte kristallene Brücken über die Wasserflächen. Die Stadt strömte hinaus zu einem kleinen See, der sich leicht erreichbar in einer Talmulde breitete. Die Eisläufer schwirrten durcheinander wie schwärmende Bienen oder glitten in einem Strom von Luft und Wohlbehagen und Kraft ins Weite. Das Eis klang hell unter den Stahlklingen. Dann und wann knackte zur Warnung ein blauleuchtender Riß blitzschnell durch das glatte Feld.

Reinhart war auch hinausgefahren, voll Erwartung. Er hatte Jutta schon lange nicht mehr gesprochen und nur selten gesehen. In die Predigten des Pfarrers Schalcher ging er nicht mehr, die Sonntagmorgengänge waren ihm bald, als unredliche Schleichereien, zuwider geworden. Mit suchenden Augen steuerte er durch die Schlittschuhläufer. Endlich fand er Jutta an einer entlegenen Stelle, wo sie sich von ihrem Bruder Georg unterweisen ließ, denn sie war des Eissportes noch nicht ganz mächtig. Reinhart nahte sich den beiden in einer umständlichen Bogenfolge, die seine Absicht verbergen sollte. »Du kommst wie bestellt!« rief ihm Georg von weitem zu. »Du könntest mich ein bißchen von der Schwester befreien. Sie ist ungelehrig wie eine Holzpuppe. Versuch du's, du bist ja der geborene Pedant!« Er machte diesen Vorschlag, weil er sich seiner neuesten Flamme, die er auch auf dem See wußte, in seinem englischen Sportanzuge vorstellen wollte. Reinhart begann ohne Umstände seine Unterweisung. Er war im Grunde befangen, während Jutta jene ungezwungene Munterkeit ausstrahlte, die der Eislauf in frischer sonndurchtränkter Luft so verschwenderisch verschenkt. Sie faßten sich mit einer Hand und schwebten in weitem Bogen der Mitte des Sees zu. Hin und wieder fiel Jutta auf die Knie, und es war jedesmal für Reinhart ein liebliches Aufrichten und für beide eine Quelle der Lustigkeit. Er ließ sie los und sauste wie ein Pfeil erst gradaus, dann in einer Spirale allmählig wieder näher an sie heran, in der Verliebten eigenen Sucht, ein Bravourstück zu vollbringen. Als er ihre Hand faßte, durchrieselte ihn ein Gefühl wie bei einem Wiedersehn nach langer Sehnsuchtszeit. Auch sie schien froh. Nun schwebten die beiden gemächlich nebeneinander dahin, immer weiter von dem allgemeinen Getriebe weg. Reinhart hatte die Welt noch nie so herrlich gesehen. Ganz golden schien sie ihm. Er fühlte, daß es Juttas Schönheit war, die über der Schöpfung lag. Darum verehrte er sie, wie man die Sonne verehrt, mit einer feierlichen Scheu vor zu großer Nähe.

Sie nahten einer Stelle, wo ein einmündender Bach das Eis vom Ufer fernhielt. Ein unwiderstehlicher Drang nach Gefahr und Verwegenheit trieb Reinhart der lauernden Wasserfläche zu. Das Eis wurde glatt und durchsichtig wie Glas und knisterte falsch unter der dahergleitenden Last. Auf dem Grund sah man gelbe Steine und eine tote schwarze Katze mit kieselweißen Zähnen. Ein Riß sprang fingerbreit auf und spie dunkle Wassergüsse nach den Stahlschuhen. Unter der dünnen Decke gluckste es treulos. Jutta stieß einen leisen Schrei aus und faßte Reinharts Hand fester, wie in ängstlichem Flehen. »Sahen sie die Katze?« Er schwenkte herum und riß sie im Flug aus dem Bereiche der Gefahr.

»Das heißt Gott versucht«, warnte sie, brach aber gleich in übermütiges Lachen aus.

Auch er lachte; ihm war, die Gefahr habe sie ihm näher gebracht, er fühlte immer noch den flehenden Druck ihrer Hand. Sie glitten nun gerade der Sonne entgegen, die sich, dem Untergang nahe, gerötet hatte und auf das Eisfeld ein leuchtendes Band warf.

»Sehen Sie, wie wir durchs Gold fliegen?« jubelte er. Sie blickte mit halb geblendeten Augen in den Glanz, dem sie entgegen fuhren: »Wär's echtes Gold!«

»Und dann?« fragte er.

»Und dann?« kicherte sie, wie eine, die Ziel und Verwendung weiß.

Er zog sie rascher fort und begann zu sprechen: »So sollte das Leben sein, ein Gleiten in Freiheit und Licht, ohne Schwere, ohne Ketten, ohne Staub an den Füßen, immer der Sonne entgegen, steil empor.«

Sie lachte schelmisch auf: »Bravo! Können sie aber in die Lüfte gehen! Machen sie Gedichte?« Schnippisch, sprach das die siebzehnjährige Naseweisheit aus. Er fühlte sich nicht verletzt, er liebte in Jutta sogar den flatternden Flug und jedes Anderssein. Ein anderes Paar kreuzte ihre Bahn. Reinhart erkannte Küngold und Geierling und strebte wieder dem oberen Ende des Sees zu, das nun fast einsam geworden war. Sie verlangsamten den Lauf. Jutta sprach wie aus einem geheim geführten Gedankenlauf heraus: »Eissport ist schön, aber eine Autofahrt! Freilich muß es ein feiner Wagen sein. Ich bin im Herbst einmal mit meinem Vetter Hans Luternau gefahren. Ich sage Ihnen! Einfach wun-der-voll!«

Reinhart war im Begriff gewesen, sein Herz vor ihr auszuschütten. Nun vermochte er es nicht mehr. Seine Brust war in Klammern gefaßt. Es war ihm, er ziehe ein schweres Gewicht mit sich. Die Sonne war versunken, und statt durch Gold kratzte der Stahl durch graues kaltes Blei.

Jutta schaute nach der Uhr, die wie ein kleiner Schild auf ihrem Handgelenk lag. sie schrak zusammen: »Nun haben wir richtig den Zug verpaßt. Der nächste fährt erst in drei Stunden.«

»Wir gehen zu Fuß über den Berg, in einer Stunde sind sie zu Haus«, tröstete sie Reinhart, der in der Verspätung eher ein Glück als ein Unglück sah.

»Ich werde gescholten. Ich bin böse auf sie! Wirklich böse!« Sie schüttelte seinen Arm, wie um ihn zu strafen. »Hören Sie, Sie müssen mitkommen. Sie müssen sagen ...«

»Das ich an allem schuld bin? Selbstverständlich! Ich habe die Rute schon lange nicht mehr bekommen, man hat manchmal fast Verlangen danach.«

Sie lachte belustigt auf, sie war auf einmal ganz für die Wanderung über den Berg. Das Abenteuer schien sie zu reizen.

»Ist Ihr Vater sehr streng?« forschte der angehende Freier.

»Oh, er ist schon streng, aber gut! Mehr scheue ich Tante Lilly.«

»Die Schwester Ihres Vaters?«

»Nein, der Mutter. Sie hat uns erzogen. Sie kam zu uns, als Mama starb. Ich war erst zwei Jahre alt, ich weiß nichts von Mama.«

Munter schritten sie über den verschneiten Bergrücken. Die Schlittschuhe in Reinharts Hand klirrten leise. Jutta schwebte an seinem Arm, sie hatte nun wieder alles Erdgewicht verloren. Sie plauderte: »Machen Sie wirklich Verse? Ich habe Ihnen ganz gern zugehört. Ich liebe es, wenn die Herren ein bischen mit den Wolken gehen. Aber mit etwas mehr Schick dürften Sie sich schon kleiden! Sie haben doch eine Schwester, nicht? Sie soll Ihnen etwas beistehen, s' ist nötig!« Sie blitzte ihn aus ihren langen dunkeln Wimpern schalkhaft an und verwirrte ihn. Immer wieder spickte sie ein Wort ein, das ihm das Herz schloß.

Auf einen unfreundlichen Empfang gefaßt, traten die beiden ins Hombergsche Haus. Tante Lilly rauschte aus einer Türe hervor, hager und streng, und blieb auf der Schwelle stehen. Reinharts Aufschlüsse nahm sie mißtrauisch und mit vornehmer Gemessenheit entgegen. Man begab sich ins Empfangszimmer, in dem sich Juttas Vater, Hans Beat von Homberg, in Gesellschaft einer altersweißen Dame befand, die er Reinhart als seine Mutter vorstellte. Sie lächelte dem jungen Manne freundlich zu, wie einem Bekannten. Reinhart atmete auf.

»Es ist schön, daß Sie gekommen sind«, begann sie. »Wie heißen Sie doch? Ich bin so vergeßlich geworden, Ihr Name ist mir entfallen.«

»Ich bin Reinhart Stapfer.«

»Stapfer?« wiederholte die Greisin und schien sich zu besinnen. »Sag, Hans Beat, wie alt sind die Stapfer?«

»Es sind Neubürger«, belehrte sie ihr Sohn.

»Wir sind nicht einmal das«, verbesserte ihn Reinhart lachend, »wir sind, horribile dictu, noch auf dem Land verbürgert.«

»Das sind heutzutage Nebensachen«, meinte Hans Beat. Trotzdem schien die Teilnahme der Greisin an Reinhart plötzlich zu erlöschen. »Hans Beat, erzähle mir doch wieder einmal etwas von unserem Ulrich von Homberg«,

»Meine Liebe, ich habe dir seine Geschichte vor kaum einer Stunde erzählt.«

»Was du nicht sagst! Oh, ich bin furchtbar vergeßlich geworden«, seufzte sie, »erzähl mir sie noch einmal. Gelt, es war Krieg? ... und er stand auf der Brücke.«

»Entschuldige, liebe Mutter, das war der Stüßi.«

Wahrend Mutter und Sohn so miteinander plauderten, musterte sie Reinhart verwundert. Die Greisin hatte silberweißes Haar, das ihr in künstlichen Rollen ehrwürdig über die Schläfen fiel. Aus ihrem weißen Porzellangesicht lächelten rote Bäcklein wie runde, übermalte Scheibchen hervor. Auf den verwelkten Lippen und in den glanzlosen Augen lag die heitere, für alles vorhandene Freundlichkeit der wiedergekehrten Kindheit. Ihr Sohn Hans Beat war ganz Würde und Vornehmheit und Rücksicht auf die Mutter. Das Samtkäppchen, das seine gelichteten und leicht ergrauten Haare verhehlte, gab ihm etwas Pastorales.

»Gelt, mein Sohn, die Homberg waren nie ein reiches, aber sie sind ein vornehmes Geschlecht?«

Hans Beat, der sich denken mochte, wie solche Worte in den Ohren eines Eingesessenen klangen, hielt es für angezeigt, eine allfällig in dem Sohn des Fabrikanten und Emporkömmlings Stapfer aufkeimende Überhebung zu dämpfen und sagte: »Du hast recht, liebe Mutter, Geld ist in diesem Hause nie die Hauptsache gewesen. Doch komm, wir wollen schlafen gehen, Du bist gewiß müde. Entschuldigen Sie einen Augenblick, Herr Stapfer.«

Die Greisin widersetzte sich ihrem Sohne in kindischer Trotzköpfigkeit, ließ sich dann aber, von seiner Liebenswürdigkeit bezwungen, jedoch die Beleidigte spielend, wegführen, Wie ein Ritter seine Dame, geleitete er sie hinaus. Bei der Türe angelangt, wendete sie sich zurück und machte Reinhart eine anmutige Verbeugung, von der er nicht wußte, ob sie spöttisch oder ernst gemeint war.

Reinhart war, er erlebe ein Stück Mittelalter. Er ließ seine Augen durch's Zimmer gehen. An den Wänden hingen ein paar Ölbilder. Zwei, offenbar die Bildnisse eines Ehepaars, erkannte er gleich als von Meister Anton Graff gemalt, daneben hingen drei stark nachgebräunte Landschaften ohne Kraft und Eigenart. Im übrigen atmeten Wände, Möbel und Teppiche eine fast kleinbürgerliche Nüchternheit und Genügsamkeit.

Jutta trat herein und fragte ihn, ob er eine Tasse Tee mit ihnen trinke. Sie hatte ein einfaches Hauskleid angezogen, in dem sie ihm, während sie mit zierlicher Hand die Tassen aufstellte und füllte, eine köstliche Augenweide bot. »Es ist gut abgelaufen«, flüsterte sie, obschon niemand außer ihnen im Zimmer war, »die Tante hat mir zwar einen Stüber versetzt, aber er war nicht gar schlimm. Mit dem Unterricht im Schlittschuhlaufen wird es nun freilich vorbei sein.«

»Schade«, sagte Reinhart, und wollte sie fragen, ob er sie sonst etwa treffen könnte, als die Türe ging und die schlanke Gestalt der Tante Lilly herein stolzierte. Tante Lilly, oder Fräulein Lilly de Luternau, wie sie sich nach dem Taufschein nannte, war eine ins Spitzige geratene alte Jungfer, mit einer kleinen borstigen Warze auf der Oberlippe, die sich wie ein mit Miniaturpalmen bestelltes Inselchen nicht eben unangenehm ausnahm. In der Hand schlenkerte sie eine Lorgnette aus Schildpatt. Sie ließ sich steif auf einen Stuhl nieder, und Reinhart konnte dabei die vollkommene Reizlosigkeit ihrer von einem gelben Tuchwerk umschlossenen Gestalt bestaunen.

Sie öffnete ihre schmalen Lippen zu einer kaum wahrnehmbaren Ritze: »Nicht wahr, Herr – – ?«

»Stapfer.«

»Herr Stapfer, Sie bewohnen die ›Seewarte‹, das ehemalige von Hirschbergsche Gut?« Reinhart nickte.

»Es ist seltsam, wie die alten Sitze nach und nach an die Fremden übergehen. *Tout simplement contrariant.*«

Reinhart traute seinen Ohren nicht: an die Fremden! Sie aber achtete nicht auf sein Erstaunen, sie zählte eine Anzahl anderer Patriziergüter auf, die in plebeischen Besitz übergegangen waren, und versäumte nicht, ein paar wehmütige Bemerkungen über den Wandel der Zeiten und die Vergänglichkeit alles Liebenswerten anzufügen. Sie sprach langsam, in der Mundart einer anderen Landesgegend und liebte es, französische Wörter in ihr Deutsch zu schieben. Das r bildete sie hinten am Gaumen, wie es die Vornehmen mehrerer Schweizerstädte in Nachahmung französischen Wesens vor ein paar Jahrhunderten sich angewöhnt und ihren Nachfahren treulich vererbt hatten. Tante Lilly zerschliff ihr r mit nicht zu beschreibender Unerbittlichkeit, was aber Reinhart durchaus nicht unangenehm berührte, denn auch in Juttas Geplauder trieb dieser Kratz- und Schnarrlaut sein unmelodisches Wesen, wenn auch in weniger durchgebildeter Form.

Hans Beat hatte sich unterdessen wieder eingefunden und wandte sich an Reinhart: »Ich bitte Sie, meine gute Mutter zu entschuldigen. Ihr Geist hat sich mit den Jahren ganz in die ihr liebe und einst wohlvertraute Vergangenheit zurückgezogen. Man hat eben in diesem Hause alte Überlieferungen. Wenn Sie die Geschichte unserer Stadt durchblättern, werden Sie mehrere Bürgermeister finden, die den Namen Homberg trugen und zwar nicht mit Unehren. Man hat uns vor hundert Jahren, wie soll ich sagen, beraubt, vielleicht hat man aber nur sich selber beraubt! Sie können nicht erwarten, daß wir die jetzigen Zeitläufe lobpreisen. Andere halten ihr Geld fest, meine Mutter möchte unsere Vergangenheit festhalten, und ich auch.«

»Sie dürfen aber nicht erwarten, daß die Geschichte rückläufig werde«, entgegnete Reinhart unbeholfen, »das Völkergeschick ist wie eine Walze, wer nicht an der Deichsel zieht, kommt unter die Rolle. Die Vorwärtsgerichteten haben die Zukunft, und sind es diesmal die niederen Leute, nun, so wird eben ihre Zeit da sein.«

Hans Beat wurde lebhafter: »Schöne Theorie! Da behielte jeder Neuerer und wäre er der größte Windbeutel, immer recht. Sie sind der Sohn Ferdinand Stapfers, da müssen Sie freilich so reden.«

Reinhart zuckte zusammen. Er erinnerte sich, daß zwischen seinem Vater und Hans Beat Scherben lagen. Ferdinand Stapfer hatte vor einigen Jahren als Führer des Liberalismus, auf den neuen Luftzug achtend, seiner Partei einen Ruck nach links gegeben. Die Stockkonservativen wurden abgestoßen, und mit andern verlor Hans Beat seinen Ratssessel und zürnte seither. Es war ein peinliches Schweigen entstanden. Zum Glück ging die Türe auf und der blonde Bart Pfarrer Schalchers erleuchtete den Raum. Es schien, als ginge davon ein Strom von Freude und Wohlgefallen aus. Hans Beat berichtete dem Pfarrer kurz von seinem Wortgefecht mit Reinhart und legte es ihm nahe, auch seine Meinung auszusprechen. Schalcher besann sich einen Augenblick und dann erschallte unter allgemeiner Stille seine Stimme, süß, als würde sie durch Honig gezogen: »Ich bin Seelsorger und Christ, was heißen will, daß ich ohne soziales Empfinden meinen Beruf verfehlt hätte. Wir müssen der leidenden Menschheit helfen, und ich bin überzeugt, daß darin alle maßgebenden Volksteile einig sind. Freilich, wenn ich sagen soll, wo ich den göttlichsten Willen zum Helfen gefunden habe, so muß ich den Ehrenplatz unseren alten Familien einräumen, und es ist tief bedauerlich, daß ihr Einfluß immer geringer wird. Sie geben vielleicht nicht am meisten, sie bilden eben keine Geldaristokratie, aber sie geben dafür mit umso freudigeren Herzen, und darauf kommt es an.«

Er schwieg und schaute mit bescheidenem Anstand um sich. Tante Lilly drückte ihm bewegt die Hand, Hans Beat verzog keine Miene und blickte wie verschämt zu Boden. Jutta lauschte immer noch der schönen Stimme, als die Wände sie längst verschluckt hatten.

»Aber wo ist denn meine liebe Braut?« fragte Schalcher und suchte mit den Blicken in allen Ecken. »Sollte Minna unpäßlich sein? Ich sah sie doch heute früh im Gotteshaus.« – »Du mußt dich noch ein bißchen gedulden, lieber Pfarrer«, beruhigte ihn Tante Lilly, »elle viendra tout à l'heure«.

»In dem Kleid für den Wohltätigkeitsbazar«, ergänzte Jutta freudig.

»Chut, ma petite!« fuhr die Tante dazwischen.

»Ach, der Herr Pfarrer war doch dabei, als der Stoff ausgewählt wurde«, verteidigte Jutta ihre Voreiligkeit. »Ich hole sie!« Damit verschwand sie, um sich weiteren Zurechtweisungen zu entziehen. Bald erschien sie wieder mit der Schwester. Minna rauschte in Seide herein. Sie trug ein kostbares zitronengrünes Kleid mit Brüsselerspitzen um Hals und Handgelenke. Pfarrer Schalcher ging ihr strahlend entgegen und sprach salbungsvoll: »Darf man Königinnen küssen?«

Der Kuß wurde ihm glück- und schönheitsstrahlend gewährt und er vollbrachte die Handlung mit feierlicher Würde und unter weiser Schonung des Staatskleides.

Reinhart war von Minnas Anblick seltsam betroffen. Hatte er nicht schon irgendwo erlebt, daß ein Mädchen seine Umgebung gleicherweise wie eine Sonne überstrahlte? Richtig, Paula! Hier wie bei Holzers die gleiche Wirkung, nur auf verschiedener Stufe. Er meinte auch, eine gewisse Ähnlichkeit zwischen den beiden Zauberinnen zu entdecken, im heißen Rot der Lippen, im zitternden unruhigen Glanz der Augen, in der herausfordernden Haltung des Nackens. Von Minna glitten Reinharts Augen über die andern Beschauer. Jutta war reizend im Schein der Mitfreude. Tante Lilly glänzte vor Entzücken und betrachtete bald Minna, bald den wie in paradiesische Schauer versunkenen Bräutigam. Hans Beat saß nachdenklich auf seinem Stuhl. Zwischen seinen Augen zog sich langsam eine dunkle Falte zusammen. »Hätt' nicht gedacht, daß mein Haus sich so etwas Kostbares gönnte«, brachte er endlich tonlos hervor und merkte erst an der mißbilligenden Bewegung, die entstand, daß sein Gedankengang hörbar geworden war.

»Aber, Papa!« rief Minna und reckte ihren Kopf höher.

»Das sieht dir ähnlich, Schwägerlein«, schalt Tante Lilly beschwichtigend.

»Edelsteine faßt man nicht in Messing, verehrter Vater«, ließ sich die Stimme des Pfarrers vernehmen. Sie klang etwas weniger süß als sonst.

»Es ist doch für die Wohltätigkeit!« zwitscherte Jutta, »Was sagen Sie dazu, Herr Stapfer?«

Reinhart war in Verlegenheit, aber es war ihm unmöglich, gegen seine Überzeugung zu sprechen: »Ich sehe schöne Kleider auch ganz gern«, stotterte er, »aber ich verstehe nicht, daß man sich gerade für Wohltätigkeitsbazare besonders kostbar ausstaffiert. Ist den Armen damit geholfen?«

Widerspruch und verhaltene Entrüstung brausten ihm entgegen. Das Palmeninselchen auf der Oberlippe der Tante verwandelte sich in ein streitbares Igelchen, der Pfarrer stellte sich schützend vor seine Braut, als gelte es eine Profanation von ihr abzuwenden. Nur Hans Beat blieb ruhig und warf einen forschenden, etwas erstaunten Blick auf Reinhart. Dann nickte er zustimmend.

»Man muß doch die Leute anlocken!«

»Man muß den Käufern Ehre erweisen und sie in gute Stimmung versetzen!«

»Man darf bei einem solchen Anlaß nicht armmütig erscheinen!«

So tönte es durcheinander. Minna bekam feuchte Augen. Reinhart überlegte, wie er fliehen könnte, fand aber die schickliche Art nicht. Hans Beat nahm sich seiner an: »Was Herr Stapfer sagte, ist auch meine Meinung. Beim Helfen ist die Art, wie man es tut, nicht nebensächlich.« Der Pfarrer zuckte nervös mit der linken Wange und suchte den Ausgleich herbeizuführen: »Die ganze Stadt kennt, ehrt, ja bewundert die Einfachheit und bescheidene Vornehmheit dieses Hauses«, begann er eindringlich. »Die Stadt wird, wenn sie jetzt eine Ausnahme gewahrt, über den Grund nicht im Unklaren sein. Fräulein Minna verlebt keine alltägliche Zeit, sie ist Braut, und alle werden es mit mir fühlen, daß sie sich nicht aus weltlichem Sinn, sondern um ihrer Liebe willen so schön, so entzückend gemacht hat. Und wenn am Bazar die Leute ihr huldigen, so werden sie auch ein bißchen ihrem Seelsorger huldigen, womit unsere liebenswürdige Verkäuferin ihren Zweck ganz erreicht haben wird. Ich aber möchte ihr danken!« Die Damen waren von seinen Worten entzückt. Minna strahlte wieder. Jutta setzte sich neben Reinhart und flüsterte ihm zu: »Wie konnten Sie so garstig sein!«

»Du issest doch mit uns zu Nacht, lieber Pfarrer?« fragte Tante Lilly mit dankbaren Augen.

»Oh, sehr gerne«, erwiderte er, ihr verbindlich die Hand drückend. Dann setzte er sich neben Hans Beat, offenbar bemüht, ihn wieder in gute Laune zu versetzen. Reinhart spähte nach der Türe. Jutta flüsterte ihm das Lob des Pfarrers zu: »Wie geschickt er alles wieder ins Geleise gebracht hat.« Von Hans Beat und Schalcher herüber klangen abgerissene seltsame Sätze. Reinhart erriet, daß der Pfarrer es unternahm, seinem zukünftigen Schwiegervater begreiflich zu machen, daß es unzweckmäßig sei, sein Geld in Schuldbriefen anzulegen, wie es in den alten Familien üblich sei, Industriepapiere seien viel einträglicher und ebenso sicher. Hans Beat sah nachdenklich vor sich hin und fuhr mit der Hand über seinen ergrauten Backenbart. Von Zeit zu Zeit sagte er: »Glaubst du? Glaubst du wirklich?« Dieses Wort in seiner Wiederholung bekam einen andern seltsamen Sinn. Es trat plötzlich eine große Stille in dem Zimmer ein. Reinhart nahm die Gelegenheit wahr und empfahl sich. In der Hand der Tante Lilly empfand er starre Abneigung, Minna reichte ihm nur flüchtig die Fingerspitzen. Auch Jutta wagte unter den vielen wachsamen Blicken nicht, herzhaft zu grüßen. Sie begleitete ihn bis zur Haustüre. Er fragte: »Darf ich Ihnen schreiben?«

»Ums Himmels willen, die Tante liest alle meine Briefe.« Sie verschwand erschreckt im Halbdunkel des Flurs.

Als Reinhart durch das Gartentor auf die Straße hinaustrat, stieß er auf Georg, der unschlüssig bei der Laterne stand und eine Zigarette im Munde wippen ließ.

»Ei, du warst bei uns? Hast die Kleine nach Hause gebracht?« Seine Stimme lallte ein bißchen. »Ist Besuch da? Teufel! Dann geh ich lieber nicht hinein! Ich esse im Restaurant, aber ich bin ausgelumpt.«

Reinhart griff in die Tasche, worauf Georg vertraulich wurde. »Hör, Stapfer, ich mag dich ja ganz wohl. Mir wärest du schon recht, aber der Vater und Tantchen haben, wie ich glaube, schon einen Trumpf in

Händen. Hans de Luternau heißt er, du weißt, der Vetter und Tuchherr in Aarwald. Mach Geld, so gelingt es dir vielleicht. Das verfluchte Geld!«
»Und Jutta?«
»Ach, sie ist doch noch ein Embryo. Ich glaube, sie weiß noch nicht einmal, was Flirt ist. Aber sie wird alles rasch kapieren. Minna war vor drei Jahren auch noch so ein Hühnchen, jetzt kann sie selbst einen Pfarrer lehren. Die Mädchen haben überhaupt den Teufel im Leib, sie sind uns über. Da bin ich.« Er trat in ein Kaffee.

Reinhart war froh und niedergeschlagen zugleich. Was für ein verheißendes Geschöpf war Jutta. Sie erschien ihm in ihrer Unfertigkeit wie geschmeidiges Gold, das dem Künstler zuspricht, ihm die hohe Form zu geben. Er fühlte, daß er nie mehr aus dem Banne dieses trotz seiner Jugend mit dämonischem Zauber begabten Geschöpfes treten könne. Aber die Umgebung, in der sie sich befand! Diese mittelalterliche Welt! Und doch war in ihr etwas, was auch in Reinharts Wesen lag, die Geringschätzung des Geldwesens, von der Hans Beat erfüllt war. Aber wankte das Haus nicht schon? Hatte Hans Beat nicht auf ein Gespenst gestarrt, das sich eingeschlichen hatte und fortan seinen Spuk treiben würde?

Zu Hause fand Reinhart die Familie bei Tische. Auch Geierling war da. »Wo hatten Sie heute Ihre Augen, Herr Stapfer?« fragte er, »wir sind mindestens fünf Mal an Ihnen vorbeigeflitzt. Was war das übrigens für ein forscher Käfer, den Sie an der Hand hatten?«

Reinhart wurde rot, gestand aber ohne Zögern, daß es Fräulein von Homberg gewesen sei.

»Eine ›von‹? Donnerwetter! Entschuldigen Sie den derben Ausdruck, verehrteste Frau.«

»Du verkehrst bei Hombergs?« raunte Ferdinand seinem Sohne zu, als sich die Herren ins Rauchzimmer zurückzogen. »Welche Eselei!« Dann setzte er mit Geierling das bei Tisch begonnene Gespräch über die deutsche Kolonialpolitik und ihren Einfluß auf den schweizerischen Warenabsatz fort.

7. Staatsbürger

Vierzehn Tage später rückte Reinhart als Kavallerist in die Rekrutenschule ein. Er war froh, ein paar Monate der Maschine, die ihn zermürbte, und dem drückenden Schatten des Vaters entrinnen zu können. Der Dienst mit seinem Drill, seinen Stallwachen und seinem Pferdebürsten und -striegeln, seinem Gefluche, nur um des Fluchens willen, fiel ihm nicht leicht. Aber er ertrug alles ohne Murren, weil er seinem Lande gerne freudig gegeben hätte und unter allen Umständen geben wollte, was es von ihm verlangte. Nach und nach wurden ihm auch die Lichtseiten des Dienstes bewußt: der rauhe, aber aufrichtige Ton zwischen den Kameraden, die auf Gleichheit beruhende Zimmergenossenschaft, mit dem selbstverständlichen ›du‹, das fast waffenbrüderliche Verhältnis zum Gaul, dem Mitdulder in den Strapazen, in Schneegestöber und Staub, in Regen und Wind, dem Mitgenießer von Sonnenschein und Lenzwehen, wie liebte Reinhart die Ritte durch die erwachende oder schon erblühte Frühlingslandschaft, Stiefelschaft an Stiefelschaft mit den Kameraden, eine Gemeinschaft von hundert Menschen und hundert Pferden, alle voll Jugendkraft und Gesundheit, von romantischer Reiterlust umweht, ein Gewoge von Roßhaarbüschen und Pferdeköpfen, das harte, rhythmische Pochen von vierhundert Hufen, unter denen die Straße lebendig wurde, wie Milch aufquoll und sich über die nahen Felder ergoß, während der Reitertrab schon in der Ferne hallte, durch Wälder mit frischem, hellgrünem Buchenlaub, durch Birkenbestände, die auf silbernen Schäften zierliche Laubguirlanden schwenkten, an frischgepflügten Äckern vorbei, aus denen die Krähen mit schwerem Flügelschlag auffuhren, durch Gehöfte, deren Bäume ihren Blütenüberfluß auf die grünen Uniformen, auf die dampfenden Rücken der Pferde und in die rauhen Soldatenlieder schüttelten, dann und wann ein Kommandoruf, ein jauchzendes Gewieher oder ein unmutiges Gepruste, auch wohl ein Seitensprung über den Straßengraben ins Wiesengrün hinein. Dann die Rückkehr in die Kaserne im milden Licht der sinkenden Sonne, das Grün der Uniformen vom Staub ins Graue gefärbt, die Gesichter der Reiter glühend wie der Horizont, die Pferde lenksam und müde nach dem Stall drängend. Und als Abschluß des Tages das rasche Versinken in steinharten Schlaf.

Ein solcher Ritt trug Reinhart durch den Golsterhof. Haus, Speicher und Scheune waren in das Blust der Apfel- und Birnbäume versunken, ein Festtagsgeschmeide aus Gold und Silber glitzerte auf dem Kleid der Matten. Reinhart spähte nach der Bank des Großvaters, sie war leer. Sie mußte verlassen sein, denn Abraham Stapfer hatte sich vor Wochen zu Bett gelegt, endgültig. Im Garten stand das bucklige Estherlein. Es schaute den Reitern, auf einen Rechen gestützt, entgegen. Reinhart winkte, das Mädchen hob die Hand und neigte sich vor. Hatte es ihn erkannt? Schon lag der Hof hinter der Reiterschar, fernab wie ein Traum. Scharfe Kommandorufe verscheuchten den letzten Schimmer davon. Es galt, gegen einen fingierten Feind zu reiten. Die Reihen der Reiter schlossen sich enger, die Säbel fegten aus den Scheiden und blitzten in die Luft, die Pferde wurden unter dem festen Druck der Schenkel aufgeregt. Ein Druck in die Flanke, die Masse setzte sich in Bewegung wie ein dunkler, schwerer Wolkenschatten, erst langsam mit zurückgehaltener Kraft, dann immer schneller, die Äcker wirbelten auf, die Säbelscheiden klirrten, der Schatten brauste wie eine Lawine dahin, ein Reiter stürzte, die andern setzten in hohem Bogen über ihn weg. Man hielt an, die Pferde dampften und ihre Schenkel zitterten, wie von elektrischen Strömen durchzuckt, die Herzen der Reiter pochten, in den Gesichtern glänzte der Schweiß. Dann glitt die Reiterschar in langsamem Trab über eine Hügelwelle weg. Reinhart sann über den Sinn solchen Reitens nach. Da hieß es nicht mehr, Kamerad neben Kamerad, Mensch mit Mensch, da hieß es Mensch gegen Mensch, Leben gegen Leben oder Leben gegen Tod. Man führte die Klinge in der Hand, jetzt war sie nach ungeschliffen und fast ein Spielzeug, aber irgendwo stand der Schleifstein bereit, sie zu schärfen, vielleicht schlug irgendwo ein Menschenherz, verurteilt von ihr durchbohrt zu werden.

Am folgenden Tage wurden die Offiziersaspiranten aufgefordert, sich zu melden. Reinhart verhielt sich ruhig, und als ihn der Hauptmann persönlich ermunterte, lehnte er ab. Sein Leben sollte nicht die Straße gehen, auf der ein Pferd mehr gilt als ein Mensch. So hatte er es in einer schweren Nacht mit sich ausgemacht.

Nach dem Leben im Freien, in Licht und Luft, kehrte Reinhart unfreudig ins Vaterhaus zurück. Er fand die ›Seewarte‹ ungemütlicher als je. Die Mutter ging wie ein Schatten einher, Küngold zog sich in ihr Zimmerchen zurück, sobald Schritt oder Stimme des Vaters sich hören ließen.

Es blies Abstimmungswind durch das Land und fing und staute sich im Stapferschen Haus wie der Föhn in einer Klus. Es galt die Neubestellung der Räte für drei Jahre, nebenbei sollte über ein Gesetzlein wirtschaftlicher Natur, dem niemand große Bedeutung beimaß, entschieden werden. Um die Wähler aufzurütteln, hatten die Parteiführer alle Kampfbanner entrollt und in alle Ohren gerufen, es gelte diesmal, eine Kraft- und Machtprobe abzulegen. Man sprach und schrieb vor allem über die Gesetzesvorlage, aber wer auch nur ein wenig mit den politischen

Kraftspielen vertraut war, wußte, daß es um den Einfluß im Ratsaal ging. Ferdinand, als der Führer seiner Partei, war immer in Bewegung, allgegenwärtig: in Konventikeln, in Parteizusammenkünften und in öffentlichen Versammlungen, heute in der Stadt, morgen in einer Landgemeinde. Kein Wunder, daß er abgehetzt und gereizt ins Haus wirbelte, und daß nichts, was nach häuslichen Rücksichten schillerte, in seinen Gedankenkreis eindringen durfte. Er war beständig in Kampfstellung, bereit, Hiebe auszuteilen und Hiebe zu parieren, selbst das Parkett seiner Wohnstube erschien ihm als Fechtboden, hinter jedem Wort der Frau und der Kinder witterte er einen Angriff, gegen den man vom Leder ziehen mußte. Äußerlich war er aufgeräumt, überlaut in Worten und lebhaft in Gebärden. Daß er die ›Seewarte‹ zu einer Hölle machte, kam dem ganz nach außen Gerichteten durchaus nicht zu Sinn. Der Kampf war ihm Lebensbedürfnis, er konnte sich nicht vorstellen, daß es Naturen gab, die darunter litten. Hätte man ihn gefragt, ob seine Frau und seine Kinder glücklich seien, er hätte herausgelacht. Warum sollen sie nicht glücklich sein? Bewohnten sie nicht ein schönes Gut am See, hatten sie nicht alles, was zu einem behaglichen Leben gehört? Sorgte er nicht für alles und für alle? Hätte man ihm gesagt, er opfere seine Familie seinem Ehrgeiz, er wäre aufgebraust, denn in den einundzwanzig Jahren seiner Ehe hatte er noch keinen Augenblick daran gezweifelt, daß er das Muster eines Gatten sei.

Seit Reinhart aus dem Militärdienst zurückgekehrt war, hatte er sich nur ein paarmal beim Essen flüchtig mit ihm unterhalten, über die Instruktoren, über sein Pferd, über die Ordnung in der Kaserne, das Vorhandensein oder Fehlen politischen Sinns bei den Rekruten. Aber über alle diese Dinge glitt er leicht hinweg, ihn erfüllten die Reden, die er zu halten, die Zeitungsartikel, die er einzuflüstern hatte, die Schlagwörter oder Witze, mit denen er seine Gegner entwaffnen oder lächerlich machen wollte, die Beweisführung, mit der er einzelne Volksgruppen zu bestimmen hoffte. Am Samstag vor der Abstimmung fand er überraschenderweise Zeit zu einem Gespräche mit seinem Sohn. Er benahm sich so, als hätte er Reinhart in den letzten zehn Tagen nicht anders als im Schlafwandel gesehen und nun auf einmal leibhaftig neben sich entdeckt. »Ei, da bist du ja! Wie gerufen! Ich habe mit dir zu plaudern. Da, steck dir eine an!« Reinhart erinnerte sich an die Unterredung nach der Reifeprüfung, die ähnlich begonnen hatte, und erschrak. Ferdinand zupfte aus seiner Brieftasche einen gelblichen Briefumschlag hervor und legte ihn vor Reinhart auf den Tisch. »Du gehst morgen das erstemal zur Urne«, begann er, »hier ist dein Stimmkuvert. Der erste Abstimmungstag ist nichts Alltägliches, man darf schon darüber reden. Weißt du schon, wie du stimmen willst? Hast du das Gesetz gelesen?«

»Ja, es gefällt mir nicht, es ist eine Halbheit«, brachte Reinhart stockend hervor.

Ferdinand maß ihn mit einem verwunderten Blick und warf ärgerlich hin: »Der erste Entwurf war besser, er wurde in den Räten verwässert, wie immer. Zu ändern ist nichts mehr daran, unsere Partei steht dafür ein, also stimmen wir zwei dafür.«

Reinhart zuckte leicht zusammen: »Ich behalte mir mein Wort noch vor.«

Ferdinand schoß auf: »Was? Ein Wilder willst du werden? Ein Hanswurst im Ratsaal?«

»Ich begehre einstweilen in keinen Ratsaal und möchte überhaupt – nach meiner Überzeugung stimmen.«

»Richtig! Ich habe es ja ganz vergessen, unsere Jugend schwärmt für das unvergleichliche ›Ich‹. Da kann ihr freilich die Partei nichts gelten, man müßte ja etwas Disziplin üben, dann und wann eine Stunde für eine Versammlung drangeben. Man hat aber an sich zu denken, man hat die Majestät seines ›Ichs‹ durch alle möglichen und unmöglichen Genußsüchteleien zu promenieren! Vaterländische Fragen? Alter Plunder! Wie?«

Reinhart zog die Achseln zusammen und preßte die Oberarme an den Leib, was seinem Körper etwas Gedrungenes, Kampfbereites gab, und er stieß hervor: »Ich kenne eure Partei, ich habe ihre Versammlungen besucht. Aber das Vaterland ist nicht die Partei, Parteidienst nicht selbstverständlicherweise auch Vaterlandsdienst. Ich liebe unser Land ...«

»Wie deinen Gaul!« unterbrach ihn Ferdinand. »Du bist alles Lobes über ihn voll, aber er würde sich im Stall steif stehen, wenn Hans ihn nicht jeden Tag eine Stunde tummelte. So hältst du's wohl auch mit dem Vaterland. Du willst ihm mit schmückenden Beiwörtern dienen und das übrige solchen überlassen, über die du die Nase rümpfst. Wie soll es ohne Parteien gehen? Soll man die Bildung der öffentlichen Meinung einer wilden, unverantwortlichen Presse überlassen? Nein, das Parteigetriebe ist notwendig. Durch Stoß und Gegenstoß kommt die rechte Fortschrittslinie zustande. Drei Gäule, die an einem Wagen ziehen, setzen ihre Kraft auch nicht am gleichen Punkte an; zwei stehen an der

Deichsel, rechts und links, eins als Vorspann in der Mitte, die Wirkung ist kein zerfahrenes Hin und her, sondern ein Fortschreiten auf einer mittleren Linie. Und wenn Parteien sein müssen, welcher wolltest du dich lieber verschreiben, als der unsrigen? Wir haben das schöne Erbe des alten Liberalismus zu verwalten, wir bemühen uns um den Fortschritt unter verständiger Schonung der Privatinteressen.«

»Das heißt, ihr geht von Kuhmarkt zu Kuhmarkt!« warf ihm Reinhart schroff entgegen.

Ferdinand schoß auf: »Ohne Kompromisse geht es nun einmal nicht. Das ist das Wesen der Politik!«

»Dann verschont uns Junge damit!« parierte Reinhart.

Ferdinand fauchte ihn an: »Ihr Jungen! Ich kenn euch und euer Tun! Etwas Sport, Bergsport, Skisport, Tennis, wenn möglich mit Flirt verbunden, nur keine Anspannung für etwas Nützliches, nur keinen Gedanken an das Ganze, nur kein höheres Ziel!«

Reinhart lachte heraus: »Habt ihr uns das hohe Ziel überliefert? Wovon handelt ihr in euern Räten? Es riecht immer nach dem Kaufladen oder der Börse. Jeder Fortschritt muß jemandem abgemarktet und aus dem Staatsbeutel bezahlt werden. Unsere Landesseele ist unter euch abgestorben. Und es ist keine Hoffnung vorhanden! Was ist von euch zu erwarten! Politiker haben noch nie mitirren mögen!«

Ferdinand stand wie ein Stier mit gesenkten Hörnern vor seinem Sohn, »Was willst du denn?« stieß er gegen ihn vor.

»Ich denke an das Jahrhundert, da wir uns den Großmannsdünkel vom Leibe rissen und unserem Gewissen eine Gasse machten. Da mußte ein anderer Wind geblasen haben, da hätte man mitatmen, mittaten, meinetwegen mitirren können!«

»Richtig, da steckt der Historiker wieder seine Nase in die Zeit!« lachte ihm der Vater grimmig ins Gesicht. »Schau, wohin du willst, nie war unser Land besser daran, nie unser Wirtschaftsleben blühender als jetzt!«

Reinhart gab ihm sein Lachen zurück: »Du willst sagen: Das Geschäft läuft! Ist Politik Geschäft, so verschon mich! Ich habe von dieser Art Lebensgenuß so schon mehr als genug!«

Nun wetterte Ferdinand los: »Du hast kein Pflichtgefühl, weder der Familie noch dem Land gegenüber! Haus und Staat könnten zugrunde gehen, du würdest dazu nur dein fades Lächeln haben. Es ist ein Fluch, einen einzigen Sohn zu haben!« Er stampfte so heftig mit dem Fuß auf, daß das Zimmer erbebte. Er hatte sich vor Reinhart aufgepflanzt und starrte ihm hart in die Augen. Aus dem Nebenzimmer eilte die Mutter herbei.

»Laß ihn«, flehte sie Ferdinand an. »Er kann ja alle diese Dinge noch nicht einsehen.«

»Nein«, wehrte Reinhart bestimmt ihre Verteidigung ab, »ich hatte im letzten halben Jahr genug Zeit, zu beobachten und nachzudenken. Ich durchschaue den ganzen Betrieb.«

»Nichts als Nebel«, donnerte Ferdinand »Man gibt sich Mühe, einem solchen Menschen den Weg zu glätten, im Geschäftsleben, in der Politik, im Militär, er könnte nur in meine Fußtapfen treten, aber da gefällt es ihm, auf den Holzweg zu stolpern wie ein blinder Esel. Es ist zum Fluchen!«

»Es ist doch gar nicht nötig, daß der Sohn in allem das Spiegelbild des Vaters werde!« klang die Stimme der Frau Ulrike begütigend dazwischen. »Man sagt, die Söhne hätten ihr Erbteil von der Mutter, schilt also mich und laß Reinhart seinen Holzweg gehen.«

»Wie zu erwarten war: die Unvernunft hat in der Mutter immer noch einen Schirm gefunden. Oh, diese Nebelballen, diese Problematischen, diese – Landert!« Er wandte sich zum Gehen. An der Türe drehte er sich noch einmal um. »Wie steht es mit der Offiziersschule? Es ist gut, wenn du einmal mit jungen Leuten zusammenkommst, die ein bißchen Ehrgeiz und Pflichtgefühl haben.«

»Ich habe mich nicht gemeldet.«

»Wie?« rief Ferdinand und schnellte sich wieder mitten ins Zimmer.

»Ich fühle mich nicht zu gut, dem Land als Gemeiner zu dienen.«

»Du bist einfach verrückt! Einfach verrückt! Oder ein Schwachkopf!« knirschte Ferdinand. Man sah die Anstrengung, die es ihn kostete, nicht über seinen Sohn herzufallen. Er kehrte sich gewaltsam von ihm ab und warf die Türe hinter sich ins Schloß.

Mutter und Sohn sahen sich an. »Warum hast du ihn so gereizt?« klagte sie. Ihre Augen waren feucht.

»Es mußte einmal sein. Ich habe mich in die Fabrik sperren lassen, damit sei es genug. Ich kann doch nicht wie sein Hündchen beständig hinter ihm herwedeln. Du hast mich ja selber auf einen andern Weg gewiesen.«

»Ich weiß. Wir werden schlucken und schleppen müssen.«

Am Abend setzte sich Reinhart hinter das Gesetz und laß es noch einmal. Dann schrieb er mit fester Hand ein »Nein« auf den Stimmzettel. Dabei wurde ihm leichter, als hätte er sich einen Sieg geholt. Als er auf einen andern Zettel den Namen seines Vaters schreiben sollte, sperrte sich die Hand. Tausende würden diesen Namen morgen mit Freuden aufs Papier werfen, und er, der Sohn, zögerte? War Ferdinand nicht ein ganzer Mann? die Verkörperung des Willens und Denkens einer großen Menge, der Mehrheit des Volkes? Liebte er sein Vaterland nicht mit seinem ganzen wilden Blut? Reinhart überlegte: »Er ist der Vertreter eines bösen überhandnehmenden Geistes, ich muß mich von ihm lossagen!« Und er schrieb den Namen seines Vaters nicht auf den Wahlzettel. Wieder dünkte ihn das ein Sieg.

Am Morgen stieg er zu dem Schulhaus hinauf, in dem die Urne aufgestellt war. Als er die verschiedenfarbigen Blättchen einlegte, war ihm ganz feierlich zu Mute, fast wie wenn die Entscheidung über Wohl und Wehe des Vaterlandes ganz in seine Hände gelegt worden wäre. Er setzte sich in die Anlagen des Schulhauses auf eine Bank und beobachtete die Wähler, die ein- und ausgingen. Sie kamen einzeln, zu zweien, zu dreien, die meisten schweigsam und ernst, nur wenige stritten noch für oder gegen etwas. Ein Arbeiter trug eine rote Nelke im Knopfloch zur Schau. Hans Beat von Homberg stelzte in langem Gehrock und turmhohem Zylinderhut herbei, ganz Andacht, er kam offenbar aus der Kirche; Ferdinand schritt hastig aus, wie auf einem Geschäftsgang, er sah Reinhart nicht, es war nicht seine Gewohnheit, seitwärts zu schauen. Dagegen bemerkte ihn Georg von Homberg und kam auf ihn zu. »Mußt dich wohl ausruhen von dem schweren Werk? Ich hab es mir leicht gemacht, alle Zettel leer eingeschmissen. Es kommt ja doch, wie es will.«

Reinhart fuhr ihn an: »Nein, es kommt, wie *man* will!« und fügte dann aus einem langem Gedankengang heraus hinzu: »Wir Jungen müssen etwas Neues, etwas Reines bringen!« Georg lachte hell auf: »Der Ernst ist etwas sehr Schönes, aber komm, in den Anlagen ist ein Konzert. Ich gehe natürlich nicht wegen der Musik. Feines Wild! Na, du wirst sehen!«

Reinhart ging mit: »Sind deine Schwestern dort?« fragte er und verriet sich damit. »Was für ein Kälblein du noch bist!« kicherte Georg in seiner Weltüberlegenheit. »Keine Hoffnung! Minna ist jetzt Frau Pfarrerin, da pfauschwänzelt man nicht mehr auf Promenadenkonzerten, und die andere ist krank.«

»Jutta?«

»Das heißt, sie war's. Scharlach! So ein junger Aff ist sie noch. Keine Angst! Sie ist noch etwas käsig, das ist alles.«

»Darf man sie besuchen?«

»Man? Ja, man schon, aber du lässest es besser bleiben! Sobald man deinen Namen ausspricht, speit die Tante Funken.« Georg wurde gutmütig vertraulich. »Nein, zu Haus geht es nicht, Kamerad, aber in acht Tagen machen wir eine Ausfahrt in den Wald und feiern Juttas Genesung. Da kann es dir niemand verwehren, so von ungefähr, na! Du kennst das Waldhaus zur ›Sommerfreude‹? Dort also!«

Sie traten in die Anlagen ein. Wagners Hochzeitsmarsch flutete ihnen entgegen. Um den Musikpavillon wogte eine bunte Menge. Sommerhüte, leichte helle Blusen, leuchtende Sonnenschirme, zierliche Spazierstöcke, stilvolle Kravatten, lächelnde Lippen und blinkende Zähne.

»Dort ist sie schon!« flüsterte Georg. »Satanisch rassig, nicht?« Reinhart blickte in der angedeuteten Richtung. Arm in Arm mit einem andern Mädchen kam Paula daher. Eine seltsame Sorge umkrallte Reinhart: »Weißt du, wer sie ist?« forschte er.

»Hab's noch nicht herausgekriegt, gut Ding will Weile haben.«

»Das ist doch nichts für einen von Homberg!« schalt Reinhart.

»Mädchen mit heißen höhnenden Sinnen!« trällerte Georg und pirschte auf die zwei Mädchen zu. Er zitierte immer so, wie es ihm paßte und darum meistens falsch. Reinhart floh. Wäre er geblieben, so würde ihn Paula gegrüßt haben, er hätte Georg vorstellen, und, ohne es zu wollen, Kupplerdienste leisten müssen.

»Armes Wild!« klagte er und beschloß, Paula zu warnen.

8. Und alles, was er blies, das war verlor'n

Vom Konzertplatz schritt Reinhart mißmutig am Seeufer hin. Ein Mann lehnte sich über das Geländer und träumte in das Wellenspiel.

»Guten Tag, Onkel Melchior!«

»Ei sieh, das ist ja der junge Vetter! Ei sieh, ei sieh!«

Sie gingen nebeneinander her. »Wie hast du gestimmt, Onkel?« wunderte Reinhart, um mit etwas zu beginnen.

»Wie Ferdinand«, gab Melchior ruhig zur Antwort. »Ich stimme immer wie er.«

»Wieso? Wie weißt du denn ...?«

»Ich halte doch meine Zeitung und erfahre daraus seine Meinung. Du lachst? Sieh, ich lese die Gesetze auch und begreife sie auch halb, du verstehst, das grobe Garn, das feinere entschlüpft mir, ich bin kein Politiker, Ferdinand hat mir alles vorweggenommen. Drum stelle ich auf ihn ab, das ist so ein kleiner Kniff von mir. Sag es ihm aber nicht, sonst bildet er sich etwas darauf ein!« Melchior kicherte in seinen Bart und klopfte Reinhart auf die Schulter. Sobald Reinhart mit Onkel Melchior zusammen war, ging ihm das Herz auf, er wußte nicht wie. War es das Auge der Großmutter? War es das alte Golsterblut? »Ich komme heute Abend zu euch«, sagte er mit einer raschen Wendung.

»Hast dich lang besonnen«, warf ihm Melchior von der Seite zu.

»Ja, ja, ich weiß, ich verpasse immer die rechte Stunde. Sei nicht richterlich. Ich esse also bei euch.«

Melchior blieb stehen. »Essen? Essen wohl nicht, Vettermann! Verstehst du, es geht bei uns handlangermäßig einfach zu. Man ist für derlei nicht eingerichtet.«

Es fiel Reinhart nicht leicht, dieses Bedenken bei Seite zu schieben. Aber als er gestand, er möchte diesen Abend lieber mit den Ratten, als in der ›Seewarte‹ speisen, gab Melchior nach.

Am Abend empfing ihn der Onkel schon unten auf der Straße und führte ihn hinauf in ein kleines sauberes Stübchen. Aus der Küche trippelte eine winzige, ganz graue Frau in weißer Schürze herein und grüßte den Gast schüchtern errötend, fast wie ein Kind. Sie schien etwas älter zu sein als Melchior und wurde von ihm Bethli genannt, sie war Näherin gewesen, drüben in der Miesmatt, der Heimat der Holzer, und war Melchior in die Stadt gefolgt, natürlich gegen den Willen ihrer Eltern. Sie suchte sich augenscheinlich in dem Haus zum Schatten zu machen, und flocht, wie Reinhart gleich bemerkte, in ihre übergroße Bescheidenheit nur ein ganz kleines Zipfelchen Eitelkeit, indem sie nämlich ihr dichtes Haar über den Schläfen in kunstvolle Schnecken legte, eine zirkelgenau wie die andere, vielleicht heute etwas sorglicher als sonst, dem Vetter zulieb. Sie trippelte wieder in die Küche. Melchior nötigte Reinhart in einen altväterischen Armstuhl und machte sich dann daran, eine Flasche zu öffnen, worin er offenbar ein Anfänger war. Ein Stück des Zapfens verschwand in die Flasche. »So schwimm!« meinte Melchior trocken, und die Sache war gut. Bethli erschien wieder, schwer beladen. Man setzte sich. Es ging durchaus nicht handlangermäßig einfach zu. Die beiden Leutchen hatten alles aufgeboten, um ihrem Gast Ehre anzutun. Bethli war in großer Sorge, es möchte ihm nicht munden. Er sei es gewiß besser gewöhnt? Melchior erhob sein Glas und wartete mit einem kleinen Trinkspruch auf, etwas unklar im Ausdruck, aber deutlich in der Gutherzigkeit. Es war wohl die erste Rede in seinem Leben. Seine Augen leuchteten, seine Lippen und Wangen lächelten, und sein Kragenbart ging weidlich auf und ab, es wäre alles etwas lächerlich gewesen, wenn die Aufrichtigkeit nicht ergriffen hätte. Bethli schien stolz auf seine Redekunst, stolz auch, einmal einen Gast und Verwandten bei sich zu haben, und das Lob, das Reinhart ihrer Kochkunst zollte, ging ihr zu einer roten Freudenblume auf. Man plauderte, von ›drüben‹ natürlich, lang, mit heimwehsüchtigen, nur halb ausgesprochenen Worten. Dann erzählte Melchior aus seinem und Bethlis Leben, von einer ganzen Kette von Mißgeschicken und Unglück. Zwischen hinein seufzte Bethli: »Warum mußte das alles über den Melcher kommen, Vetter? Womit hat er es verdient?« Sie sprach nie von sich und ihrer Last, sie konnte wohl gar nicht ernstlich an sich denken, abgesehen vielleicht von dem wichtigen Augenblick, da sie ihre Haarschnecken über die Schläfen ringelte. »Ach ja«, berichtete Melchior, »wenn's einem Pärlein bestimmt ist, durch's Leben zu hinken, so sieht man's gleich nach den ersten Schritten.« Mit einem Hausbrand fing's bei den zweien an, sieben Wochen nach der Hochzeit, ehe etwas versichert war. Wer denkt auch gleich ans Schlimmste? Das Jahr darauf Bethlis lange Krankheit, dann für Melchior eine verdienstlose Zeit, fast einen ganzen kalten Winter lang, kaum daß er ein paar Tage Schnee schaufeln konnte; dann der Krach einer Sparkasse, dann Melchers Beinbruch, der ihm für's ganze Leben zum Wettervogel werden sollte. Und als Schwerstes der Weggang der beiden Kinder. Es waren Mädchen, ein Jahr auseinander, und ein Jahr auseinander vergingen sie, an der gleichen Krankheit, der Miethauskrankheit, mit achtzehn Jahren, erwürgte Schönheit und Hoffnung und Elternfreude. Nicht einmal Bilder besaßen sie von ihnen, der zum Photographieren nötige Überfluß war nie vorhanden gewesen, oder man meinte, ihn nicht zu haben. Das Unglück macht ängstlich. Und so ward es zu spät. Melchior erzählte das ruhig, sachlich wie fremdes Erleben. Nur die Worte, die Bethli etwa hineinfädelte, verbanden das Geschehen mit dem Erzähler.

»Ja, warum geht man in die Stadt?« Mit dieser Frage schloß Melchior seinen Bericht.

»Man ist gegangen und muß es tragen«, tröstete Bethli tapfer. Ihren Kummer weinte sie aus, wenn sie allein war.

»Ich will doch noch einmal in Ehren auf dem Golsterhof erscheinen«, beteuerte Melchior; man wußte nicht, sprach er so, um seine Landflucht zu rechtfertigen, oder um Bethli und sich selber Mut zu machen.

»Ich hol' dir die Flöte wieder einmal aus der Kommode, sonst werden wir noch traurig«, schlug die kleine Frau vor und zog, ohne Melchers Zustimmung abzuwarten, das Instrument ans Licht. Er zögerte, klapperte auf dem Tastenwerk, wie um die knotigen Arbeiterfinger auf ihre Gelenkigkeit zu prüfen, und setzte endlich zu einem Volkslied an. Bald war er im Zug, sein Geist war fern, hinter allem Unglück und Erdenleid, in der Heimat, in der Jugend, in der Seligkeit, ›Im schönsten Wiesengrunde‹. Beim dritten Lied stimmte Bethli ein. Er überließ ihr die erste Stimme und blies leise gedämpft die zweite. Sie sang mit einer kleinen, aber klaren und hohen Stimme, ohne alle Kunst, wie die Mädchen auf dem Lande singen, in Spinnstuben und auf Spaziergängen, die Frühlingshecken entlang, am Bach, am Wiesenrain, wenn die Schlüsselblumen blühen. Nach einiger Zeit war ihr Hals müde. Melcher blies weltverloren weiter, auf seinem Gesicht und in seinen Augen lebten die Seelen der Lieder auf, die er spielte. Sein Herz zerschmolz ganz in den Weisen. Zuletzt setzte auch Bethli wieder ein, von seiner Liederlust mitgezogen.

»Es blies ein Jäger wohl in sein Horn,
Und alles, was er blies, das war verlor'n ...«

Melchior brach plötzlich ab, Bethli sang noch ein paar Noten weiter und schwieg dann auch, verwundert, was war denn?

»Und alles, was er blies, das war verlor'n, verloren, verloren –« sprach Melchior tonlos, und seine Augen wurden verschleiert. Bethli löste ihm sanft die Flöte aus der krampfhaft geschlossenen Hand und strich ihm über die Stirne, wie eine Mutter ihrem Kind, auch ihr zitterte eine Träne über die Wange. Reinhart nahm rasch Abschied.

Von der Straße blickte er nochmals zu dem Fenster hinauf, hinter dem eben noch die Flöte gejubelt, geklagt, geschluchzt hatte. Ihm war, er habe ein seltenes Glück erfahren, wie anders war da die Lust als bei Holzers, als in der ›Seewarte‹. Fast wie im Märchen! Er hatte in den Lebenskampf zweier armen, tapferen, weltfremden Menschen geschaut und sich daran erbaut, wie der Leser sich etwa an einem romantischen Buche aufrichtet. Das Leid der beiden, ihre Not und Wurzellosigkeit und Tapferkeit erschienen ihm wie etwas Heiliges, für diese Welt zu Gutes. Melchior und Bethli hatten ihr Leben ungeschickt angefaßt und sich doch zusammen ein Thrönlein erbaut, und darauf ein großes reines Glück gesetzt, ohne es zu ahnen.

Reinhart kam bei einer Redaktion vorbei. Es war davor viel Volk versammelt, die Ergebnisse der Abstimmung wurden, wie sie einliefen, auf Leinwandschirme hingeworfen und beifällig oder mißtönig aufgenommen, je nachdem. Eben leuchtete Ferdinands Stimmenzahl auf, er stand an der Spitze der Gewählten, wie zu erwarten war. Es ging in der lauen Sommernacht wie ein frostiger Schauer durch Reinhart.

Zu Hause angelangt warf er ein paar Worte an Paula zu Papier. Als er den Brief nochmals überflog, klangen ihm die Worte ins Ohr: »Und alles was er blies, das war verlor'n.«

9. In der Sommerfreude

Das Waldhaus lag in einem Wieseneiland mitten in einem weiten Forst. Der Pächter und Wirt, der ein Menschenkenner war, nannte seine Wirtschaft im Sommer zur ›Sommerfreude‹ und im Winter zur ›Winterfreude‹, und fand seinen Vorteil dabei. Ein gutes Wirtshausschild ist so viel wert wie ein prickelnder Wein im Keller und eine feinzüngige Köchin am Herd.

Reinhart hatte sich an einen Tisch im Freien gesetzt. Der Wirt stand abwartend unter der Tür und lächelte unter seinem gestickten Käppchen hervor gütig der Welt zu, die Kellnerinnen trugen Teller und Gläser heraus und stellten oder schichteten sie auf einem langen Tische auf. Es waren noch fast keine Gäste da, aber sie nahten zu Haufen, man hörte sie rings im Walde singen, lachen, jauchzen, rumoren.

»Da bist du ja! Hast du sie nirgends gesehen?« tönte es neben Reinhart. Es war Georg. »Du kennst sie also? Donnerwetter, warum hast du mir das nicht gesagt?« Reinhart zuckte mit den Achseln.

»Ich glaube, sie ist eine Teufelin, man hat kein leichtes Spiel mit ihr.«

»Ich habe sie vor dir gewarnt«, gestand Reinhart.

Georg lachte: »Um so besser! Danke! Hast du das Feuer in ihren Augen gesehen, wenn sie lacht? Doch komm, du Stockfisch, wir haben unser Lager oben unter den Buchen aufgeschlagen. Der Schwager Pfarrer hat einen Tropfen von guten Eltern mitgebracht, er kriegt dergleichen von frommen Seelen. Er ist übrigens heute erträglich.«

Sie traten unter die Waldkronen und stiegen eine Strecke auf dem braunen Waldboden in die Höhe. Unter einer großen Buche leuchtete es hell im gedämpften Licht des Waldes. Jutta war in einem weißen Sommerkleid, um das sich ein paar hellgrüne Bänder rankten. Den Hut hatte sie abgelegt, ein Sonnenfleck funkelte in ihrem blonden Haar. Ihre Wangen waren bleich und hatten einen feinen Seidenglanz; Reinhart meinte, es husche ein flüchtiges Rot darüber, wie über feines Porzellan, eher zu ahnen als zu sehen.

»Mein Kamerad Stapfer!« rief Georg ohne Umstände. »Ihr kennt ihn doch!« Der Pfarrer erhob sich und begegnete Reinhart mit etwas aufgetragener Freundlichkeit. Jutta folgte seinem Beispiel schüchtern, Minna hielt ihm vom Boden aus die Hand hin und die Tante nickte vornehm und kühl, ohne ein Glied zu rühren.

»Ich fürchte, zu stören«, sagte Reinhart, sich gegen die Tante verneigend.

Sie entgegnete eben so konventionell: »Oh, wir lassen uns in unserer Freude nicht stören, *pas le moin du monde*. Einen Stuhl kann ich Ihnen leider nicht anbieten.«

»Und auch kein Glas, wir haben uns nicht vorgesehen«, bedauerte der Pfarrer.

»Wir kneipen aus demselben, Stapfer«, rief Georg. Die Tante seufzte vernehmlich.

»Sie können das meine haben, ich trinke ja doch nicht mehr«, erklang Juttas Stimme.

»Aber Jutta!« mahnte die Tante.

Reinhart schnitt alle Erörterungen ab: »Ich nehme Ihr Anerbieten gerne an, Fräulein«, sagte er, und machte mit seinem Glas die Runde. Jutta trank er im besonderen zu und setzte sich in ihre Nähe. Sie gab ihm Auskunft über ihre Krankheit und ihr jetziges Befinden und er hing an ihren bleichen Lippen. Tante Lilly kehrte ihm in regelmäßigen Zwischenräumen das borstige Inselchen ihrer Oberlippe zu und blitzte dabei wie ein Gewitterchen aus den Augen. Sonst umfaßten ihre Blicke mit einer Art altjüngferlicher Verliebtheit das junge pfarrherrliche Ehepaar. Es war auch wirklich ein köstlicher Anblick. Der blonde Bart Schalchers strahlte Glück, Güte und Behagen aus, Minna war bezaubernd, selbst Reinhart sah manchmal verwundert nach ihrer Schönheit. Sie sah auf einem Teppich, in einem Kleid aus schwarzer Seide, das an Ärmeln, Hals und Brust, und wo sich sonst eine Gelegenheit oder ein Ansatz unaufdringlich bot, aufs Geschmackvollste mit Gold ausstaffiert war. Auf dem Kopf prangte ein Pariser Kunstwerk mit wallender weißer Straußenfeder. Sie hatte diese Sehenswürdigkeit nicht abgelegt aus Furcht, sie könnte auf dem Waldboden Schaden nehmen.

»Ist sie nicht entzückend?« flüsterte Jutta, der Reinharts Seitenblicke nicht entgangen waren. »Mir ist manchmal, sie sei eine andere, seit sie sich so fein kleidet. Mein Schwager hat einst gesagt, es sei mit den Menschen wie mit den Edelsteinen, sie müßten die rechte Fassung haben. Ist das nicht wahr gesprochen?«

»Die rechte Fassung haben auch Sie, Fräulein«, gab Reinhart ebenfalls im Flüsterton zurück. »Ich liebe Sie einfach gekleidet.« Das Wort »liebe« trat etwas unbescheiden aus dem Sätzchen hervor. Jutta errötete leicht, Tante Lilly war aufmerksam geworden und griff ein: »Aber, Jutta, wer wird denn in Gesellschaft flüstern! *Ce n'est pas convenable.*« Jutta wurde nun erst recht rot und entschuldigte sich. »Verzeih, Tantchen, ich habe Herrn Stapfer nur auf Minnas Kleid aufmerksam gemacht.«

»Sie ist wie eine Himmelsgöttin unter uns«, schwärmte der Pfarrer heidnisch und drückte Minna seine Lippen auf die Wange, was wegen des umfänglichen Hutes nicht ganz leicht war, aber doch aufs Erfreulichste gelang.

»Du würdest selbst auf dem Boulevard des Italiens manchem den Kehrhals geben, Miggel«, versicherte Georg, der in den Frühlingsferien sich Paris angesehen hatte. »Aber für eine Pfarrerin würde dich niemand halten«, fügte er verschmitzt lachend hinzu. Der Pfarrer holte seinen Sonntagvormittagston hervor: »Es gibt Leute, bei denen ein Glas schmutzig wird, sobald sie es an die Lippen setzen.« Georg lachte: »Gut gegeben, Schwager Herrgott! Prosit!«

»Was soll das alles heißen, *ces demi-mots?*« forschte die Tante.

»Wortgeplänkel, liebe Tante!«

»Ich wäre dafür, sich ein wenig zu ergehen«, brach der Pfarrer das ihm unangenehme Gespräch ab, »bis zum Aussichtspunkt ist es ein Viertelstündchen.«

Minna und die Tante stimmten freudig zu, aber es stellte sich ein Bedenken ein: »Unsere Sachen, die Körbchen, *le tapis,* sollen wir das alles mitschleppen? *Ce ne serait pas commode, vraiment!*«

»Ich bleibe hier«, bot sich Jutta an, »ich bin doch etwas müde.«

»Allein? wo denkst du hin?«

»Ich leiste gerne Gesellschaft«, versicherte Reinhart mit Verdacht erregender Geflissenheit. Die Tante schwankte, sie hätte sich gern in zwei Hälften geteilt. Sie durfte Jutta nicht wohl mit Reinhart allein lassen, fühlte jedoch auch das Bedürfnis, das junge Ehepaar zu behüten, wie sie das Brautpaar bemuttert hatte. Es fiel dabei gar manches Sensatiönchen ab, das ein altjüngferliches Herz in leise unschuldige Schauer versetzte und einen kleinen Ersatz für erlittene Entsagung gab. Sie wendete sich an Reinhart: »Wir dürfen Ihre Güte und Zeit nicht in solchem Maße in Anspruch nehmen, ich denke aber, Georg werde bei seiner Schwester bleiben, *ou bien, Georges*?«

»Selbstverständlich, Herzenstante!«

Der Pfarrer hatte Minna schon mit sich fortgezogen. Die Tante steuerte den beiden, halb vorwärts, halb rückwärts gewandt, nach.

»So wäre ich denn zum Sittlichkeitswachthund vorgerückt«, lachte Georg. Dann zu Reinhart gewandt: »Das gefällt mir an meinem Schwager, er hat Verständnis für die weiblichen Eitelkeiten und Gefallsüchte. Unser altes Haus bekommt durch ihn einen ganz neuen Verputz. Ist es dir nicht aufgefallen, daß selbst die Tante endlich einmal zu einer guten Schneiderin gegangen ist?«

»Spöttle doch nicht immer!« wies ihn Jutta zurecht. »Wir mißgönnen dir dein bißchen englischen Zuschnitt auch nicht.«

»Warum giftig werden, Juttchen? Dich trifft es ja gar nicht. Du gehst noch gekleidet wie ein besseres Fabrikmädchen. Das nennt der Vater standesgemäß.« Über Juttas Gesicht huschte ein Schatten. Georg tröstete sie: »Hättest auch gern ein schönes Kleid, gelt? Natürlich! Sollst du auch haben, Kätzchen! Sei gescheit und heirate einen schweren Geldsack.«

»Wie kann man seiner Schwester so raten!« wies ihn Reinhart zurecht, der einen Einwand gegen sich gehört hatte. Georg lachte ihm schelmisch ins Gesicht. Jutta sagte:

»Er spricht immer Unsinn!«

»Unsinn? wieso? Das war der Unsinn, daß man sich in unserem Hause immer für zu vornehm hielt, Geld zu haben. Ich mache diesen Unsinn immer noch mit, unfreiwillig, zum Teufel!«

Er sprang auf. »Ich geh für einen Augenblick zum Waldhaus hinunter. Seid schön brav, Kinderchen!« Er hob den Finger warnend in die Höhe und entfernte sich lachend.

Jutta sah ihm nach: »Er macht uns so viel Sorge. Ich glaube, er arbeitet gar nichts. Könnten Sie ihn nicht, wie soll ich sagen, etwas beeinflussen?«

»Ich sehe ihn fast nie.«

»Geht er denn nicht zur Universität?«

»Wohl mehr als ich«, erwiderte Reinhart bitter. »Ich gehe nämlich in die Fabrik statt zur Universität.«

Sie stutzte: »Wieso denn? Sie erschrecken mich! Erklären Sie sich!«

»Ich stehe die ganze Woche an einer Maschine.« Er hatte ihr noch nie davon gesprochen aus falscher Scham.

»Wie kann ein Herr wie Sie ...?« Sie war wie aus den Himmeln gefallen und warf einen Blick nach seinen Händen.

Er öffnete den Schrein, in den sein ganzes Jugendelend eingeschlossen war: die Härte und Allmacht des Vaters, sein Wille, der jeden andern erdrückte, seine unbewußte Selbstsucht, die Frau, Tochter, Sohn ohne Gewissensbisse opfern konnte.

Dann sprach Reinhart von dem Leben, das er träumte: in Gemeinschaft mit den guten Geistern aller Zeiten und Völker und, wenn der Speicher sich gefüllt hätte, das Schenken an alle, die hungriger Seele waren, ein Säen auf jede gute Scholle. Er sprach erregt, seine Augen funkelten ins Weite, sein Geist schritt schon wie ein Sämann über die Furchen. Jutta hörte ihm zu, erstaunt, ohne völlig zu begreifen, aber von der klagenden Junglebensnot ergriffen. Ihre Lippen bebten wie die seinen, ihre hellen Augen funkelten wie seine dunkeln, sie hätte ihm ihre Hände auf die heiße Stirn legen mögen. Ihr war, wie sie ihn anhörte, auch sie leide unter einer Gewaltherrschaft, auch ihr schlage man jeden Morgen die Flügel von den Schultern. Er hielt inne, jetzt war der Augenblick da, seine Liebe zu gestehen. Da stachen in sein Gefühls- und Stimmengewirr ihre Worte: »Ich will mit dem Schwager reden, er ist so klug, er weiß zu allem Rat.«

Reinhart fuhr auf. Es war ein Wasserstrahl in seine Glut gefahren. »Wie meinen Sie das?« fragte er wie aus einer andern Welt.

»Er hat vermocht, was Ihnen vorschwebt. Sein Geist ist im Höchsten und im Geringsten daheim, seine Speicher sind voll und er sät unter die Menschen freigebig aus, was darin ist, er versteht es, Gott und der Welt zu dienen. Sie sollten sich mit ihm befreunden. Er ist wirklich gut.«

Reinhart starrte sie an.

»Machen Sie nicht so traurige Augen«, begann sie wieder.

»Wir verstehen uns nicht. Ich habe mich wohl nicht klar ausgedrückt.«

»Oh, Sie haben sich sehr schön ausgedrückt. Ich höre Ihnen gerne zu, wenn Sie so schwärmen!«

Reinhart lächelte bitter: »Wir leben in einem kleinen Land und doch in ganz verschiedenen Welten!«

Sie verstand ihn: »Der Vater und noch mehr die Tante bauen Wände, aber mir ist immer, diese Wände seien nicht sehr fest. Der Schwager hat sie mühelos umgelegt. Lernen Sie von ihm.«

Er sah ihr in die Augen. Was sollte das heißen? Hieß es: Ich liebe dich? Hieß es aber nicht auch: Werde ein charakterloser Profitritter?

Sie forschte in seinen Zügen und sagte fast klagend: »Sie werden nie hoch kommen, Sie sind zu närrisch! vielleicht sind Sie anders, wenn ich wiederkomme.«

Er fuhr auf: »Was soll das heißen?«

»Ich gehe im Herbst nach England, ich soll doch eine gute Erziehung haben.«

»Und ich?« entfuhr es ihm. Er war aufgesprungen.

»Das ist es ja«, rief sie halb lachend, halb im Ernst, »man will mich vor Ihren Nachstellungen schützen. Vielleicht hält man Sie für gefährlich.« Es klang etwas wie Spott aus den Worten.

»Wie stehen Sie mit Ihrem Vetter de Luternau?« stieß Reinhart von Angst ergriffen hervor.

Sie zischte: »Gut steh ich mit ihm. Jagen Sie ihn doch aus dem Feld!« Auch sie stand jetzt auf den Füßen, aber unnahbar, in Kampfstellung, wie auf einen Angriff gefaßt. In seinen Armen bebte und drängte es, er fragte und flehte sie mit den Augen an. Plötzlich warf sie sich im Zorn auf den Boden: »Es ist ja entsetzlich! Wie können Sie Fabrikler sein!« Sie wälzte sich und rief: »Gehen Sie! Man kommt, gehen Sie!« Sie war auf einmal ganz außer sich. Er sah sie ratlos an.

Durch die Buchen ertönte die laute Stimme des Pfarrers, in die sich das diskantische Lachen Minnas und der Tante mischten. Jutta rief nochmals: »Gehen Sie, es gibt einen Auftritt!« Er stand wie gebannt da.

Seine Verlegenheit und Juttas Aufregung entgingen der Tante nicht, »Wo ist denn Georg? *C'est vraiment un nigaud!* Sie würden uns einen großen Dienst erweisen, Herr Stapfer, wenn Sie ihn suchten und herschickten.«

Reinhart verabschiedete sich so gefaßt und höflich als möglich. Dumpf wie in einem matten Traum stieg er zum Waldhaus hinunter und setzte sich. Eine Kellnerin trippelte heran und fragte nach seinem Begehr. Sie mußte ihre Frage wiederholen. Reinhart sah immer noch Jutta sich am Baden wälzen und starrte verständnislos auf sie.

»Der Herr sollten auch lustig sein, an einem so schönen Tag!« tat die Kellnerin neben ihm schön. Er sah sie verwundert an. Es war eine kleine, runde, rotbackige und offenbar lachlustige Person, verschieden von der bleichen, allezeit übernächtigen Stadtkellnerin. Schon war sie weg, am nächsten Tisch, bei einem Herrn, dem sie nicht zu sagen brauchte: »Der Herr sollten lustig sein!« Er war anscheinend sehr heiter veranlagt und legte ihr die Hand auf den Rücken, um darauf ein wenig zu trommeln, ganz selbstverständlich. Reinharts Blick ging verloren über die langen Tische hin, an denen die Städter und Städterinnen, alte und junge, vor vollen Schüsseln und halbgeleerten Flaschen saßen, schwitzend, kauend, trinkend, schnalzend. schwelgend, prustend, liebäugelnd, die Hüte abgeworfen oder in den Nacken geschoben, Hemd- und Blusenkragen gelockert, mit geröteten Gesichtern, Ellbogen an Ellbogen, Ess- und Trinkautomaten. Auf der Wiese unter den Bäumen spielten Kinder Ringelreihen, traumhaft, lebensunwirklich, wie eben vom Himmel gestiegen. Ein gemischter Chor aus einem Dorf schickte sich zum Gehen an und sang zum Abschied ein Waldlied. Der Dirigent, ein junger Lehrer, schwang den Taktstock mit heiligem Ernst und wippte bei jedem Takt gefühlvoll mit den Knien. »Das ist auch so ein junger Luftschnapper!« verhöhnte sich Reinhart in dem Lehrer. Kaum waren die Sänger abgezogen, als die schrillen Klänge einer Ziehharmonika ertönten. Zwei Pärchen hüpften auf dem Rasen dahin. Paula war dabei. »Also doch! Ja, warum denn nicht?« lachte Reinhart grimmig in sich hinein. Er stellte Paula neben Jutta, die er jetzt hassen konnte. Begriff sie denn nicht, daß er nicht sein konnte wie jener Schalcher? »Sie ist nach unfrei wie ein Kind.« Paula war kaum ein Jahr älter als sie und fragte längst keinem Teufel und Holzer mehr etwas nach. Er entdeckte Georg in der Nähe der Tanzenden an einen Baum gelehnt, auf dem Anstand wie ein Jäger. Paula wich ihm aus, als kennte sie ihn nicht. Endlich gab er es auf und wand sich durch die Tische und Bänke zu Reinhart hinüber, den er schon lange bemerkt haben mochte.

»Dummheiten gemacht? Sah dir's gleich an! Du reiner Tor! Aber was? Man darf dergleichen nicht herzbrecherisch nehmen. Nebenbei bemerkt bin ich wieder einmal auf dem Nullpunkt. Du verstehst! Verflucht *le quart d'heure de Rabelais* und seine ewige Wiederkunft! Kannst du mir nicht mit etwas Gemünztem unter die Arme greifen? Danke, mein

Freund. Ist es hier nicht großartig? So lob ich mir das Leben: Wein, Weib und Gesang, und jetzt zur Abwechslung ein Glas Bier und ein belegtes Brötchen, damit ich Gelegenheit habe, deinen Silberling zu münzen.«

Geierling tauchte auf. Er begrüßte Reinhart mit einer Handbewegung über die Köpfe weg und machte sich durch das Gedränge Bahn, selbstsicher, geschmeidig.

»Will mir das Leben auch mal ansehen!« rief er schon auf fünf Schritte. »Famose Gegend.« Er trug ein feines Spazierstöckchen in der Hand und im rechten Auge als Sonntagszierat ein Monokel, das ihm etwas Kritisches, Schlaues, Kniffiges verlieh. Geierling und Georg verstanden sich gleich. Nach zehn Minuten waren sie bei den Frauen angelangt.

»Jede Zeit hat ihren besonderen Frauenschlag.«

»Auch Männerschlag, natürlich.«

»Die Frauen bilden die Männer, die Männer die Frauen.«

»Was muß unsereiner denn sein, um Erfolg zu haben?«

»Sportsmann. Anzug nicht weniger wichtig als gute Wade.«

»Eine Fahrt in einem Luftballon oder mit einer Flugmaschine gibt zwei Radlängen Vorsprung.«

»Beteiligung an Pferderennen als Selbstreiter sehr imponierend. Bergsport zweiten Grades.«

»Flotte Erscheinung! Heißt es nicht so in den Inseraten?«

»Energisch.«

»Vielleicht ein bißchen brutal, ein bißchen sehr brutal!«

»Auf jeden Fall irgendwie erfolgreich, im Ballsaal, an der Börse, auf dem Sportplatz; Offiziere kommen durchwegs gut weg.«

»Nur keine Biedermeierei! Hörst du, Reinhart!«

»Keine Dämlichkeit!«

»Geld!«

»Viel Geld, selbstverständlich!«

»Besser erworben als ererbt.«

»Pardon! Besser ererbt als erworben!«

Die beiden lachten hell heraus über den endlich gefundenen Gegensatz.

»Sollte man nicht auch von der Bildung reden, Herr Stapfer?«

»Nebensache!« scherzte Georg leichtfertig.

»Oho«, verwahrte sich Geierling, »Bildung selbstverständlich wie Geld. Aber keinen Dunst, beileibe keinen Dunst, sondern technische und berufliche Ausbildung.«

»Darauf schauen doch die Weiber nicht!«

»Richtig, wir wollten doch von den Damen sprechen, was für eine Rasse haben wir uns denn gezüchtet?«

»Schlanke, geschmeidige Leiber, für den Ball oder den Tennisplatz, die Rodelbahn oder den Skilauf. Fest in den Knöcheln und Handgelenken.«

»Schick in der Kleidung.«

»Nach dem neuesten Journal, fast banal zu sagen.«

»Etwas halbweltlerisch. Sehr nötig, das zu sagen.«

»Etwas nervös und launenhaft, warum nicht?«

»Eitel, wir sind es ja selber auch.«

»Kostspielig, pikant.«

»Kokett, im Flirt erfahren.«

»Bildung? Ein bißchen Sprache, Schnitzer werden verziehen. Ein bißchen Schöngeisterei über moderne Bücher, über Kunstausstellungen, über Theater, von Ibsen bis Strindberg. Firnis, versteht sich.«

»Wenn möglich etwas Musik und Musikgeplauder, je nach Kräften.«

»Gesellschaftliche Formen für späteren Hausgebrauch erwünscht. Kräftigen Händedruck und zwar von oben nach unten.«

»Famos, famos!«

»In Abwesenheit der Mütter und Tanten burschikose Entgleisungen nicht ungern gesehen.«

»Aber Sie vergessen die Hauptsache, verehrter Herr! Das Eselein reck dich.«

»Schlanke Mädchen und korpulente Kassenschränke.«

Beide lachten, wobei es geschah, daß Geierlings Monokel den Halt verlor und auf dem Boden in Scherben ging. Er hatte offenbar noch zu wenig Übung.

Dieses kleine Mißgeschick erregte am Nachbartisch Gefühle der Genugtuung; Geierling war aber zu diplomatisch, um darauf zu achten, er schien in den Scherben seines Einglases geradezu eine Aufforderung zur Ausgelassenheit zu sehen. Er winkte die runde Kellnerin heran und bestellte die beste Flasche, die der Wirt im Keller hüte. Er war sehr aufgeräumt und stieß mit Reinhart an: »Auf das Wohl Ihrer Fräulein Schwester.«

Reinhart zögerte: »Küngold entspricht gar nicht Ihrem Idealbild.«

»Ach, Verehrtester, das war mal bloß Karikatur. Man unterscheidet doch zwischen Unterhaltung und Leben. Fräulein Küngold ist eine ganz ausgezeichnete junge Dame.«

Drüben fuhr Pfarrer Schalcher mit seinen drei Begleiterinnen im Zweispänner vorbei. Tante Lilly hielt ihre Lorgnette vor die Augen und musterte suchend das versammelte Volk. Georg bückte sich, als wäre ihm etwas unter den Tisch gefallen. Geierling geriet in Ekstase: »Zwei schneidige Mädels, was? Donnerwetter, wo hab ich doch die eine schon gesehen?« Der Wagen entschwand und Georg nahm wieder aufrechte Haltung an. Die beste Flasche tat sichtlich ihre Wirkung. Geierling geriet ins überlaute Sprechen und Prahlen. Man merkte bald, daß die Schweiz es für eine große Bevorzugung halten mußte, seine außergewöhnliche Person, wenn auch nur vorübergehend, zu beherbergen.

»Aber warum sind Sie denn in diese rückständige Elenderei gekommen?« fragte Reinhart verletzt.

Geierling platzte heraus: »Alles Plan! Ich bin hier auf Vorposten, ich bin Pionier des Deutschtums!«

»Wollen Sie uns denn erobern?«

Geierling lachte: »Keine Angst nicht, Verehrtester! Nicht mit Kanonen und Bajonetten! So dumm sind wir lange nicht! Wir wollen euch nur einkassieren. Der Schalter ist bei Basel.«

Reinhart sah ihn zornig an. Auch Georg war stutzig geworden. Geierling war vom Wein zu stark getrübt, um es zu merken. »Wir sind großartig am Werk«, fuhr er fort. »Regierung, Banken, Heer, Flotte, alles wirkt zusammen, eines unterstützt das andere. Das Leben flutet in tollem Rhythmus. Da heißt es: ›Bist du lebendig genug, um mitzumachen?‹ Und unser Auslandsheer nicht zu vergessen: Kaufleute, Techniker, rührige Intelligenzen, die modernen Conquistadores. Ist irgendwo auf der Welt ein kapitalarmes Land, eine im alten Schlendrian befangene Bevölkerung, ohne Unternehmungsgeist, ohne Großzügigkeit, na, Sie verstehen ja! Es ist eine Freude zu leben!«

»Und Sie bilden sich wohl ein, für uns müsse es eine Freude sein, zu ersticken?« fuhr Reinhart drein.

Geierling biß sich auf die Lippen. Er hatte gesprochen, wie er etwa zu Landsleuten sprach, und ärgerte sich nun darüber.

»Es wird Ihnen doch nicht schwül geworden sein?« lachte er. »Was sollte der rührige Schweizer zu fürchten haben? Wissen Sie was, ich telephoniere in die Stadt um ein Auto, in einer halben Stunde ist es da, dann fahren wir alle drei zurück und leeren eine Flasche Sekt. Ich lade die Herren ein. Gleich bin ich wieder da!«

Geierling verschwand in der Wirtschaft. Georg warf einen Blick zu den Bäumen hinüber: »Sie ist fort, sie hat mich zum Narren gehalten! Wart, Satan! Die Rache wird süß sein. Lang ist das Mühen, herrlich der Lohn!« Er erhob sich und ging suchend um die Tische herum. Reinhart beglich rasch seine Zeche und eilte davon, auf einem Fußweg, der durch den Wald nach der Stadt führte, auf dem Scheitel eines Höhenzuges. Die Sonne sank in die Waldkronen hinab und stach mit blendenden Goldnadeln durch das Laubwerk. Die Spaziergänger hatten sich verlaufen, es war still unter den Wipfeln, nur der Vogelgesang erwachte wieder in der Abendkühle. Reinhart stöhnte zuweilen auf wie unter einem heftigen Schmerz. Der in weiblichen Gefühls- und Gedankenlabyrinthen Unerfahrene begriff immer noch nicht recht, was drüben unter der Buche eigentlich vorgegangen war. Nur so viel war ihm klar, daß er sich täppisch benommen, vielleicht die Minute versäumt hatte. Er streckte seine Schritte, als könnte er so seinem Liebesverhängnis und -elend entfliehen. Oben auf der Höhe in einer Lichtung stand eine Bank. Jemand saß darauf. Reinhart war so in sich gekehrt, daß er die Gestalt erst sah, als sie sich erhob und ihn anrief: »Sind Sie so stolz oder so kurzsichtig, Herr Stapfer?« Es war Paula. Er stand unwillig still.

»Ich habe Sie erwartet, mir war, Sie müßten diesen Weg kommen«, sagte sie und trat an seine Seite. »Oder hab' ich Sie gar mit meinem Willen gezwungen?«

»Wozu mich erwarten?« zürnte er.

»Ich muß doch einen Kavalier haben durch den wildfinstern Wald.«

Sie schritten durch Tannen, an deren Äste die Nacht ihre Fetzen hängte.

»Haben Sie meinen Brief nicht erhalten?« fragte er hart.

»Doch.«

»Und sind doch gekommen?«

»Ich bin kein Kind mehr, ich tue, was ich will.«

»Wie die Mücke, die um die Flamme tanzt.«

»Keine Sorge, mein Ritter!«

»Gut, wenn Sie Ihrer Sache so sicher sind!«

»Reden Sie nicht gar so schulmeisterlich! Warum soll man ein vornehmes Herrlein nicht ein wenig an seinem erhabenen Näslein herumführen. Das ist auch eine Art Klassenrache, vielleicht die lustigste!«

»Fassen Sie's so auf?«

»Sie meinen wohl, wir dächten nichts dabei, wenn wir andere im Auto oder im Zweispänner dahinjuchheien sehen, während wir im Schmutz waten? Im Schmutz, durch den Schmutz. Es ist grad so schön zu hassen, wie zu lieben. Man liebt ja auch immer etwas, wenn man haßt.«

Sie schritten schweigsam durch den fast dunkel gewordenen Wald. Sie begann wieder: »Sie denken natürlich schlecht von mir? Wie sollten Sie nicht!«

Reinhart erwartete einen Weiberangriff und wappnete sich: »Ich habe jetzt gar nicht an Sie gedacht.«

»Ich auch nicht an Sie, den Herrn Reinhart Stapfer Sohn in der berühmten Firma. Ich wartete auf den kleinen Reiner, mit dem ich mich im Garten der ›Seewarte‹ narrte, wo ich wohl wußte, daß es Reiche und Arme, nicht aber, daß es in dieser Welt keine Brücken gibt. Ich bin schon in viel Häßliches getreten zu Haus und sonst. Und wenn ich manchmal meinte, es sei nicht anders möglich, als daß ich im Schlamm versinke, wissen Sie, woran ich dachte? An den Garten der ›Seewarte‹! Der war mir einst das Paradies, und ich habe manchmal nach dem Eibenbusch geschrien, wie ein verlorener Geist nach der Seligkeit. Ich sah zwischen den Büschen oder an der Seemauer oder auf einem Baum einen Jungen in kurzen Hosen, mit sonnverbrannten Waden, mit dunklem Haar und dunkeln Augen, etwas linkisch, etwas wehrlos, etwas dumm, wenn man ihn necke, und dann dachte ich: ›Warum geht es andern immer nach der Schnur und warum wurdest du aus jenem Paradies hinausgeschmissen? Warum?‹ Oh, dann kann ich hassen, hassen, hassen! Wissen Sie noch, wie es damals ein Ende nahm? Wie habe ich geweint! Ich sprang nach dem See und wollte übers Geländer. Ihr habt mich gehalten, du und David. Ich möchte jenen unterbrochenen Augenblick noch einmal erleben, zu Ende leben. Das ist mein alter Traum. Mir ist, nachher wäre mir alles heller. Seien wir wieder für eine Sekunde Kinder, Reiner. Hier ist die ›Seewarte‹, hier der Eibenbusch.«

So bettelte sie. Sie stand vor ihm, weich anschmiegend, ihm pochte das Herz im geängstigten Widerstreit. Ihre Erinnerung hatte ihn bewegt, er fand die Kraft nicht, sie hart fortzustoßen. Sie lebten jenen Augenblick im Garten zu Ende, sie waren wirklich wieder Kinder, ihre Lippen waren nicht kühner und begehrlicher, nur vielleicht etwas ausdauernder und geübter als damals. Sie schritten wortlos weiter, wie im Traum. Reinhart war nun anderswo, sie hatte ihren Arm um den seinen gelegt, er verwechselte ihn mit einem andern, sie war wie ein weicher reiner Wind, der ihm zur Seite strich. Sie traten aus dem Wald heraus, Gehöfte lagen vor ihnen, unten der See, auf dem der Mond schimmerte, und weiterhin die Stadt mit ihrem Lichtgeflimmer. Paula schleuderte seinen Arm von sich und sagte: »Aus der Traum! Ich weiß, daß du eine andere lieb hast. Ja, ja! Ich habe euch gesehen im Wald, wir gingen an euch vorüber, du hast uns nicht bemerkt, du hast gesprochen, wie eine Amsel singt. Es hat mir einen Augenblick das Herz gewürgt, aber dann haben wir getanzt. Sie hat dich nicht lieb, sonst hätte sie dich zu Boden gerannt!«

»Ich habe keinen guten Tag hinter mir«, sagte er vor sich hin.

»Vielleicht doch, man weiß das nie gleich«, entgegnete sie. Dann nach einer Pause: »Man meint, wie leicht es sei, daß sich zwei finden. Aber es ist nur leicht, so lange nichts Festes draus werden soll.« Er stand still und schaute im Mondlicht nach ihrem Gesicht: »Du hast viel gelitten?«

»Ach, ich lache dazu.«

Plötzlich fühlte er ihren Arm um seinen Hals und ihre Lippen auf seinem Mund, wild, krampfhaft, erstickend. Er wand sich los. Sie knirschte: »Zieh mich zu dir hinauf, oder ich zerr' dich hinunter!«

»Du bist eine Teufelin!« schrie er sie an.

»Ein Teufel oder ein Engel, meinetwegen!« Sie lief rasch von ihm weg. Er wußte nicht, lachte oder schluchzte sie so laut. Sollte er ihr nacheilen, wie man einer Ertrinkenden in den Fluß nachstürzt? »Zieh mich zu dir hinauf!« schrie es ihm in den Ohren nach, hinter ihm stand ein Lichtbild und bannte ihn.

Als er am folgenden Morgen erwachte, war ihm, er habe im Schlaf geküßt. Er sann nach. Es waren Juttas Augen, aber Paulas heiße Lippen gewesen. Die Post brachte ein Briefchen. Beim Öffnen fand er nur einen kleinen Zettel mit den Worten: »Offenb. Joh. III, 20.« Er schlug die Stelle nach und las: »Siehe, ich stehe vor der Tür und klopfe an. So jemand meine Stimme hört und die Tür öffnet, so trete ich zu ihm hinein und halte das Mahl mit ihm und er mit mir.«

10. Auf einem Grab wächst Unkraut

Es war September geworden. Der Tod schlich in nebligen Nächten durchs Land, zertrat hier ein Kraut oder einen Grashalm, brach dort ein Blatt vom Zweig oder versengte es mit seinem Hauch, vom Golsterhof kamen ein paar beunruhigende Zeilen. Der Großvater hatte ausgehalten, solange der Sommer regierte und alle Erden- und Lebenskraft gestützt und genährt hatte. Jetzt ging es mit ihm zum Schatten. Er hatte gegen den Tod gekämpft wie ein alter Baum, der nicht sterben kann und will. Unterliegt das Leben in den Zweigen, so zieht es sich in die Äste zurück, dann in den Stamm wie in eine starke Feste, und verkriecht sich zuletzt, jeden Zoll verteidigend, in den Wurzelstock, wo der Baum sein Herz und einen letzten dunkeln Schlupfwinkel für seine bedrängte Seele hat.

Ferdinand, Reinhart und Küngold fuhren im Auto nach dem Hof. Der Vater saß vorn neben dem Chauffeur. Bald übernahm er selber die Steuerung, es war ihm unerträglich, wenn ein anderer seinen Lauf lenkte. Reinhart schaute verträumt in das vorüberfliehende Land, Küngold hing mit bewunderndem Stolz am Vater und flüsterte dem Bruder zu: »Was für ein Mann!«

Reinhart erwiderte aus seinem Sinnen heraus: »Fühlst du dich sicher in seiner Hand?«

»Warum nicht?« gab sie zurück, »die Kühnen haben mehr Glück als die Zaghaften.« Es lag ein Stachel in dem Wort. Reinhart biß die Lippen zusammen und jagte ihr dann den Pfeil zu: »Sprichst du von Geierling?« Das war der Punkt, auf dem sich die Geschwister nie fanden.

Das Auto fuhr wie eine wilde Hummel in die Stille des Golsterhofes. Annabab trat aus dem Haus in grauem Kleid und etwas gebückt.

»Sind wir noch früh genug?« fragte Ferdinand.

»Es geht ihm heute wieder etwas besser.«

Man stieg mit behutsamen Tritten hinauf und trat in die Nebenstube, wo Abraham lag. Ferdinand grüßte ihn, wie wenn weiter nichts wäre. »Morgen müssen wir zwei in die Herbstmanöver einrücken, da wollten wir noch schnell nach dir sehen.«

Der Großvater schaute aus dem mächtigen, fleischlosen Gebälk seines Gesichtes hervor alle der Reihe nach an, wickelte seine Hand zum Gruß aus den Bettüchern und sagte: »Einrücken, das ist das Wort. Es freut mich, euch alle zu sehen. Ihr seid im Auto gekommen.«

Ferdinand hörte aus dem Wort Auto einen Vorwurf heraus und erwiderte: »Du mußt mir das zugute halten, Vater, es gibt vor dem Einrücken so vielerlei zu tun ...«

Der Alte suchte zu lächeln: »Ja, ja, ich weiß, zum Leben hat man nie Zeit, aber zum Sterben muß man sich Zeit nehmen.«

Hans Rudolf trat mit Adelheid, Estherlein und Walter herein, und alle umstanden das Bett, wieder ließ Abraham seinen Blick von einem zum andern gehen: »Jetzt fehlt nur der Melcher.«

Reinhart empfand die Pflicht, den Abwesenden zu verteidigen und erzählte von Melchiors Heimweh nach dem Hof und seinem Gelübde, sich nicht vor dem Vater zu zeigen, solange er es zu nichts gebracht hätte.

Abraham sann lange in sich hinein. Endlich sagte er: »Das alles ist schwer und traurig, aber man muß es ehren. Was man sich versprochen hat, muß man halten. Sag' ihm, es sei mir um alles leid, was ich ihm angetan habe. Man tut nie größeres Unrecht, als wenn man auf sein Recht pocht ... Aber Melcher hätte schon kommen können. Ich möchte heute vom Hof reden; nach dem, was du mir von ihm berichtest, würde er mich verstehen, vielleicht am besten von allen.«

Es entstand eine lange Pause. Annabab schaute Hans Rudolf an und dieser forschte im Gesicht Ferdinands, der starr auf den Boden sah.

»Was soll aus dem Hof werden?« begann der Großvater wieder.

»Laß die Zukunft dafür sorgen!« zwängte endlich Hans Rudolf hervor.

»Was heißt die Zukunft?« seufzte der Alte. »Die Zukunft bist du, die Zukunft seid ihr, die Jungen. Drum frag' ich euch. Ich kenne deine Pläne, Hans Rudolf, du willst den Hof verschachern. Tu das nicht, um deiner Kinder und Kindeskinder willen. Die darfst du nicht berauben.«

»Ich brauche einmal den Hof nicht«, stieß Walter vorlaut aus, und Hans Rudolf meinte: »Das Glück hat mehr als ein Nest.«

Der Großvater tat, als hätte er nichts gehört: »Ihr kennt alle den Spruch an unserem Haus, oben am Stirnbalken. Es heißt dort: ›Daniel Stapffer, erbowet 1632.‹ Seit diesem Jahr und wohl schon früher saßen die Stapfer auf diesem Hof. Und er hat ihnen alles gegeben, was sie brauchten, mir vielleicht zu viel. Das Geld ist wie ein Vogel im Nest, es will ausfliegen. Manchmal, wenn ich so daliege und in die Nacht und in mein Grab hineinschaue, meine ich, ich sehe alle früheren Stapfer um mich, so wie sie aussahen, als sie so weit waren wie ich jetzt, alle mit einem dankbaren Blick für den guten Hof, alle zufrieden, weil sie nach dem Spruch gelebt, den ihnen der Allvater Daniel ans Haus gezimmert hat, hinter seinen Namen: ›Got den Preiß, der Erde den Fleiß, den Menschen nach Christi Geheiß, und in allem die Treuw, dehüetet vor Reuw‹.«

Abraham hatte den alten Hausspruch mühsam hervorgebracht, wie mit Geisterstimme. Er schwieg erschöpft. Die andern wagten kaum zu atmen. Nur Hans Rudolf und Walter wurden von der Andacht nicht berührt, in beider Augen flackerte Kampflust. In dieser Stille platzte Agathe ins Zimmer. Sie war im Dorf gewesen. Beim Anblick der Verwandten huschte ein heiterer Schimmer über ihr Gesicht, der sich aber gleich verschattete. »Ich hätte bald geglaubt, es sei etwas vorgefallen«, plapperte sie ihren geheimen Gedanken aus und begrüßte die Verwandten laut und überschwänglich, um ihre Verlegenheit zu verdecken.

»Du kommst wie gerufen!« wandte sich Hans Rudolf an sie, »der Vater setzt wieder an.«

In ihr blitzte etwas Boshaftes auf: »Es ist nicht recht von den Sterbenden, daß sie den Überlebenden Gewalt antun wollen. Man kann an den Boden gewachsen sein, man kann es aber auch nicht sein!«

Hans Rudolf schaute seine Frau mit dankbaren Augen an. Der Großvater hatte die seinen geschlossen und aus seinem Mund kam es langsam, aber deutlich: »So pfeift ein Lockvogel. Das ist nicht der Geist vom Golsterhof.«

»Es soll auch nicht der Geist vom Golsterhof sein«, bestätigte Agathe trotzig.

Die Großmutter Annabab hatte nasse Augen bekommen, sie trat an das Bett heran und faßte Abrahams Hand: »Ich verlasse den Golsterhof nicht, so lange ich lebe.« Adelheid war fest an ihre Seite getreten wie zur Stütze, und das bucklige Estherlein schlich sich schüchtern hinter die beiden. Aga verließ die Kammer, um nicht herauslachen zu müssen.

Der Großvater erhob gegen Annabab und die beiden Enkelinnen wie segnend die Hand und murmelte: »Und in allem die Treu.« Ein langer Blick ruhte zuletzt auf Reinhart. Dann schloß er die Augen wieder und schien zu schlummern. Alle gingen auf den Zehenspitzen in die Wohnstube hinüber, nur Annabab blieb am Bette sitzen.

Man stand sich in der Wohnstube verlegen gegenüber. »Das hat deine Frau nicht eben zart gemacht«, sagte Ferdinand zu seinem Bruder.

Hans Rudolf protzte auf: »Hat sie nicht recht gehabt? Zehnmal hat sie recht gehabt! Du hast gut schiedsrichtern. Mit fünfzehn Jahren hattest du deinen Willen, ich bin ein grauer Esel und habe meinen Willen jetzt noch nicht. Siehst du nicht ein, daß es einem schließlich überdick wird?«

Ferdinand winkte zum Fenster hinaus dem Chauffeur, das Auto anzukurbeln.

Wie der berädete Unmut fauchte der Wagen der Stadt zu. Küngold sagte zu Reinhart: »Hast du schon so etwas Trauriges erlebt? Die Frauen sind fest zum Großvater gestanden, wir sind doch besser als ihr!«

»Ihr seid bereiter zum Guten und zum Bösen, das ist alles«, erwiderte Reinhart unwirsch.

»Hast du's nicht gemerkt, daß er dich lang ansah?« fragte sie.

Er schwieg. Er hatte nicht nur des Großvaters, sondern auch Estherleins flehenden Blick aufgefangen und kam sich ganz erbärmlich vor. Er war froh, daß er in die Manöver reiten konnte, da bliesen der Wind und das Roßgewieher die grauen Motten aus der Seele.

Als er am folgenden Morgen mit seiner Schwadron ins Manövergebiet ausrückte, empfand er es als großes Glück, daß der animalische Teil in ihm für ein paar Wochen Gebieter sein durfte, und dem andern, dem denkenden, suchenden, leidenden Wesen den Mund stopfte. Er wußte, daß das feige war, aber einmal muß sich der Mensch den Bohrer aus der Seele ziehen, einmal legt sich auch der mutigste Schwimmer auf den Rücken, um sich ohne viel eigenes Hinzutun von der Flut tragen zu lassen.

Eines Tages hielt die Schwadron auf einer Anhöhe einen Waldrand besetzt. Sie sollte den Feind, der erwartet wurde, zu Fuß angreifen und hinhalten. Die Pferde standen im Innern des Gehölzes auf einem Waldweg. Schlachtenbummler kamen in Scharen vorbei, fast die ganze Stadt war schaulustig auf das Manöverfeld hinausgeflattert. Eine Gruppe junger Damen und Herren schlenderte vorüber, alle in weißen Flanellkleidern, als kämen sie geradeswegs vom Tennisplatz. Reinhart erkannte Jutta. Er hatte sie seit dem quälenden Walderlebnis nie mehr gesehen. Sie ging an der Seite eines glattrasierten schlanken, etwas vornübergebeugten jungen Mannes, der sie mit Späßen zu unterhalten schien und beständig ein dünnes Spazierstöckchen zwischen den Fingern drehte. Reinhart kannte ihn vom Sehen, es war Hans Luternau, Juttas Vetter. Sie schien sich von ihrer Krankheit ganz erholt zu haben und schritt geschmeidig und hoch wie ein junger Hirsch durch das herbstlich tauige Gras. Sie warf einen Blick auf die Soldaten, erkannte aber Reinhart nicht, obschon sie kaum zwanzig Schritt von ihm entfernt war. Die Uniform nimmt dem Menschen alle Eigenart. Reinhart war von Eifersucht durchwühlt. »Gut stehe ich mit ihm!« stach es ihm in die Ohren, wie einst im Walde unter der Buche. Er mußte auf die Zähne beißen, um nicht aus dem Glied zu rennen. Sein Leutnant trat zu der Gruppe hinaus, begrüßte die Bekannten, ließ sich Jutta und andern vorstellen und bot dann aus einem silbernen Etui Zigaretten an. Jutta griff lachend nach dem Rauchzeug. Ihr Begleiter hielt ihr ein brennendes Streichhölzchen hin und sie zog mit spitzen Lippen, aber nicht ohne Sachkenntnis, den Rauch aus der Papierhülle. Vor Reinhart tauchte ihr Bild auf, wie er sie vor einem Jahr in der Kirche unter Schalchers Kanzel gesehen hatte, im schwarzen Kleid und im geschmacklosen puritanischen Hütchen. Sie hatte Fortschritte gemacht in der kurzen Spanne Zeit. Der Leutnant krächzte mit seiner erkünstelt schnarrenden Stimme: »Wie wär's, wenn wir heute abend einen *bal militaire* veranstalteten? Wir sind im ›Löwen‹ in Winzendorf. Flotte Kameraden!« Der Vorschlag wurde mit Jubel aufgenommen. Hans Luternau faßte Jutta bei den Händen und führte mit ihr auf dem Rasen eine Art Tanz auf. Die andern folgten ihrem Beispiel, und alle tanzten zum Vorspiel für den Abend lachend und übermütig an den Kavalleristen vorüber, die dem hüpfenden, springenden, vor Lust und Ausgelassenheit zappelnden Trüppchen Luxus verwundert nachschauten, wie einer Unwirklichkeit. Jutta schien die lustigste von allen zu sein. Reinhart vergötterte und verdammte sie im gleichen Augenblick und starrte ihr nach, bis ihr Pikeehut hinter einer Erdwelle verwehte.

Am Abend wurde Reinhart durch eine Ordonanz zu seinem Vater gerufen. Ferdinand hatte sich mit seinem Stab in einem Landwirtshaus einquartiert und gab eben die Befehle für den folgenden Tag. Die Stafetten stoben nach allen Seiten davon, als hinge das Heil der Welt an den Hufen ihrer Pferde. Reinhart mußte mehr als eine Stunde warten. Endlich rief ihn der Vater herein. Er ließ beim Anblick des Sohnes die militärisch geschäftliche Straffheit fallen: »Der Großvater hat es überstanden. Übermorgen ist Beerdigung, um zwei. Ich breche die Manöver um zehn ab, so bleibt uns Zeit genug. Die Division steht dann bei Großwangen, wir treffen uns um elf auf der Station.« Das klang alles geschäftsmäßig und doch weich und bewegt.

Reinhart war wie betäubt und fragte aus seiner Trauer heraus: »Wie lassen wir die schwarzen Kleider kommen?« Er kannte in seinem Leid keine andere Farbe als Schwarz.

»Was, schwarz? Wir gehen selbstverständlich in Uniform.«

Da Reinhart immer noch nicht zu verstehen schien, trat Ferdinand einen Schritt vor: »Meinst du, die Uniform sei für die Fastnacht gedacht? Ist Rot daran, so hat das seine Bedeutung, es ist das Kleid, in dem wir, wenn's gilt, sterben müssen. Man weint auch nicht in diesem Kleid. Du verstehst mich!« Die Mahnung half nichts, als Reinhart seinen Vater verließ, trauerten ihm schwere Tränen über die Wangen.

Der Golsterhof lag wie der Frieden zwischen seinen Bäumen als Ferdinand und Reinhart zur Beerdigung eintrafen. Annabab empfing sie an der Treppe und führte sie gleich in die Nebenstube, wo der Großvater lang ausgestreckt auf einer Bank lag. Sein Gesicht schien noch größer als auf dem Sterbelager. Der sorgende irdische Zug war daraus gewichen, es war nichts übrig geblieben als große Ruhe, großer Ernst, große Jenseitigkeit. Zwei Männer brachten den Sarg und betteten den Toten hinein. Die Verwandten kamen einzeln und in Trüppchen an und sprachen den am nächsten Betroffenen ihr Beileid aus. Hans Rudolf nötigte sie zu einem Tisch, auf dem Wein, Schinken und Brot aufgestellt waren. Aga bot die Schüsseln herum und schenkte ein mit der weltlichen kokettierenden Art einer Kellnerin. Reinhart setzte sich neben Estherlein, das sich wie ein von Regen und Wind mitgenommenes Vögelchen in einer Ecke in der Nähe des Kachelofens hingeduckt hatte. Es flüsterte: »Mir ist den ganzen Tag, es sei Nacht auf dem Golsterhof. Wir werden von heut' an viel weinen müssen.«

Man trug den Sarg hinaus. Die Verwandtschaft folgte ihm. Vor dem Hause hatten sich die Nachbarsleute eingefunden. Ferdinand in seiner Uniform mit dem wallenden weißen Roßhaarbusch zog aller Augen auf sich und beraubte den Abschied seiner schlichten Feierlichkeit. Reinhart und Walter, als die einzigen männlichen Großkinder Abrahams, gingen gleich hinter dem Sarge. Reinharts Blicke glitten von dem langsam rollenden Wagen auf die Wiesen hinüber, die im Kleid der Herbstzeitlosen wunderbar festlich und doch traurig waren. So wollten sie von dem alten Meister Abschied nehmen. Wie hatte er sich für sie gesorgt, durch ein langes Menschenleben hin, wie hatte er sie jedes Jahr genährt, wie ein Hausvater seine Kinder, wie freudig dankbar hatte er ihren Segen hingenommen. Wer wird wieder so mit ihnen verwachsen sein wie er? In einem Grünhag hatten Berberitzensträucher und Pfaffenkäppchen ihre Herbstfeuer entzündet, sich in ihren schönsten Staat gekleidet, hinter dessen Scheinglut freilich wie überall der Tod lauerte.

Neben Reinhart hob ein zwar gedämpftes, aber doch munteres Geplauder an. Walter setzte dem Stadtvetter seine jetzigen Zukunftspläne auseinander: Die Handelsschule, dann eine Lehre in einem großen Importgeschäft, dann die Reise nach dem fernen Osten, nach Indochina etwa, wo mit verhältnismäßig geringer Mühe viel Geld zu holen sei. »Und dann willst du wohl einmal in einem goldenen Sarg diesen Weg fahren?« wies ihn Reinhart zurecht.

Walter ließ sich aber auf seinen Wegen nicht stören: »Nur die erste Million ist schwer zu fangen«, versicherte er, »so habe ich in einer Lebensbeschreibung gelesen, die andern folgen der ersten wie die Schafe dem Leithammel. Man macht in den Kolonien das Geld nicht mit der Besoldung, sondern mit den Tantiemen.« So schwatzte er.

Man trat in den Kirchhof ein. Die Leiche wurde versenkt, die Glocken hallten feierlich in die Grube. Drin in der Kirche wartete schon der Pfarrer, wie ein Abgeschiedener, bleich, durchsichtig, stand er auf der Kanzel. Als er das zu singende Totenlied verkünden wollte, knarrte nochmals die Tür und herein schob sich Melchior, ganz dünn und schattenhaft. Der Pfarrer sah ihn und nickte still vor sich hin, Reinhart wurde in tiefster Seele ergriffen. Melchior nahm gleich neben der Türe Platz. Dort saß nur noch einer, der Landstreicher Mauderli, etwas verlottert, aber, wie immer, mit wohlgesträhltem Bart. Der Gemeindegesang prallte gegen die nüchternen Wände des Raumes scharf und rauh aus den harten Bauernhälsen. Dann schwebten die Worte des Pfarrers daher, etwas zitterig, aber klar und mit ergreifender Anspruchslosigkeit. Es waren keine neuen Gedanken, die er seiner Gemeinde verkündete, wie hätte ihr der Achtzigjährige noch etwas Neues offenbaren können? Er sagte von dem Abgeschiedenen nicht viel mehr, als was man bald draußen auf ein Grabtäfelchen setzen würde, kein Lob, kein Richterwort. Er wußte, daß über jedem Leben ein Gesetz steht, und betrachtete ein gutes als eine sonnenhafte Gnade und ein schlimmes als die notwendige Schattenseite eben dieser Gnade. Die Beziehung zu dem Beerdigten klang nur in die feineren Ohren. Der Mensch ist wie ein Baum, er keimt herauf aus dem Dunkeln und Rätselhaften, er träumt heran und grünt und wächst und dehnt sich, er bildet Stamm und Krone und erwacht. Nun blüht er und trägt Frucht, je nach der Jahreszeit, nun entfaltet er seine Kraft zur Genüge, ja zum Überfluß, und nun nimmt er ab und verknorrt und verdorrt, bis ihn eine Schneelast oder ein Sturm oder eine Axt oder einfach die Bürde der Jahre zu Boden legt. Sein irdischer Kreis ist geschlossen, sein Werk getan. Der Mensch schaue auf zum Kirschbaum. Er spendet Schatten gegen die Hitze, er spendet Schutz gegen Sturm und Regen, er spendet seine Frucht gegen Hunger und Durst. Er spendet den Schatten, den Schutz und die Frucht nicht sich selber, sondern andern. Das ist sein Sinn. Der Mensch sei wie der Kirschbaum, wer würde den Baum preisen, der seine Früchte nicht andern zulieb reifte? Es gibt Pflanzen, die so tun, ihr alle kennt die Tollkirsche. Sie schmückt mit ihrer Frucht sich selber, keinen freut sie. Man nennt sie eine Giftpflanze, man warnt die Kinder vor ihr. Sie erscheint uns wie eine Irrung der Natur, wie kann man bei Pflanzen so wohl unterscheiden und bei Menschen so schlecht? Wie kann man ruhigen Gewissens vom Baume alles nehmen, wenn einem selber das Geben und das Gute nicht von der Seele will? Ihr werdet sagen: »Was nützte es dem Kirschbaum, wenn er seine Früchte für sich behielte?« Ich sage euch: »Was nützt es dem Menschen, wenn er sein Leben auf ein Geldstück stellt?« Der Habsüchtige ist immer der Unglückliche. Jedes harte Herz ist vom Glück ausgeschlossen. Der Mensch sei wie ein guter Kirschbaum, wenn er längst umgesunken ist, erzählt man sich: »Hier stand einmal der Baum, der die roten Frühkirschen trug, mir ist, ich spüre ihre Süßigkeit noch auf der Zunge, so erquickende Kirschen wachsen in der ganzen Gemeinde nicht mehr. Stirbt etwa die alte Sorte aus? Verhüt' es Gott! Laßt uns neue gute Reiser suchen und aufpfropfen! Sie werden sich finden! Wie könnte der Herr unsern schönen Baumgarten verkommen und absterben lassen!«

So etwa sprach der alte Pfarrer. Reinhart war zuerst enttäuscht, er hatte eine Schilderung des Wesens seines Großvaters erwartet und hörte nun ein Gleichnis in unbeholfen nachgemachtem testamentlichen Stil. Was hätte ein guter Redner aus dem langen, schönen Leben Abrahams machen können! Erst als der Pfarrer fragte: »Stirbt die alte Sorte aus?« erfaßte er den ganzen Sinn der Abdankung, und bereute es, nicht besser hingehorcht zu haben. Er hatte fast immer nach Melchior geschaut und dem Rätsel dieses Eigenbrödlers nachgesonnen, der sich den Weg zum Vater zurück so unbedacht und eigensinnig verlegt hatte. Was mochte jetzt in ihm vorgehen? Er hatte unverwandt nach dem Munde des Pfarrers geschaut und sich von Zeit zu Zeit in den Bart gegriffen oder die Augen gewischt.

Das Klingen von Ferdinands Säbelscheide, die auf den Boden aufschlug, hallte hart durch den Raum. Wie auf dieses Zeichen erhob man sich zum Schlußgesang. Als die Töne verklungen waren und Reinhart wieder nach Melchior hinsah, drückte er sich eben zur Türe hinaus. Reinhart ging ihm nach, aber der Onkel war wie vom Boden verschlungen. Er stieß auf Mauderli und fragte ihn nach Melchior. »Lassen Sie ihn, er geht seine eigenen Steige«, antwortete salbungsvoll der ehemalige Theologiestudent. »Der ist auch noch von der alten Golsterhofsorte. Schöne Abdankung, aus der andern Welt.« Damit wandte sich Mauderli dem Wirtshaus zu, das sich klug berechnend fest an die Kirche anlehnte.

Die Leidtragenden kehrten nach dem Golsterhof zurück, wo unterdessen das Leichenmahl bereitet worden war. Man ging mit kurzen Schritten, mit Rücksicht auf Annabab, der die Füße zu versagen schienen. Beim Essen sprach man noch eine Zeit lang von dem Toten, dann wurde das Gespräch allmählich weltlich und geschäftsmäßig, der Alltag streckte seine klobigen Finger in die Bauernseelen, sobald Speise und Trank ihm vorgearbeitet hatten. Am untern Ende des Tisches fing man von Viehpreisen zu sprechen an, in der Mitte erklärte einer seine elektrische Futterschneidemaschine, und ein anderer wartete mit Ungeduld, bis er ein Loblied auf seinen neuen Selbsthalter singen konnte. Am obern Ende, wo Ferdinand ehrenhalber sah, ließ man sich über die Manöver unterweisen, hätte aber auch lieber von landwirtschaftlichen Dingen gesprochen. Auf einmal fing ein Feuerlein zu flackern an und schlug immer höher auf. Das Land wollte sich an der Stadt wetzen. Die Bauern gossen ihre Erbitterung über die Fabrikler aus, die ein Herren- und Faulenzerleben führten und bei neunstündiger Arbeit und sicherem Lohne knurrten, während sie vierzehn und mehr Stunden an der Sense, am Pflug oder am Karst buckeln müßten und bald durch Frost und Hagelschlag, bald durch Dürre und endloses Regenwetter zu Schaden kämen. Und als wäre das nicht genug, lockten ihnen die Städter die Knechte und Mägde, ja, die Söhne und Töchter weg. Hans Rudolf, der etwas rasch getrunken hatte, war das Sprachrohr dieser Ansichten. Ferdinand hörte ihm eine Weile ruhig zu. Endlich wurde ihm das Schelten zu toll. »Es wird in der Stadt nicht nur spekuliert, es wird auch gearbeitet«, warf er dem Bruder scharf hin.

Hans Rudolf polterte los: »Ich habe nun fünfundfünfzig Jahre hier ausgehalten und mich geschunden. Und ich kenne einen, der mit fünfzehn davonlief und sich nun über mich lustig macht! Du bist vom Hof gelaufen, Ferdi, der Melcher hat sich vom Hof gestohlen, aber der Hans Rudolf, der Esel, soll nicht an die Stadt denken, der ist für den Hof einfältig genug, und seine Frau auch.«

Nun fing auch Aga zu zetern an. Sie fand sich so erbarmungswürdig, daß sie aufschluchzte. Annabab stand auf und bat alle, an diesem Tag auf Frieden zu halten.

»Nein«, rief Hans Rudolf, »heut' soll endlich Ausschwinget sein.«

»Ich komme nach den Manövern einmal herüber«, suchte ihn Ferdinand zu beschwichtigen. »Dann besprechen wir alles. Die Mutter hat recht, heut' schickt sich dergleichen nicht.«

»Heut' muß dem Faß der Boden ausgeschlagen werden, ich will wissen, woran ich bin!« bullerte der Wein in Hans Rudolf. Seine Frau unterstützte ihn: »Es kann zuhören wer will, je mehr Ohren, desto besser!«

Die übrigen Verwandten hielten sich trotz dieser Einladung für überflüssig und verabschiedeten sich hastig und gedrückt.

Hans Rudolf trank, als sie fort waren, sein Glas auf einen Zug leer und schlug es auf den Tisch: »Ich hab' gestern in der Kommode des Vaters nachgesehen und merkwürdige Sachen gefunden. Er hat dir Geld vorgeschossen.«

»Gewiß, als ich die Fabrik vergrößerte.«

»Das war mir bekannt, aber ich wußte nicht, daß es so viel war.«

»Ich habe es regelmäßig verzinst.«

»Ja, das hast du, aber wie! Zu dreieinhalb! Ha!«

»Das war der Zinsfuß damals.«

»Mag sein, aber der Zinsfuß ist hoch gegangen. Und wenn dich der Vater nicht steigern wollte, so hättest du so, wie soll ich sagen, so, so anständig sein sollen, - - -«

»Das Wort verbiet' ich dir!« fuhr ihn Ferdinand an, und seine Augen schossen aus den Höhlen. »Ich habe ihm manchmal einen höheren Zins angeboten, er wollte nichts davon wissen.«

»Du hättest seine Gutmütigkeit in Geldsachen nicht ausnützen sollen.«

»Ich wiederhole dir, daß er sich weigerte, mehr anzunehmen.«

»Und ich wiederhole dir, daß du mich geschädigt hast! Kurz, ich will das Kapital zurück haben. Ich brauche Geld.«

»Wir brauchen viel Geld«, ließ sich Aga hören.

»Das Geld steckt im Geschäft. Man kann es nicht von einem Tag auf den andern herausschöpfen!« erklärte Ferdinand.

»Dann schöpft es der Richter heraus!« schrie Hans Rudolf. »Man muß den Sauhaufen aufdecken.«

Ferdinand schoß heftig empor: »Mein Ehrenkleid behütet dich!«

»Geht nicht im Streit auseinander«, flehte Annabab.

Ferdinand riß die Säbelkoppel von einem Nagel herunter, umgürtete sich und näherte sich Annabab, um Abschied zu nehmen. Hans Rudolf wurde auf einmal kleinlaut. »Noch ein Wort, Ferdi«, sagte er, »ich war zu hitzig, ich bin in der Klemme, meine Geschäfte in der Stadt, du verstehst, ich habe nun vier Häuser, sie verzinsen sich nicht, ich kann sie von hier aus nicht vorteilhaft verwalten, ich muß in die Stadt ziehen.«

»Wir müssen in die Stadt«, bestätigte Aga.

»Wie viel brauchst du?« wandte sich Ferdinand, immer noch von Zorn gerötet, wieder dem Bruder zu.

»Nur fünfzigtausend.«

»Nur? So viel kann ich nicht sogleich aus dem Geschäft zurückziehen«, knurrte Ferdinand. »Ich mache dir einen Vorschlag: ich bürge dir für so viel.«

»Auch recht!« nickte Hans Rudolf nach einigem Besinnen.

»Gib mir Schreibzeug!« Ferdinand setzte sich wieder und warf ein paar Sätze zu Papier. Darauf sagte er: »Du ruinierst dich! Schau zum Hof, das ist die einzige Rettung.«

»Ich kann nicht, wir müssen verkaufen!«

Nun erhob sich Annabab, die klein auf einem Stuhl gesessen hatte: »So lange ich lebe, wird nicht verkauft. Ich hab' es dem Abraham versprochen.« Die Tränen rannen ihr aus den Augen.

Ferdinand reichte ihr die Hand: »Sei unbesorgt, gute Mutter! Er wird es sich überlegen.«

Adelheid schlang ihre starken Arme um Annabab und beteuerte: »Es wird nicht verkauft.« Agathe knirschte: »So schafft's allein!« und verschwand aus der Stube.

Ferdinand und Reinhart nahmen rasch Abschied. Vor dem Hause stand der Einspänner bereit. Der Knecht Hans Jörg setzte sich stämmig auf den Bock und trieb das Pferd an. Auf der ganzen Fahrt wurde kein Wort gesprochen. Ferdinand sann grimmig ins Land hinein.

Der Wagen rollte durch's Dorf und an der Kirche vorbei. Hans Jörg sah einen Augenblick über die Friedhofmauer und lüftete den Hut vor dem frischen Grabhügel. Dann trieb er das Pferd mit einem scharfen »Hü!« an, wie um etwas Schmerzlichem zu enteilen. Er saß so fest auf dem Sitzbrett, daß ihn der Wagen kaum rüttelte.

Ferdinand und Reinhart nahmen in einem Abteil zweiter Klasse Platz. Sie waren allein. Draußen nistete sich die Nacht in die Felder. Der Vater begann nach einer geraumen Weile zu sprechen: »Du hast heut' in manches hineingesehen, was nicht schön ist. Hans Rudolf ist ruiniert.«

»Ich bin froh, daß du ihm mit der Bürgschaft geholfen hast. Es war zu peinlich.«

»Ja, ja, so tappt man in den Sumpf, wer weiß, wann und unter welchen Umständen jener Schein mir – – oder dir wieder vorgewiesen wird.«

Er sprach das wie zu sich selber. Auf einmal straffte er seinen Oberkörper, trieb die Brust vor und stieß den Säbel hart gegen den Boden: »Ich muß etwas Ernstes mit dir besprechen.«

Reinhart lehnte sich in das Polster zurück. Es fuhr ihm heiß am Hals empor: »Eine neue Vergewaltigung«, dachte er und starrte dem Vater in die Augen.

»Dein Fabrikjahr ist jetzt um«, sprach Ferdinand mit erzwungener Gelassenheit. »Du solltest nun nach dem alten Plan auf die Hochschule gehen. Das kann leider nicht sein, wir hatten ein schlechtes Jahr in der Fabrik, und ich habe sonst noch sehr beträchtliche Summen verloren.«

»Wie das?« stieß Reinhart in Angst hervor.

»Du hast heut' gesehen, wie's anfängt. Der Mann ist ein politischer Freund von mir und ein sehr zuverlässiger Freund, durchaus ehrenhaft. Er wollte Geld machen, wie viele andere heutzutage auch. Er hat Land gekauft, Bauland, du verstehst, am falschen Ort, unterhalb der Stadt. Ich gab ihm Geld. Das war vor sieben Jahren. Der Handel ging schief. Die Bautätigkeit nahm einen andern Strich, jedermann wollte an der Berglehne hausen, das Land meines Freundes sank und sank im Preise und ist jetzt fast wertlos. Das weitere kannst du selber ergänzen.«

»Aber wie – – –?«

»Verlieren wir keine Worte! Es gilt jetzt, den Schaden wieder gut zu machen, und du mußt mir helfen. Wir müssen aus der Fabrik mehr herausschlagen, wir müssen rühriger werden. Ich habe mit Herrn Geierling einen Plan entworfen, wir wollen unsern Kredit besser ausnützen und das Geschäft vergrößern, und, was die Hauptsache ist, uns mehr auf den Export einrichten. Ich habe zu Geierling unbegrenztes Vertrauen, er ist ein weitsichtiger, energischer Kopf. Aber auch du mußt helfen, meine Aufgabe nach und nach übernehmen.«

»Was verstehe ich?«

»Geierling und ich werden dich auf dem kürzesten Wege einführen.«

Reinhart war, es greife ihm jemand mit eisernen Fingern an den Hals. »Es gibt nur einen Weg«, würgte er hervor, »der helfen kann: du mußt dich aus der Politik zurückziehen, dich ganz dem Geschäft widmen.«

Der Vater schoß auf: »Das kann ich nicht, das tu' ich nicht! Wie? Ich bin kein Selbstmörder! Und dann: begreifst du nicht, daß Geschäft und Politik sich nicht ganz fremd sind? Gerade jetzt handelt es sich darum, durch eine zweckmäßige Zollpolitik für unsere Fabriken bessere Herstellungs- und Absatzmöglichkeiten zu schaffen.«

»Wenn ich dich recht verstehe, willst du deine politische Stellung mißbrauchen – ausnützen«, verbesserte sich Reinhart.

Er wurde von beklemmender Angst erfaßt. Er fühlte, daß sein Vater, dessen Rechtschaffenheit bis jetzt niemand bezweifelt hatte, im Begriffe war, an sich Verrat zu üben.

»Ich habe meinen politischen Einfluß bis zur Stunde noch nie für mich ausgenützt«, erwiderte Ferdinand, »andere haben das besser verstanden. Aber jetzt geht es um alles. Mache ich Bankrott, so ist mein mühsam aufgebautes Leben verpfuscht, ich hätte dann besser gar nie zu schnaufen begonnen. Kantonsrat, Nationalrat, Divisionär und Bankrottierer! Und ihr! Würde die Mutter so etwas überleben? Und Küngold? Wer heiratet die Tochter eines Verlumpten? Wenn du mir nicht helfen willst, so hilf der Mutter und der Schwester.«

Die elektrische Lampe wurde angezündet. Reinhart sah, daß seinem Vater der Schweiß auf der Stirne glänzte und daß die Kampfstellung, in der er die Auseinandersetzung begonnen hatte, sie eng zusammengeduckt hatte. Reinhart war bis zuletzt entschlossen gewesen, das Ansinnen des Vaters zurückzuweisen. Aber er sah nun die Mutter und Küngold vor sich und wußte, daß ein Entrinnen nicht möglich war. Er sagte fest: »Es sei.« Der Vater forschte in seinen Augen und langte nach seiner Hand. Reinhart zog sie zurück und stöhnte: »Wenn man bedenkt, daß es Leute gibt, die wähnen, die Sklaverei sei abgeschafft!«

»Man ist eine Masche, man ist erbärmlich in die Welt verstrickt«, tönte es von den Lippen des Vaters zurück.

Im Quartier fand Reinhart ein Briefchen vor. Er riß mechanisch den Umschlag auf und entnahm ihm eine Visitenkarte mit diesen Worten:

»Jutta von Homberg

verreist morgen nach England und sendet Ihnen freundliche Abschiedsgrüße. Im Katzenjammer geschrieben. Gestern bis früh mit Uniformen getanzt.«

Die ersten Worte hatten Reinhart wehmütig und doch froh gestimmt. Sie verreiste, wollte indessen mit ihm in Verbindung bleiben. Aber der banale Nachsatz! Oh, dieser Zwiespalt in dem herrlichen Geschöpf!

Reinhart lag mit offenen Augen auf seinem Strohlager in der weiten Scheune, im Traumreden und Schnarchen der Kameraden. Er dachte an den vergangenen Tag, er dachte an Jutta. Durfte er, der verarmte, noch nach ihr schauen? Wie sollte er sie, so wie sie war, glücklich machen? Er verdrängte die Schatten, er wollte sich in die Hoffnung retten. Aber es geriet ihm nur halb. Seine Gedanken flogen hin und her. Bald waren sie auf einem D-Zug, der ins Weite rollte und aus seinen Fenstern links und rechts Lichtbänder auf das dunkle mißmutige Land warf, bald auf dem Golsterhof, wo die Großmutter jetzt wachte und weinte und Hans Rudolf und seine Aga von der Flucht nach der Stadt, von Reichtum und Wohlleben träumten. Endlich fielen Reinhart die Augen zu und die Traumwelt ging ihm auf. Er war auf dem Hof. Auf einem Tisch lagen Schalen mit Kirschen, roten und schwarzen, alle aßen davon, die einen hielten sich an die roten, die andern an die schwarzen. Ferdinand zog eine schwarze Schüssel zu sich heran und starrte hart darauf. Hans Rudolf griff aus der gleichen Schale eine Handvoll Früchte und legte sie seiner Frau auf den Teller. Er selber griff gierig zu und schob sich drei Beeren auf einmal in den Mund. Die Großmutter und Estherlein blickten zu den dreien hinüber und zitierten miteinander feierlich, im Ton und mit den Handbewegungen des Lateinprofessors Stauber: »*Auri sacra fames.*« Reinhart wunderte sich, woher sie das Latein hätten, und war im Begriff, sie danach zu fragen, als die Türe aufging und Jutta hereintrat. Sie hatte die Augen mit ihren dunkeln Wimpern fest zugemacht, ging aber doch mit voller Sicherheit auf den Tisch zu und streckte die schlanke weiße Hand nach den schwarzen Kirschen aus. Reinhart erschrak und stöhnte im Erwachen: »Halt! Es sind Tollkirschen!«

Am folgenden Morgen stieg er müde und mit verworrenem Geist zu Pferde. Er hatte weder Ohren noch Augen für den Dienst. Der Korporal brüllte ihn an und drohte mit Arrest. Man ritt eine Attacke. Durch die Wiese floß ein Bach, über den die Gäule setzten. Reinhart mußte halb geträumt haben, jedenfalls überraschte ihn der Sprung. Er stürzte, und die Schwadron brauste über ihn hin. Bewußtlos wurde er aufgehoben. Ein Huf hatte ihn am Kopf schwer verletzt, wochenlang lag er im Spital. So nahm sein Waffendienst für immer ein Ende.

Das war im Herbstmonat 1909.

Zweiter Teil

1. Non serviam

Reinhart hatte das Krankenhaus schon seit mehreren Wochen verlassen und wurde allgemach wieder ins Getriebe der Fabrik hineingezogen, als er einen Brief von Jutta erhielt. Sie erklärte in der Einleitung, daß sie jede Gelegenheit benutze, der fremden Sprache mächtig zu werden und deshalb englisch schreibe. Offenbar wollte sie mit ihren rasch erworbenen Kenntnissen ein bißchen großtun. Der Brief hatte, wie es bei dem Ringen mit der Grammatik nicht anders sein konnte, etwas Kaltes, Leeres, Steifes. Reinhart legte ihn enttäuscht weg und warf dann in einem Zug sein ganzes, heißes Empfinden aufs Papier. Er sprach sie mit ›Du‹ an, er vermochte über Land und Meer hin freier mit ihr zu reden, als von Mund zu Mund. Er schrieb ihr von der Qual, die ihm ihr Verhalten im Wald bereitet hatte, auch von seiner Eifersucht auf Hans de Luternau. Auf diesen Erguß erschien nach etwa drei Wochen wieder ein englisches Aufsätzchen, in dem das Beachtenswerteste die Worte waren: »*It is very amusing, that my cousin John de Luternau interests you so much.*« Verstand sie denn kein Deutsch und keine Herzenssprache mehr? Reinhart konnte sich erst nach Wochen entschließen, auf die kleine Stilübung zu antworten. Auch seine Worte waren jetzt, da sie das beschwingende Echo nicht gefunden hatten, abgewogen, flügellos. So blieb es. Juttas Englisch wurde zwar von Brief zu Brief geschmeidiger, aber der Inhalt der eleganten Briefbogen blieb konventionell, wie von einem Zensor gestutzt. Reinhart mußte sich an das immer wiederkehrende »*yours truly*« halten, das er mit »in Treuen« in seine Gefühlssprache übersetzte. Das war dürftig genug.

Juttas Briefe folgten sich in immer größeren Zwischenräumen. Es stand fast nichts mehr darin als von Lawn Tennis, Kroquet, Runs aller Art und *first class players*. Manchmal war Reinhart so entmutigt, daß er beschloß, sich von Jutta loszuwinden. Aber es blieb immer beim Anlauf, wie ein Dämon, der alles Erden- und Himmelsglück verwaltet und verheißt und seinem Opfer täglich ins Ohr raunt: »Geduld! Es geht ohne Schmerzen nicht ab!« hauste die Liebe in ihm, ein Fatum, dem nicht zu entrinnen war. Einmal kam ein Brief aus Florenz und erzählte in unbeholfenem Italienisch die Meerfahrt von Greenwich nach Livorno. So stand es am Ende des zweiten Trennungsjahres.

Reinhart lebte nun verschlossen von einer Woche in die andere hinüber. Tagsüber arbeitete er seelenlos in der Fabrik, nachts vergrub er sich in Bücher und Hefte. Da konnte es geschehen, daß ihm war, die elektrische Birne glühe nicht auf seinem Tisch, sondern in seiner Brust, klar und warm. Aber in solche helle Stunden schlichen sich immer die Schatten seines Tagewerks. Es ging im Geschäft an der Oberfläche nach Recht und Gesetz zu, aber unter der biedern Hülle steckte, seit Geierling die Fäden hielt, oft etwas Häßliches, von der bewußten Schönfärberei bis zum leicht bemäntelten Kniff. Eines Tages bäumte sich Reinhart auf und weigerte sich, an solchen Machenschaften mitzuwirken, und nannte sie bei ihrem Namen, von da an besorgte Geierling alle heikleren Geschäfte. Ihm schien es Freude zu bereiten, der Gescheitere, Schlauere, Stärkere zu sein, wie er sich ausdrückte. »Man betreibt ein Geschäft, damit es klinge, Sentimentalitäten sind Luxus, bin ich gewandter als mein Geschäftsfreund« – er führte gern das Wort Geschäftsfreund im Munde – »um so schlimmer für ihn. Man ist unter Geschäftsfreunden nicht in einem Mädchenpensionat. Jede Sache, die man betreibt, betreibe man nach ihrer Logik.«

Reinhart hatte während seiner ganzen Schulzeit keine Stunde geschwänzt, jetzt kam es vor, daß er die Kopfschmerzen, die seit seinem Sturz vom Pferde öfter wiederkehrten, vorschützte, um nicht die verdorbene Bureauluft atmen zu müssen. Der Vater brummte: er solle sich mehr Bewegung geben, schwimmen, bergkraxeln, seit das Reiten nicht mehr gehe, statt halbe Nächte lang hinter den Schmökern zu modern. Die Mutter erriet seine Not und schwieg und trug mit.

An einem Samstagnachmittag wurde Reinhart telephonisch vom Vater in ein Hotel der Stadt gerufen. Er fand dort in einem kleinen Saal außer dem Vater Herrn Geierling, den Tuchhändler Schwegler, die Herren Gustau und Hermann Winkler, zwei politische Freunde Ferdinands, und den Notar Kobelt. Die Herren begrüßten Reinhart mit auffallender Förmlichkeit. Sie saßen an einem viereckigen Tisch, Ferdinand am obern Ende mit einem Aktenstoß vor sich. Er eröffnete die Verhandlungen mit einem kurzen erklärenden Wort, das er zum guten Teil an Reinhart richtete, alle andern schienen völlig eingeweiht zu sein. Reinhart erfuhr, daß er, ohne es zu ahnen, zu einer bedeutsamen Person, zum Mitglied einer Aktiengesellschaft vorgerückt sei. Das Haus Ferdinand Stapfer hatte sich in die Firma Stapfer, Geierling und Cie. verwandelt. Von dem Gründungsgeschäfte verstand Reinhart nicht viel, er war zu überrascht, um allen Einzelheiten zu folgen, er sann der bedeutsamen Tatsache nach, die ihren Ausdruck in den Worten Stapfer, Geierling und Cie. fand, und die sich in Reinharts Ohren in den Sinn verwandelten: Es muß schlecht stehen um uns. Auf Ferdinands Rede folgte eine kurze Diskussion, Erklärungen, Klauseln, Vorbehalte. Einmal wünschte der Tuchhändler Schwegler eine Auskunft. Es handelte sich um ein Patent für ein Färbeverfahren, von dem augenscheinlich außer Ferdinand und Geierling keiner etwas verstand. Geierling betrachtete die Spitze seines Bleistiftes, aber ein paarmal blitzten seine Augen seltsam nach Ferdinand, und er kratzte sich die leicht gerümpfte Nase. Zum Schluß allgemeine Zustimmung, durch Unterschriften befestigt. Alles schien einstudiert und entwickelte sich wie auf dem Theater, nur daß der Souffleur überflüssig war, da alle Spieler ihre Rolle genau kannten. Man erhob sich, stand in Grüppchen zusammen, plauderte, rieb sich die Hände, erzählte den neuesten Witz, lachte, zündete eine Zigarre an. Zwei Kellner erschienen, entfernten das grüne Tuch und ersetzten es durch ein weißes aus Damast. Es wurde ein kalter Imbiß aufgetragen, weiße und rote Weine. In einer Ecke des Zimmers blinkte der Champagnerkessel. Man setzte sich, man aß, stieß an, trank, wie froh über ein gutes Werk. Reinhart saß unten am Tisch neben dem Notar, der ihm ausführlich und mit allen wünschbaren Begründungen erklärte, sein Lieblingsgetränk sei Bordeaux mit Champagner gemischt, aber wenn das nicht zu haben sei, nehme er auch mit einem Glas Walliser oder Neuenburger fürlieb, bei Tisch aber trinke er einen ganz gewöhnlichen Seewein. Reinhart nickte, ohne ihm recht zuzuhören. Er betrachtete verstohlen bald seinen Vater, bald Geierling. Ferdinand war ernst, die Furche, die sich zwischen den Augenbrauen gegen die Nase senkte, war tiefer als sonst, er hörte mehr zu, als daß er sprach. Geierlings Stimme beherrschte den Tisch und dazwischen schallte sein helles Lachen, das in drei kurzen Stößen von gleicher Höhe hervorbrach. Als der Schaumwein eingeschenkt war, stand er auf und schlug mit der Messerklinge an das Glas, das matt klang. »Verehrte Herren«, sprach er, »es ist ein bedeutsamer Anlaß, den wir in dieser Stunde feiern, er hat etwas Symbolisches. Die kleine, aber geschäftstüchtige Schweiz hat im Kleinen einen Bund geschlossen mit dem mächtigen Deutschen Reich, als dessen Vertreter ich die Ehre habe, mich in gewissem Sinne in Ihrer Mitte zu betrachten. Wir sind unser nur wenige, wir bilden einen winzigen Kern, aber wir sind dennoch ein nicht zu unterschätzender Faktor, wenn wir zusammenhalten, denn wir besitzen alles, was zum Erfolg führt: Geld, Erfahrung, Energie. Und so werden wir einer Zukunft, die einen goldenen Klang ausschüttet, sicher sein. Ich lade Sie, verehrte Herren Mitgesellschafter, ein, auf das Gedeihen unseres kleinen deutsch-schweizerischen Bundes anzustoßen.«

Die meisten nahmen die Rede beifällig auf. Ferdinand wurde noch ernster, Reinhart fühlte sich in seinem Unabhängigkeitsstolz verletzt, und die ganze Abneigung, die sich in ihm in dreieinhalb Jahren gegen diesen kondensierten Geschäftsmann angesammelt hatte, ballte sich in seiner Kehle zusammen. Geierling machte anstoßend die Runde. Als er sich Reinhart näherte, faßte dieser sein Glas krampfhaft an, wie einst den Säbel bei einer Reiterattacke. Die Kelche stießen zusammen und beide gingen in Scherben. Es entstand ein allgemeines Aufsehen, auf allen Gesichtern stand Verlegenheit.

»Das heiß' ich einen Bund kräftig einläuten«, lachte Geierling.

»Jeder antwortet, wie er kann«, entgegnete Reinhart. Bald darauf ging er fort.

Draußen fielen Graupeln in dichten Schwaden, es war ein launischer Märztag, halb Frühling, halb Winter, die eine Hälfte des Himmels war blau, die andere mit grauem Gewölk verhängt. Reinhart schritt hastig dahin, die Augen wegen der Eiskörner, die ihm ins Gesicht flogen, halb geschlossen. Plötzlich fuhr ihm das Wort: »*Non serviam*« durch den Sinn, es sollte eine Absage an den Erdgeist sein, wie er in Geierling verkörpert war. »*Non serviam! Non serviam*«

Kaum war er in seinem Stübchen angelangt, als die Mutter Ulrike eintrat. Sie war in den letzten Jahren ganz weiß geworden und ging gebückt und immer sorgenvoll einher. Sie suchte sich ihren Weg mehr mit den Händen als mit den Augen, denn sie war nun fast blind. Um die Schultern hatte sie einen grauen gestrickten Schal geschlagen. Sie fröstelte fast immer, besonders in diesen Vorfrühlingstagen, wo die Öfen ruhten und die Sonne noch zu wenig Kraft ausgoß.

»Ich bin in einer großen Sorge und Ungewißheit«, begann sie. »Der Vater hat mir heute beim Fortgehen zwischen Schwelle und Treppe gesagt, unser Geschäft werde in eine Gesellschaft umgewandelt. Geierling trete ein.«

Reinhart gab ihr Auskunft, so gut er konnte.

»Und nun, was bedeutet das?« forschte sie. Reinhart sah wohl, daß sie sich die Antwort schon selber gegeben hatte und von ihm nur noch die Bestätigung erwartete. Er suchte ihr die Sache rosig darzustellen: »Ein moderner Betrieb verlangt sehr große Mittel, Mittel, die die unserigen übersteigen. Wir haben uns doch auf den Export eingestellt!« Das Wort Export kam zerkrümmt über seine Lippen.

Sie unterbrach ihn mit ihrer leidenden Stimme: »Das ist alles Deckmantel, Reinhart. Ich habe dem Vater schon lange angemerkt, daß ihn etwas drückt. Er geht nicht mehr so aufrecht und fest einher, er ist nicht mehr so geräuschvoll wie früher, sein Gepolter war mir manchmal lästig, aber es war ein Zeichen der Gesundheit, des Wohlergehens, der inneren Sicherheit.«

»Es ist eine Krisis, es kann wieder besser werden. Die Ausdehnung des Geschäfts auf das Ausland brachte Schwierigkeiten, man stieß mit der mächtigen fremden Industrie zusammen.«

»Wenn er sich nur entschließen könnte, von der Politik zurückzutreten!«

Reinhart zuckte die Achseln, er wußte, wie Ferdinand darüber dachte.

»Es ist mir auch angst wegen dieses Herrn Geierling«, fuhr die Mutter fort. »Ich sinne diesem Menschen tagelang nach. Wir geraten immer mehr in seine Hand, im Geschäft ist er längst besser zu Hause als der Vater – von dir nicht zu reden –, weil er nichts anderes kennt, als das Geschäft. Nun ist er ja auch Gesellschafter.«

»Nur mit ganz wenig Einlage.«

»Ist das gut oder schlimm?«

»Jedenfalls vorsichtig von ihm!«

»Du mußt – – – du solltest – – – ach Gott!« Sie machte den Satz nicht fertig, aber Reinhart verstand sie ganz wohl. »Du hast recht«, half er ihr, »aber ich kann nicht und ich will nicht! *Non serviam!*« Er stieß das Wort mit aller Leidenschaft hervor.

Die Mutter hatte nicht sein Lateinisch, aber sein »ich kann nicht und ich will nicht!« verstanden und sagte nach einigem Besinnen: »Du hast recht, jeder muß sich selber retten, dann sind alle gerettet. Geh in Gottes Namen deinen Weg, für Küngold und mich wird sich auch einer finden. Das arme Kind hat sich in Geierling verliebt, wunderlich genug, und der Vater betreibt sein Geschäft da wie überall. Bei ihr ist's eine Liebe wider Willen, wider das Gewissen, aber die ist gerade die unlenksamste. Armes Kind!«

Reinhart dachte an seine eigene Leidenschaft. War solche Liebe ein Familienverhängnis? Liebte die Mutter nicht auch so?

Frau Ulrike ging, sie entglitt durch die Türe wie ein greifbarer Seufzer.

Reinhart starrte ihr nach. Er dachte an jene Unterredung mit dem Vater im Eisenbahnwagen, wo ihm das Selbstopfer im Namen Küngolds und der Mutter abgefordert wurde. Wie anders hatte die Mutter jetzt gesprochen, als der Vater damals! »Jeder muß sich selber retten.« Er wußte, daß sie dieses selbstsüchtige Recht, das sie in eine Heilspflicht einkleidete, nur ihm einräumte, für sich selber aber niemals in Anspruch nehmen würde, und er war nicht im Zweifel, daß sein ›*non serviam*‹ einstweilen nur ein Traum, ein Vorsatz und Protest sein konnte. Er mußte dienen, ihr, der guten, gebrochenen Dulderin.

Es klopfte kräftig an seine Zimmertüre und mit einem Froschhupf schwang sich Immergrün ins Zimmer. Die Schulkameraden hatten sich dreieinhalb Jahre nicht mehr gesehen. Immergrün hatte auf deutschen Universitäten studiert und war nicht einmal in den Ferien in die Vaterstadt zurückgekehrt. Er hatte seine Zeit ausgenützt.

»Ich bin fertig!« rief er, sich gewichtig auf einen Stuhl werfend. Das Wort klang mächtig und triumphierend durch seine geräumige Nase, dem Ton ähnlich, den Knaben aus ihren selbstgefertigten Waldhörnern stoßen. »Wie fertig?« erkundigte sich Reinhart.

»Ich habe mein Doktorexamen bestanden, nicht schlecht, ich kann dir's versichern. Ich bin als erster von unserer Klasse so weit. Ich habe aber auch geschuftet!«

»Wir haben es von dem zielbewußten Immergrün nicht anders erwartet«, erwiderte Reinhart teilnahmlos.

Immergrün suchte sein Gesicht in Würde zu kleiden und sagte gemessen und im Tone der Zurechtweisung: »Ich heiße, wie dir vielleicht bekannt ist, Oswald Wäspi. Du wirst nicht erwarten, daß ich den einfältigen Spitznamen aus der Pennalzeit durchs ganze Leben tragen wolle. Ich werde diese Etikette künftig als Beleidigung auffassen.«

Dies sagend, zog er ein Büchlein aus der Rocktasche: »Hier hast du meine Dissertation. Du wirst zwar nicht viel davon verstehen, sie behandelt ein wirtschaftliches Thema, aber nimm sie immerhin!«

»Was willst du jetzt beginnen?« fragte Reinhart, um etwas zu sagen. Das gespreizte Wesen des neubackenen Doktors der Rechte war ihm zuwider.

»Was ich will? Was ich immer wollte! Das Leben an den Rockschößen packen, ihm auf den Buckel springen, es niederzwingen. Das ist natürlich nur ein fades Bild Vorderhand werde ich Wegknecht, mein eigener Wegknecht. Ich muß mir meinen Weg zurecht machen. Meine erste Stufe ist die Journalistik.«

Wieder tat er einen Griff in seine Brusttasche. Diesmal zog er ein Zeitungsblatt hervor: »Hier ist ein Artikel von mir. Lies ihn gelegentlich. Er behandelt eine Frage von eminenter Wichtigkeit. Nebenbei bemerkt, ist es eine Affenschande, wie unser Parteiorgan redigiert wird. Der Redakteur Diggelmann ist eben ein alter fauler Knochen. Ich begreife nicht, daß dein Vater ihm so lange zusieht!«

Er machte eine Pause und setzte dann seinen wohlüberlegten Weg weiter: »Dein Vater, das ist ein rechter Politiker und Volksmann! Was kann man als Anfänger besseres tun, als sich ihm verschreiben?«

»Du willst also Parteimann werden?« warf Reinhart ein.

»Mann? Führer! Streiter für die gute Sache, für ein Ideal. Aber, was ich sagen wollte! Du könntest mir einen Dienst erweisen, einen großen Dienst! Mich bei deinem alten Herrn einführen, ich verehre ihn und werde ihm nützlich sein können. Er kann ja bei seiner Vielseitigkeit nicht alle Fragen wirtschaftlicher Natur genau studieren: da könnte ich ihm ... na! Sag', wann kann ich ihn aufsuchen? Du wirst ihm vorher einiges über mich mitteilen, nicht grad' das Schlimmste! Ihm vielleicht meine Dissertation und den Zeitungsartikel in die Hand spielen. Eine Gelegenheit, dir erkenntlich zu sein, wird sich finden! Also wann?«

»Komm morgen gegen elf Uhr«, sagte Reinhart mit Unbehagen.

»Abgemacht! – Vorhin sah ich im Garten deine Schwester«, fuhr Immergrün nach Erledigung des Geschäftlichen im Plauderton fort. »Hab' sie fast nicht wieder erkannt! Sie ist ganz hübsch geworden.«

»Nein, Küngold ist nicht hübsch, aber sie ist ein gescheites und liebes Mädchen.« Kaum hatte er dieses Lob ausgesprochen, als er es bereute. Er sprang ablenkend zu etwas anderem über: »Was weißt du von unserem Junker Georg?«

»Er war auch in Leipzig, Bierkaufmann und Schürzensammler. Ich bin ihm ausgewichen – wie überhaupt den lieben Landsleuten. Na, du verstehst! Also morgen um elf! Leb wohl!« Mit einem Hupf war er auf dem Gange, mit einem zweiten auf der Treppe.

Reinhart schlug ein Buch auf, aber er sah die Buchstaben nicht. Dieser Immergrün ging seinen Weg wie eine abgeschossene Kugel. Der hatte keine Fußschellen und Daumenschrauben. Und er, Reinhart, war ein Knecht, unfreier als der geringste Taglöhner! Man muß hart, grausam sein können, um seiner Überzeugung zu leben. Frei sein heißt selbstsüchtig, rücksichtslos, verschlagen sein. Nochmals überlegte Reinhart seinen Weg. Er sah nichts als Zwang und lachte bitter: ›*Non serviam!*‹

Am folgenden Tag beim Mittagessen warf Ferdinand über den Tisch hin: »Ein fixer Bursche, dein Freund Dr. Wäspi! Der wird rasch klettern. Ist er auch zuverlässig?« – »Du wirst ihn studieren müssen. Strebsam ist er mehr als nötig.«

»Ist Strebsamkeit in euerem Moralkodex ein Laster?« gab Ferdinand scharf zurück.

Küngold, um das fortwährend lauernde Feuer zurückzuhalten, scherzte: »Sicher ist, daß diesem Dr. Wäspi nie eine Lüge über die Lippen kommt.«

»Wie kannst du das beurteilen, Kind?« fragte der Vater, immer noch übel gelaunt.

»Er spricht doch alles aus der Nase!«

»Teufelskind!« lachte Ferdinand, und Herr Geierling, der zugegen war, klatschte leise in die Hände.

Küngold sah ihrem Verehrer mit zweifelndem Blick in die Augen und sagte: »Spräche jeder Glücksritter oder Profitjäger durch die Nase, so hätte man doch ein Erkennungszeichen und wüßte, wem zu trauen ist.«

»Was soll nun das wieder heißen?« rief Ferdinand.

Geierling verbarg einen Teil seines Gesichtes hinter dem mit Rotwein gefüllten Glas. Küngolds Gesicht wurde bleich.

2. Ein Festtag

Die Stadt war beflaggt, von den Kirchtürmen, in allen Straßen, aus allen Häusern wehten Fahnen, die Gasthäuser und Bierwirtschaften taten es allen zuvor. Die Landes- und Standesfarben flatterten lustig durcheinander, Rot, Blau und Weiß führten die Herrschaft. Menschen strömten sonntäglich bunt durch die Gassen und Straßen, alle in gleicher Richtung. Eine Blechmusik schleuderte ihre Töne in die Morgenluft. Das Messing der Instrumente zersplitterte die Sonne und blitzte blendende Strahlenbündel in das Volk. Hinter der Musik schritt ein langer Schützenzug, sechs, sieben Vereine aneinander gereiht, mit umgehängtem Gewehr. Jedem trug eine mittelalterliche Prachtgestalt eine Fahne voraus.

Die Stadt war in diesen Tagen das Herz des ganzen Landes. Es wurde eines der großen vaterländischen Schützenfeste gefeiert, die der Stolz jedes Schweizers sind. Sängerfeste und Turnfeste sind auch eine allgemeine Landesfreude, auch an ihnen erheben sich die Gemüter, auch zu ihnen strömt, was immer nur kann, herbei. Die Schützenfeste aber sind seit der Staatserneuerung vaterländische Anlässe im höchsten Sinn.

Es war ein Sonntag, der Hauptfesttag. Reinhart zog es auch zum Festplatz hinaus. Er hoffte, die allgemeine Freude werde auch ihn für ein paar Stunden auf ihre Flügel nehmen, er hoffte auf ein Wort, das ihn aus der Gedrücktheit des Alltags befreite. Er hatte auf dem Weg seine Lust an dem Geflatter der Flaggen und dem Klatschen der großen Fahnen, die auf einzelnen Häusern vom Ostwind wie Peitschen geschwungen wurden. Wahrhaftig, alles war auf Freude gestimmt, die Menschen, die Häuser, die Bäume in den Alleen, die Luft, der Wind, die Julisonne. Die mächtige Festhalle war von Fähnchen ganz gespickt und glich einem buntfarbigen Lustwäldchen, in dem kraftüberströmendes Trompetengeschmetter alle menschlichen Stimmen überwältigte.

Auf der Rednerbühne stand Ferdinand, breit, wuchtig, gebieterisch. »Liebwerte Miteidgenossen!« Es klang wie ein Trompetensignal. Es wurde still, alle blickten nach dem im ganzen Lande bekannten Volksführer. Er sprach in kurzen Sätzen, mit gedrungenen, geballten Worten, mit kurzen Pausen nach jedem Gedanken. Nach und nach wurde er erregter, von innerer Leidenschaft aufgerührt, in Brand gesetzt, die Sätze dehnten sich. Auch das kleinste Geräusch in der Halle verstummte. Er sprach als Soldat, von der Bedeutung der Schützenfeste für den Schutz des Vaterlandes, er rief die längst dahingegangenen Geschlechter auf, jene, die bei Morgarten, Laupen, Sempach, Grandson und Murten, bei Darnach und Marignano gefochten und geblutet hatten, bis zu den verzweifelten, heldenmütigen Herzen, die ihr Blut bei Neuenegg, an der Schindellegi und in Unterwalden verströmt hatten. Er sprach von der Gefahr, die durch die unablässigen Kriegsrüstungen aller Nachbarländer immer bedrohlicher sich jenseits unserer Grenzen erhebe und zur Wachsamkeit mahne. Er gab der Hoffnung Worte, daß die Generation, der jetzt die Abwehr des Feindes anvertraut wäre, im Falle der Not sich vor das Vaterland stellen würde wie die Helden von St. Jakob. Als er sein Hoch ausbrachte, das einer einigen, wehrhaften, ihrer Tradition treu bleibenden Schweiz galt, brauste ihm die gedrängt gefüllte Halle wie Sturm entgegen, und man hörte fast, wie in den Seelen sich das Gelübde schmiedete, dem Vaterlande Treue zu halten bis zum letzten Atemzug. Auch Reinhart war ergriffen und fühlte sich in diesem Augenblicke mit dem Vater verbunden.

Während die Musik das wuchtig losstampfende Sempacherlied blies, stieg ein anderer Redner, der Vertreter der eben angekommenen Gäste, auf die Tribüne und überbrachte der Feststadt den vaterländischen Gruß seines Kantons. Der Sprecher war ein Industrieller und fand seine ganze Beredsamkeit erst, als er auf den wirtschaftlichen Zustand der Schweiz zu sprechen kam. Er schilderte, was er in den Morgenstunden dieses Tages auf der Fahrt durch das Land gesehen hatte: fruchtgesegnete, der Sichel und der Sense entgegenreifende Felder, blühende Ortschaften, im Obstbaumkranz, Städtchen und Städte mit alten, ehrwürdigen Kirchen und neuen von Betriebsamkeit strotzenden Quartieren, mit Schulhäusern, die wie Paläste dastanden und Zeugnis ablegten von dem Bildungseifer des ganzen Volkes, die unserer Industrie und unserem Handel tüchtige Kräfte lieferten und von unschätzbarem Nutzen seien. Bei fast allen Ortschaften große aufs Beste eingerichtete Fabrikanlagen, an den Wasserläufen Kraftwerke, zum Teil vollendet, zum, Teil im Bau, auf den Höhen einladende Gasthäuser, die Bahnhöfe übervoll von Gütern, die aus allen Ländern flossen, nach allen Ländern rollten, überall Wohlstand ausgebreitet, überall Fortschritt am Werk, überall der Aufstieg aus einer guten Gegenwart in eine bessere Zukunft. Sein Hoch galt der Feststadt, die so recht den neuen, tüchtigen, sich aufschwingenden und wagefrohen Zeitgeist verkörpere, der auch einem kleinen Volke zu Ansehen und Macht verhelfe. Auch diesem Redner toste die Halle entgegen. Die Musik spielte das selbstzufriedene »Schwyzerhüsli«.

Ein dritter Redner trat auf, aber seine Stimme war für den großen Raum zu schmächtig. Man sah nur seine nervösen Gebärden und vernahm hie und da einen Fistelton, sonst herrschte das Klingeln der Gläser, das Klirren der Teller, die aufgeregten Stimmen der ihrer Arbeit nicht gewachsenen Kellnerinnen, das Hohaha und Hihaha der Gäste vor. Reinhart fand an einem Tisch ein schmales Plätzchen und wurde gleich Zeuge eines heftig geführten Disputs. Zwei Männer im angegrauten Alter stritten über den Tisch weg, ob man Demokratie oder Demokrazie ausspreche. Es schien ihnen um ein heiliges Prinzip zu gehen, wie um Fortschritt und Rückschritt. Sie wurden schließlich so wild, daß der t-

Demokrat den z-Demokraten einen Aristokraten nannte und dafür den Namen Rotkrawättler einheimste. Kaum waren diese verletzenden Worte gefallen, als beide aufsprangen und sich über den Tisch weg herausfordernd und mit roten Gesichtern anblitzten. Wäre der Tisch nicht gewesen, sie hätten sich gefaßt. Gleichzeitig, wie sie aufgesprungen, setzten sie sich wieder, und wie auf Verabredung schenkte jeder sein Glas voll, trank und knurrte hinterher: »Donnerhagel, so etwas!« Reinharts Nachbar, der t-Mann, wandte sich plötzlich an ihn: »Entscheiden Sie, junger Mann.« Reinhart erwiderte: »Es kommt nicht darauf an, wie man das Wort ausspricht, sondern wie man es lebt.« Mit einem Schlag waren die beiden Gegner einig und wendeten sich nun gegen den Grünschnabel. Es fehle der Jugend an Ernst, an Achtung vor den Veteranen, an wahrer Demokratie. Und seltsam, jetzt schrie der t-Mann das Wort plötzlich mit z und der andere mit t, jeder brachte dem Mitkämpfer das Opfer seiner Überzeugung dar.

Reinhart wurde sein Platz zu warm. Er beglückwünschte seine Angreifer zu ihrer politischen Einsicht und verabschiedete sich. Er sah Immergrün mit dem Notizbuch in der Hand in der Nähe der Rednerbühne und wich ihm aus. Er schlenderte durch die Budenstadt. Die Karusselle waren in brausendem Schwung und gossen ihre Leiereien über die Kinderscharen aus, die sie gaffend und begehrlich umstanden. Bei einer Schießbude stand Geierling und zielte mit einem Flobertgewehr nach gipsenen Pfeifenköpfen. Nach einem glücklichen Treffer sah er sich mit stolzem Selbstbewußtsein um und gewahrte Reinhart.

»Sie üben sich wohl für einen Gewehrmatch, Herr Geierling?«

»Fällt mir nicht ein, wir treiben doch alle Kinderei, hier wie im Stand, jeder auf seine Weise. Sagen Sie doch selber, Herr Stapfer, was soll diese tagelange Knallerei? Es fehlt ihr der rechte Ernst! Hinter dergleichen muß der Krieg oder doch seine Möglichkeit stehen. Sie sollten einmal ein deutsches Bundesschießen mit ansehen! Da weiß jeder, wo die Kugel eigentlich hin will. Ha!«

Reinhart ging mit zugekniffenem Munde davon. Er empfand Geierlings Hohn um so mehr, da seine anfängliche Festfreudigkeit und Erhebung empfindlich gedämpft worden waren. Die Reden, die er gehört hatte, schallten ihm hinterher unangenehm in der Seele nach. Sie waren beide in ihrer Art wohlgelungen, aber wovon handelten sie? Die eine vom äußeren Wohlstand, die andere vom Ruhm der Vergangenheit. Soll man an einem solchen Tag nicht von und zu der gegenwärtigen Seele eines

Volkes reden? Was hatten Industrie und Handel und Hotelgewerbe mit dem tiefsten Kern des Volkes zu schaffen? Wohlfahrt? Haben Sokrates und Plato, Buddha und Christus nach dieser Wohlfahrt gestrebt? Warum sprach man nicht von Gegensätzen, die sich im Volk wie Schrunden auftaten und ehrlich überbrückt werden mußten, wenn die Gewehre, die eben so lustig knallten, nicht einst gegeneinander loswettern sollten? Warum sprach man nicht von den Sünden, die im Namen der äußeren Wohlfahrt verübt wurden? Warum schläferte man die Gewissen ein, statt sie zu wecken? Warum löste man das Rätsel nicht, daß trotz der gepriesenen Wohlfahrt und Freiheit so viel Unzufriedenheit und Elend und geistige Vaterlandsflucht anzutreffen waren? Warum nicht jenes andere Rätsel, daß im Lande der Wohlfahrt Hunderttausende täglich um ein bescheidenes Leben erbittert kämpfen mußten? Und warum sprach man zu Leuten, die sich tagtäglich an der Gegenwart zerrieben, von Semvach und St. Jakob? Warum schaute man immer zurück zu einer Vergangenheit, die man in ihren Triebfedern doch nicht mehr verstand? Warum suchte man in einer fernen Zeit Ziel und Ideal der nahen? Machte dieses Zurückschauen nicht blind für die Gegenwart, züchtete es nicht einen schädlichen Eigendünkel und eine Selbsttäuschung durch's ganze Volk? Ja, Geierling hatte wahrer gesprochen, als er wähnte. Es war etwas Künstliches, Unechtes an diesen Festen, es fehlte ihnen die Pfahlwurzel, die sie in Volk und Zeit verankerte. Das Volk war gespalten, die Zeit der allgemeinen Volksfeste dahin. Und wie die innere Seite, so die äußere, wie fad und verwaschen war dieser Festschmuck, immer der gleiche, wie von einer Stadt der andern geliehen, stereotyp, wie die Reden ans Volk.

Reinhart wand sich durch die dicht gedrängte Menge hindurch. Auf einem Karussell sah er Paula mit glühenden Wangen vorbeischweben. Sie saß mit anderen jungen Leuten in einer auf- und abwogenden Kutsche, entdeckte ihn und winkte ihm rückwärts gewandt mit der Hand zu.

Vor dem Triumphbogen, der am Eingang des Festplatzes aus Kränzen gewunden hoch über die Straße sprang, blieb Reinhart stehen, um die Inschrift zu lesen. Ein Zweispänner fuhr heran und drängte ihn auf die Seite. Aus dem Wagen schwang sich eine Hand in weißem Handschuh, und eine Stimme rief: »Grüß Gott, Herr Stapfer!« Es war Jutta. Sie befahl dem Kutscher zu halten und stand schon neben Reinhart, dem sie die Hand kräftig schüttelte. Sie war ganz weiß gekleidet und wie zum Auffliegen beschwingt. »*Excuse me*«, rief sie in den Wagen, »ich treffe da einen alten Freund, den ich grüßen muß. Fahren Sie unbesorgt weiter!« In dem Wagen saßen ein elegant gekleideter, nicht mehr junger Herr und ein Knabe. Der Herr sagte verwundert, aber durchaus verbindlich: »Oh, wir warten gern, Fräulein Jutta!«

»Nein, nein, fahren Sie bitte zu, fahren Sie immer zu!« Der Herr im Wagen biß die Lippen zusammen und gab dem Kutscher ein Zeichen. Die Pferde zogen an. »*Come along!*« raunte Jutta Reinhart zu. »Seit wann sind Sie zurück? Welch ein Festtag!« Er verstand nicht.

»Kommen Sie! So kommen Sie doch«, befahl sie eher, als daß sie bat. »Schnell, wir schwatzen nachher.« Sie gewahrte den Triumphbogen. »Das fängt gut an, ist das nicht ein Siegeszeichen?« Sie schritten in großer Bewegung unter dem Bogen durch. Jutta schien wie gepeitscht. Sie ging rasch und blickte nach einiger Zeit rückwärts. Dann kicherte sie: »Ich bin auf der Flucht. Er darf mich nicht wieder einholen. Mir ahnte, daß Sie auf dem Festplatz wären, darum verlangte ich hierher zu fahren. Die ganze Stadt ist doch beim Fest, dachte ich.« Erst bei den ersten Häusern der Stadt verlangsamte sie den Schritt. »Jetzt sind wir geborgen. Kommen Sie, wir gehen rechts über die Anhöhe.« Der Weg war nur für Fußgänger eingerichtet und überwand die Steigung an zwei Stellen durch Treppen. Oben an der zweiten hielt Jutta an und lachte hell auf: »Jetzt sind wir geborgen! Das wird einschlagen zu Hause!«

»Nun erzählen Sie aber«, bat Reinhart, »ich verstehe rein nichts.«

»Später! *Come along!*« Sie zog ihn fort. In ihm jauchzte es. Froh und feierlich schwebten jetzt die Fahnenfarben in der Luft, wie singende jubelnde Zungen. »Was nur geschehen ist?« fragte sich Reinhart.

Die beiden standen am See. Jutta hatte ihren Plan. »Dort ist ein Segel für uns ausgespannt!« Sie sprang voran in das Boot wie von Stahlfedern geschnellt, Reinhart folgte ihr und richtete das Segel. Draußen in der Mitte des Sees überließ er das Boot dem Wind und setzte sich neben Jutta.

»Das ist ja ein tolles Wunder! Nun reden Sie! Seit wann sind sie zurück?«

»Seit Donnerstag und schon dieser Überfall. Ah! Das war der Herr von Steinfeld, ein Verwandter der Tante, seit vier Jahren Witwer, reich, erzreich. Die Sache war schon lange abgekartet, *of course*, man wollte nur warten, bis ich gar sei. Sie hatten nicht mit mir gerechnet! Heute früh kam er, er hatte es eilig! Man ging zusammen in die Kirche, nach dem Essen lud er mich zur Ausfahrt ein. Er wollte meine Liebe im Sturm erobern. *Isn't amusing?* Ha! Er hat fast gar keine Haare mehr, haben Sie's gesehen? Mit ihm ließ mich die Tante allein ziehen! Wissen Sie noch im Wald? Er erzählte mir auf dem Wege lange von seiner Seligen, einfach wunderbar! Ich fand, es sei *beautiful,* daß so liebe Engelein auf die Erde kämen und sich der guten frommen Männer so zärtlich annehmen. Darauf fing er von seinem Knaben zu reden an. Er gleiche ganz der Mama selig, ganz so blond sei auch sie gewesen. Der Junge ist aber rot wie ein verbranntes Plättetuch!« Sie lachte. »Bubi habe eine solche Sehnsucht nach einer neuen Mama. So er. Dann habe ich plötzlich sie erspäht, den Retter! Mitten auf unserem Wege standen Sie, wie ich Sie erwartet hatte. Der Entschluß brauchte nicht erst gefaßt zu werden: Ich mache der Sache mit einem Krach ein Ende. Nun wissen Sie's.« Wieder erklang ihr frohlockend trotziges Lachen.

Reinhart war wie von Sinnen. Er umschlang sie und preßte ihr in die Ohren: »Laß uns in den See fallen, glücklicher werden wir nicht mehr!« Seine dunkeln Augen glühten auf ihr. Sie wand sich sachte los. Ihr Gesicht war von der Aufregung gerötet, aber ihr Blick war nun ruhig. Sie schien in der englischen Luft noch gewachsen zu sein, viel sicherer und entschlossener als früher war sie. Er kam sich neben ihr klein vor, wie in den alten Kleidern stecken geblieben. Wie herrlich war sie mit ihm durch die Stadt geschritten, wie leicht und sicher ins Boot gesprungen! Wie frech hatte sie Herrn von Steinfeld abgefertigt. Sie begann sachlich zu reden. Ihm war es nicht um Sachlichkeit zu tun. Er wollte sein Glück wissen, er wollte ihre Nähe empfinden, er wollte hören, daß er der Auserwählte sei.

»Und dein Vetter Hans de Luternau?« fuhr er heraus. »Ach was, längst vorbei! Man hat der Tante hinterbracht, daß er in Basel eine Maitresse unterhalte. Der Rest war Entsetzen und Grauen. Aber hör', mir müssen wirklich ernst werden.« Sie überschlug die Lage, die sie sich durch ihren Streich geschaffen hatte, »was fängst du nun mit deiner Durchbrennerin an?« drang sie aufs Ziel. Er war ratlos. Er hatte jahrelang im Geist mit ihr gelebt, aber nach Art der Träumer, mit Umgehung der nackten Lebensfragen. Er litt an dem Meß- und Zählbaren dieser Welt und hatte in der Liebe das Heilmittel gegen dieses sein Leiden erkannt. Denn wo sieht die rechte Liebe nach Gold und Ansehen und Macht? Nun fühlte er in Jutta eine Liebe, die rechnen wollte.

»Bist du noch nicht selbständig?« tönte es ihm in die Ohren. »Du hast mir nach England geschrieben, du habest dich jetzt ins Geschäft eingearbeitet und daneben noch studiert.«

Er berichtete ehrlich: »Studiert? Stückwerk! Wie einer botanisiert, der nur den schönsten Blumen nachläuft! Und erst das Geschäft! Es ist mir die Hölle. Zum Braten oder zum Ersticken.«

Sie sann ihm scharf in die Augen und sprach dann langsam und hart: »Ein Gentleman hat mir einmal gesagt, wer an der Welt teilhaben wolle, müsse mit der Welt gemeinsame Sache machen.«

»Und so denkst auch du?«

»Drüben lebt man nach diesem Satz und lebt gut. Ich habe in Florenz einen andern Schlag kennen gelernt, verarmte Adelige mit tönenden Namen und Titeln, immer bemüht die Fassade zu schonen und dabei kleinlich, verkümmert, mißgünstig, aufgebläht. Was ist nun besser?«

Reinhart wurde es immer enger. »Du hast die Zeit gut angewandt drüben«, sagte er bitter. Sie warf ihre Lippen auf: »Nun, so hat es doch eins von uns beiden getan.«

»Wie ein so weich geschwungener Mund so hart sprechen kann«, wunderte Reinhart und er schloß ihr die Lippen mit den seinen. Es war ihm zum Ersticken. Sie lachte gezwungen: »Ich habe dich bös angelassen. Aber sieh, ich habe nun einen Skandal angerichtet, das Hombergsche Haus wird schlimm tönen heut' abend. Ich muß vorwärts, es gibt kein Halten, wir beide müssen uns helfen, eins dem andern. Wir sind nun doch Verlobte. Wir wollen es erzwingen. Erzwingen, erzwingen, erzwingen! Nicht? Wir haben unsere Väter gegen uns, dazu eine Tante, die hartmäuliger ist als vier Väter zusammen, die noch alle ihre Stockzähne haben.«

Er mußte trotz seiner Beklemmung lachen und sie stimmte frei ein. »Denk' dir, auch unser Vater gibt der Zeit nach! Er sitzt jetzt stundenlang über dem Börsenblatt und zeichnet Kurven. Er soll viel Glück haben, sagt die Tante, wenn es der alte Mann noch unternimmt, wie könntest du es nicht?«

Reinhart schüttelte wehrlos den Kopf. Sie wurde wieder bestimmter: »Du mußt zu Geld gelangen. Nur so kommen wir zusammen. Jener Gentleman sagte einmal, mit einer halben Unze Verstand könne man das größte Vermögen zusammenscharren. Und du hast doch mehr als eine halbe!« Sie küßte ihm die Bitternis von den Lippen und aus den Augen.

»Ich will einen Weg suchen«, redete er sich zu. »Ich muß ja kein neues Geschäft gründen. Ich habe doch das unsrige.« Er wollte hinzufügen: »Das wird uns schon nähren«, aber er schwieg. Die Aktiengesellschaft Stapfer, Geierling und Cie. besaß sein Vertrauen nicht.

»Du mußt das Geschäft nur lieb gewinnen, du mußt nur vorwärts kommen wollen, dann wird alles gut.«

»Hat es einen Sinn, mit deinem Vater zu sprechen?« fragte er.

»Das muß natürlich geschehen, nach dem, was ich Teufel heute angestellt habe. Ich werde den Boden vorbereiten. Und nun bringe mich ans Land. Ich will heim und ihnen unter die Zähne stehen. Je früher, desto besser.«

Der Wind trieb das Boot ohne Lust ans Ufer. Reinhart begleitete Jutta bis vor das Hombergsche Haus. Sie trat mit entschlossener Stirne ein. Er staunte ihr nach mit Augen, die in einer andern Welt saßen. Nun hatte er die ersehnte Braut. Aber wie seltsam! Ihm war, es sei Anfang und Ende zugleich, er habe Jutta in der gleichen Stunde gewonnen und verloren. Er fühlte sich auch gedemütigt in seiner schiefen Rolle.

»Ach, laß!« beschwichtigte er die aufdunkelnde Traurigkeit. »Dir zulieb ist sie dem andern davongelaufen, ist dir das nicht genug? Und hat sie unrecht, wenn sie dich ins Leben treibt? Du Taugenichts! Du Taugenichts?« Ihre entschlossene Stimme klang ihm ins Ohr und er sang halb, halb stöhnte er: »Sie ist ein Wunder!«

Einige Tage später erhielt er von Jutta ein paar Zeilen, aus einem kleinen abgelegenen Bad. »Lieber Reinhart, es war ein grauenhaftes Gewitter! Am Montag hat mich Tantchen zusammengepackt und hierher gebracht. Wie lange wir bleiben, weiß ich nicht. Schreibe nicht an Papa, bevor ich Dir einen Wink gegeben habe. Deine Jutta.«

3. Ein Unkluger wirbt um die Braut

Reinhart hatte Hans Beat um eine Unterredung gebeten und war durch einen trockenen Satz auf einen Sonntagmorgen, Punkt elf Uhr, geladen worden. Er schritt unruhig im Garten der ›Seewarte‹ auf und ab und schaute hie und da auf die Uhr. Er wollte pünktlich sein. Küngold kam ihm entgegen. Sie war in der Kirche gewesen.

»Du bist in Schwarz?« forschte sie, »gehst du zu einem Begräbnis?«

»Vielleicht! Komm ein paar Schritte mit mir.«

Im Gehen berichtete er. Sie hängte ihren Arm in den seinen und sagte tonlos: »Wir haben kein Glück, Reiner.«

Er stand still: »Mir kommt alles immer mehr als etwas Unabwendbares vor. Schickung ist alles. Ist es nicht verrückt, daß ein Augenblick über unser ganzes Leben entscheidet? Wie stehst du zu Geierling?«

»Wir sind seit einem halben Jahre heimlich versprochen, aber es geht auseinander, ich merke es wohl. Und es ist gut so. Mit dem Herzen lieb' ich ihn und mit dem Kopf - - - ich kann es dir nicht erklären! Es ist zu unsinnig! Er hält sich seit einiger Zeit zurück.«

»Ich stelle ihn zur Rede.«

»Laß das! Ich sagte dir doch, daß es auseinandergehen muß! Muß! Er wollte ja doch nur ein Geschäft mit mir machen. Oh, ihr Männer! Bei euch sind immer die Hintergedanken die Hauptsache.«

»Dr. Wäspi bemüht sich jetzt auch um dich?« fuhr Reinhart ablenkend fort.

»Ach ja! Ich sagte es dir doch, wir haben in diesen Dingen kein Glück!« Sie wollte lachen, brachte aber nur ein Aufstöhnen zustande und drehte sich eilig um.

Schlag elf Uhr legte Reinhart den Finger auf den Klingelknopf des Hombergschen Hauses. Er wurde von dem Dienstmädchen in den Empfangssalon geführt. Es fiel ihm gleich auf, wie stark sich das Zimmer in den paar Jahren verändert hatte. Die alten, etwas abgenützten Polstermöbel waren durch ganz moderne Ledersessel und -fauteuils ersetzt worden, die sich um ein paar kleine, dünn- und hochbeinige Mahagonitischchen gruppierten, auf denen Porzellanvasen und feingeschliffene Schalen mit Blumen standen, während vorher ein Empiretisch aus Nußbaum als Träger wahllos zusammengestellter Nippsachen, Meermuscheln und Photographiealbums gedient hatte. Die verblaßte, stellenweise etwas fleckige Tapete war geblieben, und nahm sich neben den neuen Prunkstücken armselig aus. Auf dem banalen Grau prangten zwei kaum trockene Ölbilder des pfarrherrlichen Ehepaares, die unter den alten diskreten Charakterbildern Anton Graffs parvenühaft protzten. Kein Zweifel, das Haus Homberg befand sich mitten in einer tiefgehenden Wandlung, ein neuer Geschmack, eine neue Zeit, ein neuer Geist begann, die alte Schale zu füllen, und hatte nur durch einen Zufall die abgenutzte Tapete noch verschont.

Reinhart hatte zu diesen Gedanken reichlich Zeit. Man beeilte sich nicht, ihn zu begrüßen. Da schrillte die Hausglocke, und gleich darauf hallte die Stimme des Pfarrers Schalcher durch den Hausflur. Offenbar hatte man nur noch auf ihn gewartet, um das Theater zu eröffnen. Die Türe ging auf, Hans Beat schob Tante Lilly mit vornehm feierlicher Gebärde in den Raum, hinter den beiden schritten der Pfarrer und Minna. Die Angelegenheit sollte also im Familienrat behandelt werden, aber mit Ausschluß Juttas, der Hauptbeteiligten. Reinhart erhob sich und sah sich gemessenen Verbeugungen gegenüber. Hans Beat und Tante Lilly setzten sich mit ihm an ein Tischchen, das junge Ehepaar nahm an einem andern, etwas im Hintergrunde des Raumes, Platz. »Belieben Sie, sich auszusprechen«, begann Hans Beat geschäftsmäßig, aber nicht unverbindlich im Tone. Er war im schwarzen Kirchgangskleid und hatte sich sein hohes Samtkäppchen auf den gelichteten Scheitel gesetzt. Tante Lilly knisterte in Seide und trug einen alten Anhänger mit großen Rubinen am Hals. Beide sahen sehr distinguiert aus.

Reinhart sagte in kurzen, ungekünstelten Worten, was sie alle schon wußten und noch ein bißchen mehr: nämlich, was Juttas Liebe für sein Leben war.

»Ich danke Ihnen für die Ehre, die Sie die Absicht haben, meinem Kinde zu erweisen«, pastorierte Hans Beat. »Wir haben Ihre Absichten seit einiger Zeit vermutet und sind froh, die Angelegenheit einmal sachlich mit Ihnen besprechen zu können. Ich habe gegen Ihre Person als solche nichts zu erinnern, abgesehen von dem tollen Streich, den Sie sich am Schützenfest leisteten. Das wäre also, obenhin betrachtet, in Ordnung. Ich darf Ihnen jedoch nicht verschweigen, daß sich bei uns einige Aber einstellen. Ich will Ihnen mit aller Offenheit davon sprechen. Sie haben vor bald vier Jahren die Maturitätsprüfung bestanden, was haben Sie seither getrieben? Ich erlasse Ihnen die Antwort, die Frage gestellt zu haben, genügt mir. Jedenfalls sind Sie noch weit davon entfernt, selbständig zu sein. Wer aber nicht selbständig ist, hat kein Recht einen eigenen Hausstand zu gründen. Das ist das eine. Vielleicht spekulieren sie auf ein Vermögen, aber darin würden sie eine große Enttäuschung erleben.« Reinhart protestierte. Hans Beat fuhr fort: »Ebenso wichtig, oder noch wichtiger ist ein Weiteres. Zwischen Ihrer Familie und der meinigen besteht eine Schranke. Verstehen Sie mich recht, es ist nicht Standesdünkel, was mich diese Dinge hervorheben heißt, sondern die Einsicht, daß die beiden Lager, das Ihrige und das meinige, wohl daran tun, sich nicht zu mischen. Unsere Anschauungen, Sitten, religiösen und politischen Überzeugungen sind so verschieden, daß bei einer Verbindung sich Unstimmigkeiten herausbilden müßten.« Wieder machte Reinhart eine widersprechende Bewegung.

»Unterschätzen Sie diese Schlagbäume nicht! Sie werden denken, Jutta liebe Sie und die Liebe helfe über alle Hindernisse hinweg. Seien Sie aber versichert, daß mein Kind nur zu bald empfinden müßte, in die Fremde geraten zu sein.«

»*Déclassée!*« warf Tante Lilly dazwischen.

Hans Beat verwies ihr das Wort mit einem raschen Blick und fuhr fort: »Sagen Sie selber, Herr Stapfer, ob Sie sich bei uns wohl fühlen? Sie können es nicht, der Frosch gehört in den Teich und die Forelle in den Bach, wobei ich durchaus dahingestellt lasse, wer Frosch und wer Forelle ist, ich will nur sagen, daß jeder in seinem Elemente verbleiben solle.«

Hans Beat hatte diesen Zusatz gemacht, weil Reinhart seinen Stuhl etwas hastig von ihm abrückte. »Sehen Sie«, fuhr der alte Herr fast gemütlich weiter, »es sind nicht alle meines Standes oder meiner Familie so streng und ausschließlich wie ich, ich weiß, daß viele von uns die Schranke erniedrigt oder beseitigt haben, daß einige sich nicht scheuen, Kaufmannschaft zu betreiben oder sich in einem industriellen Unternehmen zu bereichern. Das müssen diese mit sich selber ausmachen, ich aber nehme bewußt einen extremen Standpunkt ein als Protest gegen den neuen Geist und weiß mich darin mit meiner lieben Schwägerin, Fräulein de Luternau, einig.«

Tante Lilly richtete sich auf ihrem Sessel in Positur und rauschte vernehmlich mit der Seide ihres Kleides.

»Der Mann meines Herzens ist der Privatgelehrte, der Lehrer auf der höchsten Stufe, der Richter, der Staatsmann alter Observanz und der Diener am Wort.« Hans Beat machte eine leichte Verbeugung schief rückwärts gegen seinen Schwiegersohn. »Ärzte und Advokaten kann ich schon nicht auf gleiche Stufe stellen, die Offizierslaufbahn kommt für uns nicht mehr ernstlich in Betracht, seit wir die allgemeine Wehrpflicht haben, das Waffenhandwerk ist kein Beruf mehr, jedenfalls ist nicht mehr viel Ehre dabei.«

»Sie verachten also meinesgleichen?« fragte Reinhart gereizt.

»Durchaus nicht. Es handelt sich bei mir um eine Frage der Lebensauffassung.«

»Darf ich fragen, worin Sie den Unterschied sehen?« warf Reinhart ein.

»Was man lebt, braucht man nicht zu beweisen. Doch will ich Ihnen antworten. Ich verabscheue das Geldverdienen um des Geldverdienens willen.«

»Das tue auch ich«, erwiderte Reinhart.

Tante Lilly rückte ihre Lorgnette vor die Augen. Reinhart wurde rot, er fühlte die schiefe Lage, in der er war: »Ich wiederhole es«, sagte er erregt, »daß auch ich ein Leben erstrebe, wie Sie es eben als wünschenswert hinstellten. Wenn ich um Geld arbeite, tue ich es nur aus Not und – – – aus harter Pflicht. Betrachten Sie wirklich solche Arbeit als etwas Unehrliches?«

»Arbeit? Ich arbeite auch! Darum handelt es sich nicht, es fragt sich nur, wie stark der Einschlag der nackten Gewinnsucht ist. Man kann die Menschen auf viele Arten einteilen, in diesem Augenblicke unterscheide ich Geldmenschen und andere. Das Kriterium ist die Gesinnung.«

»Sie setzen wohl bei allen, die nicht Ihres Standes sind, eine niedrige Gesinnung voraus?« erwiderte Reinhart mit mühsam bezwungener Heftigkeit. »Ich habe Ihren Verhältnissen durchaus nicht nachgespürt, aber ich weiß, daß jedermann Geld braucht zum Leben. Einen einträglichen Beruf üben Sie nicht aus, also leben Sie von den Zinsen. Halten Sie das Zinsennehmen für ehrenvoller als die Arbeit in einer Fabrik oder auf einem Bureau?«

Hans Beat reckte sich bei diesem Angriff zurecht. Seine Stimme zitterte leicht: »Ich sehe in der Tat nichts Unehrenhaftes im Zinsennehmen, wenn ein bescheidener, anständiger Zinsfuß nicht überschritten wird. Ist es nicht zweckmäßig, sein bißchen Geld andern Leuten zu geben, damit sie so ihren Unterhalt verdienen können? Daß man für diesen Dienst eine Kleinigkeit nimmt, ist doch nur billig, und ich meine, wir verpflichten den, dem wir Geld leihen, ebenso sehr, wie er uns mit seinem kleinen Entgelt verpflichtet.«

Reinhart fühlte, daß Hans Beat unsicher geworden war und sich auf einem unentrinnbaren Widerspruch ertappt sah. Er vergaß ganz, daß er als Brautwerber gekommen war und empfand nur noch den Drang, eine anmaßend auftretende Unlauterkeit aufzudecken. »Es gab Zeiten, da man das Borgen auf Zinsen nicht für ehrenwert hielt. Im christlichen Mittelalter überließ man dieses Geschäft gerne den Juden, was darauf schließen läßt, daß man unsern Religionsstifter nicht als Befürworter des Borgens auf Zinsen betrachtete.«

Hans Beat fühlte seine religiöse Gewissenhaftigkeit in Zweifel gezogen und, da er sich zudem im Netze sah, flammte er auf: »Ich finde es außerordentlich kühn von Ihnen, mich mit Schacherjuden auf eine Stufe zu stellen.«

Nun eilte ihm Pfarrer Schalcher zu Hilfe. Er war aufgestanden und hatte sich Reinhart gegenüber aufgestellt, mit den Händen in den Hosentaschen. »Wenn Sie in der Bibel so bewandert sind«, begann er weniger salbungsvoll, als es sonst seine Art war, »so werden Sie auch das Gleichnis kennen, das von den anvertrauten Talenten handelt. Wem hat unser Heiland recht gegeben, dem, der sein Talent anwandte, oder dem, der es untätig in der Erde liegen ließ?«

Tante Lilly klatschte leise in die Hände, Hans Beat schien etwas zu überdenken, sein Gesicht war gerötet und um den Mund zuckte es ihm bitter. Minna aber seufzte: »Dieses Gezänk ist langweilig.« Sie strich ihre seidene Robe zurecht und verließ den Salon.

Reinhart wandte sich gegen den Pfarrer, der triumphierend auf ihn niedersah: »Ich hatte bis jetzt geglaubt, es sei Jesu auf eine geistige Lebensauffassung angekommen und das Gleichnis von den Talenten habe mit Zinsrechnungen nichts zu schaffen. Jetzt belehrt mich ein Vertreter der Kirche, daß mein Irrtum gründlich war!«

»Wer ist denn hier der Geldmensch?« fuhr der Pfarrer Reinhart barsch an, »unser verehrter Herr Hans Beat von Homberg oder der Fabrikant Stapfer? Vertauschen Sie, bitte, die Rollen nicht!«

Hans Beat gab zu verstehen, daß ihn die Wendung, die das Gespräch genommen habe, anwidere. Er sagte kurz: »Sie werden mir nicht zumuten, daß ich weitläufig begründe, warum wir den auswählen möchten, den wir in unseren Kreis aufnehmen. Ich denke, wir können die Unterredung abbrechen.«

Reinhart warf einen Blick, der nicht mißverstanden werden konnte, auf den Pfarrer. Hans Beat fing ihn auf und parierte: »Mein Schwiegersohn ist durch seinen Beruf geadelt.«

Nun mischte sich die Tante ein. »Lieber Schwager, erzähle ihm doch die Geschichte des Inders, *tu sais!*«

Hans Beat schüttelte mißbilligend den Kopf und wandte sich halb ab. Die temperamentvolle Tante aber gab dem Pfarrer ein gebieterisches Zeichen, und er erfüllte ihren Wunsch nach einigem Zögern.

»Herr Stapfer«, begann Schalcher etwas stockend, »Sie kennen ohne Zweifel die Bedeutung des Kastenwesens in Indien, die Abstufung der

Menschen in Priester, Krieger und Vaisya, das heißt Kaufleute und dergleichen. Einst kam ein Indier, der der Priesterkaste angehörte, in unsere Stadt und wurde einmal in Kaufmannskreisen wegen des Kastenwesens aufgezogen. Als Antwort legte er den Angreifern folgendes dar: Die Brahmanen sind Leute, die wissen, daß man von ihnen einen vorbildlichen Wandel erwartet, ein Leben, dessen Ziel und Erfüllung die Weisheit ist. Gewiß sind sie auch Menschen und es gibt vielleicht unter hundert zehn minderwertige, die übrigen neunzig aber sind gut. Die Krieger wissen, daß man von ihnen Mut und Aufopferung für ihr Land erwartet und sie nur in dem Maße achtet, als sie diese Eigenschaften verkörpern. Ich will einräumen, daß zehn von hundert hinter den auf sie gesetzten Erwartungen zurückbleiben, die übrigen neunzig aber erfüllen sie ganz. Und nun die Vaisya! Was sollte man von ihnen erwarten? Doch wohl Rechtlichkeit. Gehen Sie, um die Probe zu machen, zu einem Tuchhändler und fragen Sie ihn, wo man in der Stadt das beste und preiswürdigste Tuch bekomme. Wird er Ihnen nach seinem Gewissen sagen, das könne man beim Händler X. oder im Laden des Y. bekommen? Wird er nicht sagen, er habe das beste und preiswürdigste Tuch, auch wenn er es anders weiß? Ich will in meinem Urteil milde sein, – es ist immer der Indier, der spricht, – ich will sagen, es gibt unter diesen Leuten von hundert zehn, die anständig sind, das heißt, sich ein Gewissen machen würden, ihre Kunden wissentlich zu benachteiligen, die übrigen neunzig aber sind – ich will das Wort nicht aussprechen. Und nun sagen Sie selber, kann man den Brahmanen oder den Kriegern zumuten, sich mit solchen Leuten zu mischen? Ich habe nur referiert«, schloß Schalcher seine Ausführungen.

Reinhart fuhr auf, er hätte auf den Menschen, der ihm eine solche Ohrfeige versetzte, losspringen mögen. Er fühlte, daß diese Leute nach außen ein Ideal verfochten, das sie innerlich vielleicht gar nie besessen hatten, ein Ideal, das aber in ihm selber flammte. Und sie hatten es durch ihre Taktik zustande gebracht, daß er als der Ideallose, der Schelm dastand. Was wußten sie denn von ihm und seiner Not und seinem Kampf gegen den verfluchten Geldgeist? Weil er aber fühlte, daß ihm der Sieg nicht gelungen war und daß man ihm in diesem Kreise nicht glaubte, erfaßte ihn eine maßlose Wut und es fuhr ihm glühend aus der Kehle: »Und wenn die Brahmanen spekulieren wie die Hebräer?«

Alle Gesichter veränderten sich. Der Pfarrer biß die Lippen zusammen, um nicht zu explodieren, Tante Lillys Palmeninselchen auf der Oberlippe sträubte sich, Hans Beat war aufgesprungen, starrte Reinhart an und sank dann wieder auf seinen Stuhl nieder, als wäre ihm eine Keule aufs Haupt gefahren. Es waren fürchterliche Augenblicke, die kein Ende nehmen wollten. Reinhart wollte das Feld nicht fluchtartig räumen, sie sollten ihn nicht feige sehen. Sein Blick starrte auf Hans Beat. Um seinetwegen bereute er sein Wort.

In die schwüle Stille rauschte Minna herein, blieb einen Augenblick, die vier erstaunt anstarrend, stehen, und reichte dann Hans Beat einen gelben Briefumschlag. »Eben ist dieses Telegramm gebracht worden, Pa.«

Hans Beat riß den Umschlag mechanisch auf und zog das grünliche Blatt mit ungeschickten Fingern heraus. Er durchflog die Zeilen, offenbar ohne sich etwas dabei zu denken. Er wollte das Blatt schon auf den Tisch legen, als ihn etwas leise durchzuckte, ein unbewußt aufgefangenes Wort, ein unbewußt eingelassener Gedanke. Er las die Depesche wieder und zum drittenmal und sagte dann, das Blatt seiner Schwägerin reichend: »Es ist ein großes Unglück geschehen.« Es entstand eine Bewegung, die Reinhart wahrnahm, um sich zu empfehlen.

Er meinte, seine Schläfen platzten. »Sie ist mir verloren«, stöhnte er. »Alles aus! Oh, der Unsinn!« Dann wieder brach es wie Freude durch, das heuchlerische Gewebe zerrissen zu haben. Er sah den alten Homberg wie zusammengeschlagen auf seinem Stuhle sitzen und empfand ein wahres Mitleid mit diesem im Grunde vornehmen Opfer eines bösen Geistes.

Zu Hause stieg Reinhart gleich in sein Zimmer hinauf, das Mittagessen verschmähte er. Er wollte Jutta schreiben und ihr alles berichten, warf aber schon nach dem ersten Satz die Feder weg. Der Brief konnte ja nichts anderes werden als eine Selbstanklage. Während er unschlüssig über seinem Bogen brütete, trat seine Mutter ein. Sie setzte sich ihm gegenüber und fragte ohne Vermittlung: »Hast du sie so lieb?«

»Sie ist für mich wie ein Schicksal, an dem ich gesunde oder zugrunde gehe«, stöhnte er.

»Und sie?«

»Ich glaube, sie liebt mich auch.«

»Nun, dann kann es ja noch gut werden. Warum müssen meine Kinder immer den schwersten Weg gehen? Erzähle mir einmal von ihr.«

Sie verlangte das nicht aus Neugier, sondern weil sie hoffte, die Aussprache werde ihm Erleichterung verschaffen. So war es auch. Er kam, indem er Juttas rätselvolles Bild vor den Augen der Mutter gewissermaßen wie ein Künstler schuf, in eine zuversichtliche Stimmung.

Am folgenden Morgen erhielt er mit der ersten Post diesen Brief:

»Liebes Ungeheuer!

Eben komme ich nach Hause und erfahre, was vorgefallen ist. Ich bin ganz trostlos. Wann wirst Du endlich klug?

In unserem Hause herrscht übrigens große Trauer und Bestürzung. Onkel Edgar und Vetter Hans de Luternau sind heute morgen im Auto verunglückt. Der Onkel war gleich tot, auch Hans scheint verloren zu sein, Papa und Tante sind schon nach Aarwald verreist. Ich erwarte Dich morgen abend halb sieben Uhr in den Anlagen zum Kriegsrat. Ich weiß nicht, wo mir der Kopf steht.

Deine

Jutta.«

Tags darauf, nach dem Abendessen reichte Ferdinand Reinhart eine Zeitung über den Tisch weg und wies mit dem Zeigefinger auf die Rubrik Unglücksfälle und Verbrechen. Reinhart las, was er schon wußte.

»Was sagst du dazu?« fragte Ferdinand, und als Reinhart sich ausschwieg, setzte er wieder an: »Hast du dir die Folgen schon überlegt?«

»Die Folgen? Wie meinst du das?«

»Die Homberg und Fräulein de Luternau werden den ganzen Segen erben. Man schätzt die Luternau auf mindestens vier Millionen.«

Reinhart sah den Vater erstaunt an.

»Es wäre kein übler Schachzug«, fuhr Ferdinand wie für sich fort, »die beiden Konkurrenzhäuser in einer Hand zusammenzukrallen. Die Luternausche Fabrik soll ganz modern eingerichtet sein und in den letzten Jahren sehr gut gearbeitet haben.«

Reinhart verbarg sich hinter der Zeitung. Sein Vater Kam ihm wie ein Fremder vor. So hätte er noch vor einem Jahre nicht gesprochen.

4. Ein Kluger geht auf die Freite

Es war am ersten Sonntag im Oktober. Ferdinand hatte sich in sein Arbeitszimmer eingeschlossen und ging mit langen Schritten um den Tisch herum, auf dem Papiere ausgebreitet oder zu kleinen Stößen aufgeschichtet lagen. Zuweilen warf er sich auf einen Stuhl, schleuderte mit einem Tintenstift Zahlenreihen auf ein Blatt, um dann seinen nervösen Gang fortzusetzen. Er sah zerquält aus.

Draußen pochte es behutsam an die Türe. Er stand mit einer unwilligen Gebärde still, streckte die Hand nach einem Papierbündel aus und warf es wie eine Sünde in eine Schublade. Dann setzte er sich und stierte nach der Türe. Wieder pochte es. Er rührte sich nicht. Die Stimme seiner Frau ließ sich vernehmen: »Es will jemand zu dir, Ferdinand.«

Zögernd schob er den Riegel zurück. »Es ist unmöglich, in diesem Windkessel eine Minute für sich zu sein!« schnauzte er Frau Ulrike an. »wer ist's denn?«

»Doktor Wäspi.«

»Was will denn der Windhund schon wieder? Geschäftigkeit in Ehren, aber - - -« - »Er läßt sich nicht abweisen. Er ist im Gehrock, weiß Gott, er kommt wegen Küngold!«

»Hol' ihn der Pechsieder! Legt man sich für einen solchen Kerl ein wenig ins Zeug, so leitet er daraus gleich ein Menschenrecht ab. Er mag warten! Da hab' ich noch etwas für dich. Setz dich einen Augenblick!«

Er räumte rasch den Tisch ab und griff nach einer Zeitung, die er vorher auf einen Stuhl geworfen hatte. »Da hab' ich's.« Er las: »Die Firma Luternau A.-G. in Aarwald wird unter dem Namen Homberg und de Luternau weitergeführt.« Er stieß ein trockenes Lachen aus. »Was sagst du dazu? Gibt es nicht possierliche Dinge in dieser Welt? Unser altes Landesmobiliar will sich nun doch noch des Geldes erbarmen! Ich sag's ja immer: wenn ein Wind weht, bläst er in alle Segel! Aber warum ich dir das sage: Reinhart sollte nun Attacke reiten. Dem alten Homberg muß ein Schwiegersohn, der etwas von der Fabrikation versteht, wie eine Himmelssendung vorkommen.«

»Dräng' Reinhart nicht in dieses Geschäft hinein«, bat Frau Ulrike.

Er warf ihr einen harten Blick zu: »Oh, was für Verdruß mir dieser Querkopf macht! Will ich ihn zügeln, so brennt er durch, sporn' ich ihn, so bockt er. Sprich du mit ihm, aber ohne daß er merkt, daß ich ... Nun, du verstehst! Sag' ihm, jetzt habe er es nicht mehr mit dem Junker Hans Beat zu tun, sondern mit dem Fabrikanten Homberg. Das sei ein Unterschied. Man steht jetzt auf dem gleichen Brett, wir vielleicht etwas sicherer, weil wir etwas von diesem Schaukelbrett verstehen ... Und nun laß mir den Windhund kommen! Begehrt er Küngold, so muß ich ihm auf die Finger klopfen, ich habe andere Pläne.«

»Ach, laß doch die Kinder ihren Weg selber finden, du mußtest es einst auch«, seufzte die Frau.

»Ich wußte, was ich wollte«, brauste Ferdinand auf, »die Jungen aber benehmen sich, wie wenn die ganze Welt Blindekuh spielte.«

Sie ging. Ein paar Augenblicke später hüpfte Immergrün über die Schwelle, plötzlich schien es ihm zum Bewußtsein zu kommen, daß die Stunde einige Feierlichkeit erheische, und er nahte sich Ferdinand mit den gemessensten Bewegungen, deren seine etwas zu kurzen unteren Gliedmaßen fähig waren. Die linke Hand stak in einem grauen Glacéhandschuh, die rechte war für den Handschlag frei. Man setzte sich. Ferdinand, um der ihm widerwärtigen Feierlichkeit einen Stoß zu versetzen, bot dem Besucher, wie es seine Gewohnheit war, Zigarre und Streichhölzer an und schob einen mächtigen Aschenbecher vor ihn hin.

»Was bringen Sie Gutes?«

Immergrün hatte sich seine Ansprache stilvoll zurecht gemacht und fand sich nun durch Ferdinands Formlosigkeit in die Lage eines aus dem Geleise geworfenen Rollwagens versetzt. Er hatte zwei Angelegenheiten vorzubringen, und begann nun, gegen seine ursprüngliche Absicht, mit der rein geschäftlichen. Den Anfang seiner Rede konnte er immerhin fast unverändert verwenden, »Verehrter Herr, Sie wissen, wie hoch ich Sie schätze und wie sehr es mich danach verlangt, Ihnen meine bescheidenen Kräfte zu widmen. Wie ein General Offiziere braucht, so auch braucht ein Parteiführer einen Stab zuverlässiger Unterführer, die seine Gedanken auswirken und in die Weite tragen. Ich bin entschlossen, mein Leben der Öffentlichkeit und dem allgemeinen Wohl zu weihen ...«

»Sie lassen Ihre Zigarre ausgehen, Herr Doktor«, unterbrach ihn Ferdinand.

»Macht nichts, ich bin ohnehin kein perfekter Raucher. Doch, was ich sagen wollte: Der Idealismus ist die schönste Sache von der Welt, aber Idealismus ist ein Abstraktum und der Mensch ist ein Konkretum, und zwar ein lebendes und bedarf als solches des Unterhaltes ...«

»Unbedingt«, unterstützte ihn Ferdinand etwas belustigt.

»In meinem Alter muß man sich seine Lebensstellung schaffen, wenigstens das feste Fundament dazu. Ich habe nun mehr als ein halbes Jahr am ›Patrioten‹ gearbeitet, aber, ich bedaure das sagen zu müssen, ohne eine rechte Genugtuung zu finden. Man macht mir tagtäglich Schwierigkeiten, meine Artikel liegen oft wochenlang auf dem Redaktionstisch, manche sind schon spurlos verschwunden, und nicht die schlechtesten, kurz, man will mich nicht hochkommen lassen, und wüßte man nicht, daß Sie hinter mir stehen, man hätte schon lange die Stiefelsohlen an mir probiert. Sie gestatten, daß ich ganz offen rede. Der politische Teil des Blattes ist ungenügend redigiert. Nehmen Sie die Beiträge gelegentlicher Mitarbeiter weg«, - er machte eine Verbeugung gegen Ferdinand - »so bleibt viel Spreu und wenig Korn übrig. Darunter muß nach und nach die ganze Partei leiden. Ein Parteiorgan muß auf den Kampf gestellt sein, es darf nicht mit gewöhnlichem Wasser, es muß mit Scheidewasser geschrieben sein.«

Er hielt inne und wartete Ferdinands Entgegnung ab.

»Sie tun unserem Herrn Diggelmann unrecht«, blies Ferdinand mit einem Rauchballen hervor. »Er ist kein hervorragender Schläger, aber ein guter Parierer. Und er steht schon mehr als fünfzehn Jahre treu auf seinem Posten.«

»Viel zu lang! Doch ich will ihn natürlich nicht herabsetzen oder gar verdrängen. Darf ich meinen Plan abdecken?«

»Bitte!«

»Eine Zeitung, wie die unsrige, sollte zwei politische Redaktoren haben, einen für das Ausland und einen für den Kanton und die Schweiz.«

»Und Sie würden diesen letzteren Teil beanspruchen?«

»Weil er am meisten meinen Neigungen und Fähigkeiten entspricht. Doch habe ich auch im Ausland nützliche, sehr nützliche Beziehungen angeknüpft.«

»Wir wollen sehen! Sie müssen sich aber gedulden, ich kann von mir aus nichts versprechen. Sie verstehen: der Parteivorstand und die Genossenschafter.«

Immergrün fühlte die Kälte, die ihm aus Ferdinands Atem entgegen wehte und beschloß, die Taktik zu ändern. »Ich bin natürlich nicht auf Ihr Blatt angewiesen. Wenn jetzt ein unternehmender Kopf in unserer Stadt ein neues Blatt gründen will, muß er die Mittel dazu nicht suchen, er braucht nur die Hand auszustrecken. Das Ausland sucht Einfluß auf unsere Wirtschaft. Ich könnte Näheres mitteilen.«

»Das klingt fast wie eine Drohung.«

»Es soll keine sein, beileibe nicht, es soll Sie nur vor Überraschungen behüten.«

»Es ist schön von Ihnen, daß Sie mich be-hüten wollen«, lachte Ferdinand unwillig.

»Entschuldigen Sie das unbedachte Wort, es liegt mir nichts ferner, als Sie zu verletzen. Was ich Ihnen jetzt noch zu eröffnen habe, wird Ihnen das beweisen.« Er hielt inne und schien nach schicklichen Worten zu suchen.

»Ich habe«, setzte er wieder an, »in letzter Zeit öfter Gelegenheit gefunden, Ihr Fräulein Tochter zu beobachten, von der ersten Stunde an habe ich den gesunden Sinn und den hellen Verstand der jungen Dame bewundert, und, um es kurz zu sagen, eine aufrichtige Neigung zu ihr gefaßt. Ich weiß, was Sie meiner Werbung entgegenhalten werden: keine sichere Existenz, kein Vermögen, nichts als ein Versprechen. Aber lassen Sie mich nur in der Redaktionsstube des ›Patrioten‹ festen Fuß fassen!«

»Das muß ich sagen: Sie verstehen das Kombinieren, Herr Doktor! Haben Sie schon mit meiner Tochter gesprochen?«

»Ich hielt es für richtiger und Ihnen gegenüber für taktvoller, mich zuerst mit Ihnen zu verständigen.«

»In diesem Falle wäre der weg zu meiner Tochter doch vielleicht vorzuziehen gewesen, schon aus dem einfachen Grunde, weil er uns beiden diese unerquickliche Aussprache erspart hätte.«

»Haben Sie Fräulein Küngold schon ausgeforscht?«

»Das nicht gerade, aber ich halte dennoch Ihre Aussichten für gering.«

»Mit andern Worten, ich bin nicht sowohl Ihrer Tochter als Ihnen nicht genehm?«

»Ich verstehe diesen Ton nicht, Herr Doktor.«

»Wo es um so viel, um das Lebensglück geht, hat man das Recht, geschliffene Waffen zu gebrauchen. Ich glaube, ich bin als Freund zu schätzen und als Gegner zu – – achten.«

»Sie täuschen sich, wenn Sie damit rechnen, mir etwas abdrohen zu können.«

»Darf ich fragen, was Sie gegen mich einzuwenden haben?«

Die Hartnäckigkeit des jungen Mannes brachte Ferdinands schon auf dem Siedepunkt stehende üble Laune zum Kochen. »Sie scheinen einen Hieb nicht nur andeutungsweise, sondern gleich mit der Klinge empfangen zu wollen. Nun, so wissen Sie, meine Tochter ist nicht mehr frei.«

»Vielleicht mehr durch eine andere, als durch die eigene Neigung gebunden.«

Ferdinand hüpfte auf seinem Stuhl auf: »Zum Politiker fehlt Ihnen noch manches, Herr Doktor.«

»Eine Unklugheit kann unter Umständen auch eine Klugheit sein. Meine Klugheit besteht darin, mir völlige Klarheit zu verschaffen.«

»Nun, dann haben Sie ja Ihren heutigen Zweck aufs allerschönste erreicht, Sie Kluger!«

Immergrün erhob sich, blieb aber stehen und neigte sich leicht über die Lehne seines Stuhles. »Ich glaube zu wissen«, sagte er in seinem unangenehmsten Nasenton, »wem Sie Ihre Tochter geben möchten. Aber Sie machen vielleicht die Rechnung ohne Ihren Kandidaten. Jedenfalls hat er Beziehungen zu Ihren Konkurrenten angeknüpft.«

Ferdinand fuhr zurück, »Woher haben Sie Ihr Wissen?«

»Man hat seine Verbindungen«, näselte Immergrün boshaft. »Man hat sich nicht umsonst der Presse, der großen Durchleuchterin, verschrieben.« Doch, als ob er seine Äußerung schon bereute, fügte er rasch hinzu: »Aber ich will Ihnen nicht länger lästig fallen. Ich empfehle mich Ihnen.« Schon war er draußen. Ferdinand sah, daß er einen Handschuh hatte liegen lassen und rief ihm durch die Türe nach. Aber unten fiel schon die Haustüre schwer ins Schloß.

»Diese Wespe wird stechen«, brummte Ferdinand vor sich hin, »aber dann zertrete ich sie!« Er machte die entsprechende Bewegung. Im Grunde war er mit sich selber unzufrieden, er hatte ebenso plump pariert, wie der andere angegriffen, und sich einen gefährlichen Menschen zum Feinde gemacht. Er stapfte ein paarmal um den Tisch herum, Immergrüns Anspielung auf Geierling wühlte ihn auf.

»Ich war ein Esel«, knurrte er, »mit einem guten Wort hätte ich alles aus dem selbstgefälligen Hansdampf herausgelockt.«

Er klingelte und ließ Küngold kommen. Als sie ihm gestand, wie mißlich es zwischen Geierling und ihr bestellt sei, donnerte er sie an: »Du wirst ihm den Kopf scheu gemacht haben! Aber was ist von Euch Geratenes zu erwarten!« Er ließ einen kurzen Hagelschauer über sie hinfahren und stieg wie gehetzt zu Reinhart hinauf.

»Sag' einmal«, begann er trotz seines Mißmutes möglichst sachlich, »hast du nicht den Eindruck, Geierling sei nicht mehr so ganz bei unserer Sache? Ob er einsieht, daß er uns mit seinem Exportgeschäft hineingeritten hat?«

»Ich sehe nur, daß er die Arbeiter beständig und ohne Not brüskiert.«

»Am Dienstag hat er ausgesetzt, wegen einer Hochzeit in Basel, wie er sagte. Was hat er auf einer Hochzeit in Basel zu suchen? Glaubst du daran?«

Reinhart zuckte mit den Achseln und fuhr in seinem Gedankengang weiter: »Die Unzufriedenheit der Arbeiter geht allein auf ihn zurück. Man läßt sich hier diesen Ton nicht gefallen.«

»Ist dir bekannt, daß er mit Aarwald einhaken will?«

»Wie soll ich das wissen?«

»Donnerwetter, wozu hat man denn eine Braut oder ein Schätzelein? Bei Gott, man könnte meinen, man hätte es mit lauter Idioten zu tun. Wäre es dir etwa lieb, wenn er zur Konkurrenz überginge?«

»Er hat keinen guten Geist in unser Geschäft gebracht.«

»Aber du? Gibt es einen schlimmeren, als die Gleichgültigkeit? Soll denn unser Haus mit Teufels Gewalt zugrunde gerichtet werden? Ein Bruch nach dem andern!« Er ging hinaus und schlug die Türe hinter sich ins Schloß.

Am Nachmittag hielten es Reinhart und Küngold in der dumpfen Luft der »Seewarte« nicht mehr aus. Sie standen im Garten, der seine Blätter bunt auf die Wege und Rasenplätze und auf die leise antreibenden Wellen des Sees warf. Sie sahen dem letzten Schwalbenzug nach, der über das Wasser jagte, bald in mäßiger Höhe, bald unten über den Wellen, und dann auf einmal davonstrebte, seeaufwärts, dem Süden und ewigen Sommer zu. »Komm, wir wollen ihnen nach«, sagte Küngold und faßte Reinhart am Arm, »und wollen auch die Mutter mitnehmen.«

Frau Ulrike lehnte ab, sie verließ, das Haus nicht mehr, sie schützte ihr schwaches Augenlicht und ihre müden Füße vor, aber der Grund ihrer Unbeweglichkeit war der Hang einer enttäuschten, weltüberdrüssigen Seele, sich in irgendeinen Schatten oder Winkel zu verkriechen, da ja doch alle Lebenshoffnung und Erdenfreude in ihr abgedorrt waren.

Die Geschwister folgten einer alten Landstraße, die auf einem vorzeitlichen Talboden über dem See dahinführte. Scharen von Städtern gingen vor und hinter ihnen oder schwatzten und lachten leichten Sinnes an ihnen vorbei. Es war Sauserzeit. Aus den Bauernhäusern drang der satte, berauschende Atem gärenden Mostes, die Trottgebäude roch man auf hundert Schritt. Aus den Hauptwirtshäusern schallte Tanzmusik, Fußgetrampel und Jauchzen, und von überall her grölender Gesang. Ein Auto fauchte mitten in einem Dorf an Reinhart und Küngold vorbei, ratterte um eine Straßenecke, setzte wie ein Schuß über die Bachbrücke und verschwand hinter der Kirchhofmauer.

»Hab' ich recht gesehen?« fuhr Küngold erschreckt zusammen. »Es war Georg von Hamberg und ...?«

»Ja, ja, und dein Geierling und Paula Holzer. Die Aarwalder Millionen bekommen Räder!« hohnlachte Reinhart. Schweigsam setzten die beiden ihren Weg fort, jedes sann dem Auto nach, das an ihnen vorübergestoben war. Im nächsten Dorf traten sie in ein Wirtshaus ein, aus dessen Tanzsaal eine fast zarte Saitenmusik klang. Sie fanden in einem Gastzimmer Platz, das neben dem Tanzsaal lag und von diesem nur durch ein paar Pfosten getrennt war, so daß man bequem in das Drehen und Schleifen und Schieben der Tänzer sehen konnte.

»So ist die Welt!« philosophierte Reinhart. »Ein Tanzboden, auf dem man hüpft und springt, sich dreht und wendet so gut und so schlecht, als man's kann. Und warum? Um ein Brosämchen Lust und Taumel und um ein Tröpflein Vergessen und Sichverlieren. Die einen trinken sich einen Sauserrausch an, und die andern drehen sich, bis sie schwindlig sind, alle, um über etwas hinwegzusehen, hinwegzukommen, hinwegzugleiten, und dabei vergeht die Zeit, wunderbare Lebenskunst!«

»Auch ich möchte jetzt … ach … Komm!«

Sie mischten sich unter die Tänzer und zogen ihre Schleifen durch das Getriebe, mit halbgeschlossenen Augen und mit durch den Rhythmus der Musik und der Bewegungen halb entschläferter Seele.

Es war schon dunkel, als sie den Heimweg antraten.

»Du mußt diesen Menschen vergessen«, sagte Reinhart.

»Es ist ein Elend, daß man so wenig gegen sich selber vermag«, erwiderte sie klagend, »wir wollen nun öfter so zusammen ausfliegen, Reiner, es gibt doch nichts Besseres, als was zwischen Geschwistern ist.«

»Das merkt man aber erst, wenn's mit der Liebe in die Dornen ging.«

»Mag sein. Was weißt du von Jutta?«

»So viel wie nichts. Sie schreibt manchmal so seltsam. Sie schwimmt jetzt im Reichtum und ich fürchte, sie taucht ganz darin unter. Ich meine manchmal, es sei alles aus, und dann renne ich wie ein Verrückter in die Nacht hinaus bis zum Umsinken, gerade gestern.«

»Ich wollte, ich müßte nicht mehr heim«, begann Küngold nach einer Weile wieder. »Mit der Mutter ist es zum Weinen und der Vater sieht nicht, wie sie vergeht. Er poltert auf ihr weiter herum, wie einer, der mit den Fäusten oder Füßen Klavier spielt.«

»Er ist ärmer als sie. Ist dir nicht aufgefallen, wie er sich verändert? Er hat seine Sicherheit verloren. Er kann auch nicht mehr arbeiten, er macht nichts fertig, läuft aus dem Bureau, man weiß nicht, wohin und warum, kehrt zurück, knurrt irgend jemand an und macht sich wieder fieberhaft an einen Brief. Manchmal staunt er eine Viertelstunde lang vor sich hin oder zum Fenster hinaus, mit gläsernen Augen. Er wird auch in der Politik angegriffen und hat wenig Glück mit der Verteidigung. Er fühlt seinen Niedergang, die ›Seewarte‹ geht schwarzen Tagen entgegen.«

Reinhart brachte die Schwester bis zum Gartentor der ›Seewarte‹ und verabschiedete sich dort von ihr. Er schlenderte durch die Uferanlagen. Es war eine klare Nacht, etwas Föhn flatterte durch die Luft, die Sterne zwinkerten ganz nah, um den Mond schwammen ein paar Federwölkchen. Unter den Büschen und Bäumen lagen dunkle Schatten mit hellen Flecken und Streifen, wie Teppiche. Liebespaare schwebten darüber hin, ihre Schritte und Stimmen und Küsse verloren sich im Gezischel und Geflüster der Blätter und im Rauschen der Wellen, die trunken gegen die Ufermauer taumelten. Stumm und groß schaute der Bergwald herab. Der Atem der Erde floß stark und kühl dahin. »Ach, was soll all der Menschenjammer!« dachte Reinhart, »so lange die Welt so voller Wunder ist.« Diese Mondnacht machte ihn gierig nach der Erde und ihrer Süßigkeit, nach dem Leben und seinen Verheißungen. Es war ihm, er müßte Jutta in diesem Silberlicht begegnen und dann wäre alles gut. Plötzlich fiel ihm Paula ein und ihr Wort aus der Offenbarung. Wo war sie jetzt? Wäre sie vor ihm aufgetaucht, er wäre zu ihr hingesunken. So zwiespältig stand es in dieser Herbstnacht um ihn.

5. Ein Novembersturm

Reinhart kam verspätet in die Fabrik. Die Mutter war in ihrer Gebrechlichkeit auf der Treppe gefallen und ohnmächtig liegen geblieben. Reinhart hatte sie auf ihr Bett getragen, wo sie erst nach längerer Zeit die Augen wieder aufschlug, aber ohne etwas zu erkennen. Sie schien nun ganz erblindet zu sein. Ferdinand war fort, die Wintersitzungen der Räte hatten begonnen.

Im Bureau ließ sich Reinhart wie im Taumel auf seinen Stuhl fallen. Er vermochte nicht zu arbeiten. Er fing einen Brief an, warf aber die Feder nach den ersten Strichen wieder weg, und brütete der Finsternis der Mutter nach. Draußen stürmte der November gegen Mauern und Scheiben.

Aus dem Schreibmaschinenzimmer schlurfte ein kleines dünnes Männchen mit wohlgepflegtem grauen Backenbart und einer stark gewölbten Brille. Ein schäbiger schwarzer Gehrock schlotterte ihm um die Knie, die Füße flotschten in ausgetretenen roten Pantoffeln. Es war der Buchhalter Zweidler, der Eckart des Hauses. Er zog die Türe sorgfältig hinter sich ins Schloß, schob sich ganz nahe an Reinhart heran und flüsterte ihm sein Anliegen ins Ohr. Er sprach im Bureau nie anders als im Flüsterton, was ihm etwas Verschwörerisches gab, obschon er die harmloseste und treueste aller Bureauseelen war.

»Es ist einer drüben«, ließ er sich vernehmen, »der Sie zu sprechen wünscht, ein Chemiker mit einem Färbeverfahren. Seien Sie auf der Hut, es kam schon mancher mit dergleichen daher. Ha, ha! Wir haben, es sind beiläufig vier Jahre her, ein solches Patent erworben, für teures Geld. Schwindel, niederträchtiger Schwindel!«

»Es wäre mir lieb, wenn Herr Geierling den Reisenden empfinge. Wo ist er?« unterbrach ihn Reinhart, der sich zweifelhafte Geschäfte gern vom Leibe hielt.

»Er ist in den Sälen. Das wird nicht gut, Herr Stapfer Sohn, immer diese Reibereien!« flüsterte Zweidler. »Ich arbeite jetzt fünfundzwanzig Jahre mit unserem Herrn Stapfer Vater zusammen, aber so gereizt waren die Arbeiter noch nie.« Seine Stimme wurde noch gedämpfter und sein Gesicht tief besorgt, als er kaum vernehmlich hauchte: »Es wird blitzen, es wird krachen, es wird donnerhageln.«

Das war ein Liedchen, das Reinhart in den letzten Monaten schon oft von ihm gehört hatte. »Schicken Sie mir den Farbkünstler«, sagte er, um der Unterhaltung ein Ende zu machen.

Ein kleiner dicker Herr in dunkelgrünem Jakettanzug schritt herein. »Ich bin«, sagte er mit lächelnder Jovialität, »ein grüner Heinrich, und zwar der echteste, der je auf Erden wandelte.« So schwatzend zog er aus einem Köfferchen verschiedene grüngefärbte Wollsträhnen hervor. »Ich besitze ein Grün, ich sage Ihnen: licht-, wasch- und kupferecht. Ich habe es »Immergrün« getauft.«

Reinhart hatte ihm nur halb zugehört. Jetzt aber, nachdem das Wort Immergrün gefallen war, schoß es ihm durch den Sinn, daß er tags zuvor Wäspi und Geierling in eifrigem Gespräch gesehen hatte. Der Intrigant Immergrün, Geierling und das Farbpatent schlossen sich in seinen Gedanken zu einer Bedrohung zusammen. Ein kleiner Zwischenfall bei der Gründung der Aktiengesellschaft tauchte vor ihm auf. Hatte nicht damals ein Färbepatent zu einer kleinen Auseinandersetzung zwischen Ferdinand und dem Tuchhändler Schwegler geführt? Er erinnerte sich nicht mehr genau an den Auftritt, es war ihm nur geblieben, daß Schwegler die Aktionäre einen nach dem andern ansah und dann, als er keine Gegenblicke fand, eine Notiz in seinen Taschenkalender eintrug und daß Geierling sich verschmitzt an der Nase gekratzt hatte. Ein Verdacht stieg in Reinhart auf. Wenn das Patent nichts taugte, so hatte sein Vater die Gesellschaft geschädigt, be... Es wurde ihm ganz heiß. Er ersuchte den Chemiker, zu gelegenerer Zeit wieder zu kommen und wollte eben den Buchhalter zu sich hereinrufen, um Näheres über das Patent zu erfahren, als Herr Geierling ins Bureau zischte: »Die reinste Rotte Korah! Kein Pflichtgefühl, keine Disziplin in den Knochen! Ich habe den Holzer, diesen Ekel, hinausgeschmissen.«

»Was hat er denn verbrochen?« fragte Reinhart.

»Er weiß, daß Sie ihn immer schützen, darum ist er so unverschämt geworden.«

»Er ist ein guter Arbeiter.«

»Was nützt das, wenn er die ganze Fabrik verhetzt?«

»Ich kann diese rasche Kündigung nicht gutheißen. Ich habe mit dem Holzer auf der gleichen Schulbank gesessen ...«

»Die Frage stellt sich so: Entweder er oder ich! Es geht um die Autorität. Ist denn das so schwer zu verstehen?«

Es entstand eine lautlose Stille, während der die beiden sich scharf in die Augen sahen. Aus dem Nebenraum huschte der Schatten Zweidlers herein: »Hören Sie? Hören Sie nichts?« flüsterte er ängstlich.

Alle drei horchten nun. Sonst pulsierte durch die Wände und Böden das Getriebe der Maschinen, unter dem das ganze weitläufige Gebäude beständig leise erbebte. Jetzt war plötzlich die Stille eines Sarges eingetreten.

»Die Fabrik steht«, sagte Reinhart verwundert.

»Natürlich, die Fabrik steht«, hauchte der Buchhalter.

»Sagt ich's nicht? Rotte Korah!« stieß, Geierling hervor und ballte die Fäuste.

»Nun haben Sie die Antwort«, warf ihm Reinhart hart zu.

»'s ist gut, wenn die Kraftprobe mal gemacht wird.«

»Der Konflikt hätte vermieden werden sollen. Sie haben eine unglückliche Art, mit den Arbeitern zu verkehren.«

»Wollen Sie mir vielleicht Belehrungen erteilen?« – »Das will ich freilich. Sie verstehen unsere Arbeiter nicht.«

»Sie werden nur da frech, wo sie keine feste Hand spüren.«

»Ich erlaube Ihnen nicht, in Abwesenheit meines Vaters so zu sprechen.«

Geierling zuckte die Achseln, der Buchhalter verschwand kopfschüttelnd und man hörte sein zerquetschtes Stöhnen: »Es wird blitzen, es wird donnerhageln!«

Von der Treppe her vernahm man jetzt polternde Schritte und erregte Stimmen. Es klopfte heftig gegen die Türe und gleich wurde sie aufgestoßen. Ein paar Arbeiter, unter ihnen David Holzer, traten ein, alle mit geröteten Gesichtern. David stellte sich vor Geierling hin, wandte sich aber nicht an diesen, sondern an Reinhart, dem er trotzig seine behaarte Brust zukehrte. Sein Hemd war vorn aufgerissen.

»Wir haben Beschwerde zu führen«, knirschte er. »Herr Geierling glaubt, wir lassen uns behandeln wie Sklaven.«

»Wir reden nicht mehr mit Ihnen«, fuhr ihn Geierling an. »Sie wissen, daß Sie entlassen sind.«

»Das geht nicht so schnell«, gab David höhnisch zurück. »Es gibt eine Kündigungsfrist und eine Organisation. Meine Mitarbeiter haben mich dazu bestimmt, ihre Klagen vorzubringen.«

»So ist's«, bestätigten die andern.

»Wir verlangen erstens, daß Herr Geierling in einem angemessenen Tone mit uns verkehre.«

»Paßt Ihnen mein Ton nicht, so wissen Sie, daß es der Ton des Vorgesetzten ist«, warf Geierling kalt und überlegen hin. »Ich weiß, wie man mit einem Frechling zu reden hat.«

David zog die Achseln ein, schloß die Oberarme an den Leib und schob die Fäuste leicht vor, gleich einem Raubtier, das sich zum Sprung zusammenfaßt. Er blickte Geierling in die Augen, seine Worte waren aber wieder an Reinhart gerichtet, »Wir verlangen zweitens die längst dringliche Lohnaufbesserung.«

»Und drittens fordern wir, daß die Entlassung Holzers rückgängig gemacht werde«, brachte ein anderer vor.

»Mein Vater ist abwesend«, antwortete Reinhart. »Ich werde ihn von allem unterrichten, Sie sollen bald Bescheid haben. Ich ersuche Sie, jetzt wieder an die Arbeit zu gehen.«

»Der Ausstand ist beschlossen«, klang es ihm hart entgegen.

Geierling schritt ein paarmal wie unbeteiligt im Zimmer auf und ab und rieb sich mit einem Fetzchen Hirschleder den Zwicker klar. Dann stellte er sich breit vor Davids Begleiter: »Seid vernünftig, Leute, nehmt die Arbeit wieder auf, bei einem Streik kämt Ihr doch auf das kürzere Brett zu sitzen. Wir haben die Macht, wir.«

»Sagen Sie uns zuerst, daß das mit dem Holzer rückgängig gemacht wird«, hielt ihm ein Alter entgegen.

»Seid doch froh, wenn Ihr den los werdet«, erwiderte Geierling, »er ist Euer Feind, er macht Euch unzufrieden, er wird Euch noch brotlos machen.«

»Wir kennen ein Wort, das heißt Solidarität«, gab David statt der Angeredeten zur Antwort.

Reinhart wendete sich an den ältesten der Arbeiter: »Schenkel, ich glaube, Sie sind in dem Geschäft Stapfer, seit es besteht? Haben Sie schon einmal gestreikt?«

»Nein. So lange der Herr Stapfer allein war, war das nie nötig.«

»Und Sie wollen jetzt, während er abwesend ist, die Arbeit niederlegen? Ihn so kränken? Denn es wird ihn tief kränken!« Reinhart sah, daß es in dem Alten arbeitete, und fuhr fort: »Wer wollte denn in einer bösen Viertelstunde das alte gute Verhältnis zerstören? Schieben Sie den Streik auf, bis mein Vater mit Ihnen gesprochen hat.«

»Reden Sie selber mit den Arbeitern«, entgegnete endlich der Alte, und David trotzte: »Wir können von uns aus nichts an dem Beschluß ändern.«

»Versammeln Sie sich im Saal Nummer 2, ich komme gleich hinüber.«

Die Arbeiter gingen, Geierling schnob im Zimmer auf und ab: »Das ist eine Feigheit, so geht alle Autorität zum Teufel. Wer zum Arbeiter geht, vergesse die Peitsche nicht.«

Die Arbeiter standen unbeweglich an den Wänden und in den Gängen zwischen den Webstühlen, als Reinhart und hinter ihm Geierling eintraten. Es war der erste Ausstand, den sie anders als in der Theorie und in Gedanken ins Werk setzten. Sie waren über sich selber erstaunt und von der Neuheit ihres Unternehmens und ihrer Lage befremdet. Reinhart wandte seine ganze junge Beredsamkeit auf, um die Versöhnung herzustellen und meinte schon in den starren Gesichtern ringsum eine Entspannung zu entdecken, als der scharfe Offizierston Geierlings darein schnarrte: »Schneidige Bauch-rednerei vor solcher Kerntruppe.«

Mit einem Schlag änderte sich die Lage. Der Saal verwandelte sich in ein wildes Tier, das sich knurrend vom Boden erhob und die Tatzen zum Griffe straffte.

»Hinaus mit ihm!« schrie einer, und »Hinaus! hinaus!« Knurrte, knirschte und grollte es von allen Seiten. Das Raubtier streckte seine Pranken langsam vordrängend gegen Geierling aus, es schlich den Wänden nach, um sich hinter Geierlings Rücken der Türe zu bemächtigen. Er erkannte Absicht und Gefahr und entschwand geschmeidig durch die Öffnung. Nun brach ein wildes Gejohle los. Als es verstummte, ließ sich Davids Stierstimme hören: »Sieg!« und alle schrien ihm zu: »Sieg! Sieg!«

Reinhart stand ratlos und verwirrt inmitten der aufgeregten Menschen. Da dröhnte wieder David durch den Saal: »Ruhe! Ich bin jetzt der Meinung, daß wir die Arbeit wieder aufnehmen und nichts weiter anfangen, bis Herr Ferdinand Stapfer da ist.« Die Arbeiter standen wieder unbeweglich, nachdenkend und unentschlossen da, dann aber suchte einer nach dem andern wortlos seine Maschine auf. Reinhart eilte aufs Bureau, um den Erfolg zu melden. Geierling nahm seinen Bericht mit dem Rücken entgegen. Als er sich umwandte, spielte ein hochmütig verächtliches Lächeln unter seinem gesträubten Schnurrbart. Reinhart horchte in das Fabrikgebäude hinaus. Ein paar Minuten verstrichen, das Haus blieb still wie ein Leichnam. Dann fing das Herz der Fabrik wieder zu pochen, das Blut zu brausen an. Reinhart jubelte, auch in ihm klang es wie: »Sieg! Sieg!« Geierling lachte: »Da sehen Sie Ihre Maulhelden!«

Gegen Abend traf Ferdinand ein und ließ sich von Reinhart das Vorgefallene erzählen. Er schien müde und niedergeschlagen. »Wir werden diesen Holzer ausladen müssen«, sagte er endlich. Reinhart rückte dem Vater auf dem Stuhl näher: »Nein, wir müssen diesen Geierling ausladen.«

Ferdinand zog sich zusammen und sah ihn groß an: »Wie denkst du dir das?«

»Er ist der böse Geist des Geschäftes mit seinem ewigen Kehrreim von der Kraftprobe, mit seiner skrupellosen Geschäftsauffassung und seiner Verachtung des Arbeiters.« Ferdinand sagte dumpf: »Ohne ihn lägen wir wahrscheinlich schon lange am Boden. Er ist eine ungewöhnliche Kraft.«

»Wirklich?« rief Reinhart. »Er hat das Geschäft auf den Export gestellt und ruiniert. Mit ihm kam die Großmannssucht zu uns und der Gründerteufel.«

»Er hat Kapital beigesteuert, das zeugt dafür, daß er es redlich meinte.« Es fiel Ferdinand schwer zu gestehen, daß er sich in einem Menschen verrechnet hatte.

»Er hat fast seinen ganzen Einsatz wieder abgestoßen«, entgegnete Reinhart.

»Das haben wir doch auch getan«, sagte der Vater mit unbedachter Offenheit.

»Das ist mir neu!« rief Reinhart bestürzt.

»Jedermann macht das doch so«, gab Ferdinand ärgerlich zurück, »und kurz und gut, ich kann jetzt Geierling nicht hinausbugsieren!«

»So hast du dich ihm ausgeliefert?«

»Schwatz keinen Unsinn!«

Reinhart hörte aus dem Ausruf die Bestätigung seines Verdachtes, Ferdinand hatte ihm einen erschrockenen, aber bösen und harten Blick zugeworfen. Reinhart ließ sich aber davon nicht abschrecken, er war entschlossen, den Kampf gegen Geierling heute auszufechten. Er stand auf, ging ein paarmal überlegend im Zimmer auf und ab und blieb dann vor dem Vater stehen, der ihn neugierig und unsicher beobachtet hatte.

»Ich glaube, es sind Fehler in deiner Rechnung«, setzte er wieder an. »Du glaubst an Geierling, an sein Talent und seine Methode, und du glaubst, er werde Küngold und mit ihr quasi unser Geschäft heiraten.«

»Und nun?« stieß Ferdinand hervor.

»Und nun? Das wird er nie und niemals!«

»Küngold weiß ihn nicht zu fesseln.«

»Ach, das arme Kind spielt ja gar keine Rolle in seiner Maschinerie! Geierling ist ein Mensch, der nicht mit Seelen, sondern mit Bankscheinen rechnet, und seit er gemerkt hat, daß wir nicht stehen, wie er meinte ...«

»Schweig! Das ist Schwärzung.«

»Machen wir die Probe, wir müssen auf jeden Fall heute mit ihm reden!« Entschlossen ging Reinhart zum Telephon und ersuchte Geierling, herzukommen.

Ferdinand war diese Entschiedenheit Reinharts ebenso neu als unerwünscht. »Du solltest nach der Mutter sehen«, sagte er, »ich spreche mit Geierling am besten unter vier Augen. Du bist gereizt, du - - -«

»Ich wünsche dabei zu sein.« Er setzte sich fest auf einen Stuhl nieder. Wäre Ferdinand noch der alte gewesen, er hätte ihn kurzerhand hinausgeworfen, aber er ergab sich mutlos in die Lage. Eine halbe Stunde verstrich, ohne daß ein Wort gesprochen wurde.

Geierling trat sehr geschmeidig ein. Sein Schnurrbart schien noch höher gebürstet als sonst. Ferdinand begann möglichst ruhig und sachlich, aber mit merklicher Unsicherheit: »Es sind heute unliebsame Dinge vorgefallen, Dinge, die vermutlich auf – – taktische Fehler zurückgehen, wie meistens in ähnlichen Fällen. Mein Sohn behauptet, Sie hätten die Arbeiter seit längerer Zeit gereizt. Tatsache scheint zu sein, daß die Auflehnung in erster Linie Ihrer Person galt. Selbstverständlich kann von Sie verletzenden Zugeständnissen nicht die Rede sein, aber der Ursache des Zerwürfnisses müssen wir doch nachspüren. Darf ich Sie bitten, Ihre Ansicht zu äußern?«

»Ich lasse mich auf ein solches Verhör nicht ein, Herr Oberst!« Das Wort Oberst hatte einen fast höhnischen Klang. »Ich darf behaupten, daß ich die Hauptlast des Geschäftes trage, daß ich überall sein muß, daß man es mir überläßt, Nachlässigkeiten, Bummeleien, Fehlern aller Art nachzugehen und die Ertappten zu rüffeln. Ist es da verwunderlich, wenn die Arbeiter in mir den schwarzen Domino erblicken? Werde ich von Ihnen im Stiche gelassen, geht dieser Holzer als Triumphator aus der Keilerei hervor, so werde ich die Konsequenzen zu ziehen wissen!«

»Seien Sie beruhigt, davon kann nicht die Rede sein!« suchte ihn Ferdinand zu beschwichtigen.

»Doch, davon muß die Rede sein«, fuhr Reinhart dazwischen. »Ich halte es nicht für wünschenswert, ich halte es geradezu für unmöglich, daß Herr Geierling fernerhin direkt mit den Arbeitern verkehre.«

»Und ich werde bei dem alten Schlendrian nicht weiter mitmachen«, knirschte Geierling.

»Ich verbitte mir dieses Wort!« brauste Ferdinand auf, der sich persönlich angegriffen fühlte und in dem das alte unbedachte Temperament aufloderte.

»Ich habe keinen Grund, mein Wort zurückzunehmen! Und um es kurz zu sagen: Wenn ich im geringsten Punkt desavouiert werde, trete ich zurück.«

»Sie stellen mir ein Ultimatum?«

»Wenn Sie es so nennen wollen, ja!«

Es entstand eine lange Pause, während welcher Geierling und Reinhart sich mit den Augen maßen. Ferdinand erinnerte sich an Diplomatenkünste und an die Hilfe, die oft von der bloßen Zeit geleistet wird: »Ich bin dafür, heute keine Entschließungen zu treffen, sie würden sich bald als übereilt darstellen. Schlafen wir über der Sache und kommen wir morgen um zehn Uhr wieder zusammen. Auf acht Uhr hat sich eine Abordnung der Arbeiter bei mir angesagt, da wird sich manches aufklären.«

Geierling ging mit einer kühlen Verbeugung gegen Ferdinand davon, Reinhart würdigte er keines Blickes.

»Er wird uns den Sack hinwerfen«, sagte Ferdinand tonlos.

»Das soll mich freuen!«

»Du bist heute verrückt! Wer soll ihn ersetzen?«

Reinhart besann sich einen Augenblick und sagte dann bestimmt: »Ich.«

Ferdinand stieß eine kurze Lache aus.

»Komm, laß uns nach der Mutter sehen!«

Sie stiegen hinauf und Ferdinand erkundigte sich mit fast weicher Stimme nach ihrem Ergehen.

»Wie steht es im Geschäft?« fragte Frau Ulrike, um das Gespräch von sich abzulenken.

»Es ist soeben zum Bruch mit Herrn Geierling gekommen«, gab ihr Reinhart Bescheid.

»Dein Sohn will ihn ersetzen«, fügte Ferdinand mit einem bösen Aufwerfen der Oberlippe hinzu.

»Ist das Unglück so groß?« tönte es tapfer aus den Kissen der Blinden.

»Er wird mir kein gutmütiger Feind sein.«

»Was soll er uns anhaben?« erwiderte Frau Ulrike gläubig, »Feinde sind nur schlimm, wenn sie einen Helfer in uns selber haben.«

Ferdinand wich Reinharts forschenden Blicken aus und sagte kaum vernehmbar: »Feindschaft findet immer einen Dolch.« Dann mit einem Ruck sich an Küngold wendend: »Es geht auch um dich, mein Kind.«

»Ja, ich weiß. Unter euch Geschäftsleuten ist man ja Ware!« Die Tränen stürzten ihr aus den Augen und sie verließ eilig das Zimmer. Reinhart folgte ihr.

»Ich bin unheilbar verrückt«, stöhnte Reinhart, als er sich in seinem Zimmer auf einen Stuhl warf. »Seit Jahren will ich mich aus dem Teufelsgarn loswinden und verstricke mich immer hoffnungsloser in den Maschen! Selbstmörder! Kinderwahn, man werde geboren, um sein eigenes Leben zu leben! Man wird geboren wie ein Weizenkorn: für die Sichel, für den Flegel oder die Dreschmaschine, für den Mühlstein, für die Backmulde, für die knetende Faust, und so weiter, bis man verschlungen wird. So geht es mir, so erging es dem Vater! Was für ein starker, aufrechter und stolzer Mann war er doch! Da kam der Versucher, wie einst in der Wüste. In Gestalt eines Wahns. »Spiele die Allmacht!« raunte ihm der Wahn zu. »Klettere höher und höher im Gestein! Was sind dir Frau und Kinder, was die festen Grundlagen des Lebens?« So stieg er die morsche Felswand hinan, bis sich seine Füße nicht mehr sicher fühlten. Er band sich in der Not mit einem verwegenen Führer ans Seil, versuchte sich in Kniffen und Griffen aller Art, und merkte nicht, daß ihn der Führer in immer fauleres Gestein verleitete und das Messer bereit hielt, um das Seil zwischen ihnen zu zerschneiden.«

6. Skiheil

Der Friede in der Fabrik war bald wieder hergestellt, nachdem Reinhart es durchgesetzt hatte, daß David Holzer bleiben durfte. Geierling wünschte das Haus Stapfer so rasch als möglich zu verlassen, und da ein Zusammenarbeiten nicht mehr ersprießlich war, machte ihm Ferdinand keine Schwierigkeiten. Er wollte ihm die Aktien, die er noch besaß, abkaufen, aber Geierling ließ sich nicht auf den Handel ein, er wollte offenbar noch eine Hand oder doch ein paar Finger in dem Geschäfte haben. Das sah wie eine Drohung aus und verursachte Ferdinand schlechte Nächte. Ein paar Wochen später erfuhr man, Geierling sei als Direktor in die Aarwalder Adelsfirma Homberg und Luternau eingetreten.

Reinhart fühlte sich nach Geierlings Weggang zum erstenmal mit dem Geschäft verbunden. Er war an der Arbeit wie eine Zange. Ihm schien, die Fabrik habe sich von einer schweren Krankheit erholt, neues Leben ströme überall durch, ein neuer guter Wille entfalte sich in jeder Hand, in jedem Weberschiff, wenn er durch die Arbeitssäle schritt, sah er zufriedene Augen und freudig geschäftige Arme und Hände. Er fühlte, daß er nun in David einen eifrigen Helfer hatte. Auf dem Bureau schlurfte etwa, wenn Ferdinand abwesend war, der Buchhalter Zweidler zu ihm heran und flüsterte ihm sein großes Geheimnis ins Ohr: »Es wird schon gehen, Herr Stapfer Sohn! Fleiß, Gewissenhaftigkeit und Cie. bilden die beste Firma, hä, hä! Der Böse ist fort.«

Am letzten Tage des Jahres entfaltete Ferdinand eine fieberhafte Tätigkeit, als wollte er das während des Jahres Versäumte mit einer gewaltigen Kraftanstrengung nachholen. Die Papierzettel flogen, die Schreibmaschine galoppierte und überschlug sich, der Haufe unerledigter Briefe auf Ferdinands Tisch schmolz zusammen, selbst das Chronometer an der Wand schien energischer auszuschlagen. Am Abend, als die Angestellten gegangen waren, trat Ferdinand zu Reinhart heran und warf ihm ein paar Strähnen verschieden gefärbter Wolle auf den Tisch. »Damit geht es nun ins neue Jahr hinein«, sagte er. »Wir haben da ein Färbepatent, das wir lange unbenutzt ließen, jetzt soll es arbeiten.«

Reinhart nahm die Wolle in die Finger und betrachtete sie aufmerksam. »Ich wußte nicht, daß wir Aufträge für solches Tuch hätten.«

»Freilich, freilich, ich habe das Geschäft in Bern während der Session in die Wege geleitet.«

»Ich glaube gehört zu haben, das Verfahren tauge nicht viel.«

»Was? Unsinn!« fuhr ihn Ferdinand an, »wer schwatzt dergleichen? Ausgezeichnet ist es! Wir haben es auch teuer genug bezahlt. Es ist ein Bichromaverfahren. Im gleichen Bade wird gefärbt und chromiert. Begreifst du den Vorteil? Die Zeitersparnis?«

»Sind Versuche damit gemacht worden? Auch im Großen?«

»Beruhige dich! Man kauft doch keine Katze im Sack!« Damit packte er die Strähnen zusammen, warf sie in eine Schublade und ging wortlos davon ins Wirtshaus, von wo er erst spät nach Mitternacht, als die Neujahrsglocken schon verstummt waren, heimkehrte.

Vom Neujahr an stand die Stapfersche Fabrik, wie Ferdinand angekündigt hatte, im Zeichen des Bichromatverfahrens. Reinharts Ruhe und Arbeitseifer waren wieder dahin. Wie das leibgewordene schlechte Gewissen ging er zur Fabrik. Einmal fragte er Zweidler nach der Geschichte des Patents, aber der gute Alte wich ihm aus und ging mit traurigen Augen davon.

Es waren nun Korrespondenzen mit den Abnehmern der nach dem neuen Verfahren gefärbten Wollstoffe zu führen. Reinhart wollte sie dem Vater überlassen, aber Ferdinand schien sich eine boshafte Freude daraus zu machen, all diese Briefe dem Sohne zuzuschieben. Wollte er Reinhart zum Mitschuldigen machen? Tagelang ließ Reinhart diese Briefe liegen, aber einmal mußten sie beantwortet werden. Wenn er seinen Namenszug unter ein solches Schriftstück kritzle, war ihm, er unterschreibe irgend einer unbekannten unschuldigen Seele das Todesurteil – – oder sich und dem Vater. Das Geschäft wurde ihm nun eine unsägliche Not. Ein bohrender Grimm erfaßte ihn. Es gab Tage, da er jeden anfuhr, der ihm in die Quere kam, selbst den guten Zweidler.

Nachts träumte er von dem unseligen Tuch. Einmal hatte man ihn mit einem blauen Strick an einem Fensterpfosten aufgehängt, ein andermal mußte er gelbe Wolle hinunterschlingen und daran ersticken, oder dann sah er Bäume, die gelb statt grün waren und jämmerlich verwaschen aussahen. Wachte er auf, so war er in Schweiß gebadet. »Ich bin ein Schuft«, stöhnte er, »der Helfershelfer eines Schwindlers.« Dann geschah es, daß er sich im Bett aufrichtete und gegen den Vater alle Schimpfwörter ausstieß, die irgendwie auf ihn anwendbar waren. Das war kindisch genug, aber es erleichterte ihm die Seele für Stunden.

Manchmal trieb es Reinhart, der Mutter seine Not zu klagen, aber wenn er sie in ihrem Stuhle sah, schattenhaft, müde, mit den Augen einen Schimmer von ihm suchend und mit der Seele tapfere Worte, so fühlte er, daß er ihr sein Elend nicht auch noch aufbürden durfte. Nur mit Küngold sprach er zuweilen über den Vater, an Sonntagen, wenn sie beisammensaßen oder über Land flüchteten.

Ende Januar war die Generalversammlung der Gesellschaft Stapfer und Cie. Man kam in dem gleichen Hotel zusammen, wie bei der Gründung. Aber es herrschte nicht mehr die zuversichtliche Stimmung wie damals. Es schlich etwas Griesgrämiges um den grünen Tisch. Man wußte, daß die Dividenden sehr mager sein würden, ein armseliges Gerippchen. Als letzter der Aktionäre erschien Geierling. Er grüßte die Gesellschafter mit kühler Verbeugung. Die Verhandlungen schleppten sich verdrossen durch die Tagesordnung. Ferdinand schoß hie und da einen prüfenden Blick auf Geierling ab, der unbeweglich auf seinem Stuhl saß, an den Verhandlungen scheinbar keinen Anteil nahm und ganz in sein Notizbüchlein vertieft schien. Die Rechnungsprüfer erstatteten ihren Bericht, fanden alles in Ordnung und der Lage gemäß und beantragten Entlastung der Geschäftsleitung. Ferdinand wollte sie schon etwas übereilig als beschlossen erklären, als Geierling mit dem Bleistift gelassen auf den Tisch klopfte.

»Ich konnte leider die Rechnung nicht prüfen«, führte er aus, »Zeitmangel und andere Umstände haben mich daran verhindert. Ich gestatte mir deshalb, den Herren Rechnungsrevisoren ein paar Fragen vorzulegen zu meiner persönlichen Aufklärung. Das Haus Ferdinand Stapfer hat bei der Gründung unserer Gesellschaft als Apport unter anderem ein Färbepatent eingeworfen und dafür als Gegenwert die volle Ankaufsumme entgegengenommen, wenn ich nicht irre dreißig Mille. Während meiner Tätigkeit in der Fabrik ist die Erfindung nie verwertet worden. Würde ich zu Argwohn neigen, so müßte ich annehmen, das Haus Stapfer habe im Zeitpunkt der Gründung schon gewußt, daß das Patent nicht verwendbar ist. Ich wünsche Auskunft.«

Es entstand eine allgemeine Verblüffung. Reinhart meinte unter den Tisch zu sinken. Einer der Rechnungsprüfer stotterte ein paar Worte hervor. Der Betrag für das Patent ›Bichromat‹ finde sich wie jedes Jahr unter den Aktiven, es sei kein Grund gewesen, den Posten anzugreifen. Der Tuchhändler Schwegler glaubte sich zu erinnern, daß er seinerzeit Bedenken gegen das Patent geäußert habe. Er suchte in seinem Notizbuch, fand aber nichts. Alle Blicke hefteten sich auf Ferdinand. »Es ist richtig«, begann er mit gezwungener Ruhe, »daß wir das Patent bis jetzt nicht ausbeuten konnten, weil unsere Färberei dazu noch nicht imstande war. Jetzt aber liegt die Sache anders. Ich habe das Vergnügen, Ihnen mitteilen zu können, daß wir seit Neujahr das Patent ausgiebig verwerten.«

Es ging ein Aufatmen um den Tisch. Ferdinand sah Geierling triumphierend an.

»Ich danke für die Auskunft«, begann Geierling wieder mit einer verbindlichen Verbeugung gegen Ferdinand. »Ich habe dem vom Herrn Präsidenten Mitgeteilten nur noch hinzuzufügen, daß ich sehr Nachteiliges über das neue Färbeverfahren gehört habe. Ich verlange eine Expertise.«

»Das ist unerhört!« brauste Ferdinand auf. »Ich weise die Verdächtigung, die in den Worten des Herrn Geierling versteckt liegt, mit Entrüstung zurück. Ich frage übrigens die Herren Gesellschafter an, ob sie seiner Forderung Folge geben wollen.«

In der Abstimmung blieb Geierling mit seinem Dutzend Aktien in der Minderheit. Ferdinand hatte schon wieder die Hauptfrage nach der Dechargeerklärung gestellt, als Geierling nochmals das Wort verlangte: »In der Apportliste figurierten, wie sich die Herren entsinnen werden, beträchtliche Ausstände. Ich erinnere an eine Forderung auf das Haus Thibaud Frères in Genf in der Höhe von beiläufig neununddreißig Mille. Ich erlaube mir die Anfrage, ob dieser Posten sich in irgendeiner Form in der Rechnung findet!«

»Er ist in den letzten zwei Jahren bis auf 5000 Fr. abgeschrieben worden«, klärte ihn einer der Rechnungsprüfer auf.

»Es war von uns leichtsinnig, uns im Zeitpunkt der Gründung nicht nach den Verhältnissen des Hauses Thibaud Frères zu erkundigen«, näselte Geierling. »Gleich verhält es sich mit einer großen Forderung auf das Haus Thor und Strickler in Basel. Es ist nicht ausgeschlossen, daß diese beiden Forderungen schon damals sich bei genauer Prüfung als *non-valeurs* entpuppt hätten.«

Nun grollte es wie Donner vom obern Ende des Tisches her: »Sie verstehen alle, was dieser Herr sagen will. Er will mich sträflicher Machenschaften zeihen. Warum hat er diese Dinge nicht in früheren Versammlungen vorgebracht? Weil er genau wußte, daß sie haltlos sind. Er hat ja selber geholfen, die Apportliste aufzustellen! Warum hat er, der doch selber Teilhaber werden wollte, die genannten Posten nicht beanstandet?«

»Ich notierte, was man mir vorlegte!«

»Nein, so unbedacht sind Sie nicht. Sie fanden eben, wie ich, alles in Ordnung.« Dann zu den andern gewendet: »Herr Geierling hat sich in unserm Geschäfte unmöglich gemacht, er hat unser Verhältnis zu den Arbeitern vergiftet, er hat uns schwer geschädigt, indem er uns zu dem mißlichen Abenteuer des Exportgeschäftes verleitete. Und weil ich ihn weder halten konnte noch durfte, will er sich jetzt an mir rächen. Alle diese niederträchtigen Verdächtigungen sind nichts anderes, als ein Racheakt. Meine Herren, ich werde kein Wort mehr zu meiner Verteidigung sagen. Sie haben zu wählen zwischen mir und jenem – – Herrn dort. Genießt er größeren Glauben bei Ihnen als ich, hat sich durch seine Angriffe auch nur ein Korn Mißtrauen in Ihnen festgesetzt, so verweigern Sie die Entlastung. Ich trete in Ausstand.«

Darauf versicherte ihn einer seiner politischen Freunde des unbeschränkten Zutrauens der Gesellschaft und verurteilte die Angriffe des Herrn Geierling. Die Decharge wurde mit allen Stimmen gegen die Geierlings erteilt, aber die Stimmung war sehr frostig geworden. Geierling erhob sich und preßte zwischen den Zähnen hervor: »Ich behalte mir weitere Schritte vor und empfehle mich.« Damit ging er.

Nach den Verhandlungen bot die Geschäftsleitung den Aktionären wie jedes Jahr ein Diner an. In der Ecke wartete der Champagnerkessel, der bewährte Sorgenverschwemmer, auf dem Tische standen französische Rot- und deutsche Weißweine; ein Salm, danach ein herrlicher Rehrücken wurden herumgeboten, alles duftete nach Lust und Heiterkeit und Gaumengenuß. Ferdinand schöpfte, sich munter stellend, aus den reichen Vorräten seiner Anekdoten und Witze, um die brüchige Gemütlichkeit zu flicken, aber er fühlte, daß alle von ihm abgerückt waren. Einmal bemerkte er, daß der Notar mit dem Bleistift auf dem Tischtuch drei

Zahlen untereinander setzte und dann mit dem Teller zudeckte, und der Witz, den er eben zum Besten gab, verlor auf seinen Lippen alles Salz.

Reinhart fing ein kurzes, verstohlenes Geflüster auf:

»Wenn es so steht, müssen wir ihn exekutieren!« – »Selbstverständlich.« Es waren der Notar Kobelt und ein politischer Freund Ferdinands, die sich so verständigt hatten.

Als der Kellner die Schnüre der ersten Champagnerflasche löste und ihm alle, der Ablenkung froh, gespannt zusahen, verschwand Reinhart. Ihm war all die Zeit gewesen, sein ganzer Leib sei rot überlaufen. Ekel erfaßte ihn gegen die Leute, mit denen er zusammengesessen hatte, gegen den Ehrenmann, der von seinem Freund ganz gefühlsmäßig sagte: »Wir müssen ihn exekutieren«, während er ihn kurz vorher seines Vertrauens versichert hatte. Nur den Vater jetzt nicht sehen! Jutta hatte ihm vor zehn Tagen geschrieben, sie fahre zum Wintersport ins Engadin. Er suchte, zu Hause angelangt, seine Skier hervor, und ehe Ferdinand heimkehrte, floh er davon, den Bergen zu.

Die Homberg waren in St. Moritz, er nahm in Sils-Maria Quartier. Die Verständigung durchs Telephon war rasch erzielt und geriet ohne Lüftung des Geheimnisses. Am Eingang des Fextales traf Reinhart mit Jutta zusammen. Sie hatte schon eine stündige Fahrt hinter sich, ihre Wangen waren leicht gerötet und glänzten von Gesundheit. Sie trug ein weißes Kleid, einen tangofarbigen Sweater und eine ebensolche Mütze, die Augen leuchteten schelmisch und ausgelassen sogar durch die gelben Gläser der Schneebrille.

»Neu von den Hölzern bis zur Troddel der Mütze«, scherzte Reinhart, indem er sie bewundernd überschaute.

»Wir vermögen es jetzt!« lachte sie hell. »Komm, sonst verliebst du dich noch in mich!«

Sie stiegen gemächlich der Höhe zu. Der Himmel war ganz klar und von jener tiefen mit Schwarz gemischten Bläue, die manchmal den Bergwinter überwölbt. Die Schneediamanten spritzten ihr sprödes Licht blendend in die Augen, der Tannenwald legte sich wie ein schwarzer, struppiger Bart um Wangen und Kinn des Bergantlitzes. Sie kamen an der alten Kapelle von Cresta vorbei, die still zwischen der irdischen und der himmlischen Reinheit zu schweben schien. Und mit gleicher Reinheit schwang eben das Mittagglöcklein aus seiner luftigen Nische seine Töne in das Schneeland. Sie stiegen im Zickzack den steilen Wald hinan, von Lichtung zu Lichtung, an Stämmen vorbei, die gegen Süden von Sonnenlicht und Wiederschein gelbbraun gebrannt waren, unter Ästen durch, die in ihren Krallen Schnee- und Eisklumpen hielten, an Lärchen vorüber, die ihre braune Nacktheit in der Sonne wärmten. Über dem Wald, wo im Sommer die Rinderherden weiden, ragte die Lehne einer Bank aus dem Schnee hervor. Die beiden setzten sich darauf und schauten ins Land, auf die blauen Bergschatten, auf die Seen, die jetzt tischebene Schneeflächen bildeten, nach den Schneegipfeln, die jenseits des Tales wie die Zähne einer riesigen Säge in den Himmel stachen.

»Ich bin elend im Schmutz gewatet«, sagte Reinhart, »und nun diese Reinheit! Ich möchte mich darin baden.«

»Nicht so poetisch überschwänglich«, scherzte Jutta, »wo die Natur poetisch ist, braucht es der Mensch nicht auch zu sein, es reicht doch nicht!«

»Also zur Prosa! Bist du allein hier?«

»Was fällt dir ein! Tante Lilly muß mich doch chaperonieren. Auch Georg ist da und heute abend erwarten wir Direktor Geierling. Papa ist zu Hause, er hütet die Großmutter und ein bißchen die Fabrik und hat furchtbar viel Sorgen.«

»Sorgen?«

»Ach, er meint es ja nur. Es ist ihm alles so neu. Er läßt, wie ich glaube, Direktor Geierling schalten und walten, wie es ihm beliebt, die Hauptsache ist, daß er meint, alles ruhe auf seinen Schultern! Er stöhnt manchmal schrecklich. Da ist Tante Lilly anders. Sie geht auf wie ein Fastnachtsküchlein. Ganz stattlich ist sie geworden, man würde meinen, sie hätte bis jetzt Hunger gelitten, sie spricht nur noch von Aktien, Koupons, Bons oder Bonds, Papa und ich können den Unterschied nie recht machen, von Dividenden, Tantièmen, Renditen, es ist zum Jauchzen! Das verdanken wir dem Schwager. Er hat sie ganz hypnotisiert. Er kommt fast jede Woche einmal herüber und dann wird geschuftet und gerechnet, daß alle unsere Hausmäuse längst zu- und abzählen können und das Einmaleins dazu. Der Schwager gibt sein Pfarramt nächstens auf, um ins Geschäft einzutreten. Lach' doch nicht! Papa ist es nämlich sehr lieb und der Tante auch, von Minna nicht zu reden, ihr hat ja das Pfarrhaus nie recht gepaßt. Sie ist doch noch jung und hübsch und lebenslustig. Denke dir, der Pfarrer macht manchmal den Chauffeur, er versteht es ausgezeichnet. Gentleman-Chauffeur!«

»Ist es wahr, daß er sich jetzt in Privatbriefen Schalcher von Homberg ohne Bindestrich nennt?« spöttelte Reinhart.

»Ach, es hat jedermann sein Hoffartsfähnlein! Ich erlaube dir dann auch einmal, dich Stapfer von Homberg ohne Bindestrich zu schreiben.«

»Danke!«

»Ja, verachte das kleine Wörtchen nur! Es ist, wie soll ich sagen, eine Stelze, es macht größer. Ja, ja!«

»Kinder gehen auf Stelzen, die Kleinen!«

»Und finden ihr Vergnügen dabei. Auch Herr Geierling holt sein ›von‹ hervor. Lache nicht schon wieder! Seine Familie ist nämlich adelig, soll aber im achtzehnten Jahrhundert einen gemeinen Beruf ergriffen und das ›von‹ abgelegt haben. Jetzt holt er's wieder hervor und bläst den Staub davon!«

»von Geierling«, lachte Reinhart, »sehr schön!«

»Hellmut von Geierling klingt wirklich nicht übel! Er ist übrigens ein Erstürmer und Sieger, unser ganzes Haus ist entzückt von ihm«, sagte Jutta gedämpft. »Er hat sich geschickter bei uns eingeführt als ein gewisser Freiersmann. Er konnte die Tante schon nach vierzehn Tagen um den Finger wickeln. Er begleitet uns jeden Sonntag in die Kirche, findet Tantes Klavierspiel wunderbar, *and so on*!«

Die Eifersucht, gegen die er machtlos war, stieg in Reinhart auf.

»Wie würde sich von Geierling von Homberg mit oder ohne Bindestrich ausnehmen?« warf er Jutta von der Seite zu.

Sie lachte hell auf: »Ich hab' mich doch dir verschrieben, du Rauhgraf!«

»Aber du willst mich nicht gelten lassen! Ich soll immer ein anderer sein, einmal Schalcher, einmal Geierling, nur nicht ich selber.«

»Ich möchte dich eben tüchtig und zeitgemäß!«

»Gemäß dieser hohen Zeit!« lachte er und schlang leidenschaftlich den Arm um ihren Hals: »Wenn ich dich verlieren sollte!« stieß er hervor, »Wenn ich dich verlieren sollte!« Sie küßte ihn wieder und sann hernach ins Blaue und Weite.

In der nämlichen Stunde stiegen zwei andere Skiläufer, die, wie Reinhart und Jutta, Grund hatten, die besuchtesten Touristenpfade zu meiden, über Cresta zur Höhe empor. Jutta, deren Blicke freier waren als Reinharts, sah sie zuerst. »Da kommt Georg mit seinem Anhang«, sagte sie halb erschrocken, faßte sich aber gleich: »Nun, mögen sie!«

Georg und Paula schoben sich heran; das Mädchen war fast so elegant gekleidet wie Jutta, aber der oberste Knopf ihres Sweaters hing unordentlich an einem Faden herab. Georg fand sich mühelos in die Lage: »Da haben sich, scheint's, vier auf Schleichwegen ertappt!« lachte er frei heraus.

»Was schmuggelst du?« fragte Jutta, den Scherz aufnehmend.

»Liebe!« gab er zurück. Dann mit erhobenem Finger: »Man sagt, nirgends sei die Verschwiegenheit verläßlicher als unter Schmugglern.«

»Sei unbesorgt!«

»Auch ich habe nichts gesehen, das ist der Vorteil der Schneebrillen!«

Reinhart starrte Paula an. Eine Wut faßte ihn, vielleicht auch unbewußte Eifersucht, die ihm vortäuschte, er fühle sich für die Jugendgefährtin immer noch verantwortlich. Ehe er recht überlegt hatte, hatte er sie schon gekränkt: »Ihr Busenknopf ist sehr locker, Fräulein Holzer!«

Paulas Gesicht übergoß sich und sie sagte: »Verzeih!«

»Schulmeister!« rief Georg und hielt die Finger an die Mütze.

»Skiheil!« - - - »Skiheil!«

Georg und Paula stiegen bergan und verschwanden.

»Der Wandel bekam ihm nicht gut«, begann Jutta nach einer peinlichen Weile. »Es ist überhaupt seltsam mit dem Geld! Du solltest einmal sehen, wie ich im Hotel belagert werde. Ganz toll ist's! Es sind da fünf, sechs junge Jäger. Man schätzt mich auf zwei bis drei Millionen. Ich hab's neulich zufällig aufgefangen. Sie reden ja untereinander wie die Händler auf dem Viehmarkt. Wer hat mich vorher angeguckt? Der fade Herr von Steinfeld und der unpraktische Reinhart Stapfer. – Ich behandle sie aber auch entsprechend. Das solltest du sehen! Morgen ist eine Schlittenfahrt nach Pontresina verabredet. Da sollen sie was erleben!«

»Dann sehen wir uns also nicht?«

»Es geht nicht, die Fahrt ist seit vorgestern fest abgemacht. Nun bist du verstimmt!«

So war es. Paulas Erscheinen mit Georg und sein harter Angriff gegen sie, noch mehr als Juttas Ton und die Absage für den folgenden Tag, wurmten ihn. Er hatte das Bedürfnis, sich herunter zu setzen und klagte sich an: »Wie soll's werden? Ich bin keinen Schritt weiter, als damals auf dem See, weißt du? Manchmal möchte ich an mir verzweifeln: ich sei ein Nichtsnutz, ein Bergsteiger ohne rechte Ausrüstung und werde vor dem Gipfel abstürzen.«

»Ich wünschte dir nur die Hälfte von Geierlings Geschäftsgeist! Man muß ein bißchen Raubtier sein auf dieser Welt. Er läßt sich jetzt am kleinen linken Finger den Nagel wachsen wie eine Kralle. Es steht ihm nicht übel. *By the by*, es soll mit eurem Geschäft nicht zum besten stehen.

Geierling bietet es herum. Er spricht von deinem Vater nicht eben liebevoll. Ich will seine Worte nicht wiederholen. Ich glaube, sein Bericht war für mich berechnet, wenigstens hat die Tante mich dabei seltsam gemustert.«

Reinhart schwieg. Er wäre am liebsten geflohen.

»Du mußt durchhalten, du mußt den Schimmel aus dem Sumpf reißen. *Where there is a will, and so on.* Man kann einstweilen ohne Geld nicht anständig leben. Soll ich in Arbeiterkleidern gehen? Ich bekomm' doch meine drei Millionen noch nicht!« suchte sie zu lachen. »Und gar, wenn ich dich nehme.«

»Komm, wir fahren ab«, drängte er. Fast ohne zu sprechen strebten sie zu Tal. Bei der Trennung sagte sie: »Du quälst dich. Reinhart!«

»Ja, ich glaube, ich quäle mich sehr«, entgegnete er.

Am folgenden Tag wurde Reinhart unruhig hin und her getrieben. Er sah von der Höhe einen Schlittenzug durchs Tal gleiten und hielt es in Sils nicht aus. Am Abend war auch er in Pontresina. Ein Dutzend Schlitten standen vor dem Hotel, aus dem Innern erschallte Tanzmusik, Gerede und Gelächter. Reinhart trat in den Speisesaal und bestellte sich eine Erfrischung. Durch die schleierhaften Vorhänge einer Glastüre drang der Blick ungehemmt in den Tanzsaal, der im Licht strahlte. Etwa zehn Paare bewegten sich nach einem amerikanischen Tanz durcheinander, alle in eleganten Sportanzügen. Reinhart entdeckte gleich Jutta. Auch Georg und Geierling waren da. Jutta war wie ein junges Pferd, ihr ganzer Körper sprühte Feuer und Eigenwillen. Was war dagegen der junge Mann, der sich an sie schmiegte? Eine Holzpuppe ohne eigenes Leben, ohne Willen, ohne Schwung. Der Tanz brach ab, man eilte ans Büfett, wo Schaumwein und Kaviarbrötchen standen. Man stieß an, man glänzte sich in die Augen, man lachte, man lockte an und stieß ab, in berechnetem Spiel, man zog sich fort und schritt in Paaren durch den Saal, oder stand kokettierend, witzelnd, sich spreizend in Gruppen zusammen, Pfauenmännchen und Pfauenweibchen. Jutta bildete den Mittelpunkt des kleinen Kranzes ihrer Zirkustiere. Auch Geierling war darunter, hielt sich aber diplomatisch klug zurück. Jutta hatte sich auf einen Diwan gesetzt, die andern standen um sie. Sie räkelte sich ein wenig, strich eine ihrer blonden Locken zurück, zupfte eine andere leicht in die Stirne, ihre Fußspitzen und ihre Finger waren wie spielende Kätzchen, ihre dunkeln Wimpern machten aus ihr eine Zauberin oder Hexe im Feenkleid. Reinhart vernahm die Worte nicht, aber er merkte an den

Mienen, am Lachen oder Kichern, am wiegen der Körper oder Abwehren der Hände, daß sie die Peitsche über ihrem Zirkus schwang. Sie schien sehr vergnügt zu sein, ohne Mißachtung für ihren Kreis, kühl beseligt im Glanz ihrer bestaunten, angebeteten, begehrten Schönheit. Reinhart war nun eher von Mitleid oder Trauer, als von Eifersucht bewegt, denn er erriet durch die Scheiben das seichte Geschwätz und hohle Gebaren dieser seelenlosen Sportpuppen, und ihm schien, Jutta gefalle sich darin und wünsche sich augenblicklich nichts Höheres. Er hoffte, sie werde ihn entdecken und zu ihm kommen, aber sie war so sehr Zirkusmeisterin, daß ihr kein Blick nebenaus irrte, »Sie wird dich in die Finsternis hinausstoßen«, wälzte es sich Reinhart schwer durch den Sinn. »Sie ist innerlich kalt und darum so verführerisch, eine Tierbändigerin.« Der Tanz hatte wieder begonnen. Reinhart zog eine Visitenkarte hervor und gab sie dem Kellner mit der Weisung, nach dem Tanz nach Fräulein von Homberg zu fragen und sie ihr zu reichen. Jutta kam strahlend durch die Glastüre in Begleitung eines jungen Herrn. Ihre Freude schien ungekünstelt und war es wohl auch, »Wir sind so vergnügt, wie schade, daß du die neuen Tänze nicht magst. Du mußt sie wirklich auch lernen, sie gehören nun einmal zur ganzen Mechanik.« Sie wandte sich an ihren Begleiter: »Herr Stapfer ist nämlich sehr ernst, ein Bücherwurm, huu!«

»Ei, vortrefflich«, näselte der Angeredete, »da können Sie mir ein Rätsel lösen. War gestern mit einem Freund auf der Halbinsel, äh, Chastè und habe dort einen Denkstein vorgefunden. Wer war denn dieser, – na – Nietzsche? Mein Freund meinte, ein Schriftsteller, *homme de lettres*, und ich glaube einmal gehört zu haben, er sei ein berühmter polnischer Bergsteiger gewesen.«

»Ein Bergsteiger«, versicherte Reinhart mit steinernstem Gesicht, »ganz gewiß, immer auf der Suche nach Höhenwegen und Spitzen.«

»Aha, also doch Sportsmann? Werde das nächstemal Hut vor dem Stein ziehen.«

»Sportsmann«, stimmte Remhart bei, »leidenschaftlicher Verehrer der Muskelkultur, der Indianertänze und der Kaviarbrötchen. Auch Erfinder einer Sportmütze, genannt ›Zarathustra Tip-Top‹!«

Jutta lachte hell auf und drohte Reinhart mit dem Finger. Ihr Kavalier roch den Pfeffer und verabschiedete sich kühl. Die Musik schlug wieder an. »Es wird Tango getanzt, komm, schau uns zu. Geierling hat ihn sich ausgebeten. Er tanzt famos, alle modernen Steps. Mach' doch kein so böses Gesicht! Man tanzt doch lieber mit einem guten Tänzer als mit einem steifbockigen. Wir sehen uns nachher noch, Darling, gelt?«

Reinhart stürzte hinaus und davon. Am Morgen packte er seinen Koffer und reiste ab. Die ganze Nacht hatte er über Jutta nachgesonnen. Wenn sie nicht herausgerissen wurde, verfiel sie ganz der Nichtigkeit ihrer Umwelt. Aber was vermag ein Gefesselter, ein Gelähmter, ach Gott, einer, der draußen im See ein Kind ertrinken sieht und nicht schwimmen kann. »Ich will ihr schreiben, ich will ihr die Augen aufreißen. Sie sieht ja den Morast nicht.«

Als er aus dem blendenden Schneeglanz in den großen Tunnel einfuhr, war ihm, er versinke in ewige Nacht und Trostlosigkeit. Wie aus unendlicher Ferne und Verlorenheit glänzten in seinem Auge Bergreinheit, strahlender Himmel und blaue Schatten. Mitten im Tunnel stieß er aus seinem Sinnen laut hervor: »Man möchte ein Hund sein, der kann doch heulen, wenn es ihn würgt.« Ein Herr, der ihm gegenüber saß, fragte verwundert, was er meine. Reinhart besann sich auf die Erklärung zu seinem Gestöhne: »Ich habe heute einen Hund gesehen, der den Schlitten eines Lumpensammlers zog, und habe mich nun gefragt, ob so ein Hund aus Lust oder Verzweiflung so erregt bellt.« Der andere sah ihn mißtrauisch an und vertiefte sich in eine Zeitung, obschon bei dem schwachen Licht das Lesen unmöglich war.

7. Der Schweizerspiegel

Es war im März. Reinhart schlug das eiserne Tor der ›Seewarte‹ zu und machte sich auf den Weg nach der Fabrik. Eine Amsel jauchzte von dem Giebel eines der Nachbarhäuser so hell, als wollte sie allein die ganze Welt zum Frühling erwecken. In den Gärten regten sich die Knospen, die Ligusterhecken schimmerten schon grün, während auf dem welken Laub, das unter Bäumen und Büschen moderte, noch silbrig der Reif blinkte. »Wie lange hat die Amsel in den Büschen getrauert und gefroren und gehungert! Jetzt singt sie steil auf, als wäre ihr das Herz am Zerspringen vor Glück.« So sann Reinhart vor sich hin. Er trug einen Brief an Jutta in der Tasche.

An einer Straßenecke stand ein alter, etwas zerlumpter Mann mit einem Armvoll Papier und rief mit heiserer Alkoholstimme: »Der Schweizerspiegel! Lest den Schweizerspiegel! Sechs Blätter, alles umsonst!

Lest den Schweizerspiegel!« Er streckte Reinhart eine Zeitung hin und rückte sich dann den Zwicker zurecht, der durch die Bewegung etwas aus der Lage gerutscht war. »Ein verkommener Student«, dachte Reinhart, nahm das Blatt und drückte dem Ausrufer eine Nickelmünze in die Hand. »Der Schweizerspiegel! Lest den Schweizerspiegel!« klang es ihm mahnend nach. Unbewußt dem Schreier gehorchend, warf er einen Blick auf die Zeitung. Da stand in großen Lettern »Der Schweizerspiegel, fortschrittliches, unabhängiges Organ für Stadt und Land«. Und etwas tiefer in der Mitte zwischen zwei wagrechten Linien: »Redaktion Dr. Oswald Wäspi.« Von einer Parallelstraße herüber krächzte es vernehmlich: »Sensation, Sensation! Lest den Schweizerspiegel! Ein geheimnisvoller Mord.«

Richtig, da stand auf der zweiten Seite unter einem fett und groß gedruckten Titel zu lesen: »Gestern Abend fand die Polizei am Fluß unterhalb der Stadt im Gebüsch versteckt die Leiche einer weiblichen Person. Man vermutet, es handle sich um einen Lustmord. Die Untersuchung ist in vollem Gange, von dem Mörder fehlt zur Stunde noch jede Spur.« Wieder folgte ein in die Augen springender Titel und darunter die Notiz: »Die ärztliche Untersuchung hat einwandfrei festgestellt, daß es sich nicht um einen Lustmord handelt. Der Tod erfolgte durch Erwürgen. Das Geheimnis lichtet sich allmählich. Unsere nächste Nummer wird Sensationelles bringen.«

Reinhart mußte lachen: »Famos, Immergrün!« Er warf einen Blick unter den Strich. Dort stand das erste Kapitel eines Romans, der den Titel trug »Die Freudenhausgasse oder die Gesellschaft als Verbrecherin!« Reinhart war schon im Begriff, das Blatt in den Straßengraben zu schmeißen, als sein Blick auf eine weitere Verheißung fiel: »Der Schaukasten. Unter dieser Rubrik bringt der Schweizerspiegel Porträtstudien bekannter Politiker, Militärs, Industrieller, Kaufleute, Schriftsteller, Gelehrter. Unsere zweite Nummer wird sich mit einer allbekannten Persönlichkeit befassen. Wir wollen jetzt schon verraten, daß wir sie Ubique nennen werden, was wir etwa mit Allerweltskerl zu übersetzen bitten.«

Im Bureau fand Reinhart den ›Schweizerspiegel‹ schon auf Ferdinands Platz. Der Buchhalter Zweidler huschte herein und flüsterte: »Haben Sie das neue Blatt gelesen? Wirklich sensationell! Ob sich der Mann den geheimnisvollen Mord eigens für die erste Nummer bestellt hat?«

Am folgenden Morgen brachte der ›Schweizerspiegel‹ neue Einzelheiten über den Mord: »Auf der Toten fand sich ein Briefchen mit den Initialen

F.St. unterzeichnet. Dieser F.St. könnte wohl Licht in die Sache bringen, aber er wird sich hüten. Wir glauben, ihn mit Namen nennen zu können, wollen aber mit unserem Wissen zurückhalten, bis das Beweismaterial schlüssig ist. Für heute seien nur noch einige Einzelheiten angeführt: Im Munde der Dame, als direkte Ursache ihres Todes, fand sich ein grobes Taschentuch mit H. gezeichnet. Das allerwichtigste aber ist, daß die Frau kurz vor ihrem Tode geboren hat. Wir werden bald in dieses Dunkel hineinzünden und niemand schonen.«

Der Schaukasten enthielt statt eines Porträts ein Frage- und Antwortspiel: »Wer kennt Ubique? – Jedermann. – Was ist er? – Keine Person, sondern ein Typus. – Wo ist er zu finden? – Allerorten im Schweizerland: in allen Ratssälen, überall, wo ein politischer Kuchen zerschnitten wird, in der Kaserne, in allen Parteiversammlungen rechtshin, an allen Festen, Einweihungen und Grundsteinlegungen, auf allen Rednertribünen, in allen Kommissionen, dann und wann in seinem Geschäft, täglich am Stammtisch beim Kaffeejaß und Abendschoppen, umgeben von seinen Getreuen, von der Kellnerin mit Auszeichnung bedient, auf der Redaktion seines Leibblattes ... Nein, es geht wirklich nicht aufzuzählen, wo er ist; fragen wir der Einfachheit wegen lieber, wo er nicht ist. Antwort: Zu Hause. Frage: Ist Ubique all seinen vielfältigen Aufgaben gewachsen? Ich glaube, ich hörte irgendwo lachen. Soll das eine Antwort sein? Frage: Ist Ubique ein nützlicher Bestandteil unseres Staates? Hörte ich nicht schon wieder lachen? Wenn man mir nicht mehr Ernst entgegenbringt, breche ich für heute ab und werde morgen einen neuen Versuch machen.«

In der dritten Nummer stand an sichtbarer Stelle eine Berichtigung: »Zahlreichen Zuschriften und Anfragen müssen wir entnehmen, daß die in der gestrigen Nummer erwähnten Initialen F.St. eine falsche, ja peinliche Deutung erfahren haben, wir sind in der glücklichen Lage, versichern zu können, daß zwischen jenem Schriftstück und der Person eines unter uns hochangesehenen Mannes nicht die mindeste Beziehung besteht. Dies schon aus dem unwiderleglichen Grunde, weil der Setzkastenteufel die Hand im Spiel hatte und aus J.St. fatalerweise F.St. werden ließ. Zu dem Morde selbst können wir als neues Faktum die Aussage eines unserer Leser mitteilen. Er bemerkte in der betreffenden Nacht gegen zwölf Uhr auf dem einsamen Wege am Fluß einen Mann und eine Frau, die einen zweirädrigen Karren stießen. Auf diesem lag ein länglicher, mit einem Tuch bedeckter Gegenstand, der wohl eine Leiche hätte sein können. Der Mann trug einen breiten Schlapphut, die Frau war auffällig korpulent und hatte einen watschelnden Gang.«

Auf diese Weise wurden die Ergebnisse der Nachforschung Stück um Stück, wie sie der Tag brachte, den Lesern des »Schweizerspiegels« unter die Augen gerückt, während unter dem Strich der Kriminalroman seinen aufregenden, die Sinne kitzelnden Fortgang nahm und Tag für Tag mit einem neuen Rätsel, einer zu erwartenden, nicht auszudenkenden Überraschung, einer weite Ausblicke verheißenden Einzelheit schloß. Die Stadt und die Dörfer in weitem Umkreis wurden mit dem Blatt überschwemmt. Auf den Treppen der Mietskasernen sprach man von nichts anderem als von dem geheimnisvollen Mord und von der Freudenhausgasse. Die Dienstmädchen lasen die Zeitung in ihren Mansarden, die Schüler und Schülerinnen der Mittelschulen in den Pausen oder während des Unterrichts, die Bürgersfrauen nach dem Mittagessen, während der Mann sein Mittagsschläfchen überstand oder im Wirtshaus um den schwarzen Kaffee mit Kirsch spielte. Wer sich um das öffentliche Leben kümmerte, verfolgte die Schilderungen im Schaukasten. »Wer mag wohl gemeint sein?« tönte es am Stammtisch. »Wer? Ei natürlich! Ha, ha, ha! Daß ich nicht selber darauf verfiel! Ein verfluchter Kerl, dieser Wäspi! Der ›Patriot‹ hätte ihn halten sollen!« Vierzehn Tage lang wurde »Der Schweizerspiegel« ohne Entgelt ausgeteilt und verschickt. Das genügte, der feste Leserkreis war gebildet und mehrte sich fortwährend. »Woher wissen Sie denn das?« fragte eine Elster die andere. »Ach, woher weiß man dergleichen! Aus dem Schweizerspiegel.« – »Den muß ich auch halten.« – »Ja, das müssen Sie. Wissen Sie, daß man jetzt auch den Karren gefunden hat?« – »Welchen Karren?« – »Man hat doch die Leiche auf einem Karren an den Fluß gebracht.« – »Ja, ja, ich besinne mich darauf.« – »Und alles bringt der ›Schweizerspiegel‹ heraus. Lesen Sie einmal eine andere Zeitung! Das ist wie Spülwasser.«

In der Offizierskantine las der Instruktionsoffizier zweiter Klasse, genannt Schlaucher, nach dem Mittagessen den Kameraden schmunzelnd den Schaukasten vor. Er war bei der letzten Beförderung übergangen worden und erlebte nun an dem Artikel eine Genugtuung: »Wer hat Ubique schon zu Pferde gesehen? Der Anblick macht das Herz hüpfen. Sein Gaul ist gerade, was der Reiter braucht: er macht keine Seitensprünge mehr und ist über den Augen etwas weiß. Jeder Militärgaul wird einmal alt. Jeder Militärgaul muß einmal abgetan werden. Armes Tier! Der es reitet, ist besser daran, er sitzt fest im Sattel bis an sein seliges Ende.

Ubique wird einmal zu Pferd begraben werden, wie Alarich im Busento. Der weiße Roßhaarbusch wallt stolz über dem Hohen, als springe beständig ein Wasserschaumstrahl aus seinem Jupiterhaupte hervor. Die weiße Schärpe macht den Eindruck einer Bauchbinde oder eines Magenwärmers. Durchaus soldatisch! Was Ubique seinen besonderen Wert verleiht, ist der Umstand, daß er eine Kombination ist. Er ist Militär und Politiker zugleich. Er hält in der einen Hand den Säbel und in der andern die Klapper. Aus dem einen Nasenloch schnaubt er, aus dem andern säuselt er. Ja, es ist seltsam, im Ratsaal bewährt er sich besonders als Militär, auf dem Manöverfeld siegt er als Politiker. Eine Röntgenaufnahme des Politikers Ubique dürfte merkwürdige Flecken aufweisen, wir halten uns eine Platte schon lange bereit.«

An jenem Tage stürmte ein Freund Stapfers ins Bureau: »Hast du das gelesen, Ferdinand?« rief er, ihm den »Schweizerspiegel« hinhaltend. Ferdinand packte die Zeitung, warf sie auf den Boden und trat mit dem Fuß darauf. »Man muß dem Kerl das Handwerk legen!« meinte der Freund. »Man sollte erfahren, woher er das Geld hat.«

»Großes Geheimnis!« lachte Ferdinand bitter. Er hob die Zeitung vom Boden auf und hielt ihm die letzte Seite hin. »Fast alles auswärtige Inserate! Warte nur, bald wirst du die Propaganda für das Ausland auch im Text finden! Das wird nun so gemacht. Inseratenklitsche!«

In den nächsten Tagen war für den Schaukasten im Schweizerspiegel kein Raum, der seltsame Mord füllte alle Spalten, der Schleier war endlich von dem Verbrechen weggehoben worden. Die Dame wollte sich von den Folgen eines Verhältnisses befreien. Ihr Dienstmädchen, das einigen Bescheid wußte, wies sie an eine Frau, von der es behauptete, sie hätte in ähnlichen Fällen schon geholfen. Die Frau zeigte sich dienstbereit und erfüllte mit Hilfe ihres Mannes im Keller ihres Hauses das Begehren der Dame. Da diese vor Schmerzen laut schrie und Entdeckung zu befürchten war, steckte man ihr ein Taschentuch in den Mund, etwas zu tief. Und so geschah's. Die auf solche Art aus gemeiner Gewinnsucht zu Verbrechern gewordenen waren Davids und Paulas Eltern, die Eheleute Holzer.

Reinhart stieß an dem Tage, da die Zeitungen von diesen Dingen strotzten, zufällig auf David. Der Bursche, statt Reinhart auszuweichen, wie zu erwarten gewesen wäre, heftete auf ihn einen so trotzig grimmigen Blick, daß Reinhart nicht für gut fand, ihn anzureden, obschon er ahnte, daß der ehemalige Schulkamerad unter seiner bissigen Maske ein übervolles Maß von Schmerz und Scham verbarg, und ein teilnehmendes Wort wohl hätte brauchen können.

Nach dem Abendessen trieb es Reinhart zu ihm. Er wollte ihm zeigen, daß man das Verschulden seiner Eltern nicht auf ihn ablud. Er klopfte an Davids Türe. Ein leises Wimmern von einer Frauenstimme drang heraus. War David durch andere Mieter ersetzt worden? Er klopfte nochmals, kräftiger. Das Gewimmer verstummte, Tritte schlürften heran, die Türe wurde aufgezogen und ein mageres, schmales Gesicht erschien in der Ritze, von einem Lämpchen beschienen. Reinhart erkannte die Person sogleich, es war jene Emma, die er beim ersten Besuch gesehen hatte, Davids Versuchung, aber in den Zügen älter und härter geworden.

»Wohnt David Holzer nicht mehr hier?« fragte Reinhart.

»Ach Gott, ach Gott, Sie können ihn jetzt nicht sehen, jetzt nicht!« Emma machte Miene, die Türe wieder zuzustoßen, aber Reinhart trat entschlossen über die Schwelle. Da lag David auf dem Boden ausgestreckt, schwer atmend, mit geschlossenen Augen, aber offenem Mund. Die Backen brannten aus dem schwarzen Bart heraus, den er jetzt trug.

»Was ist ihm?«

»Sie sehen es ja, er ist betrunken!«

In diesem Augenblick begann das Gewimmer wieder, das Reinhart vor der Türe gehört hatte. Er sah sich um. In einer Ecke hockte eine kleine Gestalt mit strohgelbem Haar und wasserblauen Augen. »Liselein!« stieg es Reinhart im Gedächtnis auf. »Liselein mit der blonden Puppe!« Das Geschöpfchen hatte sich wenig verändert in den Jahren.

»Ist das nicht seine Schwester?« fragte er Emma.

»Er hat sie zu uns genommen, als man die Alten abführte.«

»Trinkt er jetzt?«

»Es ist das erstemal oder das zweite, nein, er ist sonst solid.«

»Tragen wir ihn zu Bett!«

Sie wollte David an den Schultern heben, in der Meinung, daß Reinhart an den Füßen anfasse. Er sah, daß sie schwanger war und trug David allein in die nebenanliegende Schlafkammer.

»Kann ich hier warten, bis er erwacht?« fragte Reinhart.

Sie zögerte, mochte aber nicht »nein« sagen. Sie hatte in den Augen jene Unsicherheit, jenes eingeschüchterte Zittern, in der ganzen Haltung jene fatalistische Unentschlossenheit, die man oft an Frauen ihrer Schicht bei nicht legitimen Verhältnissen beobachtet.

»Seit wann sind Sie verheiratet?« fragte Reinhart ohne Arg, als er mit ihr wieder im Wohnstübchen war. Sie errötete und erwiderte kurz: »Wir leben jetzt ein halbes Jahr zusammen.«

»Armer Kerl!« dachte Reinhart, »also hat er sich das Bleigewicht doch an die Füße schmieden lassen.«

»Liest er noch viel?« fragte Reinhart.

»Manchmal ganze Nächte durch, manchmal auch gar nicht«, gab sie zur Antwort.

Reinhart griff nach dem Buch, das auf dem Tische lag und blätterte darin. Es war stark zerlesen, da und dort ein Satz rot unterstrichen. Er las: »Was du zu sein die Macht hast, dazu hast du das Recht.« Und weiter: »Recht ist nur ein Sparren, ein Spuk, ein Unwirkliches, ein Hirngespinst, ähnlich wie Menschheit und Menschentum und dergleichen, von dem ich mich knechten lasse, während andere Vorteile daraus ziehen.«

Liselein schlich sich an Reinhart heran, setzte sich ihm kindlich zutraulich auf die Knie und klagte: »Denk, Onkel Melcher das Glas zerschlagen und die Flasche auch.«

»So, Onkel Melcher? War er so böse?«

»Ja, bös.«

Damit legte sie ihm das gelbe schwache Köpfchen an die Schulter.

»Geben Sie ihr doch einen Schupf!« zürnte Emma.

Reinhart ließ die Arme aber ungestört sitzen und las über ihren Nacken weg weiter. Bald schlief sie ein. Im Zimmerchen nebenan hörte man nach einiger Zeit ein Knurren. Emma eilte hinüber. Reinhart trug Liselein behutsam in eine Ecke, wo man für sie etwas wie ein Lager zusammengenistet hatte. Dann ging er Emma nach.

David hatte die Augen geöffnet und sah mit feuchten Blicken unbestimmt um sich, wie durch einen Schleier.

»Bist du da, Emma? Gib mir etwas zu saufen!«

»Ich habe kein Bier.«

»Wer sagt Bier? Ein Glas Wasser sollst du bringen! Verstanden! Und wer ist denn da? Aha, Sie! Was wollen Sie?«

Reinhart trat zu ihm hin. »Ich wollte Ihnen nur sagen, daß Sie mir heute nicht weniger wert sind, als gestern und – – in der Bubenzeit.«

»Aha, ja!« stöhnte David. Offenbar kam ihm der Grund, warum er sich betrunken hatte erst jetzt wieder zum Bewußtsein. Er heftete den Blick schärfer auf Reinhart, man sah, daß er sich bemühte, deutlich zu verstehen. »Ich will's glauben«, sagte er endlich, »du seiest nicht aus Schadenfreude gekommen.«

Reinhart faßte seine Hand, und David fuhr mit unsicherer Zunge weiter: »Ich danke dir! Sieh, ich war heute ein Schwein, aber ich habe es ersäufen müssen.«

Emma brachte ein Glas Wasser. Er stürzte es in einem Zug hinunter. Der kühle Trunk besserte seinen Zustand sichtlich.

»Hübsche Kirchweih, hä? Warum haben sie das getan, die Scheusale!« ächzte David.

»Ach, es ist immer das gleiche Elend, Geld, Geld!« erklärte Reinhart.

»Sie mußten doch nicht hungern.«

»Geld hat weniger mit dem Hunger zu tun, als man meint.«

David suchte dem Gedanken nachzugehen, schwenkte aber ab, als wäre er ihm zu schwer, und grollte: »Du mußt nicht meinen, ich lasse mich von dem Schmutz unterkriegen. Ich trage nichts, was nicht mein ist. Nichts!« Er sprach es, als kaute er Glas.

»Das verlangt auch niemand von dir. Ich gehe jetzt, schlafe dich aus und zähl auf meine Freundschaft.«

»Hör' noch«, sagte David, etwas nüchterner geworden. »Bei den Wahlen im Frühjahr wird es einen Mordsrummel absetzen. Es geht gegen deinen Alten. Er soll Dreck am Stecken haben. Unsere Presse und der »Schweizerspiegel« gehen zusammen. Es wäre besser, er ließe es nicht drauf ankommen. Ich sage das deinetwegen, sonst ist mir Grütze Grütze.«

Reinhart ging. Im Wohnstübchen saß Emma und strickte. Sie ergriff die Lampe, um ihm zu leuchten. Sie machte nun den Eindruck eines müden, geschlagenen Hündchens. Ihr Blick glitt schüchtern zu Reinhart hinauf und schien ihm für etwas danken zu wollen. In der Ecke schlief Liselein friedlich, wie ein Igel zusammengerollt.

Es ging auf Mitternacht, als Reinhart in der »Seewarte« anlangte. Im Schlafzimmer der Mutter war noch Licht. Er horchte, ob der Vater schon da sei. Da tönte es von drinnen: »Komm nur herein!«

Er traf Küngold am Bette der Mutter.

»Wir sind so ängstlich«, seufzte die Mutter mit geschlossenen Augen. »Wir spüren, daß sich etwas zusammenzieht. Der Vater wird immer gereizter, beim unschuldigsten Wort brennt er auf. Er war vorhin schrecklich!«

»Immergrün hat ihn angegriffen.«

»Ich weiß. Küngold hat mir alles vorgelesen. Das ist mir keine Sorge. Was hat man über Ferdinand schon geschrieben! Er war nachher immer noch ein bißchen höher angesehen als vorher. Wer ein gutes Gewissen hat, ist nicht zu verletzen. Drum verstehe ich ihn nicht mehr. Seht, Kinder, er hat mir das Leben nicht leicht gemacht, ich glaube, die Frau eines Politikers hat es nie leicht, aber ich habe alles getragen, weil ich sah, daß er auf mich abladen mußte, um draußen desto freier und leichter zu gehen. Und weil ich sah, daß an seine Ehre kein Spritzer kam, habe ich ihn immer verehrt. Ohne diese Gewißheit hätte ich es nicht ertragen!«

Sie schwieg. Sie erwartete von Reinhart eine Bestätigung ihres Glaubens, aber sie blieb aus. Reinhart erhob sich. Auch Küngold schlich sich weg. So blieb Frau Ulrike allein in der Finsternis, und die Zweifel zerrten an ihr mit spitzen Krallen. Sie erriet, daß Ferdinand nun verletzbar war, sie sah seinen Sturz voraus, wollte sich zum Glauben an ihn überreden und geriet immer tiefer in die Zweifel hinein. »Gibt es wohl noch ein Herz«, dachte sie, »auf dem man so herumgetreten ist, wie auf dem meinen?«

Lange nach Mitternacht kam Ferdinand heim. Er ging leise wie ein Dieb und machte kein Licht. So hielt er es immer, wenn er spät nach Hause kam. Sie wartete, bis er zu Bette war, dann fragte sie: »Was ist dir? Du verzehrst dich. Du solltest dich einmal aussprechen.«

Er wälzte sich herum und stieß zornmütig hervor: »Ruhe muß ich haben! Ich kann mich nicht den Tag lang abrackern und nachts noch mein Inventar aufnehmen lassen.«

»Warum denkst du nicht daran, dich zu entlasten? Diese Ämter, was hast du davon?«

»Und was hab' ich von euch? von dir, von Reinhart, von dem Mädchen? Man möchte seine eigenen Zähne fressen.« Er warf sich auf die Seite und kehrte ihr den Rücken zu.

Das war eine schlimme Nacht. Frau Ulrike begrub in ihr den Glauben an ihren Mann. Ihr ganzes Opfer war umsonst gewesen.

8. Ein Waffengang

Die Gefängnistüren hatten sich zwischen die Welt und hie Holzerschen Eheleute geschoben, die nun wie in Sargbretter vernagelt waren. Das Leben trieb neuen Schaum und Schlamm empor, der vom Redaktor des ›Schweizerspiegels‹ abgeschöpft und, zu einem prickelnden Gericht zubereitet, den Leuten aufgetischt wurde. Im Schaukasten setzte er die Maulwurfsarbeit gegen Ferdinand fort. Das politische Leben, das den Winter über gedöselt hatte, flackerte wieder auf. Die Wahltage des Frühjahrs meldeten sich an. Die Redaktoren landauf und landab steckten spitzere Federn an, rührten den Bodensatz ihrer Tintenfässer auf, machten salzigere Gesichter als sonst und legten den Weg von ihrer Wohnung oder dem Wirtshaus zur Redaktionsstube mit nervöser Hast zurück. Im ›Schweizerspiegel‹ war die Notiz zu lesen: »Gestern wurde die Leiche einer Frauensperson aus dem See gezogen. Es hat sich herausgestellt, daß es eine Arbeiterin der Stapferschen Fabrik war. Man vermutet, daß Nahrungssorgen die Bemitleidenswerte zu dem verzweifelten Schritt getrieben haben.« Diese Vermutung war durchaus falsch und mußte berichtigt werden, aber der Zweck war erreicht, der Name Ferdinand Stapfers in einen üblen Zusammenhang gebracht. Und so erschien er nun bald in dieser, bald in jener Ecke der Zeitung, immer auffällig gedruckt, immer mit etwas Anrüchigem verstrickt. Der »Patriot« erwiderte, stellte richtig, entrüstete sich, aber dadurch wurde die Aufmerksamkeit nur noch mehr auf Ferdinand hingeleitet.

Ein paar Tage vor der Wahlversammlung der Stapferschen Partei brachte der Schaukasten wieder einen längeren Artikel über Ubique: »Montesquieu hat gesagt, die Republik beruhe auf der Rechtschaffenheit. Ubique hält sich für ebenso rechtschaffen als ehrenwert. Warum sollte er nicht? In den Räten hat ihn noch keiner einen Spitzbuben genannt. Das genügt, meine ich! Ubique lebt überhaupt nicht für sich, sondern für den Staat, die Allgemeinheit. Er entfaltet seine größte Tätigkeit, wenn es sich um Zolltarife, überhaupt wirtschaftliche Fragen handelt. Alles selbstlos. Er opfert seine kostbare Zeit in den Räten, in den Kommissionen, in den Verwaltungsräten der Bahnen, arbeitet für den Staat soviel wie ein Dutzend seiner Kollegen. Alles selbstlos. Wie es immer noch Leute geben kann, die gegen die Ämteranhäufung anlaufen! Wie unvernünftig! Hat man einen tüchtigen Hengst, so soll man ihn springen lassen!«

Zwei Tage später wurde der Geschäftsmann Ubique geschildert. »Wollt ihr wissen, wie man eine Aktiengesellschaft gründet? Fragt Ubique! Darf ich einiges aus seinem Rezept verraten? Man wählt für die Gründung natürlich den Zeitpunkt, da man in der Klemme ist. Als Apport wirft man den Aktionären, die man aus der weitverbreiteten Gattung der Gimpel auswählt, faule Werte aller Art hin, als da sind: wertlose Patente, Guthaben, die man für sich schon lange in den Schornstein geschrieben hat, veraltete Maschinen, die man für erstklassig ausgibt. Ist die Gesellschaft rechtsgültig im Handelsregister eingetragen, stößt man seine Aktien ab, man ist wieder ein flotter Mann und um kein Deutchen weniger ehrenwert, als zuvor – –.« In dieser Weise wurde der Wahlkampf tagelang geführt. Der ›Schweizerspiegel‹ spritzte Gift wie ein Auto Straßenschmutz.

Ferdinand erwartete die Entscheidung einsam in seinem Arbeitszimmer. Er hatte in den letzten Wochen gealtert. Nicht, daß er an seinem Sieg gezweifelt hätte, seine Partei konnte ihn doch nicht fallen lassen, aber die Verunglimpfungen, die er den Gegnern nicht wie früher, mit einer stolzen Gebärde in die Zähne zurückschleudern konnte, zernagten ihn. Er mußte Immergrün wegen Verleumdung verklagen, den Zeitungen und all seinen Widersachern neue Nahrung bieten. Und wenn der Prozeß auch schließlich für ihn günstig ausgehen sollte, so blieb sein Ansehen doch gemindert.

Das Telephon läutete. Ferdinand erbebte leicht und legte die Hand ans Höhrrohr. »Hier Stapfer, wer dort? Ah, grüß Gott! Gewählt? – – Das will ich hoffen, aber wie? – Keine Zahlen? Du mußt doch die Zahlen kennen! Gut, läute, bitte, später an!«

Ferdinand wankte auf seinen Stuhl zurück. Daß sein Freund die Stimmenzahlen nicht wissen wollte, traf ihn wie ein Faustschlag. Auf der Treppe hörte er Schritte. Reinhart kam aus der Stadt zurück. Ferdinand rang einen Augenblick mit sich. Sollte er den Sohn seine Beklemmung sehen lassen? Dann sprang er zur Türe und rief ihn herein. Er suchte sich gelassen zu stellen, aber Reinhart sah ihm das Fieber an und las ihm die Frage aus den Augen.

»Du bist wieder gewählt«, sagte er, bevor der Vater fragte.

»Das weiß ich«, preßte Ferdinand heraus, »aber ich muß wissen, wie! Mach keine Umwege!«

»Du hast etwa zweihundert Stimmen mehr als Wäspi.« Ferdinand lachte wie ein Wahnsinniger: »Etwa zweihundert, etwa zweihundert!«

Reinhart erwartete, der Vater werde in Tränen ausbrechen, so sehr verzerrte ihm der Schmerz das Gesicht. Aber schon hatte er sich zusammengerafft und sagte mehr zu sich als zu Reinhart, langsam, jedes Wort von dem andern abgerissen fallen lassend: »Ich muß aus allem heraus, aus allem, ich bin ein ausgemusterter Gaul.«

Reinhart sah, wie ihn der Entschluß würgte, aber er bewunderte die Raschheit und Festigkeit der Entscheidung. Ferdinand entnahm der Schublade ein paar Briefbogen und begann zu schreiben. Offenbar teilte er der Partei und den Behörden seine Entschlüsse mit.

Am folgenden Tag nach dem Mittagessen kam das Estherlein vom Golsterhof in die ›Seewarte‹. Das Mädchen war gedrückt. Das Höckerlein auf seinem Rücken schien ein schwerer Ballen von Sorgen und Kummer zu sein. »Man hat mich geschickt«, begann es endlich seinen Auftrag. »Adelheid ist zu stolz dazu, Walter sagt, es gehe ihn nichts an, der Vater behauptet, es würde einen wüsten Händel absetzen, wenn er selber ginge, und die Großmutter ist zu elend auf den Füßen.«

Estherleins Stimme zitterte, als sie so, ungeschickt und auf Umwegen, ihrem Ziel zusteuerte. Jetzt hielt sie inne, wie vor einem Graben, den zu überspringen sie nicht den Mut fand. Ferdinand schaute unruhig über den Tisch weg nach der Türe, als hätte er Fluchtgedanken. Er erriet Estherleins Auftrag. Frau Ulrike, die nicht wie die andern das arme Gesichtlein sehen konnte, ermunterte das Mädchen mit ihrer sanften, wie aus dem Jenseits klagenden Stimme: »Was ist es nur, gutes Kind? So sprich doch, es wird nichts gar so Schlimmes sein.«

Estherlein begannen die Lippen heftig zu zucken, und endlich stieß es hervor: »Ich sollte den Onkel bitten, uns Geld zu geben, wir sind in der Not.«

Ferdinand stand auf und schöpfte tief Atem. »Du kommst wirklich im besten Augenblick! Ich kann jetzt nicht! Absolut nicht! Ich will aber sehen, in ein paar Tagen, in ein paar Wochen vielleicht!«

»Ich sollte es jetzt haben«, klagte Estherlein.

»Wenn ich aber nicht kann, Himmeldonnerwetter!«

»Aber Vater!« rief Küngold vorwurfsvoll.

Estherlein vermochte seinen Schmerz nicht mehr zu meistern. »Oh, das Geld, das dreckige Geld!« schluchzte es seinen Jammer hervor. Das Wort erhielt in seinem kindlichen Mund etwas Ungeheures. Estherlein stand auf, wollte fliehen, zur Türe hinaus, auf die Straße, nach Hause, von der Scham gehetzt in seiner Bettelhaftigkeit. Es sah Reinhart vor sich, der aufgesprungen war. Es wollte sich dem vergötterten Vetter in seiner Not an den Hals werfen, aber die Arme reichten nicht hinauf. Da sank es an ihm herunter, umfaßte seine Knie und flehte und schluchzte: »Hilf du, Reiner, hilf du!«

Er bückte sich zu der Unglücklichen hinab und trug sie auf den Armen wie ein kleines Kind hinaus und hinauf in sein Zimmer. Er bettete sie auf das Sofa und redete ihr lange tröstlich und aufrichtend zu. Sie erleichterte ihr Herz: »Oh, es ist auf dem Hof nicht mehr zum Leben. Der Vater ist fast immer betrunken, fast jeden Tag kommt ein Zahlungsbefehl, die Großmutter hat rote Augen, weint vom Morgen bis zum Abend und möchte sterben, Agathe nennt uns ein Lumpenpack. Wenn wir verlumpen! Stell dir die Schande vor, Reinhart! Wenn das der Großvater erlebt hätte! Und wenn es die Großmutter erleben sollte! Ich habe so Angst gehabt, zu euch zu kommen. Die Großmutter hat gesagt: Der Ferdinand wird schon helfen. Aber ich habe gewußt, daß er nicht wollen werde!«

»Nicht kann!« berichtigte Reinhart.

»Ja, ja, der Vater hat gestern Abend gesagt, der Onkel liege jetzt im Graben, drum mußte ich kommen. Es ist alles so schmutzig! Ich habe fast die ganze Nacht nicht geschlafen. Ich habe geschwitzt, das Toggeli hat mich gewürgt. Darauf, gegen Morgen, hat es mir geträumt, ich gehe oben über den Berg, du weißt, gegen das Wirtshaus hinunter. Ich habe lange Schritte genommen, ich war ganz groß, noch größer als Adelheid. Und ich war so gerade wie sie. Von weitem kamst du geritten, in der Uniform, mit dem weißen Roßhaarbusch und winktest mir zu. Ja, du winktest mir her. Ich wollte dir rufen: Sieh, Reinhart, ich habe keinen Höcker mehr! Ich setzte an und wieder an, aber ich brachte das Wort nicht heraus. Dann fuhr ich auf. Ich war erst ganz selig. Reinhart wird auch Freude haben, fuhr es mir durch das Herz. Ich griff nach dem Rücken und dann heulte ich ins Kissen wie ein Hündlein.«

Reinhart faßte ihre Hand: »Trag's, Esther, du bist allweg ein guter und grader Mensch.«

»Ach, Reiner, ich will ja nur im Traum etwas glücklich sein. Ich weiß wohl, für mich gibt es nur leere Schüsseln und ausgeschüttete Gläser. Ich habe mich darein gefunden, nur manchmal reiße ich ein wenig an meiner Kette, wie eins im Stall. Der Traum war doch gut, ich bin lieber gekommen nachher. Es war mir, du habest mir Mut machen wollen, und seiest mir wirklich und in Güte entgegengeritten, auf deinem hohen Roß!«

Draußen tastete sich etwas an die Türe heran. Reinhart öffnete, es war die Mutter. Er führte sie herein und ließ sie auf dem Sofa neben Estherlein Platz nehmen. Sie suchte die Hand des Mädchens, hielt sie fest und sagte: »Die Schwächsten müssen immer das Schwerste tragen. Ich will dir helfen, so gut ich kann.« Und zu Reinhart gewendet: »Ich habe da etwas Schmuck zusammengesucht. Schau, daß du Geld dafür bekommst. Was soll Schmuck noch in unserem Hause! Nur diesen Ring behalte du, er ist von meinem Vater.«

Reinhart nahm die Hänger, Kettchen, Ringe, Broschen und Medaillons zögernd aus ihren zuckenden Fingern und verließ bald darauf mit Estherlein das Haus.

9. Die Wende

Die Stadt wimmelte von Menschen, von weit her waren sie herbeigeströmt; ganze Eisenbahnzüge voll Schaulustiger über den Rhein hereingerollt. Die Hauptstraßen waren beflaggt, neben den Standes- und Landesfarben blähte sich da und dort fremdes Bannertuch in der silberigen Septemberluft. Die Stadt erhielt Monarchenbesuch. Seit Jahrhunderten hatte sie keinen Fürsten mehr öffentlich empfangen und wußte sich denn auch nicht recht ehrenfest und selbstsicher zu benehmen. Sie hatte etwas Kindisches in ihrer Schaulust und Festaufmachung und vergaß halb ihr republikanisches Herz und den Stolz eines Volkes, in dem auch der ärmste Schusterjunge in der Theorie auf alle Kronen und gekrönten Häupter pfeift.

Reinhart schlenderte dem Zentrum der Stadt zu. Er hoffte Jutta zu sehen, denn daß die Homberg von Aarwald hereingekommen seien, nahm er ohne weiteres an. Der Fahrdamm der Hauptstraße war frei gehalten, Polizisten, Soldaten, Turner, Feuerwehrmänner bildeten längs des Fußsteigs zwei undurchlässige Mauern, etwas fremdartig Neues für den Einheimischen. Buben hingen wie Länglerbirnen an den Ästen der Bäume, die längs der Straße standen. Alle Balkone und Fenster waren dicht besetzt, hohe Mietpreise waren dafür bezahlt worden. Wo Nebenstraßen einmündeten, hielten Automobile und andere Fuhrwerke, in denen die Leute erwartungsvoll standen oder saßen und über die Köpfe der Fußgänger hinwegspähten. Reinhart ging hinter der lebendigen Schutzmauer durch, von Gasse zu Gasse, und musterte alle Autos. Da endlich entdeckte er Jutta. Hans Beat, Tante Lilly und Direktor Geierling waren mit ihr. Vorn neben dem Chauffeur saß, eine Zigarette nachlässig im Mundwinkel hängen lassend, Georg. Jutta winkte eifrig mit dem Taschentuch nach einem gegenüberliegenden Bankgebäude. Dadurch hatte Reinhart sie zuerst wahrgenommen. Drüben, auf einem Balkon, standen Minna und ihr Mann in einem prunkenden Kreis von Bankdirektoren und alten und jungen Damen.

Reinhart näherte sich dem Hombergschen Automobil in der Hoffnung, einen Blick von Jutta zu erhaschen. Aber ihre Blicke flogen bald die Straße hinab, bald hinüber zu dem glänzenden Balkon, auf dem man fortwährend Diamanten und anderes Gestein aufblitzen sah. Sie selber trug ein kostbares Perlenhalsband, das Reinhart noch nie an ihr gesehen hatte. Zuweilen neigte sich Geierling zu ihr hinüber und schien etwas Verbindliches oder Erklärendes auf sie hinabrieseln zu lassen. Der alte Hans Beat saß unbeweglich auf dem Rücksitz neben seiner neugierig erregten Schwägerin. Reinhart schien, sein Blick sei auf ihn gerichtet. Hatte er ihn erkannt? Er mußte wohl, aber er verriet es mit keiner Miene, er schaute starr vor sich hin wie durch eine Maske. Reinhart schritt den Weg, den er gekommen war, zurück. Ein alter Mann mit struppigem grauem Bart machte sich an ihn heran und redete ihn wie einen Bekannten an: »Könnt Ihr mir sagen, guter Freund, bin ich in der Schweiz oder im großen Kanton?« Kopfschüttelnd setzte er seinen Weg fort, kehrte aber nochmals zurück, klopfte Reinhart auf die Schulter, indem er verschmitzt blinzelte: »Der muß ein hagelschlechtes Gewissen haben!« Dabei deutete er auf die Schutzmauer der Soldaten und Turner. Man merkte an der Bewegung der Leute, an dem Recken und Drehen der Hälse, daß die Gäste nahten. Ein Trupp Kavallerie klapperte und klirrte vorüber, hinter ihm rollte ein Wagen mit ein paar glitzernden Uniformen, darauf ein Zweiter mit zwei Insassen: die massige Gestalt des Bundespräsidenten in Frack und Zylinderhut, in weißem Bart und Haar, an seiner Seite der erwartete Gast in der schmucklosen, für den Fall etwas zurechtgestutzten Uniform eines schweizerischen Obersten. Sein Schnurrbart war hoch gesträubt, Reinhart meinte einen Doppelgänger Geierlings zu sehen. Die Zuschauer lüfteten die Hüte, einige Kehlen schrien Hurra, die Uniform im Wagen salutierte in das Volk, strenggnädig, und sprach dabei beständig auf den Zylinder ein, der hoch neben ihm aufragte. Während man den beiden nachgaffte, glitten die andern Wagen kaum beachtet vorüber. Die Menge drängte, die Schutzmauer durchbrechend, ungestüm nach. Hart an Reinharts Ohr schnarchte die Hupe eines Autos, die Familie Homberg suchte sich durch die Menge hindurchzuzwängen. Geierling sprach eifrig und freudig auf Tante Lilly ein. Hans Beat hatte sich in eine Miene geworfen, die zeigen sollte: »Mein Adel ist ebenso alt wie der des Gekrönten.« Jutta wiegte sich vornehm in ihrer fürstlichen Schönheit. Wovon träumte sie? Ihre Wangen schimmerten rot, ihre Lippen glühten.

Reinhart schlenderte verdrossen auf leeren Seitenstraßen der ›Seewarte‹ zu. Er war mit allem unzufrieden, mit der Schweiz zumeist. Wie er in den Garten trat, kam ihm Küngold entgegen: »Er ist in schrecklicher Laune! Ist das ein Leben!«

Das Haus war still wie eine Totenkammer. Reinhart trat in die Wohnstube ein. In ihrem Lehnstuhl saß Frau Ulrike und weinte still vor sich hin. Ferdinand stand gebeugt am Tisch und starrte auf einen Papierbogen, der neben einem gelben Umschlag lag.

»Was ist vorgefallen?« forschte Reinhart.

»Hundsfötterei!« knurrte Ferdinand, indem er mit einer Bewegung des Kinns nach dem Papier wies.

Reinhart ergriff das Blatt; es enthielt das Urteil im Prozesse Ferdinands gegen den ›Schweizerspiegel‹. Der Form nach hatte Ferdinand gewonnen, Immergrün war in eine Buße verfällt worden, da ihm, wie es in der Begründung hieß, der Beweis für die gegen Ferdinand Stapfer erhobenen Anschuldigungen nicht einwandfrei gelungen war.

»Ist das nicht eine Infamie! Ein solcher Schuft, ein solcher Schmutzfink! Ich möchte ihn niederschießen wie einen räudigen Hund!« So wetterte Ferdinand und bückte sich nach einer Karte, die ihm aus der Tasche gefallen war. Er schlug sie wild auf den Tisch: »Auch das ist eine Infamie! Man hat es darauf abgesehen, mich zu verhöhnen. Und wer? Gerade sie, meine Freunde! Pfui Teufel!«

Reinhart hörte aus den Worten des Vaters eine Aufforderung, die Karte zu lesen. Sie enthielt die Einladung der Behörden zu einer Seefahrt, die man am Abend dem fürstlichen Gast zu Ehren veranstaltete.

»Was ist denn da weiter dahinter?« warf Reinhart hin, um den Vater zu beschwichtigen.

»Bist du so ein unschuldiges Lamm? Als was würde ich gelten und auftreten? Als abgedankter Oberst, als durchgefallener Nationalrat, als ein ... Oh, sie wußten, daß ich der Einladung nicht folgen kann, darum haben sie sie geschickt!«

»Du siehst Dinge, die nicht sind!«

»Willst du mich die Menschen kennen lehren? Könnte man heut' abend meine Freunde durchsuchen, man würde bei jedem in einer Tasche den ›Schweizerspiegel‹ finden mit dem Kommentar zum Urteil.«

»Übertreib' doch nicht! Wie du argwöhnisch geworden bist!«

Frau Ulrike löste Reinhart sachte ab: »Laß doch die Welt und ihren Schmutz! Man hat schließlich nur sich selber. Man hat deiner politischen Laufbahn ein Ziel gesteckt, lebe nun dir, und wenn du es kannst, ein bißchen uns!«

Die arme Frau hatte es gut gemeint. Ferdinand aber war wie von einem Peitschenhieb getroffen. Er sprang empor: »Auch du höhnst mich, du sanfter Satan!« Er ergriff das schwere Falzbein, das vor ihm lag und erhob die Hand. Er beherrschte sich aber im letzten Augenblick und wandte sich um. Bei der Drehung erblickte er im Spiegel das Bild seiner Frau und schon flog das Falzbein in die blanke Scheibe und zerschmetterte sie. Sobald das Glas zu Boden klirrte, wurde Ferdinand ruhig und nüchtern. Er eilte auf Ulrike zu und bückte sich zu ihr nieder. Reinhart eilte hinaus. Er hätte sich erst auf seinen Vater stürzen mögen, wollte aber jetzt, da offenbar ein Versöhnungswerk im Gange war, es durch seine überflüssige Gegenwart nicht schwächen.

Er irrte aus der Stadt hinaus wie im Taumel, an der Berglehne hinan. Wie war es doch? Der Vater hatte seine Hand gegen die Mutter erhoben und sie im Bild geschlagen. Stand es so zwischen den beiden? Arme Mutter! Du hast ihm alles geopfert, dein ganzes Leben, und nun? Die Liebe dahin, das Ansehen zertrümmert, das Augenlicht erstorben, Küngold unglücklich, die Armut vor der Türe, der Sohn ein Feigling, der dich im Stiche läßt!

Die Nacht kroch schon unten an die Stadt heran, als Reinhart, oben auf dem Berg, aus seinem Dämmerzustand heraussah. Er warf sich aus dem Pfad hinaus in eine Wiese, auf der das Emd in kleinen Haufen lag. Neben ihm flüsterte der Wald. Unten gärte das Häuserchaos der Stadt. Den See herunter glitt ein hell beleuchtetes großes Dampfboot, einer Unzahl farbiger Lichter zu, die auf dem Wasser wie Irrwische durcheinander tanzten. Man erriet die Schatten gleitender Gondeln, das Schwanken der Lampions, den friedlichen Gang der Wellen. Bengalisches Licht leuchtete da und dort auf, bald am Seeufer, bald auf einem der

Hügel der Stadt, bald auf den gegenüberliegenden Höhen, und warf seinen magischen Schein auf eine Kirche, einen Turm, eine Villa, einen feenhaften Garten. Musik klang herauf, hier vom großen Schiff, dort vom Strand, wie Ruf und Gegenruf. Und nun schoß eine erste Rakete wie ein Jauchzer in steilem Bogen durch die Luft. Ihr folgte eine zweite, eine dritte, ein ganzer Schwarm. Die Luft erbebte von Schüssen, hoch über dem Seebecken wurden Sterne ausgesät, goldene und silberne, grüne, rote, blaue, einzeln, in Ketten, in Girlanden, ein ganzes Paradies. Sie verweilten kurz im Raum, schwebten groß herab, und erloschen, bald still, bald mit einem Knall. Über dem sich immer erneuernden Sternenregen begann eine Seeschlacht zu toben: Feuerkugeln in bunter Mischung wurden von Boot zu Boot geschleudert, schossen zornig aus dem Dunkel hervor, kreuzten ihre leuchtenden Farben und versanken im See oder löschten ihr Scheinleben und ihre unkriegerische Kunstseele im Fluge aus. Eine halbe Stunde mochte das Farben-, Licht- und Donnerspiel, immer belebter und prachtvoller werdend, gedauert haben, als sich auf einmal die Erde sprühend auftat und unter ohrbetäubendem Tosen eine ungeheure goldene Funken- und Sternengarbe in den pechschwarzen Himmel spie.

Reinhart sprang auf, er hatte in dem Feuersprühen deutlich die ›Seewarte‹ gesehen. Er dachte an die Mutter und ihre Blindheit, was wird sie in ihrer Finsternis während des Feuerwerks gedacht und gelitten haben! War der Vater bei ihr? Eine Sehnsucht nach ihr erfaßte ihn. Er eilte den Berghang hinunter. In den Uferanlagen wimmelte es von Menschen, er hatte Mühe, sich durchzudrängen, alle schienen von dem Licht- und Farbenspiel berauscht zu sein.

Die ›Seewarte‹ lag still und dunkel in ihrem Garten, kein Fenster war hell. »Sie ist zu Bett gegangen«, dachte Reinhart, »und er und Küngold wohl auch, was soll ich da?« Er zog das Gartentor, das er halb aufgestoßen hatte, wieder zu. Ihm graute vor dem Haus. Es drängte ihn in dem Dunkel nach einem liebenden Herzen, vielleicht würde er Jutta antreffen. Liebende finden sich immer, hatte er einmal gehört. Er machte den Umweg durch die Rittergasse. Im Hombergschen Hause war Licht. Jutta brachte also die Nacht in der Stadt zu. Lange stand er im Schutze der Rotbuche, um einen Schein, einen Schatten, einen Ton zu erhaschen. Nichts. Ein Fenster erstarb, dann ein zweites, dann das letzte. Da ging er weiter. Am Ende des Sees, nah am Ufer, lag eine kleine Insel, auf der eine Gartenwirtschaft betrieben wurde. Vor der Brücke, die zur Insel hinüberführte, stand ein Auto, das Reinhart als den Hombergschen Martiniwagen erkannte. Die Insel war gedrängt voll. In den grünen Nischen, die den Garten einfaßten, herrschte lautes Festleben. Eine der Nischen schien zu überquellen, wie von der Festfreude gesprengt. Die Gesellschaft, die dort zechte, hatte Zuwachs erhalten und sich durch Anschieben von Tischen weit in den Garten hinausgedrängt. Reinhart hörte die schnarrende durchdringende Stimme Geierlings. Er hielt offenbar einen Trinkspruch und nun krächzte es aus zwanzig Kehlen: »Rra, rra, rra!« Tief in der Nische, in einer Ecke, saß Georg, wie von den andern abgesondert, und trieb den Zigarrenrauch in seine Versonnenheit. Reinhart wollte den Garten wieder verlassen, als ihm Geierling, der ihn entdeckt hatte, zurief: »Na, Herr Stapfer Junior, sind wir Ihnen zu vergnügt?« Reinhart sah sich nach einem Platz um und setzte sich trotzig. Geierling warf ein paar Worte in seine Tischgesellschaft, die sich gleich mit Schmunzeln überzog und flüchtige Blicke nach Reinhart zwinkerte. In der Nische nebenan sangen Welsche, junges Studentenvolk, ihr: »Gentille batelière, venez dans mon château ...« Kaum war der trällernde Kehrreim verklungen, als Geierling und mit ihm sein ganzer Tisch losbrach: »Es braust ein Ruf wie Donnerhall ...« Der ganze Garten horchte auf bei den geharnischten Noten. Dann prallten die Biergläser zusammen wie Schilde in einem mittelalterlichen Gefecht. In der welschen Nische vibrierte eine hohe Frauenstimme: »Allons, enfants, de la patrie ...«

»Unerhört!« schrie Geierling, »das ist eine Herausforderung!« Und zu den Welschen gewendet: »Unser allerhöchster Kriegsherr ist in dieser Stadt!«

Die Sängerin verstand es nicht oder wollte es nicht hören: »Contre nous de la tyrannie l'étendart sanglant est levé - - -«

»Skandal!« rief Geierling und schlug sein Bierglas mit Wucht auf die eiserne Tischplatte, die wie ein Alarmschuß aufdonnerte. Eine Sekunde später wuchteten alle Gläser der Tischreihe wie schwere Hämmer auf und nieder.

Nebenan sang nun der ganze Chor: »Aux armes, citoyens - - -«

Mit einem Schlag veränderte sich das Bild. wie zwei Kampftruppen stand man sich gegenüber, deutsche und welsche Flüche prasselten gegeneinander, helle und dunkle Augen blitzten ineinander. Krüge drohten in den Fäusten wie Keulen, Stuhllehnen wurden erfaßt. Der Wirt kam gelaufen und mahnte zur Ruhe. Der ganze Garten drängte sich heran. Geierling schrie: »Man hat uns beleidigt!«

»Ich rufe die Polizei«, drohte der Wirt. »Sommes-nous chez nous ou non? Vive la Suisse!« rief ein Welscher »Deutschland, Deutschland über alles!« sprang es ihm entgegen.

Die Umstehenden gruppierten sich. Es bildete sich eine große Leere um Geierlings Truppe, sein Tisch schien wie von den andern ausgeschieden. Ein rascher Stockhieb zerschlug die elektrische Lampe, die darüber strahlte, man wußte nicht, wer ihn geführt hatte.

»Ich rufe die Polizei!« schrie der Wirt wieder mit ohnmächtiger Stimme.

»Verlassen wir dieses gastfreundliche Lokal!« schnarrte Geierling. »Kellnerin, bezahlen!«

Es trat Ruhe ein. Die Zuschauer zerstreuten sich, die langen Tische wurden leer, nebenan begannen übermütige, verliebte Stimmen zu kichern und zu kosen.

Geierling schritt an Reinhart vorbei. Plötzlich, mit einem kurzen Ruck, stellte er sich vor ihn hin: »Schöne Bagage, was, Ihre welschen Brüder!«

»Gehen Sie, Sie sind ja betrunken!«

»Betrunken? Aber immer noch heller als Sie! Was macht denn der Herr Papa? Ist wohl auf dem Schiff seiner Majestät vorgestellt worden, Blüte der Schweiz!«

Im nächsten Augenblick waren die beiden aneinander. Reinhart war dem Gegner in blinder Wut an den Hals gesprungen, drückte ihn gegen die Tischkante und schlug ihn mit der Faust ins Gesicht. Man eilte herbei und riß sie auseinander. Geierling verschwand. Reinhart setzte sich wieder. Er bebte. Er hatte Feuer in sich und stürzte sein Glas in einem Zug hinunter. Die Welschen tranken ihm zu. Da ging auch er. Er schämte sich. Er erinnerte sich an Mauderlis: »Ich ersäufe es zuweilen.« Ja, er wollte sich auch einmal sinnlos betrinken, auch einmal vergessen, vergessen! Er sah David in seinem Rausch: »Diese Leute tun immer triebhaft das Zweckmäßige.« Er ging an den großen hellen Bierlokalen vorüber, da war jetzt nicht sein Ort. Aus einer schmalen Nebengasse drang Musik. Er trat ein. Alle Augen waren auf seinen Rock gerichtet, so schien es ihm. Er setzte sich an einen leeren Tisch. »Hell? Dunkel?« fragte ihn eine Kellnerin. Er wußte nicht, warum er helles Bier begehrte, weil es Juttas Farbe war? Er leerte das Glas in zwei Zügen. Im Hintergrund hämmerte ein langer dünner Mann, eine ellstabförmige Gestalt, auf ein Klavier los, während ein Alter, Dicker die Flöte blies, mit seiner langen Nase, wie es schien. Die Kellnerin brachte das zweite Glas und blieb stehen. Reinhart spürte ihr Knie an seinem Schenkel. Er wich etwas zurück, das Knie rückte leise nach und es tönte Reinhart gutmütig ins Ohr: »Warum nicht lustig sein an einem solchen Tag, Herr?« Er horchte auf. Hatte er dieses Wort nicht schon einmal gehört? Richtig, in der ›Sommerfreude‹! Er sah dem Mädchen ins Gesicht. »Sind Sie jetzt hier, Fräulein?« fragte er, als wäre er sicher gewesen, die Kellnerin von der ›Sommerfreude‹ vor sich zu haben.

»Man geht dahin, wo man was verdient. Man lebt doch vom Geld!«

»Wirklich? Vom Geld?« warf er mechanisch hin.

»Man muß sich von Zeit zu Zeit verändern, Herr!«

»So, so, Sie haben sich also verändert.«

»Sie sind ein Spitzherr!« lachte sie überlaut. Sie wagte doch nicht zu sagen Spitzbube, wie sie es meinte. Ihre Hand stieß ihn leicht in die Lenden.

»Holen Sie mir noch ein Glas!« befahl er. Sie trippelte davon. Er brachte rasch seine Knie unter dem Tisch in Sicherheit. Sie entdeckte es gleich, als sie wiederkam.

»Der Herr sind traurig und lassen sich nicht helfen«, schmollte sie. »Es ist doch alles Wurst, einmal Knacker, einmal Frankfurter.«

Er goß noch ein paar Glas rasch hinunter, ohne Besinnung. Er spürte den Alkohol durch sich rieseln. Heiß fuhr es ihm durch den Hals zu den Schläfen empor. Der Biergeruch des dumpfen Raumes umhüllte ihn wie Nebeldunst. Er legte ein großes Trinkgeld auf den Tisch und erhob sich rasch. Die Kellnerin warf einen Blick darauf und flüsterte, während sie ihn zur Türe begleitete: »Ich bin immer da. Ich bin keine wie sie meinen, aber weil der Herr gar so traurig ist!«

Draußen wehte Reinhart die kühle Herbstluft entgegen. Es war wie ein Bad nach dem schmutzigen Dunst der Kneipe.

»Wo bring' ich's zu End'?« dachte er und schritt planlos durch die Gassen, die immer noch belebt waren. Er wußte nicht, wie lange er so gegangen war. »Ich habe Durst«, raunte er sich zu, obschon er wußte, daß er gar nicht durstig war. Viele Wirtschaften waren jetzt geschlossen, da und dort sah man durch die Fenster, wie die Stühle bei geschlossenen Türen auf die Tische gestellt wurden. Eines der großen Cafés war noch offen, die Leute saßen dicht gedrängt darin. Reinhart stürzte, am Schenktisch stehend, ein Glas hinunter. Und wieder irrte er durch die Nacht. »Wird es genügen?« schwamm es ihm durch den Sinn. Er gelangte in die Seeanlagen und setzte sich auf eine Bank. Sein Blick streifte über das Wasser. »Dort ist die ›Seewarte‹.« Sie stieg dunkel, dämonisch aus der Flut empor. Reinhart hatte Schlaf. Ein Stern funkelte so stark herab, daß er einen leichten Goldstreifen aufs Wasser streute, bis in den Schatten der ›Seewarte‹. »Seltsam, wie das Licht eine Macht hat«, dachte er. Dann nichts mehr.

Als er erwachte, lehnte sich eine Gestalt an seine Schulter. Er sprang erschreckt auf, die schlaffe Gestalt sank halb hin, raffte sich zusammen und schimpfte im Halbschlaf über die Störung. Er ging rasch davon. »Aller Schmutz hängt sich an mich in dieser fluchbeladenen Nacht.« Er schüttelte sich, wie um etwas von sich zu tun. Er schritt über die Brücke, der Morgen war nicht mehr fern. »Hier hat Georg damals gespien«, sagte er sich, verwundert, daß ihm nicht ein gleiches begegnete, »war ich überhaupt betrunken?« Es war ihm furchtbar öde in Brust und Kopf.

Er trat mit schlechtem Gewissen in den Garten der ›Seewarte‹. Etwas wie ein wimmern drang zu ihm hin. Er ging dem Laute nach und stieß aufs Gartenhäuschen, dessen Türe offen stand. Eine dunkle Gestalt kauerte darin. »Bist du's, Küngold? Was treibst du hier, so spät?«

»Ich hab' es nicht getan, ich hab' es nicht mit Fleiß getan!« stöhnte sie. »Hilf! Hilf! Ich habe es ihr vorgelesen, du weißt, und dann hat sie sich eingeschlossen und dann ...«

Nun sah Reinhart genauer hin. Auf dem Boden lag eine andere Gestalt ausgestreckt. Er bückte sich und tastete danach. Seine Hand wurde feucht.

»Laß sie, laß sie schlafen!« flüsterte Küngold.

»Wer ist's? Die Mutter! Ums Himmelswillen!«

»Laß sie schlafen! Ich habe sie aus dem See gezogen. Ich allein, warum kamst du nicht, ich hab' dich doch gerufen! Sie war so schwer. Ich habe sie schleifen müssen, da auf dem Kiesweg. Jetzt wacht sie auf! Üüü!«

Küngold stürzte davon. Reinhart kniete neben der Mutter nieder und rief ihr zu, er rüttelte sie. Nach und nach dämmerte ihm der Zusammenhang auf. »Richtig, sie haben sich ja gezankt! Die Versöhnung war Scheinwerk, bloßes Scheinwerk. Sie hat sich von Küngold das Urteil vorlesen lassen, mit allen Anschuldigungen, sie hat seine Machenschaften erraten, sie hat den letzten Stützpunkt verloren. Dann stürzte sie in den See.«

Es dämmerte hinter dem Berge, als Reinhart die Mutter auf die Arme nahm und ins Haus trüg. Alle Türen standen offen. Er stieß das elterliche Schlafzimmer auf. Der Vater lag unausgekleidet auf dem Bett und schlief wie ein Stein. Er hatte sich wahrscheinlich im Zorn auch betrunken und, als er heimkehrte, gar nicht bemerkt, daß seine Frau nicht da war. Er machte ja nie Licht, wenn er so heim kam. Reinhart trug die Mutter in sein Zimmer hinauf, bettete sie auf den Boden und legte ihr sein Sofakissen unter den Kopf. Sie war ganz blau im Gesicht und sah unendlich traurig aus. Sie trug keine Schuhe, sie war im Nachtkleid. Nun erst strömten Reinhart die Tränen hervor, und er preßte seine Lippen auf den kalten, nach weichen Mund. »Der gute Geist ist tot, der gute Geist ist tot!« klagte er in endloser Wiederholung und dachte an die Mutter und die ganze Welt.

»Küngold!« fuhr es in ihm empor. Er schlich hinaus, auf den Zehen, als wäre Gefahr, die Mutter aus ihrem Erlösungsschlaf zu wecken. Er klopfte an die Türe seiner Schwester, es kam keine Antwort. Er trat ein, das Zimmer war leer. Er eilte in den Garten hinunter und suchte. Der Tag war erwacht und schlich sich durch die Büsche. Unter dein Eibenstrauch fand er sie, jenem alten Eibenstrauch. Sie hatte sich wie in eine Höhle verkrochen. Er bog die Zweige zurück. »Komm doch!« Sie sah ihn mit verstörten, fremden Augen an, wie ein verfolgtes, in die Enge getriebenes Wild. Er faßte sie sanft am Arm. Sie schrie auf wie unter einem fürchterlichen Schmerz. Wieder bat er. Sie fing an mit den Händen zu scharren, als könnte sie sich in die Erde wühlen. Lange feilschte er mit ihr und zog sie endlich mit Gewalt hervor. »Komm ins Haus!« Sie schauderte zusammen. Er wollte sie mit sich fortziehen, sie schrie, daß ihn fror, mit einer seelenlosen, fast tierischen Stimme. »Wo willst du denn hin?« fragte er.

»Fort, fort, zur Mutter!« stieß sie aus.

»Sie ist im Haus, komm!«

»Nein! Fort, fort!« Sie strebte nach dem See.

Er wollte sie anfassen und ins Haus tragen, da schlug sie wild gegen ihn. »Fort! Fort!«

Der Golsterhof erschien ihm wie eine Rettungsinsel.

Sie horchte bei dem Wort auf und rief dann fast lachend: »Ja, nach dem Golsterhof!«

»So komm und kleid' dich um.« Er sah, daß sie naß und beschmutzt war. Aber wieder packte sie das Entsetzen vor dem Haus. Sie faßte ihn am Arm und zog ihn aus dem Garten. Die Straßen waren noch ganz still. Die Geschwister eilten wie Verfemte zwischen den Häuserreihen durch. Als die Sonne aufblitzte, waren sie am Fuß des Berges angelangt. Aber nun wollte Küngold nicht mehr weiter. »Jetzt ist sie erwacht, sie erwacht immer mit der Sonne«, stöhnte sie, »sie kann sich doch nicht allein anziehen.«

»Sie schläft fest und gut, Küngold.«

»Sie schläft und ist doch wach und hält den Finger auf, ich seh's, wenn ich die Augen schließe!«

Er schleppte sie mühsam mit sich. Auf halber Höhe sank sie wie gelähmt um. Er bettete sie auf den Waldboden und bald schlief sie ein, fast wie eine Tote.

Erst nach Mittag erwachte sie wieder. Sie setzte sich auf und fing an, sich selbst anzuklagen. »Ich bin an allem schuld! Ich hätte hineingehen sollen, als er wieder stritt. Aber ich war zu feig. Und ich hätte ihr die wüsten Dinge nicht vorlesen sollen! Und ich hätte nicht mehr von ihr weggehen sollen! Schlage mich! Schlage mich! Oh!« Sie hielt ihm die Backe hin.

»Ich bin schuld, Küngold, ich hätte ihn gestern niederschlagen sollen«, redet ihr Reinhart zu.

Sie schüttelte den Kopf: »Dann wär' sie noch früher gegangen.«

»Wann war's?« forschte er.

»Sie haben den Himmel heruntergeschossen, es war ganz hell, da sah ich sie im Garten. Sie ging wie betrunken. Sie stieß an den Büschen an. Zuletzt lief sie, sie lief und stieg über das Geländer.«

»Und der Vater?«

»Er war ja schon lang wieder fort.«

»Und du hast sie allein herausgezogen?«

»Oh, es war grausig!« Küngold zitterte am ganzen Leib und schaute starr nach dem See, der in der Tiefe lag. Dann fing sie wieder an zu klagen: »Ich bin nicht gleich gelaufen. Ich war wie lahm. Und dann war sie so schwer! Sie rutschte immer wieder ins Wasser. Schlag mich! Schlag mich!« Sie steckte eine Hand in den Mund und zog sie blutend heraus. Sie hatte sich gebissen. Reinhart hob sie empor und riß sie den Berg hinan. Ihn schauderte.

Es ging gegen Abend, als sie im Golsterhof anlangten. Sie standen auf der letzten Höhe still. Reinhart ordnete der Schwester Kleider und Haar. Sie ließ ihn schweigend gewähren. Still lag der Hof unter ihnen, fast feierlich in seiner Ruhe. Man meinte in einen Traum zu sehen. Leise ging sein Atem durch die herbstlich gesegneten Bäume. Im Steinacker, weit unten, sah Reinhart zwei Gestalten und das blanke Zucken von Hauen. Es waren Adelheid und der Knecht Hans Jörg. Die Großmutter

Annabab saß vor dem Haus. Sie erhob sich mühsam, als die beiden Enkelkinder nahten, und wäre fast hingefallen, weil sie es eiliger meinte, als ihre Füße es vermochten. Reinhart ließ Küngold zurück, eilte auf die Großmutter zu und stützte sie. Sie klagte: »Es geht nicht mehr. Aber seid doch gottwillkommen!« Sie sah auf Küngold, die verschüchtert und blöd wie ein kleines Kind herankam. Nun erst sah Reinhart recht, wie verändert die Schwester war, und wie unordentlich sie in der Kleidung ging. »Ist ein Unglück geschehen?« wandte sich Annabab erschreckt an Reinhart.

»Ein großes Unglück!« würgte er zögernd hervor.

»Nun, ihr tragt doch nicht schwarz, gottlob! Es kann nicht so schlimm sein. Kommt ins Haus, ihr lieben Kinder!« Sie faßte Küngold an der Hand und nötigte sie, zu gehen.

Aus dem Garten, um die Hausecke, kam Estherlein, rot, freudig, als wollte sie Reinhart gleich an die Brust springen, plötzlich aber stutzte sie. Auch sie sah, daß ein Unglück auf dem Hofe zu Besuch kam, und sie wurde ganz klein unter ihrer Höckerlast. Sie wagte kaum, Reinharts Hand zu fassen.

In der Stube schafften die beiden Bäuerinnen zuerst etwas Speise herbei, »wir reden nachher«, meinte Annabab. Küngold schlang gierig wie ein Tierchen etwas hinunter, Reinhart würgte an jedem Bissen. Dann erzählte er das Furchtbare, das geschehen war, und bat für Küngold um Aufnahme. Die Großmutter nahm das arme Kind in ihre gebrechliche Armkraft und konnte vor Weinen und Leid kein Wort sprechen. Estherlein eilte in die Gastkammer hinauf, um sie instand zu setzen. Man hörte sie durch die Diele laut klagen. Als sie wieder erschien, um zu melden, es sei alles bereit, und die beiden Frauen Küngold links und rechts zum Geleit faßten, polterte Hans Rudolf zur Haustüre herein. Er blieb unter der Stubentüre stehen und maß die Gruppe, die sich ihm entgegenbewegte und dann wie erstarrt stehen blieb. Er sah ganz verwildert aus. Sein Gesicht war gedunsen, sein Bart zerzaust und auf der einen Seite feucht, er schien mit offenem Munde geschlafen und sich mit Geifer besudelt zu haben. An seinen Kittel hatte sich dürres Laub geklebt. Er lallte: »Was ist Donners los?«

Annabab setzte ihm kurz die Lage auseinander.

»Hier in meinem Haus?« polterte er los, »eine aus der ›Seewarte‹? von dem Schelmenpack? Lieber zünde ich unsere alte Bude an! Er soll seine Suppe selber ausfressen, dein prächtiger Ferdinand!« Dann zu Reinhart:

»Er hat schön ausgespielt, der Herr Oberst, der Herr Nationalrat! Es mußte so kommen! Ein Lotter strauchelt zuletzt über einen Strohhalm! Und du bist ihm drausgelaufen, Jüngferchen Küngelein! Troll' dich nur wieder heimzu!« Annabab verlegte sich aufs Bitten.

»Bin ich nicht auch elend, Sternhagel? Gib dir keine Mühe! Sag' meinem Brüderlein, er soll erst bei mir Ordnung machen, ehe er mir eine Pensionärin schickt! Ha!«

In diesem Augenblick wand sich Küngold von Annabab und Estherlein los und sprang an Hans Rudolf vorbei durch die Türe, in den Gang hinaus und ins Freie.

Hans Rudolf lachte: »Der Kröte hat's heiß gemacht! ha, ha, ha!«

Reinhart stieß seinen Onkel beiseite und eilte der Schwester nach. Als sie ihn hörte, fing sie aus Leibeskräften zu laufen an und schrie dabei mit quiekendem Tone: »Schlag mich! Schlag mich!« Der Golsterhof lag weit unter ihnen, als er sie endlich einholte.

Es wurde Nacht. Sie schritten oben auf dem Berggrat dahin. Ganz fern sah man einen hellen Schimmer auf breiter Flache: die Stadt hatte ihre Lichter angezündet. Reinhart wies mit der Hand darauf hin, nur um das brütende, unheimliche Schweigen der Schwester zu lösen. Aber die Wirkung entsprach nicht seiner Erwartung. Küngold stand still, starrte lange nach dem silbernen Schein und setzte sich dann nieder ins Gras. »Geh du allein!«

»Unsinn«, sprach er ihr zu, »willst du denn hier übernachten?«

»Ich möchte übernachten wie die Mutter. Ist nicht dort drüben der See?«

»Kind«, flehte er, »sei doch vernünftig, wir müssen entweder rückwärts oder vorwärts, nach dem Golsterhof oder heim.«

»Ich möchte mich im See spülen wie die Mutter.«

Er suchte sie aufzureißen, sie aber legte sich lang hin: »Wenn ich hier liege, so kommt der Tau und macht mich rein und kalt, und am Morgen bin ich tot.«

»Ach nein, aber du wirst krank.« Sie lachte ihn seelenlos an. Er drängte: »Komm, wir wollen zur Mutter, sie ist ganz allein.«

»Ich auch! Sie braucht mich nicht mehr, und sie würde mit mir schimpfen! Und er hat mich verlassen, verraten, oh, der Feigling! Du weißt schon! Sieh, so hätte ich es machen sollen.« Wieder erging sie sich in Selbstanklagen, bis ihr Worte und Gedanken ausblieben und sie einschlief. Reinhart zog seinen Rock aus und breitete ihn über sie.

10. Einkehr

Reinhart setzte sich an den Rand des Berggrates. Unter ihm lag ein tiefer, schwarzer Abgrund, das Flußtal, und weiterhin eine Hügelkette, die zum See und zur Stadt wogte. Seine Finger wühlten krampfhaft im Gras. Er gedachte der Mutter. Das Wort eines Märtyrers kam ihm in den Sinn: »Gut sein heißt Gutes tun und Böses erdulden und darin ausharren bis ans Ende.« Wie viel hatte sie stumm gelitten, bis sie den gewaltsamen Weg ins Freie fand! Hätte doch ihr Geist in der ›Seewarte‹ geherrscht! Die Welt leidet an uns, den Vätern und Söhnen und Brüdern, hätte sie ausharren sollen bis ans Ende? Ach, es ist eine herrliche Gnade, daß der Mensch sein Leben in die Finsternis, in den Abgrund werfen kann!

Kaum hatte sich der schwarze Gedanke und damit ein halber Entschluß in Reinhart geballt, als sein Blick mit der Gewalt des Lebens von dem lockenden Abgrund weg und hinauf gezwungen wurde zum Licht, zu den Sternen, die in der föhnigen Herbstnacht fast greifbar nah funkelten. Lange sann er hinauf. Es war ihm, als zerfließe sein durch das Leid zerrissener Geist von der Erde weg und schwebe über ihr im Leeren. Alles kam ihm unwirklich, verschwommen vor, und er selber ganz abgelöst, nebelhaft, ohne Zeit und Ort. Wachte oder träumte er? Oder war er gestört? Plötzlich brach es in ihm wie ein mächtiger Lichtstrom auf und flutete über die Lippen seiner Seele: »Leben! Leben!« Er hatte an diesem Tag den Tod berührt, ihn fortwährend an der Seite gespürt und mit ihm Blicke und Gebärden getauscht. Jetzt stieß er ihn von sich, die Jugend übte ihre Gewalt aus: »Leben, Leben! Wir sitzen auf einem einsamen Stern im Unendlichen und Ewigen, vielleicht die einzigen Wesen im Weltenozean, die schauen und denken und erleben können. Welche Gnade, welche unfaßbare Gnade! Und was machen wir daraus, wir Armen, wir Würmer? Oder wir Meteore, die eine allgütige, unsichtbare Hand in den Schauer geworfen hat? Wir kommen aus dem Schoß des Dunkels und verwehen wieder in den Schoß des Dunkels, und dazwischen ist die kurze, leuchtende, freudige Bahn, dieser einzige, nie wiederkehrende Flug im Licht. Und wir sind so überrascht und wir sind so klein und erbärmlich, daß wir die Gnade nicht fassen und wie ein seelenloser Stein dahinsausen, eilig, eilig, als wäre das Glück etwas Unerträgliches, als wäre Lichtglanz und Gottesdasein ein Ekel, und Finsternis, Schmutz und Staub der höchste Preis! Wie unwürdig stehen wir da vor der werfenden, gütigen, schenkenden Hand, wie undankbar und armselig! Statt daß wir mit hoch und weit gesperrten Augen durch das Gotteswunder schreiten und den Augenblick lang, der uns beschieden ward, freudig erglänzen und hoch aufleuchten und in dem unendlichen Rätsel bis ins Tiefste erschauern, bücken wir uns nieder, waten in Schlamm und Schmutz und greifen nach Kröten und Molchen. Ein bißchen Hungersättigung, ein bißchen zerflatternde Luft! Stündlich segnen sollten wir unser Leben, alltäglich heiligen. Stündlich verschleudern, alltäglich schänden wir es. Und die Besten müssen ins Wasser.«

Reinhart schaute unverwandt empor. Und seltsam! In dem Schauen stiegen die Sterne herunter zu ihm, wie Brüder, ganz nah, und er redete mit ihnen: »Gibt es auch in euerm Bereich Menschheiten, die wie wir an den Rätselknoten des Lebens zupfen und zerren und kauen? Die in Wirrsal und Not, in Kampf und Leidenschaft befangen, einen Ausweg suchen und einen leuchtenden Glückstraum träumen? Oder schwebt ihr in Räumen, wo alles nach andern Gesetzen wandelt, wo weder Not noch Glück, weder Haß noch Liebe über dem Beseelten waltet?«

Eine selige Andacht hatte Reinhart ergriffen. Ganz fern war die Erde. Er sah sein Vaterhaus klein und dunkel am See. Er sah alles, was er in den letzten Jahren durchlebt und durchduldet hatte, wie fremdes Leid, fern, fern. Und nun verknäuelte sich sein Elend mit dem seiner ganzen Gemeinschaft zu einem Bündel, vom gleichen schmierigen Strick umschlungen und verschnürt. Aus dem Dunkel, in das Reinhart aus den Sternen starrte, tauchte ein ungeheures, garstiges Wesen auf, mit plumpen Gliedern, breitem, niedrig gestirntem Haupt, dem eines Nilpferdes ähnlich, und langen, goldfunkelnden Zähnen in dem weiten Rachen. Mit seinen Zähnen faßte es den großen geschnürten Knäuel und hielt ihn grinsend empor. Es legte ihn Reinhart vor die Füße und riß ihn mit den gelben Zähnen auf. Da lag alles ausgebreitet: Die ›Seewarte‹ und Ferdinand, der Golsterhof mit Hans Rudolf und Aga, Hans Beat und Tante Lilly, der Modepfarrer und Minna, alle vier um ein Auto gereiht, Georg und Paula und die alten Holzer, Immergrün und die kleine Kellnerin von gestern. Auch sich selbst sah Reinhart. In der Mitte aber erhob sich die Selbstsicherheit Helmut Geierlings. Auf einmal fuhr in alle eine Bewegung und sie begannen einen grotesken Tanz um den Moloch aufzuführen. Hans Beat reichte Tante Lilly, Schalcher Minna, Ferdinand der alten Holzerin, Hans Rudolf Aga, Immergrün der kleinen Kellnerin und Georg Paula die Hand, auch das Auto hopste mit, bald auf den Hinter-, bald auf den Vorderrädern. Geierling umkreiste Jutta, die etwas abseits stand und unschlüssig vorgeneigt auf das wunderliche Treiben schaute.

Während der Tanz sich austollte, wuchs das niedrig gestirnte Ungetüm weit hinaus in den Raum, wandte sich aus der Höhe übermächtig hinab und faßte den ganzen Erdball in seinen ungeheuren Schlund. Einige entwanden sich ihm, die Großmutter Annabab und Estherlein, Onkel Melchior und Bethli, auch die Mutter Ulrike meinte Reinhart zu sehen, sie war bleich, wie der Schweif eines Kometen.

»Auch ich muß mich retten«, stieß Reinhart, aus dem Halbtraum auffahrend, hervor. »Abwerfen die Schmach und Feigheit der vergangenen Jahre, abwerfen den Schmutz, der sich an meine Seele geklebt hat, abwerfen das Handeln wider das Gewissen, das ich mir habe aufnötigen lassen, was habe ich aus meinem Leben gemacht? Verbröckelt, vermodert ist es mir unter einer fremden Herrschaft. Meine Seele hat geschrien, aber ich habe ihren Hunger nicht gestillt, sie hat gebettelt, aber ich machte ein taubes Ohr. Wohl habe ich gesucht, aber ohne Kraft, ohne festen Glauben an das Gute, mit ewiger Scheu vor der schweren Last. Immer nur halbes Werk getan, immer wieder untergekrochen wie ein feiger Zughund in sein Geschirr. Nun muß die Wende nahen. Die Mutter hat mir den Weg in die Freiheit erkauft, mit ihrem Leben. Jetzt ist es an mir, mich zu finden, oder dann falle auch ich hinein in den Rachen des Molochs.«

Reinhart fühlte sich in dieser Stunde und Höhe zu allem bereit, zum Hungern und Frieren, zum Gang in Lumpen und Verachtung, seine Schultern drängten der schweren Last entgegen, wenn er nur endlich frei war, wenn nur endlich seine Seele sich recken und erheben konnte! Ein Wort der Mutter fuhr ihm durch den Sinn: »Wenn jeder sich rettet, sind alle gerettet!« Ja, er wollte sich retten aus dem allgemeinen Notstand. Etwas Näheres gab es für ihn nicht mehr. »Da drin ist ein lichter Punkt, den ich fühle, auf diesen winzigen Fleck muß ich bauen. Nichts anderes ist mir gewiß. Ich will Ich sein, alles andere ist Wahn.« Wie eine große Durchsonnung erwärmte es ihn: »Höhenleben! Höhenleben!«

Lange sann er dem nach.

Eine Stimme tönte aus der Nacht: »Alle guten Geister!« Reinhart erwachte aus seinem Phantasieren. Eine Gestalt schwankte des Weges und blieb stehen: »Nicht so laut«, flüsterte Reinhart, »ein armes Menschenkind vergißt sich dort.« Die Gestalt ließ sich nieder. Es war Mauderli. Das Licht des schmalen Mondes fing sich in seinem Bart und übersilberte ihn. Er sah Reinhart ins Gesicht und erkannte ihn. »Was zum Teufel oder Herrgott treiben Sie hier? Zu dieser Stunde?« fragte er halblaut.

»Ich tue die Welt von mir ab.«

Mauderli sann und nickte: »Die Welt abtun, das ist es freilich. Es ist das Gleiche, wie Gott finden, *per se*. Wünsche Ihnen Glück dazu. Mir ist die Welt immer wieder über den Hals gekommen. Ich bin eben ein Lump. Ich sehe wohl den Weg, aber ich kann ihn nicht gehen. Ich sage mir oft: ein Baum ist auf dem rechten Weg oder eine Blume. Sie stehen auf der Welt, aber nicht wie du: sie haben sich ganz unter Gott gestellt und er hat sie ganz in sich aufgenommen. Das hab' ich ihnen noch nicht abgeschaut. Ich stecke immer noch in mir selbst, wie eine Muschel in ihrer Schicksalsschale, und fürchte, erst der Tod wird mich aus mir selber herauslösen. Neulich war ich nahe bei der Lösung. Ich war auf etwas Großes, ganz Großes gestoßen! Ich erlebte, daß ich das Auge Gottes bin, das heißt, eines seiner vielen Augen, mit denen er sich und die Welt anschaut. Ich habe gefroren vor Glück. Ich glaube, so, nur viel gewaltiger, ist es im Tod, drum erstarrt man. Und dann ging das Auge Gottes vor lauter Glück zum Most und in den Rausch, herrlich! Nicht wahr?«

Reinhart tastete nach seiner Hand: »Ich bin heut halb von Sinnen. Ich mache eine Krankheit durch. Ich war vorhin unter die Steine versetzt, ich empfand wie ein Funken Freiheit und Licht. Und ich will es bleiben, ich will von den Menschen meiner Welt los. Ich hasse, hasse sie und muß mich vor ihnen retten!«

»Sich retten, ja, aber warum hassen?« fragte Mauderli. »Wir Menschlein hassen die Schlangen; meinen Sie, Gott hasse sie auch? Wenn ich einmal neben ihm sitze, wie jetzt neben Ihnen, werde ich ihn fragen: Kannst du eine Giftschlange hassen? Gelt, du kannst es nicht, wie sonst wärest du so groß?«

»Nehmen Sie mir meine Kraft nicht«, rief Reinhart fast wild, »ich muß meine Welt richten, sonst kann ich sie nicht bestehen. Es ist eine sinnlose, und es ist eine ruchlose Welt! Geld! Geld! Geld!«

»Ja, ja, wem Gott nichts Besseres gunnt, dem gunnt er Geld«, zitierte Mauderli. »Ich will Ihnen etwas sagen. Es ist uns nichts mehr heilig, weder die Natur, noch die Seele, da sitzt der Wurm!«

»Und weil wir den Geist nicht mehr heiligen, beten wir ein Scheibchen gelbes Metall an. Das ist uns Götze und Herrgott geworden, wir münzen unser Glück, wir münzen unsere Seele, wir münzen unsern Himmel. Diesem Götzendienst will ich entrinnen.«

»Wünsch Glück dazu! Rütteln Sie nur an Erde, Himmel und Hölle, wenn Sie ›Ihn‹, dabei finden, so sagen Sie mir ein Wort. Jetzt muß ich nach meinem Standquartier gehen, dem Tannhof. Ich hause nämlich immer dort um diese Jahreszeit. Ein warmer Kuhstall ist eine Wohltat nach des Herbstes Tagundnachtgleiche.«

Sie reichten sich die Hand. Mauderlis haltlose Gestalt verschattete im Dunkel. Reinhart staunte ihm nach. Es war ihm, es versinke ein Großer, ein Heiliger hinter dem Berggrat. »Er hat getan, was ich tun muß, und hat die Last auf sich genommen, damit er suchen kann.« Es schauderte Reinhart, »werde ich es vermögen?« Er dachte an Jutta. Bedeutete seine Rettung nicht ihren Verlust? Sie war ja doch ein Weltkind. Und er selber? Er wußte, wie viel Anteil die Welt schon an ihm hatte, an wie viele Bequemlichkeiten und Leckerbissen er sich gewöhnt hatte. Er sah sein Zimmer vor sich, mit dem kleinem Bücherschatz, dem sanften Sofa, auf dem sich's so überschwänglich träumen ließ, dem großen Fenster mit dem Blick auf den Garten und den See und darüber weg auf die guten Gesichter und starken Nacken der Hügel und Berge. Aber er spürte auch die Luft, die ihm entgegenschlug, sobald er in die Gemächer hinunterstieg, wo der Vater hauste. »Heraus aus seinem Joch?« Das gab ihm wieder Eifer zum Verzicht. Jutta wollte er überzeugen, sie mußte sich doch überzeugen lassen! Die große Freude, die ihn in dieser Nacht schon einmal beseligt hatte, rang sich wieder in ihm durch.

»So mag es einem Verurteilten, der lange eingekerkert war, zumute sein, in der Nacht, deren Morgen ihm die Freiheit bringt. Die Gefängnismauern weiten sich, zerfließen, versinken, und der Weltzauber öffnet ihm alle Wege und Steige, alle Brücken und Stege. Und von allen Seiten treten die Blumen und Bäume und Sträucher, ja die Steine, fließen die Bäche, Flüsse und Halden auf ihn zu, und es ist ein endloses Grüßen und Zusammenwandern und Verstehen.«

»Auge Gottes«, klang es in Reinharts Ohren nach. Er verlor sich wieder ganz in die Sternennacht, schaute hinauf und lauschte auf das Rauschen der Unendlichkeit. Er ist in dieser Stunde eins mit der Welt, ihr Leben ist sein Leben, ihre Seele die seine, und sein auch ihre Größe und Weite und Tiefe. Er ist ohne Schwere, ohne Abstand von irgend etwas, er ist einsam und doch verbunden mit allem, er fühlt sich endlich einmal, am Eingang zur Freiheit, glücklich. Er fühlt das tiefe Glück dessen, der durch den Schmerz gegangen ist.

Er blickt aus sich heraus. Das Land ist verändert. Überall in den Tiefen, im Flußtal, über dem See, hat sich Nebelschaum gebildet und überflutet weithin die Hügel, während oben der Himmel noch klarer funkelt als zuvor. Unten ist das Land und das Volk, ist die Menschheit, im Dunkel und im Trüben, kein Stern dringt hinab. Aber einmal wird es tagen über dem Tal, der Nebel wird zerreißen, und nicht nur Sternen-, sondern Sonnenglanz wird in die Seelen leuchten.

Ein Ton berührt Reinharts Ohr. Er fährt aus seinem Sinnen auf: »Bist du wach, Küngold?«

»Hab' ich denn geschlafen?« fragt sie, wie aus der Ferne. Und dann, wie erstaunt oder erschreckt: »Siehst du dort unten! Er naht, er schäumt herauf! Es ist der See. Wenn er hier oben ist, trinke ich ihn, und dann ist alles gut. Gelt?«

»Nein, nein, wir ertrinken nicht, wir leben auf! Komm! Es wird bald tagen. Schon dämmert es empor. Sieh, was für ein Stück Weges die Mondsichel derweil gemacht hat!«

»Der Mond hat auch Durst nach dem See, er neigt seinen Mund gierig zu ihm hinab, wie weit er ihn öffnet!«

Reinhart faßte sie um den Arm. »Komm!« Ihr Irrsinn zerriß ihn. Sie widersetzte sich: »Ich will es hier erwarten, ganz still, still.«

»Nein, du mußt zu Menschen.«

»Nicht zu Menschen. Lieber zu den Tieren, zu Tieren!« – »Hör', Schwester, weder zu Menschen noch zu Tieren, ich führe dich zu Engeln, zu Melcher und Bethli. Willst du?«

Sie wußte nicht viel von Melchior und Bethli, aber sie folgte gläubig der Verheißung, die in dem Worte Engel lag.

Dritter Teil

1. Haus Avera

Reinhart schritt auf der Landstraße dahin, nun schon den zweiten Tag. Die Fesseln waren zerrissen, Mutter Ulrike zu Asche verloht, Küngold bei den Engeln. Sein Ziel war Jutta. Er wollte ihr sein Glück, sein Freiheitsglück verkünden, er wollte sie fest an sich ziehen, retten, wie er sich selber retten wollte. Es mußte so leicht sein, es war doch alles so einleuchtend! Der Mensch ist Seele. Also kann es nur *eine* hohe Sorge für ihn geben, was ist alles andere neben der Seele! Er hatte die Eisenbahn verschmäht, die engen Wände, die Kontrolle durch einen gleichgültigen Menschen in Uniform, das Reisen nach einem Fahrplan und einer grellen Pfeife oder Glocke. Er wollte seine Freiheit kosten. Der Gedanke an seinen Bureaustuhl durchblitzte ihn manchmal, und dann mußte er lachen. »Das hohe Leben! Das hohe Leben!« Wie seltsam erschien ihm nun die Welt. So unwirklich. Man kann es nicht auseinander scheiden, dies Herbstwesen und einen Traum. Nicht nur das Land war in einen blauen Dunst gehüllt, auch Reinharts Seele. Ein Zug Distelfinken schwebte vorüber, hoch, in langgestreckten Wellenlinien, lautlos, bis auf ein Zirpen, das dann und wann wie im Schlafflug einer Seele entsprang. Reinhart schwang die Hand nach den Wanderern zum Gruß, zum Zeichen der Brüderschaft in Freiheit und Höhenflug. Leute standen im Feld. Sie waren alle so feierlich! Hatten auch sie unter Sternen Gesichter gehabt? Oder warf der Sonntag seinen heiligen Schimmer voraus auf sie und das Land? Denn es war Samstag.

Wenn er Jutta als Bekehrte fände? Wenn der Zauber ihm vorausgeeilt wäre und ihm nichts mehr zu bekehren und zu überzeugen übrig bliebe? Diese Möglichkeit machte ihn fast traurig. Er wollte doch sein Glück verkünden, wie die Drossel den Frühling und das Morgenrot den Tag. Ein Gedanke hielt ihn an: Sollte er nicht umkehren und versuchen, auch den Vater zu wenden? Sein Bild drängte sich immer wieder an ihn heran, gegen seinen Willen. Er sah ihn am Sarg der Mutter, im Krematorium, wie ein Gespenst. Aber wie würde er seinen Rettungsversuch aufnehmen? Mit steinernen Worten: »Unsinn, blauer Dunst, Lächerlichkeit.« Sie hatten seit vier Tagen nicht mehr die gleiche Sprache. Es gab keine Verständigung. »Vorwärts!«

Es ging schon gegen Abend, als die Fabrikschlote von Aarwald hinter einem Gehölz auftauchten. Reinhart überwand die beginnende Müdigkeit und schritt weit aus. Der Weg führte durch den Wald. Die Sonne funkelte im Buchenlaub. Lachen und frohe Stimmen drangen von außen herein; Reinhart meinte, Juttas Glockenspiel zu vernehmen. Durch die Stämme entdeckte er sie mit fünf oder sechs andern jungen Leuten hinter hohen Gittern aus dünnem Draht. Weiße Bälle flogen zwischen weißen Gestalten hin und her von Rakett zu Rakett, oder fingen sich im Netz wie Fische.

Reinhart geriet bei Juttas Anblick in einen Rausch, wie kräftig schlug sie den Ball, wie geschmeidig fing sie ihn auf. Jede ihrer Bewegungen verriet eine starke, bewußte, sichere Seele. Jetzt lachte sie unter ihrem Panamahut hervor. Eine Silberglocke, wirklich! Sie hatte gelacht, weil Georg, der ihr gegenüber spielte, einen seltsam verdrehten Hupf gemacht hatte, als er den Ball auffangen wollte. Geierling an ihrer Seite stimmte in ihr Lachen ein. Es war das alte, Reinhart verhaßte Lachen, drei kurze Töne auf gleicher Stufe. Die Partie war aus. Man stand, ehe man eine neue begann, beisammen. Jutta bot eine Papierdüte herum und Geierling kam zuerst an die Reihe. Er griff hinein und machte eine tiefe Verbeugung. Er schien auch ein galantes Wort gedreht zu haben, denn man lächelte und Jutta hob das Rakett drohend gegen ihn auf.

Das alles regte Reinhart auf. Er meinte, er müsse Jutta beschützen. Es war zuerst seine Absicht gewesen, am Waldrand zuzuschauen, bis das Spiel beendigt wäre, jetzt schien ihm eiligeres Handeln geboten. Er stieß den Pfiff hervor, mit dem er sich früher mit Jutta verständigt hatte, es war das Signal aus Fidelio. Die Tennisgesellschaft horchte einen Augenblick auf. Dann begann das Geplauder und Wortgeplänkel aufs neue. Jutta hatte dem Zeichen nicht mehr Beachtung geschenkt als die andern, wie konnte sie ahnen, daß Reinhart in der Nähe war. Die Unterhaltung wurde immer lebhafter. Georg und ein Fräulein kreuzten die Tennisschläger wie Klingen, holten aus und parierten. Jetzt war das Gefecht auch zwischen Jutta und Geierling im Gange und schien fast ernst zu werden. Auf einmal hatte Geierling ihr Handgelenk mit seiner linken Faust gepackt, und mühte sich, ihr das Rakett zu entwinden. Sie wehrte sich und es entstand ein hartnäckiges Ringen zwischen den beiden. Da trat Reinhart hervor und schritt rasch auf den Tennisplatz zu. Georg entdeckte ihn zuerst und öffnete ihm das Drahttürchen. Reinhart trat ein. Jutta und Geierling hatten eben ihren Kampf beendet. Sie ging ohne Schläger daraus hervor und blickte nun erstaunt auf Reinhart, der auf sie zukam. Geierling schwang seine Beute triumphierend über seinem Haupt und stieß ein knabenhaftes Siegesgeschrei aus. Auf einmal, in dem Augenblick, als Reinhart eben Juttas Hand erfassen wollte, fuhr ihm eines der beiden Rakette Geierlings wuchtig auf den Kopf. Er taumelte halb ohnmächtig. Jutta ließ Geierling hart an: »Was fällt Ihnen ein!« Er entschuldigte sich: »Verzeihung, gnädiges Fräulein, es kam ganz von ungefähr! Tut mir Ihretwegen aufrichtig leid! Übrigens bin ich jetzt nur mit diesem Herrn da quitt. Er ist mir vor wenigen Tagen wie ein wütender Hund an den Hals gesprungen. Georg kann's bezeugen.«

Georg wandte sich ab: »Saufgeschichten!«

»Ich denke, das Spiel ist aus!« gebot Jutta, rot vor Unwillen.

Reinhart war so dumpf im Kopf, daß er nichts sprechen und überlegen konnte. Er hörte es nicht einmal, als Geierling sich mit einem höhnischen Gruß entfernte. Er saß nun in einem Korbstuhl Jutta gegenüber. Sie waren allein auf dem Tennisplatz. »Ist dir besser?« fragte sie.

»Es wird vorübergehen, sei unbesorgt! Ich habe einen dicken Schädel.« Er wollte munter sprechen.

»Was fällt dir aber auch ein, hierher zu kommen, das ist ja verrückt!«

»Ich kann es nicht allein tragen.«

»Ja, ja, schrecklich ist's. Hat sie es im Wahnsinn getan?«

»Du weißt es also?«

»Minna hat's geschrieben. Armer Kerl, sei mutig!«

»Ich habe nicht nur ein Leid, ich habe auch ein Glück zu tragen. Darum kam ich. Ich habe mich frei gemacht, ich will fortan *mein* Leben leben. Alles habe ich abgeschüttelt, nur mich nicht und – dich. Auch du steckst in dem Taumel und in dem Wirrsal. Auch du mußt dich retten. Sieh, man muß das Leben heiligen, und höchstes Glück entsteht dann, wenn es zwei zusammen vermögen. Das ist mein neuer Glaube. Willst du? Willst du?«

Er hatte ihre Hände gefaßt, sie war erschreckt aufgestanden: »Du bist noch ganz verwirrt, Reinhart, schone dich, sprich nicht weiter!«

»Oh, ich sehe alles ganz klar! Wir sind Ertrinkende und müssen ans Ufer! Was haben wir von unserem Leben, von Geld und schönen Kleidern und guten Speisen und Perlenhalsbändern und Autofahrten und Spiel und Tanz und Lustbarkeit, wenn wir nicht wissen, daß wir Menschen sind und daß sich in jedem von uns ein Geist vom großen Geist abgespaltet hat?«

»Hör' auf, das ist ja nicht zu verstehen!«

»Und daß wir das Leben dieses Geistes zu gestalten haben. Das ist wahres Menschenziel, einziges! Wir sind ein Splitterchen von Gott und müssen ihn in uns großziehen.«

»Armer Mensch, du blutest!« sprach sie in gütigem Ton.

»Ja, ich blute, ich habe, schon lange geblutet.«

Sie zog ein seidenes Taschentuch hervor, fuhr ihm damit über die blutende Stirne und warf es zerknüllt von sich. Dann sprach sie: »Bist du nicht mehr im Geschäft?«

»Ich sagte es dir doch, ich habe alles abgeworfen. Frei bin ich, frei!«

»Wovon willst du denn leben?«

»Ach, frag' nicht so!«

»Nicht einmal einen sauberen Kragen hast du, du Armer!« warf sie ihm halb mitleidig, halb spitz zu.

»Ich bin zwei Tage auf der Landstraße gegangen«, erklärte er. Er fühlte, daß ihm wieder Blut aus den Haaren rann und sagte: »Gelt, er hat mich geschlagen?« Er wußte es wirklich nicht klar.

»Er hat es nicht gerne getan, ein Zufall!«

»Der Zufall hat gut getroffen!«

»Du hassest ihn, das ist nicht gut. Er ist ein ganz netter Mensch und spielt ausgezeichnet Tennis.«

»Er ist der böse Weltgeist, ich sah ihn unter den Sternen.«

»Aber Reinhart!« Sie schüttelte ihren blonden Kopf ob seinem Taumelgerede.

»Du mußt zwischen ihm und mir wählen. Du mußt mir helfen, du mußt mit mir gehen, du mußt mir die Hand reichen, dann wird es mir leicht werden. Versteh mich recht! Du sollst nicht mit mir auf die Landstraße. Ich muß nur wissen, daß du mit mir bist in Gedanken und im Wollen.«

»Du bist wirklich krank. Das macht der gräßliche Tod deiner Mutter. Bist du gesund, so reden wir wieder. Kranke können keine gesunden Gedanken haben, das hab' ich erlebt, als ich Scharlach hatte.«

Die Worte waren sanft und gütig gewählt, aber die Kehle brachte sie hart hervor. Reinhart sah Jutta an. Ihr Auge war an ihm vorbei auf die Fabrikschlote gerichtet, die nackt und nüchtern in die Luft stiegen. Er sank mutlos in sich zusammen.

»Hör'«, begann sie wieder, »ich habe einen Einfall, ich lasse ein Auto ankurbeln und in zwei, drei Stunden bist du zu Hause, es ist ein schneidiger Wagen.« Sie bückte sich und hob seine Reisemütze auf, die am Boden lag.

»Was soll mir das Auto! Sage mir dein ›Ja‹ oder dein ›Nein‹, darum bin ich doch hergekommen. Nimm mir den Glauben nicht!«

Sie drückte ihm ihre Lippen rasch, wie verstohlen, auf die Augen und sprach wie im Scherz: »Du bist ein Närrchen, das immer alles aufspießen will. Ich hole den Wagen. Da, setz' deine Mütze auf!« Damit flog sie davon. Er sah und sann ihr nach: »Ist sie ein Dämon oder ein Engel, oder einfach ein flatterndes Lustgeschöpf?«

Ein Motor wurde angedreht, Reinhart meinte durch das Rattern Geierlings Stimme zu vernehmen, schallend, lachend. Der Wagen schnob heran, Jutta saß darin. Sie sprang heraus und nötigte Reinhart, einzusteigen. All das geschah über ihn weg, er ließ es nur geschehen, um Von dem Ort so rasch als möglich fortzukommen. Er fühlte den Druck ihrer Hand, den matten Schall ihres Grußes, dann fauchte der Wagen davon, in die andämmernde Nacht hinein.

In dem Schütteln des Wagens wurde Reinharts Kopf wieder dumpf und schmerzhaft. Er ließ halten und stieg aus. »Ich brauche Sie nicht weiter«, gab er dem Chauffeur zu verstehen. Er setzte sich an den Straßenrand und schlief ein. Dann war er wieder unterwegs, er wußte nicht wie. Er war müde und ging planlos, wie im Schlafwandel, oder wie ein Blinder hinter seinem Hündlein her. Das Hündlein hatte ihn unvermerkt von der Landstraße ab auf einen schmalen Weg geleitet. Er sah einen umzäunten Garten vor sich und hinter Bäumen die rote Fläche eines Ziegelhauses. Er trat durch ein Gittertor. Ein Hund schlich heran, ein wirklicher, stieß ein kurzes Gebläff aus, roch an Reinhart und beruhigte sich. In der Haustüre war ein ovales Glasfenster angebracht, durch das Licht herausdrang und auf der Scheibe ein Wort sichtbar machte. Reinhart las: »Avera« und suchte in seinem verschleierten Gehirn nach dem Sinn. Er drückte mechanisch auf einen Klingelknopf und sah sich einem unendlich langen, bartlosen Manne gegenüber, der ihn forschend aus dunkeln Augen ansah.

»Sind Sie der Hausherr?« fragte Reinhart.

»Nein, der Diener, und als solcher zu Ihren Diensten. Sind Sie verirrt?«

»Ich bin wohl verirrt!« gab Reinhart zur Antwort.

»Und verwundet. Sie bluten. Treten Sie ein. Ich will dem Herrn ein Wort sagen. Setzen Sie sich, hier ist ein Stuhl.«

Reinhart sah sich in einer großen wunderlichen Halle. In der Mitte stand eine Palme in einem großen Messingtopf. An die dahinter liegende Wand war eine tropische Landschaft gemalt: ein Teich mit Lotosblumen, ein paar farbige Vögel, ein gespenstiger Baum am Ufer, von dessen Ästen Luftwurzeln sich dem Wasser zusenkten, wie Schlangen, die sich oben aufgeringelt haben und mit dem Kopf nach unten suchen.

Der Diener erschien wieder: »Der Herr ist versunken. Kommen Sie.«

Reinhart wurde die Treppe empor und in ein geräumiges Zimmer geleitet. »Haben Sie Hunger oder Durst?« fragte der Diener. Reinhart hatte nur Schlaf. Der Diener wusch ihm das Blut aus den Haaren und entfernte sich. Reinhart streckte sich auf ein Ruhebett aus und schlief bald mit wirren, wie entzweigespaltenen Gedanken ein.

Als er erwachte, schien der Tag schon hell ins Zimmer. Oben an der Decke leuchtete eine elektrische Ampel. Er hatte unterlassen, am Abend das Licht auszudrehen. Er sah sich um. Das Zimmer war ganz kahl, die Wände von einer weißen Tapete bedeckt, durch die sich, kaum sichtbar, goldene Linien einen Weg tasteten. Kein Bild, keine Ziersache, keine Blumenvase. Das Ruhbett, ein Sessel, ein Waschtisch mit einem handgroßen Spiegel, das war alles. Doch da war noch etwas über der Türe: eine Tafel in Goldrahmen mit den drei Silben »da da da« in zierloser Schrift. Es kam eine seltsame, fast feierliche Stimmung über Reinhart in dem sauberen, phantasielosen Raum. Er wusch und kämmte sich und stieg hinunter. Der lange schwarzhaarige Diener schien ihn erwartet zu haben. Er trug nun eine weiße Schürze und führte Reinhart in den Garten, wo unter einem Baum ein kleiner Tisch gedeckt war. »Der Herr wird gleich kommen.« Kaum war das Wort verklungen, als eine kleine Seitentüre ging und ein Herr in langem, blauen Mantel oder Umschlagtuch heraustrat. Er kam langsam auf Reinhart zu, der reichlich Zeit hatte, ihn zu mustern. Er ging auf Ledersohlen, von denen gelbe Riemen sich über den Füßen kreuzten. Sein Gesicht war blaß. Ein schwarzer Bart lief am Kinn in zwei Zipfel aus. Der Scheitel war fast kahl. Von ferne schon nahmen zwei dunkle Augen Reinharts Blicke gefangen.

»Seien Sie im Hause Avera willkommen«, sagte der Mann, indem er seine Hand aus der Gewandung herauszog und sie Reinhart entgegenstreckte. »Ich bin Enzio Kraus, und wer gibt mir die Ehre?«

Reinhart nannte seinen Namen und wollte über sein Herkommen Auskunft geben.

»Lassen Sie das jetzt, wir werden schon Zeit dazu finden«, unterbrach ihn der Hausherr, »setzen wir uns zum Frühstück. Sie dürfen aber keine Opulenz erwarten, wir geben dem Tisch nicht mehr Bedeutung, als er verdient.« Wirklich war das Frühstück einfach: Brot, Butter, Tee und frische Birnen. Enzio Kraus nahm von allem ganz wenig zu sich.

Nach der Mahlzeit führte er Reinhart durch den Garten und stellte, ohne im Ton die geringste Neugier zu verraten, wie beiläufig die Frage, was er zu tun gedenke.

Reinhart suchte nach dem treffendsten Ausdruck und brachte anspruchsvoller, als es seine Art war, hervor: »Ich suche mich selber.«

Enzio Kraus sah ihm in die Augen und erwiderte ebenso feierlich: »Wir sind alle das, was wir durchgedacht haben.«

»Dann bin ich wenig«, staunte Reinhart und ging lange schweigsam neben dem älteren Manne einher. Endlich aber öffnete sich seine Brust, und er erzählte Enzio wie einem alten Freunde von der Sternennacht, die er auf dem Berge zugebracht hatte. Enzio hörte ihm aufmerksam zu und sagte, als Reinhart sich ausgesprochen hatte: »Vielleicht hat Sie ein guter Stern in dieses Haus geführt. Auch wir sind Sucher. Wir suchen aber nicht uns selbst, sondern das Vergessen. Aber wir werden Sie nicht stören. Jeder suche auf seinem Pfade.«

Reinhart blieb in dem Haus Avera. Die Ruhe und Feierlichkeit des Ortes, die Selbstsicherheit Enzios und der Zauber seines dunkeln milden Auges hielten ihn fest.

Beim Mittagessen machte Enzio ihn mit seiner Frau und seiner Tochter bekannt. Die Frau nannte er Uchte, die Tochter Imma.

Frau Uchte mochte noch ziemlich jung sein, machte aber den Eindruck einer alten Matrone. Sie bewegte sich mühsam und atmete schwer. Das Fett wucherte krankhaft an ihr. Sie hatte eine hellbraune Hautfarbe, ihr Auge schwamm in einem dämmerigen, rätselhaften Dunkel. An den aufgeschwollenen Fingern und Armen trug sie kostbare Ringe und Spangen in zu reicher Fülle; ein Diamant verdunkelte den andern. Das leicht ergraute Haar wurde von langen Nadeln mit großen Goldfiligrankugeln zusammengehalten. Ein brauner Pelz deckte ihre Schultern, obschon das Wetter lau war.

Die Tochter war von verwirrender Sonderlichkeit und Schönheit, zierlich, schlank, leicht wie ein Lufthauch, ihr Gesicht wie aus Elfenbein geformt und von raffaelischer Ebenmäßigkeit. Die Augen dunkel, wie die der Mutter, aber glänzend, die Haare tiefschwarz. Auch sie trug Schmuck, doch in geschmackvoller Verteilung.

Frau Uchte sagte in gebrochenem Deutsch: »Sie bringen uns den Herbst, Herr, das Laub fällt schon. Warum fallen in diesem Lande die Blätter allesamt?«

Die Tochter sprach: »Warum ist nicht ewig Frühling?« Es klang, wie wenn sie von sich selber redete.

Enzio fing beider Gedanken auf: »Wir stehen alle unter dem Joch des Wandels.«

Man aß, ohne viel zu sprechen. Der Diener, man rief ihn Klas, ging schweigsam hin und her.

Man trank eine Tasse Tee in einer Veranda. Dann rauschten die Damen in ihrer Seide davon, und das Haus ward kirchenstill.

»Es ist eine fast überirdische Feierlichkeit in Ihrem Hause«, begann Reinhart.

»Sie müssen das so empfinden«, entgegnete Enzio. »Mein Haus ist das Widerspiel von Ihrer europäischen Welt, oder möchte es sein«, fügte er hinzu. »Wir leben hier begehrlos unter Begehrlichen.«

Reinhart gestand: »Ich habe mich oft nach solcher Stille gesehnt und bin ihr nun kaum gewachsen.«

»Und doch müssen wir alle uns einst in eine viel größere Stille finden, ja, wir müssen sie uns wünschen als Erlösung.«

»Sie haben in Indien gelebt?«

»Ich war Kaufmann dort. Hier habe ich mir die Malaria vertrieben und mich an den Ort gewöhnt.«

»Ihn lieb gewonnen, denke ich mir? Die nahen Buchen und Eichenwälder, der Fluß mit seinen buschigen Ufern, der sanfte Rücken des Jura ...« Reinharts Blicke schweiften durch die großen Scheiben übers Land.

»Darauf achte ich nicht sonderlich«, entgegnete Enzio. »Man soll sein Herz nicht an die Dinge hängen, das führt immer zum Leiden. Und wir sind da, es zu meiden.«

»Ich dächte, es zu überwinden.«

»Das ist euer abendländischer Glaube.«

Nach einer Weile erklärte er sich: »Ich habe meine Jugendzeit und meine Lehrjahre in einem Lande zugebracht, in dem alles Fleiß, Erwerb, Genuß, Geld ist. In den Osten verschlagen, setzte ich dieses sogenannte Leben noch lange Jahre fort, bis mir in einer Nacht, im Fiebertraum, die

Erleuchtung kam. Da lernte ich verachten, was ich früher angebetet hatte.«

»Seltsam«, erklärte ihm Reinhart, »Sie sind auf dem Wege, den auch ich suche.«

»Da möchte ein Mißverständnis walten. Sie suchen sich, sie suchen wahrscheinlich die Tat, die Wirkung auf andere, den Erfolg, vielleicht den Ruhm. Von all dem begehre ich nichts, ich suche die Loslösung vom Tun, ich mühe mich um den Müßiggang, ich möchte alles verlieren, am meisten mich selber. Begehrlos leben heißt glücklich leben. Folgen Sie mir, wenn sie können. Und nun machen sie sich's hier im Hause oder im Garten bis zum Abend bequem. Ich scheide für so lange aus der Welt.« Bei diesem Wort nahm sein Gesicht den Ausdruck der Abwesenheit und vollkommener Gleichgültigkeit an, und er ging ohne Gruß langsam nach der Tiefe des Hauses.

Reinhart sah ihm nach: »Hast du den Frieden gefunden, Enzio Kraus? Bist du ein Kränkelnder oder ein Gesunder, ein Weiser oder ein Narr oder ein Schauspieler?« Eine Sehnsucht kam ihm nach der Festigung und Verankerung, die in Enzio zu sein schien. Befreiung von allem, was Lebensnotdurft heißt, vom Leid um die Mutter, um den Vater und die Schwester, von der quälenden Unruhe um Jutta, Loslösung von seiner ganzen mißratenen Vergangenheit, von dem ganzen überfirnißten Weltwesen.

Er trat in den Garten hinaus und warf sich auf den Rasen. Der Hund gesellte sich zu ihm und streckte sich träge neben ihm aus. Man nannte ihn Zeno, wegen seiner unerschütterlichen Ruhe. Er vertrat das Griechentum in dem seltsamen Hause. Reinhart sah, daß es ein altes, zahnloses Tier war, ganz grau um die Schnauze und mit einem Anfang von Räude, der augenscheinlich niemand Beachtung schenkte.

Im Haus erklang der sanfte Ton einer Harfe. Es war ein fremdartiges, schwermütiges Lied. Reinhart vermutete, das Saitenspiel rühre von Imma her. Er sann dem schönen Mädchen nach und stellte ihm im Geiste jenes andere gegenüber, das ihm gestern so unsäglich weh getan hatte. Das Lied im Hause brach ab. An einem Fenster erschien Imma und schaute in den Garten. Sie entdeckte Reinhart und schien ihm zuzulächeln. Er sprang auf, und sie zog sich zurück. Zeno hatte den Kopf seitlich auf eine Pfote gelegt und beobachtete den neuen Hausgenossen mit träge blinzelnden Augen.

189

Beim Abendbrot schaute Reinhart nach den Händen, die die zarte Musik gemacht hatten, und entdeckte zwei Gebilde von ungewöhnlicher Zierlichkeit, kleine Naturwunder.

2. Imma

Es waren silberne Herbsttage voller Sonnenschein und Nebelduft, voll von reifender Frucht und verglühendem Laub. Es schien Reinhart, das sei die rechte Jahreszeit für das Haus Avera. Er wurde von seinem stillen Zauber ganz gebannt. Es war eine unwirkliche Welt, jede Farbe gedämpft oder erloschen, und er selber fast körperlos darin. Nur in seine Nachtträume spielten Glanz und Windesrauschen und Menschenweh, aus dem Gegensatz zu der matten, leidlosen Tageswelt geboren. Am Morgen schlenderte er auf dem Wiesenpfad zum Fluß hinab, streckte sich unter den Weiden aus und träumte seinen Tagtraum. Er verbannte Juttas Bild, das Leichenantlitz der Mutter, und die Gespenstergestalt des Vaters und trieb alles Vergangene in die Versunkenheit, die Erinnerung in eine Sackgasse, wo sie lauern mochte. Ohne sein Sinnen in deutliche Gedanken zu fassen, staunte er über das stündlich sich erneuernde Wunder der Welt und des Lebens, über sein Auge, sein Ohr, den rätselhaften Punkt in seinem Innern, der begabt war, die Gottesheiligkeit zu empfinden und zu fassen, ja, der ihm das eigentliche Weltwunder war. Es war ein unbewußtes Anbeten der Schöpfung und seiner selbst. Der Weidenstrunk, gegen den sich sein Fuß stützte, die Grashalme, die seine Hand umschmeichelten, die Bienen am Honigquell einer Blume, das Wolkenhaupt über dem Berg und Zeno, der Hund, der sich etwa zu ihm fand, waren ihm verwandt, Bruder und Schwester. Manchmal stand der Strom plötzlich still, wie erstarrt, und was sonst fest war, die Bäume am Ufer und Schatten, glitten dahin, talaufwärts, und Reinhart mit ihnen. »So ist alles unsicher, Ruhe Bewegung und Bewegung Ruhe, vielleicht Tod Leben und Leben Tod, und nur eines gewiß, der wunderbare Punkt in der Brust oder im Gehirn. Nichtig ist alles, dieses eine ausgenommen! Und auch das möchte Enzio noch aufgeben, auflösen! Was bleibt dann noch? Dann hat man freilich das Nichts erreicht, dann ist man erlöst.«

Hier konnte Reinhart Enzio nicht folgen. Er staunte das Wunder, das er selber darstellte, mit großen Augen an und freute sich, wenn er mit einem Ruck den Fluß wieder in Bewegung setzen und die Uferbäume festbannen konnte, allmächtig wie Gott selber.

Dann wieder faßte er sich wirklicher an und stellte sich in die unausrottbaren Fragen des Was? Woher? Wohin? Wozu? von fernher zitterten die Klänge der Harfe auf und ab, oder gradaus und sehnsüchtig ins Weite. So entschwebten die Tage.

Einmal, als Reinhart sich einer solchen Träumerei entwand, fühlte er jemand in der Nähe. Etwa fünfzig Schritt von ihm flußaufwärts ließ sich Enzio nieder, hart am Ufer. Er setzte sich auf die untergeschlagenen Beine, legte die Hände schlaff auf die Knie und hob den Blick hinauf ins leere Blau. Er verhielt sich ganz unbeweglich und nahm etwas Versteinertes an. Wie ein Stück lebloser Natur, ein Felsblock, ein Baumstrunk, ein Häuflein Sand war er da, ganz in die Natur aufgenommen. Das sah sich so ruhevoll an, so abgelöst von allem Erdenjammer und aller Erdenlust, daß Reinhart sich in die Welt des Versunkenen wünschte. Es war ihm, es gehe von Enzio ein Einfluß auf ihn über, ein Locken und Ziehen in die Traumwelt, und unwillkürlich hob auch er den Blick ins Leere. Die Zeit entschwand ihm allmählich, er empfand, daß man auch ohne sie auskam. Der Raum wurde zu einer Fläche, die Farben erloschen und er selber zerfloß. Sein ganzes Empfinden war nur nach ein gelblicher Dunstkreis, in dem sich alles aufgelöst hatte: Leidlos, freudlos, begehrlos, so war ihm zu Mut. Als er erwachte, stand Enzio vor ihm und sagte: »Ist es nicht selig, der Welt Wirrnis zu entfliehen? Sind Sie jetzt nicht heiter?«

Reinhart sann seinem Zustand nach und erwiderte: »Ich bin eher traurig. Darf sich der Mensch so verlieren?«

»Ist es seiner würdiger, sich in der Jagd nach Geld zu verlieren und dabei schlecht zu werden? Haben Sie noch nie erfahren, daß auf der Geldjagd ein Mensch erbärmlich wird und verarmt?«

»Ist es nicht Sünde, sein Selbst, das einzige, was man besitzt, preiszugeben?«

Enzio Kraus lächelte. »Bei Euch dreht sich alles um die Sünde. Die soll gemieden werden. Aber werdet Ihr glücklich und heiter dabei? Vermeidung des Leidens sucht der Morgenländer und hat besser gewählt. Wissen Sie, wie mir heut zumute war? Wie einem Manne, der auf einem Wagen fährt und gleichmütig in die ewig kreisenden Speichen der Räder blickt, über den Dingen und ihrer Not schwebend, ohne Gewicht, ohne Anteil an der Straße und dem sinnlosen Rädergetrieb, über dem gemeinen

Staub und dem harten Pochen der Hufe. Über der armen Menschen Weh, die sich mühselig des Weges schleppen, durch kein Band mit ihnen verbunden, als durch den Wunsch, es möchte ihnen so leicht sein wie mir.«

»Und es kam Ihnen nicht zu Sinn, die Armen auf Ihr leichtes Gefährt zu laden?«

»Es hat ein jeder genug an sich selber zu schaffen. Ohne Haß und Feindschaft zu leben, ist schon viel, muß genug sein für uns schwache Menschen.«

Reinhart schwieg. Das seltsame Gemisch von Güte und Selbstsucht verwirrte ihn. Aber das süße Versinken aus der Welt, aus dem Weh um die Mutter und Jutta und Küngold, verlockte ihn von da an täglich, wie andre im Wein, im Haschisch im Opium Vergessen zu suchen. Er wurde sich ganz Selbstzweck, von seinem Leid sprach er Enzio nicht, er wußte, daß er von ihm keine stärkende Teilnahme zu erwarten hatte. Man lernte im Haus Avera sich in sich selber einrollen.

Die Damen sah Reinhart nur bei den Mahlzeiten. Frau Uchte auch dann nicht immer, denn sie war öfter leidend und klagte über Asthma und Müdigkeit. Imma bemerkte er zuweilen an Nachmittagen im Garten. Sie lag in einer Hängematte und spielte mit einer großen zahmen Ringelnatter, die sich ihr wie ein schwerer Schmuck um die Arme und um den Hals schlang und sich an der zierlichen Gestalt seltsam genug ausnahm.

Einmal fragte er sie: »Das Tier ist Ihr Freund?«

»Es ist so kühl und hat so falsche Augen, ohne falsch zu sein. So gefällt mir die Welt.«

»Mich dünkt, Sie leben nicht in der Welt, sondern in ihrem Widerschein.«

»Lebe ich denn?« gab sie zurück. »Und sie, worin leben Sie?«

»In einem Glauben, so möchte ich wenigstens. Im Glauben an das hohe Leben.«

»Ist das Glaube oder Aberglaube? Ich kann das nie auseinanderhalten. Zwischen Glaube und Aberglaube gibt es bei mir keinen Zaun. Ist das nicht schön? Ich bin damit zufrieden, ich finde es köstlich.«

»Glückliches Kind!« sagte er.

»Bin ich denn glücklich?« forschte sie. Er schwieg.

Klas ging wie immer auf stillen Pantoffeln durchs Haus. Aber es schien eine Veränderung mit ihm vorzugehen. Zuerst hatte er Reinhart zuvorkommend, wenn auch gemessen, wie es zum Ton des Hauses gehörte, bedient, ihm Kleider und Wäsche verschafft, ihm den Stuhl in den Garten gestellt oder im Schatten eine Decke ausgebreitet, jetzt beachtete er ihn kaum mehr, oder dann schoß er stechende, mißtrauische Blicke nach ihm. Dann konnte der schwarze Riese ganz unheimlich aussehen, wenn er Imma auf eine Frage antwortete, klang und vibrierte seine Stimme wie die tiefe Geigensaite.

An einem Morgen, als Enzio und Reinhart im Gespräch am Flusse saßen, kam er eiliger den Weg herunter, als es seine und des Hauses Gewohnheit war. Er stellte sich vor Enzio hin und sah ihn stumm an.

»Was ist geschehen?« forschte der Herr.

»Ein Unglück«, gab Klas zurück. »Sie ist eben verschieden.«

»Wer?«

»Die Herrin.«

Enzio sah den Diener einen Augenblick starr an. dann erhob er sich und sagte bedächtig, wie immer: »So laßt uns zu ihr gehen.«

Als sie ins Haus traten, kam ihnen Imma fassungslos entgegen und warf sich dem Vater an die Brust. Er löste ihre kleinen Hände sanft von seinem Hals: »Der Verständige trauert nicht, weder um Lebende noch um Tote.« Damit ging er ins Totenzimmer. Sie schluchzte: »Ich bin doch nicht verständig!« und warf sich an Reinharts Hals, leidenschaftlich wie in einem Flug, nur, um sich in ihrem Leid an eine fühlende Brust anzuschließen. Reinhart fand den Mut nicht, sie abzuwehren. Er begriff auf einmal das Weh dieses jungen, von der Welt abgesperrten vergewaltigten Menschenkindes. Er meinte, ihr Herz pochen und schluchzen zu hören und fühlte ihre Tränen auf seiner Wange. Er suchte sie zu trösten, versprach ihr Beistand, und fuhr ihr wie einem kleinen Kinde mit der Hand lind über die schwarzen, weichen Haare. Eine große Trauer erfaßte ihn, die, wie ihm schien, wie ein Quell von seiner Brust in die des Mädchens überströmte, und dem dafür ein anderer Quell entgegendrängte, ein Quell von Dankbarkeit oder Rührung. Auf einmal wurde ihm Imma entrissen, mit einem heftigen Ruck. Sie war in den Armen des Dieners, der sie einen Augenblick wie ein reißendes Tier umklammert hielt und dann sorgsam wie eine feine Glasschale auf den Boden stellte. »Das schickt sich nicht in diesem Haus!« knirschte er Reinhart an.

»Sie sind ein Unhold!« warf ihm Reinhart hin, worauf Klas sich wie ein Tiger, der sich zum Sprunge rüstet, zusammenzog. Plötzlich aber kam ihm die Besinnung, und er ging gebeugt und schlaff davon.

In Enzio brachte der Tod seiner Frau keine Veränderung hervor, weder in seinen Zügen noch in seiner Lebensweise. Von der Toten sprach er nicht, nur einmal entglitten ihm die Worte: »Ich hoffe, sie hat die Ruhe gefunden, sie hat nach den drei ›Da‹ gelebt.«

»Die drei ›Da‹, die hier in jedem Zimmer in Gold hängen?« wagte Reinhart durch den sachlichen Ton des Witwers ermutigt, zu fragen.

»Die goldene Regel«, bestätigte Enzio: »Dâmyata, datta, dayadhvam, bezwingt euch, gebt, seid gütig.«

»Was heißt: ›Liebet einander‹ in dieser Sprache?« fragte Reinhart.

»Lieben? Das ist zu schwer. Schaut nur, wie ihr's betreibt, ihr Europäer!« gab ihm Enzio zur Antwort und hüllte sich in Schweigen.

Am Abend fragte ihn Reinhart: »Darf ich die Tote sehen?«

»Sie sollen sie sehen«, gab Enzio zurück. »Man darf es nie unterlassen, einen Vollendeten zu schauen. Man soll aber dabei nicht in Klagen ausbrechen, sondern sich freuen, denn jeder ist glücklich zu preisen, der von der Tat und dem Blendwerk des Weltwesens genesen ist.«

Es war finster, als Reinhart in das Totenzimmer trat, er fühlte gleich, daß etwas Lebendiges darin sein mußte, er glaubte das Schleichen der Ringelnatter zu hören. Und wirklich kroch sie heran, umschlang ihm den Unterschenkel und wand sich an ihm empor. Es grauste ihm, obgleich er die Harmlosigkeit des Tieres wohl kannte, und er tastete nach dem elektrischen Schalter, den er neben der Türe vermutete. Als das Licht aufleuchtete, fiel sein Blick auf ein seltsames Schauspiel. Mitten im Zimmer lag die Leiche und daneben am Boden Imma, schlafend oder ohnmächtig, in einem weißen, seidenen Nachtkleid. Das Erstaunlichste aber war Frau Uchte. Sie war vom Kopf bis zum Fuß ein wunderbares Gefunkel und Geflimmer von Diamanten, Rubinen, Smaragden, von Gold-, Platin- und Silbergeschmeide. Offenbar hatte Imma die Schmucktruhe der Mutter geöffnet und mit ihrem Inhalt die Tote geschmückt. Aus diesem irdischen Glanz heraus schaute das bleiche, kleingewordene Gesicht der Toten lächelnd empor, als wollte sie sagen: »Freut euch am Erdenflitter, so lange euer Auge ungebrochen ist.«

Von der Toten gingen Reinharts Blicke zu Imma. Sie war ohne Schmuck, sie hatte ihre Kleinodien wohl auch zur Mutter gelegt, nur am kleinen Finger der linken Hand funkelte ein großer Diamant, den sie immer trug. Ihre Füße waren nackt und so zierlich wie die Hände, ihr Gesicht matt und bleich, sie mußte viel geweint haben an diesem Tage, was wollte sie da? Totenwache halten? Und war vor Erschöpfung entschlummert?

Reinhart wollte gehen, seine Augen gehörten nicht hierher. Indem er sich zur Türe wandte, stieß er auf Klas. Der Diener mochte ihm nachgeschlichen sein und starrte nun wie verzückt auf Imma. Reinhart schien er gar nicht zu beachten. Nun trat er vor und kniete neben der jungen Herrin nieder, zur Anbetung. Die Natter kroch heran und legte ihren Kopf auf Immas Hals, der wenig dicker war, als der ihre. Klas packte das Tier, wie von Zorn erfaßt, und schleuderte es in eine Ecke. Imma erwachte und blickte erstaunt um sich. Klas schlug ihr mit seiner dunkeln Stimme vor, sie in ihr Zimmer zu tragen.

Sie widersetzte sich, sie wolle bei der Mutter wachen, sagte sie.

»Sie werden krank, ich trage Sie«, bettelte Klas.

»Soll ich getragen werden, so soll mich Herr Stapfer tragen.«

Nun erst sah Klas nach Reinhart hin, mit einem Blick, als ginge es auf Tod und Leben. Reinhart war unschlüssig.

»Wollen Sie nicht?« klagte Imma, die Augen zu Reinhart gewendet. Da beugte er sich zu ihr hinab. Seine Augen waren denen des Dieners zum Brennen nah. Klas wich keinen Zoll zurück und Reinhart zog Imma unter seinen Blicken und seinem Atem hervor. Als er sie in ihr Zimmer trug, war er stolz, sie einem Raubtier entrissen zu haben. Sie bat ihn, sich während der Nacht vor ihre Türe zu legen. Die Angst sprach aus ihren Worten. Er tat ihr den Willen. Früh am Morgen, als er erwachte, stand Klas verschmitzt lächelnd über ihm.

»Machen Sie sich keine Hoffnung«, raunte der Diener, »sie hat kein Herz.«

Dann ging er rückwärts weg, als erwarte er einen Überfall.

Frau Uchte wurde an jenem Tage begraben. Enzio ging nicht mit der Leiche. Er hatte sich keine Stunde aus seinem gewohnten Leben reißen lassen, was mit seiner Tochter geschah, schien er entweder nicht zu sehen, oder dann war es ihm gleichgültig. Klas und Reinhart beobachteten einander von da an argwöhnisch, wie Tierbändiger und Raubtier im Zwinger. Imma ließ sich fast nie sehen. Man hörte sie traurige Weisen auf der Harfe spielen und zuweilen singen, ein Klagelied, ein Lied der Sehnsucht oder der Liebe, man erriet es nie.

Einst lag Reinhart im Garten und kraute Zeno, den Hund, hinter den Ohren, als Imma auf ihn zukam, »Warum tun Sie das?« fragte sie.

»Es ist ein gutes Tier, ich liebe es.«

»Sie lieben es? Was heißt das?«
»Das ist schwer zu sagen.«
»Mein Vater sagt: Kein Feuer wie die Liebe.«
»Es gibt heiliges und unheiliges Feuer.«
»Und die Liebe zu einem Hunde?«
»Ist immer heilig«, glaube ich.
»Also hängt es an – dem, der liebt, und nicht an dem, der geliebt wird?«
Er nickte.
»Also ist, wer einen Hund lieben kann, zu rechter Liebe imstande?«
Er nickte wieder.
»Ich will Ihnen etwas sagen: Meine Mutter hat, so glaube ich, nie geliebt, und mein Vater hat sich die Liebe abgewöhnt. Ist das nicht seltsam?«
»Und Sie?«
»Ich möchte nicht sein wie die Mutter, und möchte auch nicht sein, wie der Vater, ich möchte sein wie Sie.«
Er lachte wehmütig: »Ich bin ein gequälter Mensch, der sich zu retten sucht.«
»Vor was?«
»Vor der Welt, oder einem tückischen Geist.«
»Ist das auch rechte Liebe?« fragte sie sinnend und ohne Arg.
Er verstummte.
Sie setzte sich neben ihn ins Gras. »Sie leiden, ich leide, der Vater allein leidet nicht mehr. Die Mutter ging und man weiß nicht, hat er es gemerkt oder nicht. Ist das gut?«
»Er ist ein Weiser, er hat alles von sich getan.«
»Ja, alles. Ich glaube, ich habe ihn geliebt. Und auch das hat er überwunden. Ich möchte ihn lieben, ich möchte alle lieben. Ich habe die Mutter geliebt, ich will nun auch den Zeno lieben, weil Sie ihn lieben, und ich möchte auch Klas lieben, aber er macht es mir schwer. Er ist zum Fürchten!«
»Und die Schlange?«
»Sie ist so kühl. Kann man auch kühle Dinge lieben? Einen Stein, einen Baum, einen Bach? Sie denken ›Ja‹, ich sehe es Ihnen an. Gut, ich will auch kalte Dinge lieben, so stark ich kann.«
»Sie sind eine Christin«, sagte er.
»Sagen Sie damit etwas Gutes oder etwas Böses?«

Er zögerte und sprach dann langsam: »Wenn ein Lump eine Fahne trägt, soll man nicht gleich sagen, es sei eine Lumpenfahne.«

»Ich verstehe Sie nicht.«

Er schwieg. Sie streichelte Zeno, der neben ihr lag, und summte: »Tat tvam asi.«

Von da an suchte sie Reinhart oft auf, wenn er allein war. Es hatte sie eine Gier erfaßt, die Welt zu verstehen. Sie war als zwölfjähriges Kind aus dem Osten ins Abendland gekommen, nun zählte sie achtzehn.

Einmal stieß Enzio zu den beiden. Er schickte Imma unter einem durchsichtigen Vorwand weg und begann zu Reinhart: »Ich nehme an, Sie seien nicht als Freier in mein Haus gekommen.«

»Keineswegs. Ich leide an einer alten Liebe«, erwiderte Reinhart betroffen.

»Sie dürfen nicht empfindlich sein, ich wollte Sie nicht abweisen, sondern warnen. Diese Mischung ist nicht gut. Ich habe es zu spät erkannt, wie alles. Andere Europäer führen ihre eingeborenen Frauen und Kinder vor der Heimkehr in den Busch, und das ist vielleicht gut. Es erspart Leiden. Meine Frau ist mit weniger als vierzig Jahren gestorben und war fast eine Greisin. Daran sehen Sie den Unterschied zwischen ihrer Rasse und der unsern. Imma ist jetzt noch frisch. So war ihre Mutter in diesem Alter, ein Entzücken für unkluge Augen. Aber in wenig Jahren wird Imma, das Kind, verändert sein. Auch im Geist. Sie nachtwandelt, das ist kein gutes Vorzeichen.«

»Es nachtwandeln viele«, entgegnete Reinhart, der meinte, Immas Partei ergreifen zu sollen.

»Ja, ja, und vielleicht nachtwandeln wir alle«, bog Enzio aus. »Das viele Plaudern mit Imma hat Sie abgelenkt, Sie versenken sich nicht mehr. Da sehen Sie die Gefahr, die vom Weibe kommt.«

»Ich bin wieder unsicher geworden«, gestand Reinhart.

»Es drängt Sie wieder ins alte Leben zurück?«

»Nein, in ein neues, das ich aber hier nicht finden kann.«

»Seltsam, Sie wollten sich selber finden und scheuen nun die Gelegenheit dazu. Oh, Einsamkeit, süße! Zeit der Sammlung und der Andacht, Zeit, da wir uns selber finden und verlieren können, Zeit der guten Gedanken und tiefen Entschlüsse, Stunden des Schauens nach Innen und der Erlösung von tagelangem, wochenlangem Gieren nach außen. Die Toren fürchten dich. Aber sie fürchten nur ihre eigene Leere, ihre eigene Dürre, die häßlichen Gedanken, die gegen ihren Willen aus ihrer Tiefe steigen. Und weil sie ihre Öde nicht ertragen, fliehen sie vor sich selber, sie fliehen ins Geschäft, zur Arbeit, ins Rasseln, der Räder, sie fliehen zu andern Menschen, zu Schwätzern, zu Messinginstrumenten, sie flüchten sich ins Wirtshaus, zu Karten, in Versammlungen und Vorträge, zum Sport. ins Theater, ins Konzert, in den Tingeltangel, zu den Weibern. Und nennen das leben, sich ausleben! Sie sind Goldgräber, die täglich über den Ort schreiten, wo der Schatz liegt, und denen die Ahnung fehlt, die ihnen zuflüstert: »Hier stehet still, hier gehet in die Tiefe, in eurem Schatten ist alles.«

Er hatte eifriger gesprochen als sonst und fuhr noch eindringlicher weiter: »Jeder von uns ist ein Teilchen Gottes und soll gottähnlich leben. Gott hat sich nach der Tat zur Ruhe gesetzt, er ist die Ruhe, die Unrast ist sein Widerpart: das Leiden.«

»Nein«, rief Reinhart, »Gott ist die Tat! Er wirkt und schafft sekundlich! Er erzeugt sich selber neu an jedem Welttag, in jedem Blatt, in jeder Blume, in jedem Regentropfen, in jeder Schneeflocke, in jeder Menschenseele und in jedem Gedanken. Kann es seine Absicht sein, daß wir schon mitten im Leben sterben? Ich habe mich gesucht in diesen Wochen in Ihrem gastlichen Hause mit Ernst und Eifer, ich habe in mir selber nach dem Schatz gegraben, ich habe mich in mich selber verbohrt. Da hat mir ihre Tochter die Frage gestellt: ob Eigenliebe auch Liebe sei. Das hat mir die Augen aufgerissen.«

»Immer die Liebe, das heißt die Begierde, nie die Ruhe! Ist das so schwer einzusehen?«

»Immer die Flucht vor dem Schmerz. Ist denn im Leiden nicht jeder gewachsen, von Christus bis zu der Wettertanne, die oben am Berghang dem Sturme trotzt? Das Leiden ist kein nagender Wurm am Leben, wie Sie meinen, sondern eine Leiter zur Kraft.«

Enzio erhob sich: »Das Leiden ist dem tiefsten Weltgrund zuwider.«

»Dennoch!« behauptete sich Reinhart.

»Lassen wir's! Das ist kein froher Tag. Ich meinte in Ihnen einen Weggefährten gefunden zu haben, nun haben Sie von meiner Straße abgebogen. Auch gut! Es muß sich jeder selber erlösen.«

»Ich werde gehen.«

»Nein, so ist es nicht gemeint. Bleiben Sie, wenn Sie können, um Immas willen. Sie ist der Einsamkeit nicht gewachsen und wird mich stören, wenn wir zwei aufeinander angewiesen sind. Aber wehen Sie sie kühl an! Das ist meine Bitte.«

»Armes Kind und verarmter Vater!« stieß Reinhart hart hervor.

»Verarmt? Ich bin immer noch zu reich. Ich habe immer noch etwas zu sorgen, etwas zu verlieren.« Er erhob sich und ging der Dämmerung entgegen, die sich schwer vom Flußufer her heranwälzte.

Reinhart wollte ins Haus treten. Da war Imma an seiner Seite, faßte ihn bei der Hand und zog ihn mit sich in die Ecke des Gartens, wo die Haselnußstauden standen.

»Ich habe zugehört«, flüsterte sie, »dort hinter dem Flieder. Oh, bleiben Sie! Mein Vater hat Sie doch gebeten! Wie soll ich allein leben in diesem Hause? Ich fürchte mich vor Klas, aber der Vater sieht seine Augen nicht. Er will ja die eigenen nicht brauchen.«

Sie legte ihre schlanken Arme um Reinharts Hals und stellte sich auf die Zehen, um mit ihrer Brust der seinen nahe zu sein. Er fühlte, wie die Glut ihrer Augen zu ihm hinauflohte. Sie flüsterte: »Warum hat mich der Vater nicht in den Busch gestoßen? Könnte ich elender und einsamer sein als hier? Ich hungere nicht mit dem Leib, ich hungere sonst. Und ich dürste. Ich möchte an Lippen trinken, aus Augen, aus zwei guten Augen. Ist es nicht schamlos, was ich sage? Aber warum sollte ich mich schämen vor dir, der du in mein Leben geschaut und die Schrecken dieser Einsamkeit erkannt hast? Wenn du gehst, so nimm mich mit, und wenn du mich nicht mitnehmen willst, so bleib oder stoße mich in den Fluß. Ich bin nicht für Vaters Einsamkeit, ich bin für die Menschen geschaffen. Ich bin ein kleines Plappermaul und möchte schwatzen, ich bin eine leichtsinnige Närrin und möchte einmal lachen, ich weiß nicht, wann ich zum letztenmal gelacht habe, ich bin, wie du gesagt hast, eine dumme Christin und möchte lieben. Alle, und dich zuerst.«

Er merkte eine Bewegung in ihren Armen und dann eine Berührung an seinen Lippen. Sie hatte sich an seinen Mund gehoben und küßte ihn lang, als wollte sie seine Seele aus ihm saugen. Er ließ sie gewähren. Ihre Berührung war so rein, ihre Seele so kindlich. Ihr Kuß erinnerte ihn an den ersten, den er empfangen, von Paulas Lippen, im Garten der ›Seewarte‹. Als sich Imma von seinen Lippen gleiten ließ, wurde ihm weh: »Es darf nicht mehr sein«, sagte er, »ich schände das Gastrecht dieses Hauses.«

»Was tust denn du?« erwiderte sie, »du bist die Blume und ich das Immchen, das sie besucht. Sei gut wie eine Blume, daß ich Honig trinke, laß mich einen Augenblick glücklich sein.«

Wieder hob sie sich an seine Lippen, und er wehrte ihr wieder nicht.

Aber er dachte: »Ich muß weg, ich muß.«

Es war, als hätte sie seine Gedanken eingesogen. Sie ließ sich fallen und begann zu weinen: »Geh nicht! Heut' war ich zum erstenmal ein Mensch, laß mich ein Mensch bleiben, du hast mich ja dazu gemacht. Du hast eine Geliebte, ich habe es gehört. Würde sie böse, wenn sie mich sähe? Würde sie neidisch sein? Ich will ihr doch nichts nehmen, deine Lippen sind so reich, ich meine, die ganze Welt könnte sich daran den Durst löschen. Sag, wird die Blume schlechter, wenn die Biene zu ihr kommt, wird sie ärmer? Sag!«

»Sie wird reicher«, dachte er, aber er schwieg.

Wieder küßte sie ihn und flüsterte dazwischen: »Sei gesegnet!«

Er löste ihre Arme von sich und sie traten ins Haus. Imma griff zur Harfe und spielte etwas Fremdartiges, Süßes, Reinhart Unverständliches. Aber die Weise und die einschmeichelnden Laute träumten ihn ein, ihm schien; in eine Wolke aus bläulichem Dunst. Imma sah er kaum mehr. Er dachte an Jutta, die helle, die kluge, die Abendländerin und Zeitgemäße.

Enzio trat ein. Er hörte eine kurze Weile zu und zog dann Imma das Instrument sanft aus der Hand. Sie ging schmollend hinaus. Reinhart trat vor Enzio hin: »Sie quälen Ihre Tochter zu Tode, Sie wohlmeinender!«

»Kann ich ihr das Leben wünschen? Was steht der Armen bevor? Liebe und Verführung und Leiden. Sie ist jedem Windzug offen wie ein Haus, dem noch Türen und Fenster fehlen.«

»So behüten Sie sie!« rief Reinhart.

»Behüten? Ich weiß, was das heißt! Ich bin doch in der Welt gewesen. Oh, diese Welt! Ich sehne mich nach dem Tag, da ich nichts mehr zu verlieren habe.«

»Sind Sie nur ein Arzt für sich?« zürnte Reinhart.

»Ja, nur für mich. Der Mensch kann die Kraft der Erlösung nur für sich allein finden. Alles andere ist Wahn.«

»Aber wenn er die Erlösung nur findet, indem er nichts mehr kennt als sich selber, an anderer Menschen Schicksal, selbst an dem seiner Kinder keinen Anteil mehr nimmt, ist es da nicht besser, er bleibe unerlöst, ein Streiter und Irrender, aber auch ein Helfer und Freund. So glüht er doch! So ist er doch lebendig! Der Gletscher muß sich selbst auflösen, sich im ewigen Selbstopfer selber verneinen, um ein Bach, ein Landessegen zu werden! Das ist jetzt mein Menschheitsglaube. Dem reichen Osten die Beschaulichkeit, dem kargen Europa die Tat! Und in die Tat muß auch ich.«

»Der Tatenmensch ist immer der Schuld und dem Schlamm verfallen. Der Schauende bleibt rein.«

»Aber auch wirkungslos! Er ist ein Halm, ein Baum, er ist eine Pflanze, von ihm spricht keine Tragödie und keine Geschichte.«

»Wohl ihm!«

»Sie sind Erasmus, Sie lieben den Frieden mehr als das Kreuz.«

»Ich bin für die Kreuzabnahme, nicht für die Kreuzigung!«

»Das meinen Sie! Aber Sie schlagen Ihre Tochter ans Kreuz!« schrie Reinhart. Die heftige Stimme klang unheimlich in dem stillen Haus.

»Sie sind im Haus Avera, das heißt ›Nichtzorn‹«, wies ihn Enzio zurecht.

»Ich will aber einmal zürnen und wettern in diesem verfluchten Haus Avera!« schrie Reinhart wieder. Er schlug auf den Tisch und stampfte auf den Boden, er stieß einen Stuhl gegen die Wand, nur um zu lärmen und seinem Groll Luft zu machen. Imma erschien unter der Türe des Nebenzimmers und sah ihn groß an. Ihre Augen leuchteten. Plötzlich brach sie in ein Lachen aus, ein helles, lautes Kinderlachen, das noch zerbrechender klang, als Reinharts Wutgeschnaube. Enzio zog sich still zurück. Imma trat auf Reinhart zu und legte ihm die Arme um den Hals: »Wir haben ihn traurig gemacht. Wir wollen's gut machen. Wir wollen drei Tage lang nicht sprechen, das liebt er am meisten.«

Reinhart trat in sein Zimmer. Er war entschlossen, folgenden Tags zu gehen und verlangte nach seinen Wanderkleidern, die ihm der Diener eilfertig und mit frohen Augen brachte.

In der Nacht konnte Reinhart nicht schlafen. Der Mond schien ins Zimmer und durchglänzte es ganz. Reinhart setzte sich in Gedanken mit Enzio auseinander. Die kalte Selbstsucht des Alten, der sich für einen Weisen hielt, empörte ihn. Er fühlte es: sein eigener Weg durfte nicht an den Menschen vorüber, er mußte zu ihnen hin leiten. Sein Leben durfte nicht im Traum vergehen, es mußte in der Tat täglich neu werden, er durfte sich nicht selber zum Gott und Weltzweck machen, er durfte das Kreuz nicht fliehen, er mußte ihm entgegensuchen. Das war ihm klar geworden im Haus Avera.

Wie er so sann und focht, trat Imma vor seinen Geist. Ihm war, sie winke ihm, sie flehe ihn an, sie aus dem Haus Avera wegzuführen. »Das muß deine erste Tat sein«, raunte sie ihm zu. Immer deutlicher fühlte er sie. »Sie sinnt an dich, sie zieht dich, sie will Gewalt über dich haben.«

Reinhart war gar nicht erstaunt, als sich lautlos seine Türe öffnete und Imma hereintrat. Sie war in weißem Hemd. Die Seide rauschte leise, sie schob die Türe wieder ins Schloß und trat ans Fenster. Der Mond schien hell auf sie. Ihre Augen waren weit geöffnet, ihr Blick starr, die Wimpern zuckten nie. Sie streckte die Hände und die bis zu den Ellbogen bloßen Arme aus dem offenen Fenster und badete sich im Mondlicht. Sie kehrte sich um und kehrte Reinhart die wunderbare, fast kindliche Brust zu. Er wollte ihr rufen. Aber sie würde ja beim Erwachen vor Scham vergehen. Sie kam auf ihn zu, neigte sich über ihn und legte ihm die Lippen auf den Mund, lang, ohne Druck. Er hätte aufschreien oder sie in die Arme fassen mögen. Da richtete sie sich langsam wieder auf und verschwand aus dem Zimmer, wie ein Geist, kaum hörbar. Bald nachher hörte Reinhart auf dem Flur schleichende Schritte. Hatte Klas gewacht und Imma belauert?

Als er am Morgen in seinen alten Kleidern ins Erdgeschoß hinunter stieg, wo das Eßzimmer lag, stieß er auf den Diener, der ihn finster ansah. Kein Zweifel, er wußte, was vorgefallen war. Im Eßzimmer war Imma. Sie stieß einen kleinen Schrei aus. »Sie wollen gehen? Sie Eigensinniger und Grausamer!« Sie brach in Tränen aus. Sie war so klein und traurig, daß er den Mut nicht fand, hart zu sein. »Ich bleibe noch einen Tag oder zwei«, stammelte er. Sie faßte seine Rechte in ihre beiden Hände und dankte ihm wie für das Leben oder die Seligkeit.

»Ich habe heut' nacht von Ihnen geträumt«, flüsterte sie, »ich habe Sie geküßt, aber Sie hatten ganz kalte Lippen und waren streng.«

»Sie schlafen gefährlich, hüten Sie sich!«

»Ich habe ganz still und selig geträumt. So muß es im Himmel sein.«

Am Abend war Reinhart in großer Unruhe. Er war überzeugt, daß Imma wiederkommen würde, denn die Nacht war wie die letzte, ganz von Glanz durchwoben. Er hatte die Türe verriegeln wollen, aber der Riegel war nicht zu bewegen, weil er durch die Ölfarbe festgehalten wurde, die der Maler unordentlich über das ganze Schloß gestrichen hatte. Er stellte als Ersatz für den Riegel den Tisch vor die Türe und warf sich angekleidet auf das Bett. Es ging gegen Mitternacht. Auf dem Flur war ein Schlarfen zu hören, ein Hantieren dicht vor der Türe, ein Kratzen oder Bohren. Dann nach einer Pause etwas wie ein Fallen und ein kurzes Stöhnen. Darauf Stille.

»Das war Klas, der Spion«, dachte Reinhart und horchte in die Ruhe, er wußte nicht wie lange, wieder knarrte eine Türe ganz leise, hinten im Flur, wo Immas Zimmer lag. Reinhart sprang auf, er wollte sie wecken, warnen. Kein Zweifel, Klas war in der Nähe und hatte etwas vor, er wollte sie bloßstellen oder ihr etwas antun, vor der Türe entstand ein Geräusch, das sich Reinhart nicht erklären konnte. Er schob den Tisch weg und öffnete behutsam die Türe. Durch die schmale Ritze, die er sich schuf, sah er etwas Dunkles hin- und herbaumeln. Dahinter war Imma. Sie trat bis zur Berührung an das Dunkle heran, als wollte sie es durchdringen. Dadurch versetzte sie es in Schwingung. Reinhart riß die Türe ganz auf und das Licht seiner Decklampe fiel auf Klas, der sich am Türpfosten erhängt hatte. Imma wachte auf. Sie sah sich erstaunt um, faßte Klas hastig, wie um Gewißheit zu haben, an und stieß einen gellenden Schrei aus. Mit über dem Kopf zusammengeschlagenen Armen floh sie durch den Gang nach ihrem Zimmer. Das war alles in wenigen Augenblicken geschehen. Reinhart griff nach Klas' Hand. Sie war noch warm. »Ein Messer! Ein Messer!« schrie er besinnungslos, als hätte er nicht selber eines besessen. Enzio kam aus seinem Schlafzimmer, und zog, herantretend, eine Schere, wie man deren zum Reinigen der Nägel verwendet, aus der Tasche seines Schlafrockes, »Halten Sie ihn etwas empor!« befahl er Reinhart, Dann schnitt oder würgte er die Schnur über Klas' Kopf durch. Beide zusammen legten den Diener auf den Rücken nieder und Enzio begann, Wiederbelebungsversuche anzustellen, indem er mit den Armen des Bewußtlosen kräftige Bewegungen ausführte. Nach kaum einer Viertelstunde tat Klas einen tiefen Seufzer und bald danach öffnete er die Augen.

»Holen Sie Wasser«, gebot Enzio. Reinhart holte die Karaffe in seinem Zimmer, und Enzio entleerte ihren Inhalt mit kräftigen Güssen über Kopf, Hals und Brust des Dieners.

»Sie werden das nicht wieder tun, Klas«, sprach Enzio ganz ruhig. Klas schwieg, er war wohl noch betäubt und verstand nicht.

»Sie werden das nicht wieder tun«, wiederholte Enzio eindringlicher. Der Diener wollte etwas sagen, wahrscheinlich ein »Nein«, aber er brachte die Stimme nicht hervor und gähnte nur furchtbar. Er sah in diesem Augenblick ungeheuer komisch aus.

Enzio und Reinhart trugen ihn in sein Zimmerchen, schütteten ihm zu trinken ein und ließen ihn allein.

»Ich habe meine Tochter schreien hören«, begann Enzio, als er mit Reinhart wieder auf dem Flur stand, »wie war's denn nur?«

»Sie ist im Nachtwandel auf ihn gestoßen.«

»Seltsam, daß er sich vor Ihrer Türe gehängt hat.«

»Er ist ein leidenschaftlicher Mensch. Sehen Sie sich vor.«

»Das ist keine Antwort, aber sie soll mir genügen. Er ist der zweite, der das in meinem Hause getan hat. Es ist, wie wenn der Unfriede, den man sich austreibt, auf andere überginge.«

Am folgenden Morgen war Klas verschwunden.

Nach dem Frühstück, das wortlos genossen wurde, eröffnete Reinhart seinem Gastgeber, daß er entschlossen sei, zu gehen. Enzio, als habe er das nächtliche Ereignis ganz vergessen, sagte lehrhaft kalt: »Gut, gehen Sie. Es zieht Sie wieder auf den öden Pfad des ewigen Irrsals. Es fehlt Ihnen die Anlage zum Glück. Sie werden niemandem Ruhe bringen und werden selber keine finden. Sie werden immer ein Störenfried und Abendländer sein.«

»Kann ich von Ihrer Tochter Abschied nehmen?«

»Ei, richtig, Sie haben es ja darauf angelegt, den Schmerz aufzusuchen. Ich will nach ihr sehen.«

Es verstrichen wohl zehn Minuten, bis er wieder erschien. Sein Gesicht war etwas weniger gelassen als sonst. »Sie können sie nicht sehen, aber sie schickt Ihnen das zum Andenken.« Er reichte Reinhart ein kleines rundes Schächtelchen.

Reinhart meinte zu ersticken. Er ergriff Enzios Hand und würgte heraus: »Ich habe bei Ihnen eine Erkenntnis gefunden und ein stärkendes Bad genommen und danke dafür. Ich glaube, ich bin nun für den Kampf gerüstet.«

Enzio wehrte den Dank ab und begleitete den Scheidenden bis auf die Treppe. »Wohin führt Ihr Weg?« fragte er wie beiläufig.

»In die Niederung, in die Tiefe. Er wird nicht schön sein, aber wenn er nur gut ist.«

»Samsara, Irrweg, wird er immer heißen«, sprach Enzio und reichte Reinhart die Hand. »Wird er Ihnen zu schwer, so denken Sie an das letzte Wort des Weisen: Vergänglich ist alle Gestaltung, ringet ohne Unterlaß.«

»Seien Sie gut zu ihr«, flehte Reinhart und wandte sich rasch ab. Er kam sich feige vor, Imma in ihrer Not zurückzulassen, aber er sah keinen Weg. Und Klas war ja fort. Von einem Baum hing die Natter herunter, er fuhr ihr mit der Hand über den Kopf und eilte traurig davon, ohne sich umzublicken. Draußen auf dem freien Feld öffnete er das Schächtelchen. Es enthielt den kostbaren Diamantring, den Imma sonst nie vom Finger gelassen hatte.

Etwas tappte heran. Es war der Hund Zeno. Er stellte sich vor Reinhart hin und schaute fragend zu ihm auf. »Du willst mir Lebewohl sagen, guter Kerl!« Reinhart bückte sich zu ihm nieder und gab ihm einen Klaps auf den Rücken. »Geh heim, zu ihr.« Der Hund verstand den Zweck dieses Tages nicht so, er ließ sich nicht heimweisen noch verscheuchen. Nach jeder Ermahnung blieb er auf dem Wege sitzen oder verkroch sich in einen Busch, auf einmal aber war er wieder an Reinharts Seite und bettelte mit den Augen um Weggenossenschaft.

»Die Reise wird ihm bald verleiden«, dachte Reinhart, denn er sah, wie beschwerlich das Laufen dem alten, lebensmüden Tiere wurde. Aber Zeno führte seinen Plan mit Hartnäckigkeit aus: er wollte dem als Herrn dienen und folgen, der ihn fünf Wochen lang als Kamerad und Freund behandelt hatte.

Die Sonne war schon auf einen Hügelrücken hinabgesunken und auf den Sumpfwiesen bildeten sich leichte Nebeldecken, als Reinhart sich an das Straßenbord setzte, um Kraft zum letzten Wegstück des Tages zu sammeln. Zeno legte sich ihm zu Füßen in den Straßengraben, ganz erschöpft. Er rollte sich zusammen und schlief ein. In heftigen Stößen ging sein Atem.

Reinhart hatte den ganzen Tag die Gedanken von sich abgewehrt. Er wußte, daß er ein Wespennest war, an das man nur zu klopfen brauchte, um ein wildes Summen und Stechen zu entfesseln, hatte er das Gastrecht mißbraucht? Hatte er nicht an Imma, dem Gebilde aus Nacht- und Mondglanz wie ein Tor und grober Lümmel gehandelt? Und Jutta? Hatte er sie verblassen lassen? War sein Untergrund die Treulosigkeit?

Er griff nach Zeno, um aus seiner Zwiespältigkeit und Qual zu einem lebenden Wesen zu fliehen. Der Hund rührte sich nicht. Er war aus Erschöpfung zu seinen Füßen für immer entschlafen. Reinhart war erschüttert und sann auf den Kadaver hinab. »Du warst treulos und treu im gleichen Entschluß.« Und das ›große Wort‹ pochte an seine Seele: »Tat tvam asi, das bist du.«

Er nahm das Tier auf die Schultern. Auf einem Gehöfte bat er um eine Schaufel und eine Grabstätte. Man wies ihn mißtrauisch ab, nur eine Schnur gab ihm ein junger Knecht oder Bauerssohn auf seinen

Wunsch. Er trug seine Last weiter und versenkte sie, mit einem Stein beschwert, in einem Weiher. Der Mond stand über der Tat und streute sein Gold dem Versinkenden ins Wasser nach.

»Wird sie heut' nacht wieder wandeln und meinen Mund suchen?« fragte sich Reinhart. Und indem er weiter schritt, fielen ihm die Worte ein:

»Bist Traum und Nachtgeheimnis
Und wie die Sterne rein,
Wie du zu Schlangen gut bist,
Möcht' ich zu Menschen sein.

Ich taste in dem Dunkel,
Du hast des Sehers Macht,
Und gehst mit blinden Wimpern
Hellsichtig durch die Nacht.«

3. Der Geist in der Nacht

Das Flußtal, durch das die Straße taumelte, füllte sich allmählich mit Nebel. Die Sterne gingen aus der Welt, nur der Mond vermochte dann und wann zwischen Nebelbergen durchzudringen. Ganz verschwommen war er, aber es ging doch ein Wille nach Tapferkeit von ihm aus. Reinhart beschloß, die Nacht durchzuwandern, wie der Kämpfer über ihm.

Nach Mitternacht wurde der Nebel dichter, aller Glanz von oben verschwand, die Feuchtigkeit drang kalt durch die Kleider, Reinhart schritt rascher aus. Vor ihm tauchte im Nebel ein dunkler Fleck auf, ein wandelnder, schwankender Schatten. Jetzt trat er mißtrauisch an den Straßenrand, um Reinhart vorbeizulassen.

»Gute Nacht oder guten Morgen«, grüßte Reinhart.

»Gute Schuhsohlen wären mir jetzt das liebste«, hüstelte es ihm klanglos entgegen.

»Ich habe selber nur zwei«, entgegnete Reinhart, der meinte, einen Schalk vor sich zu haben.

»Jeder für sich, nicht wahr?« lachte der andere gezwungen. »Man weiß wirklich nicht, wozu der heilige Martin gelebt hat.«

»Einen Mantel kann man zur Not teilen, Schuhsohlen nicht.«

»Wer besitzt, hat immer einen Vorwand, nicht zu teilen«, lachte der andere. »Ich glaube fast, Besitz muß sein, damit die Menschen ihren Witz nicht verlieren.«

»Vielleicht hat sie der Besitz um den Witz betrogen.«

»Oho, tönt es so aus Ihnen?« klang der Schatten abwägend. »Sind Sie auf der Walze?«

»Immer. Immer auf der Irrfahrt. Gehen wir zusammen?«

Der Schatten hustete krampfhaft, spuckte in den Straßengraben und schritt dann an Reinharts Seite dahin. Die Straße begann zu steigen. Der Fremde hustete wieder und klagte: »Der Nebel setzt sich mir auf die Brust. Laufen Sie nur zu.«

»Sind Sie leidend?«

»Wär's nur der Husten!« Er stand still und stieß heraus: »Könnt ich doch der ganzen Welt ins Gesicht spucken.«

»Aber fangen Sie lieber nicht bei mir an«, scherzte Reinhart.

»Man weiß nie, wo man anfängt. Sehen Sie, Walzbruder, ich bin der friedfertigste Kerl und habe doch gestern abend gestochen. Erschrecken Sie nicht, wenn mich plötzlich die Polizei am Ärmel faßt. Gehen Sie lieber Ihrer Wege. Ich verkrieche mich da im Walde. Ich bin müde, ich laufe schon seit acht Stunden.«

Er verließ die Straße, Reinhart folgte ihm. Sie setzten sich auf den Waldboden und lehnten die Rücken an zwei benachbarte Stämme. Der Fremde schlief augenblicklich ein. Reinhart beschloß, bei ihm zu wachen. Das Geheimnis, das er mit sich trug und bereit schien, auf den ersten besten wie eine lästige Bürde abzuladen, zog ihn an. Es mochten zwei Stunden verflossen sein, als der Schläfer jäh emporfuhr. »Was ist das?« schrie er. Die Flamme des Streichholzes, mit dem sich Reinhart eine Zigarre angesteckt, hatte ihn aufgeweckt.

»Aha, Sie sind's. Ich bin froh, daß Sie bei mir geblieben sind!« Er rückte näher an Reinhart heran und stöhnte: »Es ist ein verfluchtes Leben!«

»Warum haben Sie gestochen?« fragte Reinhart.

»Dreckige Geschichte! Mögen Sie's wissen! Ich bin der Josef Schmärzi. Sie werden den Namen vielleicht morgen in den Käseblättern lesen. Ich stehe in Schwarzbach in Arbeit. Sie werden auch schon von dem Fabriknest gehört haben. Schlimmste Sorte. Baumwolle! Ich habe eine Schwester. Kein übles Ding. Sie hat dem Sohn des Fabrikherrn in die Augen gestochen. Er ist ein junger Lümmel, ein-, zweiundzwanzig, etwas jünger als ich. Vorgestern mittag bei Arbeitsschluß hat er ihr aufgepaßt: Sie solle um zwei Uhr auf sein Kontor kommen. Sie geht. Sie ahnt ja nichts. Sie ist achtzehn. Er ist ein hübscher Lausbub. Er hat es fertig gebracht. Nachher drückte er ihr einen Franken in die Hand, das heißt gerade so viel, als sie wegen Verspätung gebüßt wurde. Großartig, nicht? Erst nachher ist dem dummen Kind alles aufgerochen, die große Ehre, ha! Sie hat zum Erbarmen geheult. Mein Alter hat sich einen Rausch angesoffen, um nichts Gewalttätiges zu unternehmen. Ich aber bin gestern während der Arbeitszeit aufs Kontor gegangen und habe mit ihm abgerechnet. Seither laufe ich. So!«

Reinhart starrte in die Nacht hinaus. Was für ein fratzenhaftes Antlitz sie hatte. Sie neigte sich zwischen den Baumkronen herein und grinste ihm ins Gesicht. Er streckte die Arme aus und drückte die Hand seines Gefährten. Der begann wieder zu reden: »Ich bin gewiß kein Raufbold und Messerstecher, aber dann und wann meint man, man habe einen Kessel in der Brust und ein Feuer darunter. Warum lebt man nur? Sagen Sie, warum lebt man denn?«

»Ich habe schon Stunden gehabt«, suchte ihn Reinhart zu trösten, »da ich den Weltuntergang wünschte. Ich stellte mir vor, ein großer Stern breche aus den andern hervor wie ein rasender Stier aus der Herde, und zerstoße und zerstampfe alles. Er stürze sich gegen unsere Erde, reiße Jupiter, Mars und alle ihre Monde im Vorbeisausen mit sich und die gewaltigen Kugeln schnaubten auf uns zu und in die Sonne, und ein paar Augenblicke später sei alles ein formloser Brei, all unser Leid und Weh und Elend, unsere Schmerzen, unsere Verzweiflung und Ohnmacht tot, tot, tot, alles erlöst, alle Menschenarmseligkeit abgetan, alles Friede, das Weltziel erreicht. Aber dann erwischte mich wieder etwas anderes an einem Seelenzipfel. Ich sah, wie schön die Welt ist und ich pries den Augenblick, der mir zum Anschauen unseres Paradieses geschenkt wurde.«

»Ich war im Irrtum«, versetzte Schmärzi tonlos, »Sie sind nicht aus meiner Schicht, Herr!«

»Ach, was ist Schicht und Stufe unter Menschen, unter aller Kreatur, wenn man ins Große schaut!«

»Wir leiden aber unter Schicht und Stufe, wir!« stieß Josef Schmärzi klagend hervor. »Fragen Sie meine Schwester! Kommen Sie einmal nach Schwarzbach und beten Sie dieses Paradies an! Nach unten freilich gibt es keine Stufe mehr, wir sind ja stumpfe Tiere geworden an unseren

Baumwollstühlen, aber nach oben! Tun Sie einen Blick in unsere Stuben und Kammern und dann gehen Sie hinauf in die Villa des Fabrikherrn. Oder nein, gehen Sie nur in seine Stallungen. Er betreibt nämlich auch Landwirtschaft und züchtet Rassenvieh. Die Fabriksäle sind alt und niedrig, die Ställe luftig und heiter. Die Kühe sauber, die Arbeiter dreckig. Die Kühe gesund und fett, wir bleich, blutleer und versoffen. Denn man säuft, wenn man nicht mehr denken kann oder will. Unsere Väter sind Bauernsöhne gewesen, sie haben andere Schultern und ein anderes Gestell als wir, sie haben wenigstens noch Knochen! Zwar sind sie gebückt und haben farbige Nasen, aber sie sind doch noch Kerle verglichen mit uns. Schauen Sie uns an! Im Stall wird die Rasse verbessert, in den Arbeiterhäusern wird sie verludert.«

Er hatte diese harten Anklagen ganz weich, fast kindlich sanft gesprochen. Jetzt hustete er wieder.

»Da sehen Sie. Ich glaub' fast, meine Brust ist kaputt!«

»Warum lauft Ihr denn in die Fabrik? Alles rennt ihr zu, und dabei haben Pflug und Sense keine Hände und das Handwerk verlottert im ganzen Land!«

»Bald gesagt! Ich wollte davon los. Ich hatte die Sekundärschule besucht und begehrte Tischler zu werden. Der in der Villa roch Lunte. Er ließ den Vater kommen und sagte ihm: ›Entweder alle oder keiner‹. Was wollte der Alte machen? Im Streit fortgehen? Arbeit in einer andern Fabrik für die ganze Haushaltung suchen? Man hat ja kein Mark mehr, wenn man sich fünfunddreißig Jahre am Stuhl gelangweilt und in der freien Zeit gesoffen hat. Ja, es wäre vielleicht gut, wenn so ein großer Stern ausbrechen würde, wie ein wilder Stier. Das hat mir gefallen, Herr! Und doch hofft man immer wieder, wenn man die Führer hört. Das Blatt muß sich einmal wenden. Es fühlt doch ein jeder, daß Gerechtigkeit etwas Gutes ist, also muß doch Gerechtigkeit einmal kommen. Nicht?«

»Sie muß einmal kommen!« bestätigte Reinhart. »Behalten Sie Ihren Glauben an das Reich der Gerechtigkeit!«

»Ach ja, Sie haben gut reden.«

»Ich rede nicht nur, ich will handeln, ich komme zu euch.«

Joseph Schmärzi antwortete zögernd und trocken: »So, so!«

»Sie trauen mir nicht?« fragte Reinhart.

»Herr und Arbeiter, das versteht sich so wenig wie Mensch und Tier.«

»Man muß sich aber verstehen lernen. Machen wir den Anfang, wir zwei. Ich vermute bei euch einen Glauben, drum bin ich unterwegs. Geben Sie mir die Hand.«

Der andere rührte sich nicht. Endlich erhob er sich und sagte: »Es ist kalt, ich schlottere, ich muß marschieren, um warm zu werden. Leben Sie wohl.«

»Ich lasse mich nicht so abschütteln«, erwiderte Reinhart. »Wir gehen noch ein Stück zusammen. Wohin wollen Sie denn?«

»Ich denke ins Zuchthaus.«

»Dahin kommt man immer früh genug!«

Die beiden erreichten die Landstraße wieder und schritten gemächlich und ohne viel zu reden weiter. Allmählich ermunterte sich der Tag. Im ersten Dorfe zog Reinhart den Gefährten in ein Gasthaus, das breit und behäbig auf einen Kreuzweg schaute. Während der Kaffee zubereitet wurde, musterte Reinhart im Morgenlicht den Begleiter. Er war schmächtig und hohlwangig, sein Kopfhaar hellblond und sein Auge mild wie das eines Rehs. Er atmete durch den Mund, der dadurch einen leidenden, harten Zug angenommen hatte. Seine Hand war blutig. »Was ist das?« fragte Reinhart.

»Das kommt vom Messer, es ist doch zugeschnappt.«

»Als Sie stachen?« Reinhart lachte. »Dann hat Ihr Stich dem andern nicht viel geschadet.«

»Meinen Sie?«

»Selbstverständlich! Ein zuklappendes Messer tötet nicht. Und nun trinken Sie Ihren Kaffee. Nachher nehmen wir den Zug und fahren in die Stadt. Dort findet sich leicht Unterkunft und Arbeit.«

Der warme Kaffee und die beruhigenden Worte hatten Joseph Schmärzi den Mut wiedergegeben. Er vertraute nun Reinhart wie ein gezähmtes Tierchen.

In der Stadt begaben sich die beiden gleich ins Arbeiterquartier. Während Joseph Schmärzi müde in einer Wirtschaft sitzen blieb, ging Reinhart auf die Suche nach Wohnräumen. Er war nicht sehr wählerisch. Er mietete zwei Zimmerchen draußen am Rand des Häusergewirrs, in der Nähe eines großen Friedhofes, wo irgendwo die Asche seiner Mutter lag. Er wollte Joseph Schmärzi zu sich nehmen und für ihn sorgen, bis er sich selber durchbringen konnte. Joseph fieberte und legte sich gleich zu Bett. Reinhart empfahl ihn der Hausmeisterin, einer beleibten, hart dreinblickenden Geschäftsfrau. Dann eilte er zu Onkel Melchior.

Er mußte lange vor der Türe warten. Endlich wurde drinnen der Schlüssel gedreht und die Türe sacht aufgeschoben. In der Ritze erschien das gute Gesicht der Tante Bethli. Die kleine Frau fand vor Erstaunen fast die Stimme nicht. Sie zog Reinhart in den Gang. »Lebst du noch? Um Himmelswillen, wo warst du nur all die Zeit? Wir hatten so schwer!«

»Wo ist Küngold?« fragte er, statt eine Antwort zu geben.

»Komm! Komm!« Und dann flüsterte sie: »Es ist schrecklich. Sie jammert immer. Sie meint, sie sei an allem schuld.«

Sie traten in das Stübchen. In einer Ecke saß Küngold und schaute starr durchs Fenster. Sie rührte sich sogar nicht, als Reinhart einen Stuhl zu ihr rückte und sich neben sie setzte. Er ergriff ihre Hand: »Schau mich doch an, Küngold. Kennst du mich denn nicht mehr?«

Sie wandte sich langsam zu ihm: »Ach, ich kenne dich wohl. Gelt, du bist ein Lump geworden und man hat dich eingesteckt.« Sie lächelte traurig: »Das macht nichts, ich bin ja auch eingesteckt, und erst die Mutter! Die hat man in den Sarg eingesteckt, das ist noch viel enger. Und ich habe sie eingenagelt.« Sie brach in Schluchzen aus. Reinhart nahm das gebrochene Kind in die Arme und suchte es zu trösten. Als es ruhiger geworden war, flüsterte es ihm zu: »Die Großmutter ist auch im Kirchgrab, aber das hab' ich nicht verbrochen.«

Reinhart warf einen fragenden Blick auf Tante Bethli. Sie bestätigte Küngolds Aussage: »Ja, sie ist vor acht Tagen begraben worden. Sie soll in der letzten Stunde dreimal nach dir gefragt haben. Sie hat noch schwer gelitten und war doch so alt.«

Reinhart sprang auf. Er preßte Küngolds Hand unbewußt so hart, daß sich ihr Gesicht schmerzlich verzog und eilte hinaus. Auf dem Gang wandte er sich nochmals an Bethli: »War mein Vater nie da?« Sie berichtete, er sei einmal gekommen und mit Küngold sehr lieb gewesen, aber sie sei plötzlich in furchtbare Aufregung geraten und habe Miene gemacht, sich durchs Fenster zu werfen. Seither habe er sich nicht mehr blicken lassen.

Reinhart ging nach der ›Seewarte‹. Das Mädchen, das ihm aufschloß, sah ihn ebenso entgeistert an, wie vorher Tante Bethli. Er erfuhr von ihm, daß Ferdinand auf einer Reise sei, worüber er froh war. Was hätte er ihm gesagt?

Er stieg in seine Stube hinauf und raffte, was ihm notwendig und lieb war, zusammen: Bücher, Radierungen, Kleider. In der Schublade fand er sein Sparheft, am gleichen Platz, wo er es gelassen. Man schien während seiner Abwesenheit in seinem Zimmer kein Fetzchen angeblasen zu haben. Auf dem Tischchen lag ein Häufchen uneröffneter Briefe, darunter einer von der alten, unbeholfenen Hand der Großmutter. Es waren nur wenige, mühsam gekritzelte Worte: »Ich weiß nicht, bist du hier oder dort. Bist du dort, so sehen wir uns bald. Bist du hier, so hilf, wo du kannst. Ich kann dir nichts Besseres sagen, ich bin so elend im Kopf. Deine ablebende Großmutter Annabab.«

Zu unterst lag ein Billett von Jutta. Es war an dem Tage geschrieben worden, da er in Aarwald als Störenfried erschienen war. Die Worte waren mit Bleistift hingeworfen:

»*Dear friend!*« Du hast eine niedliche Verwirrung angerichtet! Komm in nächster Zeit nicht wieder hierher, wir müssen das Alte verrauchen lassen. Kannst du denn nicht ein bißchen diplomatisch werden, mir zulieb? Weißt du übrigens, daß ich heute 21 geworden bin? Das ist ja fast eine dreistellige Zahl! Deine ›alte‹ Jutta.«

Er legte den Brief zu allen andern in den Koffer. Auf einmal sickerten ihm die Tränen aus den Augen. Könnte er mit Imma wandern gehen! Die würde nicht sagen: »Sei diplomatisch.« Aber er konnte seine Würfel nicht ein zweites Mal ausschütten. Er setzte sich hin und warf an Jutta seine ganze neu gewandelte Seele hin. Als er zu Ende war und die Seiten noch einmal durchflog, fröstelte ihn. »Wozu?« stieß er hervor und zerriß die Blätter in kleine Fetzen.

Die Türe des Vaterhauses schlug hinter ihm zu. Er ging davon, ohne sich umzusehen.

4. Das Hundertseelenhaus

Reinhart saß brütend in seinem Zimmerchen. Er konnte sich nicht entschließen, sich niederzulegen. Vor ihm brannte eine Petroleumlampe mit zerbrochenem Milchglas und öligem Fuß. Er ergriff die Lampe und beleuchtete die Wände und Ecken. »Diese ekelhafte Tapete!« Was alles hatte vor ihm in diesem Zimmer gehaust, Menschen und Ungeziefer, und an den Tapeten seine Spuren hinterlassen.

Die Türe zu Joseph Schmärzis Zimmer war nur angelehnt, damit Reinhart es höre, wenn der Kranke seiner bedürfe. Joseph war unruhig, das Fieber warf ihn bald auf die eine, bald auf die andere Seite, und bei jeder Wendung knarrte die Bettstatt wie in Schmerzen. Reinhart griff nach einem Buch, er hatte schon lange nichts mehr gelesen. Aber die Augen glitten ohne Haft über die Zeilen hin, die neue Welt, in die er eingetreten war, erregte seine Neugier. Und er lauschte auf das Leben dieser Welt. Es war ein großes Doppelhaus mit einem Dutzend oder mehr Wohnungen. Über den zwei Eingängen standen in verwaschener Schrift die erhabenen Worte: »Zum Friedhof« und »Zur Hoffnung«. Im Hause nebenan war eine Bierwirtschaft eingerichtet, das Grölen und Lachen der letzten Gäste rollte zu Reinhart hinauf, durch die Nachtstille vergröbert.

Das Miethaus war, wie alle seinesgleichen, sehr leicht gebaut. Kein Geräusch erlosch in den dünnen Mauern. Jetzt klappte eine Türe, jetzt wurde ein Fenster zugeschmettert, ein anderes aufgerissen, schwere Tritte stapften über einen Boden, Schuhe oder Stiefel wurden irgendwo hingeschmissen, ein betrunkener Mieter fand sich in seiner Kammer nicht zurecht und begann mit seiner Frau zu schimpfen, die ihm nichts schuldig blieb. Irgendwo, fernher, wie aus der Unterwelt, klang von Zeit zu Zeit ein rauhes Husten, dem Joseph Schmärzi fast jedesmal antwortete, wie um dem andern zu sagen: »Auch ich, Bruder.« Ganz in der Nähe quälte sich jetzt ein kurzes, dumpfes Stöhnen heraus, gleichsam zwischen den Zähnen plattgepreßt. Seltsam, fast tierisch. Nach einigen Minuten wiederholte es sich. Reinhart horchte. Es mußte von jenseits des Ganges kommen. Wurde jemand erdrosselt? Es blieb lange still, wohl eine Viertelstunde. Dann aber brach es wieder los, diesmal in die Länge gezogen, angstvoll, erschütternd. Es schien durch das ganze Haus zu dringen. Und jetzt wieder, wie von einer letzten Todesnot herausgeschrien, Hilfe flehend. Es mußte jemand sich im Sterben winden. Eine Türe ging, Schritte tappten rasch vorüber. Der Schrei drang ihnen nach und ging in klägliches Stöhnen und Wimmern über, um sich am Schluß zu einem zerreißenden Oh zu erheben. Auch Joseph Schmärzi war jetzt wach und fragte, was los sei.

»Ich fürchte, es stirbt jemand.«

Reinhart war zu Joseph hinüber gegangen. Er meinte, ihn beruhigen zu müssen. »Regen Sie sich nicht auf, ich glaube, man ist nach dem Arzt gelaufen.«

Wieder erbebte das Haus. Man fühlte am Ton, wie er sich durch die Kehle zwängte und sie fast zersprengte, mit den Zähnen um den Durchpaß kämpfte, die Lippen wild aufwarf und den Leib erschütterte.

»Das reißt einem die Seele aus der Brust!« flüsterte Reinhart.

Joseph Schmärzi lachte: »So neu sind Sie noch? Da wird nicht gestorben, da wird geboren.«

»Geboren?« wiederholte Reinhart und der Gedanke durchzuckte ihn: »Hat deine Mutter auch einmal so an dir gelitten?«

»Sie kennen das also?« fragte er laut.

»Man ist nicht umsonst in einem Arbeiterhaus aufgewachsen.«

Reinhart kam sich wie ein Kind vor und ging wieder in sein Zimmer hinüber. Aber zu Bette mochte er sich auch jetzt noch nicht legen. Er war wie im Fieber. Der Gedanke an die gute Mutter Ulrike verfolgte ihn, und an Küngold, die arme. Er trat ans Fenster und schaute zum Friedhof hinüber. Am Morgen wollte er die Stelle suchen, wo die Asche der Mutter bestattet war. Aber er riß sich von dem Gedanken los. Die Not ist mit den Lebenden, nicht mit den Toten.

Im Hause war es lebendiger geworden. Man hörte reden, ächzen, auch fluchen, wenn die Geburtswehen die Wände gar zu sehr durchzitterten. Unter Reinharts Zimmer klang es ganz vernehmlich: »Kreuzsakerment, da soll einer schlafen!«

»Kann man fluchen, wenn ein neues Leben in die Welt tritt?« fragte Reinhart ins andere Zimmer hinüber. Joseph Schmärzi gab keine Antwort.

Auf dem Gang wurden wieder Schritte hörbar, wohl die der Hebamme oder eines Arztes. Reinhart schlug sein Buch wieder auf und hielt sich die Ohren mit den Zeigefingern zu. »Man muß auch so arbeiten können«, redete er sich ein. Das Stöhnen und Wimmern über dem Gang wuchs und drang auch durch verstopfte Ohren. Gegen zwei Uhr erreichte es seinen Höhepunkt, um nach einem letzten Schrei ganz zu verstummen.

»So, nun Glück auf den Weg«, sagte Joseph mit seiner seltsam weichen Stimme.

Auf dem Gang wurde es nach einer Weile wieder lebendig. Man hörte an eine Türe pochen, erst leise, dann vernehmlicher.

»Ich bin's. Ich - - - ich habe eine Bitte. Kommen Sie schnell heraus, auf einen Augenblick. Meine Frau hat - - - Kommen Sie, ja?«

»Das ist wirklich eine ruhsame Nacht«, keifte es. Reinhart erkannte die scharfe kalte Stimme der Hausmeisterin.

»Wir haben ein Mädchen bekommen, Frau Küderli.«

»Mädchen oder Bub', man hätt's am Morgen noch früh genug erfahren.«

»Ja, ja, freilich, aber - - -, aber - - -«

»Natürlich wieder nichts vorhanden! Kennt man! Kennt man!«

»Nein, schließen Sie sich nicht wieder ein, bitte, Frau Küderli, bitte!«
Im Hintergrund erhob es sich tief knurrend: »Nichts als Unmus hat man mit der Bagage! Er soll erst den Mietzins bezahlen!« Das war offenbar der Hausmeister.
»Nein, bitte, haben Sie ein Einsehen.«
Eine neue Stimme gesellte sich zu den andern, eine ruhige, tiefe Frauenstimme: »Es ist gar nichts vorhanden. Nur etwas Leinwand für das Geschöpflein brauche ich vorläufig. Man ist doch unter Christen.« Das mußte die Hebamme gesprochen haben. Reinhart schämte sich. Er griff aus dem Koffer, der offen aber unausgepackt mitten im Zimmer stand, eines seiner Hemden heraus und eilte damit auf den Gang, wo er große Verwunderung hervorrief. Unter einer Türe, in einen faltigen, geblümten Morgenrock gehüllt, stand die massige Gestalt der Hausmeisterin in Abwehrstellung, bedrohlich, wie zum Schlagen oder Kratzen bereit. Vor ihr in schüchterner Haltung ein Mann von etwa vierzig Jahren mit einer mächtigen Glatze und großen runden Brillengläsern. Neben ihm die Hebamme, eine untersetzte Frau mit roten Wangen und starken, bloßgelegten Armen.
Die Hebamme begriff Reinharts Absicht sofort: »Darf ich das zertrennen? So geben Sie her! Es gibt, scheint's, immer noch Menschen.«
Die Hausmeisterin hatte sich hinter ihre Kammertüre verschanzt, man hörte den Riegel knarren. Die Hebamme eilte an Reinhart vorüber und verschwand hinter einer andern Türe. So standen sich Reinhart und der Brillenmann allein gegenüber, beide verlegen. Reinhart fand zuerst ein Wort: »Sie sind eben Vater geworden. Ich wünsche Ihnen und dem Neugeborenen Glück.« Der andere stotterte: »Es ist ein Mädchen, ein Mädchen! Je nun! Ja, ja, Glück! Dank, vielen Dank, man könnt's ja brauchen. Ich meine das Kindlein. Sie sind wohl erst gestern eingezogen? Ich heiße, beiläufig gesagt, Benedikt Reichling.«
Reinhart nannte auch seinen Namen und griff ohne Überlegung seine Geldtasche heraus.
»Was wollen Sie, Herr?« stotterte Benedikt Reichling wie bestürzt. Reinhart fühlte gleich, daß er in seinem Eifer taktlos gehandelt hatte und entschuldigte sich: »Ich meine es als Angebinde für das Neugeborene. Sie schenken ihm in der ersten Lebensstunde ihre Liebe, ich kann nur dieses kalte Scheibchen anbieten. Nehmen Sie's, ich wurde ganz erschüttert, als ich seinen Eintritt ins Leben hörte. Nehmen Sie's, vielleicht bringt es Glück.«

»Vielleicht bringt es Glück! Sie meinen? Ja, ja, einmal muß doch ein Menschenkind glücklich werden, warum nicht das meine?«

Reinhart schob ihm das Goldstück in die Hand, die weder zugriff noch abwehrte.

»Tun Sie mir den Gefallen. Für das Kindlein, Sie verstehen«, bat Reinhart.

Da sagte der andere ein seltsames Wort, das Reinhart wie mit einem warmen Glück übergoß: »Ich seh's, Sie schenken mit einem Stück Metall auch ein Stück Herz, und so darf ich's ohne Kränkung nehmen.«

Sie reichten sich die Hand und trennten sich rasch.

Reinhart horchte in das Nebenzimmerchen. Joseph Schmärzi schlummerte wieder. Da entkleidete auch er sich und legte sich zu Bette. Schlafen konnte er nicht. Das Hundertseelenhaus war nun still, nur von jenseits des Flurs, aus dem Geburtszimmer, vernahm man dann und wann einen gedämpften Laut, den verschwommenen Umriß eines Wortes, einer sich äußernden Elternfreude.

Reinhart brannte. In was für ein Elend hatte er eben einen Blick getan! Muß denn das Elend sein? Man hat schon so vieles aus der Welt geschafft, die Sklaverei, die Hexenprozesse, die Leibeigenschaft, die Folter, man wird bald allerorten die Todesstrafe abschaffen, kann man denn nicht auch das Elend aus der Welt stoßen? Christus ist neunzehnhundert Jahre zu früh gekommen, er hätte in einem Hundertseelenhaus zur Welt kommen sollen, nicht als Sohn eines Zimmermanns, sondern eines Fabriklers, da hätte er noch ganz anders geglüht, da hätte er die Welt ganz anders ausgeglüht.

Reinhart dachte an das Geschöpfchen, das drüben in dem Linnen seines Hemdes lag und das in seiner ersten Lebensstunde Anlaß zu einem so häßlichen Auftritt gegeben hatte. Durch wieviel Schmerz wird es waten müssen, bis es nur so alt sein wird wie er, Reinhart. Aber dann sah er den Mann mit der großen verträumten Brille, deren Gläser an den Mond und sein rätselhaftes, unwirkliches Schauen erinnerten, und er hörte sein Wort: »Einmal muß doch ein Menschenkind glücklich werden.« Ja, der Mann hatte, was Reinhart suchte: den Glauben an ein schönes Morgen. Er mußte ihn näher kennen lernen. Es war ein großer Glücksfall, daß er gerade in der scheußlichsten aller Kasernen ein Zimmerchen gefunden hatte. »Heute noch löse ich mein Sparheft ein, ich will kein Krösus unter Elenden sein«, nahm er sich vor.

Joseph Schmärzi hatte einen Hustenanfall und erwachte. Reinhart ging zu ihm hinüber, setzte sich auf den Bettrand und entwickelte ihm seinen Gedanken, Christus hätte in einer Mietkaserne zur Welt kommen sollen. Joseph hörte aufmerksam zu. Dann: »Ist auch schon etwas Großes in einer Mietkaserne geboren worden? Sagen Sie mir das? Ist die Mietkaserne nicht, wie soll ich sagen, eine Brechmühle, die das Korn zerquetscht?«

Der Tag brach an. Das Hundertseelenhaus erwachte unter Ächzen, Schimpfen und Gepolter.

5. Proletarier

Ein vornehmes Haus, etwas von der Straße abgerückt, ganz in Zedern, Weimutskiefern und Eiben versteckt. Reinhart läutete und wurde von einem Mädchen in einen großen Raum zu ebener Erde geführt, in dessen Mitte ein Bechsteinflügel aus Mahagoniholz protzte. An den Wänden hingen neuere Gemälde, eine Figur von Hodler neben Kitsch. Man ließ Reinhart lange warten. Endlich schob sich der Hausherr, ein breiter, etwa fünfzigjähriger Mann mit leicht ergrautem, borstigem Haar und Schnurrbart formlos herein. Es war ein Überseer, der in Seidengeschäften viel Geld verdient hatte. In die Heimat zurückgekehrt, spielte er sich als Förderer der Oper auf, und die ganze Stadt wußte, daß er eine Sängerin in Bankscheine bettete.

»Sie sind der junge Mann«, begann er ohne Umschweife, »der sich mir zu Privatstunden angeboten hat. Es handelt sich um meinen Jungen. Intelligentes Gewächs. Sie hätten ihn aufs Gymnasium vorzubereiten. Haben Sie Zeugnisse?«

Reinhart besaß nur seinen Maturitätsausweis. Herr Bornhauser, so hieß der Mann, warf einen flüchtigen Blick auf das Papier und blies Reinhart dann die Worte hin: »Na, probieren wir's mal, ich zahl' Ihnen anderthalb Franken für die Stunde. Paßt Ihnen das? Sie sind natürlich nicht der einzige Bewerber. Aber wenn ich einem ... Na, also, wie steht's?«

Reinhart fühlte sich durch den Ton der Verhandlung gedemütigt, aber er dachte an Küngold und Joseph Schmärzi, für die er sorgen wollte, und nahm an.

Am folgenden Tag wurde er in ein Dachstübchen gewiesen, das sich in dem prunkvollen Hause seltsam ausnahm. Die Dame des Hauses rauschte in tiefblauer Seide herein, stieß ein farbloses »Tag« hervor und stellte Reinhart seinen Schüler vor: »Hier, mein Eduard. Quälen Sie mir ihn, bitte, nicht allzu sehr. Er ist so zart. Und nun will ich nicht weiter stören.« Sie warf durch ihren goldenen Kneifer noch einen schwärmerischen Blick auf ihr Söhnchen, nickte Reinhart kalt zu und verschwand.

Lehrer und Schüler setzten sich an das Tischchen, das mitten in der Mansarde stand, und Reinhart begann, das Wissen des Knaben abzutasten, um zu sehen, wie er weiterzubauen hatte. Eduard fand dieses Vorgehen offenbar langweilig und suchte durch allerlei Seitensprünge den Lehrer auf einen lustigeren Pfad zu locken. Als seine Anschläge mißrieten, riß er durch eine Handbewegung, die Reinhart verborgen bleiben sollte, seine Krawatte herunter.

»Nun ist mir die Binde zu Boden gefallen«, sagte er in der Erwartung, der Lehrer werde sie ihm aufheben. Als Reinhart nicht auf das Scherzchen einging, befahl er: »Hängen Sie sie mir wieder an, Herr Lehrer.«

»Laß sie nur«, entgegnete Reinhart.

»Ich will doch nicht wie ein Schwein dasitzen!« zürnte der Junge.

»An der Krawatte liegt's nicht. Und übrigens kannst du sie wohl selber anhängen.«

»Nein, ich mach' das nie selber, ich läute der Grete!«

Er sah sich im Zimmer um: »Nicht einmal einen Läutknopf gibt's in diesem Stall!« Er wurde ganz wütend, sprang zur Türe und schrie in den Flur hinaus: »Grete, Grete!« Als keine Antwort erfolgte, fing er an zu brüllen, daß er rot wurde: »Grete, Grete-e-e!« Nun wurde es stürmisch im Haus. Das Dienstmädchen kam gestürzt, und bald schwamm auch Frau Bornhauser heran: »Was ist dir, Liebling?«

»Er will mir die Binde nicht anhängen!« schrie der Knabe und wies mit der kleinen Faust auf Reinhart.

»Wollen Sie das wirklich nicht?« fragte die Dame ganz ungläubig.

»Er hat sie mit Absicht heruntergerissen.«

»'s ist nicht wahr, Mama!«

»Ja, ja, Eduardlein, so eine Krawatte fällt leicht vom Knopf. Hätte es Ihnen an der Ehre geschadet, Herr Stapfer, wenn Sie ihm die kleine Handreichung bewilligt hätten?« Damit küßte sie ihr Söhnlein und hielt ihm zärtlich das Kinn hoch, damit Grete ihm die Krawatte leichter befestigen konnte.

Reinhart war rot übergossen. Eine Wutwelle schoß in ihm auf. Er wollte Frau Bornhauser etwas über Zusammenarbeit sagen; aber sie war schon wieder hinausgerauscht. Eduard hatte ein sieghaftes Lächeln aufgesetzt und gab in den zwei Stunden keinen weiteren Anlaß zu Klagen. Erst als Reinhart ging, ließ er seine Bosheit wieder spielen. Reinhart wollte ihm zum Abschied die Hand reichen, der Junge stellte sich aber, als bemerke er sie nicht, er schlenkerte seine Rechte schlaff bis in Gesichtshöhe und warf sie dann nachlässig gegen die Türe, als wollte er einem Lakeien zu verstehen geben: »So, nun pack' dich aber!« Als Reinhart unter der Türe war, rief er ihm hochnäsig nach: »Also ich bestelle sie auf morgen zur gleichen Stunde, Sie hören doch?«

Reinhart schüttelte sich, als er draußen war. Die ›Seewarte‹ war ein Paradies, verglichen mit diesem Protzenpalast. Dort hatte wenigstens der gute Duldergeist der Mutter Ulrike gehaust. Sollte er tags darauf wieder zu seiner Demütigung zurückkehren? Es gab keine Wahl. Er war jetzt Proletarier. Demütigung, Mühsal, Entbehrung durften ihn nicht kränken. Er mußte stolz darauf sein, wie ein Krieger auf seine kotige Uniform.

Vor dem Hundertseelenhaus angelangt, blieb Reinhart stehen. Ihn ekelte, als er es im hellen Tageslicht vor sich sah. Wie erbärmlich und wasserfleckig schlotterte es in der frostigen Oktoberluft, wie ein Vagabund in zu leichten Kleidern, der sich in der Nacht zudem ein wenig in der Gosse gewälzt hat. Er suchte auf der langen und breiten Fläche sein Fenster und entdeckte hinter einer Scheibe das blasse Gesicht Joseph Schmärzis. Auch Joseph hatte ihn gewahrt und öffnete das Fenster. »Hier ist's«, rief er erratend hinunter.

»*Lasciate ogni speranza!*« antwortete Reinhart.

»Wie meinen Sie?«

»Wissen Sie, daß das Haus ›Zur Hoffnung‹ heißt?«

Joseph lächelte und wies mit der Hand schräg über die Straße nach dem Friedhof. In diesem Augenblick erschien im vierten Stock, gerade über Reinharts Fenster, der Kopf eines Mädchens in der Fensteröffnung, bleich, mager, von hellblonden, fast weißen Haaren umflattert. Es neigte sich weit vor, schaute neugierig zu Reinhart hinunter und stieß plötzlich einen scharfen Schrei aus, wie eine Spyrschwalbe, die um eine Hausecke saust. Es klang wie ein Notschrei oder eine Warnung oder ein Lockruf. Dann war der Kopf verschwunden.

War es dieser Schrei oder das widerliche Aussehen des Hauses: Reinhart konnte sich nicht entschließen einzutreten. Er lenkte in den Friedhof ein und schlenderte auf dem Labyrinth der Wege planlos hin, mit der uneingestandenen Erwartung, auf die Stelle zu stoßen, wo die Asche seiner Mutter lag. In einer Ecke schaufelten zwei Männer an einem Grab und machten, aus ihrem Lachen zu schließen, rohe Späße.

Reinhart ging zwischen den Gräbern, bis es dunkelte. Einmal blieb er vor einer Grabschrift lange stehen und hatte dabei einen seltsamen Gedanken: »Der Tod ist unsere wahre Heimat, das Leben ist die Fremde.« Das schien ihm fast tröstlich.

Durch die Dämmerung kam ihm ein merkwürdiger kleiner Zug entgegen. Voran schritt ein Mann mit einem schwarzumwickelten Särglein unter dem Arm, hinter ihm wankten zwei Gestalten, offenbar Vater und Kind, wie haltlose Schemen. Als die drei an Reinhart vorbeigingen, erkannte er in dem Leidtragenden den Brillenmann Benedikt Reichling, seinen Nachbarn. »Das Kindlein ist also schon gestorben«, dachte Reinhart und schloß sich unauffällig dem Begräbnis an.

Der ältere der Totengräber nahm den kleinen Schrein in seine derben Hände, stellte sich mit gespreizten Beinen über das Grab und ließ die Leiche in die Tiefe fallen, wo sie dumpf aufschlug.

»Ach Gott, jetzt hat es ihm weh getan«, rief das Mädchen, worauf die Totengräber verdrückt lachten.

»Nein, Dortchen«, tröstete Reichling sein Kind, »es hat ihm gar nicht weh getan, nur dir und mir.« Dann führte er die Kleine hart ans Grab hinan und sprach hinunter: »Sei in der Ruhe, Kindlein, wie wir im Kampf, sei in der Zufriedenheit, wie wir in der Not, sei in der Erfüllung, wie wir in der Hoffnung.« Hierauf zu seinem Dortchen: »Nun schenk' ihm etwas Erde in die Ruhe hinab. In meiner Heimat gibt man einem ein Schäufelchen dazu, hier machen wir's mit den Händen, sieh, so!« Dortchen weinte laut auf, als es die Scholle hinunterwarf.

Als Vater und Kind das Grab verließen, trat Reinhart auf sie zu und sagte ihnen ein paar Worte der Teilnahme. Reichling starrte ihm mit seiner Brille ins Gesicht und stotterte: »Aha, Sie sind der Herr ... der Herr mit dem Hemd. Ganz gut, ganz gut. Das heißt, ich sage ganz gut, weil ich mich jetzt ganz gut auf Sie besinne. Sonst ist es schlimm. Sie haben's erraten: Das liebe Seelchen ist schon wieder von uns gegangen. Schon am ersten Tag. Es war zu klug, wohl auch zu gut. Und ich hatte schon geträumt, es werde der erste wahrhaft glückliche Mensch auf Erden sein. Es ist noch nicht an der Zeit, Herr Nachbar! Aber die Zeit wird kommen, und in dieser Erwartung müssen wir leben und zeugen, hoffen und sterben. Bedenken Sie, wie lange das Ausklügeln dauerte, bis nach dem ersten Tier der erste Mensch wurde! Die Natur kann sich Zeit lassen.

Nur der Mensch hat es eilig. Leben Sie wohl, Herr Nachbar, ich bin zu Hause nötig. Komm, Dortchen, komm!«

So lehnte er Reinharts Begleitung ab.

Als Reinhart eine halbe Stunde später sein Zimmer aufsuchte, warf er im Flur einen Blick auf die Türe seines Nachbars. Ein Zettelchen war mit zwei Reißstiften daran angeschlagen und darauf standen in verwässerter Tinte wie verschämt die Worte: »Benedikt Reichling, Sprachlehrer«. Mit einem Schlag begriff Reinhart die Not dieses Mannes: Lehrer sein mit diesem Äußern, dieser Hilflosigkeit, dieser Stirn voll unpraktischer Ideen und Illusionen! Reinhart hatte selber am Gymnasium einen Lehrer dieses Schlages gehabt. Was hatte der von den Jungen erdulden müssen! Sie hatten ihn schließlich wie Hunde von der Schule weggebissen.

Joseph Schmärzi war wieder im Bett, als Reinhart eintrat. Der Arzt war dagewesen und hatte allerlei Anweisungen erteilt, auch Hoffnung gemacht. Die Nacht war nun ganz herabgesunken. Die Arbeiter kehrten von ihren Werkplätzen heim. Man hörte ihre Tritte und Stimmen, ihre Fragen, Antworten und Anrufe. Alles klang hart und unzufrieden, manches grollend. Schmärzis Bruderhusten drang wieder aus dem Erdgeschoß herauf, wie das Bellen eines Hofhundes. Kinder balgten sich irgendwo, eine Frauenstimme fuhr wie ein Rutenhieb dazwischen. Über Reinharts Zimmer brach ein wildes Poltern und Fluchen los, von einer qualligen Männerstimme, dann ein Klatschen und ein jäher Kinderaufschrei, dem ähnlich, den Reinhart an diesem Tage schon einmal gehört hatte, nur daß er jetzt heftiger, qualvoller klang.

»Über uns muß der Satan wohnen«, sagte Joseph. »Er hat ein lahmes Kind und prügelt es. Heut schon zum zweitenmal. Es sei ein Totengräber, berichtete Lotte, unser Zimmermädchen, und heiße Unold. Es gibt seltsame Namen.«

»Ich sah heut ein Mädchen am Fenster, dreizehn, vierzehn Jahre alt, weiß wie Milch.«

»Wird schon die sein.«

»Ich vermute, daß ich auch den Vater sah. Er hat ein Totenschreinchen in die Grube geworfen, als wär's eine verächtliche Scherbe. Wie ein Vater sein lahmes Kind schlagen kann!«

»Ach Gott, man verhaut Menschen und meint irgend eine Not. Stellen Sie sich vor, daß ich mich einmal mit meinem Alten verprügelte, nicht etwa im Rausch. Keiner wußte warum. Es sammelt sich etwas an und fährt dann irgendwie zu den Fäusten hinaus.« Joseph schwang die mageren Arme unter der Decke hervor, lachte aber gleich: »Nur keine Angst! Wenn ich zustoßen will, klappt das Messer zu und verletzt mich selber.«

Reinhart trat ans Fenster und lehnte hinaus. Durch die Straße schlich der Nebel und trübte die Gaslaternen. Er schien in diesem Quartier schmutziger zu sein als anderswo, vom Dachgeschoß herab lärmten Italiener. Plötzlich sang aus der Nähe, vom Haus zum »Friedhof« her, die Stimme einer Frau, und ein unbeholfenes, zitterndes Kinderstimmchen betete ihr eifrig und süß nach. Es klang in dem übrigen wüsten Lautgewirr, wie wenn am Himmel zwei Sterne, ein großer und ein kleiner, Zwiesprache hielten. Reinhart griff, zum Hut und eilte hinaus. In jener Nacht umschlich er sein Mutterhaus wie ein verstoßenes Kind, in quälenden Gedanken. Ihm war, er sei für die ganze Menschheit verantwortlich.

6. Der Klub der Narren

Es war ein schmutziger Dezembertag. Der Schnee, der tags zuvor gefallen war, hatte sich wieder aufgelöst. Reinhart befand sich auf dem Heimweg von der Universität, wo er geschichtliche Vorlesungen besuchte. Ein Automobil patschte vorüber und spritzte den Straßenkot bis an die Mauern der Häuser. Vor Reinhart stand ein Herr still und zürnte dem Wagen nach. Reinhart erkannte seinen Hausgenossen Benedikt Reichling. Er grüßte ihn, und sie schritten nebeneinander weiter. In Reichling kochte es: »Ich hasse dieses Fuhrwerk. Es ist das Vehikel unserer Zeit, der Zeit der Protzen, wenn es wenigstens vornehm wäre! Aber es ist gemein, schon in der Form. Und sehen Sie sich die Menschen an, die drin sitzen! Aufgebläht, brutal, tierisch! Ist es der flachste Spießer und er hockt im Auto, so meint er, auf die ganze übrige Menschheit spucken zu dürfen. Da rast er die Straße entlang, bewirft hundert anständige Menschen mit Schmutz, macht ihnen Kummer, denn es hat nicht jeder ein Dutzend Anzüge im Kasten, und dieser Straßenkot ist fast nicht mehr aus den Kleidern zu bürsten. Aber gehen Sie zu einem solchen Geldwolf und fragen Sie ihn, mit welchem Recht er seine Mitmenschen beschmutze, er wird nichts verstehen, rein nichts! Es fehlt ihm der Blick für den andern, den Nächsten. Da naht wieder eins! Kommen Sie in die Seitengasse, da ist man sicherer!«

Benedikt Reichling hatte so zornig gesprochen, als seine Weichheit es vermochte, und im Reden immer das dünne Bambusstöcklein in der Luft geschwungen. Plötzlich wurde er ganz sanft: »Ich habe mich ereifert, ich habe an meine arme Frau gedacht, die diese Flecke wieder austilgen muß und sonst schon genug zu schaffen und zu sorgen hat. Aber diese Protzen sind auch Menschen, sie wissen von nichts anderem, sie sind in einem Wahn aufgewachsen oder in einen Wahn hineingewachsen, sie jagen nach Glück, nur etwas anders als unsereiner. Sie sind wie wir arme, arme Esel und Eselinnen und Eselfüllen.« Plötzlich blieb er stehen, faßte Reinhart am Rocksaum und schaute durch seine große Brille streng zu ihm auf: »Sie kränken mich, Herr, Sie wollen mich demütigen, Sie haben mir neulich eine Fünfzigernote unter der Türe ins Zimmer geschoben. Ja, ja, reden Sie sich nicht aus! verstehen Sie auch, was Sie tun? Glauben Sie etwa an das Bibelwort: Geben ist seliger denn Nehmen? Geben ist durchaus nicht selig, Geben ist etwas Brutales, denn Nehmen ist eine Schmach! Warum sollen Sie geben und ich nehmen und nicht umgekehrt?«

Reinhart suchte sich zu verteidigen: »Immer spricht man von den Gegensätzen und ihrem Ausgleich, und wenn man nach seinem Vermögen ein bißchen ausebnen will, stößt man auf Widerstand oder gar Zorn. Ich glaube, es gibt Leute, die sich auf ihre Not etwas zugute tun, sie sind verliebt in sie und hängen daran, wie andere an ihrem Geld. Sie haben ihren eigenen Hochmut und Standesdünkel.«

Wieder faßte Benedikt Reichling Reinhart am Rock und dozierte langsam: »Das ist menschlich, das ist Selbsterhaltung, die Geusen und Sansculotten haben aus dem Schimpf eine Ehre herausgekehrt. So muß es sein! Wie würde man das Elend aushalten, wenn man es nicht zu einem Traum verwöbe, wenn man in die eklige Kröte hinein nicht einen Märchenprinzen dichtete? Sehen sie, so lebt der Proletarier Reichling, so hält er es aus. Seine Tage sind mühselig und niedrig, aber seine Nächte leuchten im Orient am Hofe Haruns des Rechtgeleiteten, oder bei einem Gastmahl Platos. Der Traum ist die Hauptsache im Leben, und irgend eine Not ist die Mutter des Traums.«

»Nach Ihrer Lehre müßte man sich hüten, diese Mutter des Traumes aus der Welt zu schaffen!«

»Haben Sie keine Sorge, daß alle Not vergehe wie der gestrige Schnee. Es ist damit wie mit dem Wasser, es fließt Tag und Nacht in Bächen, Flüssen und Strömen dem Meere zu, erneuert sich immerzu und ewig, und nie werden die Flußbette trocken. Die Natur hat dem Menschen Tränendrüsen gegeben, Tränenquellen, sie sah alles voraus, sie wußte, daß Tränen immer fließen müssen, so lange es Menschen gibt.«

Schweigsam schritten die beiden nun weiter, Benedikt Reichling sein Stöcklein bei jedem Schritt kräftig gegen den Randstein stoßend, was auf eine starke innere Erregung, ein Gedankengefecht schließen ließ.

Er wurde durch zwei Männer, die einherschlenderten, aus seinem Sinnen gerissen. »Heut Abend, Benedikt! Was? Hättest's wohl wieder einmal vergessen? Unser Zuchthäusler kommt auch.« Reichling fragte, von Freude ergriffen: »Friedrich ist frei? Ich komme unfehlbar, ich komme!« Man stand sich einen Augenblick gegenüber. Der ältere der beiden Männer maß Reinhart mit einem raschen Blick aus einem grauen und klaren Wolfsauge. Es war eine eckige, nur aus Knochen gebaute Gestalt mit glattrasiertem Gesicht, breitem Schlapphut und auffallend weiten Beinkleidern. Der Jüngere stand etwas vorgebeugt auf langen dünnen Beinen und glich mit seinem spitzen herausstehenden Kinn einem Zirkus-Windhund, der das Gehen auf zwei Beinen gelernt hat. Die Unterredung war ganz kurz und bewegte sich in Andeutungen. Der Windhund war ohne zu grüßen weitergegangen.

Als Reinhart mit Benedikt Reichling wieder allein war, fragte er: »Den älteren der beiden Herren habe ich auch schon gesehen, hier, und ich glaube, auch einmal jenseits des Gotthard. Wer ist er nur?«

Benedikt Reichling besann sich eine Weile und entschloß sich dann zum Reden: »Das ist ein ungewöhnlicher Mensch mit einem ungewöhnlichen Schicksal. Viel herumgetrieben, reich und arm und wieder reich, Pflanzer, Jäger, Forscher, Sammler, Menschenfreund in dem Maße, daß er auf Menschen schießen könnte und vielleicht auch schon geschossen hat.«

»Man möchte ihm nicht im Urwald begegnen!«

Reichling lachte bei dem Wort vergnügt auf: »Im Grund ein guter Mensch, ein treuer Mensch.« Nach einer Pause stand er still und fragte Reinhart: »Wollen Sie ihn kennen lernen? Das heißt, ich weiß nicht ... Oder doch! Sie sind auch ein guter Mensch, Sie werden uns verstehen. Ich könnt's wagen, wollen Sie?«

»Ich bin ein Neugieriger, ein nach Menschen Neugieriger.«

»Gefährliche Gier! Aber das ist Ihre Sache. Wir sind eine kleine Vereinigung von Menschen. Darunter sind ein paar Käuze, und darum hat er uns den Klub der Narren getauft, eben der mit den weiten Hosen,

Hans Rogger. Das Langbein ist sein Neffe oder etwas dergleichen, man forscht nicht. Er gehört nicht eigentlich zu uns. Er heißt Gustav Hafner, aber er schreibt sich Faustulus. Er schreibt nämlich.«

Sie bogen in die Straße ein, an der das Haus zur Hoffnung stand. Benedikt Reichling beschleunigte den Schritt, bemerkte es selber und lachte. »Ich bin wie ein alter Gaul, der auf einmal jung wird, wenn er den Stall riecht.«

»Ein ekelhaftes Haus!«

»Wieso? Wieso?« schnellte Benedikt seine Worte ab. »Wissen Sie, warum ich mich da eingemietet habe? Das Wort ›Hoffnung‹ an einer solchen Trostlosigkeit hat es mir angetan. So ist das Proletariat: außen elend, schmucklos, vernachlässigt, aber es trägt irgendwo eine Hoffnung an sich. Ich bin nämlich in das Wort Hoffnung verliebt, wissen Sie, es gibt kein schöneres, es ist wie ein Stab für die Menschheit. Ich möchte den Mann kennen, der unserm Haus diesen Namen fand.«

»Es würde auf eine Enttäuschung hinauslaufen!«

»Wieso? Wieso?«

»Das Haus war eine Hoffnung wohl nur für ihn.«

»So schwarz denken Sie? Aber da lauern auch schon Ihre Ratten!«

Reinhart stieß einen kurzen Pfiff aus. Ein paar Kinder eilten herbei, die auf ihn und sein Zeichen gewartet haben mochten. Ihre Zahl mehrte sich rasch, bald waren es acht, zehn, elf. Reinhart zog aus einer Tasche eine Tüte mit Schokoladebonbons, teilte sie im Gehen aus und fuhr etwa einem der Kleinen übers Haar. Oben im Haus tauchte der weißblonde Mädchenkopf auf und spähte mit vor Neugier brennenden Augen herab.

»Immer der gleiche wohlmeinende Unsinn!« schalt Benedikt Reichling seinen Begleiter, »Sie verderben die Kinder, Sie machen Bettler aus ihnen, Sie nehmen ihnen den Stolz, Sie pflanzen eine niedere Gesinnung in sie.«

»Lassen Sie mich«, bat Reinhart, »ist die Freude nicht unsere zweite Erdensonne?«

Sie waren ins Haus getreten. »Wissen Sie«, fragte Benedikt, »wie man Sie getauft hat? Sie sind der Rattenfänger, der van Hameln, verstehen Sie? Haftet an dem nicht ein Fluch?«

»Wenn er aber die Kinder in seinem Berg froh und glücklich machte?«

Schlag acht Uhr klopfte Reichling an Reinharts Türe, und dann schritten die beiden in die Nacht hinaus, dem Stadtinnern zu, über den Fluß weg und eine alte, enge Gasse empor, die so steil war, daß man der ganzen Länge nach Treppenstufen angebracht hatte. Vor einer Spitzbogentüre hielt Reichling an und riß an einem altmodischen Glockenzug. Drinnen gellte es wie das Aufheulen eines großen bissigen Hundes. Man merkte am Hall, wie geräumig der Flur sein mußte. Der Riegel knarrte, die Türe wich etwas zurück und die Besucher traten in einen Raum, der wie ein ethnographisches Museum aussah und roch. An den Wänden hingen Tierfelle, Schlangenhäute, Früchte, Hörner und Geweihe, Knochen und Tierschädel, Kleidungs- und Schmuckstücke, ein primitives Saitenspiel, Säbel, Bogen, Dolche und Pfeile, auch Schilde. Reichling führte Reinhart eine Treppe empor und klopfte an eine schwere Türe, die unter dem Fingerknöchel kaum erklang. Von drinnen kam kein Laut, darüber hielt sich aber Benedikt nicht auf, er drückte auf die geschmiedete Klinke, die aussah wie ein zusammengerolltes, tief ausgeschnittenes Blatt, und trippelte Reinhart voran in das Zimmer. Auch hier die Ergebnisse einer eifrigen Sammeltätigkeit und eine chaotische Unordnung. An einem großen Schreibtisch saß Hans Rogger, hemdärmlig, obschon der Raum nur schwach geheizt war. Er beachtete die Eintretenden kaum und schien damit beschäftigt, Zeitungsausschnitte zu ordnen, die vor ihm auf dem Schreibtisch ausgebreitet lagen. Auf einem Schemel in der dunkelsten Ecke, bescheiden und klein, saß ein Mann mit einer großen Glatze und einem dünnen leicht ergrauten Bärtchen, in das von den Nasenflügeln vertiefte Furchen liefen und in das Gesicht das Mal des Leidens gruben. Das Männlein erhob sich erst, als Reichling ihm Reinhart vorstellte: »Herr Leonhard Kämpe.« Reinhart fühlte, daß seine Hand beim Gruß rasch von dem Fremden abgetastet und durchforscht wurde, als suchte der andere nach Schwielen, oder als prüfe er, ob die Haut hart oder weich, rissig oder glatt sei.

»Student?« fragte Kämpe in freundlichem Tone, und hockte sich, ohne eine Antwort abzuwarten, wieder auf seinen Schemel, von wo er in seine Ecke brütete, wie ein sich nach der Freiheit sehnender Vogel im Käfig.

Benedikt Reichling zog Reinhart in eine andere Ecke des großen Raumes, wo um ein mit allerhand Kram beladenes Tischchen ein paar Stühle standen. Dann begann er, durchaus nicht leise, zu erklären, sein Freund Rogger sei immer Sammler. Jetzt sammle er Zeitungsausschnitte, die von sozialen Dingen handelten. Alle Kästen des Raumes seien schon damit angefüllt. Das sei eine sehr verdienstliche Arbeit für spätere Zeiten, in hundert Jahren würden die Historiker in diesen Zeitdokumenten wühlen wie Mäuse im Korn. Rogger stehle sogar in den Wirtschaften

Zeitungen, so fanatisch betreibe er alles. »Gute Beute heut'?« rief er ihm zu.

»'s geht!« gab Rogger zurück.

»Der andere Freund«, fuhr Benedikt diesmal gedämpft fort, »ist unser Anarchist. Hat deutschen Kerker hinter sich. Ein Prachtmensch, ein Feiner!«

In diesem Augenblick trat, ohne daß man vorher hätte Klopfen hören, ein Paar ein, eine magere Dame mit gelber Haut, kurzem Haar und überscharfen Zügen, und hinter ihr ein baumlanger Herr mit gepflegtem Äußeren, schwarzem Spitzbart und goldenem Zwicker.

»Frau und Herr Wachsmann-Stürm«, beeilte sich Reichling vorzustellen.

Der Herr setzte sich zu Benedikt und Reinhart, die Dame näherte sich dem Hausherrn: »Na, liebenswürdiger sind Sie seit acht Tagen nicht geworden, Rogger. Darf ich eine anstecken?«

»Wozu so viele Umstände, Frau Thekla?« grunzte Rogger, ohne von seiner Arbeit aufzusehen. Sie setzte sich in seine Nähe und zündete eine Zigarette an. »Ist es wahr, daß Friedrich kommt?« fragte sie zwischen zwei Zügen.

»Er kann jeden Augenblick eintreten«, erwiderte Rogger.

Herr Wachsmann neigte sich zu Reinhart hinüber: »Ich darf wohl annehmen, daß Sie sich schon mit der Freigeldfrage befaßt haben? Wie niedrig würden Sie den Zinsfuß im ersten Stadium ansetzen?«

Reinhart mußte gestehen, daß ihm das Wort Freigeld noch nicht geläufig sei.

»Aber das ist doch die Kernfrage, verehrter Herr! Sehen Sie, die Sache ist ganz un–ge–heu–er einfach.« Und er begann in professoralem Tone seine Erklärungen.

Hans Rogger war mit seiner Arbeit fertig. Er schloß einen Schrank zu und griff nach einer Art Kuhglocke, die er hastig schüttelte. Auf das Zeichen trat ein kleiner, viereckiger Diener mit kurzer weißer Schürze herein und stellte Weinflaschen und Gläser auf den großen Tisch, der in der Mitte des Zimmers stand.

»Und der Syrup für Herrn Kämpe und Frau Thekla?« knurrte Hans Rogger. Der Diener flog hinaus. Die Gäste setzten sich. Zögernd rückte auch Leonhard Kämpe auf seinem Schemel heran. Jeder suchte auf dem mit Büchern, Broschüren, Zeitungen, Briefen, Zigarrenkistchen, Streichholzschachteln, Aschenbechern schwer beladenen Tisch ein Plätzchen für sein Glas und versah sich ohne Umstände mit Rauchzeug.

»Mir ist solch ein Junggesellenhaushalt immer sympathisch«, schmunzelte die Dame, und wies lachend auf einen Weberknecht, der langbeinig und unentschlossen über eine Beige Zeitungen kletterte. »Wär' eine staubreine Hausfrau oder auch nur ein Zimmerzöfchen da, das Unglücksinsekt führte sein Dasein längst im Hades!« Sie blies ihren Rauch gegen den Weberknecht und ergriff ein Buch, um ihn damit zu zermalmen. Aber Leonhard Kämpe kam ihr zuvor.

»Tun Sie das nicht!« Er nahm das Tierchen sorgsam in die Hand, betrachtete es fast zärtlich zwischen zwei Fingern hindurch und wendete sich an Hans Rogger: »Ich bitte um das Leben des lieben Geschöpfchens.« Seine Stimme klang weich wie die eines jungen Mädchens. »Sehen Sie, dort oben auf dem Schrank, in den Zeitungsbündeln, ist eine herrliche Wohnstätte für Wesen solcher Art.«

Die Dame lachte hell auf. Herr Rogger sprach mit tiefem Ernst: »Ich lege das Schicksal dieses meines kostbarsten Haustieres in deine Hand.«

»Spottet nicht«, entgegnete Leonhard Kämpe sanft. »Jedes Leben ist ein Weltwunder und als solches heilig.« – »Auch ein Menschenleben?« fragte Hans Rogger mit einem seltsamen Aufblitzen der Augen. Kämpe schwieg und trug den Weberknecht lächelnd von dannen, um ihn in den erspähten Schlupfwinkel zu entlassen.

»Eigentlich sind wir nicht beisammen, um einem Weberknecht das Leben zu retten, sondern um Friedrich zu feiern. Er läßt aber auf sich warten«, sprach Hans Rogger ärgerlich.

»Dostojewski ist unter der Knute regierungstreu geworden«, warf Reichling traurig ein, »Genosse Friedrich vielleicht in der Zelle.«

»Es ist jetzt alles möglich«, grollte Rogger. »Wißt ihr das Neueste: Genosse Wälli tritt in die Bundesverwaltung ein. Achttausend Gehalt.«

»Es gibt immer noch Ideale!« schwärmte Benedikt Reichling »Hoffen, hoffen, und über die Amphibienbälge weggehen.«

»Ideale? Ja, hinter deiner Brille vielleicht!«

»Und bei uns Frauen!« protestierte Frau Thekla und fuhr sich mit den Fingern durch das kurze steife Haar.

»Euer Ideal ist der Mann«, spottete Rogger und forderte sie mit seinem scharfen Auge heraus. Sie brauste auf: »Verwechseln Sie nicht Frauen und Weiber! Die Frau nimmt es mit eurem Durchschnitt immer auf! Die Frau, nicht das Weib!« Es klang eine bodenlose Verachtung des

Weibes aus diesen Worten. Frau Thekla warf ihren glühenden Zigarettenstummel mitten auf den Tisch unter die Briefe und Zeitungen und überließ es Leonhard Kämpe, die Glut zu löschen. Hans Rogger platzte mit seiner grimmigen Lache heraus und leerte sein Glas auf einen Zug, was ihm Frau Thekla in all ihrer wilden Ungezwungenheit mit ihrem Syrup nachmachte, vielleicht unbewußt. Er sah ihr zu und sein graues Auge ging dann sieghaft um den Tisch.

Die Türe wurde ungestüm aufgestoßen und Faustulus, der Windhund, schob ein Mädchen von etwas verdächtiger Eleganz herein.

»Hier wird gekneipt und anderswo ... weiß der Teufel was«, rief der junge Mann, die Gesellschaft überblickend.

»Sie wissen, daß wir Zusammenkunft haben«, mahnte ihn Frau Thekla mit einem Blick auf die junge Dame.

»Soll ich sie draußen in Wind und Nebel stehen lassen?« erwiderte Faustulus keck. »Setz' dich nur dorthin, Tine!« Er führte sie zu dem Tischchen, an dem vorher Reinhart und Benedikt gesessen hatten.

»Sollten wir nicht das Pärchen allein lassen?« spitzelte Frau Thekla.

»Philister über dir!« rief Faustulus, »Ihr wollt die Welt umgestalten und steckt bis an die Nasenwurzel in Vorurteilen und altem Dreck! Ihr seid immer noch die Sklaven eurer Großväter und Großmütter, die Sklaven von Kirchhofstaub!« Das Wort schien ihm zu gefallen, und er lachte hell auf. »Aber ich merke was! Ihr wollt euch heute von einer neuen Bürste entstauben lassen?« Er blickte auf Reinhart.

»Ich scheine hier die Rolle des Eindringlings zu spielen«, sagte Reinhart zu Hans Rogger gewendet. »Erlauben Sie, daß ich der seltsamen Situation ein Ende bereite.« Er erhob sich.

»Ich erlaube das durchaus nicht!« rief Rogger. »Hat Sie Benedikt hergebracht, so wird er seine Gründe gehabt haben. Die sollten wir nun freilich kennen.«

Benedikt Reichling schob das Glas zwischen zwei Büchern hin und her und sagte endlich: »Herr Stapfer ist der Sohn eines Fabrikanten und Obersten, hat es aber in der Luft seines Vaterhauses nicht ausgehalten und ist jetzt mein Nachbar in dem Ihnen allen wohlbekannten Palast zur Hoffnung. Und in diesem Prunkhause macht er es sich, ich vermute im Hauptberuf, zur Aufgabe, den Leuten gegen ihren Willen Banknoten unter die Türe zu schieben. Ich glaubte, er sei tauglich für den Klub der Narren.« Er lächelte still, offenbar mit seiner Erklärung zufrieden.

»Sie sind der Sohn Ferdinand Stapfers?« fragte Rogger.

Reinhart nickte. Faustulus stieß ein hartes: »Knallprotzprolete« hervor, worauf sein Mädchen unbändig lachte, wohl ohne zu wissen, warum.

»Sind Sie eingeschrieben?« forschte wieder Hans Rogger. »Nein? Das müssen Sie unbedingt sein, wir alle müssen durch den nämlichen Kitt verbunden sein. Sie kennen die Bedeutung der Solidarität?«

»Die der Freiheit einstweilen noch besser.«

»Man muß sich entscheiden«, dozierte Hans Rogger. »Entweder Solidarität und Macht, oder Freiheit und Ohnmacht. Kannst dir's auch merken, Gustavlein, Schlingel!« rief er zu Faustulus hinüber.

Faustulus trat an den Tisch heran und stieß höhnisch hervor: »Ich kenne nachgerade euern Speck! Ich bin für Freiheit, ohne Grenzen, nicht nur einstweilen.« Er deutete mit seinem langen Zeigefinger auf Reinhart. »Ich beanspruche das Recht, alles auszuproben, zu lieben und zu hassen, zu bewundern und zu verachten, je nachdem. Da kann ich keine Schranken dulden, auch nicht die eurer Solidarität, eurer Schafhürde!«

»Und das arbeitende Volk?« hielt Benedikt Reichling ihm entgegen.

»Es hat ja Sie!« höhnte Faustulus. »Ich aber will nicht verkrüppeln um anderer willen. Oh, es geht etwas in der Jugend vor, aber Ihr merkt es nicht, Ihr Epidermismänner! Scherben seid Ihr, Scherben, aus denen man nicht *einen* ganzen Topf zusammenflicken könnte.«

Es entstand eine laute Stimmenverwirrung. Benedikt Reichling, Wachsmann und seine Frau Thekla waren aufgesprungen und redeten und sprudelten auf Faustulus ein. Hans Rogger zündete sich eine Zigarre an und betrachtete den Empörer von der Seite nicht ohne Wohlgefallen. Das Mädchen des Windhunds lachte wie toll und schlug sich mit den Händen auf die Knie. Sie hatte ein paar Goldplomben im Mund, die beim Lachen aufglänzten.

Auf einmal stand ein Mann von etwa fünfundzwanzig Jahren in dem Brausekessel. Er hatte braunes welliges Haar und einen kurzgestutzten dunklen Schnurrbart. In den Händen drehte er eine Kappe aus gestreiftem, grauem Stoff.

»Ei, da ist ja Friedrich!« rief Hans Rogger freudig.

Man umringte den Ankömmling, drückte ihm die Hand, klopfte ihm auf die Schulter, beglückwünschte ihn. Benedikt Reichling flüsterte Reinhart ins Ohr: »Er ist zu den Manövern nicht eingerückt und hat nun ein paar Monate gebrummt. Prächtiger Mensch! Hab' ihn auf der Anklagebank gesehen!« Man setzte sich wieder und stieß auf Friedrich an.

»Abgekühlt, was?« fragte Wachsmann ironisch lächelnd.

Friedrich sah ihn lange an. Seine braunen Augen wurden groß und glänzten seltsam flackernd. Endlich sprach er: »Die Zelle war mir wie ein Feuerofen. Ich bin nun durchglüht. Und ich habe die Hoffnung. Im Grunde gehen neun Zehntel aller Menschen jetzt schon mit mir. Wer billigt in seiner Seele den Menschenmord? Die Idee ist allmächtig, wenn sie nur wahr und gut ist. Was können die armen kleinen Menschlein dagegen? Was ... wer ...?« Er schwieg, er rang nach Worten und fand sie nicht. Er faßte sein Glas mit der breiten Arbeiterfaust so fest, daß er ihm den Fuß abdrückte und der Wein sich über einen Haufen Briefe ergoß. »Oh, wie ungeschickt ich bin«, klagte er fast stöhnend, »aber was ich empfinde ist wahr, ist ewig wahr!« Man mußte Mitleid mit dem unbeholfenen, stammelnden Schwärmergeist haben.

»Das Einzelopfer ist Unsinn!« erwog Wachsmann trocken. »Habt doch den Glauben an die Internationale! Sie wird den Massenmord ausrotten.«

»Wenn die Internationale es selber glaubte, aber sie glaubt es nicht«, behauptete Friedrich wehmütig.

Unterdessen war Leonhard Kämpe hart an den Tisch herangetreten und begann mit seiner hohen, körperlosen Stimme zu predigen: »All Euer Treiben ist Stückwerk. Ihr seht das Grundübel nicht, seid Blinde und wollt Führer sein. Die Menschheit hat den richtigen Weg vor etlichen tausend Jahren verfehlt und ist in eine Sackgasse gerannt. Diese Sackgasse heißt Staat. Ich leide unter dem Staat, Ihr leidet unter ihm, alle leiden wir unter ihm, es merken's nur nicht alle. Was hat der Staat geleistet? Kriege geführt, Blut vergossen, die Freiheit beschnitten, Kerker gebaut und Fesseln geschmiedet. Er muß zertrümmert, zerschlagen, zerstampft werden. Mein Gebet ist die freie Gemeinschaft der Menschen.«

Leonhard Kämpe blickte, während er sprach, in eine Ecke der Zimmerdecke. Mund und Stimme waren sanft, aus den Augen leuchtete ein fanatisches Feuer. Er hielt wie zur Sammlung inne.

»Könnten Sie mir Ihre freie Gemeinschaft schildern?« fragte Reinhart in seiner grünen Unwissenheit.

»Die Form wird sich finden, junger Mensch. Einstweilen will ich zerschmettern!« erklärte Kämpe, wieder sanft zu seiner Ecke emporschauend. »Indem ich zerstöre, bin ich schon am Aufbau, wie der Bauer, der die Erde mit der Pflugschar verwundet, an der Neubestellung des Feldes ist.« Kampes Gesicht nahm etwas Visionäres, seine Stimme einen süßen Schmelz an: »Schwer wird es sein, der Staat muß in Blut ertrinken,

Hunderttausende, Millionen werden geopfert werden müssen, damit Milliarden und die Kinder dieser Milliarden einst glücklicher leben werden als wir.«

»Und der Weberknecht von vorhin?« warf Wachsmann spöttisch ein.

Leonhard Kämpe ließ sich nicht beirren: »Es wäre nutzlos gewesen, den Weberknecht zu töten, wem hätte der Mord genützt? Jedes Leben ist heilig. Das Menschenleben aber das allerheiligste und so allein fähig, die überirdisch hohe Menschheitssache zu erkaufen.«

In diesem Augenblick knallte ein Schuß im Zimmer. Alle sprangen auf. Kämpe fuhr fort zu reden, aber es hörte ihm niemand mehr zu. Faustulus hatte den Schuß abgefeuert. Er versicherte, es sei durch Zufall beim Spielen mit Roggers Zimmerrevolver geschehen, man sah es aber seinen schelmischen Augen an und merkte es am Auflachen seines Mädchens, daß er log. Die Kugel saß genau in der Ecke, in die Kämpe beim Reden geschaut hatte.

Frau Thekla drängte ihren Mann zum Aufbruch. Ihre Stimme zitterte. Auch Benedikt Reichling war unruhig geworden: »Verdammte Spielerei!«

Hans Rogger aber klopfte Faustulus auf die Schulter: »Ein feiner Schuß, Junge! Aber spare solche Treffer für später auf!«

Als Reichling und Reinhart die Treppengasse hinunterstiegen, gesellte sich Faustulus zu ihnen und rückte Reinhart nahe: »Wie haben Sie sich in dieses Museum verirrt? Sie sind doch ein junger Mensch!« Da Reinhart schwieg, fuhr er fort: »Ist die Botschaft vom Anspruch des Einzelnen noch nicht zu Ihnen gedrungen? Wo haben Sie denn bis jetzt gelebt oder geschlafen?«

»Ich bin jener Botschaft auch eine Zeitlang nachgejagt«, erwiderte Reinhart, »aber dann kam ich mir vor, wie der berühmte Hund auf seinem Bündel Heu.«

Der Windhund höhnte: »Sie schätzen sich wohl richtiger ein, als sie glauben, Herr Fabrikant.« Er bog mit seinem Mädchen in eine Seitengasse ab und verschwand lachend.

»Ein verfluchter Kerl«, brummte Reichling. »Seltsame Jugend! Aber was denken Sie von unserem Kämpe?«

»Ich liebe ihn wegen des Weberknechts«, entgegnete Reinhart. Benedikt kam in Begeisterung: »Haben Sie in sein Auge gesehen? Das ist Feuer und Eis in einem! Wenn ich ihn höre, wird mir heiß und kalt zugleich. Er hat in Deutschland an einem Arbeiterblatt gearbeitet. Da wurde ein Mensch des Mordes angeklagt und schwer verurteilt. Man witterte einen

Justizmord. Kämpe nimmt sich des Menschen an und greift den Staatsanwalt auf das Heftigste an. Er wird selber eingeklagt und verknurrt, versteht sich. Darauf hat ihn sein Blatt ausgeschifft. Die geistigen Breimänner warfen die geistige Fackel in den Sumpf, daß sie erlösche. Jetzt ist er hier und hungert, wie ich«, fügte Reichling zögernd hinzu. Dann fing er an von seiner eigenen Tätigkeit an einem Knabeninstitut zu erzählen. »Ich habe nur wenige Stunden. Man wirft mir die Knochen vor, die die andern Hunde nicht abnagen mögen. Das Edelste, das es gibt, biete ich, die Gedanken der Griechen, und werde geringer geschätzt als ein Mann, der die Senkgruben leert. Und ich habe einst wie ein Backfisch davon geschwärmt, die Jugend aufheitern zu können! Ja, aufheitern! Nun, zu Haus hab' ich ein Weib, ein tapferes, fleißiges, geduldiges, starkes. Ich meine stark im Tragen und Entsagen, verstehen Sie! Sie näht Hemden und Schürzen für ein Geschäft. Die Schürzen zu fünfzig Rappen das Stück, die Hemden zu neunzig. Und den Faden muß sie noch selber liefern! Sie sollen sie kennen lernen, Sie sollen sie einmal sehen. Nicht heute. Sie würde ja erschrecken, denn wir empfangen sonst niemand. Man trägt im Verborgenen leichter. Wir Weltabgewandten nämlich. Drei Kinder hab' ich auch. Nun, eins kennen Sie ja, vom Friedhof her, Dortchen meine ich!«

So schwatzte Reichling drauflos. Der bei Rogger genossene Wein war ihm in die Zunge gerieselt. Es war nach elf Uhr, als die beiden ins Haus zur Hoffnung eintraten, vor seiner Stubentüre angelangt, bückte Reichling sich zum Schlüsselloch. »Sie hat natürlich noch Licht, wie unsinnig! Kommen Sie, Sie müssen ihr sagen, daß das einfach nicht geht, Ihnen glaubt sie es vielleicht eher. Man glaubt Fremden immer eher.«

Er öffnete die Türe und flüsterte in den Raum hinein: »Ich bringe Besuch, Auguste, erschrick nicht. Es ist der junge Nachbar, der Rattenfänger.«

Reinharts Blicke fielen auf eine kleine Frau, die weißen Nähstoff in der Hand hielt und mit unsichern Blicken nach dem Besucher suchte. Die Augen hatten rote Ränder.

Sie stammelte: »Ich habe wirklich ... wie kannst du nur, Benedikt? Entschuldigen Sie, Herr.«

»Nicht Sie müssen sich entschuldigen«, erwiderte Reinhart. Er wurde von Reichling unterbrochen: »Nicht so viele Umstände, Kinder! Setzen wir uns. Wir wollen noch ein wenig plaudern.« Er hatte überlaut gesprochen. In einem Bettchen, das in der Ecke stand, regte sich etwas. Benedikt flüsterte nun: »Das ist unser Jüngster, wieder unser Jüngster, ach ja! Bald dreijährig. Christoph heißt er, Kreuzträger, Sie verstehen, wie's gemeint ist!«

»Ein etwas kränkliches Kind«, erklärte die Mutter. »Es kommt so wenig Sonne in diese Wohnung, und zum Spazieren hat unsereins selten Zeit.«

»Geben Sie Ihren Kreuzträger hie und da mir«, bot sich Reinhart an, »ein Wägelchen werde ich schon nach stoßen können.«

Sie lächelte: »Das ganze Quartier würde Ihnen nachlaufen oder nachlachen.«

»Das lassen Sie meine Sorge sein!«

»Paßt er nicht in den Narrenklub?« lachte Benedikt. Die Frau sah ihren Mann mit Augen an, in denen es traurig und feucht und liebevoll zugleich schimmerte, dann fing sie wieder an ihrer Arbeit zu stichen an.

»Laß es jetzt genug sein, Auguste, Kind«, bat der Mann. Sie schien das Wort nicht zu hören.

Da faßte Reinhart die Näharbeit an, um sie ihr sachte aus der Hand zu ziehen: »Seien Sie einen Augenblick mit uns Menschen, statt mit Ihrem Stoff.«

Sie wurde ganz verwirrt und so geschah es, daß sie Reinhart mit ihrer Nadel in die Hand stach. Ein Tropfen Blut fiel auf das Linnen. Sie erschrak noch mehr und bat Reinhart um Entschuldigung, während sie mit großen Augen auf den Bluttropfen blickte, der sich immer noch ausbreitete.

»Das muß man gleich auswaschen«, rief Benedikt und eilte fort.

»Halten Sie mich nicht vom Arbeiten ab, Herr Stapfer«, sagte die kleine Frau gedämpft, aber fest, fast zornig, »Was soll sonst aus ihm werden? Er ist so gut und findet so schwer seinen Weg in der Welt! Sie kennen ihn jetzt ja.«

»Sie werden von dem Geschäft ausgebeutet, das darf nicht so dauern!« In ihren Augen blitzte es auf und ihr Mund zuckte: »Machen Sie mich nicht verzagt und unzufrieden! Kränken Sie auch die Hoffnung in meinem Mann nicht! Er wie ich leben von der Hoffnung.« Wieder hefteten sich ihre Augen auf den Blutfleck und schienen ihn aufsaugen zu wollen. Benedikt erschien mit einem Becken voll Wasser.

Reinhart verabschiedete sich gedrückt. Er schämte sich vor dieser kleinen Frau und ihrem Elend. Der seltsame Blick, den sie ihm entgegengeworfen, verfolgte ihn. »War es Entschlossenheit oder Angst oder Verzweiflung? Wie sie das Blut mit den Blicken verschlang!«

Lange verfolgte der Blutfleck Reinhart. Er kam ihm wie der Vorbote eines Unheils vor, das schon auf dem Wege war.

7. Die Tragödie eines Kindes

Es war am Tage vor Weihnachten. Ein scharfer Ostwind hatte die Luft gescheuert und aus der dünnen Schneekruste, die sich tags zuvor niedergelassen hatte, eine klingende Platte gemacht. Reinhart eilte mit Paketen beladen nach Hause. Er hatte am Morgen eine Kränkung erfahren und daraus den Vorsatz zu etwas Frohem gezogen. Nachdem er im Bornhauserschen Dachzimmer seine zwei Stunden erteilt hatte, rief ihn die Dame des Hauses mit einer gnädigen Stimme in einen weiten Raum des Erdgeschosses, wo die Vorbereitungen für die Weihnachtsbescherung getroffen waren. Auf einem Tischchen in einer Ecke, kaum noch im Schatten des großen Christbaumes, lagen eine Anzahl Pakete mit Aufschriften. Frau Bornhauser hob eines zu ihrem goldenen Zwicker empor und las gleichgültig: »Für Grete.« Darauf ein zweites: »Für Sophie«, dann wieder: »Für Grete« und so weiter: »Für den Gärtner, für Herrn Karl Bommer, den Chauffeur ...« Reinhart sollte offenbar begreifen, daß er mit den Dienstboten auf gleiche Stufe gestellt werde. Es war also auf eine Demütigung abgesehen. Nach einer guten Weile zog sie eine Kartonschachtel hervor, die sie natürlich schon lange gesehen hatte, und piepste triumphierend: »Endlich hab' ich's! Für Herrn Lehrer Stapfer!« Sie überreichte es ihm mit verbindlicher Miene. »Es sind Taschentücher. Ja was kann ein junger Herr ja immer brauchen, nicht? Und hier noch eine Kleinigkeit.« Dies sagte sie mit spöttischem Lächeln.

Reinhart ahnte gleich eine Bosheit und begann, ohne auf ihre abwehrende Bewegung zu achten, das grüne Seidenbändchen zu lösen. Bald pendelte ein Bündel Schuhriemen in seiner Hand. Er hielt es mit Zeigefinger und Daumen in der Luft. Eine Erinnerung gab ihm die Erklärung zu dem Geschenk. Einst, als er zum Unterricht ging, zerriß ihm ein Schuhriemen. Er war schon weit von zu Hause weg und behalf sich, indem er den Schuh mit den vorhandenen Riemenstummeln, so gut es ging, schnürte. An jenem Tag hatte ihn Frau Bornhauser auf dem Flur angesprochen, den Schaden an seinem Schuhwerk wahrgenommen und übermäßig die Nase gerümpft. Jetzt hatte er die Lektion. Er ließ das Bündel der Dame zu Füßen fallen. »Ich bin nicht genugsam, Ihre

Schuhriemen zu tragen«, sagte er und entfernte sich mit einer feierlich-spöttischen Verbeugung.

»Sie vergessen ja die Taschentücher!« rief sie ihm nach. Sie hatte dieses Verhalten eines Abhängigen nicht erwartet. Er war schon fort und lief den Läden nach. Er kaufte Zuckerwerk, Schokolade, Nüsse, Spielzeug und Kinderbücher zusammen, auch eine Maske mit langem, wirrem Reistenbart. Er hatte seinen Plan: Joseph Schmärzi sollte als Sankt Klaus die Geschenke bei sinkender Nacht im Hundertseelenhaus vertragen. Aber Joseph hatte sich schon ins Bett verkrochen, als Reinhart heimkehrte. Die scharfe Bise hatte auf einem Spaziergang seinen Husten wieder angeblasen, und es hatte sich leichtes Fieber eingestellt. Das Dienstmädchen Lotte, mit dem er sich angefreundet hatte, saß bei ihm. Es schmuggelte ihm jeden Tag eine Wärmflasche ins Bett, und da solches hinter dem Rücken der gestrengen Hausmeisterin geschah, war zwischen den beiden bald eine Art Geheimbund entstanden.

Reinhart mochte seinen Plan nicht aufgeben. Er band sich die Maske selber vor, stülpte seine Fuchspelzmütze auf den Kopf und zog ein langes weißes Hemd über die Kleider. Lotte, die ihm half, stattete ihn noch mit einem Höcker und einem Besenstiel aus, so sei es in ihrer Heimat Brauch. Reinhart machte sich, so ausstaffiert, ans Werk. Er ging von Wohnung zu Wohnung, von Stockwerk zu Stockwerk, und öffnete seinen Sack. Die erste Stube, in die er trat, schlug ihn fast wieder zurück. Sie war von dem kleinen Eisenofen, über dem an einer Schnur Wäsche aufgehängt war, überheizt, und die Luft roch nach Kraut, Wurst und Spiritus. Der kleine Kochapparat stand dienstbereit auf der Kommode. Auf dem Boden lagen Spielsachen: eine nackte zerschlagene Holzpuppe, ein paar Lumpen, mit denen sie wohl bekleidet gewesen war, ein Stiefelknecht, der als Schlitten oder Mensch hatte dienen müssen, ein Wagen in Gestalt eines umgeworfenen Schemels, ein Spazierstock ohne Griff und ein alter Filzschuh. Mitten unter diesen Dingen drei Kinder, von denen eines kaum rutschen konnte. Die Mutter saß mit aufgestützten Armen am Tisch, vor ihr lag der ›Schweizerspiegel‹ und daneben ein angefangener Strumpf und ein Knäuel grauer Wolle. Sie sah mürrisch nach dem eintretenden Klaus und rief: »Ich habe kein Geld für Böggen.« Als Reinhart aber seine Schätze hervorholte, und sie merkte, daß er gebenshalber gekommen war, wurde sie gelassen und ließ ihn gewähren. Die Kinder sperrten die Augen auf wie vor einem Märchenzauber und begriffen weder den seltsam vermummten Mann, noch seine freundlich spendenden Hände. Er war schon wieder fort, als sie an ihren kleingroßen Glücksfall zu glauben und die Geschenke herzhaft anzugreifen wagten.

Fast alle Stuben machten den nämlichen nothaften Eindruck, aber in fast allen blühte hinter dem Klaus ein kleines Wunder auf. In einer jedoch schien schon vor seinem Erscheinen heller Freudenglanz gestrahlt zu haben. Auf einem hohen Schemel mitten in dem sauber geordneten Stübchen brannte der Weihnachtsbaum. Ein junger, bärtiger Mann saß mit zwei Buben am Boden, wie ein Bernhardiner mit seinen Jungen, und führte ihnen eben vor, wie ein Holzpferdchen auf seinen Rädern galoppieren konnte. Das Pferdchen rollte Reinhart gerade vor die Füße. Am Tisch saß eine alte Frau mit einer Brille, die sie auf die Nasenspitze vorgeschoben hatte. Ihre Augen waren feucht. Sie fuhr, als Reinhart den Blick auf sie richtete, mit dem Zeigefinger ein paarmal hinter der Brille durch. Reinhart suchte nach der Mutter, die zu diesem freundlichen Bilde gehörte, und erblickte an der Wand in einem schwarzen Rahmen ein künstliches Geflecht aus braunem Haar, das eine Photographie und ein paar Namenszüge und Jahreszahlen bekränzte. Er teilte seine Gaben mit verlegener Hand aus und schlich davon wie ein Dieb nach einem Einbruch.

In Reichlings Stube fand er die Mutter mit den drei Kindern allein. Frau Auguste war wieder über ihr weißes Nähzeug gebeugt. Dortchen und ihr Schwesterchen waren wie kleine, auf die Erde verirrte und zum Stricken verurteilte Engel, der kränkliche Kreuzträger lag unter der Gasflamme auf dem Tische und kehrte Reinhart ein nachdenkliches, altes Gesicht zu. Auf einmal fing er zu lachen und gleich darauf heftig zu weinen an. Frau Reichling nahm ihn auf den Arm und sagte zum Klaus: »Sie sehen, er weiß noch nicht, ob man zu dieser Welt Späßen weinen oder lachen soll.« Reinhart hatte sich für diese Stube eigens vorgesehen und Nützliches und Unterhaltendes bedachtsam zusammengestellt. Als die Sachen auf dem Tische lagen und sechs Augen sie umkosten, fragte die Mutter, stutzig geworden: »Wer hat Sie geschickt? Doch nein, ich will nicht fragen, es ist ja Christabend, da soll man einmal herzhaft ans Gute glauben.« Ihre geröteten Augen nahmen einen feuchten Glanz an. Reinhart war schon draußen.

Der Sack war leer, bevor Reinhart das ganze Haus beschenkt hatte. Es blieben ihm nur noch ein paar Kleinigkeiten, die er in die Wohnung des Totengräbers hinauftragen wollte, aus der so oft das klägliche Kindergeschrei ertönte. Er berechnete die Türe und klopfte an. Eine hohe

Stimme rief zaghaft: »Herein.« Mitten in dem Stübchen saß das weißblonde Kind, das Reinhart schon mehrmals am Fenster gesehen hatte, vor einer kleinen Maschine und blickte dem Eintretenden argwöhnisch, fast erschrocken entgegen. Eine Handbewegung verriet, daß es eben etwas im Latz der Schürze verborgen hatte. In der Nähe lagen zwei Krücken.

»Bist du allein?« fragte Reinhart aus seinem Reistenbart heraus.

»Ja, ich bin jetzt allein.«

»Was treibst du da?«

Sie lächelte überlegen: »Das ist doch eine Strickmaschine.«

»So, eine Strickmaschine? Und daran arbeitest du den ganzen Tag?«

»Ja, ich sollte den ganzen Tag daran schaffen.«

»Und bist du immer allein? Du hast doch Brüder?«

»Sie sind in der Fabrik und kommen nur am Abend heim.«

»Und die Mutter und der Vater?«

»Die Mutter spettet heute in der Stadt, und der Vater ... ich weiß nicht, er ist wohl im Wirtshaus und säuft.«

»Und säuft? Wie du das sagst! Und wenn er getrunken hat, schlägt er dich?«

»Woher wissen Sie das?« Es flammte in ihren grauen Augen. »Wohnen Sie hier im Hause?«

»Ja, grad unter dir, Trude.«

Ihr Gesicht strahlte auf. »Dann sind Sie der Rattenfänger. Ziehen Sie das ab, bitte, bitte! Ich möchte Sie einmal aus der Nähe sehen.« Sie wies auf die Maske.

»Die Maske gehört heute zu mir. Ich bin der Klaus. Ich habe dir was mitgebracht. Da sieh!«

»Sie sind also das Christkind mit einem Bart. Das ist spaßig. Aber ziehen Sie die Larve ab, bitte!«

Er tat ihr den Willen, und sie sah ihm mit glänzenden Augen ins Gesicht.

»Man hat mir gesagt, du seiest lahm. Kannst du nicht gehen?«

»Mit der Maschine. Aber sie ist mir schon lange zu klein. Ich bin gewachsen und sie ist klein geblieben, vielleicht kann ich einmal eine neue kaufen, wenn ich recht gut stricken kann.«

»Kannst du es noch nicht sehr gut?«

»Nein. Und dann ...«

»Was, und dann?«

»Es ist so langweilig. Immer auf und ab, auf und ab, den ganzen Tag, da, mit dem Ding da. Sehen Sie.«

»Warst du immer lahm?«

»Immer. Aber ich will wieder gesund werden. Kann das nicht sein?« Sie sah ihn mit zitternd fragenden Augen an.

»Ich will einmal einen Arzt zu dir schicken.«

»Wollen Sie? Aber die Ärzte können auch nichts. Ich war einmal in einer Anstalt. Dort hat man mir die Maschine gemacht, aber keine gesunden Beine. Ich glaube, der liebe Gott könnte mich gesund machen, aber er will nicht! Er will einfach nicht!«

»Warum sollte er nicht wollen?« forschte Reinhart.

Ihr Blick schoß scheu nach ihm und senkte sich dann zu Boden. Nun sah er, daß sie ein seltsam wissendes altes Auge hatte. Auf einmal krampfte sie die Hände zusammen und fing an zu beten: »Lieber Gott im Himmel, mach mich gesund, und dann will ich fromm sein mein ganzes Leben lang. Amen.«

Er sah sie verwundert an und faßte ihre Hände: »Du bist ein gutes Kind. Ich will dir eine Maschine verschaffen, aber ich brauche Zeit.«

»Gelt, Sie sind reich? Wenn man Geld hat, kann man alles. Die Reichen können alle gehen.«

»Nicht alle, Kind.«

»Aber alle Frommen?«

»Nicht einmal alle Frommen.«

Sie sann nach. »Aber ist das auch recht?«

»Darüber läßt sich nicht zanken, wie es Blonde und Dunkle gibt, so auch, gibt es solche, die leicht, und solche, die schwer tragen müssen. Aber warum wirst du nun so traurig?«

Sie rang mit den Tränen: »Ich glaube manchmal, wenn ich ganz gut würde, lernte ich wieder gehen.«

»Glaub' es nur weiter! Schau, du darfst nun eines der Paketchen öffnen. Nimm das kleinere.«

Sie löste den Bindfaden und nahm das Papier auseinander, rührte aber den Inhalt nicht an. Sie schien etwas in sich zu bewegen und schnellte es plötzlich hervor: »Ich möchte Ihnen einen Kuß geben zum Dank. Aber ich kann nicht aufstehen, ich müßte die Krücken haben.«

»Warum willst du das?« fragte er verwundert.

»Weil Sie gut mit mir sind. Es ist sonst gar niemand gut mit mir«, klagte sie kaum vernehmbar, »niemand, niemand, niemand!« Die Augen wurden ihr naß. Er hatte Mitleid mit ihr und neigte sein Gesicht zu ihr nieder. Sie umschlang seinen Hals und küßte ihn mehrmals hintereinander, schmatzend, unbeholfen. Bei der heftigen Bewegung ihres Oberkörpers rutschte ihr etwas unter der Schürze herab und fiel zu Boden. Sie merkte es und ließ Reinhart erschreckt fahren. Es war ein Buch, abgegriffen und schmutzig. Er hob es auf.

»Das liesest du, Trude?« Es war ein Hintertreppenroman.

Sie gestand zögernd: »Ja, aber es weiß es niemand, als die Frau Hollenweger über dem Gang drüben, die mir die Bücher bringt. Denn, wenn ich lese, schaffe ich nicht, und ich sollte doch die teure Maschine abverdienen. Und wenn ich nicht genug schaffe, haut mich der Vater.«

»Aber Kind, wenn dich das Lesen am Schaffen verhindert ...«

Sie wurde ganz rot und flüsterte wie ein Geheimnis: »Wenn ich an der Maschine schaffe, muß ich denken. Beim Lesen denkt man nicht.«

»Was für ein Unsinn! Wieso denkt man beim Lesen nicht?«

»Man denkt schon, aber nur, was das Buch will, und alles andere vergißt man. An der Maschine denkt man ...« Sie rang nach einem Ausdruck und schwieg. Ihr Gesicht hatte sich auf einmal verzerrt.

»Was denkst du denn an der Maschine?«

Sie flüsterte: »Ich kann es nicht sagen.«

»Sag es immer, es wird dir leichter werden.«

»Es ist, weil ich ein sündhafter Mensch bin.«

»Nun höre, Trude, wir sind alle etwas sündhaft.« Sie starrte ihn mit ihren seltsam alten Augen unschlüssig an. Dann sagte sie kaum hörbar: »Sie werden mich verabscheuen.«

»Wie soll ich ein Kind verabscheuen?«

»Doch, Sie würden mich in den Boden verachten!«

»Wenn du mir nicht traust, ist es schon besser, du schweigst. Ich gehe jetzt. Lebe wohl!«

Nun streckte sie ihre langen Arme heftig nach ihm aus, zog ihn zu sich herab und hauchte ihm ins Ohr: »Ich verfluche ihn jeden Tag. Ich kann nichts dafür!«

»Wen verfluchst du?«

»Ihn, der alles macht, den Herrgott.«

Er forschte in ihren Augen und sie erklärte sich: »Ich kann ja nichts dafür. Es kommt mir, ohne daß ich es will, warum bin ich ein Krüppel und warum sind andere nicht auch Krüppel? Ich kann nicht gehen, ich kann nur kriechen, ich bin ein Wurm. Ist das recht? Ist das recht? Und weil ich ein Krüppel bin, liebt mich niemand. Meine Brüder sind groß und stark, die Mutter liebt sie, und auch der Vater haut sie nie, er schimpft nicht einmal mit ihnen. Könnte ich gehen und so viel Geld verdienen wie sie, so würde er mich auch nicht schlagen. Bin ich denn schuld? Sehen Sie, darüber denke ich nach und dann verfluche ich ihn ganz gräßlich. Denn er macht doch alles, nicht? Er hat andere schön gemacht und mich lahm. Er ist schuld, daß mich der Vater haut und mit dem Schuh stößt und daß mich die Mutter im Tag kaum einmal anschaut. Und wenn sie's tut, wie! Und wissen Sie, was ich tue? Ich verwünsche ihn aus dem Himmel in die heißeste Hölle, zum Bösen, ganz zu unterst, denn er ist ja auch böse. Ist das nicht schrecklich? Gleich darauf bete ich dann wieder, denn ich weiß ja, daß es sündhaft ist. Aber ich spüre schon, es nützt nichts, das Fluchen ist viel stärker, wenn er wie ich Tag und Woche und Jahr lahm auf dem Schemel vor der Maschine hocken müßte, dann würde er mir schon helfen. Man muß es erfahren haben!«

Sie bohrte ihre flackernden Blicke in Reinharts Augen und sagte eindringlich: »Sie sind ein Erwachsener, Sie sind klug, sagen Sie mir recht, warum der Herrgott dem einen gut ist und dem andern böse. Was Sie vorhin sagten von den Dunkeln und von den Blonden, das war nicht Ihr Ernst, ich merkte es schon. Sie meinen, ich sei ein dummes Geschöpf. Alle meinen immer, ich sei noch so ein einfältiger Fratz.«

Reinhart war verlegen vor dem Kind, das in seiner Einsamkeit und Verschupftheit, in seiner Sehnsucht nach Glück und Liebe, auf die tiefste Frage und die härteste Anklage gestoßen war. Er sah die fiebernden Augen der Unglücklichen, er sah ihre Leidenschaftlichkeit und ihren heißen Mund und sagte: »Der Herrgott wird schon wissen, warum er dich so gemacht hat. Er hat dich vielleicht besonders lieb. Ja, ich glaube es. Schau, viele sind schön und gefällig und haben gesunde Füße, nur um sich von ihrer Schönheit und ihren geraden Gliedern in den Schmutz tragen zu lassen.«

Während er so sprach, fühlte er, wie einfältig und wie wenig dem kindlichen Verstand angemessen die Worte waren. Zu seinem Erstaunen nickte Trude nach einigem Besinnen zu ihm auf. Er sah, daß sie ihn verstanden hatte und seinen Trost annahm. Ihr Blick ging wie einen Faden entlang quer durch das Zimmer, als folgte sie einem Weg und dächte ihn ganz aus. »Diese Hundertseelenhauskinder verstehen alles«, dachte Reinhart. Endlich sagte sie: »Ich will es nie mehr tun. Ich meinte bis jetzt, er werde mir immer etwas zu leid und nie etwas zu lieb tun. Aber heut hat er Sie zu mir geschickt, und doch habe ich ihn noch vor einer Stunde in die Hölle gewünscht. Zuerst ihn und dann den Vater! Ja, ja, machen Sie nur solche Augen! Auch den Vater! Glauben Sie, er werde mir das alles verzeihen? Ich meine, der Herrgott? Sie verzeihen es mir ja auch nicht, ich sehe es Ihnen an!«

»Oh, doch, Trude, und er noch viel mehr, denn er vollbringt alles weit stärker als wir armen Menschen.«

»Und wird er mich dann gehend machen? Und wird ein Tag kommen, da mich der Vater nicht mehr schlägt und Krüppel schimpft? Sie schweigen? Das heißt: Nein. Ich muß mein Lebtag ein Krüppel sein!« Sie rechnete in die Zukunft und fing leise zu weinen an.

Er fuhr ihr tröstend über das helle Haar. Sie ergriff seine Hand und bettelte:

»Sie müssen jeden Tag ein bißchen zu mir kommen. Ich klopfe mit der Krücke dreimal, wenn ich allein bin. Sie müssen mich lieb haben, weil mich niemand sonst lieb hat. Dann will ich auch keine Bücher mehr lesen und ihn nicht mehr in die Hölle verwünschen. Und Sie müssen mich jetzt noch einmal küssen, ich muß sehen, daß Sie mich nicht verachten.« Sie flehte: »Tun sie's, nur hierher!« Sie wies auf die Stirne.

Er beugte sich über sie, und sie schlang wieder den Arm um seinen Hals, aber sanft, kaum fühlbar. Dann mit einem Ruck berührte sie seine Lippen leicht mit den ihrigen und ließ sich auf den Boden fallen, um sich zu wälzen. Eilig ging er hinaus. Sie schluchzte ihm nach: »Gelt, wenn der Krüppel klopft?«

Er war ganz verstört, als er zu Joseph Schmärzi ins Zimmer trat. Er riß sich die Mummerei vom Leib, und schon war er fort. Als er die Lahme verließ, war der Gedanke an Küngold über ihn gekommen und an die Weihnachtsabende, die er mit ihr und der Mutter verlebt hatte, denn der Vater wich aller Sentimentalität aus. Er hatte Küngold erst zweimal besucht, seit er im Hundertseelenhaus wohnte, in feiger Scheu vor ihrem Elend. Er trat in ein paar Kaufläden ein und stieg dann zu Onkel Melchior hinauf. Sein Erscheinen rief frohe Verwunderung hervor. »Wir wollen ein Fest feiern«, rief er. »Ich bin zum Weinen traurig, aber man muß die Feste gerade dann feiern, wenn man trübselig ist.« Damit stellte er zwei Flaschen Wein und einen großen Kuchen auf den Tisch. Küngold reichte er eine Schachtel mit kandierten Früchten. Tante Bethli trippelte hin und her, brachte Gläser und hatte hundert Entschuldigungen für hundert nicht vorhandene Fehler. Onkel Melchior rief aufgeräumt: »Nun will ich den Moses spielen!« und setzte den Pfropfenzieher in Tätigkeit. Küngold sah die beiden an und lächelte wehmütig-froh. Man stieß an und begann zu fragen und zu berichten. Da beugte sich Tante Bethli zu Melchior hinüber und flüsterte ihm etwas ins Ohr.

»Aber natürlich, natürlich, gutes Kind. Famos! Famos!« rief er und eilte in das Nebenzimmer, aus dem er bald mit einem geschmückten Tännchen zurückkehrte.

»Wir wollten es erst morgen anzünden«, erklärte er, »aber das Bethli meint, es wäre grad' jetzt die rechte Gelegenheit dazu.« Bald brannten die Kerzen und die Freude war groß. Selbst Küngolds Augen glänzten dann und wann auf.

»Es ist unser zweiter«, flüsterte Bethli Reinhart zu, »an der ersten Weihnacht unserer Ehe der erste und erst heut' der zweite.« Sie warf einen raschen Blick auf Küngold und Reinhart verstand.

Als die Zeit schon vorgerückt war, bat Reinhart: »Nun fehlt nur noch die Flöte, Onkel!« Auch die andern bettelten, bis Melchior nachgab. Er holte seine alten Jugendlieder wieder einmal aus der Brust hervor und war unermüdlich und gefühlvoll wie eine Amsel im Märzen: Zuletzt blies er: ›Nach der Heimat möcht' ich wieder …‹ mit solcher Hingabe, daß alle gerührt wurden. Bethli und Küngold schlichen leise davon, ohne daß er es gewahrte. »Ich Narr habe sie wieder einmal vertrieben«, sagte er, als er die Flöte absetzte. »Sie werden immer traurig, wenn ich das spiele, und ich so froh. Ich begleite dich noch ein paar Schritte, das tut wohl nach dem Wein.«

Auf der Straße begann er gleich geschäftsmäßig, als hätte er darauf gebrannt: »Auf dem Golsterhof gibt es Wandel, Adelheid heiratet im Frühjahr oder Sommer Hans Jörg, den Knecht. Es ist wie auf einer Schaukel: Einer muß sinken, wenn der andere steigen soll.«

Reinhart erinnerte sich an den starken, entschlossenen, wortkargen Mann und äußerte den Gedanken, Hans Jörg sei vielleicht der Heiland für den Hof.

»Magst recht haben, aber es kriecht einem doch eine Raupe über das Brusttuch beim Gedanken, daß die Stapfer nun im Golster ausgespielt haben sollen.«

»Was treibt Hans Rudolf?«

»Was soll er treiben? Er trinkt und trinkt und möchte spekulieren. Aber es handelt kein Christ und kein Jude mehr mit ihm. Man weiß, daß er in allen Säcken Löcher hat. Am Ende bin ich schwerer als er. Es ist zum Lachen mit dem Geld. Der Teufel reitet auf jedem Stück.«

»Weißt du etwas von der ›Seewarte‹?« fragte Reinhart.

Melchior zögerte. Endlich stotterte er: »Ferdinand will jetzt akkordieren. Man spricht von sechzig vom Hundert. Ich weiß nicht, ist das viel oder wenig. Ich verstehe dergleichen nicht.«

Reinhart fuhr es heiß am Hals empor. »Man sagte immer, die ›Seewarte‹ stehe auf unsicherm Seegrund. Nun war ein Lümpchen Geldgier schwer genug, sie ins Rutschen zu bringen!« Er sah die ›Seewarte‹ im See ertrinken, wie die Mutter.

»Ferdinand wird sie aufhalten, glaub' mir! Glaub' mir!« Melchior hatte ein unerschütterliches Vertrauen in die Zauberkraft seines heimlich angebeteten Bruders. Sie trennten sich.

Vor dem Hundertseelenhaus angelangt, blieb Reinhart stehen. Wie ein ekelhaftes Ungetüm hockte es da an der Straße und blinzelte mit ein paar blöden Augen nach ihm. Wie viel Dumpfheit und Dunkel hatte er da vor ein paar Stunden berührt! Er blickte zu dem Fenster empor, hinter dem jetzt Trude Unold vielleicht wieder mit ihrem Schicksal haderte und ihrem Gott eine Rechnung aufsetzte. Darüber, im Dachgeschoß, grölten die Italiener. Lotte hatte erzählt, daß dort wohl ihrer zwölf schliefen, dicht zusammengedrängt, wie konservierte Bohnen in einer Büchse, Männer und Halbwüchsige, zuweilen auch Weiber. Und sonst! Jede Familie hielt sich zur Abwälzung des Mietzinses noch einen oder zwei Schlafgänger, in jedem Winkel stand ein Bett oder wurde nachts eine Matratze hingelegt. Und durch das ganze Haus schlichen die Verdächtigungen und das Gemunkel. Reinhart empfand es wie ein Verbrechen, daß einzelne in Raum und Luft und Sonne schwelgen konnten, während andere dem Nächsten den verdorbenen Atem gleich vom Munde wegschnappen mußten. Er schämte sich. Denn mit seinem Zimmerchen, so armselig es war, blieb er ein Fürst in dieser Massenhöhle. Vor bald zweitausend Jahren kam einer mit dem Rufe in die Welt: »Kommet zu mir alle, die ihr mühselig und beladen seid.« Er wollte erlösen, wen denn? Handwerker, Fischer, Ackersleute; verachtete Zöllner, Schweinehirten und Huren; schutzlose Witwen und Waisen, Kranke aller Nöte, Blutflüssige, Gichtbrüchige, Blinde, Lahme, Aussätzige. Er fand sie am Gestade des Sees, bei ihren Netzen, im Feld und im Weingarten, in ihren Werkstätten und auf den Zimmerplätzen, auf den sonnüberströmten Gassen und Straßen der heiligen Stadt und des heiligen Landes. Was er nicht kannte, waren die Fabriken und Hundertseelenhäuser, waren die Maschinen und die Menschen, denen diese Maschinen die Seelen aus der Brust saugten und zerrten und zupften, was er den Mühseligen bringen wollte, war Friede, Ruhe. »Oh, daß er nochmals käme, sein verdorbenes Werk neu begönne und den Schattenmenschen die Sonne, den Entseelten wieder eine Seele brächte, hätte ich doch die Kraft und das Feuer und das Wort!« So verlangte es in Reinhart. »Oder ist es aus? Sind wir der verdorrte Feigenbaum, auf dem keine Frucht mehr wachsen soll in Ewigkeit? Es kann nicht sein, sonst wäre ja alles Unsinn, das Leben, die Menschheit, die ganze Schöpfung und alles, was sich hinter ihr verborgen hält. Nein, es fehlt nur an uns, wir sind zu träge und haben den Glauben an das Gute nicht, der alles vermöchte. Und ich selber? Ich muß aus meiner Untätigkeit endlich entschlossen heraus, ich muß in die Bewegung, in die Tat!« So brauste es in ihm.

Während er im Geiste durch die Wände und Böden des Miethauses schaute wie Asmodi, tauchte in ihm das Bild des Golsterhofes auf, seiner Heimat der Sehnsucht, voll Sonnenglanz und Wiesengrün und Bienengesumm. Und auf einmal wichen die Mauern des Hundertseelenhauses auseinander, fügten sich neu zusammen und wanderten in Gestalt von kleinen Häusern mit Gärten und Bienenstöcken, mit leuchtenden Blumen vor den Fenstern, wehender Wäsche auf der Matte und spielenden Kindern ringsum, hinaus aufs Land, an den Berglehnen empor und hinab zum Fluß. Und die Sonne strahlte darauf und glitzerte in den Scheiben, Stimmen erklangen, helle, singende, lachende. An einem Fenster erschien Trude Unolds weißblonder Mädchenkopf, aber nun mit roten Wangen, und der Schrei des Kindes war ein Jubelschrei. Reinhart war glücklich, das alles war sein Werk. Er hatte sich an seinen Gedanken berauscht.

8. Arkascha und Tatjana

Ein neues Jahr schneite ins Land. Die hundert Glocken der Stadt hatten es mit mächtig frohem Schwung begrüßt, als bestehe kein Zweifel, daß es das Jubeljahr, das Jahr des endgültigen, ersehnten Heils sein werde. Für Reinhart sollte es das Jahr der Tat werden. So hatte er es sich vorgenommen. Er stellte sich in Reih und Glied mit denen, die des neuen Willens waren. Sein Ich durfte nur noch sine Uniform unter tausend andern sein, eines Zeichens, eines Kommandorufes gewärtig. Er hatte das auch schon gekostet, in der Kaserne, aber diesmal schien ihm der Dienst leichter, weil er freiwillig war und das Ziel glänzend in die Zukunft emporragte. Tagsüber erteilte er Unterricht oder besuchte Vorlesungen, abends ging er in die Versammlungen und ließ sich über die Organisation und die Ziele der Partei, der er sich verschrieben hatte, aufklären. Es war ihm, er trete in eine ganz neue Menschheit ein. Alles schien nach einem wohlüberlegten Plan betrieben und besonders der Heranbildung der Jugend zwischen sechzehn und zwanzig Jahren große Beachtung geschenkt zu werden, während die Kreise, in denen er aufgewachsen war, ihren Nachwuchs sich selbst überließen und nur etwa für die Zunft oder die Loge anwarben.

Reinhart setzte sich selber ab und zu in einen der Jugendkurse. Eines Abends kam er neben einen Herrn von fremdländischem Aussehen zu sitzen, der noch älter war als er und sich unter den jungen Leuten mit seinen schon etwas ergrauten Haaren seltsam ausnahm. Nach der Stunde machte sich der Fremde ohne Umstände an Reinhart heran: ob er ihn eine Strecke begleiten dürfe. Nach weniger als einer Stunde kannte Reinhart fast seinen ganzen Lebensinhalt. Er war Russe, hieß Arkady Petrowitsch Schucharinow, hatte die russische Revolution mitgemacht und aus Sibirien den Weg in die Schweiz erschlichen. Er schien inwendig beständig zu brennen, und es ging eine flackernde Unruhe von ihm aus.

Reinhart kam nun fast täglich mit ihm zusammen. Der Russe schien zu wittern, wann er eine Stunde für ein Gespräch oder einen Spaziergang aussparen konnte. Reinhart merkte freilich bald, daß er ihn nur aufsuchte, um sich im Deutschen, das er noch fehlerhaft sprach, zu üben. An seiner Seite flatterte meistens eine junge Dame, ein lebhaftes, sprudelndes Wesen, das an der Universität eingeschrieben war. Er nannte sie Tatjana, sie ihn Arkascha. Sie siezten sich meistens, taten aber sehr vertraut miteinander.

»Haben Sie kein Samowarchen?« fragte Tatjana Reinhart eines Abends, als der Nordwind grimmig durch die Gassen fauchte. »Sie müssen ein gemütliches Samowarchen haben, unbedingt, morgen kaufen wir eins zusammen, ja? Sie helfen uns doch auch, Arkascha?«

Wirklich saßen die Russen am folgenden Abend bei Reinhart vor dem Samowar und Tatjana unterwies den Gastgeber in der Handhabung des Teekochers. Und so Abend für Abend. Das Gespräch führte immer Arkady Schucharinow. Er sprach eindringlich, heftig, unermüdlich, während Tatjana, eine Zigarette im Mund, ihm berauscht zuhörte und dann und wann eine Rakete des Entzückens steigen ließ: »Oh, Sie mein Heldchen! Oh, so eine Revolution, so ein Revolutiönchen, wie herrlich!«

Der kleine Kreis schwang sich immer um die gleiche Achse. »Sehen Sie, lieber Stapfer«, stieß Schucharinow durch die Zahnlücke, die er vorn im Oberkiefer hatte, hervor, »sehen sie, ohne Revolution geht es nun einmal nicht. Revolution muß sein, unbedingt. Ohne Revolution läuft es immer auf einen Schlag in die Luft, eine Laus, hinaus. Das sehen Ihre Führer immer noch nicht ein. Sie fürchten sich vor dem bißchen Blut. Und was treiben sie in ihren Jugendkursen? Ein Splitterchen Sprache, ein Brosämchen Theorie über die Gesellschaft und ihre Mißstände, ein Bröckelchen Wirtschaftslehre und was weiß ich. Theorie, Theorie! wissen Sie was? Revolution muß man die Jugend lehren, nichts anderes, das genügt! Unbedingt! Und Sie sollen's machen, Herr Stapfer!«

»Unbedingt müssen Sie's!« raketenfeuerte Tatjana und klatschte in ihre runden feisten Händchen.

Ein paar Wochen später stand Reinhart vor einer Klasse von Jünglingen, in einem der Schulhäuser des Kreises. Unter ihnen war Joseph Schmärzi, dem es nun leidlich ging und der es sich nicht hatte nehmen lassen, zu seinem Freund in die Schule zu gehen.

Es war nicht der einzige Kurs über Revolution, der eingerichtet wurde. Schucharinow leitete selber einen für ältere Genossen. Er hatte großen Zulauf. Da er die russische Revolution erlebt hatte, galt er als Autorität in Dingen des Umsturzes, und Tatjana sorgte dafür, daß der Glanz des Martyriums ihr »Heldchen« beständig umfloß. Das Wort Revolution tauchte von da an immer häufiger auf, am Biertisch, in Vorträgen und Diskussionen, erst schüchtern, dann zuversichtlicher. Überall spürte man den Hauch Schucharinows. Er war wie ein schneidender Wind, der in die im Grunde versöhnliche Partei blies. Er war schon mit allen Führern bekannt, auch der Narrenklub hatte ihn aufgenommen. Im Abendkurs Reinharts spielte er sich als Inspektor auf, trat ein, wann es ihm beliebte, hörte stehend oder sitzend zu und ging wieder ohne Umstände weg.

Eines Abends tauchte in Reinharts Kurs auch Klas, der ehemalige Diener im Haus Avera, auf. Aber er schien nicht lernenshalber gekommen zu sein und ließ es bei diesem ersten Besuch bewenden. Dagegen begegnete ihm Reinhart nun öfter in den Parteiversammlungen, wurde aber von ihm sorglich gemieden, wenn auch umschlichen.

Reinhart wurde das Arbeiten mit den jungen Leuten bald zu einer großen Freude, wenn auch nicht alle gleich leicht mitgingen, so machte die kleine Schar doch den Eindruck eines guten, fruchtbaren Saatackers. Joseph Schmärzi verschlang jedes Wort, und wenn ihn der Husten einmal am Besuch des Kurses verhinderte, war er unglücklich und fiebrig. Er hatte sich in die vorderste Bank gesetzt, und um ihn schlossen sich einige Jünglinge zu einem festen Kern zusammen. Sie begleiteten Reinhart jeden Abend nach der Stunde heim, und so bildete sich rasch ein kleiner Freundschaftsbund von guten Toren und glühenden Weltverbesserern.

Einmal heftete sich Schucharinow an sie an. Er riß gleich das Gespräch an sich: »Lieber Stapfer. Sie haben den Zug der Weiber nach Versailles sehr anschaulich geschildert, wirklich ganz famos. Man könnte Wort für Wort drucken. Ganz objektiv. Aber das ist es gerade! Sie erzählen den Vorgang, als hätten Sie ihn vom Mond oder Mars aus angesehen, Licht und Schatten hübsch verteilt. Ganz gut, aber für unsern Zweck nicht tauglich!«

»Die Geschichte muß sachlich sein!« hielt ihm Reinhart entgegen.

»Ach, gehen Sie! Madame Historia ist eine gemeine Dirne, wer wollte da viele Umstände machen! Unsere Revolutionsgeschichte muß die Proletarier aufwirbeln, sie müssen sich in den leidenden Franzosen von anno so und so selber erkennen. Schildere ich den Zug nach Versailles, so schlüpfe ich ins Mieder jenes Mädchens, das das Zeichen zur Empörung gab, und nicht in die Uniform eines Offiziers der Cent Suisses. Sie ist jung, schön, lebenslustig, hat aber Hunger! Hunger! seit ein paar Tagen hat sie und mit ihr das ganze niedere Paris kein Brot gesehen. Sie erfährt am Morgen, daß der Tag wieder keines bringe, daß aber in Versailles die Leibgardisten des Königs ein Fest gegeben haben, und daß dabei unerhört gepraßt worden sei. Es flammt in ihr auf, sie weiß nicht mehr, was sie tut, sie stürzt in ein Nachtlokal und reißt eine Trommel an sich. Schon ist sie wieder auf der Gasse. Sie kann nicht trommeln, aber sie kann dreinschlagen. Und sie schlägt auf das Fell, daß es weithin donnert, und sie schreit dazu: ›Brot! Brot!‹ Sie ist wahnsinnig. So stürmt sie durch die Straßen, sie wird verstanden, man rollt ihr nach, wie der Donner dem Blitz. Die Not des niederen Volkes schreit aus ihr, jeder Arme und Hungrige brüllt aus ihrer Kehle! Sehen Sie, lieber Stapfer, so etwa!«

»Ganz recht«, erwiderte Reinhart, »aber das ist keine Geschichte mehr, das ist Poesie.«

»Wer verlangt denn von Ihnen Geschichte? Die Poesie ist immer wahrer als die Geschichte. Oder, was sagen Sie dazu, lieber Schmärzi?«

Zögernd brachte Joseph seine Meinung hervor: »Ich glaube, man muß in allem gerecht sein.«

»Ei freilich! Sie sind ja der Gerechtigkeitsphantast! Ach was, Gerechtigkeit! Was ist Gerechtigkeit? Daß die einen am weißen Brote knuspern und die andern das schwarze fressen! Kommen Sie morgen in meinen Kurs, kommen Sie unbedingt, ich werde darüber reden, wie man aus den Menschen reife Revolutionsbirnen macht. Ha! Ich werde Ihnen jetzt nur das Hauptmittel nennen, sehen Sie: Jeder Mensch hat einen Winkel, aus dem er knurrt, jeder! Den muß man herausfinden. Hierauf spannt man alle Unzufriedenheit vor den Gesellschaftswagen, setzt sich auf den Bock – den Sündenbock – und kann nun lospeitschen und kutschieren. Ungeheuer einfach, was? Kommen Sie morgen unbedingt, alle! Ihnen, lieber Stapfer, gebe ich den Rat: Reden Sie nicht farblose Worte, speien Sie Blut! Objektive Geschichte! Unsinn! Gibt es nicht!«

Reinhart fuhr ihn an: »Soll ich denn gegen mein Gewissen zeugen?«

»Unbedingt müssen Sie das! Warum haben Sie kein anderes Gewissen? Ihre Schuld!« rief der Russe und tänzelte lachend davon.

Ein paar Tage später stieß Remhart wieder mit ihm zusammen, und so nun öfter. Es klirrte jedesmal, wenn sie aufeinander trafen.

Reinhart wurde immer tiefer in das politische Strickzeug verwickelt. Seine Schüler warben für ihn und setzten es durch, daß er in den Vorstand der Kreissektion gewählt wurde. Unter diesen Umständen begegnete er auch seinem alten Schulkameraden David Holzer wieder. Aber David war ein anderer geworden. Ferdinand Stapfer hatte ihn wegen Hetzereien aus der Fabrik entlassen und der Verabschiedete schien Reinhart in seinen bissigen Haß eingeschlossen zu haben. Alle Vertrautheit war verschwunden, er siezte den alten Kameraden wieder und wurde grob, als ihn Reinhart bat, beim alten »Du« zu bleiben. In den Sitzungen war David immer wie ein Gewehr, stets zum Knallen bereit. Er fühlte sich als den urechten Vertreter des Proletariats und packte jeden grimmig an, der nicht ganz seinem Ideal entsprach. Meistens rieb er sich an einem Genossen, den er im Verdacht hatte, die Partei nur als Sprungbrett zu einem Amtssessel zu benützen, und der sich schon lange methodisch in der zu dem Sessel gehörenden wunderlichen Schraubensprache übte, seine Reden mit »meines Erachtens«, »es dürfte sich empfehlen«, »man wolle beachten«, »es kann unter Umständen als gerechtfertigt erscheinen« spickte, die Arbeiter, wenn er etwas von ihnen wollte, Brüder und Genossen, sonst aber verächtlich Proleten nannte und offensichtlich als Wesen minderen Ranges einschätzte. Einst als ihm das Wort Prolet nach einer Vorstandssitzung unbedacht entsprungen war, schoß ihm David über den Tisch weg wie ein Tiger an den Hals, warf ihn zu Boden und zerzauste ihn wild. Dann stürzte er sich, ohne sichtbaren Anlaß, auf Reinhart und schrie: »Ich mach' auch dich einmal kaputt.« Er war kaum zu bändigen. Nach solchen Zusammenstößen floh Reinhart zu seinen jungen Freunden, deren hochgespannte, utopische Erwartungen von einer besseren Weltordnung ihn rührten, und die ihm neben den alten Parteireitern, bei denen das allgemeine und das persönliche Ziel nie sicher zu scheiden waren, wie eine anmarschierende wachsende Hoffnung erschienen.

9. Arbeiterfeiertag

Maitag. Er hatte in übler Wetterlaune begonnen, aber gegen elf Uhr hatte sich der Himmel entschleiert, die Sonne beherrschte den Nachmittag und die ganze Arbeitervorstadt strömte ihr zu. Die roten Bänder an der Brust und den Hüten und die roten Krawatten leuchteten wie Tulpen und Nelken. Die Straßen lachten und plauderten und sangen. Reinhart kehrte nach Hause zurück. Er war im Umzug mitgeschritten, in erhobener Stimmung. Früher hatte er die Demonstration belächelt, jetzt empfand er ihre Bedeutung und Schönheit: sie, die Werktag um Werktag im Lärm und Ölgeruch der Maschine standen, deren Sonntag dumpf oder überlaut war und immer unfestlich im Wirtshaus ausklang, wollten einen Feiertag, der ihnen allein gehörte, ihnen, ihrem Ziel, ihrer Freude, ihrer Brüderschaft, ihrer Seele. Nach dem Umzug hatte er den Reden zugehört, die an die große Arbeitergemeinde gerichtet wurden. Der erste Redner, ein älterer, bekannter Volksmann, forderte den Achtstundentag mit Kraft aber Besonnenheit. Dann sprang David Holzer auf die Rednerbühne wie zum Sturmangriff. Er schlug andere Akkorde an. Er schleuderte die Worte wie mit der Schmitze einer Peitsche unter die Menge. Eine wilde Leidenschaft ging von ihm aus, drang ins Blut der Zuhörer und wühlte es auf. Bald unterbrachen begeisterte oder heftige Zurufe seine Rede. Er flammte noch wilder auf, die Worte: Streik, Solidarität, Kraftprobe, Kampf aufs Messer, Gewalt, Umsturz schwirrten wie Pfeile durch die Luft. Die Menge bebte und schwankte wie Ähren unter einem Sturm. Reinhart entdeckte Schucharinow in Davids Nähe. Er neigte den Kopf leicht auf die Seite und lächelte still vor sich hin. Plötzlich war Reinhart, der Russe stehe hinter dem Redner, blinzle ihm über die Achsel und blase ihm die Worte ein, wie Mephisto dem Astrologen im Faust. Der Platz ertoste vom Beifall. Reinhart ging nachdenklich davon. Warum schmerzte ihn diese aufpeitschende Rede, dieser Wutschrei nach Gewalt? War er zu weich? Zu unentschieden? Kannte er die Menschen und die Art, sie zu führen, sie zum Glück zu führen, noch zu wenig? Griff ihm die Not des Volkes noch nicht zornig genug in die Seele? Nein, so war es nicht. Es standen zwei Prinzipien gegeneinander auf: Kralle und Hand. Schucharinow und David vertraten die Kralle. Drum konnte Reinhart nicht mit ihnen gehen. Konnten Menschenglück und Fortschritt wirklich nur mit Gewalt und Blut, mit Raubtiermitteln erkauft werden? Von diesen Fragen bewegt kam Reinhart zum Hundertseelenhaus. Es lag in mißfarbiger Öde und wie ausgestorben da, die Straße war verlassen, alles schien zum Volksplatz geströmt zu sein. Der Gedanke kam Reinhart, bei Frau Reichling anzuklopfen. Sicherlich bückte sie sich auch an diesem Feiertag über ihr Nähzeug. So war es. Sie war ganz allein, Benedikt mit den Kindern fort. Die Ränder ihrer Augenlider waren noch röter als sonst.

Reinhart bat sie: »Kommen Sie ins Freie! Es ist ein froher Frühlingstag. Der Himmel soll keinem umsonst lachen.«

»Ich bin heut' weder für Frühling noch für schöne Worte«, erwiderte sie fast tadelnd. »Ich muß das da fertig machen.« Und rascher ging ihre Nadel.

»Was ist mit Benedikt?« forschte Reinhart, »er geht gedrückt umher.«

»Hat er Ihnen noch nichts gesagt? Ach, er verliert auf den Sommer seine Stunden im Institut.«

»Wieso das?« fuhr Reinhart erschreckt auf.

»Ach, das sind ja böse Hunde!« stieß die kleine, milde Frau hervor. »Und nun hat er die Hoffnung verloren, er, der Benedikt, die Hoffnung verloren! Stellen Sie sich das vor! Er lebte doch allein von ihr und wir mit ihm.«

»Er läßt sich nicht helfen«, erwiderte Reinhart. »Er hat mir fast Feindschaft angesagt, weil ...«

Sie ließ ihre Nadel im Tuch stecken und ihre Stimme klang hart: »Er hat recht. Man soll sich nicht selber erniedrigen. So viel ist das Leben nicht wert.« Auf einmal fing sie zu zucken an. Sie warf ihre Arbeit weg und verschwand in der Nebenkammer. Reinhart schlich wie geschlagen in sein Zimmer hinüber. Kaum hatte er sich auf einen Stuhl geworfen, als es über ihm klopfte, dreimal. »Ach ja, noch eine Arme!« stieß er hervor. Er hatte Trude Unold seit Weihnachten nur vier- oder fünfmal besucht, er war ja tagsüber selten zu Hause und die Arbeitersache sog fast sein ganzes Sinnen auf. Er suchte, was er dem Kind bringen könnte, fand aber nichts, und stieg mit leeren Händen die Treppe empor. Die Gangtüre war geschlossen. Er klingelte. Es blieb erst alles still. Der ganze Stock war bis auf den Krüppel beim Feste. Dann ging eine Türe und bald darauf drehte sich innen der Etagenschlüssel. Reinhart trat ein. Vor ihm, auf dem Boden, lag Trude und lächelte zu ihm auf. Sie war hergekrochen wie eine Schildkröte oder eine Blindschleiche und war stolz auf ihre Leistung. Er hob sie auf die Arme und trug sie hinein. Sie wog nicht schwer.

»Sie sind ein böser Onkel«, sagte sie. »Ich könnte sterben, und Sie kümmerten sich nicht darum.«

»Hast du geweint?« fragte er. Sie hatte rote Augen wie Frau Reichling.

»Oh, ich habe heut' viel geschrien, geschrien!« gab sie zur Antwort, »und ich habe mich auf dem Boden gewälzt und drein geschlagen wie eine Wilde. Sehen Sie nur!« Sie hatte ganz blutige Finger. »Alles ist draußen, alles freut sich und hat schöne Kleider an. Und ich? Sagen Sie, haben alle, alle schöne Kleider an?«

»Nicht alle, Kind, aber man kleidet sich an diesem Tag so gut, als man kann.«

»Ich müßte so gehen, wie ich bin. Ich habe ja keine Sonntagskleider. Für mich ist's immer Werktag, immer Maschinentag. Geben Sie mir dieses rote Band! So, jetzt feiere auch ich den Maien. Wissen Sie, was ich vorhin tun wollte? Ich wollte mich auf die Straße hinabfallen lassen. Aber dann ... sah ich Sie kommen, und ich dachte, es würde Sie erschrecken.«

»An so was denkst du? Das darfst du nicht, Kind. Hörst du, nie!«

»Ich weiß. Ich weiß ja alles, ich habe ja dann auch gleich gebetet. Und Gott wird mich schon davon abhalten.« sie wiederholte ihr Gebet laut und eindringlich, als stände ihr Herrgott vor ihr.

»Scheust du dich nicht, laut vor den Leuten zu beten?«

»Gott ist doch viel vornehmer als die Menschen und man sagt ihm doch alles ohne Scheu. Ich verwünsche ihn jetzt nicht mehr, aber er hilft mir nicht. Und weil er mir gar kein Zeichen gibt, habe ich mich wieder versündigt, grad' jetzt. Ich sah Sie ins Haus treten und horchte, ob Sie in Ihr Zimmer gingen und wollte klopfen. Aber Sie kamen nicht, wo waren Sie nur so lange? ›Er denkt mehr an andere als an mich‹, schrie ich. Dann hab' ich die Maschine kaputt geschlagen. Sehen Sie, sie geht nicht mehr. Es ist schrecklich. Der Vater!«

Reinhart wollte das Kind schelten, er fand aber den Mut nicht dazu. Um es sein Elend vergessen zu lassen, erzählte er ihm das Märchen von dem häßlichen Entlein, das sich zum Schwan auswuchs.

»Das ist für kleine Kinder«, belehrte sie ihn altklug. »Ich werde aber auch einmal fliegen können. Doch daran zu denken ist traurig. Alles ist traurig! Gestern hat mein Vater gesagt, wenn er mir nur bald das Grab schaufeln könnte. Ist das etwa lustig? Für ihn wär' es vielleicht lustig. Er würde fest in die Hände spucken! Ich wollte Ihnen Socken stricken, verstohlen, nebenbei. Aber man hat's gemerkt. Man muß eben das Gewicht wieder abliefern. Ich kann keinem Menschen eine Freude machen! Das gehört auch dazu! Ich möchte Sie zerkratzen, weil Sie's können. Aber nein, ich schwatze ja Bruch! Seien Sie nicht böse!«

In diesem Augenblick ging die Gangtüre und schwere Schritte nahten. »Er kommt!« stieß Trude hervor, ihre grauen Augen wurden ganz dunkel. »Lieber Gott, mach' es gut. Amen.«

Der Totengräber war ein untersetzter, säbelbeiniger Mann mit wildem Schnurrbart, schwammigem Gesicht und angelaufenen Augen. Er blieb bei der Türe stehen und musterte Reinhart und das Kind mißtrauisch. »Was suchen Sie hier?«

»Ich mache Ihrem Kind einen Besuch, wie schon mehrmals.«

»Mehrmals? Und du hast mir nichts davon gesagt?« knurrte er Trude an. Dann wieder zu Reinhart: »Ich finde es unpassend, daß Sie bei mir eindringen, Herr! Ich will wissen, warum Sie das tun.«

»Weil das Kind einsam und unglücklich ist.«

»Das geht Sie einen Pfannenwisch an! Das gibt Ihnen kein Recht!«

»Wie man's nimmt! Sie quälen das Kind und müssen es einem Fremden zugute halten, wenn er ihm ein bißchen Menschlichkeit erweisen möchte. Seien Sie zufrieden, wenn es so geschieht und sich keine Behörde einmischt. Das ganze Haus kennt Ihre Roheit.«

Der Totengräber zuckte zusammen. Reinhart faßte ihn fest ins Auge wie ein Tier, das man bändigen will. Der Unhold hielt den Blick nicht aus und drehte sich nach dem Mädchen: »Warum schaffst du nicht, du Aff', einfältiger?«

Trude begann zu schluchzen: »Die Maschine ist kaputt.«

»Was?« Er drang auf sie ein, sie schrie auf, bevor seine Pranke auf ihrer Backe brannte. Sie fiel vom Schemel auf den Boden, wo sie hilflos liegen blieb. Der Vater machte sich schnell über die Maschine her, und als er den großen Schaden gewahrte, geriet er in einen unbändigen Zorn. »Du Krüppel, du Krüppel!« schrie er und trat auf Trude zu, um sie mit den Schuhen zu zerstampfen. Seine Augen waren rot wie die eines wilden Stiers. Reinhart schlug die Arme um ihn und warf ihn weg. Einen Augenblick starrten sich die Männer in die Augen. Der Totengräber war wie zum Sprung bereit. Auf einmal aber ging es wie eine Erschlaffung oder ein Anfall von Feigheit durch seine gedunsenen Glieder und er knurrte: »Gehen Sie, oder ich rufe die Polizei, Sie ... Sie Spitzel!«

Reinhart beeilte sich nicht, er hob Trude auf ihren Schemel und sagte zu dem Vater: »Schicken Sie die Rechnung für die Maschine mir, aber strafen Sie das Kind nicht weiter für den Schaden, vielleicht bin ich daran schuld.«

Die Worte wirkten beruhigend auf den Totengräber, er knurrte noch etwas von ausfallendem Verdienst und langte nach einer Schnapsflasche, die halb geleert auf einem Wandbrett stand. Reinharts Gruß überhörte er.

Am Abend kam Joseph Schmärzi in angeregter Stimmung nach Hause. Er hatte gegen seine Gewohnheit in der Feststimmung Wein über sein Maß getrunken. »Hast du's gehört?« rief er Reinhart zu, »nun soll die Kraftprobe gewagt werden. Bei der ersten Gelegenheit.«

»Ist das so ergötzlich?« fragte Reinhart.

»Für die andern sicher nicht!« lachte Joseph. Dann fügte er in seiner bedachten Weise hinzu: »Vielleicht auch für uns nicht. Aber man muß es doch einmal laut genug schreien, daß man Gerechtigkeit will.«

»Ja, wenn wir nur mit gutem Gewissen schreien könnten. Ich bin vorhin mit dem Untier da oben zusammengeprallt. Steig hinauf und sprich ihm von Gerechtigkeit! Aber jetzt könnte ich ihn schon nicht mehr in die Hölle schicken. Warum ist er eine Bestie geworden? So wird man nicht aus freiem Trieb, so wird man gemacht. Wir alle sind Insassen eines Armenhauses, verunglimpfen und bespeien einander und merken nicht, daß das Leben uns allesamt zu Krüppeln geschlagen hat.«

»So bist du nicht mehr für den Kampf?«

»Ich bin für kein Gericht mehr, Gericht ist Blindenerfindung oder Raubtiererinnerung. Hast du noch nie davon gehört, daß man keinen Stein auf einen Schuldigen werfen darf, wenn man selber nicht schuldlos ist? Und ist man schuldlos, so erhebt man ohnehin keinen Stein gegen einen andern.«

»Man wird den neuen Tag nie erleben«, klagte Joseph mit seiner gedämpften Stimme.

Reinhart hielt ihm seine Hand entgegen und sagte: »Wir müssen zwischen Hand und Kralle entscheiden, Joseph. Die Hand ist weich und kunstvoll, sie ist zum Streicheln und zum Schaffen da, sie ist menschlich, sie ist gütig gemeint. Es gab eine Zeit, da man sie abschlug, wenn sie sich gegen ihre Natur verging und Böses tat. Die Kralle aber ist tierisch, sie ist zum Zerreißen und Zerfleischen geschaffen, man kann sie sich so leicht blutig vorstellen, wir müssen sie von uns tun.«

Joseph schüttelte den Kopf, er verstand ihn nicht.

10. Scheidung

Ein paar Wochen später, an einem Mittwoch, lag eine seltsame Stille über der morgendämmernden Stadt. Man erwachte, weil zur gewohnten Zeit das Rasseln der Tramwagen ausgeblieben war. Man schaute neugierig zum Fenster hinaus: die Straßen waren fast leer, die Arbeiterströme, die sonst zu den Fabriken fluteten, in ihren Quellen geblieben. Man sprach von Fenster zu Fenster, man lachte oder schimpfte, nickte freudig oder schüttelte den Kopf. »Generalstreik« rief die Straße zu den Fenstern hinauf. Allmählich drängte sich die Neugier auf die Gassen. Man wollte sich die gelähmte Stadt ansehen. Einzelne Geschäfte wurden geöffnet. Gleich fauchten Trupps junger Leute heran, drangen in die Läden ein und ertrotzten die Schließung.

Auch Reinhart war auf die Straße gegangen, weniger, um sich das Schauspiel einer verblüfften Bürgerschaft zu geben, als um Onkel Melchior aufzusuchen. Er hatte von ihm vor ein paar Tagen eine Karte erhalten, er möchte einmal vorbeikommen, es gebe Neuigkeiten. Jetzt wollte er den Zwangsfeiertag zu einem Besuche verwenden. Aber auf der Gasse wurde er von dem allgemeinen Strom und Gefühlstrieb erfaßt, und sein erstes Ziel verlor sich ihm aus dem Auge. Die Arbeit der Streiktruppen war im Arbeiterquartier bereits verrichtet, sie fegten dem Stadtinnern zu, wo mehr zu tun und ein stärkerer Widerstand zu erwarten war. Es kam denn auch zu heftigen Zusammenstößen. Reinhart ward Zeuge, wie ein schmächtiger Ladendiener mit goldblondem Haar, der sich für seinen

Meister und das Geschäft, mit einem Stück Gußrohr bewaffnet, etwas theatralisch zur Wehre setzte, mit Fäusten und Stocken zu Boden geschlagen wurde. Einige der Burschen betrieben ihre Sache mit grimmigem Ernst, andere im Sinn einer lustigen Fastnacht. Reinhart sah in den Gewaltakten das Werk seines Gespenstes Schucharinow, dessen jüngere Landsleute die Rollen der Führer und Lehrmeister an sich gerissen hatten. »Das Raubtier ist ausgebrochen«, dachte er und schritt mit dem unbestimmten Gefühl, sich etwas vergeben zu haben, den ruhigeren Quartieren zu, um in großem Bogen heimzukehren, während er in Gedanken dahinschlenderte, fiel ihm ein, warum er eigentlich unterwegs war. Er schlug, vom schlechten Gewissen getrieben, einen rascheren Schritt an und prüfte im Gehen Onkel Melchiors Karte, um aus den Schriftzügen zu ergründen, ob sie etwas Gutes oder etwas Böses bedeute.

Vor Melchiors Haus war eine Menschenansammlung, und von weitem schon vernahm, Reinhart einen heftigen Wortwechsel und Gejohle, von zankenden, rufenden, keifenden Leuten umringt, stand mitten in der Gasse ein mit Hausrat beladener Bauernwagen; darauf saßen Bethli und Küngold. Melchiors kleine Frau schaute verschüchtert und ängstlich in die Menge und war dem Weinen nahe. Reinhart trat unbeachtet näher und erriet gleich die Zusammenhänge. Der Wagen und die beiden Gäule davor waren vom Golsterhof. Melchior zog also heim, das war die Neuigkeit. Etwa ein halbes Dutzend Streikgardisten hatten den Abzug überrascht und wollten ihn verhindern. Dem Nebenpferd hatten sie schon die Stränge gelöst und beim Handpferd versuchten, sie das nämliche, wurden aber von Hans Jörg abgehalten, der, mit der Geißel bewehrt, ihnen trotzig gegenüberstand und sich mit Faustulus, der offenbar den Streiktrupp anführte, herumzankte, während Onkel Melchior auf einen jungen Arbeiter einredete: »Wir sind doch vom Land, junger Freund, und wollen auf den Hof zurück, was haben wir mit euerm Streik zu schaffen? Laßt uns ziehen, daß wir euch Brot pflanzen ...« Reinhart sah, daß ein Zuspruch an die aufgeregten jungen Burschen die Lage nur noch verschlimmern würde und nur eine List den Golsterhofern die Gasse frei machen konnte. Er drängte sich zu Faustulus heran und raunte ihm, auch den näher Stehenden vernehmlich, zu: »Macht doch keinen Unsinn hier. Bei der Polizeikaserne ist eine große Keilerei im Gang, ich glaube, es wird bald geschossen und gestochen werden!« Einen Augenblick später flog der Streiktrupp davon. Bethli dankte Reinhart vom Wagen herab und weinte nun wirklich nach der überstandenen Angst, Melchior schüttelte ihm heftig beide Hände: »Ich kann dir nicht sagen, wie mir heute ist! Heimzu! Heimzu!« Hans Jörg reichte Reinhart auch rasch die Hand und mahnte Melchior: »Keine Zeit verlieren, Onkel! Aufsteigen! In einem Augenblick habe ich dem Bleß die Stricke festgemacht, dann fahr' ich los!« Melchior stieg auf den Wagen und begrüßte Bethli, als wäre sie vom Tode auferstanden. Dann zog er zu aller Belustigung seine Flöte aus der Tasche und setzte sie zusammen. Hans Jörg hatte sich unterdessen auf die Wagenbank geschwungen, die Geißelschnur strich über den Rücken des Handpferdes, ein Hutschwenken und davon ging's, wie die Flucht vor dem Landesfeind. Die Flöte aber jubelte durch das Gerassel der Räder und den harten Hufschlag der Pferde: »Ach, du klarblauer Himmel und wie schön bist du heut'! - -«

Reinhart sah dem Fuhrwerk nach, bis es in eine andere Gasse einschwenkte. Es kam ein großes Glück über ihn, daß wenigstens einer vom Golsterhof von seinem Gefühl richtig geleitet worden war. Aus den Gaffern, die sich nun wieder verliefen, trat ein Salutist auf ihn zu: »Kennen Sie mich nicht mehr? Den Mauderli? Warten Sie, ich begleite Sie ein paar Schritte.« Mauderli war wirklich ganz unkenntlich. Er hatte den Bart, seine letzte, langgehütete Eitelkeit abgetan. »Sie staunen? Ich suche Ihn nämlich jetzt bei der Heilsarmee, wie auch schon einmal, bei meinesgleichen, den Schiffbrüchigen. Ich war Ihm vielleicht nie näher, lauter gute Menschen, aber wissen Sie: den Kompaß verloren, den Kompaß, verstehe das. Verstehe es sogar sehr gut. Sie suchen Ihn jetzt auch in diesem Quartier. Hab' davon gehört, von Melcher. Aber Sie und Ihre Genossen sind wunderliche Sucher. Ihr meint, Er sei der König im Kegelspiel und es komme darauf an, Ihn mit Eisenholzkugeln umzuschieben. Nun, jeder hat einen eigenen Umweg! Melcher fährt jetzt auf einer frohen Straße! Ein guter Mensch! Er ist jetzt im Golster wohl zu gebrauchen. Er hat geweint, als ich es ihm erzählte, ich meine das von Hans Rudolf. Sie wissen es noch nicht? Der war nämlich auch einmal in unserem Asyl, es sind keine drei Wochen her. Wie sagt man doch? Berg und Tal kommen nicht zusammen, aber die Menschen. Er hat mich einst vom Golster weggeknallt, und dafür mußte ich ihn in der Straßenrinne auflesen, grad ich! Ist das nicht wunderbar? Man sage mir nicht mehr, es gebe keine Fügung! Jetzt ist er in einer Anstalt.«

»Für Trinker?«

»Unsereiner spricht nicht gern davon. Ist man denn besser? Dem einen zieht die Maschine den Ärmel hinein, dem andern nicht.«

So schwatzte Mauderli im Gehen. Er begleitete Reinhart bis in sein Zimmer, sah sich neugierig darin um und betrachtete die Stiche, die an der Wand hingen. Lange blieb er vor Dürers emporschauendem Apostelkopf stehen und sagte endlich kleinlaut: »Der das gemacht hat, brauchte Ihn nicht mehr zu suchen, der sah Ihn von Angesicht zu Angesicht.« Hastig, wie von einer Qual getrieben, ging er davon.

Als es dunkel wurde, trippelte Benedikt Reichling zu Reinhart herein: »Kommen Sie, es ist heute Narrenklub. Man will doch dem Tag seine Note geben.« Reinhart folgte ihm, halb widerstrebend. Er wußte sich jetzt nicht im Einklang mit Rogger und seinen Leuten, er war mit sich und dem Tag unzufrieden, er fühlte einen Zwiespalt zwischen sich und seinen Gesinnungsgenossen. Enzios Wort klang ihm von ferne in die Ohren: »Irrweg, Samsara.« Er beneidete Melchior um sein Los.

Die Unterhaltung strömte, schon lebhaft, als Benedikt und Reinhart bei Rogger eintraten. Faustulus trat auf Reinhart zu: »Ich zahle Ihnen den Spaß von heute Morgen einmal heim! Ich lasse mich nicht narren! Hüten Sie sich, Herr Fabrikant!« Schucharinow fing an mit magistraler Gebärde zu dozieren:

»Hören Sie alle zu! Sie müssen Ihre Heerscharen viel besser drillen. Jetzt haben Sie Bataillone von Stimmzettelträgern, Sie brauchen aber Bataillone von Kriegern. Sie müssen sie an Feuer und Blut gewöhnen! So lange sie noch bleich werden, wenn ein Tröpfchen Blut spritzt, sind sie Kinder in Mannskleidern. Sie sehen es doch selber ein: Mit dem Geplänkel in den Parlamenten ist keine Schlacht zu gewinnen. Ist das denn so schwer zu verstehen? Die Begriffe von Friede und Ordnung sind wie Flaschen, man kann sie füllen, wie man will, mit Wein, mit Wasser, mit Luft, ja, mit Gift: Man kann sie auch zerschmeißen, wenn es gilt, etwas Neues, Besseres zu schaffen. Ohne Gewalt, ohne furchtbare Gewalt geht es einmal nicht. Die Gewaltsucht ist der Urgrund des Menschen und der Menschheit. Sie wird erst mit dem letzten Zweihänder aus der Welt verschwinden. Unbedingt! Glaubt ihr, die herrschende Klasse werde freiwillig in die Versenkung kriechen? Ihr kennt sie! Man muß sie vertilgen, ausrotten, mit Stumpf und Stiel. Der Proletarier muß Zar werden! Fort mit eurem demokratischen Puppenspiel! Erst tränken wir die Erde noch einmal mit Blut und schenken ihr dann die Ruhe! Die Ruhe!« Die Ruhe!«

»Der Fleischhalle!« unterbrach ihn Reinhart. Er hatte schon einmal einen so sprechen hören, Leonhard Kämpe, aber Kämpe war ein

Schwärmer, der nur aus Menschenliebe ein Menschenmörder hätte werden können. Schucharinow dagegen ein Fleischer, der das Beil wollte, um seine persönliche Macht- und Blutgier zu befriedigen. Der Russe kehrte sich rasch zu Reinhart: »Merken Sie sich diese Logik, lieber Stapfer: Wer einen jungen Wald pflanzen will, muß den alten ausrotten, ganz und gar!«

»Also die ganze Menschheit erneuern, Oberholz und Unterholz?« rief Reinhart. »Einverstanden! Ich will Ihnen sagen, wie der neue Mensch aussehen muß: Er muß Ihr Gegenteil sein, in allem, Herr Schucharinow. Sie sind antimenschlich, Sie beschmutzen unser Ideal!«

»Wessen Ideal?« zischte der Russe durch seine Zahnlücke. »Das der Spießer, das Ihrige!«

»Jedes ist besser als das eines Henkers.«

Es entstand ein großer Sturm in dem Raum. Schucharinow setzte zum Sprung an. Rogger hielt ihn mit seinem breiten Knochengebälk in Schranken, die andern gestikulierten und lärmten im Zimmer auf und ab oder starrten sich in die Augen. Rogger bändigte sie wieder: »Wir müssen den Wein klären«, begann er ruhig, »unsere kleine Gesellschaft und mit ihr die ganze Partei steht am Scheideweg. Die Frage lautet: Wollen wir weiter auf eine glückliche Zukunft hoffen, oder wollen wir sie mit der Faust erzwingen. Ihr versteht: Hoffen oder zwingen! Ich war in meinem Innern immer für das Radikalmittel, aber ich sah den Uhrzeiger noch nicht auf der rechten Stelle. Jetzt rückt er auf die große Stunde. Der heutige Tag hat mir davon die Gewißheit gegeben. Wie wuchtig legte sich der Generalstreik auf die Stadt! Wie feig haben sich die Gegner verkrochen! Sie sind reif zur Mahd. Ich sehe Schnittermorgenrot, wir wollen in dieser denkwürdigen Stunde unserem Klub eine andere Fahne aufstecken. Ich habe ihn einst in Hoffnungslosigkeit und Unmut Narrenklub geschimpft, jetzt taufe ich ihn Revolutionsklub.«

»Herrlich! Herrlich!« rief Tatjana und sprang Rogger an den Hals. Der alte Mann nahm ihren Kuß mit väterlichem Wohlwollen an und wendete sich zu den andern: »Entscheidet euch: hier Revolutionsklub, dort Narrenverein!«

Die beiden Russen und Faustulus standen schon entschlossen an Roggers Seite, Wachsmann belauerte seine Frau, und als auch sie sich hinter Rogger stellte, folgte er ihr tapfer. Friedrich und Benedikt Reichling traten zu Reinhart. Alle blickten auf Kämpe, der sinnend auf seinem

Stuhl sah. Endlich erhob er sich, schaute auf Reinhart und sprach feierlich zu aller Erstaunen: »Ich schlage mich dorthin, wo ein Herz ist.«

»Schafskopf!« brummte Schucharinow.

Nun tänzelte das Mädchen des Windhunds, das bisher unbeachtet in einer Ecke gesessen hatte, heran: »Und mich begehrt niemand? Ich bin ein Weib und für die Helden. Die wahren Helden sind mir die Scharfen, die Stierköpfe! Darf auch ich Sie küssen, Papa Rogger?« Er ließ sich ihre Lippen, freilich unwirsch, gefallen. Auf seiner Backe blieb ein roter Fleck sitzen, denn sie färbte sich den Mund. Frau Thekla sah es und lachte.

Die Minderheit der Narren verließ geräuschlos das Zimmer.

»Man hat die Hoffnung hingerichtet«, seufzte Benedikt auf dem Heimweg traurig. »Die Hoffnungslosigkeit ist der letzte Fluch. Nun hab' ich auch meinen Rogger verloren. Ich sah es kommen. Er glaubt an den Sturm, ich an den Morgenwind.«

Friedrich sprach, wie vor sich hinträumend: »Diese Leute wollen den Krieg abschaffen und wären die ersten, die auszögen. Sehen Sie sie doch! Trügen sie eine Uniform, sie wären eine Soldateska, die jubelt, wenn der General das Massaker einer Stadt erlaubt.« Benedikt Reichling spann den Gedanken wehmütig weiter: »Mir ist, es sei besser, als Besiegter, denn als Sieger zu sterben.«

Friedlich stimmte ihm zu: »Die Gekreuzigten sind immer die Sieger.«

»Redet doch nicht vom Tod!« rief Reinhart, »redet vom Bestehen und der Erneuerung! Die Menschheit ist ein alter, träge gewordener Fruchtbaum. Man muß ihm neue Reiser aufsetzen. Das Reis heißt Güte, aus ihm muß die neue Frucht entstehen. Das wollte ich Schucharinaw sagen, aber ich habe gesprochen wie seinesgleichen, ich Narr!«

»Glück zu, Freund Stapfer!« sagte Reichling gerührt, »sei du der neue Obstgärtner und der Pflanzer der Hoffnung!«

11. Dortchen

Von diesem Tage an umschlich Reinhart, wo er hinkam, ein hämisches Mißtrauen, ja, er stieß täglich auf offene oder schlecht verhüllte Feindschaft. Er fühlte, daß diese Stimmung gegen ihn im gleichen Maße wuchs, wie der Einfluß Schucharinows. Der Russe fand seine Rekruten besonders bei der Jugend. Denn dieser erscheint ein allgemeiner Kehraus immer als eine Tombola ohne Nieten. Er kürzt den Weg ab, er bringt mühelos in den Besitz der Macht, der Lebensgenüsse und alles dessen, um das man sonst in jahrelangem Kampf mit den Alten und Sesselfesten ringen muß.

In einem Teil der Jugend waltet aber auch der Glaube an die Macht des Guten und die Sehnsucht nach einer Welt des Friedens. Bei diesen Glaubenden und Sehnenden fand Reinhart seinen Anhang. Daß die Gewalt, auch wenn sie etwas Gutes will, dem Bösen dient, brauchte er diesen weichen Menschen nicht zu sagen. Aber sie waren alle in dem Gedanken aufgewachsen und befangen, daß das Heil von dem stetigen Anschwellen und dem endlichen Übergewicht des Proletariats kommen müsse. Reinhart dagegen war zu dem Glauben geführt worden, die Menschheit habe einen falschen Weg eingeschlagen, sie sei nicht noch mehr zu proletarisieren, sondern aus dem Proletarierzustand herauszuführen, von der Maschine, dem Arbeiterquartier, dem Hundertseelenhaus, dem Ohneseelenleben, dem Macht- und Geldwahn, der auch die Arbeiter ergriffen hatte, zu erlösen. Seit sich ihm einst das trübselige Haus ›Zur Hoffnung‹ in eine liebliche sonnige Gruppe von Landhäuschen aufgelöst und verklärt hatte, verfolgte ihn dieser Gedanke wie ein Paradiesestraum. Durch ein erschütterndes Ereignis wurde er in seinem Glauben bestärkt.

Dortchen, das älteste Kind Reichlings, war an einem Abend von der Mutter in den Konsum geschickt worden. Auf dem Ladentisch prahlte und lockte ein Berg von Schokoladetafeln in verführerischer Verpackung. Nun mußte in dem Kopf des sonst so ernsten und klugen Kindes eine Verwirrung entstanden sein. Es hatte Hunger, Schokolade war ihm etwas Wunderbares, weil selten zu Erlangendes. Es dachte an die Geschwister, die nicht besser daran waren als es selbst, es dachte an das Sorgengesicht der Mutter, das zu enträtseln es scharfsichtig genug war. Es dachte in seiner Verwirrung nur an das Nächste, die Folgen sah es nicht. Es ergriff in einem Augenblick, als sich die Verkäuferin bückte, eine der Tabletten und verbarg sie unter dem Schürzchen. Aber im Hinterraum des Ladens saß die Mutter der Verkäuferin, eine alte, kränkliche, ewig grantige Frau. Sie sah durch die offene Türe die Verirrung der Kleinen und rief: »Leg' es sofort wieder hin, du Diebin!« hätte das Mädchen gehorcht, so wäre vielleicht alles glimpflich abgelaufen. Aber es verlor die Besinnung nun ganz und rannte aus dem Laden. Die Verkäuferin eilte ihm nach und rief unter der Türe: »Haltet die Diebin! Nein, so was!« Vorübergehende packten das Kind und schleppten das Weinende und Zappelnde zurück. Zum weitern Unglück stand ein Polizist an der nächsten Straßenecke.

Er nahm sich der Sache an und gab ihr so ein gewichtiges Aussehen. Er beschloß, Milde zu üben und das Mädchen, statt nach dem Polizeiposten, nach Hause zu führen und den offenbar auch nicht sauberen Eltern einen väterlichen Zuspruch zu halten. Damit machte er aber die Sache noch schlimmer. Denn es hatten sich in und vor dem Laden Leute angesammelt, darunter viele Kinder, denen es nun eine große Sache war, dem Mädchen im Bewußtsein der eigenen Schuldlosigkeit das Geleite zu geben, hatten sie doch alle noch nie etwas gemaust. Als der Zug sein Ziel erreichte, war das Haus zur Hoffnung schon unterrichtet und in großer Erregung und Entrüstung. Ein paar Jungen, die Dortchen von der Schule her kannten, hatten sich in heiligem Eifer zu Sendboten gemacht.

Wenn der Teufel sich einen Braten rüsten will, fehlt es ihm nie an Kohlen. An der Hausecke, gegenüber dem Restaurant ›Zur roten Fahne‹, stieß der Zug mit Benedikt Reichling zusammen, der auf der Seitenstraße in sich verloren daherkam. Ein Junge erkannte ihn und schrie: »Sie hat gestohlen, sie hat gestohlen, Dortchen Reichling hat gestohlen!« Alle andern begriffen, daß man dem Vater der Sünderin gegenüberstand und wiederholten im Chor: »Dortchen Reichling hat gestohlen! Gestohlen!« Nun erst blickte Benedikt aus sich heraus und betrachtete die Ansammlung durch seine Brille. Dortchen schrie: »Vater, Vater, hilf!« Er erkannte nun sein Kind in den Krallen des Polizisten. »Dortchen, was ist dir, mein Kind?« rief er und eilte hinzu, um dem Schutzmann seine Beute zu entreißen. Der aber stieß ihn mit der derben Faust gegen die Schulter: »Sachte, Mann!« worauf sich das Geschrei der Kinder verdoppelte. Die Alten nahmen Partei gegen den Polizisten, der in einem Arbeiterquartier immer als versteckter Feind betrachtet wird, die Jungen hingegen schrien in ihrem naiven Rechtsempfinden gegen den Vater und sein Kind.

»Wo wohnen Sie, Mann?« schnauzte der Polizist Benedikt Reichling an. Dann zu der Menge: »Geht eures Wegs, ihr habt da nichts zu schaffen!« Die Erwachsenen ließen es sich gesagt sein, die Kinder hingegen drangen hinter dem Polizisten und seinen Opfern ins Haus und polterten, aller Abwehr zum Trotz, die Treppen hinauf und in den Gang. Bewohner des Hauses, besonders Frauen, traten aus ihren Türen, fragten, schnalzten entrüstet mit der Zunge und schüttelten die Köpfe. Der Polizist stapfte mit Dortchen in Reichlings Wohnung. Benedikt folgte ihm zusammengedrückt und etwas vor sich hin murmelnd. Auf dem Gang wurde es still, man horchte. Drinnen ertönte die tiefe, auf scharfe Worte eingestellte Stimme des Polizisten. Dann vernahm man ein lautes Ausklagen, fast einem Schrei gleich. Jemand auf dem Gang fand das lustig und platzte mit einer Lache heraus, und einige stimmten ein.

»Jetzt hat er's! Der Hochmutsnarr!« rief eine Frau.

»Und sie!« stimmte eine zweite bei und hatte alle für sich, weil Benedikt und seine Frau in ihrer Schüchternheit mit niemand im Hause verkehrten, hielt man sie für hochmütig.

Der Polizist trat heraus und schritt gravitätisch durch die Neugierigen, wie einer, der seine Pflicht redlich getan hat.

»Hat's eingeschlagen?« fragte ihn einer lachend und er erwiderte: »Nicht übel.« Er war ganz mit sich zufrieden.

Nun trat die Hausmeisterin, die einen Ausgang gemacht hatte, auf und ließ sich den Fall auseinandersetzen. Zehn Mäuler besorgten das zugleich. Gleich fing sie zu lärmen an: »So geht's mit solch vornehmen Herrschaften! Wissen nicht, wie hoch sie sich die Nase aufpflanzen und wie fest sie den Mund zuklemmen sollen! Und nun stiehlt die Diebsbagage und bringt einem die Polizei auf den Hals und die ganze Bude in einen schlechten Ruf! Ich dulde nur ehrliche Leute im Haus, das aber ist Bruch und muß fort. Den Mietzins sind sie auch seit vier Monaten schuldig. Aber wenn wir auch Verlust haben sollten, hinaus müssen sie, hinaus! Diebsbagage das!« Sie rief so laut, daß es durch alle Türen drang.

Reinhart, der auch herausgetreten war, bat: »Laßt doch diese armen Leute in Ruh.«

»Haben Sie uns was zu sagen, Sie?« rief einer, und ein zweiter: »Ist eben auch so ein Achtelskapitalist!« Man lachte.

»Wißt Ihr denn nicht, was Erbarmen ist?« redete ihnen Reinhart ins Gewissen. »Hat denn noch keiner von euch Erbarmen nötig gehabt?«

Das Wort machte sie wild. »Ihr Erbarmen brauchen wir einmal nicht, sie Rattenfänger!«

»Doch, Erbarmen braucht Ihr, denn Ihr benehmt euch erbärmlich!« übertönte sie Reinhart.

»Was sagst du?« schrie man, »willst du besser sein als wir?« Er hatte nun das ganze Haus gegen sich.

In diesem Augenblicke trat Benedikt Reichling auf den Gang. Ganz klein war er, ganz gebogen und hilflos. »Straft uns nicht noch mehr, gute Leute, meine Frau ...« Er wollte wohl um milde Gesinnung bitten, fand aber die Worte nicht und verkroch sich wieder wie ein verwundetes Tier.

Den Kindern erschien der Auftritt lustig und sie kicherten. Die Alten wurden schweigsam. Da arbeitete sich etwas wie eine Schildkröte an Reinhart heran. Es war Trude, die vom vierten Stock herabgekrochen war. Sie schaute zu Reinhart auf und fragte: »Gelt, es hat eine große Sünde begangen?«

»Wer?« fragte er. Seine Gedanken waren noch bei Benedikt.

»Das Dortchen meine ich, das böse Kind.«

»Freust du dich etwa?« fertigte er sie zornig ab.

Nun stolperte der Totengräber Unold vor. Er war betrunken und tastete mit den Fingern an der Wand, um Halt zu suchen und seine Unsicherheit zu verbergen.

»Willst du zu deinem Freund auf Visite?« polterte er gegen Trude. Man kicherte und stieß sich an. Diese Leute hatten eine eigene Art der Verständigung. Das harmloseste Wort wurde durch eine kaum merkliche Betonung mit irgendeiner Anzüglichkeit besudelt. Der Trunkenbold hatte sich nicht entblödet, sein Kind öffentlich zu beschimpfen.

In Reinhart kochten Zorn und Ekel durcheinander. Er stieß den Säufer von sich, so daß er von den hinter ihm Stehenden gehalten werden mußte. Nun brach der Sturm gegen Reinhart erst recht los, und er hielt es für geboten, sich in sein Zimmer zu retten.

In ihm wühlte Trudes Frage nach. Auf einmal meinte er den Schlüssel zum Gebaren dieser Leute in den Händen zu halten. »Jede Sühne, deren Zeugen sie sind, wird ihnen zur Erleichterung, zur Abwälzung, zur Rechtfertigung. Sie verlangen nach einem Sündenbock, der ihr eigenes Schuldkonto in die Wüste hinaus trägt und ihnen das Gefühl des Besserseins zurückläßt. Sie laden ihm so viel aufs Haupt, als sie können, ohne Mitleid, gedankenlos, in kindlicher Selbstsucht.«

Reinhart nahm an jenem Abend ein paarmal die Türklinke in die Hand, um zu Reichlings hinüber zu gehen. Aber er traute sich das Geschick nicht zu, den rechten Trost zu bringen und unterließ den Besuch, der vielleicht einen furchtbaren Entschluß verhindert hätte.

Am folgenden Tag, gegen Abend, trat Benedikt Reichling bei ihm ein. »Reden wir nicht darüber, Freund«, begann er. »Du hast gestern für mich gesprochen, habe Dank. Aber schau, es mußte alles so kommen. Es ist ganz gut so. Das arme Dortchen wird jetzt nicht mehr sündigen. Gelt, du denkst nicht schlecht von ihm? Alle Schuld trifft mich, ich bin ein unfähiger Mensch. Aber ich will alles gut machen. Man soll staunen. Ich hab' nur noch eine Sorge. Die Hausmeisterin hat uns gekündigt, ich stehe in ihrer Schuld. Sie hat es ja gestern laut genug ausgekräht. Ich möchte sie bezahlen. Ich möchte überhaupt tabula rasa machen. Drum komme ich zu dir. Du bist mein Freund und ein treuer Mensch. Versteh' mich wohl! Ich will nicht borgen, du mußt mir schenken, hörst du?«

»Ich. besitze nicht mehr viel, aber was ich habe, gehört dir. Also, wie viel bedarfst du?«

Benedikt fing an zu rechnen: »Mietzins, vier Monate, 280 Franken, Konsum, viel, 70, macht 360.«

»350«, verbesserte Reinhart.

»Um so besser! 350, Schuhmacher 36, man braucht schrecklich viel Schuhe, macht 380, 386. Metzger 17, macht 403, und Bäcker etwa 10, also rund 410 oder 415.« Sein Blick hing ängstlich fragend an Reinhart.

»Es reicht«, sagte dieser und öffnete eine Schublade.

»Dann hab' ich noch ein Anliegen. Sieh, ich bin heute ganz närrisch, man kann das schon so nennen. Ich möchte mich mit Weinlaub bekränzen. Ich möchte meiner Familie zum Abschluß des alten und zum Beginn des neuen Seins ein kleines Fest geben. Willst du auch da helfen? Wein möchte ich ihnen einmal spendieren, und eine Pastete und etwas Süßes, etwas ganz, ganz Süßes.«

Reinhart stutzte. Er mußte annehmen, das Unglück habe Benedikt überworfen. Aber er gab ihm so viel Geld, daß er seinen Plan ohne Ängstlichkeit ausführen konnte. »Ich komme dann auch einen Augenblick hinüber, darf ich?« Benedikt wehrte hastig ab: »Komm lieber nicht, mein Freund, meine Frau schämt sich so, und erst das arme Kind!« Er schüttelte Reinhart krampfhaft die Hand und verschwand.

Am folgenden Morgen, als es tagte, wurde das Haus aus dem Schlafe geschreckt. Aus Reichlings Wohnung drang Gasgeruch. Ein Schlafgänger, der im Bahnhof Nachtdienst gehabt und in der Frühe heimgekehrt war, hatte die Entdeckung gemacht und den Hausmeister geweckt. Die Türe war verschlossen, man lief nach der Polizei und zu einem Sanitätsposten. Man sprengte die Türe auf: Das Zimmer war mit Leuchtgas gefüllt. Die drei Kinder lagen auf dem Boden auf Kissen, die Eltern in den Kleidern auf dem Bett. Der Kopf der Frau Auguste hing über den Bettrand herab. Benedikt gab noch Lebenszeichen, die andern waren schon kalt.

Wieder strömte das ganze Hundertseelenhaus zusammen. Die Mehrzahl der Neugierigen waren nur halb angekleidet und barfuß. Die Gesichter voller Schreck und blaß. Man drängte sich an die Türe und starrte auf das Leichenlager. Der Totengräber stolperte heran und scherzte mit seiner

Talgstimme: »Da bekomme ich, scheint's, Arbeit.« Alle blieben ernst, der Tod ist auch in der Mietkaserne eine Majestät. Die Hausmeisterin wälzte sich im Morgenrock heran und begann zu klagen: »Nichts als Unmus hat man mit dem Pack! Man denke, wenn man mit Licht ins Zimmer getreten wäre! Die Explosion! Das ganze Haus wäre auf die Gasse geflogen!« Niemand antwortete ihr. Sanitätsleute kamen und trugen Benedikt hinaus. Der Krankenwagen stand schon unten.

»Da zieht er aus und wir haben das Nachsehen mit dem Zins!« klagte die Hausmeisterin.

Reinhart, der im Begriff war, den Freund ins Spital zu begleiten, hatte dieses Wort noch aufgefangen. Er drehte sich um: »Das stimmt nicht, Frau Küderli, Herr Reichling hat Sie gestern abend bezahlt! Ich weiß es bestimmt!«

Sie wurde verlegen. »Dann hat er das Geld meinem Mann gegeben.« Als sie so log, brach ein lautes Murren gegen sie los. War das Haus am Abend gegen Reichling verbunden gewesen, so war es jetzt einig gegen die Hausmeisterin.

»Blutegel!« fauchte sie eine Frau an, und man fühlte, daß sie aller Urteil aussprach.

Sie fuhr zusammen, machte kehrt und rollte wie eine Gummikugel durch den Gang und in ihre Stube. Sie schlug die Türe zu und riegelte sie fest. Die andern gingen nach und nach lautlos davon, der letzte aber schmetterte die Etagentüre so heftig zu, daß es durch das ganze Haus krachte. Der Zorn mußte ihm die Hand geschwungen haben.

Jetzt erst begriff Reinhart das Hundertseelenhaus ganz. Es war ein Trog, in dem alles zu einem einheitlichen Teig geknetet wurde. Die Bewohner bildeten eine Gemeinschaft, eine Gemeinschaft der Armut, der Leidenschaft und des Liebens, des Neides und Hasses, alles durch das Zusammenleben vergrößert, vergrößert, aus den Gefühlen aller Einzelwesen summiert. Die gleichen Gedanken, die gleichen Gewohnheiten. Die gleichen Leiden und Freuden, die gleiche Sprache und Tracht durch alle Stuben und Stockwerke. Und wer sich nicht kneten ließ, war verfemt, war ein Fremdkörper in dem Teig und auszustoßen. Wie diese Menschen die Not des Magens teilten, so die Not der Seele. Selbst ihre Güte war hart, wie die Schwielen ihrer Hände, und ihre Teilnahme blieb auf die Mitleidenden beschränkt.

Reinhart trat in das nun ganz verlassene Totenzimmer. Er schluchzte auf bei dem Anblick der kleinen, tapferen Frau, die nun doch den Kampf aufgegeben hatte. Denn hinter ihrer feinen, stolzen Stirne mußte der entsetzliche Entschluß gereift sein. Reinhart berührte beim Abschied den blassen Scheitel Dortchens und des kleinen Kreuzträgers, dem die Last abgenommen worden war, bevor er sie recht erfahren hatte, und beschloß, das verfluchte Haus zu verlassen. Aber er verwarf den Vorsatz in der gleichen Stunde wieder, warum sollte er es besser haben als die andern? Nicht sich freimachen, sondern die andern! Nicht sich zum Richter über sie auswerfen, sondern ihre Ketten mittragen und ihren Kerker teilen. Er wußte, daß die Natur keine Uniformschneiderin ist, aber soweit sie es zuließ, sollten alle Menschen das gleiche Anrecht auf das Leben und seine Güter haben.

An jenem Tage hängte er in seinem Zimmer ein Kruzifix auf und schrieb darunter die Worte: »Komm, sieh, vollende.«

12. Der Bauernklub

Frau Reichling und ihre Kinder wurden am Sonntag in die ewig gütige Erde versenkt. Es gaben ihnen nur wenige Leute das Geleite. Reinhart, Joseph Schmärzi und einige der Jünglinge, die an Reinharts Schmerz teilhaben wollten: Alfred Meili, Heinrich Ackermann, Robert Illi, Hans Gutknecht; vom Narrenklub Friedrich und Kämpe. Ein junger Pfarrhelfer, Wilhelm Leuenberger, ein gütiger, warmherziger Mensch, hielt die Abdankung. Reinhart hatte ihm tagszuvor die Tragödie der Reichling erzählt, und er fand bei den Särgen einfache, das Herz ergreifende Worte: von dem Reich des Friedens und der Liebe, zu dem die Menschheit trotz all ihrer Torheit langsam hingeführt werde, und von der Kraft der Hoffnung, die für den weiten dunkeln Weg nötig sei. Nach der Feier schlug Reinhart seinen Freunden eine Wanderung vor. Es hetzte ihn fort von dem Grab, fort von der Stadt und ihren Hundertseelenhäusern. Man schritt aus dem Friedhof hinaus ins Land, durch den Wald, über Bäche und Höhen und Wiesenbreiten. Auch der Pfarrhelfer hatte sich angeschlossen. Es war ein warmer Julitag, Sommersonnenwolken schauten versonnen auf das Land, Schwalben strebten wie erlöste Seelen zu ihnen empor, fern lagen die Schneeberge in bläulichem Traum, die Bäume und Wälder hielten ihre stille Sonntagsfeier, ein leiser Windhauch wiegte das Korn in den Tod.

Gegen Abend befanden sich die Wanderer wieder auf der Höhe über der Stadt. Sie setzten sich auf den Rasen, um den Sonnenuntergang abzuwarten. Reinhart war in gehobener Stimmung und ließ seine Flügel schwingen, wie er es früher oft getan, wenn er der Wirklichkeit entschlüpfen wollte. »Wenig mehr als vier Stunden waren wir unterwegs«, so begann er, »und wie viel Tiefes, Schönes und Stärkendes haben wir gekostet! Wie mannigfaltig und reich ist dieses unser Land, kein Fleck ohne Schönheit und Süße, kein Winkel ohne Güte. Muß es sich nicht glücklich leben auf diesem Erdreich? Nein, hier die Stadt und dort das Land, und zwischen beiden und überall Haß! Auf allen Wegen kriechen die Raupen der Unzufriedenheit und Verdrossenheit. Ihr wißt, wo das Nest dieser Raupen ist. Zu unseren Füßen, in diesem Häusergewirr. Fühlt ihr nicht, wie frei sich draußen die Brust hebt? Ist der Mensch nicht für Himmel und Sonne, für Waldesrauschen und Wiesengrün geschaffen? Er war es, aber er sollte es nicht bleiben! Der Teufel ließ in findigen Köpfen Maschinen entstehen, um die Menschen zu betören und zu entzweien. Die Kämpfe, die die Menschheit jetzt zerreißen, sind Kämpfe um die Herrschaft über die Maschinen! Schaut nur näher hin! Diese Maschinen zogen einander an, wie magnetische Späne und zwangen die törichten Menschlein unter ihr Joch, und zwangen sie, selber Hebel und Rädchen, Walzen und Federn und Kolben zu werden. So entstand das seelenfressende Ungeheuer zu unseren Füßen. Es hätte nicht so fett werden können, wenn sich nicht immer Menschenmark willig von ihm hätte fressen lassen. Die vielen Maschinen könnten nicht im Schwung bleiben, wenn wir uns nicht hätten einreden lassen, wir könnten ohne diese Seelenfresser und das, was sie ausspeien, nicht leben. Schauen wir uns an! Wir hängen nutzloses, läppisches Zeug an uns, wir füllen unsere Stuben und Kammern, unsere Kommoden und Truhen und Schränke mit nichtigem Kram, wir haben ihn uns aufschwatzen lassen, wir halten ihn für nötig, weil auch der Nachbar ihn besitzt, und haben dafür Luft und Licht und Gesundheit und das Herz bezahlt. Ist das nicht Schwachsinn? Ist es mir unter einem seinen Filz wohler als unter einer leichten Mütze? Ist es nicht Einbildung, daß der Wein aus einem geschliffenen Glase erquickender sei, als aus einem ungeschliffenen oder einer Holzschale? Wird es mir wohler und bin ich besser, sobald ich Lackschuhe, Glacéhandschuhe, eine funkelnde Krawattennadel oder einen von Feuer schweren Diamantring trage? Es schaue einmal jeder nach, wie viel entbehrlicher Trödel um ihn liegt und steht! Wie viele entbehrliche und schädliche Gaumenkitzel er sich angewöhnt hat! All das bedeutet Wucher mit Menschenkraft, Gesundheit und Glück! Ja, noch mehr! Jedes Stück Luxus wird mit einem Korn Seele hergestellt! Wir müssen der Maschine ihr Feld verengern, sie vom Throne stoßen, von dem herab sie alle, ob sie Arbeit nehmen oder geben, knechtet. Wir müssen die Großstadt, das Arbeiterquartier und die Mietkaserne auseinanderreißen, mir müssen die Menschen wieder Luft- und Lichtgeschöpfe werden lassen, wir müssen das reichlich schaffen, was der Mensch braucht, aber wir müssen lassen, was er entbehren kann. So erobern wir Stück um Stück die Seele zurück. Es scheint schwer, aber es ist einfach, wir müssen nur der Erde wieder vertrauen, sie ist gütig und nährt den, der ihr die Ehre antut. Je mehr man sie pflegt, desto gesegneter wird sie. Und wir müssen im Genießen umlernen! Genußmittel sei uns das Buch, ein Zeichenstift und ein Blatt Papier, ein Lied, eine Sonate, ein Stück Wanderschaft, wie das heutige, ein Blick in die Sterne, ein Blick durch ein Vergrößerungsglas, ein Blick auf die Bühne! Es wird jeder etwas finden!«

Die andern schwiegen. Es schien ihnen alles zu blau und luftig und weltfremd. Der Helfer Leuenberger sprach nach geraumer Weile: »Das müssen wir vor allem den Reichen predigen. Man möchte versinken vor der eigenen Ohnmacht.«

»Man muß es predigen, wo man kann! Alles muß irgendwo beginnen«, erwiderte Reinhart. Er streifte den Ring, den er einst von der Mutter empfangen hatte, vom Finger, den Ring des Großvaters, und schleuderte ihn in Schmerz und Freude weit ins Land. »Das soll euch sagen«, rief er, »daß wir wieder anfangen müssen, nach dem Wert der Dinge, statt, wie wir immer tun, nach ihrem Preis zu fragen.«

Die andern erschraken über diese Entschlossenheit, aber sie fühlten sich durch seinen Ernst noch fester mit ihm verbunden, und als er vorschlug, diese erlösenden Wanderungen zu wiederholen, stimmten alle freudig zu.

Auf dem Heimweg erlebte Reinhart noch eine Freude. Heinrich Ackermann trat an seine Seite und sagte ihm: »Ich bin entschlossen! Ich gehe morgen zu meinem Großvater nach Schachrüti und stelle mich wieder in den Dienst der Erde. Ackermann heiß ich, von Acker und Pflug und Egge und Sense bin ich weggelaufen und ich kehre zu ihnen zurück. Die Drehbank mag mir nachsehen.« Dieses Geständnis klang Reinhart so rührend in die Ohren, wie die Kunde von einem großen Sieg.

Zu Hause angelangt, machte er sich ans Werk, alles Entbehrliche aus seiner Umgebung fortzustoßen. Er schonte nur seine Kunstblätter, die ihm eine unentbehrliche Nahrung waren, und den Ring, den ihm einst Imma auf den Weg gegeben hatte und den er nicht als rechtmäßigen Besitz zu betrachten wagte. Die Bekannten, die den Wandel an ihm sahen, begannen ernstlich an seinem Verstand zu zweifeln.

Einst, im August, führte Reinhart seine Freunde hinüber nach dem Golsterhof. Er fand die Verwandten auf der Wiese. Das Wetter schien schwankend, und sie retteten, obschon es Sonntag war, das liegende Emd in die Scheune. Reinhart erregte kein geringes Erstaunen, als er mit seiner kleinen Städterschar auftauchte. Aber er zauberte rasch eine fröhliche Stimmung herbei, indem er zu einer Heugabel griff und seinen Gefährten so das Zeichen zum Mittun gab. Der Golsterhof machte auf Reinhart, wie er sich umsah, einen seltsamen Eindruck. Er glich einem Kranken, der das Fieber überstanden hat, sich langsam der Gesundung zuringt und die neue werdende Kraft wohltätig fühlt, ehe sie ganz da ist. Aus Adelheid und Hans Jörg sprach die Entschlossenheit, das Gut zu retten, Melchior und Bethli waren glücklich, dabei helfen zu können und wieder »daheim« zu sein, Estherlein war, wie immer, die weiche Seele des Hofes, neben Adelheid der harten. Ihr Herz glühte vor Freude, daß Reinhart, den sie halb für verloren gehalten hatte, den Weg zum Hof wieder gefunden hatte. Aber sie barg einen neuen Kummer und flüsterte ihn Reinhart zu: »Walter schwimmt auf dem Meer, er fährt nach Indien. Mir ist, wir haben ihn irgendwie ganz verloren.« Sie hing an ihm wie an allen.

»Er holt seine erste Million«, suchte sie Reinhart scherzend zu beruhigen.

Sie antwortete kaum hörbar: »Wir kennen diese Jagd.« Und noch leiser: »Ich habe vor vierzehn Tagen den Vater in der Anstalt besucht. Er ist nur noch ein morscher Lumpen. Ach Gott!«

Aus dem Waldesschatten trat Küngold und lächelte Reinhart zu, als sie ihn erkannte. Er eilte ihr in seiner Freude entgegen, nahm sie auf die Arme und bettete sie übermütig in einen hohen Emdhaufen, aus dem sie sich lachend herauswand. Dieses Lachen, ihr erstes seit langen Monaten, schien dem ganzen Hofe wohl zu bekommen. Alle staunten nach ihr. Am glücklichsten schien Onkel Melchior. Er rief Hans Jörg zu und deutete auf einen nahen Baum: »Dieses Lachen ist wohl einen Korb Frühbirnen wert!« Hans Jörg verstand und nickte. Melchior trat an den

Baum hin und kletterte am Stamm empor, merkwürdig flink für sein Alter. Er stieg so hoch, bis er den Kopf oben aus dem Wipfel streckte, und nun schwang er den Hut und versuchte zu jauchzen. Der Jauchzer geriet ihm nicht zum besten und er lachte selber zuerst darüber. Dann verschwand er im Laub. Die Baumkrone fing an zu zittern und zu rauschen, und die Birnen flogen den Städtern lustig in die Hände und fast in die Zähne. Küngold sah still heiter zu, wußte sie doch, daß sie diesmal die Freudenspenderin war.

Die Jünglinge brachen auf. Melcher und Estherlein gaben Reinhart eine Strecke das Geleite, wie es im Golster alter Brauch war.

»Weißt du das Neueste?« lüftete Melchior seinen Gedankenschrank. »Dein Vater heiratet wieder. Eine ältere Fabrikantentochter aus dem Oberland, vor vierzehn Tagen war er mit ihr hier. Sagt ich's nicht, er wird wieder hochfliegen? Ja, der Ferdi!«

Er wollte es frohgemut sagen, aber es tröpfelte Wermut in die Worte. Reinhart schwieg und begann für sich zu rechnen, wie lange war es denn, seit die Mutter in den See gestiegen war? Noch kein Jahr. Ein Wort Mauderlis zuckte ihm schmerzhaft durch den Sinn: »Wem Gott nichts Besseres gunnt, dem gunnt er Geld.«

Man schied auseinander. Estherlein fragte wie verstohlen: »Vermagst du keine schöneren Kleider mehr, du Armer?«

»Sie gefallen mir«, antwortete er und schüttelte ihr fest die kleine zitternde Hand.

Diese Ausflüge schlossen die jungen Freunde immer fester zusammen. Sie wurden Sonnen-, Licht- und Landschaftsschwärmer, und alle folgten Reinharts Beispiel der Einfachheit. Im Quartier nannte man sie »Bauernklub«, und meinte sie zu verspotten. Reinhart sah in den Jünglingen bildsame Menschen und wollte sie so lange als möglich von dem Vereinsgetriebe fernhalten, dessen dürre Gedankenwelt ihn schon lange bedrückte. Er hatte einst geglaubt, bei den Arbeitern einen hohen Stern, eine Art Religion zu finden. Aber wo Arbeiter zusammensaßen, dröhnten ihm immer die nämlichen harten Hammerschläge entgegen: Organisation, Klassenkampf, Lohntarif, Streik, Solidarität, Arbeitszeit, Bourgeois, Kapitalismus und, wo Schucharinows Einfluß hinreichte, Revolution. Immer der Magen als Fahnenbild über allem, der Geist fast etwas Feindliches, jedenfalls Verdächtiges.

Reinhart machte aus seinen Anschauungen und Absichten kein Geheimnis, sondern focht dafür und wurde den Führern, denen es daran lag, die Jugend so bald als möglich fest an ihre Deichsel zu spannen, immer unbequemer, ja verhaßt. Am leidenschaftlichsten verfolgte ihn David Holzer. Es war, wie wenn er die Liebe, die er als Knabe Reinhart entgegengebracht hatte, als Mann durch Haß wettmachen wollte. Wenn er dem ehemaligen Kameraden die Worte entgegenstieß: »Alle Räder stehen still, wenn mein starker Arm es will«, durchbebte ein maßloser Vernichtungswille seine gedrungene Gestalt.

13. Das Krankenhaus

Wieder wehte Weihnachtsluft über die Erde. Auf ein paar Plätzen der Stadt wurden Tännchen feilgeboten, weil doch der Schacher zu allem Menschenwerk gehört. Die Kaufläden warfen ihr Leuchten breit auf die Gassen. Frauen und Männer schritten geschäftig dahin oder standen beratend vor den Schaufenstern, aus denen Eisblumen wie zarte Stickereien wuchsen und im Lampenlicht in wundersamem Seidenglanz leuchteten. Auch Reinhart stand vor einem der Laden. Nicht, daß er wieder den Sankt Klaus hätte spielen mögen, das Hundertseelenhaus hatte für den Rattenfänger keinen Herzenseingang mehr. Die Erwachsenen betrachteten ihn als einen Eindringling und Spion mit unklaren Absichten, die Kinder grollten ihm, weil er nicht mehr mit verschwenderischen Händen zu ihnen kam. Denn Reinhart hatte bemerkt, daß sie bettelhaft wurden, wie ihm Reichling vorausgesagt hatte. Er wollte diesmal nur drei Menschen beschenken: seinen treuen Joseph, Benedikt Reichling und Trude, das Kind des Totengräbers.

Benedikt war immer noch im Spital, erholte sich langsam von der Gasvergiftung und sollte, sobald sein Zustand es erlauben würde, vor ein Gericht geführt werden. Joseph hatte den Sommer über beim Stadtgärtner als Gehilfe gearbeitet, war aber, nachdem das Laub von den Bäumen gerauscht war, verdienstlos geworden und kümmerte sich darob. Trude machte eine Krise durch. Sie war Weib geworden und hatte eine unbezwingliche Sehnsucht nach Zärtlichkeit und Liebe, die sie bei ihren Leuten aber nicht fand und deshalb fast verschmachtete. Sie hängte nun ihr Herz ganz an Reinhart, war aber viel zurückhaltender als früher, fast scheu, klopfte ihm nie mehr und brach, wenn er zu ihr kam, oft in ein herzzerreißendes Schluchzen aus, um gleich darauf wie in Glückseligkeit zu lachen. Das laute Beten hatte sie sich ganz abgewöhnt, sie war innerlicher und ehrfürchtiger geworden, von den großen Geheimnissen erfüllt. Reinhart ging nun häufiger zu ihr. Gab es eine Seele, die seiner mehr bedurfte, als sie? Darüber tuschelten die Weiber des Hauses zwischen Tag und Nacht auf den Treppenabsätzen und in den Gängen. Das war der Dienst, den der Totengräber seinem Kinde an jenem Morgen erwiesen hatte. Reinhart kränkte diese Verdächtigung anfänglich, aber er blies sie von sich. Sollte er das Kind in seiner Not verlassen, weil ein paar Klatschweiber an etwas Reines zwischen Mensch und Mensch nicht mehr zu glauben und ihren Geifer nicht zu halten vermochten?

Während er unschlüssig vor einem Schaufenster stand, streifte ihn jemand wie mit einer Feder, und eine Stimme flüsterte: »Will der Herr mich nicht begleiten?« Reinhart sah auf. Eine Frauensperson war an ihm vorbeigestrichen und ging langsam vor ihm her, als wäre weiter nichts geschehen. Reinhart schritt davon, ohne sich weiter um das Weib zu kümmern. Kaum stand er wieder vor einem Fenster, als er aufs Neue berührt und ihm die nämliche Frage zugeraunt wurde. Er knurrte die Dirne an. Sie ging ein paar Schritte weiter und sagte im Gehen vernehmlich: »So geben Sie mir sonst etwas, Herr Stapfer, ich habe ein Kind.« Sie wandte sich schief zurück, um die Wirkung ihrer Worte zu sehen. »Sie kennen mich?« fragte Reinhart und sah in ein kleines, verkümmertes Gesicht, Wo hatte er es schon gesehen? Auf einmal schoß es in ihm auf: »Emma.«

»Welch ein Gewerbe!« fuhr er sie an. Sie sprach, ohne sich zu wenden: »Kommen Sie, hier ist es zu hell. Ich will Ihnen alles sagen.« Sie bog in eine Nebengasse ein.

»Sind Sie nicht mehr bei David, beim Holzer?«

»Nein, das ist es ja. Oh, ich schäme mich so, Herr! Ich war ihm verleidet. Er hat eine andere. So ein Luder! Er hat mir versprochen, mir für das Kind etwas zu geben, aber seit drei Monaten kriege ich nicht nagelsgroß und muß es nun machen wie – andere.«

Reinhart wußte, daß seine drei Weihnachtskinder verzichten mußten und gab der Elenden alles, was er auf sich trug. Dann eilte er zu David.

Zu seiner Verwunderung fand er Immergrün bei ihm. Reinhart merkte, daß sein Erscheinen beiden peinlich war, aber er wollte nicht unverrichteter Sache abziehen. Nach dem kurzen Gruß wandte er sich an Immergrün: »Ich habe dich hier nicht vermutet. Wie geht's immer?«

Immergrün stellte sich erstaunt und blickte Reinhart wie einen Fremden an. David griff ein: »Es ist Herr Reinhart Stapfer, Sie wissen, von der Tuchfabrik.«

Immergrün benahm sich, als gälte es, alte Erinnerungen aufzustöbern und sagte: »Richtig, ich glaube fast ...«

»Treib keinen Unsinn, Immergrün!« platzte Reinhart heraus.

»Ich kenne nur, wen ich will! Daran muß man sich nachgerade gewöhnen!« wies ihn Wäspi gravitätisch zurecht. »Ich gehe, Herr Holzer, auf Wiedersehn.« Damit entfernte er sich. David begleitete ihn vor die Türe, wo die beiden noch eine Weile plauderten. In einer Ecke des Zimmers saß eine junge Frau, keine zwanzig Jahre alt, zierlich, etwas bleich, aber mit gescheitem, schmalem Gesicht.

»Er kommt gleich wieder«, sagte sie mit einer zirpenden Stimme und legte ihre Näharbeit weg, bereit, sich in einen Schwatz einzulassen.

»Wo ist das Geschöpflein, das Liselein?« fragte Reinhart, der sich an den letzten Besuch bei David erinnerte. Sie verzog den Mund: »Gut aufgehoben, im Armenhaus und bald im Friedhof. Sie hat nämlich die Auszehrung.« Die Türklinke knarrte, sie brach ab.

David setzte sich Reinhart gegenüber und faßte ihn herausfordernd ins Auge. »Was führt Sie her?«

Reinhart konnte in Gegenwart der Frau nicht gerade auf sein Ziel losjagen und ergriff den ersten besten Faden: »Wie kommen Sie mit diesem Dr. Wäspi zusammen?«

»Einfach! Sie haben ihn am ›Schweizerspiegel‹ herausgeschmissen. Unterschlagungen munkelt man. Er wischte knapp um die Zuchthausecke. Jetzt kommt er zu uns. Vorher machte er es rechtsherum, jetzt linksherum. Alles, was dem Teufel vom Karren fällt, kommt zu uns.« Er schaute Reinhart spöttisch und herausfordernd an.

»Sie scheinen ganz in Schucharinows Lager abgerückt zu sein?« fragte Reinhart.

»Mit Sack und Pack, wenn's auch allen schwarzen Hunden in den Schwänzen juckt. Es muß nun einmal scharf geladen werden, wir haben uns lang genug mit Versprechungen und Hoffnungen den Magen verwässern lassen! Es ist ja ganz schön, wenn's unsere Kinder einmal besser haben als wir, aber wir wollen auch nicht krepieren, wir, die jetzt Schaffenden.«

»Das also ist Ihr Ideal?« sagte Reinhart.

»Was, Ideal? An den Lohn- und Zahltag im Jenseits glaube ich nicht und an eine freiwillige Gerechtigkeit unter uns Lebenden noch weniger. Aber ich glaube an die Faust und will etwas vom Leben haben, vor allem will ich einmal meinem Haß den Hahn öffnen. Ideal? Blödsinn! Wie viel Groll habe ich an der Maschine in mich hineingefressen, bei euch! Jetzt muß alles wieder heraus. Und weh denen, die's trifft!«

Sein Gesicht war verzerrt, sein Auge sprühte wie eine Stichflamme gegen Reinhart.

»Was hab' ich Ihnen getan, David?« fragte Reinhart aus der Erinnerung an die alte Kameradschaft heraus.

»Sie gehören nicht zu uns. Das haben Sie mir getan! Überhaupt, ihr Intellektuellen! Jeder von euch ist ein verkappter Aristokrat. Man sollte euch alle zum Teufel peitschen. Ihr könnt nur bremsen, hemmen, lähmen!«

»Wollt ihr es denn ohne Ideen schaffen?«

»Wir haben mehr Ideen in unseren Fäusten, als ihr Gedänklein innerhalb euerer Hirnschalen. Und überhaupt! Ihr riecht immer nach der bürgerlichen Küche.«

»Ihr Lebensziel ist ja genau das bürgerliche! Sie wollen genießen, Sie wollen die Macht!«

»Ja, zugegeben. Einmal muß der Baum purzeln! Die Krone in den Schmutz und die Wurzel in die Luft.«

»Und was ist damit für die Menschheit gewonnen? Das gleiche elende Schauspiel, nur mit anderer Besetzung.«

»Genau so soll es sein! Mit vertauschten Rollen! Sie müssen mir dann die Schuhe schmieren, Herr Prinzipal.«

Reinhart beschloß, seinem Besuch ein Ende zu machen. »Ich bin wegen etwas anderem zu Ihnen gekommen. Wir sollten dazu allein sein.«

»Rosa darf alles hören.«

»Ich habe Gründe, meine Sache nur vor Ihnen vorzubringen.«

David befahl Rosa, einen Augenblick hinauszugehen, und forschte Reinhart in die Augen.

»Ich habe vor einer Stunde eine Frau angetroffen, im Elend, im Schmutz. Sie hat ein Kind und vermag es nicht zu erhalten, der Vater weigert sich etwas zu tun.«

David schoß auf: »Wer erlaubt dir, dich in diese Sache zu drängen? Sie geht allein mich an.«

»Nein, sie geht auch jenes Geschöpf und ihr Kind an und jeden Menschen, der ein Herz im Leibe hat.«

»Du bist immer noch der alte Idiot! Soll ich mir von dir etwas vorschreiben lassen? ›Ich bin zu allem berechtigt, wozu ich mächtig bin!‹« zitierte er. Er stampfte im Zimmer auf und ab und setzte sich dann wieder hart vor Reinhart hin, »Sie hat sich mir aufgedrängt, sie bat sich mir ins Bett gelegt, buchstäblich! Nun soll sie die Suppe auslöffeln! Soll ich mir mein ganzes Leben von dem Mensch versauen lassen? Nein, ich habe nur *ein* Leben, und ich will es verwalten, wie es mir paßt!«

»Sie waren der Ältere, der Überlegene. Und das Kind, geht sie das auch nichts an?«

»Nun ist's genug«, schrie David aufspringend. »Geh sofort hinaus oder ich mache dich kalt auf diesem Fleck.« Er ballte die Faust, er stampfte. Reinhart glaubte, er stürze sich im nächsten Augenblick über ihn her. Aber, er gab den Kampf noch nicht auf: »Haben sie Erbarmen mit den zwei Menschen. Das Kind wird elend verkommen und die Mutter ist es schon, sie hat sich, um den Kleinen zu erhalten, zur Dirne gemacht.«

»Das war sie immer, wünsche dir Vergnügen dazu!«

»Du bist ein Schuft!« schrie Reinhart.

David schnellte nach dem Tisch, riß eine Schublade auf und griff zu einem Messer. »Ich mache dich kalt, du Fluch!«

Reinhart erwartete ihn ruhig. David stutzte. Aus dem Nebenzimmer stürzte Rosa, die gehorcht haben mochte, und fiel ihm in den Arm. Reinhart ging. »Wir treffen uns wieder. So ein Fluch!« brüllte ihm David nach. Seine Stimme rollte ganz so, wie die des alten Holzer. Auch er polterte nun die angeborne Güte zu Boden.

»Verloren«, sagte sich Reinhart, als er die Treppe hinunterstieg. »Ich habe es ungeschickt angefangen, was nun?« Er überlegte, ob er selber das Kind erhalten könnte, aber er stand nicht gut. Sein Sparheft war längst aufgebraucht, die Stunden bei Bornhauser hatte er verloren, die vornehmen Leute wollten keinen Bauern als Hauslehrer. Über den Winter mußte er auch Joseph Schmärzi unterhalten. Mit neuen Stunden hatte er wenig Glück. Alle Leute schauten nach dem Rock. Ein Gedanke kam ihm: ›Wilhelm Leuenberger, der Pfarrhelfer mit dem Wachsherzen‹. Er schlug den Weg zu ihm ein und fand ihn noch wach über einer Predigt, obgleich es schon spät war. Der junge Pfarrer versprach Hilfe. Reinhart erzählte von David, seiner Wildheit und furchtbaren Wandlung, und bald rannten die zwei mit den Köpfen gegen die uralten brennenden

Fragen; Reinhart sprach von Güte und der Herrschaft der Menschlichkeit, Leuenberger vom Reich Gottes, vielleicht meinten sie das nämliche! Selbst Gleichgesinnte verstehen sich schwer, wenn sie aus verschiedener Richtung kommen. Reinhart fand in dieser Nacht den Weg zum Hundertseelenhaus nicht. Er stand unversehens vor dem großen Krankenhaus. Düster erhob es sich in den mondlosen Sternenhimmel. Nur ein paar Scheiben leuchteten opalfarben, wohl dort, wo jemand sich in der letzten Lebensnot wand und dem großen Geheimnis entgegenlitt. Was mochte der arme Benedikt sinnen, denn schlafen wird er in dieser Christnacht nicht. Denkt er an das Grab dort unten in der Nähe des Hauses zur Hoffnung? Denkt er an sein Gericht? Zerfleischt ihn die Reue? Reinhart hatte ihn schon oft besucht, aber die Hauptfrage immer übersprungen.

Aus einem Saal tönte durch die Scheiben ein furchtbares Stöhnen, zu dem sich ein zweites und drittes gesellte wie ein mehrfaches Echo. Nun schien sich das ganze lange Haus wie in Fieberqual, Schmerz und Not zu winden. Es wuchs in die Höhe und Weite, es überspannte die Stadt und das ganze Land. Eine Einsicht leuchtete in Reinhart auf. »Die ganze Erde ist ein Spital, alle Menschen sind krank, sie leiden an dem selben Siechtum, alle, alle. Sie stellen ihr Leben auf sechzig, siebzig Jahre, statt auf die Ewigkeit. Das ist ihnen zu schwer. Sie ringen nach der großen Überwindung, aber sie vollbringen sie nicht. Der Mensch ist ein Zwitterding von Tier und Gott, von Magen und Seele, das ist seine Krankheit. Die Seele kann ohne das Tier nicht leben, darauf gründet das Tier seine Herrschaft. Es quält die Seele, es taucht sie in Schmutz und Staub, bis sie mürbe wird und schreit: ›Laß mich in Ruh, ich will ja auch Magen und Darm heißen!‹ Welcher Arzt hilft dir, David? Wer mir und allen?«

»Es gab einen, der es versuchte. Er hat alles gesagt und getan, was helfen könnte. Aber auch dieser Stärkste hat es nicht zu Ende gebracht, wir stehen noch immer auf dem nämlichen öden Fleck Erde. Es genügt nicht, daß sich ein Unschuldiger für alle Schuldigen opfere, das ist barbarisch gedacht! Es muß sich ein jeder selber zum Opfer bringen. So und nicht anders geht es.«

Reinhart irrte weiter durch die schlafende, dumpfe Stadt, unter dem silbernen Splitterlicht des kalten Dezembersternenhimmels, immer von der Erkenntnis durchwühlt: wir alle sind krank, wir leiden am gleichen Übel, und jeder sagt zum andern: »Du bist mir zu glücklich!« Er fühlte sein Leiden körperlich, der Kopf schmerzte ihn und das Herz. Immer wieder kehrte sein Sinnen zu dem zurück, der die Befreiung versucht hatte.

»In Christus hat sich die arme Menschheit selber ans Kreuz geschlagen. Sie hing immer daran, aber damals kam es ihr zum Bewußtsein: *Ecce homo!* Und dann hat sie ihr Bild vergöttlicht, um den Trost zu finden: Seht, selbst ein Gott leidet! Was wollt ihr euch noch beklagen!« Er lachte hell auf. Ist denn alles Hoffnungslosigkeit und Unsinn? Die Schläfen pochten ihm. Er griff mit den Händen danach, um sie in den Fugen zu halten. Er fürchtete, seine Stirne platze, plötzlich kam ihm der Gedanke: »Bin ich wirklich verrückt, wie sie tuscheln? Was heißt verrückt sein? Nicht sehen wie die Menge! Aber wenn die Menge im Wahn ist? Wenn gerade die Menge wahnsinnig ist? Ist die ganze Stadt krank an einer Seuche, sagt da der Arzt: ›Die Krankheit ist die Regel, also muß wohl auch ich krank sein?‹ Nein, er geht zu den Leidenden und sieht, wie er ihnen helfe.«

Aus diesem Bild schöpfte Reinhart wieder Vertrauen und Kraft. Wer das Übel einsah, hatte die Pflicht, es zu bekämpfen, ohne die Überlegung: »Kann ich helfen oder nicht?« Wer eine Fackel oder auch nur einen kleinen Glühspan trägt, muß die Flamme auf der langen Leiter weitergeben, immer einer dem andern, immer höher, dem Himmel zu.

Von dieser Nacht an nahm Reinharts Wesen etwas Unstetes an. Er streifte in den Straßen und Anlagen der Stadt umher oder hinaus ins Land, immer in sich gekehrt, ohne Auge für die Welt, immer den Gedanken wälzend: »Wie kann ich es ihnen sagen, wie sie vom Selbstverständlichen überzeugen?« Kam er heim, so trat er zu Joseph Schmärzi, flammte ihm sein Bild von der neuen Menschheit vor die Augen. Oder er ging zu Wilhelm Leuenberger oder einem der andern Freunde und eiferte mit ihnen, oft, bis der Morgen sein Haupt durch die Scheiben streckte.

Das neue Jahr prüfte ihn mit einer neuen Erschütterung. Ende Januar wurde Benedikt Reichling vor das Schwurgericht geführt. Reinhart war unter den Zeugen. Der Angeklagte war ein ganz zerbrochener Mann. Er machte keinen Versuch, sich zu retten, sondern war selber sein hartnäckigster Ankläger. Die Geschworenen hätten ihn gerne freigesprochen, aber ihr Obmann war ein Buchstabenjurist und erzwang ihr »Schuldig«. Benedikt trat bei dem Spruch ein paar Schritte vor und stammelte: »Sie sind zu mild, meine Herren Richter, ich habe den Tod verdient. Was fang' ich mit meinem gestorbenen Leben noch an?«

14. In der Wüste

Die Angriffe gegen Reinhart wurden immer heftiger. David und Schucharinow machten ihn überall lächerlich oder verächtlich, die Partei schüttelte ihn als einen unzuverlässigen Wirrkopf sachte ab. Er verlangte, sich in einer Versammlung zu verteidigen, und man ging zu seiner Verwunderung willfährig auf seinen Wunsch ein. Man machte sogar Propaganda für seinen Vortrag, so daß er in einem fast gefüllten Saal sprechen konnte. Indem er die Versammlung überblickte, entdeckte er in ihren vordersten Reihen Faustulus, David und Schucharinow und hinter ihnen, wie hinter einem Schutzmäuerchen, Immergrün. Das sah wie eine Verschwörung aus. Gerade unter sich fühlte er ein Auge, das das seine herabzuzwingen suchte. Er mußte hinsehen und begegnete den brennenden Blicken des Dieners Klas. Stockend aber klar begann Reinhart zu reden: »Von weit her kam ich zu euch, mir ist, es geschah im Traum. Ich bin unter Menschen aufgewachsen, die ihr für glücklich haltet und beneidet. Was fand ich bei ihnen? Selbstsucht, Genußsucht, Herrschsucht, Ungerechtigkeit, Sinnlosigkeit des Lebens, Gewissenlosigkeit, denn sie fühlten ein Behagen, wenn ihr Geld wucherte. Ich wanderte aus, um nicht zu ersticken, ich wollte mich retten. Ich suchte erst mein Heil in mir selber und stieß auf die Wahrheit, daß der Mensch sich zum Menschen pflanzen muß wie der Weizenhalm zum Weizenhalm, wenn er nicht verdorren will und ein Fruchtfeld entstehen soll. Ich fand mich zu euch. Ich kam in einer himmelhohen Hoffnung. Ich erwartete nicht, ein Heer von Engeln zu finden, nein, nur etwas Halbhimmlisches: eine Welt von Menschen. Ich wußte nicht, wie unbescheiden ich auch so war. Wo ich herkam, hatte man sich die Religion und die Kirche untertänig gemacht und selbst mit dem Herrgott ein Schutzbündnis geschlossen. Ich hoffte, bei euch einen besseren Glauben zu finden, einen Glauben, dem man ehrfürchtig dient, vor dem man kniet, den Glauben an die Erhöhung und Erlösung des Menschen. Und was fand ich? Antwortet selber! Ich floh die harten Herzen, fand ich die weichen? Ich floh die Genußsüchtigen, fand ich Anspruchslose? Ich floh die ums goldene Kalb ringelreihen, fand ich Goldverächter? Ich floh die Herrschsüchtigen, fand ich Dienstwillige? Ich floh die Frevler am Seelengut, fand ich Fackelträger des Geistes? Ich floh die Lieblosen, fand ich keinen Haß? Ich floh die Ungerechten, fand ich wahre Brüderlichkeit? Oh, ich sage euch, mir sind alle, allesamt armselig, wir sind alle im nämlichen Spital krank.«

Der Saal wurde schon nach dieser Einleitung unruhig. Man hörte das Wort Kapuzinade und darauf ein Lachen.

»Ich bin«, fuhr Reinhart fort, »als ich beinahe noch ein Knabe war, aus der Kirche gelaufen. Ich hatte eine fromme Mutter, sie erzog mich zu einem weiten milden Glauben. Aber was geschah? Den gesetzlichen Hütern des Glaubens war das zu wenig. Sie sagten mir: ›Knabe, du mußt ganz so glauben, wie wir es wollen.‹ Ich aber hatte meine kleinen eigenen Einfälle und wagte sie auszusprechen. Da zerbrach mir einmal ein pfarrherrliches Lineal auf dem Rücken. Eigene Einfälle durften nicht geduldet werden und waren mit Gewalt auszutreiben. Man legte mir Sätze vor: Ich behielt sie, aber bald fing mein junger Verstand an, sich daran zu stoßen, daran zu rütteln und zu reißen, bis er blutwund war. Man stellte mir ewige Verdammnis in Aussicht. Da entfloh ich, mir schien, der Finsternis. Ich liebte die Freiheit und sollte mich knebeln lassen. Das ist das uralte Verfahren der Kirche. Hat sie nicht die leuchtende Botschaft verfinstert? Hat sie sich nicht ehr- und herrschsüchtigen Dienern ausgeliefert, die daraus eine Macht, ein Imperium aufrichteten, mochten die Herzen darunter verdorren oder nicht? Und nun mein Erstaunen: Als ich zu euch kam, befand ich mich mitten im Nachbild dieser Kirche: eine frohe Botschaft, aber ihrer Weihe beraubt, verweltlicht, verherrschaftet. Es wurden Gesetzestafeln aufgestellt, und wer sie nicht unverletzlich und unfehlbar preist, wird verketzert und verfolgt. Es ging einst um die Freiheit, aber es lief auf eine neue Knebelung des Gewissens hinaus. Es ging einst auf die Erlösung der Menschheit durch den Brudergedanken, aber es entartete in einen Kampf um Sessellehnen und Tischplätze.«

Einige lachten, andere, die sich betroffen fühlten, knurrten. Reinhart kam immer mehr ins Feuer: »Die Kirche leidet an Glaubenslosigkeit, und ihr? Wer von euch hat noch einen festen Glauben an die Gerechtigkeit unter Menschen? Um welche Achsen drehen sich eure Reden und Gedanken und Zeitungsartikel? Um Lohn und Arbeitszeit und Klassenkampf. Euer Schibboleth heißt Wirtschaft. Wirtschaft! Mit eurer Versunkenheit in die Wirtschaft gleicht ihr einem Schwimmer, der seinen Ehrgeiz darein setzt, sich unter dem Wasser zu halten. Der Mensch muß den Kopf über das Wasser heben, sonst ertrinkt er bald genug. Herrschaft der Wirtschaft ist Herrschaft der Unkultur! Ist die Magenfrage denn die höchste? Ihr glaubt es, aber man hat euch das nur angelehrt. Denn im Volke liegt es nicht, wie sonst hätte es einst das Heidentum gegen die Lehre der Selbstlosigkeit vertauscht? Die Menschheit leidet an einem unerträglichen Hunger. Es ist der Hunger der unterernährten Seele, aber die ihn stillen sollten und dazu nicht fähig sind, predigen, es sei der Magen der Menschheit, der knurre. Versteht mich recht! Es soll in der neuen Ordnung kein Magen hungern, aber noch weniger eine Seele! Es soll keiner an übersattem Magen zugrunde gehen, aber auch keiner an überleerer Seele! Das ist der erste Satz im kommenden Weltreich der Gerechtigkeit. Euer zweites Wort lautet ›Solidarität‹. Ich glaubte einst, das heiße Brüderlichkeit und Güte. Jetzt weiß ich, daß es Sektierergeist und Haß und Vernichtungswille bedeutet. Wohl kennt ihr Brüder, aber nur Klassenbrüder, und was sonst auf zwei Füßen geht, heißt euch Feind. Ihr wollt Eroberungen machen. Welches sind eure Ziele und eure Waffen? Das Ziel ist die Macht und die Waffe heißt Gewalt. Wißt ihr nicht, daß das auch Ziel und Waffen eurer Gegner sind? Ihr übernehmt sie und billigt sie damit. Und so meint ihr die Welt zu gewinnen, die Not zu bannen? Ihr müßt scheitern! Die Waffen, die ihr braucht, haben immer *in* die Not, nie aus der Not geführt. Ihr müßt den Kampf im Innern beginnen. Jeder bei sich! Wehe der Welt, wenn es euch Töpfern gelingt, sie neu zu formen, bevor ihr euch selber eine neue Form, einen neuen Geist gegeben habt. Glaubt ihr, Christus wäre eine so große Macht geworden, wenn er mit der Botschaft aufgetreten wäre: Schlagt alle anders Denkenden tot?«

Der Saal wurde immer lauter. »Phantasterei! Spießer!« tönte es aus der Menge. Reinhart stemmte sich gegen den Widerstand. Er stand wie ein Prophet und Eiferer da und rief: »Wir sind aus dem alten Dom geflohen, richten wir einen neuen auf! Und geben wir uns einen Heiligen. Als Ziel! Dieser unser Heiliger heiße Mensch! Nicht den einzelnen Menschen meine ich. Der ist ein kleiner Summand, oft ein großes Tier. Nein, ich meine, was in der Gesamtseele gut und schön, hoch und heroisch ist. Nichts Hehreres wurde unter dem Himmel hervorgebracht als die Menschlichkeit. Und wem der Lebens-, Licht- und Schöpferwille, der hinter allem steht und wirkt, unwirklich geworden ist, der verehre wenigstens seine höchste Offenbarung. Dies sei unser Weg: Alles, was die Menschheit hebt, sei heilig im neuen Dom, alles, was sie erniedrigt, sei uns böse. Nichts erhebt sie mehr, als die Güte, nichts erniedrigt sie mehr, als der Haß. Und nun prüfen wir uns selber: Dienen wir mehr der Güte oder dem Haß? Wir müssen umkehren. Wir müssen nach dem neuen Ziel so leidenschaftlich streben, wie jetzt nach besseren Lohntarifen und kürzerer Arbeitszeit! Das Ziel ist im Herzen, nicht im Magen, in der Menschheit, nicht in der Partei. Parteien meinetwegen, wie man sich den Fuß in Schuhe schnürt zum Gehen, aber wohl weiß, daß der Schuh nicht der Mensch ist. Und über den Parteien und ihrem Geschiebe, ein Gewölbe, die Überpartei, die Überpartei ...«

Die Unruhe im Saal war immer größer geworden. Reinhart fühlte, daß er seine Rede nicht zu Ende führen konnte, so wollte er doch ihren Sinn nochmals in aller Ohren rufen. Er übertönte den Lärm:

»Nicht Proletarier, sondern Mensch!

Nicht Partei, sondern Menschheit!

Nicht Klassenkampf, sondern Menschengemeinschaft!

Nicht Mithassen, sondern Mittragen!

Nicht Erniedrigung durch den Haß, sondern Erhöhung durch die Güte!

Nicht Kampf um die klirrende Macht, sondern Kampf für den Geist!

Nicht Parteiparole, sondern Menschheitsgewissen!

Nicht Gegenwart, sondern Zukunft!«

Der Lärm überbrandete nun alles. Mit Mühe gelang es dem Leiter der Versammlung, einem älteren, besonnenen Genossen, die Ruhe wieder herzustellen. Er ergriff selber das Wort und gab der Versammlung zu bedenken, daß man die Worte eines weltfremden, etwas wundersüchtigen Schwärmers aus Wolkenkuckucksheim nicht auf die Goldwage legen dürfe. Einiges, was vorgebracht worden sei, sei beherzigenswert. Der Redner habe nur nicht bedacht, daß einer nothaften Zeit nicht mit Luftspiegelungen und Ideologien gedient werden könne, daß die Proletarier erst durch den Wirtschaftskampf befreit werden müßten, bevor sie gütig werden könnten.

Damit hätte man den Abend als abgeschlossen betrachten können, aber man wollte offenbar die gute Stimmung ausnützen. Faustulus verlangte das Wort und feierte die Macht des Proletariats und seinen Willen zum Kehraus, worauf David den Klassenhaß schürte und durchblicken ließ, Reinhart sei nur aus Eigennutz zur Partei gekommen, die er als bequemes Sprungbrett habe benützen wollen. Soweit waren die Rollen augenscheinlich zum vornherein verteilt gewesen. Es sollte noch eine Beigabe folgen. Immergrün tat seinen Froschhupf vor die Versammlung, damit alle ihn genau von vorne sehen könnten, und hielt mit seiner

Nasenstimme eine pathetische Rede über die Gesinnungstreue und ihre Werbekraft, wobei er es verstand, durch dunkle Redensarten Reinhart als Gesinnungslumpen hinzustellen. Da nur wenige den Redner und seine Vergangenheit kannten, ward ihm starker Beifall zuteil. Die Eingeweihten freilich lächelten sich zu. Faustulus schüttelte dem abtretenden Redner überschwänglich die Hand, man wußte nicht, ob zum Spaß oder aus Überzeugung.

Reinhart hatte das Verdammungsurteil der Versammlung, weil es sich nicht auf Gründe, sondern auf Leidenschaften stützte, ruhig hingenommen. Bei der Rede Immergrüns überrannte ihn aber der Zorn. Er schnellte in die Höhe und streckte den Arm gegen Immergrün aus, als wollte er ihn am Schopf fassen. »Dieser Biedermann läuft, seit er der Schulbank entronnen ist, von Partei zu Partei, immer bereit, an jeder kaltblütig den Judas zu spielen. Und nun will er mich Gesinnung lehren! Und dieser Edle da«, er wies auf David, »nimmt sich heraus, mir Selbstsucht vorzuwerfen. Er hole erst seine Frau und sein Kind von der Straße zurück, auf die er sie mit einem Fußtritt gestoßen hat, dann werfe er sich zum Beschützer der Selbstlosigkeit auf. Und endlich der Phrasenschnaps dieses Herrn Faustulus – – –«

Die Versammlung wurde wie von einem Wutanfall gepackt. Die Solidarität siegte. David zerkaute seine Zähne, Faustulus sprang vor die Sitzreihen, Schucharinow rieb sich vergnügt die Hände. Der Präsident zog Reinhart rasch in ein anstoßendes Zimmer und lud ihn ein, da zu bleiben, bis sich die Zorneswelle verlaufen habe. Er ging eine Weile im Zimmer auf und ab und stellte sich dann vor Reinhart hin. »Nun, lieber Stapfer, sind Sie mit Ihrem Erfolg zufrieden?«

Reinhart antwortete wie aus einem Traum: »Ich habe mir die Seele befreit und ein paar Lumpen das Zeichen aufgedrückt, das genügt mir.«

»Mit Utopien läßt sich der Arbeiter nicht mehr abspeisen«, erwiderte der andere. »Übrigens scheint mir, der Partei liegt nicht mehr viel daran, Sie zu besitzen.«

»Ich schwöre auf keine Partei mehr, es sei denn eine Überpartei. Habe ich es nicht gerufen? Einstweilen kann die Gesundung nur von den Einsamen vorbereitet werden. Sie muß aus der Wüste kommen, dahin geh' ich.«

Der Führer wurde plötzlich ganz ernst: »Ich habe an Ihnen immer warmen Anteil genommen. Sie tun mir leid. Ja, gehen Sie in die Stille zurück und reifen Sie. Sie kennen das Leben noch zu wenig, und die

Politik und ihre Gründe und Hintergründe schon gar nicht. Im Parteileben vollzieht sich alles nach mechanischen Gesetzen. Ein Sandkorn kann eine große Maschine zum Knarren bringen, anhalten nicht, es wird zwischen den Rädern einfach zermalmt. Es ist etwas blind Fatalistisches im Volksgeschehen. Der Kurs der Welt ist von Menschen nicht zu ändern, so wenig wie der Lauf des Rheins oder des Mississippi. Man sagt, die Führer oder die Parteien, aber das ist eine Oberflächlichkeit. Retten Sie sich, wenn Sie noch können, vielleicht kommt Ihre Zeit einmal. Doch, nun will ich nachsehen, ob sich die Leute verlaufen haben.«

Reinhart erwiderte ihm nichts. Er kannte diese schwunglosen Argumente längst.

Als Reinhart auf die Straße trat, war sie fast leer. An die nächste Häuserecke lehnte sich ein Knäuel Menschen an: Joseph Schmärzi und die jungen Freunde, etwa ein Dutzend. Sie standen da, als hätte ein Sturm über sie weggefegt.

Über die Straße schritt eine Frauensperson entschlossen auf Reinhart zu und hängte sich ohne Umstände an seinen Arm. Es war Paula. Sie begann: »Du mußt es dir nicht allzu sehr zu Herzen nehmen. Schau, sie geben dir in einem Brustwinkel alle recht, aber sie können dir nicht nachfliegen, drum werden sie so toll. Man kann einen Bettler nicht wilder machen, als wenn man vor ihm ein Goldstück in der Sonne spiegelt.«

»Ich kam mir vor, wie ein Rufer in der Wüste«, sagte er aus seiner Betäubung heraus. »Ein totes Land ohne Widerhall, aber der Himmel über mir!«

Sie ging nicht darauf ein. »Ich habe gelesen, daß du reden würdest, und bin gekommen, dich noch einmal zu sehen. Ich verreise nämlich. Ich bin doch verheiratet, mit Georg Homberg, seit drei Wochen. Du lachst nicht einmal? Er sagt, er könne nicht ohne mich leben, und ich mag ihn ganz gern. Er ist ein guter Kerl und muß nur in eine andere Welt, wir gehen hinüber nach Amerika. Es hat bei Hombergs natürlich einen wüsten Krach gegeben, und man wird in Aarwald nicht heulen, wenn wir verfliegen. An Geld lassen sie es nicht fehlen, begreiflich, wenn nur die Schande überseeisch wird. Und wie steht es um dich?«

Beide dachten den gleichen Namen.

»Ihr schreibt euch nicht mehr?«

»Nein«, erwiderte Reinhart tonlos.

»Du hast sie immer noch nicht verwunden?«

Da er schwieg, wußte sie genug. Sie wollte seinen Schmerz nicht nach mehr aufreißen und bog aus: »Ist es nicht seltsam: Eigentlich habe ich nur dich so recht lieb gehabt. Ich werde den Eibenbusch am See nie vergessen. Überhaupt, das Erwachen, das Knospen! Alles nachher herbstelt. Einmal hast du mich gekränkt, oben im Schnee. Aber du tatest's aus Liebe. Und nun leb' ewig wohl!« Hastig ging sie davon, sie wartete nicht einmal seinen Gruß ab.

»Verzeih!« rief er ihr nach, wie sie einst zu ihm gesagt hatte. Ihm wurde zum Weinen. Er wußte, daß er sie nie wieder sehen würde.

Die jungen Freunde nahmen Reinhart in ihre Mitte. Sie waren niedergeschlagen, sie empfanden Mitleid mit ihm und liebten den Getretenen noch mehr als sonst. Gutknecht faßte ihn unter die Arme und knirschte: »Die Menschheit ist ein Trottel geworden, man möchte rabiat werden. Alles ist Sand und Flachheit. Es sollte ein Krieg losbrechen, ein ganz höllenmäßiger, damit man dreinschlagen, die Wut herausstürmen, dieses stumpfe Leben zerschmeißen könnte.«

»Ist dir noch nicht Krieg genug?« fragte Reinhart. Und dann, wie für sich: »Regnum Antichristi.«

Die Freunde begleiteten ihn nach Hause und blieben bei ihm bis Mitternacht. Er sollte ihre Treue fühlen. Er dankte ihnen und sagte zum Schluß: »Wir nennen uns Bauernklub und meinen damit ein Ziel, vielmehr ein Heilmittel. Es ist ein gutes, wohl das beste, aber es allein genügt nicht, wir begehen den Fehler, den alle begehen. Hört sie an, die Wohlmeinenden! Der eine sagt Freigeld oder Freiwirtschaft, ein anderer Vergesellschaftung oder Kommunismus und mein Freund Kämpe Anarchie. Es mutet an, wie wenn man einen innerlich Kranken mit äußerlichen Mitteln kurieren wollte: Da schlägt einer ein Pflaster vor, ein anderer eine Salbe, ein dritter Umschläge und ein vierter hat etwas zum Einreiben bereit. Aber der Kranke wird sterben, wenn nicht der rechte Arzt kommt und ihn von innen heilt. So auch muß die Menschheit genesen. Laßt uns die rechten Mittel suchen. Jeder von uns betrachte sich als Arzt, zuerst für sich, und wenn die Kraft reicht, für andere.«

»Täter am Geist«, ergänzte ihn Pfarrer Leuenberger.

Den andern gefiel das Wort und sie nahmen es an. Reinhart fuhr fort: »Ich fühle, daß wir nicht allein sind. Wie wir denken viele, wir müssen uns nur finden. Eine Bewegung der Jungen ist nötig.«

»Überlassen wir uns unserem inneren Trieb, und wir werden die Richtung schon finden«, meinte Gutknecht.

Da wandte sich Reinhart fast heftig gegen ihn: »Wer hat dich das Wort gelehrt? Nein, so wird es nicht gehen! Bewußte, hohe Verantwortung uns selber und dem Ganzen gegenüber kann allein helfen. Menschen, die sich auf dem dunkeln See des Trieblebens hin und her wehen lassen, werden Schwächlinge bleiben und kein Neues zu schaffen vermögen! Gehen wir jetzt auseinander und werben wir.«

Von da an versammelten sich die Freunde jeden Samstagabend und besprachen die Wege. Allmählich wuchs ihr Kreis.

15. Begegnungen

Reinharts Freunde hatten ihn gebeten, vor seinen Feinden auf der Hut zu sein. Aber er achtete nicht auf ihre Warnung. Einst in seiner Kinderzeit wurde auf dem Golsterhof die Scheune inwendig herausgebrochen. Nur oben schwebte ein schmaler Balken durch den leeren Raum. Reinhart stieg im Knabenwagemut auf einer Leiter hinauf und schritt aufrecht über die schwindlige Brücke und zurück, hoch über der steinharten Tenne. Er merkte, daß ihm der Tod immer mit der Hand an der Ferse nachrückte, aber er empfand keine Furcht, es war ihm, er schreite durch die Luft, und sie trage ihn getreulich, weil er ihr traue. So auch war ihm jetzt. Er fühlte die Gefahr, aber scheute sie nicht.

Äußerlich wurde er immer stiller, ganz in sich gewendet, innerlich brannte er wie eine Flamme. Am Vormittag arbeitete er auf dem Bureau der Einwohnerarmenpflege, um sein Brot mit nützlicher Arbeit zu verdienen. Denn, daß jeder für die Gesamtheit Arbeit leiste, gehörte jetzt zu seinem Lebensgesetz, zu seinem Begriff von Solidarität. Nachmittags saß er an seinem wackeligen Miethaustischchen und schrieb seine Gedanken fiebernd zu Aufsätzen zusammen, die er an die Redaktionen der Zeitungen aller Farben verschickte. Es loderte in ihm das Feuer des Erleuchteten, des Apostels, des Weltbeglückers, des Narren. Die Aufsätze erschienen nirgends, sie wurden vom Korb verschlungen oder schlichen sich kleinlaut mit ein paar mageren Zeilen zum Verfasser zurück. Da drang er einmal in eine bürgerliche Parteiversammlung ein und benützte einen Augenblick, da die Debatte versandet war, um seine Gedanken über die Weltnot auszusprechen. Es entstand zuerst ein großes Erstaunen, dann hörte man die Abfertigung: »Das ist ja der junge Stapfer, der Weltverbesserer!« Bald war er wieder mit sich allein auf der Straße. »Die

Parteien haben keinen Glauben, nicht einmal an sich selber, drum wollen sie mich nicht hören«, klagte er. Er kam sich vor wie ein Gefangener zwischen hohen Mauern: wohin er sich wendete, überall schlug er sich wund. Aber er wollte anrennen und immer wieder anrennen. Es galt ja die Rettung, wollte man ihn nicht hören, so sollte man ihn lesen. Er wollte all seine Glut in ein Buch zusammenpressen. Er aß kaum, und die Unruhe verzehrte ihn. Er fühlte es selber und sagte sich: »Ich bin nur ein Beispiel, ein Paradigma, und mein Los ist, abgewandelt zu werden.« Manchmal, wenn er an seiner Öllampe halb wach saß, hatte er Gesichte. Einst sah er sich an einen Galgen erhöht, das Blut floß ihm aus einer breiten Brustwunde. Ringsum stand viel Volk und staunte nach ihm. Einer erhob sich und schrie: »Erhöhen wir uns alle!« Und wirklich, jeder schlug unter Jubelrufen sein Kreuz auf, und fernher, aus den Wolken oder aus dem Gebirge, klang es vernehmlich: »Erlösung.« Ganz von Glück durchströmt wachte er auf und schrieb dann die ganze Nacht durch.

Zwischen die Tage der Glut schoben sich Tage der Asche. Er war dann wie ausgebrannt. Die Papierblätter, die vor ihm lagen, erschienen ihm wie leeres Stroh und erfüllten ihn mit Ekel. Er floh sein Zimmer und irrte mit blinden Augen durch die Straßen oder suchte Joseph Schmärzi auf, der den Sommer über in einer öffentlichen Anlage, die sich in der Gabelung zweier zusammenströmender Flüsse befand, arbeitete. Er sah Joseph zu, wie er den Rechen gelassen durch den Kies schleifte, den Rasen mit einem Maschinchen mähte, gefallenes Laub wie Glasscherben zusammenscheuerte. Einmal stand er unten auf der Landspitze und versenkte sich ins Wasser. Der Fluß, der aus dem See kam, war klar und blau, der andere, ein Bergler, trüb und wirr. Unvermischt flossen die zwei ungleichen Wanderer eine Zeitlang nebeneinander hin, nach und nach aber verbrüderten sie sich, und der trübe ging ganz im klaren auf.

»Die Klarheit wird immer Sieger sein«, dachte Reinhart. Das gab ihm wieder Mut, und er wollte nach Hause an den Schreibtisch eilen, von einer Bank, die auf der Landzunge unter einem Baume stand, erhob sich eine Dame und kam auf ihn zu, unentschlossen, wie im Zickzack. »Entschuldigen Sie, ich habe Sie gesehen, schon ein paarmal, hier an diesem Platz. Ich bin öfter hier, aber ich habe es noch nie gewagt.«

»Sie, Imma?« rief Reinhart und faßte ihre Hände. Sie war dem Weinen nahe. Sie setzten sich.

Seine erste Frage war, ob sie krank sei. Sie sah schwindsüchtig aus und klein, wie ein vierzehnjähriges Schürzchen.

»Ich hätte nicht fortgehen sollen«, klagte sie. »Ich schäme mich so.«

»Sie haben Vater Enzio verlassen?«

»Ich hielt es zu Hause nicht mehr aus. Die Welt hat mich verführt und dann bin ich mit ihm gegangen.«

Er begriff: »Mit Klas?«

»Ja, er hat mich doch geholt. Sie wissen von allem nichts? Seit er sich meinetwegen die Schnur um den Hals legte, hatte er Macht über mich. Jetzt aber möchte ich wieder heim. Es ist ja alles häßlich, häßlich! Mein Vater würde sagen: Samsara.« Ihre Stimme zitterte, ihre Seele mochte weinen. Auf Reinharts Frage, ob sie Mangel leide, antwortete sie verneinend, sie habe den Schmuck mitgenommen, den verwalte Klas und verkaufe ihn nach und nach. »Aber ich möchte heim, es ist häßlich!« wiederholte sie eindringlich.

»So reisen Sie doch!«

»Er läßt mir kein Geld und überwacht mich.«

»Ich habe noch Ihren Ring, verkaufen Sie ihn. Ich bringe Sie heim, gleich jetzt.«

»Nein, er holt mich hier immer ab, er kann jeden Augenblick da sein, wenn er Sie sieht, bekomme ich schlechte Tage. Er liebt mich wie ein wildes Tier und ist auf sie eifersüchtig und böse, furchtbar. Er verfolgt Sie. Merken Sie es nicht? Meinen Ring müssen Sie behalten, warum haben nicht Sie mich erlöst?«

Es war beklemmend.

»Geben Sie mir Ihre Adresse«, begann sie wieder, »ich schreibe Ihnen, wenn er einmal für einen Tag verreist, dann holen Sie mich, ich wohne Salpetergasse 6. Kommen sie aber beileibe nicht ungerufen zu mir, es könnte ein Unglück geben. Er ist furchtbar wild. Und nun gehen Sie, es ist sechs Uhr, er wird kommen.«

Als Reinhart die Anlagen verließ, stieß er auf Klas. Der Riese stellte sich ihm in die Quere und funkelte ihn mit seinen heißen Augen an. »Haben Sie – Imma getroffen?«

Reinhart bat ihn: »Bringen Sie sie heim zum Vater.«

Klas fuhr auf: »Hat sie Ihnen etwa geklagt?«

Reinhart merkte, daß er unbedacht gesprochen hatte und suchte sein Wort zu mildern: »Ich glaube, sie hat Heimweh.«

»Das geht Sie nichts an. Überhaupt! Hüten Sie sich!« Damit schritt er rasch an Reinhart vorüber.

Es dämmerte, als Reinhart zu Hause ankam. Die Hausmeisterin berichtete ihm auf dem Flur, es warte ein Herr auf ihn, seit mehr als einer Stunde. Reinhart ahnte, daß es kein gewöhnlicher Besuch war und trat neugierig ins Zimmer. Am Fenster stand eine massige Gestalt und wandte sich langsam zu ihm. Er erkannte seinen Vater.

»Da lebst du also?« sagte Ferdinand, Reinhart die Hand reichend. »Es ist nicht paradiesisch bei dir.«

Reinhard machte Licht. Ferdinand hatte sich wenig verändert, nur etwas grauer war er geworden. Er begann zu reden. »Ich habe von deinem Auftreten in unserer Versammlung gehört und dich aufgespürt. Mit Hilfe der Polizei, ha! So darf es nicht weitergehen. Ich bin der Ansicht, wir sollten Frieden schließen, wir zwei. Ich glaube, wir würden uns jetzt besser vertragen, wir stehen in verschiedenen Jahrhunderten, es ist nicht ein Zwiespalt zwischen dir und mir, sondern zwischen zwei Zeiten, warum sich also persönlich anfeinden?« Da Reinhart schwieg, wendete er das Gespräch. »Ich habe wieder geheiratet, ich weiß nicht, ob es dir bekannt ist. Eine tüchtige, gute Frau. Sie hat mir Geld gebracht. Ich mußte seinerzeit mit meinen Gläubigern ein Abkommen treffen, nun habe ich sie fast ganz befriedigt, und was noch fehlt, sollen sie später erhalten. Auch dem Hof habe ich nachgeholfen. Alles soll ausgeglättet werden. Die Fabrik geht guten Tagen entgegen. Es ist Krieg in der Luft. Seit der deutschen Riesenheeresvorlage vom letzten Jahr besteht kein Zweifel mehr. Nur Brillenpolitiker sehen das Wetter noch nicht kommen. Ich habe große Einkäufe in Wolle gemacht, wir werden daran viel verdienen, sehr viel. Du siehst also, ich will dich nicht ins Elend locken. Auch meine Frau wird sich freuen, wenn du heimkehrst. Ihr werdet euch schon verstehen. Sie ist nicht mehr jung und sieht klar in die Welt. Mit dem Geschäft sollst du nichts zu tun haben, wenn du nicht willst. Nun sprich!«

Reinhart kämpfte mit sich. Dann sagte er fest: »Ich kann nicht. Ich muß auf meinem Dornenweg weiter gehen.«

»Überleg dir's«, erwiderte der Vater, »ich nehme das nicht als dein letztes Wort.« Er war mild wie noch nie. Er schob, ohne daß Reinhart es gewahrte, einen Tausendfrankenschein auf den Tisch und verabschiedete sich wie von einem alten Freund. Reinhart war wie zerschlagen. Als er die Note entdeckte, wollte er dem Vater nacheilen. Obschon er jetzt manchmal hungerte, war ihm dieses Geld widerlich. Aber er dachte an Trudes Gehapparat und ließ den Schein liegen. Er setzte sich an seine Arbeit. Seine Gedanken gingen aber ungewollte Wege, hätte er sich nicht mit dem Vater aussöhnen sollen? Ja, war das denn möglich? Sie hatten ja keinen gemeinsamen Gedanken mehr, sie lebten wie auf verschiedenen Steinen und hatten keine Wahl. Das mußte getragen werden. Er wurde in seinem Sinnen durch ein Gepolter über ihm gestört: Der Totengräber war heimgekehrt. Grollend, den Zimmerboden erschütternd, klang seine Stimme, aber der Zank war diesmal ganz kurz und lief ohne Hiebe ab. Ein paar Minuten später stolperte Unold, ohne angeklopft zu haben, in Reinharts Zimmer. »*Du* hast mir die Suppe eingebrockt. Gesteh's nur!«

Aha, richtig, ja, ja!« besann sich Reinhart. »Ich habe Sie verzeigt. Diese Mißhandlungen müssen aufhören.«

»Hab' ich's nicht immer gesagt, du Spitzel, du Spion, du Spürhund! Wenn man mir das Kind wegnimmt, mach' ich dich kaputt und grab' dir das Loch noch selber. Zahlst du mir etwa den Lohnausfall?« Er war hart an den Tisch herangetreten. Auf einmal nahmen seine wässerigen Augen einen starren Ausdruck an. Er hatte den Bankschein auf dem Tisch entdeckt und schlang ihn gierig in sich hinein. Es erwachte etwas Teuflisches in ihm: »Hören Sie, junger Mann«, brachte er drohend hervor, »Sie haben mein Kind in Verruf gebracht, die Ehre, verstehen Sie, die Ehre! Das muß wett gemacht werden. Oder ich zeige Sie an, beim Eid. Wollen Sie sie etwa heiraten, hä? Da diesen Lappen verlang ich. Um weniger tu' ich's nicht! Sie können nun wählen! Entweder ins Zuchthaus, oder … Sie kommen noch gut weg! Man kann eine Anzeige machen, auch wenn man kein Spitzel ist.« Reinhart, der gestanden hatte, setzte sich und erwiderte ruhig: »Sie wollen sich ein bißchen im Erpressen üben, Unold? Machen Sie nur Ihre Anzeige, oder nehmen sie diesen Schein, wenn Sie meinen, ein Recht darauf zu haben. Was nehmen Sie ihn nicht?« Das Gesicht des Totengräbers verzog sich zu einer widerlichen Fratze. Plötzlich lachte er grell auf: »Es war ja nur ein Spaß, Sie dummer Esel! Aber das Loch grab' ich Ihnen doch einmal, und einen Fuß tiefer als andern! Schon wegen der Anzeige! Und treff' ich Sie einmal bei Nacht und Nebel, Sie Spitzel!« Damit schob er sich schief zur Tür hinaus. Draußen knurrte er noch etwas Unverständliches und stapfte in seine Wohnung hinauf, wo er sein Grollen fortsetzte.

16. Der Schlag

Ein paar Tage später trat Emma bei Reinhart ein. Sie trug ihr Knäblein, den kleinen David, auf den Armen und stellte ihn vor Reinhart hin.
»Kann ich ihn eine Woche oder so bei Ihnen lassen?« sagte sie bettelnd.
»Was haben Sie vor?« Er musterte sie. »Sie haben sich wieder gehen lassen, Sie Arme.«
Sie widersprach nicht. Sie brauchte sich jetzt nicht mehr wegzuwerfen, Reinhart und seine Freunde sorgten für sie und ihr Kind, aber nachdem sie einmal auf die schiefe Bahn geglitten war, zog es sie immer wieder in den Morast hinab. Sie entschloß sich zu einer Beichte: »Ich will mich jetzt bessern, ganz. Dazu muß ich eine Zeitlang fort, hätte ich bei David leben können, ich wäre recht geblieben. Aber seit er mich verschupft hat, kann ich hier nicht mehr stehen. Wer einen Schupf bekommen hat, muß weit rennen, sonst fällt er. Ich will an einen Ort, wo er nicht hinkommt, wo ich ihn nicht sehe oder spüre. Gestern habe ich ihn noch einmal aufgesucht. Er war schrecklich böse. Sehen Sie da! So ist er jetzt!«
Sie hatte unter dem linken Auge einen blauen Fleck. »Die andere hat ihn ganz im Garn. Soll ich da nicht von hier verschwinden? Und gelt, Sie sorgen für das Büblein, so lange ich fort bin? Versprechen sie es mir in die Hand, so kann ich ruhig ein bißchen weggehen.«
Er tat es.
Es war das letztemal, daß er sie sah. Am folgenden Morgen fand man ihren zerschmetterten Körper auf dem Bahndamm unweit der Stadt.
Wie es kam, daß David vernahm, sein Knäblein sei bei Reinhart, blieb dunkel. Eines Abends brach er bei Reinhart ein und forderte sein Kind heraus. Hatte Emmas Ende den Vater in ihm geweckt? Oder war es ihm bloß unerträglich, daß sein Fleisch und Blut von dem geformt werden sollte, den er am tiefsten haßte? Reinhart widersetzte sich seinem Begehren in der Erinnerung an das Versprechen, das er Emma gegeben hatte, worauf sich ein heftiger Kampf um den Knaben entspann. Reinhart und Joseph mußten ihn fast mit den Fäusten gegen den wütenden verteidigen. Grollend zog David ab. Er wollte hierauf sein vermeintliches Recht durch das Gericht erzwingen, da aber der Knabe außerehelich geboren und von David nie öffentlich anerkannt, ja, samt der Mutter verstoßen worden war, wurde die Klage abgewiesen.

Durch diese Ereignisse war Imma in Reinharts Gedanken zurückgetrieben worden. Es waren Wochen verstrichen, seit er mit ihr den Fluchtplan besprochen hatte, und nie war von ihr ein Zeichen gekommen. Da beschloß er endlich, nach ihr zu sehen. Die Salpetergasse war ein enger, lichtscheuer Schlauch, das Haus Nr. 6, in dem sie wohnte, das dumpfste von allen. Reinhart entdeckte im Erdgeschoß Klas durch das offene Fenster. Der Unheimliche sah ihn auch. Er stieß seinen wirren Kopf hervor und starrte Reinhart, ohne etwas zu sagen, grimmig an.

Ein paar Tage später erhielt Reinhart ein Wort von Imma: Er solle nicht wieder kommen. Klas sei schrecklich aufgebracht und zu allem imstande. Sobald die Gelegenheit gekommen sei, werde sie ihn rufen.

Es kamen die weltgeschichtlich gewordenen schwülen Tage zwischen Juli und August 1914. Das Wort Krieg flammte jäh über der Welt auf, es war aus einem Schemen über Nacht zu einer Weltfackel geworden. Die Menschen waren wie vom Fieber befallen, sie verschlangen die Zeitungen und fielen über die angeschlagenen Depeschen her, man dachte nicht mehr ans Arbeiten, man schlief mit beklommener Brust und wachte an einem Nachtmahr auf. Auch Reinhart war zu keiner Arbeit fähig. Irrte er nicht in den Straßen oder im Wald umher, so saß er mit trockener Feder vor seinem angefangenen Buch und stierte in die Zukunft. Nun wird die Menschheit in den ungeheuren Schmelzofen geworfen und ausgeglüht, werden sich alle die Metalle zu einer großen Regierung, zu einer Brüderschaft verbinden? Zusammenguß der Menschen und Zusammenguß der Völker? Oder wird einst das alte Chaos aus dem Stiche fließen?

Die gleiche Post warf Reinhart zwei Billette auf den Tisch. Das eine lautete: »Lieber Freund! Übermorgen werde ich aus der Zelle entlassen. Komm und führe mich! Ich weiß nicht, wie ich den Weg finden soll. Dein Benedikt Reichling.«

Das andere war von Imma. Sie bestellte ihn auf den folgenden Tag.

Am Morgen setzte sich Reinhart in ein Automobil und fuhr in die Salpetergasse. Er fand Imma allein. Sie saß haltlos auf einem Stuhl und schien geweint zu haben. »Ich komme nicht, ich kann es nicht, ich bin ein willenloses Geschöpf!« klagte sie. Er faßte sie bei der Hand, sie sperrte sich wie ein störrisches Kind. Es blieb ihm nichts anderes übrig, als sie auf den Armen zum Wagen zu tragen. Erst als er mit ihr in der Eisenbahn saß, sah er, wie schlimm es um sie stand. Der Tod schaute ihr nun unverhohlen aus den Augen. Sie fing, als der Zug sie der Stadt und Klas entführte, wieder zu weinen an, vor Glück diesmal, versicherte sie ohne Überzeugung. Sie mochte es selbst nicht recht wissen.

Die Fahrt war traurig und schien endlos.

Sie fanden Enzio im Garten. Er schaute ohne Erregung auf und sagte: »Du kommst zurück, mein gutes Kind.« Sie fiel ihm um den Hals und schluchzte. Er hatte ihren Zustand gleich erkannt und ließ sich gütig vernehmen: »Fasse dich, Immchen, wir haben jetzt nichts mehr zu tun, als einander zu verzeihen und der großen Wandlung entgegenzugehen.« So sanft sie klangen, diese Worte empörten Reinhart, er hätte nicht genau sagen können, warum. Um seinen Unwillen nicht schnellen zu lassen, fing er von der Kriegsgefahr zu reden an. Enzio winkte mit der Hand gleichmütig ab. »Samsara! Krieg ist immer unter den Unerlösten.« Nun platzte Reinhart doch ungeschickt und vierschrötig heraus: »O, Sie mit Ihrem sanften Gift! Sie haben sich eine Seele aufgeladen und ahnen es nicht!« Er preßte Imma die Hand und entrann: »Bleib bei mir«, stöhnte sie ihm nach. »Laß ihn seinem Stern!« beruhigte sie Enzio. Reinhart rannte wie von Sinnen.

Auf der Rückfahrt fand er alle Brücken, Straßenübergänge und Tunnels von Landsturmtruppen besetzt. Der Krieg war zur Gewißheit geworden. Überall lauerten Bajonettspitzen. Der Zug, der am Morgen noch sorglos dahingebraust war, schlich jetzt vorsichtig und mißtrauisch seine Bahn. Im Wagen war wirres Hin- und Herreden, Mutmaßen und Prophezeien, mitunter auch frivoles Scherzen und Prahlen. Eine junge deutsche Frau weinte still vor sich hin, während ihr Mann, offenbar ein Reserveoffizier, einem ältern Herrn auseinandersetzte, daß von den Sozialisten kein Unrat zu befürchten sei, da sie sich im Grunde mit Haut und Haar dem Staat verschrieben hätten, so unabhängig und regierungsfeindlich sie sich auch gebürdeten. Nur zwei oder drei von denen, die im Wagen saßen, schienen zu fassen, daß die Menschheit in diesen Stunden auf die Wage gelegt wurde.

Reinhart, von dem hohlen Geschwätz seines Nachbars angewidert, blickte ins Land hinaus, das heute so groß und still atmete, so friedsam und fruchtbar sich dehnte, wie gestern und ehegestern. Wie liebte er dieses Land und sein Volk von Kindheit an! Aber jetzt wußte er, daß das Volk krank war wie alle andern. Es hatte sich einst in einer entschlossenen Stunde aus dem Welthader zurückgezogen und den leidenschaftlich geliebten Krieg abgetan. Aber da kam ein neuer Dämon und mit ihm eine neue Art Krieg in die Welt, nicht mit klirrenden Waffen, aber mit lockendem, klingendem Firlefanz, und ihm unterlag es wie die ganze flittergierige Welt ringsum. »Es ist voller Schwären, die nun aufbrechen werden, wird es die Krisis überstehen? Oder wird es vereitern? Es wird zerfallen, wenn es nicht, wie vor vierhundert Jahren, einen Ruck der Gesundung vollbringt, wenn es sich kein Banner aufsteckt, das von seinen Firnen mit einem eigenen Glanz über die Welt leuchtet. Alles Große entstand auf dem Boden eines Vaterlandes, aus einem Volkskörper, und nicht in der Verschwommenheit irgendeiner Zwischenstaatlichkeit. Aus dieser Erkenntnis heraus ist die Schweiz zu retten und mit ihr die Wiege für irgend etwas Großes oder einen Großen.«

So sann Reinhart und erträumte sich ein Volk, das der Welt ein Menschlichkeitsideal vorbildete wie einst ein Freiheitsideal, und das als Keimzelle im großen Organismus aller wirkte.

Es war tief in der Nacht, als der Zug sich in den Bahnhof tastete. Kaum vermochte Reinhart sich durch die Hallen zu drängen. Alle Fremden flohen aus den Kurorten ihrer Heimat zu, wie vom Sperber verfolgte Schwalben ihrem Nest. Überall lagen Kisten und Koffer in den Gängen aufgeschichtet, Zu Hunderten und Tausenden, zu Bergen, und die Reisenden schoben sich hin und her, schrien sich an, gebärdeten sich wie toll, alle schon im Kriegswahnsinn. Der Bahnhof glich einem Haus für Tobsüchtige, das die Wärter verlassen hatten.

Plötzlich erhob sich jemand vor Reinhart von einem Koffer. »Welch ein Glücksfall, daß du kommst!« wurde er angerufen. Er brauchte geraume Zeit, um sich zurecht zu finden.

Er war noch draußen mit seinem Land. »Jutta, du bist's! Wie denn? Wieso denn?«

Sie beachtete seine Verwirrung gar nicht. »Hast du ihn nirgends gesehen? Er ging fort, um die Fahrkarten zu lösen und nun warte ich schon bald eine halbe Stunde. Ist es nicht schrecklich? Er muß einrücken, telegraphisch aufgeboten. Ich begleite ihn bis zur Grenze. Oh, wie entsetzlich das alles ist!«

In Reinhart dämmerte es langsam auf. »Von wem sprichst du? Von …?

»Ei ja doch, von meinem Bräutigam. Aber freilich, du weißt es ja nicht. Ich bin doch mit Helmut verlobt. Ich hätte dir geschrieben, aber niemand wollte deine Adresse kennen. Du sollst ja ganz rot geworden sein! Gruselig!« So sprudelte sie. Dann auf einmal geschäftlich, kalt, wie sie sein konnte: »Hör', *my dear*, du könntest mir einen großen Dienst erweisen! Ich sehe, daß du kein Gepäck hast, würdest du mir nicht diesen Koffer ein paar Minuten hüten? Ich gehe zum Schalter, um nach Helmut zu sehen. Gelt?« Fort war sie.

Reinhart war wie damals, als ihn Geierling mit dem Rakett über den Kopf geschlagen hatte. Er taumelte, er mußte sich wiederholen: »Also Jutta hat sich mit Helmut Geierling verlobt in aller Form und begleitet ihn jetzt zur Grenze. Und mich hat sie hier aufgepflanzt, um seine Reisetasche zu hüten.« Reinhart wußte ja schon lange, daß es aus war, aber seine Seele war doch all die hundert Traumnächte um Jutta geschlichen, wie ein verlorener Geist, und hatte um Erlösung und Seligkeit gebettelt. Er sah die beiden daherkommen. Jutta ging voran. Er grüßte sie, als sie nahe war, mit dem Hut, und wollte davonstürzen. Aber es drehte ihn nochmals zurück, er trat auf sie zu und reichte ihr die Hand. Geierling beachtete er nicht.

Beim Ausgang wurde er angehalten. Er sah aus sich heraus. Es war Klas, der ihm aufgelauert haben mochte: »Sie haben Imma heimgeschafft?«

Reinhart antwortete wie im Traum: »Ja, ja, 's wird schon sein.«

»Komm, Knabe«, fauchte Klas und verstellte ihm wieder den Weg, »wir machen es grad' aus, da, in den Anlagen.«

Reinhart machte sich los, was war ihm dieser Klas und seine Verrücktheit! Er schritt wieder dem Innern des Bahnhofes zu, um durch einen zweiten Ausgang das Freie zu erreichen. Er merkte, daß ihm Klas, so rasch das Gedränge es erlaubte, folgte. Beim Nebenausgang stieß er auf David und Faustulus, die sich an einen Pfeiler anlehnten, wie sie ihn gewahrten, strafften sie sich. Reinhart fühlte den drohenden Anschlag, aber so, wie man in der geballten Wetterwolke den Blitz fühlt: ohne eigentlichen Bezug auf sich selber.

»Also Jutta ist Geierlings Braut!« Dieser Gedanke nahm ihm alle Klarheit und Besinnung. Er taumelte davon. An die Verfolger dachte er schon nicht mehr. Auf der Brücke, die über den Bergfluß führt, lehnte einer am Geländer und wünschte ihm überlaut einen guten Abend. Reinhart erkannte den Totengräber Unold. »Aha«, dachte er, »der ist also auch im Komplott und auf dem Anstand.« Er hörte wie im Traum die Schritte der andern drei hinter sich hertappen.

»Gehen wir zusammen«, redete ihn der Totengräber an, »man hat doch den gleichen Heimweg.«

Reinhart kam der Gedanke: »Wenn sie mich lahm schlagen, kann ich Benedikt morgen nicht abholen.« Er steuerte schief nach der andern Seite der Brücke hinüber. Es waren in dieser Gegend nicht mehr viele Menschen auf der Straße, alles Leben war beim Bahnhof zusammengeströmt. Aber die einzelnen Fußgänger, so spärlich sie waren, verhinderten die vier Verwegenen doch an einer Gewalttat. »Wenn ich einen Bekannten antreffe, bin ich gerettet. Ich muß doch morgen den armen Benedikt abholen.« Er schlug eine Straße ein, in der noch einige Schatten wandelten. Auf einmal sah er David und Klas vor sich. Sie hatten durch eine Parallelstraße einen Vorsprung gewonnen. Er trat in eine Wirtschaft ein. Sie folgten ihm nicht. Der Raum war fast leer, von Rauch wie von Traumluft erfüllt. Reinhart sann: »Sie fährt mit ihm dem Rhein zu. Beim Abschied wirft sie sich ihm an den Hals und weint und bittet ihn, gesund und munter zu bleiben und ja recht oft zu schreiben, sie werde es auch tun.« Er erinnerte sich an den Eislauf auf dem See, in der ersten Zeit, als sie noch ein Kind war. »Nun sitzt sie ihm gegenüber und drückt ihm die Hand. Eine Träne zittert unter ihren langen Wimpern. Sie denkt: Es traf sich doch glücklich, daß mir im Bahnhof gleich der Dienstmann Reinhart entgegen kam.«

Die Kellnerin stellte ein Glas Bier vor Reinhart hin. Er bemerkte, daß das Glas einen Sprung hatte und dachte: »Es wird noch heute zu den Scherben geworfen werden.« Plötzlich stieg es wie Todesahnung vor ihm auf: »Wenn mein Leben jetzt zerspränge, was bliebe davon übrig? Ein paar Scherben wie von dem Glas. Und das jetzt, da die Menschheit neu gegossen wird!« Er erinnerte sich an die hoffnungsvolle Sternennacht, oben auf dem Berggrat. Er sehnte jene Stunde nochmals herab. Er schloß die Augen und suchte aus der Umwelt zu scheiden, wie einst am Ufer des Flusses neben Enzio, und es erwachte wie ein tiefer Gesang in ihm: »Oh Leben, du herrlicher Strom, ich liebte dich viel zu wenig, ich liebte dich falsch, drum verranntst du mir. Oh Welt, du Kleid des Geistes, ich liebte dich viel zu wenig, ich liebte dich falsch, drum schwand ich aus dir heraus! Oh Mensch, du Brennpunkt der Welt, ich liebte dich viel zu wenig, ich liebte dich falsch, drum stießest du mich ab! Oh Liebe, du Abglanz des Ewigen, ich liebte in dir mein eigenes Glück, drum konnte ich dich nicht halten! All mein Tun war eitel Stückwerk, all mein Wollen und mein Herz zu schwach. Ich muß neu beginnen! Ich würde jetzt alles besser begreifen, stärker angreifen! Ich muß ein Handlanger sein der neuen Zeit! Ich sehe alles ganz genau: wir sind in einer großen Wassersnot: wer auf dem Trockenen ist, muß in die Flut springen und die Ertrinkenden retten, nicht aber mit einer Stange auf ihre Köpfe schlagen. So lange nicht jeder sich hindrängt, die andern auf das Feste zu ziehen, ertrinken alle. Und wir müssen auch den Geist der Welt retten. Denn auch er ist am Ertrinken.« Reinhart sah die große Not vor sich: Im Morast schwamm der Geist und um ihn patschten die Menschlein. Die einen stießen ihn, andere klammerten sich hilfesuchend und selbstsüchtig an ihn, und alle wirkten zusammen, ihn immer tiefer hinabzuzerren. Da rief endlich einer: »Wir müssen den Geist retten, so wird er auch uns retten!« Sie horchten auf. Einige legten Hand an, andere folgten nach. Und nun mühte sich ein jeder nicht mehr um sich selber, sondern um den Geist, und der vereinte Wille aller zog ihn langsam empor. Jeder wurde eine kleine Säule für ihn, und er aller Obdach und zugleich Herrscher. Er leitete ihre Kräfte, ihren guten Willen, ihr Gewissen nach einem gütigen Plan, und sie erwiesen sich stark genug, alles Böse, alles Elend niederzuhalten. Das alles schien so einleuchtend und naturgemäß, wie daß die Sonne den Tag bringt. Das war die Erlösung der Menschen.

»Bitte, zahlen«, tönte es neben Reinhart, »wir sind hier nicht fürs Schlafen eingerichtet. Das Nachtasyl ist ein paar Straßen weiter.« Es war der Wirt, der schließen wollte. Reinhart trat wieder in die Nacht hinaus und bog nach links in der Richtung des Hauses zur Hoffnung. Im Gehen sann er seiner Rettungsträumerei nach. »Ich war immer ein vortrefflicher Retter! Die Mutter und Küngold, Paula und Jutta! Jutta!« Es fiel ihm wie Schuppen von den Augen, wie konnte er ihr zürnen! Sie war ihm auf den Weg gesandt, daß er sie rette, aber er hatte den starken Ruf nicht gefunden und war um sie herumgegangen, wie ein blasser Traum um den Schläfer. Nicht sie war in seiner Schuld, sondern er in der ihrigen. Das wollte er ihr schreiben, gleich folgenden Tages.

Er hörte Schritte hinter sich. Da war wieder Klas mit seinen Verschworenen. Sie hatten ihren Anschlag also nicht aufgegeben. »Soll ich mich retten? Sich selber retten hat doch keinen Sinn!« sagte sich Reinhart, immer noch halb in seine Träumerei versponnen. »Aber was wird dann aus Benedikt und dem kleinen David und meinem Buch und meinem Handlangertum an der neuen Zeit?« Er mußte verkünden, was er im Wirtschaftsrauch gesehen hatte, das sollte seine Botschaft sein: »Die Menschen müssen Gott retten, sonst ertrinken sie.« Er wollte das Buch »Rettung« oder »Himmelsschlüssel« taufen, ja, »Himmelsschlüssel«. Er beschloß, ins Nachtasyl einzutreten und dort bei Mauderli zu warten, bis die Kerle sich verzogen hätten. Dort war es schon. Dann wollte er noch vor dem Morgen die neuen großen Sätze bauen.

Die Verfolger waren nun dicht hinter ihm, sie mußten eine Strecke gerannt sein. Oder war er in seinem Sinnen still gestanden? Er fühlte es: es gab kein Entrinnen mehr.»Ich muß mich wehren, ich will ihm ins Auge sehen, er soll es wagen, mein neues Leben und mein Handlangertum zu erschlagen, bevor ich sie begonnen habe. Und Benedikt!« Es leuchtete in ihm auf: »Ja, Benedikt! Wenn jeder Gutwillige nur *einem* hilft, so ist der Menschheit geholfen!« Er wandte sich entschlossen um. Statt Klas, wie er erwartet hatte, stand David vor ihm, die andern waren ein paar Schritte zurück. In Davids Hand glänzte etwas. Gegen Klas hätte sich Reinhart verteidigt, jetzt stand er wie gebannt da.

»Du hast die Gewalt verhöhnt, jetzt frißt sie dich!« schnaufte David und schwang die Faust mit dem Schlagring. Reinhart flammte es im Kopf auf wie ein ungeheurer Brand, und er stürzte hin.

Als er aus der Betäubung erwachte, beugten sich zwei Salutisten über ihn. »Gott sei Dank, da sind Sie ja wieder in dieser Welt!« Es war die Stimme Mauderlis. »Sie müssen nun gleich ins Spital, wir telephonieren.«

»Nein, heim«, ächzte Reinhart.

»Wohin heim? Nach dem Haus beim Friedhof?«

»Nein, nach dem Golster. Heim! Heim!«

Ein Arzt kam und machte einen Notverband. Mauderli fragte ihn, ob Reinhart die Fahrt nach dem Golsterhof ertragen würde. Der Arzt zuckte mit den Achseln. Als aber Reinhart wieder seine Bitte stöhnte, meinte er: »Wenn man ganz langsam fährt ...«

Der Morgen graute, als das Auto aus den Golsterhof einschwenkte. Reinhart hatte auf der Fahrt zu fiebern begonnen und war nun wieder besinnungslos.

Schluß

Tage waren vergangen. Der Kranke schlug die Augen auf und starrte aus seiner Wirrnis verschwommen ins Zimmer. Am Bette saß Estherlein und rief jubelnd, kaum vernehmbar: »Er schaut, er schaut!« Ihre Augenlider und der Mund zuckten. Adelheid und Küngold, die am Fenster nähten, warfen ihre Arbeit hin. Joseph Schmärzi trat auf den Fußspitzen ans Bett heran. Er war am Morgen herüber gekommen. Es war Sonntag.

Das Abendrot funkelte durch die Baumkronen und troff durch die Scheiben aufs Bett. Alle standen nun bei Reinhart bis auf Adelheid, die sitzen geblieben war, denn sie erwartete stündlich ihre Niederkunft.

»Gelt, nun wirst du wieder ganz gesund«, flüsterte Estherlein zärtlich.

»Bin ich krank?« fragte er mit weiten Augen. »Aber natürlich, der Mensch ist krank. Ich hab' es ja immer gesagt. Der Arzt muß kommen.«

»Er kommt bald wieder«, versicherte Estherlein.

Küngold sah ihn mit ihren dunkeln Augen an: »Denk', Reiner, die Welt ist im Kriege.«

Er horchte auf. »Natürlich, im Kriege. Oder sagt man Krise? Nein! Im Schmelzofen! Die Menschheit wird geschmolzen. Ihr versteht: ein neuer Aggregatzustand. Ich weiß nicht recht! Mein Kopf ist so leer. Einerlei, wir müssen den Weltteufel erschlagen. Den Moloch, wißt ihr?«

»Nein, Reinhart, es ist wirklich Krieg, eine Welt gegen die andere.«

»Versteh schon, Mutter, eine Welt gegen die andere. Oder man könnte sagen: Der Weltteufel gegen den – – – wie sagt man doch? Ich muß aufstehen, ich muß für den Menschen fechten. Versteht ihr?«

»Wir wollen lieber vom Frieden sprechen«, ängstete Küngold.

»Ich spreche ja gerade vom Frieden, Mutter, was spreche ich anderes? Natürlich, Friede, Friede! Gelt, du bist blind?«

»Die Mutter ist doch tot, Reiner«, schluchzte Küngold.

»Man kann auch sagen tot. Aber nein, die gute Mutter ist nur blind. Man kann ihr helfen. Ich muß aufstehen, ich muß ihr die Augen öffnen! Ich habe doch ein Schlüsselbuch geschrieben. Aber meine Hände sind so schwer! Ich glaube, ich muß vorher schlafen. Rück mir das Kissen, Estherlein.«

Sein Blick fiel auf Joseph Schmärzi: »Du siehst übel aus«, sagte er leis. »In der Schublade ist noch etwas Geld. Geh damit ins Wirtshaus und bestell' dir etwas.«

»Hab' keine Sorge um mich«, erwiderte Joseph. »Benedikt läßt dich grüßen. Er kommt heut' auch wieder herüber, wenn er genug auf seinen Gräbern gesessen hat. Werktags schreibt er Adressen in der Schreibstube für Stellenlose.«

Reinhart horchte auf: »So, er schreibt Adressen! Hans Glückselig muß immer das Geistvollste tun. Aber das muß wohl so sein! Sag' ihm, er solle an alle Guten schreiben und sie zu einer Landsgemeinde laden. Ja, das soll er. Aber er soll auch an die Bösen schreiben und ihnen sagen: Werdet nur dick wie die Nacht, wenn der Mond abnimmt. Das ist gut.

299

In den dunkelsten Nächten wächst das Gute am besten, Äpfel und Birnen und Zuckerrüben. Das hat mir die Großmutter Annabab einmal gesagt.«

Küngold hielt ihm die Hand über den Mund, wie um die wirren Worte nieder zu halten.

Onkel Melchior trat herein und faßte Reinharts Hand. Der Kranke sah ihn lange an und erkannte ihn endlich: »Du bist der Stärkste von uns. Du bist ein Held, weißt du, was den Helden macht? Das Herz, das Herz! Unbedingt, sagt der Russe. Auch du hast es, Esther, und das macht dich gerad'. Das Herz ist die stärkste Waffe. Man sagt doch: Er hat Herz. Schau, Melchior, Arnold Winkelried hat den Feind mit dem Herzen bezwungen. Einer für alle! Hörst du: ›für‹. Das hat sein Herz gesagt! Hat er es überhaupt gesagt? Ihr müßt mir helfen! Wenn ich geschlafen habe, wird es mir klarer sein, dann ziehen wir zusammen aus, Melchior, und drücken die Lanzen nieder. Joseph kommt auch mit.«

Alle weinten in sich hinein. Auch Adelheid war nun herangetreten. Er staunte ihr ins Gesicht und sagte: »Du bist die Adelheid. Du bist groß und stark, gebier das rechte starke Herz, das Herz der Mutter und der Großmutter und Abrahams und Estherleins und Melchiors zusammen, den rechten Golsterhofer, weißt du! Du hast viel zu schaffen! Ist das die Morgensonne oder die Abendsonne?«

»Sie geht bald unter.«

»Ich wollte, es wäre Morgen statt Abend. Aber gelt, wenn sie einem untergeht, geht sie immer einem anderen auf? Halt mir die Hand, Esther! So, fest!«

Er sann auf ihre kleine zitternde Hand hin. Nach einer Weile begann er wieder zu sprechen, aber ohne Zusammenhang. Dann wurde er still, und wie der letzte Sonnenstrahl aus dem Zimmer wich, entschlummerte er.

In diesem Augenblick kündete sich Adelheids Stunde und eine neue Generation auf dem Golsterhof an.